BARBARA KÜHNLENZ
IRIS LUNARIS

Barbara Kühnlenz

Iris Lunaris

Roman

© 2016 AAVAA Verlag

Alle Rechte vorbehalten

1. Auflage 2016

Umschlaggestaltung: AAVAA Verlag
Coverbild: Dr. Frank Kühnlenz

Printed in Germany

Taschenbuch: ISBN 978-3-8459-2124-2
Großdruck: ISBN 978-3-8459-2125-9
eBook epub: ISBN 978-3-8459-2126-6
eBook PDF: ISBN 978-3-8459-2127-3
Sonderdruck Mini-Buch ohne ISBN

AAVAA Verlag, Hohen Neuendorf, bei Berlin
www.aavaa-verlag.com

Alle Personen und Namen innerhalb dieses Buches sind frei erfunden.
Ähnlichkeiten mit lebenden Personen sind zufällig und nicht beabsichtigt.

Wenn deine Mutter alt geworden,
und älter du geworden bist,
wenn ihr, was früher leicht und mühlos,
nunmehr zur Last geworden ist,
wenn ihre lieben, treuen Augen,
nicht mehr wie einst ins Leben seh'n,
wenn ihre Füße, kraftgebrochen,
sie nicht mehr tragen woll'n beim Geh'n,
dann reich ihr deinen Arm zur Stütze,
geleite sie mit froher Lust,
die Stunde kommt, da du sie weinend
zum letzten Gang begleiten musst.
Und fragt sie dich, so gib ihr Antwort,
und fragt sie wieder, - sprich auch du,
und fragt sie nochmals, - steh' ihr Rede,
nicht ungestüm, ... in sanfter Ruh!
Und kann sie dich nicht recht verstehen,
erklär ihr alles frohbewegt,
die Stunde kommt, die bitt're Stunde,
da dich ihr Mund nach nichts mehr frägt.
(unbekannter Autor)

Prolog

Am 09. Juni 2000 um 10 Uhr 30 klingen noch die letzten Töne von „Time to say goodbye" in den Ohren der Trauernden, als sie aus der Kapelle des Waldfriedhofs in den Sonnenschein dieses Sommertages schreiten. Sie folgen dem Bestatter, der eine kupferfarbene Urne mit dem Relief einer mit Blattgold verzierten Orchidee trägt. In der ersten Reihe hinter ihm schützen zwei Männer eine Frau, die zwischen ihnen geht. Der Begleiter an ihrer rechten Seite trägt den Grabschmuck in Herzform mit bunten Freesien drapiert. Die Frau und der Jugendliche zu ihrer Linken halten in jeder Hand einen Strauß Freesien, die Lieblingsblumen der Entschlafenen. Beide verbindet die Trauer um den geliebten Menschen, dem sie das letzte Geleit geben und blockiert jeden Gedanken an Vergangenheit und Zukunft. Sie gelten nur dem Hier und Jetzt. Sie begleitet ein Paar, das sich untergehakt hat. Auf einer Handfläche des Mannes liegt ein Kissen aus Moos, auf dem ein Stein mit der Aufschrift: *„In Bildern der Erinnerung liegt mehr Trost als in vielen Worten"* ruht. Eine goldumrandete Schleife hängt mit der Aufschrift: *„Einen letzten Gruß von Liesa-Marie, Tom und Alexander"* herab.

An der Vertiefung für die Bestattung des Aschegefäßes stocken ihre Schritte. Während der Bestatter langsam die Urne unter den Blicken der Trauernden ins Bett zur ewigen Ruhe herabsenkt, ertragen die Anwesenden diesen Abschied in die Ewigkeit mit Wehmut. Ihre Augen entlassen keine Tränen; ihr Verstand denkt nicht mehr; ihre Mimik ist ausdruckslos im totenblassen Gesicht. Jeder sinkt in seinem eigenen Schmerz mit hinab. Still brennen sie den Anblick der Urne, die nach wenigen Sekunden auf dem Erdboden ruht, bis ans Ende ihrer Zeit in ihr Gedächtnis ein. Unwillkürlich strecken die Frau und der jüngere Mann ihre Hände über das Tor zum Jenseits und lassen ihre Blumensträuße frei. Ihre Blicke bewachen das Herabsinken auf die Urne. Als sie das Gefäß überdacht haben, greift die Frau mit einer Hand eine geringe Menge Sand von dem spärlichen Erdhügel neben der Graböffnung und lässt ihn auf die Blumen herabrieseln. Die Frau tritt zur Seite, damit jeder von den Trauernden ihre Handlung wiederholen kann. Danach gruppieren sie sich im Halbkreis um den Eingang in die Zeitlosigkeit. Ein Friedhofsmitarbeiter beginnt, den Zugang in die Gefilde der Seligen mit dem Rest der Erde von dem Hügel zu versiegeln. Jeder Laut, der beim Aufprall ertönt, verhindert, dass die Trauernden das Geschehen ihrer Umgebung wahrnehmen. Nachdem der Eingang in die himmlischen Gefilde versperrt ist, ziert der jüngere Mann die Ruhestätte mit einem Grabgesteck, dessen Zierband die Heimgegangene mit dem Versprechen ehrt: *Die Brücke zu Dir ist unsere Liebe. Dein stilles Entschlafen ist unser Trost. In Liebe Tochter Karin, die Enkel Florian und Simon.*

Der ältere Mann legt seinen Grabstrauß mit der Aufschrift: *„Ruhe sanft. Heiner, ein Freund"*, daneben und das Ehepaar ihr Kissen aus Moos dazu.

Nachdem der Bestatter ihnen kondoliert hat, fassen sie sich an den Händen und verharren stumm mit gesenkten Köpfen vor der Grabstätte. Ihre Gedanken fliegen in ihr von Kummer und Entbehrung geprägtes Leben zurück.

Samstag, 06. Mai 2000, 6 Uhr

Kein Klingelton muss mich heute wecken. Trotzdem bin ich zur gewohnten Zeit wach geworden. Ich blinzle zu dem Wecker, dessen Sekundenzeiger sorgsam seine Runden über das Zifferblatt kreist. Meine Gedanken rotieren um den bevorstehenden Tag.

Florian radelte am Freitag mit Freunden zum Scharmützelsee, um den Geburtstag eines Kommilitonen zu feiern. Heiner fuhr gestern Abend mit meinem Jüngsten zu seinen Eltern. Er wollte seinem Vater beim Tapezieren des Wohnzimmers helfen. Ich plane, nach dem Frühstück im Supermarkt Lebensmittel für die bevorstehende Woche einzukaufen. Noch einmal überdenke ich meinen Einkaufszettel, auf dem ich gestern die notwendigen Nahrungsmittel notiert habe. Es sind alle vorhanden, die wir benötigen. Ich freue mich auf den Nachmittag, an dem ich an meinem Roman weiterschreiben möchte. Beruhigt drehe ich mich auf meine Schlafseite und schließe meine Augen, um das nächste Kapitel des Romans zu überdenken. Meine Gedankengänge unterbricht immer wieder der morgige Besuch bei Mutti. Unwillkürlich laufen Tränen über meine Wangen. Wie erfreuten mich die Tage, an denen sie zum Mittagessen gekommen war und wir nach der Mittagsruhe am Nachmittag miteinander schwatzen konnten. Und jetzt? Jetzt kostet es mich Überwindung, sie zu besuchen. Der Anblick ihres Elends quält mich bis zum nächsten Besuch. Manchmal bete ich sogar, dass sie erlöst wird, damit sie und auch ich endlich Ruhe finden können. Dabei suggeriert mir mein Gewissen, das ich so etwas nicht denken darf. Aber diese Gedankenflüge schleichen sich trotzdem fortwährend in meine guten Wünsche für sie ein. Glücklicherweise begleitet mich beinahe jeden Sonntagnachmittag Heiner in das Haus der Todgeweihten. Er stärkt mich durch seine Anwesenheit. Er weiß, wie ich leide, und dass die Besuche bei Mutti seit Jahren mein einziges Sonntagsvergnügen sind. Erst vorige Woche vertraute ich ihm an: „Hoffentlich ist sie bald erlöst. Ich ertrage ihr Elend kaum noch", und schämte mich wegen meiner Denkweise.

Er nickt zu meinem Geständnis und drückt meine Hand. Ich kann mir nicht vorstellen, dass ihm unsere Sonntage gefallen. Nicht nur wegen des Besuches, sondern hauptsächlich wegen meiner anschließenden Tränen und Niedergeschlagenheit; wegen meiner Wünsche und meiner Träume auf Befreiung von ihrem Leid. Nur seine liebevolle Zuwendung löst mich vorübergehend von den quälenden Fragen. Heiner und auch Florian raten mir, nicht jeden Sonntag in das Reich der Hoffnungslosigkeit zu gehen. Ihr Vorschlag entflammt meine Sehnsucht nach Vollendung der Vorsehung. Doch mein Gewissen appelliert an mein Pflichtgefühl. Es lenkt meine Erinnerung zu Alexander und an den Tag, an dem er für immer ins Nirwana aufbrechen musste.

Im letzten Sommer erreichte Heiner, dass ich mir einen freien Sonntag gönnte. Er schlug eine Dampferfahrt von

Köpenick bis zum Kleinen Müggelsee vor. Doch Freude erfüllte weder ihn noch mich. Nur meinem Jüngsten begeisterte die Fahrt mit dem Schiff über das Wasser, auf dessen Wellen der Sonnenschein tanzte. Seine Freude versöhnte mich mit meinen Schuldgefühlen, die an mir wie Ungeheuer nagten.

Merkt Mutti, dass ich nicht gekommen bin? Wie mag es ihr gehen?

Ich werfe mir vor, gewissenlos zu sein, und linse zu Heiner. Er hockt in sich gekehrt auf seinem Platz und starrt durch die Fensterscheibe, an der die faszinierende Landschaft im Glanz der Sonnenstrahlen am Ufer vorbeizuschweben scheint. Ihre Anmut erreicht weder ihn noch mich.

Nachdem der Dampfer angelegt hat, fahren wir schweigend zu mir. Ich brühe uns eine Thermokanne voll mit Kaffee und serviere das Getränk auf dem Tisch der Terrasse. Heiner bedankt sich. Schweigend genießen wir das Getränk. Nur mein Jüngster plappert in seinem Laufstall vor sich hin. Heiner unterbricht im Sonnenuntergang die Stille und bewertet unseren Ausflug: „Nie wieder!"

Ich stimme ihm zu und schließe die Augen, um von einer Reise zu träumen. Der Naturpark Lüneburger Heide mit seinem blühenden Heidekraut, Wacholdergewächsen und der Tierwelt, den Wäldern und Mooren lockt mich schon seit Jahren. Liebend gern wäre ich mit den Kindern durch diese Landschaft gewandert, wie damals mit Alexander und Florian im Allgäu über die

Wiesen nahe der schneebedeckten Berggipfel des Wettersteingebirges. Ich wünsche mir, noch einmal mit Simon in Liebe vereint zu sein und mich mit ihm und unseren Söhnen an den Wundern der Natur zu laben. Meine Schwärmerei unterbricht das Telefon. Ich springe aus dem Bett, spurte zu dem Apparat und lese auf dem Display „Pflegeheim". Mein Herz rast, und ich frage atemlos: „Ja, bitte?"

Eine Frauenstimme teilt mir mit: „Hier Schwester Irene. Können Sie gleich kommen? Wir denken, die letzten Stunden Ihrer Mutter brechen an."

„Natürlich. Komme sofort."

Einige Sekunden verharre ich, wie versteinert, im Wohnzimmer. Als die Nachricht vollkommen in mich eingedrungen ist, greife ich mit zitternder Hand zum Handy und rufe Florian an. Erfreulicherweise meldet er sich sofort. Ich informiere ihn: „Flo, das Heim hat angerufen. Omchens Reise in die Ewigkeit ist angebrochen. Ich gehe gleich zu ihr. Wenn du sie noch einmal sehen möchtest, müsstest du, so schnell wie möglich, kommen."

„Ok, Mama. Ich schwinge mich gleich aufs Rad und fahre zum Bahnhof. Wann ein Zug nach Berlin fährt, weiß ich nicht. Kann also spät werden."

Nachfolgend informiere ich Heiner.

„Ich tapeziere gerade mit meinem Vater das Wohnzimmer und kann ihn nicht sofort verlassen. Sobald wir fertig sind, fahre ich los. Ist es dir recht, wenn ich Simon hier lasse?"

„Ja. Das Kind ist momentan bei deinen Eltern am besten aufgehoben. Bitte, sei bald hier!"

In Windeseile ziehe ich mich an, schnappe mir ein trockenes Brötchen, meine Tasche und flitze zur Haustür hinaus. Auf dem Weg zum Heim fliehen meine Gedanken in die Vergangenheit.

1. Kapitel

Im vorletzten Jahr des 1. Weltkrieges wichen an der Westfront vom 16. bis 19. März 1917 die deutschen Truppen des Unternehmens Alberich an der Somme in die Siegfriedstellung zurück. In einer Kleinstadt am Rande des Kyffhäusergebirges erwartete Else Kreiner während dieser Tage ihr zweites Kind. Doch das Baby ließ sich Zeit. Es schien, als wolle es nicht in die Gräueltaten der Zeit hineingeboren werden, und blieb über den errechneten Geburtstermin hinaus in der schützenden Hülle der Mutter. Doch die Natur kannte kein Erbarmen. In den Morgenstunden vom 28. März 1917 drängte das Baby ans Tageslicht. Else beauftragte ihren Erstgeborenen: „Hol Tante Anna! Sag ihr, dass es losgeht."

Mithilfe ihrer Schwägerin gebar Else Kreiner unter Schmerzen ihre Tochter in der gemieteten Dachgeschosswohnung. Anna nabelte das Neugeborene ab, versorgte es mit geübten Handgriffen und legte es der Mutter auf den Schoß.

„Ein Mädchen. Es ist ein bisschen zu klein und scheint mir auch untergewichtig zu sein. Hoffentlich kriegen wir sie in diesen Zeiten durch", teilte sie der Wöchnerin mit, die sorgenvoll auf den Winzling blickte. Die Schwägerin untersuchte die Nachgeburt auf ihre Vollständigkeit.

„Alles in Ordnung. Wie soll sie denn heißen?"

Else überlegte kurz und nannte das Neugeborene Helene. Der fünfjährige Wilhelm bestaunte das zarte Wunder, dass kurz darauf an der Brust der Mutter saugte. Sein Vater Fritz erfuhr nie von der Geburt seiner Tochter, denn er fiel als Schütze am 18. März 1917 im Trommelfeuer der Britten während der Schlacht bei Arras.

Else erholte sich allmählich von der Geburt. Sie bangte um den zierlichen schwächlichen Säugling. Permanent hielt sie das Nesthäkchen Nacht für Nacht im Arm und lauschte angsterfüllt auf seine Atemzüge. Dabei betete sie um sein Leben zu einem Gott, der an allen Fronten den Tod zahlloser Soldaten zuließ. Oft sackte Else vor Erschöpfung zusammen und fiel gegen Wilhelm, der in dem einzigen Bett, das sie besaßen, neben ihr schlief. Sie schreckte erst durch das Wimmern des Babys hoch. Sein Anblick beglückte sie. Schnell entblößte sie ihre Brust, um die Kleine zu stillen. Heißhungrig verfolgte Wilhelm die Nahrungsaufnahme der Schwester, aber vor Schwäche sanken seine Augenlider immer wieder herab. Auch der Säugling gab nach wenigen Saugbewegungen auf. Die Quelle lieferte wenig von der kostbaren Milch. Kläglich weinte es sich in den Schlaf. Else dachte jedes Mal, das Baby sei vor Entkräftung für immer eingeschlafen. Ihre eigene Nahrung war unzureichend und demzufolge reichte die Muttermilch nicht. Sie konnte dem Säugling auch keine zusätzliche Vollmilch anbieten, denn in den Geschäften gab es sie schon lange nicht mehr. Manchmal ergatterte ihre Schwägerin Anna von einer barmherzigen Bäuerin aus einem der umliegenden Bauernhöfe einen viertel Liter Milch. Diese wertvolle Gabe brachte sie umgehend Else.

„Ich habe wieder ein wenig Milch erbeuten können. Versuch mal, ob sie trinkt!"

Else bemühte sich, ihrem Kind diese wertvolle Nahrung einzuflößen. Oft scheiterte ihre Absicht, weil Helene zum Trinken zu schwach war. Die Mutter vergoss viele Tränen und beruhigte sich erst wieder, wenn die Tochter im Verlauf des Tages die Flasche leer getrunken hatte. Immer häufiger schielte Wilhelm gierig zu dem viertel Liter Magermilch für die Schwester. Ab und zu tauchte er seinen Zeigefinger hinein und lutschte ihn ab. Bisweilen bettelte er: „Darf ich die Milch trinken? Bitte, Mama, ich bin auch hungrig und durstig."

„Wir können was anderes essen, aber deine Schwester ist dafür noch zu klein. Sie darf vorerst nur Milch trinken", wehrte Else seine Bitte mit Wehmut ab. Einmal verlor er seine Beherrschung und trank die Kostbarkeit. Anschließend schmerzte ihn das jämmerliche Weinen der Schwester mehr als die Schläge der Mutter. Er hockte sich auf einen Schemel und wimmerte wegen seiner Schandtat vor sich hin. Doch auch die Sorge um Wilhelm trieb Else in Albträume, in denen er verhungert neben ihr lag. Er und sie ernährten sich hauptsächlich von Steckrüben. Die Schwägerin versuchte zwar, aus dem Gemüse, das auf Zuteilung in den Geschäften zum Kauf angeboten wurde, mit ihren wenigen Mitteln schmackhafte Gerichte zu kochen. Meistens blieb es jedoch bei der Suppe. Hin und wieder betrat sie freudestrahlend die Dachstube und verkündete: „Heute bringe ich euch eine Delikatesse, die habt ihr noch nie gegessen", und servierte den Hungerleidenden einen Kuchen aus Steckrüben. Mitunter überraschte sie die Schwägerin und den Neffen mit einem Glas Marmelade, die sie aus den Dickwurzeln zubereitet hatte. Wilhelm hasste dieses Gemüse. Trotzdem aß er jedes Gericht, denn der Hunger quälte ihn stärker. Gramerfüllt betrachtete Else ihren Erstgeborenen, der von Tag zu Tag dünner wurde. Hin und wieder gab sie ihm, wenn die Schwägerin von der Bäuerin Milch gebracht hatte, einen Teelöffel ab. Trotzdem glaubte Else nicht, dass sie und die Kinder überleben werden. Von ihren Verwandten und Bekannten erreichte sie oft die Nachricht, dass wieder ein Angehöriger verhungert oder gefallen war. Manchmal wünschte sie sich zu ihrem Fritz, der irgendwo auf einem Schlachtfeld seine ewige Ruhe gefunden hatte.

Auch der Winter 1916/17, der später als der Steckrübenwinter in die Geschichte einging, endete. Das Frühjahr brachte nicht nur Hoffnung auf ein Ende des Krieges mit, sondern bescherte auch Else neuen Lebensmut. Mit der Zeit erholte sie sich von der Geburt, und beide Kinder lebten. Als Else kräftiger war, betraute sie Wilhelm mit der Aufgabe: „Pass auf deine Schwester auf! Ich gehe mit Nachbarn auf Hamsterfahrt in die umliegenden Dörfer. Vielleicht erwische ich was Gutes zum Essen."

Hin und wieder brachte sie einige Kartoffeln oder ein paar Eiern mit. Ein besonderer Festtag war es für Wilhelm, wenn die Mutter Brot und Wurst ergattert hatte. Einmal besaßen sie nur noch ein Ei. Die Mutter kochte es, pellte vor den Augen des Sohnes die Schale ab und teilte es in zwei Hälften. Eine gab sie Wilhelm, und eine behielt sie. Wilhelm zerhackte seine Hälfte mit einem Messer in klitzekleine Krümel, obwohl er seinen Teil am liebsten vor Heißhunger im Ganzen verschlungen hätte. Wie eine heilige Handlung stippte er den Zeigerfinger in die Eimasse und steckte den Finger in den Mund. Sogleich nuckelte er daran, bis der Geschmack nach Ei vollkommen verschwunden war. Dieses Ritual wiederholte er so oft, bis keine Winzigkeit mehr auf dem Teller zu sehen war. Trotzdem leckte er ihn ab, um sicher zu sein, keine Spur von der Delikatesse übersehen zu haben.

Eines Tages kehrte Else erschöpft von einer Hamsterfahrt zurück, von der sie nichts mitbrachte. Sie vermisste den Sohn und die Atemzüge der Tochter. Misstrauisch hob sie den Säugling aus dem Bett. Sie merkte sofort, dass ihre schlimmste Befürchtung eingetreten war. Helene lebte nicht mehr. Mit dem toten Säugling im Arm tigerte sie weinend in der Wohnung umher, bis Wilhelm kam. Mit gesenktem Kopf gestand er ihr: „Ich kann nichts dafür, Mama. Ich wollte die Tante holen, weil Helene sich nicht mehr bewegt hat."

Er duckte sich, um die erwarteten Schläge der Mutter abzuwehren. In dem Moment erschien die Schwägerin.

Sie nahm Else das Baby ab und versicherte ihr: „Wilhelm kann wirklich nichts dafür. Ich habe das schon lange befürchtet, denn die Kleine war von Geburt an zum Leben zu schwach."

Else überwand den Tod der Tochter nur schwer. Als sie später tagsüber in Heimarbeit für die ansässige Knopffabrik als Knopfannäherin arbeitete, verbesserte sich ihre Lage. Von früh bis spät in die Nacht hinein nähte sie verschiedenartige Knöpfe auf Pappe. Jeden Abend half Wilhelm mit. Von dem Erlös erwarb Else bei den Bauern der Umgebung ausschließlich Nahrungsmittel.

Im Sommer sammelte Wilhelm im Wald des Gebirges Blaubeeren, Walderdbeeren und Himbeeren. Im Herbst kehrte er häufig mit einem Korb gefüllt mit Steinpilzen zurück. Davon gestatteten sie sich ein Festmahl. Else stoppelte zusätzlich auf den Feldern Reste von Kartoffeln, Gemüse und Getreide. Durch diese Schufterei beschaffte sie sich und ihrem Sohn das Nötigste an Nahrung. Es beglückte sie, wenigsten ihm das Leben erhalten zu haben. Sie hungerten nun zwar nicht mehr, aber Wilhelm musste vieles entbehren, was seine Freunde an Spielzeug besaßen.

Von Kindheit an träumte Else, ein eigenes Haus zu besitzen. Gleich nach dem Ende des Krieges sparte sie eisern, um sich eines Tages ihren Wunsch erfüllen zu können. Ihr Traum vom Eigenheim erlosch auch später durch die deutsche Inflation nicht, obwohl ihr Gespartes an Wert verloren hatte und die deutsche Wirtschaft zusammenbrach. Ursache für die galoppierende Hyperinflation waren die immensen Reparationsverpflichtungen, die an die Siegermächte gezahlt werden mussten. Erst die Einführung der neuen Rentenmark und die Gründung der Deutschen Rentenbank im November 1923 stoppte die Hyperinflation. Das Münzgesetz vom 30. August 1924 führte als neue Währung die Reichsmark ein. Das Sparguthaben von Else verlor erneut erheblich an Wert. Trotzdem sparte sie weiter für ein eigenes Haus.

Else wünschte, dass Wilhelm am Realgymnasium das Abitur absolvieren sollte, damit er künftig besser leben könnte. Er weigerte sich und wurde zu einem Onkel in die Lehre gegeben, der in Nordhausen eine Fleischerei besaß und bereit war, den Neffen zum Fleischer auszubilden.

Einige Jahre nach Kriegsende lernte Else den Friedhofsgärtner Hans Häuser bei ihren häufigen Besuchen von Helenes Ruhestätte und den Gräbern von Gefallenen des 1. Weltkrieges kennen. Kurz darauf heirateten sie, und ihre finanzielle Lage blühte auf. Der Ehemann erwog sogar, eine eigene Gärtnerei zu eröffnen, aber Else billigte sein Vorhaben nicht. Demzufolge blieb er Friedhofsgärtner und sie weiterhin Knopfannäherin. Schon bald erfüllte sich der Wunsch von Else nach einem eigenen Haus. Das Ehepaar erwarb ein zweistöckiges Gebäude aus Lehmbacksteinen ohne Bad mit Abort im Hof. Das obere Geschoss bewohnten Mieter. In die unteren Räume zog Else mit ihrem Ehemann ein. Ein

Jahr nach der Eheschließung gebar sie erneut ein Mädchen, das sie Ilse nannte.

Trotz aller Befürchtungen entwickelte Ilse sich körperlich gut. Für sie blieb in der Wohnküche kein Platz für einen Stuhl, sodass sie im Stehen essen musste. Altersgemäß wurde sie in die Volksschule ihrer Geburtsstadt eingeschult. In dieser Zeit besuchten Mädchen und Jungen getrennte Schulen. Ilse erhielt ihren Platz von der Lehrerin neben einem Mädchen, das Gerda hieß, zugewiesen. Schon bald entwickelten sich beide zu unzertrennlichen Freundinnen.

Während die Eltern von Gerda eine Schlosserei besaßen und sie als einziges Kind mit Spielsachen überhäuften, musste Ilse unaufhörlich darben. Alle ihre Freundinnen besaßen einen Holzroller, der 5 Reichsmark kostete. Ilse flehte die Mutter an: „Kauf mir auch so einen Roller. Immer muss ich zugucken", aber kein Bitten und kein Weinen half ihr. Ihre Mutter blieb hart und kaufte ihn ihr nicht. Gerda und auch ihre anderen Freundinnen gestatteten Ilse hin und wieder, dass sie mit ihrem Holzroller fahren durfte. Meistens sah sie zu. Oft weinte sie wegen der Hartherzigkeit der Mutter, die der Tochter vorhielt: „Von dem Treten gehen die Schuhe kaputt. Ich kann dir nicht dauernd Neue kaufen."

Trotzig schrie Ilse: „Ich will aber einen Roller, wie die anderen einen haben."

„Es gibt keinen Roller und damit basta!"

Ilse musste sich fügen. Als Gerda nach der vierten Klasse aufs Lyzeum wechselte, bettelte Ilse erneut: „Ich möchte auch diese Schule besuchen."

Die Mutter wehrte ihre Bitte mit der Begründung ab: „Wilhelm hat nicht das Abitur. Da brauchst du es auch nicht."

Darüber war Ilse sehr unglücklich. Gerda gewann nun andere Schulkameradinnen als Freundinnen, aber ihr Freundschaftsbund zu Ilse blieb erhalten.

Als Ilse die Volksschule beendet hatte, besorgte die Mutter ihr eine Ausbildungsstelle zur Verkäuferin in einem Modegeschäft. Lehrstellen gab es in der Kleinstadt wenig. Während ihrer Lehrjahre lernte Ilse die verschiedensten Stoffarten kennen und arbeitete im Verkauf mit. Sie durfte das Schaufenster dekorieren und gewann immer mehr Freude an ihrem zukünftigen Beruf, den sie sich nicht selbst erwählen durfte. Nebenbei lernte sie mit Gerda bei einer Tante der Freundin das Nähen. Diese Stunden zählten mit zu ihrer wundervollsten Freizeitgestaltung.

Am 30. Januar 1933 vereidigte Reichspräsidenten Max von Hindenburg den Parteivorsitzenden der NSDAP Adolf Hitler zum Reichskanzler.

Als Gerda mit anderen Schülerinnen des Lyzeums zu einem Tanzabend des Technikums eingeladen wurde, nahm sie die Freundin mit. Ilse verliebte sich in den Studenten für Flugzeugbau Theo Zielke, dem Sohn der Geschäftsinhaberin Martha und dem Chauffeur eines Berliner Bankhauses Walter Zielke. Gerda musste als

Tochter wohlhabender Eltern nach ihrem Schulabschluss keinen Beruf erlernen, sondern heiratete den Schlosser Kurt Scheide. Ilse beende ihre Ausbildung zur Verkäuferin und verlobte sich mit Theo. Inzwischen hatte ihr Bruder Wilhelm in Nordhausen Tilda geheiratet und besuchte die Mutter kaum, denn er verstand sich mit dem Stiefvater nicht.

Gleich zu Beginn des 2. Weltkrieges am 1. September 1939 musste Theo sein Studium am ersten Lehrstuhl Deutschlands für Flugzeugbau in Bad Frankenhausen-Udersleben abbrechen. Er erhielt als Abschluss das sogenannte Einjährige, weil er eingezogen wurde. Als technischer Offizier wartete er zunächst in Berlin die Flugzeuge der Wehrmacht. Bevor er an die Front kommandiert wurde, heiratete er Ilse am 23. März 1942. Im November wurde ihre erste Tochter Ursula geboren, die im Alter von sechs Wochen an Typhus verstarb.

In den Felsenhöhlen des Kyffhäusergebirges hatten sich Kompanien von SS-Angehörigen verschanzt. Den Bombenangriff am Freitag, dem 21. Januar 1944, kündigte ein Sirenengeheul gegen 21 Uhr an. Kurz darauf erschütterten Explosionen von über 1000 Stabbrandbomben die Gegend. Glücklicherweise erfolgten die Einschläge außerhalb von bewohntem Gebiet, sodass Elses Haus ohne Schaden blieb. Der Bombenabwurf am Ostersonntag, dem 31.03.1945, erfolgte ohne Vorwarnung. Bei dem sogenannten Bombenteppich verloren etliche Bürger ihr Leben. Ansonsten blieb die Stadt bis auf Schäden durch zerborstene Fenster infolge des entstandenen hohen Luftdrucks durch die Detonationen verschont. Die Bomben landeten im offenen Feld. Als am 3. und 4. April 1945 Nordhausen von britischen Bombern total vernichtet wurde, gelang es Wilhelms Frau Tilda mit den Söhnen Peter und Klaus aus dem Inferno zu entkommen. Total erschöpft und nur mit dem, was sie gerade trugen, erreichten sie Wilhelms Mutter Else und fanden bei ihr im Haus Unterschlupf. Von Tilda erfuhr Else erstmalig von dem Konzentrationslager in Nordhausen, einem Außenlager von Buchwald, das als Tarnbezeichnung Arbeitslager Dora genannt wurde. Tilda erzählte aufgeregt: „Es bestand seit Ende August 1943, und wir hatten keine Ahnung, was dort für Grausamkeiten stattfanden. Menschen wurden sogar lebendig verbrannt. Ich dachte immer, es wären Verbrecher, die ihre Strafe verbüßten, aber das stimmte nicht. Von den 60000 Häftlingen sollen bei der Befreiung 20000 gefehlt haben. Und dann die Bombardierung … ich bin fix und fertig."

Am 11. April 1945 marschierte nicht nur die US-Armee als Siegermacht in die Stadt, sondern befreite auch in Nordhausen die Häftlinge des Konzentrationslagers, das von den britischen Bomben nicht getroffen worden war.

Am 8. Mai 1945 endete der 2. Weltkrieg. Bereits Anfang April 1945 hatten Einheiten der US-Armee Thüringen innerhalb von 16 Tagen komplett in Besitz genommen. Die Besetzung dauerte kaum 100 Tage. Die Siegermächte hatten durch das Abkommen von Jalta beschlossen, dass die Amerikaner Thüringen und Teile Sachsens für den amerikanischen Sektor in Berlin räumen mussten. Demzufolge rückte die Rote Armee in die geräumten Gebiete nach.

Wilhelm kehrte wenige Wochen nach Kriegsende unversehrt zurück. Von Theo fehlte auch nach der Teilung Deutschlands in die Bundesrepublik Deutschland am 23. Mai 1949 mit Konrad Adenauer als ersten Bundeskanzler und in die Deutsche Demokratische Republik am 7. Oktober 1949 mit dem Präsidenten Wilhelm Pieck jede Nachricht.

Ilse nahm an, dass er irgendwo an der Front im Kugelhagel getötet worden war und versank in Trauer um ihn. Nach Jahren erreichte sie eine Karte, die er aus russischer Gefangenschaft schrieb. Fünf Jahre später stand er eines Tages in der Wohnküche. Ilse schrie vor Freude: „Theo!", und wollte ihn küssen, aber er wandte sich von ihr ab. Sie fragte aufgeregt: „Wo kommst du jetzt her?"

„Aus Berlin. Erst war ich bei den Amis in Gefangenschaft und wurde 47 entlassen. Natürlich wollte ich gleich zu dir. Ich wusste nicht, dass Thüringen inzwischen von den Russen besetzt war. Die Amis hatten es für einen Teil von Berlin eingetauscht. In Erfurt schnappten sie mich. Statt zu dir, ging es ab nach Sibirien."

Er setzte sich hin und befahl ihr: „Pack deine Sachen! Wir fahren mit dem Abendzug nach Berlin zu meinen Eltern. Ihre Villa in Moabit ist durch Bomben zerstört worden, aber das Mehrfamilienhaus in der sowjetischen Besatzungszone im östlichen Siedlungsgebiet ist unversehrt. Sie haben es noch 1939 gebaut."

Bedingungslos befolgte Ilse seine Anordnung, obwohl Else sie nicht ziehen lassen wollte. Die Liebe zu Theo war jedoch stärker, und Ilse reiste mit ihm.

Die Mutter von Theo war über die Schwiegertochter nicht beglückt. Sie bereitete ihr mit ihren Sticheleien die Hölle auf Erden. Dadurch konnte sie jedoch nicht verhindern, dass Theo die Ehe aufrechterhielt. Nur dem Schwiegervater gefiel Ilse. Er stritt oft mit seiner Frau, weil sie sich so gehässig zu ihr verhielt. Auch er litt unter ihren Demütigungen und Launen schon seit Jahren. Als russische Soldaten ihn zwangen, zuzusehen, wie sie sein Auto im nahe gelegenen Wald zerstörten, erhängte er sich auf dem Dachboden seines Hauses. Durch seinen Freitod verlor Ilse ihren Beistand. Theo widersprach seiner Mutter nie, weil er seiner Frau die Intrigen seiner Mutter nicht glaubte.

Zum Verdruss ihres Ehemannes und der Schwiegermutter gebar Ilse ein Jahr später mich und gab mir den Namen Karin. Theo, der sich einen Sohn gewünscht hatte, beachtete mich kaum. Für ihn bedeutete ich eine zusätzliche Belastung. Er drillte mich als Kind zum absoluten Gehorsam.

1976-1986

2. Kapitel

Karin besuchte nach der Grundschule die erweiterte Oberschule, kurz EOS genannt. Nach dem Ende des neunten Schuljahres 1976 erlaubte der Vater ihr, dass sie an der Jahresabschlussfeier ihrer Schulklasse teilnehmen durfte. Um 22 Uhr sollte sie Zuhause sein. An diesem Abend versammelte sich zufällig in der gleichen Gaststätte eine Brigade von Bauarbeitern, um über das Konzept ihres Jahresplanes zu beraten. Danach diskutierten die Brigademitglieder hauptsächlich über die Nuklearkatastrophe des Kernkraftwerks Tschernobyl, die sich am 26. April nahe der ukrainischen Stadt Prypjat ereignet hatte. Alle waren verunsichert, was sie jetzt noch essen konnten. Einige behaupteten: „Die radioaktiven Wolken sind vom Wind auch über Europa getrieben worden. Demzufolge kam das Zeug mit dem Regen auf unsere Felder."

Die Mehrzahl der Teilnehmer verließ den Sitzungssaal und mischte sich unter die Tanzveranstaltung der anderen Gäste des Restaurants.

Karin saß in der hintersten Ecke der Gaststätte mit zwei Klassenkameradinnen an einem Tisch. Sie lästerten nicht nur über die männlichen Mitschüler, sondern besonders über die Bauarbeiter, die mit einigen Klassenkameradinnen auf der Tanzfläche zu den Klängen des Orchesters mehr oder weniger gekonnt tanzten. Andere tranken am Tresen Bier und unterhielten sich. Margot meinte zu ihrer Freundin, die rechts von ihr saß: „Hast du den ganz vorn schon gesehen, der gerade mit Angelika tanzt?"

„Na, klar", erwiderte Lotte, „der ist ganz süß. Total mein Typ."

Auch Karin beeindruckte dieser bezaubernde Mann. Das Musikstück endete. Angelika wollte ihrem Tanzpartner folgen, aber er ließ sie einfach stehen. Zielbewusst näherte er sich dem Tisch, an dem die drei Oberschülerinnen saßen. Lotte sprang sofort auf, um sich ihm zum Tanz anzubieten. Er schob sie beiseite und bahnte sich konsequent den Weg zu Karin. Margot flüsterte ihr zu: „Wenn er Lotte nicht nimmt, dann sicher mich."

Sie erhob sich und tänzelte ihm entgegen, aber er ignorierte sie und verbeugte sich vor Karin. Die Blicke aus seinen dunklen Augen zogen sie magisch an. Mit seiner Frage: „Darf ich bitten?", störte er ihre Schwärmerei für ihn. Erschrocken fragte sie: „Meinst du etwa mich?"

„Wen denn sonst? Du bist doch die Hübscheste weit und breit."

Er lachte sie verführerisch an und streckte ihr seine Hand entgegen. Karin ergriff sie und erhob sich. Er lotste sie wie eine Königin durch die Menge zur Tanzfläche. Bei dem langsamen Walzer, den die Kapelle gerade anstimmte, drückte er sie eng an sich und führte sie elegant durch das Musikstück. Danach dirigierte er sie zur

Bar und bestellte für jeden ein Glas mit Champagner. Er prostete ihr zu, und Karin verzauberten nach wie vor seine dunklen Augen und das markante Gesicht. Er umgarnte sie mit Komplimenten, die sie erröten ließen. Sie glaubte seinen Schmeicheleien, denn bisher hatte noch nie ein Mann sie beachtet und dermaßen mit Worten betört. Nach dem ersten Glas küsste er Karin. Seine weiteren Zärtlichkeiten weckten in ihr Gefühle, die für sie neu und äußerst erregend waren. Er flüsterte ihr zu: „Gehen wir raus. Hier sind zu viele Zuschauer. Ich will dich ganz für mich."

Ohne Bedenken folgte sie ihm hinter die Gaststätte in eine dunkle Ecke. Bei einem innigen Kuss schob er ihr Shirt hoch und küsste ihre Brüste. Eine Hand glitt an ihrem Körper abwärts, streifte ihre Hose mit dem Slip herab und spreizte ihre Beine. Seine andere öffnete den Gürtel seiner Hose und den Knopf, sodass sie zu Boden rutschte. Karin spürte etwas Hartes in ihrem Schritt, während er sie erneut küsste. Sie erfasste eine merkwürdige Erregung, die ihren gesamten Körper durchdrang. Plötzlich durchzuckte ihren Unterleib ein kurzer, heftiger Schmerz. Sie schrie auf und wollte fliehen, aber der Mann hielt sie fest und befahl ihr keuchend: „Bleib!"

Jetzt spürte sie in sich das Harte, dass sich vorher zwischen ihre Oberschenkel gedrängt hatte. Unter den heftigen Stößen wimmerte sie vor Schmerz. Der Mann ließ erst von ihr ab, als er befriedigt auf den Rasen sank und sie mit sich zog.

„Ist nur beim ersten Mal. Dachte ich mir, dass du noch Jungfrau warst", raunte er ihr zu und ergänzte seine Aussage: „Entspann dich! Je öfter wir zusammen sind, desto schneller lässt der Schmerz nach. Und dann kannst du es kaum erwarten, mit mir intim zu sein."

Karin zweifelte an seiner Aussage. Sie verstand nicht, dass das soeben Erlebte der siebte Himmel sein sollte, von dem etliche ihrer Klassenkameradinnen öfter geschwärmt hatten. Kurz darauf drang er erneut in sie. Sie jammerte: „Hör auf! Das tut weh", aber er schnaufte: „Hab dich nicht so und beweg dich mit!"

Karin, die vom Vater zum Gehorsam gedrillt und von den Eltern niemals über das Intimleben zwischen Mann und Frau aufgeklärt worden war, passte sich seinem Rhythmus an. Der Mann stieß unbeirrbar grob zu, aber der Schmerz wollte nicht enden. Endlich ließ er von ihr ab und beteuerte: „Bist du eine scharfe Braut! Ab jetzt gehörst du mir. Vergiss das nie! Ich bin Alexander, aber nenn mich Alex. Und du?"

„Karin", wisperte sie. Er küsste sie erregt. Karin schmeichelte es, dass der attraktivste Mann auf dieser Veranstaltung gerade sie erwählt hatte. Sie gab seiner Leidenschaft abermals nach und ließ ihn eintreten, obwohl sie vor Schmerz weinte. Er verstärkte seine Stöße, bis sie völlig apathisch unter ihm lag. Als er von ihr abließ und aufstand, flüsterte er: „Komm mit zu mir! Da ist es gemütlicher."

Er schnappte sich ihre Hand, half ihr beim Aufstehen und Anziehen. Gemeinsam schlenderte sie zum Parkplatz, auf dem sein Wartburg abgestellt war. Karin setzte sich auf den Beifahrersitz, und er fuhr sie zu einem Bauwagen.

„Wir sind da. Hier wohne ich und du jetzt auch. Kapito!", eröffnete er ihr. Verblüfft betrat Karin sein Zuhause. Ehe sie nachdenken konnte, küsste Alexander sie und warf sich mit ihr auf das Bett. Erneut begann er mit seinem Liebespiel, bis er sein Ziel erreicht hatte. In seinen Armen schlief Karin bis zum Morgengrauen. Entsetzt fuhr sie hoch, denn Alexander animierte sie schon wieder zum Sex. Karin jammerte: „Lass das bitte! Ich habe immer noch Schmerzen."

„Je öfter wir das machen, desto eher vergehen sie. Und jetzt lass mich!"

Karin weigerte sich nicht. Sie konnte es noch immer nicht glauben, dass dieser attraktive Mann ausgerechnet sie begehrte. Seine anschließenden Liebkosungen und Schmeicheleien entzündeten in ihr eine Hemmungslosigkeit, die er wohlwollend für seine Bedürfnisse ausnutzte. Karin spürte zwar den Schmerz, aber sie dachte, Liebe müsse so sein. Alexander stand nach dem letzten Kuss auf und versprach ihr: „Nun gehören wir für immer zusammen, aber jetzt stärken wir uns. Bleib liegen! Ich mach das."

Er bereitete in der Kochnische Rührei zu und servierte es Karin mit Toastbrot. Er setzte sich zu ihr, und gemeinsam aßen sie. Zwischendurch küsste er sie und fragte: „War ich dein Erster?"

Karin nickt nur. Alexander erklärte ihr nun, wie das Intimleben zwischen Mann und Frau funktionierte. Als Karin auf ihre Armbanduhr schaute, erschrak sie.

„Wie komme ich von hier nach Hause?"

„Du willst schon gehen? Der Tag fängt erst an und hält noch viel Spaß für uns bereit."

Alexander nahm ihr den Frühstücksteller ab und streichelte sie liebevoll. Sie wiederholte: „Versteh bitte. Ich muss nach Hause."

„Ich bringe dich, aber du kommst wieder. Versprochen?"

„Versprochen", gelobte Karin. Er brachte sie nach Hause. Vor dem Grundstück ihrer Eltern parkte er. Sie verabschiedeten sich mit einem innigen Kuss, den ihr Vater vom Fenster aus beobachtete. Karin winkte Alexander hinterher, als er davonfuhr und ihr zurief: „Ab 20 Uhr gehörst du wieder mir."

Euphorisch betrat Karin den Hausflur, weil sie endlich einen Freund hatte. Sie schwärmte in Gedanken von Alexander, als ein Hieb mit dem Ausklopfer ihren Kopf traf. Unbarmherzig drosch der Vater auf sie ein und brüllte: „Wann solltest du Zuhause sein? Dir werde ich Gehorsam beibringen, du verfluchtes Flittchen."

Er schlug solange auf sie ein, bis sie wimmernd am Boden lag. Abschließen versetzte er ihr einen Fußtritt und fügte hinzu: „Lernen sollst du, nichts als lernen. Merk dir das! Essen ist für heute gestrichen. Wenn ich dich noch einmal mit einem Kerl erwische, schlage ich dich windelweich und nicht nur mit dem Ausklopfer. Ab in dein Zimmer!"

Karin humpelte in ihr Zimmer und hörte, dass der Vater es abschloss. Sie verbiss sich die Schmerzen von seinen Schlägen und packte einige Kleidungsstücke in ihren Schulranzen.

Als sie am Abend hörte, dass die Eltern sich die Nachrichten im Fernseher ansahen, sprang sie aus dem Fenster in den Garten. Geduckt rannte sie zum Gartenzaun, vor dem Alexander sie bereits erwartete. Glücklicherweise hatte Karin ihre Schlüssel. Hastig schloss sie das Gartentor auf und warf es hinter sich zu. Alexander hielt ihr von innen die Autotür auf. Aufatmend warf sie sich auf den Beifahrersitz. Alexander trat auf das Gaspedal und preschte mit ihr davon.

Im Bauwagen schenkte er ihr einen Strauß dunkelroter Rosen und gestand ihr: „Ich liebe dich, Schatz, und will dich immer bei mir haben."

Karin durchbebte ein Glücksgefühl. Sie erwiderte seinen Kuss und ließ sich von ihm entkleiden. Mit ihm erlebte sie eine Liebesnacht, obwohl die Schmerzen beim Sex nicht nachließen. Er hielt ihr vor: „Entspann dich, Schatz! Ich will dir doch nicht wehtun", aber Karin gelang es nicht. Trotzdem blieb sie bei ihm und vernachlässigte die Schule. Tagsüber ruhte sie sich aus, um abends, wenn er von der Arbeit heimkam, nur für ihn da zu sein. Er gab ihr die Geborgenheit und Zuwendung, die sie bei ihren Eltern vermisste. Meistens aßen sie das Abendessen in einem Restaurant. Oft bummelten sie durch Warenhäuser. Alexander staffierte sie mit attraktiver und erotischer Bekleidung aus, die ihr Vater niemals geduldet hätte. Auch passenden Modeschmuck schenkte er ihr.

Bereits nach drei Monaten eröffnete sie ihm: „Was sagst du dazu, wenn wir in ein paar Monaten zu dritt sind?"

„Nimmst du die Pille nicht?"

„Nein. Ich bin doch erst 15. Meine Eltern hätten das niemals zugelassen."

Karin glaubte, er wolle das neue Leben in ihr nicht und senkte den Kopf. Tränen der Enttäuschung rannen über ihre Wange, als Alexander plötzlich jubelte: „Du bist …"

Einige Sekunden später konnte sie sich vor seiner Ausgelassenheit gepaart mit Küssen kaum retten. Sie fragte ihn zwischendurch: „Und was wird nun? Ich muss es meinen Eltern sagen und die Schule …"

„Kein Problem, Schatz. Du schmeißt die Schule und bist nur für mich und das Baby da. Kapito!"

„Und das Abi?"

„Wozu brauchst du das Abi? Du hast doch mich. Als Polier verdiene ich genug."

Seine Argumente überzeugten Karin. Zwei Tage später, nachdem die Gynäkologin die Schwangerschaft bestätigt hatte, verlobte Alexander sich mit ihr und kündigte an: „Am Wochenende fahren wir zu deinen Eltern. Ich stelle mich vor, und sage ihnen, dass wir heiraten werden."

Karin stimmte zwar zu, aber ihr war bei dem Gedanken mulmig zumute. Während der Fahrt bat sie Alexander: „Bleib bitte bei mir! Mein Vater sperrt mich sonst wieder ein oder schleppt mich für einen Abbruch in die Klinik. Freuen werden sie sich garantiert nicht."

„Keine Angst, Schatz! Ab jetzt bin ich dein Herr. Kapito!", versicherte er ihr und parkte vor dem Grundstück. Zögernd stieg Karin aus und schloss das Gartentor auf. Hand in Hand betraten sie den Hausflur. Die Mutter rief aus der Küche: „Komme gleich."

Als sie endlich kam, staunte sie über den attraktiven jungen Mann, der an der Seite von Karin stand.

„Wo warst du bloß, Kari? Dein Klassenlehrer war auch schon bei uns, weil du überhaupt nicht mehr in die Schule gekommen bist. Ich wollte die Polizei nach dir suchen lassen, aber Vater wollte das nicht."

Karin ignorierte die Vorwürfe der Mutter und stammelte: „Mutti, wir müssen mit euch reden."

„Was gibt es denn so Eiliges? Ich habe zu tun."

„Bitte, Mutti, es ist wirklich wichtig. Wir wollen heiraten. Ich bin schwanger und …"

„Was bist du?", schrie die Mutter auf.

„Schwanger. Ihr werdet Großeltern."

„Nein, Kari, nein! Das darf nicht wahr sein."

„Doch. Es ist wahr und …"

In dem Moment betrat der Vater das Zimmer, starrte auf das Paar und fuhr seine Tochter an: „Wo hast du dich die ganze Zeit rumgetrieben? Und was darf nicht wahr sein? Raus mit der Sprache! Du …"

„Sie ist schwanger", unterbrach die Mutter seinen Satz und jammerte: „Diese Schande! Was werden unsere Nachbarn und Freunde zu einem unehelichen Kind sagen? Musst du uns so etwas antun!"

Der Vater schrie: „Was hast du dir dabei gedacht, du dummes Ding?", und wandte sich an Alexander: „Sind Sie der Kerl, der das Flittchen missbraucht hat?"

Bevor Alexander antworten konnte, raffte Karin ihren Mut zusammen und verteidigte ihn: „Regt euch nicht so auf! Wir lieben uns und werden demnächst sowieso heiraten."

„Das wird ja immer schöner!", brüllte der Vater. „Da haben wir auch noch ein Wörtchen mitzureden.

Die Mutter hielt der Tochter vor: „Du bist noch minderjährig."

„Aber ich nicht", fuhr Alexander dazwischen und erklärte ihnen: „Wir sind verlobt. Soviel ich weiß, kann das Familiengericht aus diesem Grund für die Hochzeit eine Befreiung von der Volljährigkeit erteilen. Und dahin werden wir uns wenden, denn ihre Tochter wird bald 16."

„Und wovon wollen Sie leben, Sie Wichtigtuer?", fuhr der Vater ihn an.

„Ich bin Polier auf einer großen Baustelle."

Vater knurrte: „Auch das noch! Der hat ja nicht mal studiert? Und mit so was lässt du dich ein, aber für die DDR gerade richtig. Ein Arbeiter in der Familie stärkt das Image."

„Theo, ich verstehe dich nicht. Sollen wir darüber etwa froh sein?"

„Warum nicht? Sind wir das Flittchen wenigstens los."

„Bei euch ist wohl bloß ein Akademiker ein Mensch. Ich höre sowieso mit der Schule auf und kümmere mich nur um Alex und das Baby", erwiderte Karin trotzig.

„Schule schmeißen kommt überhaupt nicht infrage. Du machst das Abitur. Verstanden! Wie stände ich sonst vor den Kollegen da. In was für Klamotten läufst du überhaupt rum?"

„Chic, nicht wahr, Mutti."

Die Mutter erwiderte dazu nichts. Der Vater fuhr Karin erneut an: „Was hast du dir dabei gedacht, mit Kerlen rumzumachen und Schule schmeißen? Antworte gefälligst!"

„Alex wünscht das so."

„So, so, er wünscht das. Und was ist mit einer Ausbildung?"

„Brauche ich nicht. Er verdient ja genug. Und einen hellblauen Wartburg hat er auch."

„Eins sage ich dir, Tochter. Von uns keinen Pfennig. Wo wollt ihr überhaupt wohnen?"

„Bis dahin bleibt meine Frau selbstverständlich bei mir", eröffnete Alexander den Eltern. Sie blickten sich an. Der Vater brüllte plötzlich los: „Welche Frau denn? Etwa Karin?"

„Natürlich. Wer den sonst", erwiderte Alexander ruhig und nahm Karin schützend in seine Arme. Der Vater sprang auf und wollte Karin von ihm wegzerren, aber sie klammerte sich an Alexander und fauchte ihn an: „Deine Herrschaft ist vorbei. Ich gehe mit Alex. Schließlich ist er der Vater meines Kindes und bestimmt ein Besserer als du."

„Und wo wollt ihr wohnen, Fräuleinchen?"

Alexander nahm die Hand seiner Verlobten: „Wir gehen. Ich habe die Schnauze voll."

Schnurstracks verließen sie das Haus und eilten zum Auto. Ehe einer von den Eltern reagieren konnte, raste Alexander davon. Karin erkannte im Rückspiegel, dass ihre Mutter ihnen nachsah.

Im Bauwagen wollte Karin wissen: „Und wann stellst du mich deinen Eltern vor?"

„Überhaupt nicht. Meinen Vater kenne ich nicht, und meine Mutter starb vor vielen Jahren an Bauchspeicheldrüsenkrebs. Ich wuchs bei meiner Oma auf, aber die gibt es auch nicht mehr. Musst schon mit mir allein zufrieden sein."

Karin hatte mit wachsendem Mitleid zugehört und küsste ihn zärtlich.

„Jetzt hast du ja mich."

Er erwiderte ihren Kuss. Seine nachfolgenden Liebkosungen endeten mit wildem Sex. Sie spürte immer noch Schmerzen, obwohl sie sich anstrengte, um sich zu entspannen.

Danach brühte Alexander Kaffee auf und briet die Reste von den Kartoffeln, die sie gestern nicht mehr gegessen hatten. Karin saß inzwischen auf der Bettkante und fühlte sich ziemlich unwohl. Schließlich kannte sie Alexander noch nicht lange. Er grinste sie hin und wieder an. Als er ihr das Essen vorsetzte, meinte er zufrieden: „Das ist geschafft, Schatz. Nun gehörst du für immer mir. Ist nur tüchtig, damit unser Kind groß und kräftig wird. Du bist ziemlich zart."

Dankbar lächelte sie ihn an und verzehrte das dürftige Essen. Danach wusch Alexander das benutzte Geschirr ab und verordnete Karin, dass sie sich hinlegen solle. Er müsse noch etwas erledigen und käme später zu ihr. Sie befolgte seine Anordnung und nahm ängstlich wahr, dass er den Bauwagen von außen abschloss. Irgendwann übermannte sie der Schlaf, aus dem sie ein zärtlicher Kuss weckte.

„Ich habe alle Papiere für dich geholt, Schatz. Morgen fahren wir zum Familiengericht. Schließlich soll unser Kind in eine einwandfreie Familie hinein geboren werden."

„Und meine Eltern? Haben sie dir meine Geburtsurkunde einfach so gegeben?"

„Blieb ihnen nichts weiter übrig. Ich nahm vier meiner kräftigsten Kumpels mit. Als dein Vater uns sah, gab er sie kleinlaut heraus. Übrigens, deine Mutter lässt dich grüßen. Sie will unbedingt bei der Trauung dabei sein. Kann sie von mir aus. Aber jetzt will ich dich weiter verwöhnen."

Alexander küsste sie erregt und flüsterte ihr ins Ohr: „Du bist für mich die geilste Frau auf Erden. Morgen stellen wir beim Familiengericht den Antrag auf Eheschließung. Dann gehörst du für immer mir."

Karin gab sich ihm vertrauensvoll hin und bemühte sich, seinen Rat zu befolgen. Aber sein kurzes Vorspiel an Liebkosungen erreichte bei ihr nicht die Erregung, die sie sich wünschte. Trotzdem erduldete sie bereitwillig seine Stöße und versuchte, den Schmerz im Genitalbereich zu tolerieren. Nachdem er seine sexuelle Ekstase erreicht hatte, blieb er auf ihr liegen und keuchte ihr ins Ohr: „Ich liebe dich wahnsinnig, Schatz."

Er schlief ein. Karin bewunderte seine langen Wimpern, das schwarze, gewellte Haar und seine muskulöse Figur. Sie berauschten seine entspannten Gesichtszüge, sodass sie ihn zart küsste. Fasziniert lauschte sie auf seine regelmäßigen Atemzüge und beglückwünschte sich zu so einem bezaubernden Bräutigam. Alle Klassenkameradinnen werden sie um Alexander beneiden. Bisher war sie stets von Männern übergangen worden, und ihre Mitschüler hänselten sie deswegen oft als Kindchen.

3. Kapitel

Einige Wochen später fand die Anhörung beim Familiengericht in Anwesenheit der Eltern statt. Alexander trug seinen Wunsch auf Eheschließung mit Karin vor und begründete seinen Antrag mit der Schwangerschaft und ihrer Liebe zueinander. Karin schloss sich seinen Worten an. Die Mutter hielt der Richterin vor: „Meine Tochter ist für eine Ehe viel zu jung. Ich bitte Sie, den Antrag abzulehnen."

„Dieser Kerl … hmm … Mann ist nicht gut für meine Tochter. Was kann er ihr als Bauarbeiter schon bieten? Sie soll das Abitur machen und studieren. Ich beantrage, die vorzeitige Eheschließung abzulehnen und den Abbruch der Schwangerschaft zu fordern."

Die Familienrichterin erteilte nach zwei Wochen die Eheerlaubnis. Die Mutter wollte gegen das Urteil Widerspruch einlegen, aber der Vater widersprach ihr: „Lass es sein! Endlich sind wir die Göre los."

Alexander fuhr mit Karin nach dem Erhalt des Urteils direkt zum Standesamt, um das Aufgebot zu bestellen. Karin teilte den Eltern mit, wann der Termin für die Trauung sein wird. Die Mutter weinte am Telefon, und der Vater knurrte: „Die Feier findet bei uns statt."

Alexander begleitete nach der Arbeit Karin in ein Geschäft für Brautmoden. Er wählte für sie ein schulterfreies weißes Brautkleid aus Plauener Spitze und einen passenden Schleier aus. Für sich erstand er einen Anzug in Schwarz mit einer roten Krawatte und ein weißes Oberhemd aus Polyester. Die Trauringe empfand Karin als zu schlicht, aber Alexander meinte: „Unsere Ehe wird äußerst erotisch werden, Schatz. Nicht alles ist Gold, was glänzt. Such dir noch ein Collier aus, damit der Ausschnitt wirkt."

Karin konnte den Termin der Vermählung kaum erwarten und himmelte ihren zukünftigen Ehemann an. In dem Bauwagen fühlte sie sich wohl. Sie musste nicht mehr täglich in die Schule gehen. Sie brauchte nicht mehr Tag für Tag zu lernen. Sie musste nicht mehr die Bestrafungen ihres Vaters ertragen. Karin gefiel ihr Leben. Sie hielt den Bauwagen sauber, kaufte für Alexander und sich ein und kochte ihre Lieblingsgerichte. Sie wusch die Wäsche und freute sich jeden Abend auf Alexanders Heimkehr. Oft brachte er ihr Pralinen, Blumen oder Schmuck mit. Sie konnte es kaum erwarten, den Glanz seiner Augen wahrzunehmen, wenn er seinen Trieb in ihr befriedigt hatte.

Einen Tag vor der standesamtlichen Trauung klopfte es an die Tür. Alexander hätte längst Feierabend haben müssen. Karin öffnete in dem Glauben, er habe sich eine neue Überraschung für sie ausgedacht. Verblüfft starrte sie auf einen gedrungenen, kahlköpfigen Mann, dessen Gesicht mit Narben verunstaltet war. Erschrocken wollte sie die Tür schließen, aber er stellte seinen Fuß in den Spalt und säuselte: „Na, schöne Frau, ick will bloß zu sie rin. Bin een Kumpel vom Boss und will mir nur untahaltn."

Von Weitem hörte Karin Alexander rufen: „Lass meine Frau in Ruhe, Bodo!"

Der mit Bodo angeredete Mann grinste Karin frivol an und bedauerte: „Schade! Vielleicht een anderet Mal."

Er rannte davon. Inzwischen erreichte Alexander seine Braut und fragte sie: „Was wollte der denn von dir?"

„Du, der wollte sich mit mir unterhalten. Kennst du den?"

„Ja. Ist in meiner Brigade. Aber lass den nie rein! Der ist nicht ganz koscher. Zum Glück kam ich noch rechtzeitig und morgen … morgen, Schatz, gehörst du mit Haut und Haaren mir. Lass uns die Festkleidung rauslegen und dann ab ins Bett!"

Die standesamtliche Trauung fand 1976 im Monat der zweiten Rosenblüte unter den Klängen von Johann Strauß aus dem „Zigeunerbaron „Wer uns getraut" statt. Die Eltern der Braut starrten mit sauertöpfischen Minen vor sich hin. Die gesamte Brigade von Alexander weilte ebenfalls im Saal. Nachdem das Brautpaar sich das Jawort gegeben, die Ringe angesteckt hatte und sich küsste, klatschten alle und schrien Hurra. Zur anschließenden Feier begaben sie sich auf Wunsch der Eltern in ihr Haus. Die Mutter hatte beim Bäcker Torten und Blechkuchen bestellt, die der Vater abgeholt hatte. An der festlich gedeckten Tafel verschlangen die Mitglieder der Brigade im Nu die köstlichen Backwaren und redeten Alexander mit Boss an. Das gefiel der Mutter. Als Alexander sie fragte: „Wo sind denn die Getränke?", schleppte der Vater einen Kasten mit Selters und fünf

Flaschen Sekt heran. Alexander blickte geringschätzig auf das Angebot. Er beauftragte zwei seiner Bauarbeiter, reichlich an hochprozentigen Getränken zu beschaffen. Nachdem sie mit Wodka und Nordhäuser Doppelkorn zurückgekehrt waren, begann eine Feier, die Karin in dieser Form noch nie erlebt hatte. Die Gäste tranken gleich aus den Flaschen. Das missfiel den Eltern sehr. Unter den Brigademitgliedern weilte auch Bodo, der mehrmals versuchte, sich der Braut zu nähern, aber sie entwischte ihm immer. Es gelang ihm jedoch, sie zu greifen und in den Garten zu schubsen.

„Lass mich los!", forderte Karin, aber er kicherte und nuschelte: „Noch nüscht von Entführung jehört?"

Er stieß sie hinter einen Schuppen. Karin ekelte sich vor dem Mann und wollte sich aus seinen Händen winden. Er drückte sie gegen die Wand und verschloss ihr mit seinem Mund den ihren. Mit einer Hand hob er ihr Brautkleid hoch und grapschte ihr in den Schritt. Seine andere Hand bugsierte ihre zu seinem Hosenschlitz und rieb sie auf und ab. Plötzlich ertönten Stimmen, die nach Karin riefen. Sie trat mit der Ferse gegen die Holzwand des Schuppens. Alexander tauchte auf und erkannte sofort die Situation. Er riss Bodo von Karin und brüllte ihn an: „Lass deine Finger von meiner Frau, du Miststück! Und jetzt hau ab! Auf der Arbeit reden wir Tacheles!"

Bodo verschwand in Windeseile. Alexander umarmte seine Frau: „Hat der etwa mit dir?"

„Nicht wirklich, aber widerlich ist der."

Alexander führte sie zurück zu den Gästen und empfahl ihr: „Vergiss ihn! Den nehme ich mir morgen zur Brust. Und nun lass uns feiern!"

Er flößte seiner Frau ebenfalls von dem Wodka viel ein, obwohl sie das Zeug gar nicht mochte. Alexander kannte kein Erbarmen. Als er meinte, sie sei bereit für seine Wünsche, trug er sie in das Schlafzimmer ihrer Eltern und vergnügte sich mit ihr nach seinen Wünschen. Karin, betrunken, wie sie war, erlaubte ihm alle Praktiken, die er genoss. Als die Eltern in ihren Betten schlafen wollten, überraschten sie die beiden bei wildem Sex. Der Vater wollte eingreifen, aber die Mutter beruhigte ihn: „Lass sie! Es ist ihre Hochzeitsnacht. Du warst auch nicht anders."

Nachdem alle Gäste aus dem Haus waren, schliefen sie auf der Couch im Wohnzimmer. Die Teilnehmer der Brigade randalierten noch einige Zeit im Garten und nächtigten sturzbetrunken auf dem Rasen.

In der Morgendämmerung warf der Vater sie von dem Grundstück und beschwerte sich bei seinem Schwiegersohn. Alexander entschuldigte sich für das Benehmen seiner Brigade und fügte hinzu: „Auf dem Bau ist das üblich."

Die Frischvermählten siedelten in den Bauwagen um. Nach dem Umzug öffnete Alexander eine Sektflasche und füllte zwei Gläser bis zum Rand. Eins reichte er seiner Frau und prostete ihr zu: „Auf uns, Schatz! Jetzt können wir machen, was und wie wir es wollen."

Auch Karin gefiel es, mit ihm allein zu sein und nicht mehr die vorwurfsvollen Blicke der Eltern am Morgen ertragen zu müssen. Aufgrund der Schwangerschaft überließ sie Alexander den Rest aus der Flasche.

In der ersten Nacht weigerte sich sie zum ersten Mal, mit ihm Geschlechtsverkehr zu haben, weil sie sich total erschöpft von der Hochzeitsnacht fühlte. Er ohrfeigte sie und erzwang sich seine Triebbefriedigung. Karin weinte dabei, aber das störte ihn nicht. Als seine Liebesglut gestillt war, rollte er von ihr und schlief ein.

Am Morgen entschuldigte er sich bei ihr: „Schatz, es tut mir leid! Verzeih mir bitte! Es kommt bestimmt nicht wieder vor, aber du darfst mich doch nicht abweisen. Wir sind nun ein Ehepaar, und mir stehen gewisse eheliche Rechte zu, die du akzeptieren musst."

„Ich liebe dich, Alex, aber meistens schmerzt mich deine Wildheit. Sei doch vorher ein bisschen zärtlich, damit auch ich in Stimmung komme! Vor allem jetzt, wo ich schwanger bin."

„Sehe ich ein!", meinte er. „Ich werde vorsichtiger sein."

Sein Versprechen beglückte Karin. Als er ihr am nächsten Tag einen Strauß dunkelroter Rosen mitbrachte, schäumte sie über vor Glückseligkeit und ließ sich auf seine Liebkosungen ein. Er verwöhnte sie auch weiterhin mit Geschenken, aber wenn er Alkohol getrunken hatte, vernachlässigte er jede Zärtlichkeit und drang sofort brutal in sie ein. Wenn Karin dabei aufschrie, schlug er sie, bis sie ihm ihren Körper widerstandslos überließ.

Der Winter nahte schneller als gedacht. Karin fror ständig in dem Bauwagen, obwohl in dem Kanonenofen ununterbrochen Holz und Kohlen brannten. Als ihre Eltern sie besuchten, erschütterte es sie, wie die Tochter wohnte. Die Mutter forderte sie auf: „Kommt zu uns! In deinem Zimmer ist mehr Platz als hier."

Karin überredete Alexander für den Umzug. Er sah ein, dass es für seine Frau und den bevorstehenden Nachwuchs auf Dauer bei ihm zu eng war. Sie richteten Karins Zimmer her und verbrachten den Winter mit den Eltern in einer Wohnung. Alexander verdross ihre ständigen Ermahnungen, nachts etwas leiser zu sein. Die Mutter meinte auch, er solle Karin mehr schonen. Schließlich sei sie schwanger und nicht die Stärkste. Die Eltern erfüllte weiterhin die zeitige Heirat ihres einzigen Kindes nicht mit Freude. Auch das Benehmen des Schwiegersohns gefiel ihnen nicht besonders. Wenn sie jedoch sahen, wie verliebt der ungewollte Schwiegersohn Karin anhimmelte und mit Geschenken überhäufte, versöhnte sie seine Liebe zu der Tochter mit der frühzeitigen Hochzeit.

Alexander übernachtete öfter in seinem Bauwagen. Als Begründung gab er Überstunden an. Außerdem warnte er Karin: „Geh nicht alleine im Dunkeln raus, Schatz! Seit einiger Zeit vergewaltigt ein Triebtäter junge Frauen. Er soll bucklig und ziemlich grausam sein. Hast du davon nichts in der Zeitung gelesen oder im Fernsehen gehört?"

Karin verneinte und versprach ihm, seine Mahnung zu beherzigen. Weihnachten schleppte er eine riesige Edeltanne ins Haus. Auch Weihnachtskugeln und Strohsterne, Lichterketten und eine Baumspitze hatte er dazu erworben. Mit Karin schmückte er sie zu einem prächtigen Weihnachtsbaum. Am Heiligen Abend schenkte er seiner Frau eine goldene Spangenuhr und seiner Schwiegermutter eine silberne Halskette mit einem Anhänger ihres Sternzeichens. Der Schwiegervater erhielt gefütterte Pantoffeln. An dem Stollen, den die Mutter gebacken hatte, labte er sich ausgiebig und lobte ihre Kochkünste. Den Jahreswechsel wollte er mit seiner Brigade begießen und forderte seine Frau auf: „Schatz, da musst du dabei sein! Ich hab' genug von der Gemütlichkeit bei deinen Eltern", aber Karin wies seinen Vorschlag ab. Missmutig fuhr Alexander Silvester am Nachmittag zu der Gaststätte, in der gefeiert werden sollte. Die Eltern hielten ihn nicht zurück und waren froh, die Tochter unter ihrer Obhut zu wissen. Sie begingen den Wechsel ins neue Jahr ruhig und besinnlich. Nach Mitternacht wartete Karin ungeduldig auf Alexander. Gleichzeitig fürchtete sie, dass er betrunken sei und über sie herfallen werde. Er kehrte erst am dritten Januar zurück und brachte ihr Pralinen für die entgangene Fete mit. Außerdem blieb er während der Frosttage Zuhause. Es ärgerte die Mutter, weil das Ehepaar meistens bis zum Mittag im Bett blieb. Das rhythmische Knarren der Bettfedern erklang aus dem Schlafzimmer bis in die Küche und missfiel der Mutter. Wenn sie sich darüber bei ihrem Ehemann beschwerte, meinte der bloß: „Lass sie doch! Sind junge Leute."

Zu Beginn des Frühlings begannen auf den Baustellen verstärkt die Arbeiten. Karins Eltern boten dem Ehepaar an: „Wollt ihr euch die Laube neben der Garage als Bungalow ausbauen?"

Begeistert nahmen sie das Angebot an. Zunächst räumte Alexander die Laube auf. Er beseitigte die uralten Tapeten und die Holzwände. Zusammen mit einigen Brigademitgliedern baute er an den Wochenenden eine Toilette mit Waschecke ein und liquidierte das Plumpsklo im Garten. Die gesamte Laube gestalteten sie in einen bewohnbaren Bungalow um. Damit der Umbau von außen nicht auffiel, umgaben sie das Gebäude mit alten Holzplatten. Von Karin verlangte er, dass sie sich wegen der Schwangerschaft mehr schonen müsse. Dankbar nahm sie sein Angebot an und wunderte sich, dass er wenig Sex von ihr verlangte. Noch mehr befremdete es sie, dass er abends immer später heimkam. Wenn sie ihn deswegen ansprach, rechtfertigte er sich: „Auf dem Bau ist eben nicht immer pünktlich Feierabend. Besonders ich als Leiter der Baustelle trage die Verantwortung und muss mich immer überzeugen, dass alles seine Ordnung hat, bevor ich Feierabend mache. Kapito!"

So recht glaubte Karin ihm das nicht, denn sie hatte hin und wieder Spuren von Lippenstift an seinem Hals bemerkt und an seiner Kleidung Parfüm gerochen. Eifersucht überfiel Karin, obwohl Alexander ihr immer wieder versicherte, dass er nur sie liebe und ihr häufig Blumen des Frühlings mitbrachte.

Am 1. April 1977 beendete Alexander den letzten Anstrich am Bungalow. Als sie zum ersten Mal dort schliefen, eröffnete er Karin: „Schatz, wir beginnen jetzt mit dem 1. Wohngebiet für Marzahn, dem neuen Stadtbezirk von Berlin. Laut Plan sollen die ersten 4300 Wohnungen mit den dazugehörigen gesellschaftlichen Einrichtungen 1978 fertig sein. Mir ist eine von den ersten Neubauwohnungen mit Einbauküche versprochen worden. Dann haben wir endlich unser eigenes Reich und müssen uns nicht dauernd von deinen Eltern bevormunden lassen. Was sagst du dazu?"

„Super, Alex! Hier haben wir es doch auch nicht schlecht. Besonders, wenn das Kleine da ist, habe ich gleich Hilfe von meiner Mutti."

„Stimmt schon, aber ich glaube, deine Eltern mögen mich nicht."

„Wie kommst du denn darauf?"

„Ist mein Eindruck. Nun ruh dich aus und freu dich mit mir auf unser eigenes Heim. Morgen ziehen wir sowieso in den Bauwagen. Dann können wir leben, wie es uns gefällt."

Die Mutter kam dazu und erkundigte sich: „Wollt ihr wirklich morgen in den Bauwagen ziehen? Das Baby kommt bald."

Karin blickte aus Verlegenheit zu Boden. Alexander erwiderte: „Na klar! Wir können euch doch nicht auch noch den Sommer über belästigen."

Nach dem Umzug freute Alexander sich auf die erste ungestörte Nacht mit seiner Frau. Sie mussten nicht am Morgen die mürrischen Minen der Schwiegereltern ertragen, weil Karin wieder beim Sex vor Schmerzen zu laut gestöhnt hatte. Auch die Vorhaltungen der Schwiegermutter hin und wieder, dass er seine Frau wegen der Schwangerschaft schonen solle, entfielen nun. Als er sich gerade ein Bier gönnen wollte, setzten bei Karin die Wehen ein. Alexander rannte zum Telefonhäuschen und alarmierte die Feuerwehr. Innerhalb von wenigen Minuten ertönte das Tütata. Kurz darauf lag Karin im Kreißsaal. Alexander durfte nicht mit hinein und begab sich in die nächste Gaststätte, um seinen neuen Status als Vater zu begießen.

Der Geburtsvorgang quälte Karin, und sie verfluchte die Schwangerschaft. Stunde um Stunde ertrug sie die Schmerzen und stieß manchen Wehlaut aus. Die Hebamme beruhigte sie öfter und behauptete: „Es ist bald soweit, Frau Meyer. Nur noch ein wenig Geduld."

Der Geburtsvorgang dauerte jedoch noch einige Stunden. Als Karin schließlich ihren Sohn, den sie Florian nannte, im Arm hielt, entmachtete das Glücksgefühl die Schmerzen der Wehen. Alexander freute sich riesig über den Sohn und feierte seine Geburt mit der gesamten Brigade.

Als er seine Frau mit dem Baby aus dem Krankenhaus abholte, fuhr er sofort mit ihnen zu den Schwiegereltern. Stolz schob er den Kinderwagen ins Haus. Die Großeltern sahen ihren Enkel zum ersten Mal und freuten sich sehr über den Säugling. Die Mutter gab der Tochter einige Ratschläge und riet ihr: „Bleibt doch die ersten Wochen im Bungalow. Ich helfe dir."

Alexander stimmte mürrisch zu. In der Nacht näherte er sich Karin mit eindeutigen Absichten. Die für ihn endlos erscheinende Abstinenz wollte er nun beenden. Sie fühlte sich von der Geburt noch sehr schwach und bat ihn: „Bitte, Alex, noch nicht!"

Er hielt ihr vor: „Wie lange denn noch? Lass mich endlich rein. Mehr brauchst du nicht zu tun."

Karin erduldete seinen ausgiebigen Sex, denn sie liebte ihn abgöttisch. Ihre anschließenden Blutungen erschütterten Alexander nicht besonders: „Ist eben nach einer Geburt so. Hört von allein wieder auf."

Er schlief befriedigend neben ihr ein.

Am Morgen begeisterte ihn der Anblick von Karin, die den Säugling stillte. Alexander ordnete an: „Wir ziehen wieder in den Bauwagen. Pack unsere Sachen!"

Die Mutter sagte dazu nichts. Sie weinte, als das Auto mit dem Enkel abfuhr. Alexander hatte bereits den Bauwagen wohnlich eingerichtet.

Seine Freude über das Baby trübten die Nächte, denn es entwickelte sich zum Schreikind. Alexander reagierte darüber oft ungehalten, weil er seinen Sex nicht mehr so praktizieren konnte, wie er es gewöhnt war. Manchmal musste er ihn sogar unterbrechen, weil Karin ihn wegdrängte, um den schreienden Säugling mit ins Bett zu holen. Wenn er endlich schlief, fiel Alexander regelrecht über sie her. Sie traute sich nicht, ihn nochmals abzuwehren, um das Baby nicht zu wecken und damit erneut den Unmut ihres Ehemanns auszulösen. Sie ertrug seine Liebesglut, ohne selbst außer den üblichen Schmerzen irgendetwas von dem zu empfinden, dass Alexander so beglückte. Danach befahl er ihr: „Ab jetzt nimmst du die Pille! Noch einmal darf dir so ein Malheur nicht passieren."

Sie gehorchte. Alexander trieb es jede Nacht mit ihr. Karin fühlte sich morgens wie gerädert, aber sie fürchtete seine Schläge, wenn er getrunken hatte und sie sich widersetzte. Tagsüber ruhte sie sich aus und versorgte das Baby. Alexander kümmerte sich nicht weiter um den Sohn, den er nur als Schreihals bezeichnete. Mitunter blieb er die Nacht über weg und kam am nächsten Abend gut gelaunt nach Hause. Hin und wieder brachte er für Karin einen Strauß Blumen mit.

Karins Mutter besuchte den Enkel öfter und bemerkte bei einem ihrer Besuche: „Ich weiß nicht, Kari, oder bilde ich es mir ein, dass du immer dünner wirst? Geht es dir nicht gut?"

„Du irrst dich. Ich fühle mich wohl, und der Kleine gedeiht prächtig."

„Oder ist was mit Alex?"

„Keine Sorge, Mutti, mit Alex ist alles in Ordnung."

Den Winter verbrachten sie wieder bei den Eltern im Haus, denn im Bungalow war es für den Säugling zu kalt. Alexander nahm sich nicht zusammen. Jede Nacht zwang er seine Frau zum Sex, die ihr Stöhnen vor Schmerzen unterdrückte, damit die Eltern es nicht hörten und das Baby nicht aufwachte. Die Mutter kümmerte sich tagsüber rührend um den Enkel, weil Karin sich von der Nacht erholen musste. Der Vater bedachte ihn nur mit finsteren Blicken. Er behinderte durch sein Schreien sein gewohntes, ichbezogenes Leben mit seiner Frau. Sein Unmut wegen des Störenfrieds und die Vorwürfe der Mutter endeten erst, als Alexander mit seiner Familie im Juli 1978 in eine Neubauwohnung im Stadtbezirk Marzahn einziehen konnte. Die Eltern schenkten ihnen Geld zum Anschaffen der Einrichtung. Alexander tapezierte zuerst das Kinderzimmer und kaufte mit Karin für seinen Sohn entsprechende Möbel. Sie selbst nächtigten auf Matratzen, die im Schlafzimmer auf dem Fußboden lagen. Das Wohnzimmer füllten lediglich ein Tisch mit vier Stühlen und eine Anrichte. Alexander schuftete unermüdlich. Bereits ein Jahr später war die Wohnung komplett eingerichtet, und Florian hatte sich inzwischen zu einem ruhigen Kind entwickelt.

4. Kapitel

Alexander hatte ihr erlaubt, sich aus der Bibliothek Bücher auszuleihen. Für gewöhnlich legte Karin sich nach dem Mittagessen hin, um in einem der Romane zu lesen. Oft fielen ihr dabei die Augen zu, und sie schlief einige Minuten. Florian hatte meistens noch Unterricht. So auch am Freitag, dem 3. April 1987.

Zu ungewöhnlicher Zeit rasselte es im Schloss an der Wohnungstür. An der Art und Weise, wie aufgeschlossen wurde, und an den darauf folgenden Schritten erkannte sie ihren Ehemann. Er stürmte gleich zu ihr ins Schlafzimmer. Karin wappnete sich, weil sie befürchtete, dass er sofort über sie herfallen werde. Doch er blieb im Türrahmen stehen, räusperte sich und informierte sie stockend: „Deine Mutti ... sie hat angerufen ... dein Vater ... er ist tot."

Sie schaute ihn an, als habe er gesagt, der Mond käme gleich zu Besuch. Er wiederholte eindringlich: „Deine Mutti hat angerufen. Wir sollen kommen. Dein Vater ist tot."

Ungläubig blickte Karin zu ihm hoch und begriff erst nach einigen Sekunden seine Aussage. Statt Trauer erfüllte sie Zufriedenheit. Ihr kam es vor, als wäre eine Zentnerlast von ihr gewichen. Ab jetzt konnte sie hoffen, in absehbarer Zeit eine Mutter zu haben, die sich nicht mehr vor ihrem Mann rechtfertigen musste, wenn sie ihr oder ihrer Familie irgendetwas geschenkt hatte.

Da Karin noch immer nicht angemessen reagierte, wiederholte Alexander abermals seine Botschaft: „Bist du taub? Dein Vater ist tot", und mahnte: „Steh auf! Wir müssen hin, bevor er abgeholt wird. Sie wartet."

Karin sprang aus dem Bett und erwiderte: „Bin gleich fertig. Und was machen wir mit Flo? Der hat noch Unterricht."

„Der kommt natürlich mit. Ich rede mit der Lehrerin", bestimmte Alexander. Wenige Minuten später durften sie nach einem kurzen Gespräch mit der Klassenlehrerin ihren Sohn aus dem Unterricht nehmen. Alexander raste mit seinem Wartburg zu seiner Schwiegermutter. Während der Fahrt erinnerte Karin sich an ihren Opa, der viel zu früh diese Welt verlassen musste. Als er noch lebte, pflanzte er im Garten der Eltern unscheinbare Obstbäume, die er aus der Geburtsstadt von Karins Mutter extra mitbrachte. Sie hatten sich inzwischen zu kräftigen Bäumen entwickelt und trugen die köstlichsten Früchte, die Karin jemals gegessen hatte. Sie dachte an den himmelblauen Holzroller, den er für sie angefertigt und ihr als Weihnachtsmann verkleidet am Heiligen Abend geschenkt hatte. Sie erinnerte sich auch an die wunderschönen Urlaube mit der Mutter bei den Großeltern, die Karin über alles liebten und verwöhnten. Vor der Mutter des Vaters fürchtete sie sich als Kind. Wenn sie nicht jeden Morgen zu ihr ging, um sie mit einem Knicks zu begrüßen, beschwerte sie sich am Abend bei ihrem Sohn. Mit finsterer Miene befahl er Karin, den Teppichausklopfer zu holen und sich über den Sitz eines Stuhles zu legen. Der Vater drosch damit auf ihr Hinterteil, bis sie schrie. Bei jedem Schlag trichterte er ihr ein: „Du sollst gehorsam sein!"

Er hörte erst auf, bis sie verstummt war. Seine Ehefrau musste auch seine Anweisungen beherzigen. Er schlug sie zwar nicht, aber mit seinen Launen schikanierte er sie und ließ sich bedienen. Beim Frühstück verlangte er, dass sie in seine Tasse den Kaffee goss und ihm ein Brötchen mit Butter und Salami und ein zweites mit Butter und Marmelade auf seinen Teller legte. Er forderte, dass abends, wenn er von der Arbeit kam, sein Abendessen auf dem Tisch stand. Sobald er saß, musste sie unaufgefordert seinen Teller füllen.

Karin erinnerte sich an den wundervollen Morgen, als die Mutter sie weckte, nachdem der Vater zur Arbeit gegangen war, und ihr eröffnete: „Zieh dich schnell an! Wir fahren zu den Großeltern."

Sie floh mit Karin aus dem Haus der Strenge und Tränen zurück in die Kleinstadt am Rande des Kyffhäusergebirges. Dort fühlten sie sich Zuhause. Die Mutter weinte überhaupt nicht mehr. Karin genoss ihr Lachen, das sie noch nie so lebenslustig empfunden hatte. Auch ihre Freundin Gerda, Karins Patentante, und alle anderen Freundinnen besuchten sie. An manchen Tagen wanderten sie durch den herrlichen Laubwald, sangen bekannte Wanderlieder und picknickten auf Lichtungen. Brotplätze, die mit Kümmel und Salz bestreut und mit Hackepeter gefüllt waren, schmeckten Karin vorzüglicher als jeder Braten. Ein beliebtes Ziel war die

Wanderung über das Gebirge zum Kyffhäuser. Das Denkmal beeindruckte Karin schon als kleines Kind. Damals fühlte sie sich bei den Großeltern so wohl, wie nirgendwo, und glaubte, für immer bei ihnen bleiben zu dürfen. Doch Else billigte die Flucht ihrer Tochter nicht und hielt ihr vor: „Du musst zurück, Ilse. Er ist schließlich dein Mann, und du kannst dem Kind nicht den Vater nehmen."

Karin betete, dass die Mutter hart bliebe. Jedoch es geschah anders, als sie es sich gewünscht hatte. Schon nach zwei Wochen brachte der Postbote ein amtliches Schreiben von einem Anwalt. Er teilte der Mutter mit, dass ihr Ehemann nur in eine Scheidung einwillige, wenn er das gemeinsame Kind bekäme. Tieftraurig und weinend reisten sie wieder nach Berlin. Von nun an durften sie nur einmal Jahr zu den Großeltern. Mit Sehnsucht dachte Karin an die Ausflüge zurück, die abrupt endeten, als der Vater beschloss, seinen Urlaub ebenfalls mit ihnen dort zu verbringen. Von da ab galt nur, was er bestimmte.

Jahre später fragte Karin ihre Mutter: „Warum bist du damals zurückgefahren?"

„Er war doch dein Vater."

Als Karin 14 Jahre alt war, vernahm sie bei einer Auseinandersetzung der Eltern, dass der Vater seiner Frau offenbarte: „Wären wir vor Jahren geschieden worden, hätte ich das Kind niemals behalten. Es wäre in ein Heim gekommen."

Nun fuhren Alexander, Florian und Karin zu der Mutter, die bestimmt neben ihrem verschiedenen Mann saß und auf sie wartete. Karin hatte ihn zeitlebens gefürchtet.

Alexander bog von der Hauptstraße ab und sauste an der schlichten Kirche vorbei. Karin fragte sich, ob das Leben ohne diesen Vater angenehmer sein werde. Sie konnte es sich nicht vorstellen, denn noch schwebte seine Anwesenheit wie ein Tyrann über ihr. Ihre gesamte Kindheit prägte seine Strenge. Niemals gönnte er ihr ein freundliches Wort oder verwöhnte sie mit Zärtlichkeiten, wie es andere Väter taten. Er forderte Höchstleistungen in der Schule von ihr, Hilfe bei der Gartenarbeit und im Haushalt. Außerdem befahl der Vater, dass sie sich still zu beschäftigen habe. Er wünschte keine Kinder in seinem Garten und in der Wohnung. Wenn sie nicht parierte, verdrosch er sie. Auf diese Weise erzog er sie zu einem ängstlichen Kind, das immer darauf bedacht war, ihm und seiner Mutter keinen Grund zur Klage zu geben. Er fand immer einen Anlass, sie zu bestrafen. Die Mutter weinte viel, wenn der Vater nicht anwesend war, denn die Boshaftigkeit der Oma kannte keine Grenzen. Sie hielt ihr vor, ein Landei zu sein, und unfähig sei, einen Sohn zu gebären. Außerdem lebe sie nur auf Kosten ihres Sohnes. Wenn der Vater anwesend war, gab sie sich freundlich. Die Boshaftigkeiten der Schwiegermutter vergällten ihr das Leben. Sie wagte nicht, sich bei ihrem Mann zu beschweren, denn er glaubte seiner Mutter mehr.

Ansonsten empfand Karin sich wie ein lästiges Anhängsel und entwickelte sich zu einem in sich gekehrten, nachdenklichen Mädchen. Ihre Erziehung wirkte sich natürlich auch in der Schule aus. Karin traute sich nicht zu melden, obwohl sie die Antwort wusste. Allmählich verstummte sie vollkommen, und ihre Klassenkameraden mieden sie als Sonderling. Im Stillen dachte sie sich Erzählungen aus und drang immer mehr in die Welt der Sagen und Märchen ein.

Nach der Umschulung von der vierklassigen Grundschule im Siedlungsgebiet in die Mahlsdorfer Schule schwieg sie auch, wenn Lehrer sie fragten. Sie stand zwar höflich auf, aber sie beantwortete die Frage nicht, obwohl sie die Antwort wusste. Auf diese Weise häuften sich die schlechten Zensuren. Bei schriftlichen Arbeiten erhielt sie eine sehr gute Note. Einige Lehrer verdächtigen Karin deshalb, dass sie abgeschrieben habe. Beweisen konnte das keiner. Deswegen prüften sie ihr Wissen mündlich. Weil Karin weiterhin schwieg, erhielt sie immer mehr schlechte Noten. Als auf dem Halbjahreszeugnis zu Weihnachten „versetzungsgefährdet" stand, verpasste der Vater ihr nicht nur eine anständige Tracht Prügel, sondern bestrafte sie, während der gesamten Weihnachtsferien das angeblich Vernachlässigte nachzuholen. Abends fragte er den Lehrstoff ab. Tagsüber lernte Karin ganze Seiten auswendig und schlotterte vor Angst bei Heimkehr des Vaters. Nach dem Abendessen trug sie das auswendig Gelernte ständig im Flüsterton vor. Die Mutter blickte sie oft traurig an. Sie musste bei den Züchtigungen der Tochter zusehen. Karin dachte manchmal, dass auch sie sich vor seinen Ausbrüchen ängstigte, weil sie nie wagte, ihr beizustehen. Bevor sie Karin nach dem Ende der Bestrafung tröstete, versteckte sie ihr Taschentuch, aber die Tochter bemerkte trotzdem die heimlich vergossenen Tränen in ihren Augen.

Als nach den Ferien der Schulunterricht begann, drohte der Vater: „Wenn auf dem nächsten Zeugnis auch nur eine einzige Drei auftaucht, bestrafe ich dich härter als jemals zuvor."

Aus Angst lernte die Tochter ganze Passage aus den Schulbüchern auswendig, und die Lehrer waren sprachlos. Anfangs glaubten sie, Karin lese aus einem der Lehrbücher ab, und sie musste nach vorne kommen. Auch dort trug Karin tatsächlich den gesamten Text aus dem Lehrbuch buchstäblich Wort für Wort genau vor und überzeugte die Lehrer von ihrem Wissen. Trotzdem blieb sie immer ein sehr ruhiges Kind, aber jetzt mit ausgezeichneten Zensuren. Karins Klassenlehrer beantragte bei der Schulbehörde, dass sie aufgrund ihrer außergewöhnlichen Leistungen die Zulassung zur EOS erhalten müsse. Sein Antrag wurde bewilligt. Nach der achten Klasse durfte sie die Erweiterte Oberschule besuchen, obwohl der Vater Akademiker war. Den Besuch dieser Schule gewährte die Schulbehörde eigentlich nur Kindern, deren Eltern von Beruf Arbeiter oder Bauern waren. Diesen Erfolg der Tochter hatte der Vater mit keinem Wort gewürdigt.

Als Karin im September 1977 Alexander Meyer geheiratet hatte, änderte der Vater sein Verhalten ihr gegenüber ebenfalls nicht. Einen Bauarbeiter empfand er als nicht standesgemäß.

Durch Florians Geburt hoffte Karin auf ein wenig Sonnenschein von seiner Seite aus. Eigentlich sollte sie nach den Wünschen des Vaters ein Junge werden und bekam dieses Defizit ihr Leben lang zu spüren. Doch der Enkelsohn brachte nicht die ersehnte Wende. Außer ihm mit erhobenem Finger und grimmigem Gesichtsausdruck zu drohen, wenn er nach seiner Auffassung unartig gewesen war, mit mehr beachtete er ihn nicht. Der Vater schien hinter allem und jenem Böses zu wittern. Den Enkel schaute er zwar öfter kritisch an, aber ihn auf den Arm nehmen, wie es andere Großväter mit ihren Enkelkindern taten, das hatte er nie fertiggebracht.

Nun gab es ihn nicht mehr. Hinterließ er überhaupt irgendeine Lücke? Bestimmt nur für die Mutter, denn sie beugte sich stets seinen Entscheidungen. Obwohl sie gern gearbeitet hätte, durfte sie es nicht. Ausschließlich für seine Wünsche sollte sie da sein. Für ihn kochen und waschen, ihn bedienen und seine Lust stillen. Das wiederum verärgerte seine Mutter, die mit im Haus wohnte. Wenn er abwesend war, hatte sie der Schwiegertochter immer wieder vorgehalten: „Wie musste ich als junge Frau schuften! Und du führst ein Faulenzerleben auf Kosten meines Sohnes."

Die Mutter weinte häufig wegen dieser Vorwürfe, aber sie wehrte sich nie. Außerdem schlug die Oma Karin, wenn sie mit ihr allein war. Eines Tages lag sie in der Küche und atmete nicht mehr. Nun war der Sohn ihr gefolgt.

Alexander hielt vor dem Grundstück. Die Mutter erwartete sie bereits am Gartentor. Karin umarmte sie. Alexander reichte ihr steif die Hand und sprach sein Beileid aus. Während Karin und Florian mit der Mutter ins Haus gingen, begab sich Alexander in den hinteren Teil des Gartens, um ihre ausgebaute Laube zu besichtigen. Bis zu Florians Einschulung wohnten sie vom Frühling bis zum Herbst in dem Gebäude. Nachdem Florian die Schule in ihrem Wohnbereich besuchte, lebten sie nur noch während der Ferien und in der warmen Jahreszeit jedes Wochenende dort. Nachdem Alexander sich überzeugt hatte, dass alles in Ordnung war, ging er ins Wohnhaus.

In der Stube erzählte die Mutter ihnen die Ereignisse in den Morgenstunden: „Wir hatten gefrühstückt. Vater wollte abwaschen. Ich ging ins Schlafzimmer, um die Betten zu machen. Plötzlich hörte ich ein Geräusch. Dann schlagartig Stille. Danach wieder dieses seltsame Geräusch, als sänge er. Das kam mir eigenartig vor. Ich ging ins Wohnzimmer. Da lag er auf dem Teppich. Nach einem tiefen Atemzug folgte keiner mehr. Es war genau zehn Uhr heute Vormittag. Wollt ihr ihn noch einmal sehen, bevor er abgeholt wird? Er liegt im Schlafzimmer."

Nein. Keiner wollte ihn noch einmal sehen. Trauer empfand Karin nicht, sondern nur Erleichterung. Wie oft hatte die Mutter gebetet, dass sie einmal übrig bliebe. Irgendeine himmlische Macht hatte ihr Flehen erhört.

Als das Bestattungsinstitut den Leichnam des Vaters abholte, begleitete die Mutter den Sarg zum Gartentor und sah dem Leichenwagen lange hinterher.

Karin hielt sich mit ihrer Familie in der Küche auf und flüsterte vor sich hin: „Nun ist deine Diktatur vorbei. Ich brauch dich nie mehr zu sehen, denn nun musstest du von uns gehen. Du warst für mich immer wie ein Ungeheuer. Hast du nie gesehen, wenn Mutti weint? Doch in deiner Übermacht schienst du ein Gott zu sein. Wegen dir weinte auch ich manche Nacht. Mich wolltest du zerbrechen, aber zerbrochen bin ich nicht. Über dir schwebte mein Hass, ein Hass, der auch durch deinen Tod nie vergehen wird."

5. Kapitel

Die Zeit zwischen dem Tod des Vaters und seiner Beerdigung verbrachte die Mutter bei Karin in der Wohnung mit den drei kleinen Zimmern. Schon vor der Beisetzung stand fest, dass sie nicht allein im Haus wohnen konnte. Es fehlten Einkaufsmöglichkeiten in der Nähe. Als der Vater noch lebte, hatte er mit ihr den wöchentlichen Einkauf mit dem Auto bewältigt. Und nun? Die Mutter besaß weder eine Fahrerlaubnis, noch konnte sie den Fußweg mit ihrem künstlichen Hüftgelenk zur nächstgelegenen Kaufhalle schaffen. Auch mit dem Fahrrad traute sie sich nicht mehr zu fahren. Alexander erfreute der Aufenthalt von der Mutter nicht. Immer öfter blieb er nachts der Wohnung fern und behauptete am nächsten Abend: „War zu spät. Ich schlief im Bauwagen."

Gemeinsam beschlossen sie, an das Haus mit seinen geräumigen zwei Zimmern, der großen Küche und dem riesigen Baderaum zwei Zimmer anzubauen, damit sie zusammen wohnen könnten. Alexander schlug vor: „Wenn wir zu unserem Bungalow eine Verbindung herstellen, können wir ihn als Vorratsraum benutzen. Und der Keller darunter ist für Eingewecktes hervorragend geeignet. Bei dem Anbau helfen meine Kumpels mit."

Dieser Vorschlag begeisterte die Mutter und auch Karin. Sie informierte ihren Sohn erfreut: „Flo, dann wirst die Schule besuchen, in die auch ich ging."

So ganz schien ihn diese Aussicht nicht zu gefallen, aber die Möglichkeit, für immer auf dem Grundstück zu wohnen, reizte ihn schon.

Zuerst benötigte die Mutter einen Erbschein, damit sie ihre Träume verwirklichen können.

Einige Wochen nach der Beerdigung begab sich Karin mit ihr zum Notariat. Die Notarin stellte etliche Fragen. Eine davon lautete: „Frau Zielke, ist ein Testament vorhanden?"

Mit fester Stimme antwortete die Mutter: „Nein. Wir haben nur eine Tochter."

Die Notarin eröffnete ihnen: „Nach Paragraf 365 des Zivilgesetzbuches unseres Staates erben Ehegatten und Kinder zu gleichen Teilen. Dem Ehegatten, also Ihnen Frau Zielke, stehen neben Ihrem Erbteil die zum ehelichen Haushalt gehörenden Gegenstände allein zu."

Demzufolge erbte Karin als einziges Kind durch den Tod des Vaters ein halbes Auto der Marke *Trabant*, die Hälfte des Hauses und das Ersparte ihrer Eltern musste halbiert werden. Diese gesetzlichen Bestimmungen kannte Karin und schwor sich schon vor der Mitteilung durch die Notarin, dass sie nichts davon annehmen werde. Nach ihrer Auffassung gehörte der Mutter das Grundstück mit den Gebäuden und das Sparguthaben allein. Sie hatte genug unter der Schwiegermutter und ihrem Ehemann gelitten, aber für den Anbau mussten sie die Bestimmungen des Gesetzes offiziell einhalten. Nachdem die Notarin den erforderlichen Antrag für den Erbschein ausgestellt, und die Mutter erneut die Existenz eines Testaments verneint und mit ihrer Unterschrift die Richtigkeit ihrer Aussage bestätigt hatte, bat die Notarin: „Kommen Sie mit der Tochter in vier Wochen wieder. Bis dahin habe ich den Wahrheitsgehalt Ihrer Angaben überprüft."

Auf dem Heimweg verhielt sich die Mutter seltsam still. So in sich gekehrt hatte die Tochter sie nicht einmal am Todestag des Vaters erlebt. Karin dachte, es bedrücke sie, weil sie nun alles, was sie sich mit ihrem Mann angeschafft hatte, mit ihr teilen müsse. Sie versicherte ihr: „Du brauchst dir keine Sorgen zu machen, Mutti. Ich will weder das Grundstück noch sonst einen Pfennig. Alles gehört dir, aber vor dem Gesetz mussten wir diesen Weg gehen. Wegen der Eigentumsverhältnisse. Wegen der Baugenehmigung. Also, nicht traurig sein, Mutti, es bleibt alles so, wie es ist."

Die Mutter blieb weiterhin stumm.

Als sie später im Wohnzimmer saßen, brach es aus ihr heraus: „So, nun kannst du mich rausschmeißen."

Entgeistert blickte Karin sie an und stammelte: „Warum? ... Warum sollte ich das tun?"

„Vater und ich, wir haben doch ein Testament gemacht."

Alles andere hätte Karin hinter ihrer Schweigsamkeit vermutet, aber diese Tatsache nicht. Fassungslos entfuhr es ihr: „Was habt ihr gemacht?"

„Ein Testament."

„Ist das im Haus?"

„Ja, das Zweite. Aber das Erste liegt beim Notar in Strausberg."

Unwillkürlich starrte Karin sie fassungslos an. Nach einer Weile des Schweigens quetschte sie heraus: „Und was steht da drin?"

„Wir haben uns gegenseitig als Erben eingesetzt."

„Du hast falsche Angaben bei der Notarin gemacht. Weißt du, was das bedeutet?", hielt Karin ihr vor und dachte: *Nun bestraft er mich nach seinem Tod immer noch.*

Die Mutter fing zu weinen an. In diesem Moment hatte Karin kein Mitleid mit ihr und das nicht wegen des Testamentes, sondern wegen ihrer Lüge. Lange vor dem Tod des Vaters hatte sie ihnen stets versichert: „Alles, was ihr auf dem Grundstück macht, tut ihr für euch. Ihr bekommt schließlich eines Tages das Grundstück mit dem Haus."

Eisig musterte Karin ihre Mutter. Wie hatte sie jahrelang mit dieser Lüge leben können?

„Wir haben noch ein Handschriftliches gemacht. Da haben wir alles widerrufen. Das liegt im Haus", schluchzte die Mutter.

Trotz Karins Empörung forderte sie: „Du fährst sofort los, holst es und begibst dich damit geradewegs zur Notarin. Heute ist bis 20 Uhr geöffnet. Und danach kommst du wieder her. Hoffentlich hast du Glück, denn solche Falschaussagen werden bestraft."

Stillschweigend zog sich die Mutter an und ging, ohne sich zu verabschieden oder die Tochter anzusehen. Karin beobachtete sie hinter der Gardine des Fensters, wie sie zur Haltestelle lief und in den Bus einstieg. Erst nachdem er mit ihr losgefahren war, lösten sich aus ihren Augen Tränen. Sie weinte, wie noch nie in ihrem Leben. Wegen der Lüge ihrer Mutter; wegen der Boshaftigkeit des Vaters.

Nach Stunden, die Karin endlos erschienen, kehrte die Mutter zurück. Inzwischen hatte Karin sich beruhigt und hörte dem Bericht der Mutter gelassen zu.

„So, nun habe ich alles richtiggestellt. Der Notarin war auch sehr freundlich. In vier Wochen sollen wir zu ihr kommen."

Alexander und auch Florian ließ Karin in dem Glauben, dass alles seine Ordnung habe. Sie konnte die Reaktion ihres Ehemannes auf die Tatsachen nicht einschätzen und wollte abwarten, was sich nach den vier Wochen ereignen werde. Ihr Leben verlief weiter nach seinen Regeln. Karin richtete sich nach seinen Wünschen, wie nach denen des Vaters, als er noch lebte und sie ein Kind gewesen war.

Als sie vier Wochen später abermals vor der Notarin saßen, forderte diese Karin auf: „Verlassen Sie bitte zur Testamentseröffnung das Zimmer. Beide Testamente setzen Ihre Mutter als Alleinerbin ein."

Karin schlich aus dem Zimmer, als wäre sie eine ganz schäbige, eine ganz gemeine Kreatur. Sie brachte es nicht fertig, ihrer ersten Eingebung zu folgen und einfach nach Hause zu fahren. Erschüttert setzte sie sich auf einen der Stühle, die vor dem Zimmer im Flur standen, und wartete auf die Mutter. Als sie aus dem Zimmer trat und von der Notarin freundlich verabschiedet wurde, stand Karin auf und sprach kein Wort.

„Wo soll ich nun hin? Zu dir willst du mich sicher nicht mitnehmen", fragte die Mutter sie.

„Natürlich kommst du mit zu uns."

Wie in Trance fuhr Karin mit ihr zu sich. In der Wohnung beteuerte die Mutter: „Ich verstehe das auch nicht. Vater hat mir doch versichert, dass mit dem handgeschriebenen Testament alles in Ordnung ist. Aber nun hat mir die Notarin gesagt, dass dort genau dasselbe steht, wie in dem, das in Strausberg lag. Nur mit anderen Worten. Das wollte ich nicht, und es tut mir so leid. Ich schenke dir das Haus samt Grundstück und Inventar. Gleich morgen fahren wir zum Liegenschaftsamt."

Darauf erwiderte Karin nichts. Bitter flogen die Erinnerungen an den Vater durch sie. Hörten seine Gehässigkeiten nie auf?

Sie berichtete Alexander am Abend von dem Ergebnis des Tages. Er nahm das nicht so tragisch und meinte: „Ist doch ok, wenn sie dir das alles schenkt. Besonders für später, wenn sie sich nicht mehr selbst versorgen kann. Dann stecken wir sie ins Altersheim, und alles gehört uns. Stinkt mich sowieso an, mit deiner Mutter hier unter einem Dach leben zu müssen."

Schweigend aßen sie das Abendessen. Später saßen sie stumm vor dem Fernseher und gingen ohne gegenseitigen Nachtgruß ins Bett. Die Mutter schlief auf der Couch im Wohnzimmer, Florian in seinem Zimmer und Alexander mit Karin in ihrem Schlafzimmer. Er verschloss die Zimmertür und maulte: „Deine Leichenbittermine raubt mir den ganzen Spaß an unserer Zweisamkeit. Lach mal, und vergnüge dich mit mir! Dann kommst du auf andere Gedanken."

Karin blickte ihn unglücklich an, aber er forderte: „Wenn du schon so ein Trauerkloß bist, gönne wenigstens mir ein bisschen Spaß. Mehr als die Beine breit zu machen, ist dazu nicht nötig. Und hör mit dem Gejammer auf! So schlimm kann das doch gar nicht sein. Mach schon!"

Karin, die zum Gehorsam gedrillt worden war, erfüllte seine Anordnung. Er keuchte wollüstig, als er immer wieder in sie stieß. Karin erduldete seine Liebeswut. Als er schwer atmend auf ihr lag, buhlte er: „Ich liebe dich noch immer so, dass ich vor Erregung manchmal halb wahnsinnig bin, wenn ich dich nur sehe, Schatz."

Karin zwang sich zu einem Lächeln und küsste ihn pflichtbewusst als Ehefrau. Er lobte sie: „War das nun so schrecklich, ein bisschen nett zu mir zu sein?"

Karin verneinte und drehte sich von ihm weg. Er schlang seine Arme um sie, küsste ihren Nacken und legte seine Hände auf ihre Brüste. Als seine tiefen Atemzüge ihr ins Ohr bliesen, löste sie sich vorsichtig von ihm und versuchte, ebenfalls zu schlafen. Ihre Träume führten zu dem Vater, der ihr drohte: „Sei immer fügsam, sonst wirst du geköpft!"

Gut gelaunt küsste Alexander sie am Morgen wach, bugsierte sie ins Badezimmer und zog ihr das Nachthemd aus. Dabei sang er ein Liebeslied und umarmte seine Frau besitzergreifend. Sie drückte ihn weg: „Doch nicht hier, Alex! Mutti kommt gleich und Flo auch. Hilf mir lieber, den Tisch zu decken."

Widerwillig ließ Alexander von ihr ab und befolgte nach dem Duschen ihre Anweisung. Karin stellte nur noch Brötchen und Marmelade, Butter und Wurst, Müsli und Milch dazu. Alexander langte tüchtig zu. Florian aß sein Müsli. Karin und die Mutter nagten lustlos an einem Brötchen mit Marmelade. Nachdem Alexander zur Arbeit gefahren war und Florian die Wohnung mit seinem Schulranzen verlassen hatte, um zum Unterricht zu gehen, begaben sich Mutter und Tochter zum Liegenschaftsamt. Die Mutter verkündete dort erneut ihren Willen, der Tochter das Grundstück mit Haus zu schenken. Karin gefiel das nicht. Allein der Gedanke, einmal nicht mehr in dem Häusermeer der Stadt wohnen zu müssen, sondern draußen in der Natur mit der ganzen Familie leben zu können, verführte sie, die Schenkungsformulare zu unterschreiben. Außerdem, dachte Karin, die Mutter habe einen angenehmen Lebensabend im Kreise der Familie verdient. Mit dem Plan von Alexander konnte sie sich nicht anfreunden und schwor, die Mutter niemals in ein Altersheim abzuschieben.

Samstag, 06. Mai 2000, 7 Uhr

In Windeseile haste ich zum Pflegeheim und finde die Stationsschwester im Dienstzimmer. Sie blickt kurz von ihrer Schreibarbeit zu mir: „Schön, dass Sie da, Frau Meyer. Der Zustand Ihrer Mutter hat sich in den frühen Morgenstunden dramatisch verändert. Gehen wir zu ihr!"

Ich betrete ihr Zimmer und erschrecke wegen der Veränderung der Gesichtszüge, die sich seit meinem letzten Besuch ereignet hat. Ich frage die Stationsschwester: „Wie lange hat sie noch?"

„Das kann niemand mit Gewissheit sagen. Vielleicht zwei Stunden oder bedeutend mehr. Wollen Sie bleiben?"

Sie rückt mir einen Stuhl an ihr Bett, und ich setze mich.

„Sollte Ihnen irgendetwas Ungewöhnliches auffallen, klingeln Sie. Ich schaue ab und zu mal rein", verspricht sie und verlässt uns. Mich entsetzt die Blässe der Haut und die erschlaffte Gesichtsmuskulatur. Dadurch treten die Wangenknochen drastisch hervor. Die Augen scheinen ins Innere ihrer Höhlen zu sinken. Die Nase sticht spitz aus dem Gesicht hervor. Ihr Anblick erinnert mich kaum an die Mutti, die ich von klein auf kenne und liebe. Angespannt lausche ich auf ihre Atmenzüge, die ihren Brustkorb schwach heben und senken. Noch ist ihre Hand warm und ruht zwischen meinen eiskalten. Diese Hand hat mich gestreichelt, wenn ich krank war. Sie sprach mir nur durch Auflegen Mut zu, wenn ich glaubte, nicht weiter zu können. Sie tröstete mich, wenn der Vater mich geschlagen oder wegen Bagatellen mit stundenlangen Sitzen im dunklen Keller bestraft hat. Noch signalisiert sie mir durch ihre Wärme, dass sie lebt.

Will sie heute endgültig eine Reise antreten, auf die ich sie nicht begleiten kann?

Ich presse meine Lippen auf die mit Haut überzogenen Knochen, die einst eine wunderschön gestaltete und fürsorgliche Hand gewesen war. Dabei blicke ich zu ihr hoch und flüstere: „Mutti, bleib bei mir! Du kannst doch jetzt nicht einfach gehen."

Ihr Atem röchelt plötzlich auf, als stieße er sich hinüber in die Welt, die mir verschlossen bleibt. Ich drücke ihre Hand, aber kein Gegendruck erfolgt als Zeichen ihrer Antwort. Mit tränenblinden Augen blicke ich auf diese Hand, deren Finger mir unnatürlich lang erscheinen und von der Gicht deformiert sind. Trotzdem empfinde ich sie, die mit Altersflecken übersät ist, als liebenswert. Ich möchte sie bis an mein Lebensende halten und wärmen, ihren Puls fühlen und sie pflegen. Doch ich erkenne, dass ihr Abschied von dieser Welt nahe ist. Mein Kummer übermannt mich. Ich küsse ihren Handrücken, und meine Tränen benetzen ihn. In dem Moment geschieht etwas Unglaubliches. Mitten in meinen tiefsten Kummer hinein tröstet sie mich nur durch ihre Anwesenheit und überträgt auf mich die Kraft, die ihr langsam entgleitet. Diese Hand briet zahlreiche Festtagsbraten, schnippelte das Gemüse und bereitete daraus schmackhafte Beilagen zu. Sie pflückte im Sommer das Obst von den Bäumen im Garten und weckte unermüdlich Jahr für Jahr Erdbeeren und Pflaumen, Pfirsiche und Aprikosen, Johannisbeeren und Stachelbeeren ein, damit wir während der kalten Jahreszeit nicht darben mussten. Sie wendete in der Nachkriegszeit alte Uniformen und nähte für mich einen Wintermantel. Jahre später schneiderten diese Hände etliche Kleider und Hosen für mich. Sie pflegte mich, wenn ich krank war. Sie las mir die Märchen aus der Sammlung der Brüder Grimm vor. Später hielt sie für ihren Enkel das Fläschchen, als er noch ein Baby gewesen war, und schützte ihn vor ihrem Ehemann.

Nun liegt sie hohlwangig am Ende ihres Lebens in dem viel zu groß erscheinendem Pflegebett. Ihre Hände ruhen zwischen meinen kalten Händen und wärmen sie, einfach, weil sie noch da ist, obwohl ihr Geist uns bereits schon seit Langem verließ. Ich vertraue ihr an: „Danke, Mutti, danke für all deine Liebe, die ich immer spüren werde, auch wenn du nicht mehr bei mir sein kannst. Wohin du bald gehen wirst, findest du Frieden und alle Schmerzen enden. Hab keine Angst, Mutti! Ich bleibe bei dir, bis du angekommen bist. Und eines Tages sind wir wieder vereint. Fürchte dich nicht! Du wirst von all deinen Lieben, die vor dir diesen Weg gehen mussten, erwartet. Nur ich werde ohne dich unendlich einsam sein."

Mir ist, als zucke ihre Hand. Für den Bruchteil einer Sekunde kam es mir sogar vor, als lächelt sie. Ich schöpfe wieder Mut, obwohl ich genau weiß, dass ihre Lebensuhr zum Schwanengesang läutet. Wieder reisen meinen Gedanken zurück.

6. Kapitel

Nach der Beerdigung des Vaters im Sommer 1987 träumte die Familie von ihrem zukünftigen Zuhause. Alexander legte ihnen eine Skizze vor: „Schaut mal! So stelle ich mir unser gemütliches Heim vor. Vier Zimmer, Küche, Bad und eine Verbindung zu unserem Bungalow, der unterkellert ist. Dort können wir die Einweckgläser und anderes aufbewahren."
Interessiert betrachteten alle Familienmitglieder den Grundriss. Karin hob hervor: „Die Garage im hinteren Teil des Gartens mit der Zufahrt zum Tor soll so bleiben. Auch den Schuppen daneben für die Feuerung möchte ich nicht verändern. Natürlich muss alles renoviert werden."
„Ich will zu der Baracke direkt neben dem Haus für das Handwerkszeug einen Zugang vom Bad aus haben, weil ich sie mir als Werkstatt einrichten will", verlangte Alexander.
„Ist genehmigt", billigte Karin seinen Wunsch und fügte hinzu, „und sie bekommt ein wasserdichtes Dach. Wenn das Geld noch reicht, bauen wir sie ganz aus Stein ..."
„Und ich wünsche mir ein Indianerzelt und eine Tischtennisplatte. Dann kann ich mit meinen Freunden richtig trainieren", fuhr Florian dazwischen.
„Kriegst du", bejahte sein Omchen. „Der Garten ist ja mit seinen 2000 qm groß genug."

„Außerdem bekommst du ein Fahrrad und kannst all die Wege befahren, auf denen ich schon als Kind geradelt bin. Im Sommer baut Papa einen Pool, in dem wir uns an heißen Tagen abkühlen können und grillen abends draußen Steaks, Buletten und Bratwürste", ergänzte Karin die Wünsche ihrer Familie. Florian schrie dazwischen: „Und einen Hund brauchen wir. Einen richtigen Schäferhund! Der beschützt mich, wenn ich mit dem Fahrrad durch den Wald fahre oder Pilze suche."

„Vergiss vor lauter Spielen die Schule nicht!", belehrte Alexander ihn und fügte hinzu: „Nach den Hausaufgaben darfst du natürlich im Erpetal zwischen Heidemühle und Ravenstein herumstreifen."

„Im Sommer fahren wir zum Strandbad Rahnsdorf und baden im Großen Müggelsee oder mieten uns ein Paddelboot. Früher bin ich ziemlich häufig ins Schilf gepaddelt, um dort zu lesen", erzählte Karin ihm.

„Wir können auch neue Beete anlegen, um nach der Ernte noch mehr Gemüse und Obst einkochen zu können. Dann haben wir genügend Vorräte im Winter, denn in den Geschäften gibt es während dieser Jahreszeit außer Weißkohl und hin wieder nur diese sauren Äpfel. Mehr nicht", warf die Mutter ein.

Auf diese Weise schwelgten sie von einer lichten, gemeinsamen Zukunft. Karin dachte an die Obstbäume im Garten. Einer trug Kirschen, eine anderer saftige Bauernpflaumen und einer verwöhnte sie mit den köstlichen Ananasäpfeln und Aprikosen. Auch hatten sie

Beete mit Erdbeeren der Marke Mieze Schindler, einer besonders schmackhaften Sorte, angelegt. Sie ernteten Stachelbeeren und Reneklodon, von denen sie immer gern genascht hatte. Am meisten erfreute es sie, dass sie jeden Tag mit der Mutter zusammen sein konnte. Nie mehr auf das Wochenende warten, um mit ihr reden zu dürfen, denn damals bekamen vorrangig Parteimitglieder der SED, der Staatspartei der DDR, ein Telefon.

Mit derartigen Zukunftsplänen schwärmten sie abends, wenn sie in der Dämmerung auf der Hollywoodschaukel sacht hin und her pendelten. Alexander dämpfte ihre Träumereien mit dem Hinweis: „Noch fehlt uns die Baugenehmigung vom Rat der Gemeinde."

„Warum sollen wir die nicht bekommen? Das Haus ist doch Privateigentum."

„Eben. Darum. Ihr wisst doch, das Privateigentum nicht gern gesehen wird", belehrte er sie.

Alexander nahm sich einen Urlaubstag und stellte mit Karin beim Rat der Gemeinde einen Antrag für die Baugenehmigung. Er legte seine Skizze von dem Anbau nach ihren Vorstellungen vor. Die mürrische Sachbearbeiterin drückte sie ihm wieder in die Hand und hielt ihnen ein Formblatt hin: „Ausfüllen und unterschreiben."

Auf dem Formular verpflichteten sie sich, nach Fertigstellung des Anbaus ihre Neubauwohnung in Marzahn aufzugeben. Alexander erkundigte sich: „Wann können wir mit der Genehmigung rechnen?"

„Kommen Sie in vier Wochen", ließ die Sachbearbeiterin ihnen griesgrämig wissen und drosch auf ihre Schreibmaschine, die nervig klapperte, als wolle sie die Antragssteller vertreiben.

Auf der Fahrt zum Grundstück ergötzten sie sich an der Zukunft. Alexander lenkte sein Auto nicht direkt zum Anwesen, sondern dirigierte es in den Wald. Er hielt auf einem Waldweg, den Büsche und Bäumen vor den Blicken von Passanten verbargen. Seine dunkeln Augen funkelten Karin heißblütig an, sodass sie sich aus dem Bann ihres Feuers nicht lösen konnte. Er küsste sie und drehte dabei die Lehnen von den Sitzen nach hinten, die sich mit der hinteren Bank des Autos zu einer unbequemen Liege vereinten. Kurz darauf lag er neben ihr und begann sein Liebesspiel. Im Freudentaumel gewährte sie ihm mehrere Praktiken, von denen sie wusste, dass er sie gern anwandte, um seine Liebesglut anzuheizen und in ihr zu stillen. Obwohl sein Sex für sie noch immer mit Schmerzen verbunden war, empfing sie ihn, ohne zu jammern. Schwer atmend lag er danach auf ihr und himmelte sie an: „Schatz, du bist für mich die begehrenswerteste Frau, die ich kenne und immer lieben werde."

Statt einer Antwort liebkoste sie ihn innig. Er verwöhnte sie mit Zärtlichkeiten, die Karin mit Hingabe genoss. Über ihnen schwebten weiße Wolkenformationen am blauen Himmel entlang, und das Rauschen der Bäume des Waldes klang im Wind wie ihr schönstes Liebeslied. Das Paar träumte aneinandergeschmiegt wortlos von ihrer Liebe bis ans Ende ihrer Tage. Als ein Kienapfel auf das Autodach knallte, fuhr Karin erschrocken hoch und holte Alexander in die Wirklichkeit zurück mit dem Hinweis: „Wir müssen zu Mutti! Die wartet bestimmt mit dem Mittag."

Glücklich fuhren sie zu dem Grundstück und parkten im Garten. Nachdem sie der Mutter erzählt hatten, dass ihr Antrag angenommen worden war, stießen sie mit Rotkäppchen-Sekt auf eine Zukunft in der bezaubernden Landschaft an. Alexander blickte Karin verlangend in die Augen, aber sie schüttelte den Kopf. Sogleich schlug er vor: „In den nächsten Tagen suchen wir einen guten Bauingenieur und einen Architekten."

Die Nacht verbrachten sie im Bungalow. Nachdem Karin sich überzeugt hatte, dass Florian schlief, ließ sie sich auf das Begehren ihres Mannes ein. Ohne Vorspiel erlangte er sein Ziel und glaubte, ihr Stöhnen vor Schmerzen im Genitalbereich galt seiner zügellosen Liebe zu ihr.

Nach dem Frühstück begaben sie sich zu einem Bauingenieur, den eine Nachbarin der Mutter empfohlen hatte. Das Glück schien nicht mit ihnen zu sein. Er fragte gleich am Gartenzaun nach der Baugenehmigung. Wahrheitsgemäß verneinten sie. Prompt hielt er ihnen vor: „Nee. Vorher komme ich nicht."

Die Frage stellten alle dieser Branche, die sie in der Umgebung aufsuchten. Von jedem erhielten sie postwendend eine Absage, wenn sie die Wahrheit erfuhren.

Sie wappneten sich deshalb mit Geduld, aber untätig wollten sie nicht sein. Während der Wartezeit auf die Baugenehmigung werkelten sie an den Wochenenden am Haus und im Garten von früh bis spät. Der Vater hatte ihnen, außer im Schuppen die Kohlen zu stapeln und den Koks in den vorgesehenen Behälter zu schütten, nichts weiter erlaubt. Dementsprechend verwahrlost wirkten das Wohnhaus und die Nebengebäude. Die Farben blätterten an allen Türen ab; der Kitt bröckelte aus den Fensterrahmen und die Schuppen erzeugten den Eindruck, als werfe sie der nächste Sturm um. Karin stocherte aus den Fensterrahmen die Kittreste und entfernte von allen Türen die noch vorhandenen Farbreste. Das farblose Holz grundierte sie mit Firnis, und die Türen erhielten einen braunen Anstrich. Die Fensterrahmen erneuerte sie mit frischem Kitt und strich sie mit weißer Farbe an. Alexander räumte die Schuppen auf, beseitigte die Spinnweben und die unzähligen Zigarettenkippen des Schwiegervaters. Die Heidenarbeit bremste ihren Schaffensdrang nicht, denn sie freuten sich unbändig, endlich für immer im eigenen Haus wohnen zu können. Dabei wussten sie genau, wie viel Arbeit noch vor ihnen lag. Diese Tatsache schreckte sie von ihrer Renovierung nicht ab. Außerdem legte Alexander eine interne Telefonleitung von ihrem Bungalow bis in die Küche des Wohnhauses von der Schwiegermutter. Dadurch konnte sie zu jeder Zeit jemanden erreichen, wenn Alexander und Karin die Wochenenden dort verbrachten. Die Gegend war besonders nachts äußerst einsam und durch den Triebtäter gefährlich geworden.

Als die Wartezeit endlich vorbei war, klopften ihre Herzen schneller. Das Ehepaar saß in freudiger Erwartung wieder im Raum des Gemeinderates. Ihre Freude verwandelte sich blitzartig in tiefe Niedergeschlagenheit, als die mürrische Sachbearbeiterin ihnen eröffnete: „Wir können Ihren Antrag nicht genehmigen. Mit der Quadratmeterzahl, die nach dem Gesetz für jede Person vorgeschrieben ist, liegen Sie schon jetzt ohne Anbau weit darüber."

Sprachlos starrte das Paar sie an. Karin überwand den Schock zuerst und hielt der Sachbearbeiterin vor: „Aber das geht doch nicht. Mein Vater ist verstorben, und meine Mutter kann sich nicht allein versorgen. Zumal der Winter vor der Tür steht. Gibt es denn da keine Ausnahmegenehmigung?"

„Nein. Sie haben doch eine schöne Neubauwohnung. Verkaufen Sie das Grundstück und nehmen Sie die Mutter zu sich!", riet sie ihnen.

„Unsere Wohnung ist schon für uns viel zu klein. Mutti hätte ja nicht mal ein eigenes Zimmer."

„Ja, junge Frau, da kann ich Ihnen auch nicht helfen. Für mich gelten nur die Gesetze."

Sie wandte sich wieder ihrer Arbeit zu und ließ die beiden einfach stehen. Alexander nahm Karins Hand. Traurig verließen sie die ungastliche Stätte. Ihr Traum vom Eigenheim war geplatzt. Draußen schossen Karin vor Erbitterung Tränen wie Sturzbäche aus den Augen.

Alexander beruhigte sie: „Dann bleibt sie eben hier, und du versorgst sie. Zu uns nehmen wir sie auf keinen Fall."

„Wie stellst du dir das vor?"

„Wie ich es gesagt habe. Oder sie geht ins Altersheim. Und nun kein Wort mehr von deiner Mutter. Ich habe genug von diesem Geschwätz. Vergnüge dich mit mir! Da hast du wenigstens Spaß."

Eilig ging er mit ihr zum Auto und fuhr in einen Waldweg. Dort entkleidete er sie für seine Zwecke. Karin überließ ihm widerstandslos ihren Körper und weinte, bis ihr Ehemann sich befriedigt hatte.

„Hab dich nicht so zickig! Das Geflenne ertrage ich bald nicht mehr. Statt dich zu freuen, weil ich dich so liebe, heulst du, als täte ich dir sonst was Böses an. Andere Frauen sind ganz anders", hielt er ihr vor. Karin erwiderte dazu nichts. Insgeheim gab sie ihm recht.

7. Kapitel

Zuhause kommentierte Alexander wütend die Absage der Behörde: „Drüben wäre das nicht passiert. Da kann jeder mit seinem Eigentum machen, was er will."

„Wir wohnen aber im Osten und müssen uns fügen", hielt die Mutter ihm vor. Karin ergänzte die Aussage der Mutter: „So ist es nun einmal. Gerechnet habe ich damit überhaupt nicht, schließlich haben wir unsere Neubauwohnung zur Verfügung gestellt. Was machen wir nun? Wir müssen überlegen, ob wir doch alle hier wohnen können. Wenn wir die Zimmer verkleinern, sodass jeder sein eigenes Reich hat?"

„Du meinst wohl Ministübchen", hielt Alexander ihr vor. Stundenlang diskutierten sie, wie aus dem Vorhandenen ein brauchbares Zuhause für alle gestaltet werden könnte. Jeder Vorschlag scheiterte an den Bedürfnissen des Einzelnen. Die Mutter behauptete: „Zwei Zimmer brauche ich. Schließlich ist es mein Haus."

Dagegen konnte weder Karin noch Alexander protestieren, denn die Mutter hatte die Schenkung mit ihrer Zustimmung wenige Tage nach der Antragsstellung beim Liegenschaftsamt annulliert. Sie unterstützten diese Entscheidung mit dem Argument, dass es für den Anbau mit den Eigentumsverhältnissen einfacher sei. Zusätzlich sparten sie die Schenkungssteuer.

Alexander warf der Mutter vor: „Wenn du zwei Zimmer beanspruchst und wir die restlichen Quadratmeter für uns aufteilten, erhalten wir winzige Räume. Flo braucht ein Zimmer, und in unser Schlafzimmer passte nicht einmal unser Bett. Schließlich benötigen wir auch noch ein gemeinsames Wohnzimmer, Bad und Küche."

Karin fügte hinzu: „Außerdem ist da noch das Heizungsproblem. Das Haus ist nicht unterkellert. Laut Vorschrift müssten wir nach der neuen Gesetzeslage einen hohen Schornstein errichten lassen. Damit er nicht umstürzt, sind wir verpflichtet, ihn nach allen Richtungen mit Drahtseilen zu sichern, habe ich gelesen. Wie sollen wir das alles bezahlen? Nur mit deinem Gehalt und Muttis Rente schaffen wir das finanziell nicht. Ich müsste mir dann eine Arbeit suchen."

„Du und arbeiten", höhnte Alexander. „Willst du etwa putzen gehen? Gelernt hast du doch nichts. Kommt überhaupt nicht infrage. Du bleibst weiterhin schön Zuhause, kümmerst dich um den Haushalt und um Flo, betreust deine Mutter und schließlich bin ich noch da."

Dabei grinste er sie an, sodass ihr Herz ungestüm klopfte, aber sie widersprach trotzdem: „Lass das nicht deinen Chef hören! Schließlich bist du Mitglied eines sozialistischen Kollektivs."

Er lachte sie an, nahm sie in den Arm und raunte ihr zu: „In erster Linie bin ich dein Mann und habe gewisse Bedürfnisse, die nur du befriedigen kannst. Und dafür musst du ausgeruht sein."

Karin ignorierte seine Anspielung mit einem Schmunzeln und fragte die Mutter: „Warum habt ihr eigentlich das große Haus nicht behalten, das die Eltern von Vater noch 39 gebaut haben, Mutti? In dem hätten wir genügend Platz. Außerdem hatte es einen riesigen Keller. Und vergiss nicht die schöne Veranda, die über der Garage lag und die obere Wohnung mit dem Balkon und die Dachgeschosswohnung, in der Flo später hätten wohnen können."

„Das war für deinen Vater nicht mehr zumutbar."

„Warum denn nicht?"

„Handwerker gab es kaum, die noch für Ostgeld etwas reparierten. Die meisten Instandsetzungen musste Vater selbst machen. Und Material dafür war überall Mangelware. Beziehungen zu Facharbeitern oder nach drüben hatten wir nicht. Hinzu kam noch der ständige Ärger mit den Mietern. Ihr müsst wissen, wir als Eigentümer durften uns die Mieter nicht aussuchen. Sie wurden uns vom Rat der Gemeinde zugewiesen. Einmal hatten sie uns für die obere Dreiraumwohnung fünf Personen mit Hund zugeteilt. Die haben aber bald eingesehen, dass die Wohnung auf Dauer für sie zu klein war, und zogen nach kurzer Zeit wieder aus. Die Nächsten hackten auf dem Fußboden vom Balkon Holz, sodass Risse im Beton und teilweise sogar Löcher entstanden, durch die es in unsere Veranda regnete. Als sie den Schaden bezahlen sollten, verklagten sie uns. Es kam zur Verhandlung und laut Urteil sollten sie den Schaden auf eigene Kosten beseitigen. Die dachten aber überhaupt nicht daran und tauschten die Wohnung ohne unsere Zustimmung mit der einer anderen Familie, die natürlich nicht die Schäden beseitigen wollte. Also blieb es an uns hängen. Statt zu tapezieren, wie es im Mietvertrag vorgesehen war, strichen die Neuen in allen Räumen die Wände mit grellen Farben an. Dein Vater musste nach ihrem Auszug die Farben entfernen und alle Zimmer mit Tapete ausstatten. Das war vielleicht außer den Unkosten eine Schinderei! Dann noch die Sache mit dem Wasser. Wir hatten eine eigene Wasserversorgung. Demzufolge brauchten wir auch eine Grube für das verschmutzte Wasser. Dein Vater pumpte es jeden Abend heraus, denn das Fassungsvermögen der Grube war nur für einen normalen Verbrauch vorgesehen. Außerdem verstopfte durch den enormen Wasserverbrauch der Mieter das Sieb vom Brunnen öfter und musste erneuert werden. Aber so ein Sieb gab es hier nicht. Der Brunnenbauer besorgte es aus dem Westen, und dementsprechend mehr Geld verlangte er. Nein, dieses Haus konnten wir nicht mehr halten."

„Oh, das wusste ich nicht."

„Kannst du auch nicht, denn du warst damals erst ein kleines Kind. Aber was machen wir nun?"

Nach vielen inneren Kämpfen und noch mehr Tränen entschlossen sie sich, ihre Träume aufzugeben und das Haus an Leute zu verkaufen, deren Wohnung die Mutter mieten durfte. Allein konnte sie nicht in dem Haus und in dieser Umgebung bleiben. Außerdem näherte sich der Winter mit seinen Schneemassen und Stürmen.

Die Mutter von ihrer Wohnung aus zu versorgen, schaffte Karin nicht. Auch Alexander stimmte für den Verkauf und beauftragte einige Tage später einen Taxator, das Grundstück mit den Gebäuden und der Bepflanzung zu taxieren. Die Expertise, die sie nach Wochen erhielten, enttäuschte sie mit der dort angegebenen Taxe bitter. Alle Gebäude und der 2000 qm große Garten mit der Bepflanzung hatte der Taxator auf 18000 DDR Mark geschätzt. Karin konnte ihren Ärger nicht unterdrücken und schimpfte: „So wenig. Ist das eine riesengroße Schweinerei!"

„Im Westen hätten wir allein für das Grundstück über Hunderttausend bekommen. Vielleicht sogar mehr", fügte Alexander hinzu.

„Daran können wir nichts ändern. Es bleibt bloß der Verkauf. Ich brauche eine Wohnung, denn eure ist für uns alle zu klein", belehrte die Mutter sie. Alexander bestätigte ihre Aussage. Auch Karin konnte sich ein Zusammenleben auf Dauer mit der Mutter und ihrem Ehemann nicht vorstellen.

Am darauffolgenden Tag schrieb sie etliche Verkaufsannoncen, in denen sie das Grundstück mit den Nebengebäuden und der Anpflanzung anpries. Im Gegenzug forderte sie eine Wohnung, deren Größe von der Wohnungsbaugesellschaft für die Mutter gestattet wurde. Gemeinsam hefteten sie die Zettel in den nahe gelegenen Häusern ihrer Wohngegend bis zur siebten Etage an die weißen Flurwände. Bereits am nächsten Tag meldeten sich einige Kaufinteressierte.

Ein junger Mann suchte Karin sogar einige Stunden später, nachdem sie die Annonce im Flur seines Wohnhauses angebracht hatten, auf und bot seine Neubauwohnung mit zwei Zimmern an. Noch am Abend besichtigten Mutter und Tochter die Wohnung. Karin erfasste die Begeisterung der Mutter für die Unterkunft und billigte ihre Verabredung mit dem jungen Mann. Er wollte natürlich das Haus so schnell wie möglich sehen. Auf dem Rückweg schwärmte die Mutter: „Mitten im Park gelegen und das in Berlin. Wo finde ich denn so was noch? Die nehme ich."

Karin dämpfte ihre Euphorie: „Du weißt doch gar nicht, ob dem das Haus gefällt, und ob er es auch bezahlen kann."

„Warum sollte er das große Grundstück mit dem schönen Haus und den vielen Obstbäumen und Beeten nicht nehmen? Mir gefällt der junge Mann jedenfalls."

Zur vereinbarten Zeit radelte er zur Besichtigung vor das Anwesen. Nach einer knappen Begrüßung lehnte er sein Fahrrad gegen einen der Obstbäume. Zunächst lief er kreuz und quer durch den Garten, als überprüfe er mit seinen Schritten die angegebene Größe. Danach betrachtete er die Garage und den Schuppen für die Feuerung. Ohne um Erlaubnis zu bitten, betrat er den Bungalow und schaute in alle Räume. Alexander wies ihn zurecht: „So geht das aber nicht, junger Mann! Zumindest fragen müssen Sie, ob Sie eins der Gebäude betreten dürfen."

„Wollen Sie nun verkaufen oder nicht?", knurrte er unwirsch. Karin flüsterte Alexander zu: „Lass ihn! Sonst verschwindet der, und so viele Interessenten haben wir nicht."

Der junge Mann wandte sich dem Wohnhaus zu. Die Mutter, Karin, Alexander und Florian folgten ihm und staunten erneut über sein Benehmen. Anfangs umkreiste er das Gebäude von außen, klopfte gegen die Wände und betrat schließlich den Innenbereich. Wegen seiner Unhöflichkeit begleiteten ihn alle sprachlos. In jedem Zimmer schlug er in Abständen kräftig mit der Faust mehrmals gegen die Außenwände, sodass Alexander ihn anschrie: „Hallo, lassen Sie den Putz dran! Etwas weniger stark reicht auch."

Er reagierte überhaupt nicht auf den Rüffel und kroch beinahe in das Feuerloch der Etagenheizung. Die Fußböden prüfte er, indem er mehrfach hochsprang. Besonders Karin beleidigte es, wie gründlich und taktlos er stillschweigend das Haus testete, aber sie hinderte ihn nicht daran. Auch Alexander gab seine Proteste auf. Am Ende seiner Untersuchung teilte der Interessent mit: „Nein. Die Bruchbude gefällt mir nicht", schwang sich auf sein Fahrrad und fuhr davon. Zurück blieben eine weinende Mutter und ein trauriges Ehepaar. Nur Florian strahlte, weil er glaubte, in seiner Schule bei seinen Freunden bleiben zu können Karin tröstete die Mutter: „Wir haben noch zwei Bewerber. Einer nimmt es bestimmt."

Während Florian das Lachen verging, schluchzte die Mutter: „Aber mir hat doch die Wohnung so gefallen."

„Ich gehe nachher zu den anderen und vereinbare einen Termin, damit du dir diese Wohnungen ansehen kannst. Bestimmt gefällt dir eine", munterte Karin sie auf. Nun lächelte die Mutter und schöpfte neue Hoffnung.

Gleich am Abend auf der Rückfahrt in ihre Neubauwohnung warf Karin dem zweiten vorstellbaren Käufer einen Zettel mit einem Besichtigungstermin in den Briefkasten. Eine Stunde später erschien das Ehepaar bei ihnen und vereinbarte mit Karin die Begutachtung des Grundstückes für den nächsten Tag.

Punkt zehn Uhr klingelten sie bei der Mutter. Karin war bereits anwesend und ließ sie eintreten. Das Ehepaar entzückte das Anwesen in so günstiger Lage. Sie wollten es sofort kaufen. Karin willigte jedoch nicht gleich ein, denn die Mutter musste sich natürlich erst deren Wohnung ansehen.

Die Frau redete ihnen die Wohnung schön, als die beiden zu ihnen kamem. Karin merkte, dass der Mutter die Wohnung ohne Balkon und mit der kleinen Küche nicht gefiel. Sie gab deshalb dem Ehepaar zu verstehen, dass sie sich mit einer Zusage gedulden müssen, denn es gäbe noch andere Interessenten. Deren Wohnung wollten sie vor einer Entscheidung besichtigen. Enttäuscht verabschiedete das Ehepaar sie.

Auf dem Weg zum Grundstück wollte Karin von der Mutter wissen: „Was hast du gegen die Wohnung?

Zwei schöne Zimmer und ein kleines Bad. Und die Küche ist genauso groß wie unsere. Und vergiss den wunderschönen Blick vom Küchenfenster auf das Wäldchen nicht."

„Ja, schon, aber wo kann ich denn einkaufen?"

„Hinter dem Wäldchen. Das sind ungefähr zwanzig Minuten Fußweg für dich. Dafür wohnst du nur ein paar Häuser von uns entfernt."

„Stimmt schon", argumentierte die Mutter, „aber da blicke ich ja nur auf den Wald."

„Was denkst du, wie schön das Akazienwäldchen im Sommer ist. Ein richtiges Kleinod", versuchte Karin, ihr die Gegend und damit auch die Wohnung schmackhaft zu machen. Doch die Mutter blieb bei ihrer Meinung. Widerstrebend lehnte Karin am nächsten Tag dem Ehepaar den Kauf ab. Nun gab es nur noch einen Interessenten, der sich auf die Zettelannonce gemeldet hatte. Die Mutter verlangte jetzt: „Dieses Mal sehe ich mir erst deren Wohnung an, bevor wir ihnen das Grundstück zeigen."

Das junge Ehepaar stimmte sofort zu. Zum vereinbarten Termin betrat die Mutter neugierig den winzigen Flur. Sie wurden sofort von dem Mann in das Wohnzimmer geführt, das ein Durchgangszimmer zum Schlafzimmer war. Daran schloss sich ein Balkon mit Blick auf einen kleinen See, hinter dem es ein Einkaufszentrum gab. Alle Zimmer befanden sich auf südlicher Seite. Mutter strahlte, aber Karin gefiel die Wohnung nicht so. Bloß nach ihr ging es nicht. Die Mutter verabredete mit den jungen Leuten einen Besichtigungstermin ihres Hauses. Karin begleitete sie am nächsten Tag dorthin. Das Paar begeisterte das Grundstück total. Sie wären am liebsten sofort eingezogen. Die Mutter gab ihnen den Zuschlag. Karin zeigte ihnen den Taxbrief und fügte hinzu: „Zu dem Preis kommt aber noch der für die Gartenmöbel, Werkzeuge, die bereits vorhandene Feuerung und noch einiges andere hinzu. In der Stadt können wir das nicht gebrauchen."

Letztendlich einigten sie sich auf einen Preis. Der zukünftige Besitzer übernahm die Antragstellung bei der Wohnungsbaugesellschaft.

Nachdem die Behörde dem Tausch zugestimmt hatte, legten sie als Umzugstag den 10. Januar 1988 fest. Bis dahin lebte die Mutter bei ihnen, was Alexander sehr missfiel. Er blieb nun oft über Nacht angeblich in seinem Bauwagen. Karin glaubte ihm das nicht. Bei einem ihrer Besuche entdeckte sie etliche benutzte Kondome in dem Papierkorb. Als sie Alexander zur Rede stellte, antworte er verlegen: „Was soll ich denn ohne dich machen? Da muss schon eine Frau her."

„Warum hast mich nicht verständigt? Ich wäre doch gekommen."

„Was Jungfräuliches schadet auch nichts", enthüllte er ihr seine Seitensprünge dreist. Karin schockierte sein Geständnis, und sie äußerte: „Dann weiß ich ja Bescheid. Willst du die Scheidung?"

„Schatz, so ist nicht gemeint. Ich liebe doch nur dich. Aber wie sollen wir zusammen sein, wenn deine Mutter ständig hinter uns herspioniert?"

„Lass dir was einfallen!", erwiderte Karin ärgerlich und wollte gehen. Alexander ließ das nicht zu und schlug vor: „Im Keller?"

„Hat du sie noch alle!"

„Schatz, bleib bei mir im Bauwagen! Ich brauche dich einfach."

„Hier ist es mir zu kalt. Meinetwegen richte in unserem Keller eine Ecke für deine Gelüste ein."

Alexander lächelte sie an und stieß sie auf das verschmutzte Bett. Obwohl Karin sich ekelte, ließ sie es zu, dass er sie liebte und anschließend mit nach Hause kam. Noch am Abend räumte er den Keller auf. Die Lücken in der Bretterwand sicherte er mit Tüchern vor den Blicken anderer und legte eine Matratze mit einer Wolldecke in die äußerste Ecke. Von nun an verschwand Karin notgedrungen wiederholt für einige Zeit aus der Wohnung, um sich in der Kellernische ungestört Alexanders Liebesglut hinzugeben.

8. Kapitel

Den Herbst 1987 verbrachte die Mutter bis zu ihrem Umzug Anfang Januar bei der Tochter in der Wohnung. An den Wochentagen fluchte Alexander oft wegen ihrer ständigen Anwesenheit und sehnte das Wochenende herbei. Während dieser Tage schufteten er und Karin auf dem Grundstück. Sie entsorgten Unrat aus allen Gebäuden. Alexander reparierte besonders in der Garage etliche Löcher in den Holzwänden, fertigte einen neuen Behälter für den Koks im Schuppen an und stapelte die Briketts ordentlich. Er separierte die Gartengeräte und schraubte teilweise Haken in die Holzwand, damit sie aufgehängt werden konnten. Als er den Bungalow aufräumte, hielt er inne und rief Karin zu sich. „Schau mal! Hier haben wir manche Liebesnacht verbracht. Komm in meine Arme, Schatz! Ich möchte hier mit dir noch einmal in den Flammen der Liebe glühen."
„Alex, wir haben noch so viel zu tun. Du kannst doch jetzt nicht …"
„Warum denn nicht?", unterbrach er sie und warf sie auf das Ehebett, das er einstmals für sie beide gebaut hatte. Karin sträubte sich zum Schein, erwiderte seine Liebkosungen mit einer Inbrunst, wie manchmal in vergangenen Zeiten. Energisch eroberte Alexander sein Ziel. Karin erlebte seinen Orgasmus, aber selbst erreichte sie ihn nicht. Noch immer schmerzte es sie, wenn er ungestüm zustieß. Sie verstand nicht, woran ihr Versa-

gen lag. Wenn er schweißüberströmt und hechelnd auf ihr lag, beneidete sie ihn. Oft überkam sie der Wunsch, mit ihm gemeinsam den Olymp der Lust zu spüren. Mit Ungeduld begann sie ihr Liebesgetändel mit ihm. Alexander erholte sich schnell und genoss ihre Erregung, die auch ihn abermals anfeuerte. Er stieß sein erigiertes Glied immer wieder in Karin, der sein heftiges Temperament im Unterleib wehtat. Sie wartete geduldig darauf, dass er sich auf dem Gipfel sexuelle Ekstase in ihr ergoss. Erschöpft lächelte er sie liebevoll an und bemerkte ihre Niedergeschlagenheit nicht. Er drückte sie eng an sich und schlief ein. Karin grübelte währenddessen vor sich hin, denn sie liebte ihn und wollte mit ihm intim sein. Warum empfand sie nicht so wie er? Dieses Problem hielt sich ihr verborgen. Sie schmiegte sich eng an ihn und schlief ebenfalls ein. Als es dämmerte, erwachten sie. Karin schreckte hoch und schüttelte ihren Mann: „Wach auf, Alex! Wir müssen weitermachen."

„Gerne, Schatz", nuschelte Alexander. Seine Hände liebkosten ihre Brüste, aber Karin stieß ihn weg.

„Schluss, du Lustmolch! Ich meine doch die Arbeit."

„Das ist auch Arbeit", flüsterte Alexander und fuhr mit seinen Verführungskünsten fort. Karin wollte sich aus seinen Armen winden, aber er spreizte rabiat ihre Beine und drang so brutal in sie ein, dass Karin vor Schmerz aufschrie. Das irritierte Alexander überhaupt nicht. Danach stand Karin wortlos auf, wusch sich und ging ins Wohnhaus, um die Arbeit trotz der Schmerzen im Unterleib fortzusetzen. So verlief jedes Wochenende.

Einige Tage vor dem Umzug lieferte die Umzugsfirma die Kisten. Alexander und Karin ackerten auf Hochtouren, um alles, was in die neue Wohnung der Mutter sollte, in die Umzugskisten einzupacken. Trotzdem forderte Alexander seinen täglichen Sex und verlangte: „Lass den Slip weg! Dann geht es schneller."

Ihr missfiel seine Anweisung, aber sie fügte sich. Zuhause war ihr Liebesleben, wie Alexander es wünschte, kaum möglich. Die Mutter überwachte ausnahmslos alle Ereignisse in der Wohnung.

„Nur eine schnelle Nummer", raunte Alexander seiner Frau mehrmals am Tag in jener Zeit zu. Es war ihm egal, wo es gerade möglich war. Auf dem Küchentisch; auf dem Fußboden; gegen die Wand gedrückt; im Schuppen oder in der Garage. Sie gestattete ihm sein Verlangen. In der Woche am Abend im Keller auf der Matratze befürchtete sie, dass Mieter aus dem Haus sie entdecken könnten.

Immer wieder fragte sie sich: *Warum empfinde ich nicht so für ihn, wie er für mich? Ich liebe ihn doch.* Sie folgerte aus ihrer Überlegung: *Er ist eben so. Ich muss mich unterordnen, sonst verliere ich ihn, und das will ich nicht.*

Nach Sonnenuntergang fuhren sie todmüde nach Hause und verschlangen heißhungrig das Abendessen, das die Mutter gekocht hatte.

Karin sah es der Mutter an, dass ihr der Abschied vom Haus schwerfiel. Oft weinte sie mit ihr, weil sie das Grundstück nicht behalten durften.

Die Mitarbeiter der Umzugsfirma trafen am Montag, 11. Januar 1988, pünktlich ein, um ihr Fahrzeug mit den Umzugskisten und den Möbeln aus dem Haus zu beladen. Inzwischen packten Kollegen von ihnen einen anderen Umzugswagen der Firma mit den Gegenständen aus der Wohnung des Tauschpartners voll. Auf diese Weise verlief der Tausch reibungslos.

Bevor die Mutter in ihre neue Unterkunft einziehen konnte, wohnte sie weiter bei Karin und Alexander, dem das überhaupt nicht gefiel. Er sah jedoch ein, dass erst die Wohnung renoviert werden musste, bevor sie bewohnbar war. Abends nach Feierabend und an jedem Wochenende renovierte er mit Karin alle Räume. Auch hier forderte Alexander seine ehelichen Rechte, ohne auf die Bedürfnisse seiner Frau einzugehen. Karin wies ihn oft ab. Seine ständige Lüsternheit widerte sie immer mehr an. Alexander erreichte jedoch mit Schlägen sein Ziel. Karin fühlte sich jedes Mal wie ein Gegenstand, der benutzt wurde. Abneigung löste in diesen Tagen ihre Fügsamkeit für seinen abnormen Trieb ab.

Nachdem sie alle Möbel aufgestellt, sämtliche Gebrauchsgegenstände eingeräumt hatten, siedelte die Mutter in ihren neuen Wohnbereich über. Keiner freute sich darüber mehr als Alexander. Nun er konnte sein Vergnügen mit seiner Frau nach seinen Vorstellungen ausleben. Karin empfand seine Begierde als abartig und weigerte sich immer öfter. Alexander kehrte wieder häufiger angetrunken von der Arbeit heim und erzwang sich mit Gewalt den Vollzug seine Lust in seiner

Frau. In diesem Zustand beschimpfte er sie danach öfter: „Sei etwas mehr bei der Sache, du frigide Zicke!"

Karin erwiderte dazu nichts, sondern flitzte ins Bad, um zu duschen, und weinte dabei. Hier bemerkte keiner ihre Tränen. Sie tröstete sich mit der Tatsache, dass die Mutter sich in der Wohnung wohlfühlte und sich an dem Anblick rings um sie herum erfreute. Aus jedem Fenster und vom Balkon aus blickte sie direkt auf den im Park gelegenen See und beobachtete die Enten, Blesshühner und auch Höckerschwäne. Das schwarze Gefieder der Blesshühner glänzte in der Sonne und gefiel der Mutter besonders gut. Über die Enten amüsierte sie sich, wenn sie von Passanten gefüttert wurden und um jeden Bissen kämpften. Das Nahen der Höckerschwäne vernahm sie durch den kraftvollen Flügelschlag eher, als sie die Tiere am Himmel entdeckte. Besonders der Markt mit seinen Ständen auf dem Platz hinter dem See hatte es ihr angetan. Nie verließ sie ihn, ohne irgendein Kleidungsstück gekauft zu haben. Sie beteiligte sich an Veranstaltungen der Volkssolidarität und lernte dort einigen gleichaltrigen Frauen kennen, die in der näheren Umgebung wohnten. Jeden Sonntag verbrachte sie bei der Tochter und ihrer Familie. Karin überblickte vom Treppenhausfenster ihres Wohnhauses den Weg, den die Mutter ging, wenn sie zu ihnen kam.

Eines Tages bemerkte die Mutter: „Habt ihr schon von den Flüchtlingen gehört? Ich verstehe gar nicht, warum die abhauen."

„Wohin wollen die denn?", erkundigte Karin sich und blickte die Mutter und ihren Ehemann fragend an.

„Natürlich in den Westen. Die Botschaften in Ungarn und in anderen Städten des Ostblocks füllen sich täglich mit mehr DDR-Bürgern. Sie lockt nicht nur die Reisefreiheit, sondern auch die erstklassigen Angebote an Technik und Nahrung. Bei uns kriegt man ja nicht sofort einen Farbfernseher. Übrigens, ich hab' uns neulich in Karlshorst für ein Gerät angemeldet. Drei Jahre Wartezeit", erklärte Alexander ihnen und stellte das alte Fernsehgerät an. Die Nachrichten des Ostsenders erwähnten mit keinem Wort irgendetwas von Flüchtlingen. Karin beschuldigte die Mutter: „Wo hast du den Unsinn gehört?"

Sie ignorierte den Vorwurf der Tochter und riet ihr: „Schalte das ZDF ein! Dann wirst du es hören und auch sehen."

Alexander befolgte ihren Rat. Staunend vernahmen und sahen sie, dass sich tatsächlich viele Familien aus der DDR in den Botschaften von Ungarn und in der Tschechoslowakei aufhielten. Sie verlangten die Ausreise in die BRD.

„Hoffentlich gibt es keinen Krieg", bangte die Mutter. Erschrocken blickte Karin sie an, aber Alexander dementierte ihre Vermutung: „Deswegen doch nicht."

In den folgenden Tagen verstärkte sich Karins Sorge, denn der Flüchtlingsstrom schwoll von Tag zu Tag an. Auch Alexander verunsicherte jetzt diese Sachlage, obwohl weder er noch Karin einer Partei angehörten und auch keine Ausreisepläne hegten. Karin fragte ihn: „Was soll das werden? Müssen wir mit einem Krieg rechnen?"

Alexanders Ratlosigkeit bestürzte sie genauso, wie die Mutter. Noch mehr erschütterte es sie, als im August immer mehr gegen die DDR-Regierung demonstrierten und sich im September das „Neue Forum" formierte. Diese Bewegung ergriff den gesamten Ostblock. Wie gebannt klebten sie regelrecht vor dem Fernsehbildschirm, um die Nachrichten vom ZDF zu hören. Immer wieder löcherte Karin ihren Mann: „Wird es eine Revolution mit blutigem Ausgang geben oder sogar Krieg, wenn der Russe eingreift?"

„Weiß ich nicht. Alles ist möglich", erwiderte er und fügte hinzu: „Aber bald gibt es bei uns Krieg, wenn du dein Benehmen nicht änderst."

„Was meinst du denn? Ich lasse dir doch deine Freiheit."

„Ja, aber wie. Immer muss ich dich zwingen. Von dir kommt ja nichts mehr. Früher warst du ganz anders, aber jetzt bist du nur noch ein Fräulein-rühr-mich-nicht-an. Was denkst du dir eigentlich dabei?"

„Es ist mir einfach zu viel, was du verlangst."

Wütend blickte Alexander seine Frau an und schrie plötzlich: „Zu viel nennst du das? Andere Frauen sind froh, wenn ihr Mann sie einmal Monat so verwöhnt, wie ich dich jeden Tag. Komm her!"

Karin stieß ihn weg, als er sich ihr näherte. Als er beabsichtigte, sie mit Gewalt zu nehmen, trat Karin nach ihm und schrie ihn an: „Ich will nicht mehr. Lass mich in Ruhe und such dir eine Nutte!"

In dem Moment betrat Florian, der aus der Schule heimkam, die Wohnung. Er starrte auf seine Eltern, die sich angifteten. Alexander zerrte langsam die Hose hoch und nuschelte: „Miststück! Weiß gar nicht, was sie an mir hat", und verließ sie. Hart knallte die Wohnungstür zu.

„Warum habt ihr euch denn so gestritten, und wo geht Papa jetzt noch hin?", wollte Florian wissen.

„Papa braucht frische Luft, um sich von den Strapazen der letzten Wochen zu erholen. Er kommt bestimmt bald wieder."

Abends saß Karin allein vor dem Fernseher und verfolgte das Geschehen auf dem Bildschirm. Sie kannte außer der Mutter keinen, mit dem sie über die Ereignisse diskutieren konnte, ohne in den Verdacht zu geraten, ein Staatsfeind zu sein. Sie glaubte auch nicht, dass die DDR-Regierung ohne Weiteres abdanken werde. Alexander fehlte ihr.

Als er nach einigen Tagen zurückkehrte, schenkte er Karin einen Strauß dunkelroter Rosen und beteuerte: „Schatz, ich bessere mich. Versprochen!"

Karin ekelte sich vor dem Gestank der Kleidung und forderte ihn auf: „Dusche erst mal! Dann reden wir weiter."

Sie entsorgte die Kleidung, die er während seiner Abwesenheit getragen hatte, und legte ihm saubere Unterwäsche, Hose und ein Shirt hin. Als er neben ihr in der Wohnstube saß und gierig die Schnitten mit Leberwurst und Schnittkäse in sich hinein stopfte, erkundigte sich Karin: „Wo warst du eigentlich?"

„Im Bauwagen. Wo denn sonst."

„Alleine?"

„Nein. Du warst ja nicht da. Gesellschaft brauchte ich schon."

Karin glaubte zu wissen, wer diese Gesellschaft sein könnte und forschte nicht weiter. An den kommenden Tagen kehrte er immer erst nach Mitternacht zurück. Karin fragte ihn nicht, wo er gewesen war. Sie beruhigte es, weil er sie mit seinem Liebesleben nicht belästigte.

9. Kapitel

Während dieser Zeit verbrachte Karin jede freie Minute vor dem Fernseher und hörte stets die Meldungen von Ost-und Westsendern. Sie vernahm, dass ab 1. März 1988 für Westberliner bei Tagesreisen in die DDR die Null-Uhr-Grenze entfiel. Sie durften sogar übernachten. Alexander brachte die Nachricht mit nach Hause: „Hast du schon gehört, Ungarn gewährt denn DDR-Flüchtlingen die Ausreise über Österreich in den Westen. Unsere Regierung hat dieses Vorgehen organisierten Menschenhandel genannt. Was sagst du dazu?"

„Weiß ich nicht, aber für uns kommt eine Ausreise nicht infrage. Oder willst du etwa?"

„Habe ich eigentlich nicht vor. Hier ist meine Arbeit; hier ist meine Familie; hier haben wir eine schöne Wohnung. Und hungern müssen wir nicht. Was wollen wir mehr? Wer weiß, was uns drüben erwartet."

Trotzdem verstärkte sich Karins Sorge um den Frieden. Sie telefonierte jeden Nachmittag mit der Mutter, die sich ebenfalls vor einem erneuten Krieg fürchtete. Noch zu gut erinnerte sie sich an das Grauen des 2. Weltkrieges, und sie steckte mit ihrer Panik Karin an. Alexander teilte ihre Ansicht nicht. Er verlangte, wie jeden Tag, seine ehelichen Rechte. Wenn Karin sich weigerte, verließ er sie für Tage und manchmal sogar für Wochen mit der Bemerkung: „Du bist nicht die einzige Frau auf Erden."

So auch am 30. September, an dem Bundesaußenminister Hans-Dietrich Genscher für die 7000 Prager Botschaftsflüchtlinge die Ausreise in die BRD verkündete. Karin und ihre Mutter konnten den Jubel der Ausreisewilligen nicht nachempfinden. Karin befürchtete sogar: „Hoffentlich ist Alex nicht dabei."

„Wollte er denn auch ausreisen?", wollte die Mutter wissen.

„Eigentlich nicht. Er tat, als wäre er hier zufrieden."

„Weißt du denn überhaupt, wo er sich aufhält?"

„Ich vermute in seinem Bauwagen, aber genau weiß ich es nicht."

„Warum ist er denn von euch fort?"

„Das ist eine intime Angelegenheit, über die ich nicht reden möchte."

Die Mutter löcherte sie nicht weiter mit Fragen, obwohl sie die Tochter neugierig ansah.

Während die DDR-Führung am 7. Oktober den 40. Jahrestag mit einer Parade der Nationalen Volksarmee in Ostberlin beging, schwoll die Flüchtlingswelle weiter an. Außerdem demonstrierten in Leipzig und in anderen Städten Massen von Menschen für eine Erneuerung ihres Heimatstaates.

Unerwartet tauchte Alexander bei Karin auf. In ihrer Freude umarmte sie ihn stürmisch und weinte. Er fuhr sie an: „Warum plärrst du denn? Ist doch alles gut."

„Ich hatte solche Angst, dass du abgehauen bist."

„Ohne dich, Schatz? Niemals. Ich brauchte bloß eine Auszeit."

„Und nun?"

„Wir bleiben hier. Wer weiß, was noch alles auf uns zukommt. In dieser kritischen Lage lasse ich euch nicht allein. Ich dusche nur schnell und dann … Mach dich bereit!"

Er grinste sie obszön an, aber Karin störte das nicht. Sie war viel zu glücklich, weil er wieder bei ihr war, und schwor sich, ihn nie wieder abzuweisen. Schließlich gehörte Sexualität zwischen Eheleuten zu einer intakten Beziehung und die wünschte sie sich. Schnell entkleidete sie sich und erwartete ihn im Bett. Alexander drang in sie ein. Die Schmerzen, die Karin erneut verspürte, nahm sie als etwas Dazugehöriges hin. Ihr war klar, dass sie bis an ihr Lebensende damit leben musste.

In der nächsten Zeit benahm Alexander sich liebevoll zu ihr. Er kaufte ein und half bei der Hausarbeit. Er kümmerte sich um Florians Interessen und brachte Karin Pralinen oder Blumen mit. Sein Bestreben um ein harmonisches Familienleben versöhnte Karin mit seinem unbeherrschten Sex. Niemals versäumten sie abends, die Nachrichten im Fernsehen über die politische Situation ihres Heimatlandes anzusehen.

Als am 18. Oktober Erich Honecker die Genossen bat, ihn aus gesundheitlichen Gründen von allen öffentlichen Ämtern zu entbinden, und weitere Mitglieder des Zentralkomitees der SED folgten, stellte Alexander fest: „Na endlich! Wurde auch höchste Zeit, dass diese Querulanten abtreten. Mit Egon Krenz als neuen Generalsekretär verbessert sich bestimmt unsere Situation. Komm, Schatz, lass uns feiern!"

„Ich muss erst mit Mutti sprechen, damit sie sich keine weiteren Sorgen macht. Sie hat nämlich panische Angst vor einem neuen Krieg."

Nach dem Gespräch eroberte Alexander seine Frau mit seinem Charme für seine Begierde. Karin verkniff sich die Schmerzen dabei und redete sich ein, dass sie verpflichtet sei, ihm seine Liebeslust mit ihr zu gewähren, wann immer er sie wollte. Wenn sie danach im Fernseher sahen, dass weiterhin in allen größeren Städten Demonstrationen stattfanden und hauptsächlich in Leipzig, die als sogenannte Montagsdemonstrationen in die Geschichte eingehen sollten, kommentierte Alexander diese Ereignisse: „Alles Spinner! Was wollen die denn noch? Ein Regierungswechsel hat stattgefunden. Nun sollen sie erst einmal abwarten, was sich weiter tut. Ich bin jedenfalls sehr zuversichtlich. Sollen sich lieber Zuhause miteinander vergnügen. Nicht wahr, Schatz?"

Auch noch, als am 7. November 1989 die DDR-Regierung unter Willi Stoph und das Politbüro der SED zurücktraten, änderte Alexander seine Meinung nicht. Im Gegenteil. Mit dem neuen Regierungschef Hans Modrow schürte er Karins Hoffnung und auch die der Schwiegermutter auf eine neue, eine bessere Zukunft für ihr Leben.

Als Karin am Vormittag des 10. Novembers vom Einkauf zurückkam, begegnete ihr im Treppenhaus eine

Nachbarin, die sonst immer für ein Schwätzchen bereit war. An diesem Tag rief sie ihr aufgeregt zu: „Machen Sie den Fernseher an!"

Karin hastete in die Wohnung und schaltete das Gerät ein. Sie sah Menschen auf die Berliner Mauer klettern. Ihr erster Gedanke durchfuhr sie wie ein Blitzschlag: *Krieg! Jetzt ist es soweit. Was soll ich bloß machen?*

Sie weinte. Erst als sie dem Kommentar des Sprechers folgen konnte, erfuhr sie, dass am Abend des 9. Novembers 1989 auf einer Pressekonferenz das Politbüromitglied Günter Schabowski die großzügigen Regelungen für Reisen ins westliche Ausland und nach Westberlin für DDR-Bürger bekannt gegeben hatte. Auf die Fragen von Journalisten antwortete er wörtlich: „"Das tritt nach meiner Kenntnis... ist das sofort ... unverzüglich." Diese Meldung löste sogleich ein Massenansturm von DDR-Bürgen auf die Grenze nach Westberlin aus und führte Stunden später zur ungeplanten Öffnung der Mauer durch die überforderten Grenzer.

Die Stunden bis Florian aus der Schule und Alexander von der Arbeit heimkamen, erschienen Karin endlos. Sie tigerte aufgewühlt durch die Wohnung und war unfähig, sich auf irgendeine Arbeit zu konzentrieren. Florian verstand in seinem Alter nicht vollkommen, was gerade in seinem Geburtsland geschah. Er spürte nur die Ruhelosigkeit seiner Mama und setzte sich zu ihr. Alexander kehrte eher als geplant von der Baustelle zurück. Karin überfiel ihn gleich mit der Frage: „Was soll nun werden? Ich habe solche Angst, Alex?"

Sie schmiegte sich in seine Arme. Er beruhigte sie: „Keine Panik, Schatz! Wir warten, was sich entwickeln wird."

Die Mutter besuchte ihre Angehörigen unverhofft am späten Nachmittag. Sie konnte mit der neuen Situation noch weniger umgehen. Alexander beruhigte sie, aber sie saßen wie gebannt vor dem Fernsehgerät und blickten auf die Bilder, die ihnen wie Halluzinationen vorkamen. Die Mutter blieb die Nacht bei ihnen, denn sie diskutierten, wie sie sich verhalten sollten. Von dem Nachrichtensprecher des ZDFs erfuhren sie, dass circa 20000 DDR-Bürger den ersten offenen Grenzübergang Bornholmer Straße nach Westberlin in der Zeit zwischen 23 Uhr 30 und 0 Uhr 15 gefahrenlos passiert hatten. Nachfolgend öffneten alle Grenzübergänge nach Westberlin. Karin schlussfolgerte: „Wird damit das Ende der DDR eingeläutet?"

„Schatz, ich gehe gleich morgen früh mit unseren Personalausweisen zur Passierscheinstelle. Mehr als ablehnen trauen die sich jetzt nicht", entschied Alexander.

„Du willst rüber? Und wenn sie dich verhaften? Was soll dann aus uns werden?", entgegnete Karin ängstlich. Alexander küsste sie vor den Augen der Mutter und besänftigte sie: „Ihr kommt selbstverständlich mit. Was soll schon passieren! Ich frage doch bloß, ob wir auch den Westteil besuchen dürfen, und verspreche, dass wir niemals dort bleiben werden."

Nur ungern ließ Karin ihn gehen. Sie vermutete tatsächlich, er käme nicht wieder, weil er in einem Gefängnis der Staatssicherheit inhaftiert worden war. Nach knapp einer Stunde kehrte er mit den Reisegenehmigungen für sich, Karin und sogar für Florian zurück. Die Mutter dämpfte ihre Euphorie und äußerte: „Wollt ihr wirklich rüber?"

„Natürlich. Meinst du etwa, wir lassen uns das Begrüßungsgeld entgehen."

Sie schüttelte den Kopf und murmelte: „Na, wenn das mal gut geht."

„Warum soll es denn schiefgehen?", entgegnete Karin.

„Was macht ihr, wenn die alles wieder dichtmachen und ihr nicht zurückkönnt?"

„Zurück lassen die uns immer", behauptete Alexander.

„Lasst doch wenigstens Flo hier!", bedrängte sie die beiden, aber darauf ging keiner ein. Die Mutter drückte einen jeden an sich, als wäre es ein Abschied für immer, und schlich bedrückt in ihre Wohnung.

Zwei Stunden später fuhr Alexander mit seiner Familie zu einem der genannten Grenzübergänge. Sein Auto parkte er in einer der Nebenstraßen. Zu Fuß drängten sie inmitten eines Ansturms von Menschen zu dem Loch in der Mauer und passierten diszipliniert aber zügig die Öffnung. Sie betraten erstmalig Westberliner Gebiet. Alexander nahm Karins Hand, sah ihr tief in die Augen und küsste sie so zärtlich wie selten. Als sich seine Lippen von den ihren gelöst hatten, verkündete er: „Jetzt sind auch wir freie Menschen."

„Was waren wir denn vorher, Papa?", wollte Florian wissen. Er erhielt keine Antwort. Seine Eltern küssten sich schon wieder. Karin erwiderte sogar die Innigkeit von Alexanders Kuss und hoffte, dass auch für ihr Eheleben eine andere, eine bessere Zeit anbrechen werde. Florian maulte: „Immer müsst ihr euch küssen. Nun hört doch damit auf! Ich will mir endlich von meinem Geld den Batman kaufen."

Karin flüsterte ihrem Mann zu: „Er hat ja recht. Dafür haben wir Zuhause Zeit genug."

Alexander blickte sie frivol an und befolgte ihre Anweisung. Vor der Staatsbank wartete eine unübersehbare Schlange aus Menschen. Sie stellten sich an. Viele Bewohner der angrenzenden Wohnblocks versorgten die Anstehenden mit Obst und Kuchen, mit Bohnenkaffee und Schnitten, die mit harter Wurst oder Schnittkäse belegt waren. Nach vier Stunden Wartezeit hielten sie das begehrte Begrüßungsgeld von 100 D-Mark pro Person in den Händen. Leider hatten nur wenige Geschäfte geöffnet, denn es war ein Sonntag. Glücklicherweise bekam Florian in einem kleinen Geschäft die Figur von Batman, die er sich so sehr gewünscht hatte.

Etliche Obsthändler hatten in Windeseile ihre Stände aufgebaut. Karin kaufte Orangen und Bananen und in einem Lebensmittelgeschäft harte Wurst, echten Bohnenkaffee und Vollmilchschokolade. Freudestrahlend, aber mit der bangen Frage, ob die Mauer offenbliebe, fuhren sie zu der Mutter. Als sie ihre Lieben sah, weinte sie vor Erleichterung herzzerreißend. Karin brühte schnell einen starken, echten Bohnenkaffee und deckte den Tisch. Sie labten sich an den mitgebrachten Delikatessen, und langsam ebbte die Aufregung ab. Karin schenkte der Mutter einige Orangen und Bananen, ein Viertel von der Wurst und einige Löffel von dem echten Bohnenkaffee. Nach einer Stunde verließen sie die Mutter. Florian ging zu seinem Freund, um ihm seine Errungenschaft zu zeigen. Alexander eilte im Sturmschritt nach Hause. Karin konnte ihm kaum folgen. Als sie beide in der Wohnung angekommen waren, zerrte Alexander ihr die Kleidung vom Leib und drang ohne Vorspiel in sie ein. Karin bemühte sich, ihren Schwur zu halten, aber Alexander kannte nur sich. Brutal stieß er zu und überhörte ihr Wimmern vor Schmerzen. Als sie es danach wagte, ihm vorzuhalten: „Musst du immer so grob sein? Mit mehr Zärtlichkeit davor käme auch ich in den Genuss, den du dabei genießt", belehrte er sie: „Jetzt beginnt eine neue Zeit, auch beim Sex. Und du hast dich zu fügen. Ich bin der Mann."

Karin starrte ihn entgeistert an und warf ihm vor: „Du hast doch schon immer nur das getan, was und wie du es wolltest. Früher, ja, früher, da warst du manchmal zärtlich. Hast dich bemüht, dass wir hin und wieder zusammen den Höhepunkt erreichten. Aber jetzt komme ich mir wie ein Gegenstand vor, den du benutzt, wann immer du ihn brauchst."

Er streichelte ihr übers Gesicht und sagte reumütig: „So empfindest du mich? Mag sein, dass ich manchmal nicht ganz so zärtlich zu dir bin, wie du es dir wünscht.

Aber ich liebe dich wirklich wahnsinnig, Schatz. Das musst du mir glauben."

Karin stand auf und teilte ihm mit: „Mag sein, aber so nicht mehr mit mir. Merk dir das!"

„Wie du willst", entgegnete Alexander, erhob sich, zog sich an und verließ sie. Karin irritierte seine Antwort. Sie verstand nicht, wie sie seinen Weggang deuten sollte und dachte: *Kommt er wieder oder verlässt er uns?*

Wider aller Befürchtungen kehrte Alexander nach Mitternacht sturzbetrunken heim, und vergewaltigte seine Frau brutal. Auch die Grenze blieb offen. Sogar das Brandenburger Tor wurde am 22. Dezember geöffnet. Unter dem Jubel einer kaum überschaubaren Menschenmenge gaben der Bundeskanzler der BRD, Helmut Kohl, mit Walter Momper, dem Regierenden Bürgermeister von Westberlin, und dem DDR-Ministerratsvorsitzenden Hans Modrow zwei Wege für Fußgänger frei.

Am Heiligen Abend offenbarte Karin ihrer Familie: „Wenn das in dem Tempo so weiter geht, sind wir nächstes Jahr zu Weihnachten Bundesbürger."

„Das glaubst du doch nicht wirklich", widersprach die Mutter, aber Alexander meinte: „Möglich ist alles. Ich denke, falls du recht haben solltest, verdienen wir super und leben in Saus und Braus."

„Muss ich dann in eine andere Schule", wollte Florian wissen, aber die Oma versicherte ihm: „Wir bleiben hier wohnen. Und du bleibst in deiner Schule. Mach dir keine unnützen Sorgen, Flo! Deine Mama spinnt ein bisschen."

Alexander und Florian blickten die Mutter ungläubig an. Karin schürte jedoch ihre Vorstellung von der Zukunft: „Wir werden erleben, was noch alles geschieht. Ich habe da so eine Ahnung, die ich mir von keinem nehmen lasse."

1989/1990

10. Kapitel

Am Silvestermorgen 1989 erwachte Karin in aller Herrgottsfrühe durch ein eigenartiges Geräusch in der Wohnung. Sie lauschte angespannt und schnupperte nach allen Richtungen. Es roch weder nach Rauch, noch nahm sie sonst irgendetwas Bedrohendes wahr. Beruhigt drehte sie sich auf die andere Seite. Sie vermutete, dass irgendein Nachbar wieder im Morgengrauen ein Gerät eingeschaltete habe, das solche eigenartigen Geräusche erzeugte. Sie sann nicht weiter darüber nach, denn viel mehr beschäftigte sie der Ablauf des bevorstehenden Jahreswechsels. Karpfen und Pfannkuchen, Schweinefleisch und Paprikaschoten, Zwiebeln und Gewürzgurken mussten noch für das Schaschlik am Abend eingekauft werden. Gewürze standen bereit. Nach dem Einkauf wollte sie schnell den Karpfen portionieren, würzen und mit Gemüse und Butterstücken gefüllt in den Ofen schieben. Während er garte, sollte Florian die Mutter zur Silvesterfeier holen. Plötzlich ertönte ein Ruf aus dem Kinderzimmer: „Mama, Mama, hier ist was."

Karin sprang mit beiden Beinen gleichzeitig aus dem Bett und raste aus dem Schlafzimmer. Beinahe wäre sie mit Florian zusammengestoßen, der aus seinem Zimmer geflitzt kam. Sie umschlang ihren Sohn mit beiden

Armen und horchte dabei angstvoll auf ein seltsames Geräusch.

„Alex, komm doch mal!"

„Warum denn?"

„Komm doch endlich!", schrie Karin und hielt Florian noch immer an sich gedrückt. Nun bequemte Alexander sich aufzustehen. In dem Augenblick, als er vor der offenen Tür zum Kinderzimmer stand, eilte er auf ein Geräusch zu, das aus einer Ecke zischte. Nach wenigen Schritten auf dem Teppich schwappte Wasser an seinen Füßen hoch. Er hopste von einem Fuß auf den anderen, als liefe er durch Brennnesseln. Das wirkte dermaßen komisch, sodass Florian mit Lachen anfing und Karin einfiel.

„Verdammt! Die Heizung", fluchte Alexander, und rief Karin zu: „Hilf mir, das Ding wegzurücken!"

Karin verging das Lachen, als sie den durchnässten Teppich betrat. Sie hüpfte jetzt genauso, wie vorher Alexander, zu der Flachstrecke. Heißes Wasser drang in ihre Pantoffeln.

Schnell schoben sie das Möbelstück von der Heizung. Aus der unteren Verbindung des Heizungsrohres mit dem Heizkörper sprühte das heiße Wasser nach allen Seiten.

„Scheinbar eine defekte Dichtung", kommentierte Alexander das Geschehen und rollte den Teppich beiseite. Er holte seinen Werkzeugkasten und probierte mit einer Rohrzange, das Verbindungsstück anzuziehen. Es bewegte sich keinen Zentimeter.

„Mist", schimpfte er. „Da muss der Hausmeister her! Ich laufe schnell zu ihm."

Inzwischen lag Florian auf der Couch im Wohnzimmer und schlief. Karin holte eilig ein kleines, flaches Gefäß, das unter das Heizungsrohr passte. Leider füllte es sich sehr schnell, aber für ein höheres Gefäß erwies sich das Rohr als zu niedrig. Während Alexander sich rasch anzog, rannte Karin mit dem einzigen flachen Gefäß, das sie besaßen, hin und her. Hastig schüttete sie das Wasser in die Badewanne und stürmte zurück. Inzwischen schwamm schon wieder der Fußboden. Bevor Karin ihn aufgewischt hatte, lief das Gefäß bereits über, und auf ihr Nachthemd spritzte das dampfende Wasser. Mittlerweile triefte es vor Nässe, aber es half weder Schimpfen noch Fluchen. Nur Eile vermochte größeren Schaden abzuschwächen. Karin befürchtete, das Wasser könnte in die untere Wohnung laufen. Sie rief nach ihrem Sohn, denn den Wasserschaden hätten sie bezahlen müssen. Deshalb raste sie immer schneller, um das flache Gefäß zu leeren. Florian half nun mit und wischte den Fußboden auf. Die Minuten, bis Alexander zum Hausmeister ging und zurückkam, dehnten sich, als wären sie Stunden. Aufgeregt teilte er ihr mit: „Der Hausmeister kann den Haupthahn im Keller nicht schließen, weil er total verrostet und fest wie angewachsen ist. Er hat den Havariedienst angerufen."

Jetzt entfernten sie gemeinsam die Überschwemmung.

„Wann kommt denn der Havariedienst endlich?", jammerte Karin ab und zu.

„Hat der Hausmeister nicht sagen können. Wir sollen warten", informierte Alexander sie. Gegen 11 Uhr 45 erschien ein Installateur, der für Gas, Wasser und Heizung, Bereitschaft über Silvester hatte. Zunächst löste er im Keller den Haupthahn und sperrte die Warmwasserzufuhr. Augenblicklich spritzte es nicht mehr aus dem Heizungsrohr. Karin duschte eilig, während der Handwerker im Kinderzimmer die Dichtung erneuerte. Die Reparatur dauerte zehn Minuten. Danach verlangte Karin von Alexander: „Ihr müsst Mutti holen. Unser geplantes Silvesteressen ist buchstäblich ins Wasser gefallen. Den Karpfen können wir vergessen."

„Soll ich schnell zum Fischgeschäft und auch zum Bäcker fahren? Vielleicht irrst du dich, und ich bekomme noch einen Karpfen und auch Pfannkuchen."

„Die Mühe kannst du dir sparen. Die Geschäfte haben nur bis zwölf geöffnet. Weiß ich ganz genau. Außerdem wartet Mutti, denn sie muss wegen ihrem Diabetes pünktlich essen. Was soll ich kochen? Der Kühlschrank ist fast leer."

„Lass dir was einfallen!", riet Alexander ihr grantig und fuhr mit Florian, der sich ebenfalls ohne zu duschen angezogen hatte, zu der Oma. Karin inspizierte den Kühlschrank. Außer einer Schachtel mit Eiern, eine kleine Leberwurst, eine halbe Teewurst, ein halbes Glas mit mittelscharfem Senf und einige Scheiben Käse lagerte dort nichts. Kartoffeln und Zwiebeln fand Karin in der Speisekammer. Sie überlegte, was für ein Essen sie daraus herstellen könnte. Sie schälte unverzüglich die Kartoffeln und setzte sie auf die Herdplatte. Auch die Eier kochte sie. Als Alexander und Florian mit der Mutter eintrafen, bereitete Karin die Senfsoße zu. Die Mutter staunte, weil der Tisch noch nicht gedeckt war, und nörgelte: „Ich muss essen. Du weißt doch, mein Zucker."

„Noch ein wenig Geduld, Mutti. Die Kartoffeln sind bald gar."

„Gib mir eine Stulle! Mir ist schon ganz schlecht."

Karin schnitt eine Scheibe Brot ab, belegte sie mit Butter und Schnittkäse und brachte sie ihr. Danach widmete sie sich wieder dem kärglichen Silvesteressen. Statt des Karpfens bereitete sie verlorenes Ei in Senfsoße mit Salzkartoffeln zu. Florian jubelte: „Toll! Mein Lieblingsessen und nicht son doofer Fisch mit den blöden Gräten."

Auch die Mutter schien nicht weiter betrübt zu sein, weil es keinen Silvesterkarpfen gab. Nur Alexander murrte: „Hättest gestern zumindest Fleisch einkaufen können. Diesen Fraß zu Silvester! Ist dir wohl auch nichts Genießbareres eingefallen. Haste wenigsten Wodka oder Bier da?"

„Tut mir leid, aber ich kann auch kein besseres Essen herbeizaubern, wenn der Kühlschrank fast leer ist. Wir hatten gestern festgelegt, heute alles frisch zu holen, denn du musstest ja ..."

Erschrocken hielt sie inne, denn ihr war bewusst geworden, dass die Mutter und Florian mithörten. Alexander brummte: „Verstehe!"

Trotz des schlichten Essens verzehrten sie es mit Appetit. Noch vor dem Abwasch rollte Alexander mit Karins Hilfe den durchnässten Teppich zusammen. Sie schleppten ihn auf den Balkon und wischten den Bodenbelag trocken. Danach rückten sie die Flachstrecke wieder an ihren Stammplatz. Inzwischen hatte Florian sich um sein Omchen gekümmert. Sie lag auf der Couch im Wohnzimmer mit den Kopfhörern auf den Ohren und lauschte mit geschlossenen Augen den Gesängen ihrer Lieblingsstars der Volksmusik. Nach dem Abwasch legte Karin sich zu Alexander, der vor sich hindöste. Während sie grübelte, was sie zum Kaffee und zum Abendessen anbieten solle, bedrängte Alexander sie mit seiner Liebesglut. Karin gewährte ihm sein Lustgefühl, ohne selbst, außer den regelmäßigen Schmerzen dabei, etwas zu empfinden.

Statt beschwingter Silvesterstimmung saßen sie am Nachmittag abgespannt und missgestimmt im Wohnzimmer und knabberten an den Resten von Butterkeksen, die Karin in einer Dose gefunden hatte.

Wie sollten sie die lange Nacht überstehen, in der alle feierten und fröhlich waren?

Plötzlich klingelte es. Betroffen schauten sie sich an. Wer könnte das sein, jetzt am Silvesternachmittag? Bestimmt die Nachbarin, die sich öfter Salz, Zucker oder Eier borgte, weil sie häufig beim Einkauf etwas vergessen hatte. Mit dieser Überlegung fragte Karin zaghaft in die Sprechanlage: „Ja, bitte?"

Statt des üblichen Klopfens der Nachbarin an der Tür, schallte es ihr durch die Sprechanlage munter entgegen: „Ist noch Platz für drei Asylsuchende?"

Karin schrie auf: „Peter!"

Bevor sie den Türöffner drückte, informierte sie die drei Griesgrämigen im Wohnzimmer: „Es sind Peter und Mara."

„Auch das noch", knurrte Alexander und trottete zur Tür. Während Karin den Knopf für den Türöffner drückte, schoss es ihr durch den Kopf: *Was soll ich ihnen vorsetzen? Die Reste von den Keksen? Und zum Abendessen Brot und Zwiebeln?*

„Ich hatte mir die Nacht ins neue Jahr mit dir so geil vorgestellt ", flüsterte Alexander ihr ins Ohr, als die Fahrstuhltür sich öffnete. Karins Cousin mit Frau aus Stralsund und Tante Tilda aus Thüringen stiegen aus. Sie umarmten sich zur Begrüßung und strahlten, als hätten sie die Freude soeben erfunden. Nachdem Mara und Tante Tilda ihre Mäntel ausgezogen und an die Garderobenhaken im Flur gehangen hatten, übergab Peter seiner Frau die beiden Taschen. Er schlüpfte aus seiner gefütterten Lederjacke und hängte sie ebenfalls an einen der Harken. Mara brachte die Taschen in die Küche und packte Marmorkuchen, zwei gegrillte Broiler, ungarische Salami, Teewurst, Berliner Bockwürste, Harzer und Schnittkäse aus. Dazu legte sie helle Brötchen und mit Pflaumenmus und Erdbeermarmelade gefüllte und mit Zuckerguss überzogene Pfannkuchen. Obendrein stellte sie einige Flaschen Sekt, Eierlikör und mehrere Flaschen helles Bier auf den Küchentisch. Die Erschöpfung von Karin und Alexander existierte plötzlich nicht mehr. Die Silvesterfeier schien gerettet zu sein. Auch die Mutter freute sich über den Besuch, und Florian grinste beim Anblick der Delikatessen. Karin deckte den Tisch, Mara schnitt den Kuchen auf, und schon bald saßen sie kauend, lachend und schwatzend zusammen. Später sangen und tanzten sie zu Stimmungsliedern, die Karin von der Rundfunksendung *„Schlager der Woche"* auf ihrem Tonbandgerät aufgenommen hatte. Einmal in der Woche wurden sie von der Westberliner Rundfunkanstalt Rias im Radio übertragen. Alexander leerte etliche Flaschen Bier und stieß immer wieder mit Peter an, der sich mit Alkohol zurückhielt. Er schlug vor: „Eigentlich wollten wir zu der Party am Brandenburger Tor mit euch. Das ist doch seit dem 22. Dezember als Grenzübergang vom regierenden Bürgermeister Walter Momper geöffnet worden, soviel wir wissen. Die Mütter und Florian können ja hierbleiben. Was haltet ihr davon?"

„Überhaupt nichts. Da sind doch heute Massen von Menschen. Wer weiß, was passieren wird. Lass uns hier feiern! Ist doch viel gemütlicher", hielt Karin ihm vor. Auch Alexander konnte er für seinen Plan nicht gewinnen.

„Dann mach den Fernseher an, damit wir auf diese Weise an den Feierlichkeiten teilnehmen können", wünschte Peter. Karin schaltete das Gerät ein. Sofort erreichte der Jubel von Tausenden ihre Wohnstube. Mara starrte gebannt auf den Bildschirm.

„Siehste nun, was da abgeht?", hielt Karin ihrem Cousin vor. „Ein Gedränge vom Feinsten. Da kannste noch nicht mal Luft holen. Wenn jemand hinfällt, der wird glatt totgetrampelt."

„Hätte ich nicht gedacht", meinte Peter.

„Dann kommen wir eben wieder, wenn der ganze Rummel vorbei ist. Vielleicht ist Klaus dann wieder bei uns."

„Wo ist der denn?", wollte Karin wissen.

„Das weißt du noch gar nicht? Der ist doch mit seiner Familie abgehauen. Bisher hat er uns noch nicht benachrichtigt, wo er jetzt wohnt. Sicher geht es ihm gut, sonst wäre er längst zurück", teilte Mara ihr mit.

Trotzdem feierten sie weiter, sangen bei Stimmungsliedern mit, schunkelten dazu und tanzten zu flotten Rhythmen. Alexander lallte bereits vor Mitternacht und griff seiner Frau ungeniert vor den Gästen an den Busen und beim Tanz ins neue Jahr sogar in den Schritt. Karin zischte ihn an: „Benimm dich!"

Sie stieß ihn weg, sodass er gegen die Wand taumelte. Wütend erhob er sich und schwankte auf Karin zu. Peter stellte sich dazwischen und ermahnte Alexander: „Sauf doch bloß nicht immer so viel! Kannst du denn nicht mit wenig Alkohol fröhlich sein?"

Alexander versetzte ihm einen Faustschlag, sodass Peter hinfiel. Nun näherte er sich seiner Frau, knallte ihr kräftig eine Ohrfeige auf die linke Wange und schrie dabei: „Du hast zu gehorchen, wenn ich dich will."

Er zerrte sie ins Schlafzimmer. Danach schlief er befriedigt ein. Karin schlich zu den anderen ins Wohnzimmer. Peter blickte sie mitleidig an, und Mara fragte. „Ist der immer so?"

In dem Moment explodierten auf dem Bildschirm Feuerwerkskörper mitten in der Menschenmenge und entbanden Karin von einer Antwort. Entsetzt sahen sie, dass von den Feiernden etliche brannten und Sanitäter nicht zu ihnen durchkamen. Tante Tilda verlangte: „Mach bloß den Kasten aus! So was habe ich im Krieg genug gesehen."

Auch Karin verspürte keine Lust, sich dieses Drama weiter anzusehen. Die soeben noch ausgelassene Stimmung stellte sich nicht wieder ein. Sie beschlossen, ins Bett zu gehen. Florian blies die Luftmatratze im Kinderzimmer auf. Darauf sollte Peter schlafen. Karin bat den Sohn: „Schläfst du bei Papa?"

Er legte sich zu Alexander ins Ehebett, dem das überhaupt nicht gefiel. Lautstark forderte er seine Frau zu sich, aber Peter zischte ihm zu: „Die lässt du jetzt in Ruhe! Ich kann auch sehr ungemütlich werden."

„Was willst du Lackaffe von mir? Gegen meine Fäuste kommst du nicht an, aber ich bin müde. Schlaf gut, Cousin!"

Für Tante Tilda richtete Karin eine Liege her. Aber sie setzte sich mit ins Wohnzimmer, in dem Mara und die Mutter miteinander schwatzten. Unvermittelt sagte die

Mutter: „Mara, ich habe eine große Bitte. Wenn ich nicht mehr bin, dann kümmert euch doch bitte um Karin. Sie hat außer euch keine Verwandten mehr. Und Alexander ... ihr habt ja gesehen, wie er nach Alkohol tickt. Aber auch sonst hat Karin mit ihm nichts zu lachen."

„Mach dir keine Sorgen, Tante Ilse. Das ist doch selbstverständlich", versprach Mara ihr.

„Danke, Mara. Das beruhigt mich. Da hast du eine große Last von mir genommen."

Als sie sich müde gequasselt hatten, legte Tante Tilda sich auf die Liege, und die beiden anderen belegten die Doppelcouch.

Es wurde eine kurze Nacht. Florian hatte immer früh ausgeschlafen und drängelte sich mit auf Karins Schlafseite. Alexander erschien kurz darauf im Türrahmen und forderte, dass Karin zu ihm käme. Leise stand sie auf, um keinen zu wecken, und begab sich zu ihrem Mann ins Schlafzimmer. Er trat die Tür mit einem Fuß zu, und wandte sich seiner Frau zu. Nach einem Kuss glitten seine Hände an ihrem Körper herab, bis sie zwischen ihren Oberschenkeln das fanden, wonach sie suchten. Er flüsterte ihr zu: „Schatz, das Jahr wird wundervoll mit dir", und drang in sie ein. Karin ekelte sein alkoholversetzter Atem an, aber sie hielt geduldig durch. Als er nachher neben ihr lag und sie küssen wollte, stieß sie ihn von sich. Bevor er reagieren konnte, sprang sie aus dem Bett, um im Badezimmer zu duschen. Nachdem sie angezogen war, servierte sie das

Frühstück. Es dehnte sich bis zum Mittag aus, bevor die unverhofften Gäste sich verabschiedeten. Peter flüsterte Karin beim Abschied zu: „Trenn dich von dem!"

Darauf erwiderte sie nichts. Später brachte Florian seine Oma nach Hause. Karin räumte auf und wollte abwaschen, denn in der Küche türmte sich das benutzte Geschirr. Alexander hatten in der Zwischenzeit die Reste von den alkoholischen Getränken getrunken und legte sich ins Bett. Nach seiner Frau rief er vergebens. Er wollte sie holen, aber Karin hatte sich in der Küche eingeschlossen. Alexander trat mehrmals gegen die Tür. Sie hielt seinen Tritten stand. Erbost schimpfte er: „Dann eben nicht, blöde Kuh! Gibt jetzt ganz andere Möglichkeiten, als den Blümchensex mit dir."

Karin hörte, dass die Wohnungstür ins Schloss fiel.

Samstag, 06. Mai 2000, 10 Uhr

Ich blicke ihr ins Gesicht, das seit Langem einen Ausdruck angenommen hat, der mir fremd ist. Wo mag sie sich jetzt auf ihrem Weg ins Jenseits befinden? Ich weiß es nicht und streichele ihr über die farblosen Wangen, benetze ihre Lippen mit einem nassen Lappen und kämme das schüttere Haar. Dabei hebt und senkt sich ihr Brustkorb gering, und ihre Hände kreisen suchend über die Bettdecke. Ich greife nach ihnen und halte sie fest. Sie geben ihre Unruhe auf und liegen wie zwei Heimatlose, die ihre Zuflucht gefunden haben, in meinen Händen. Mit einem Finger prüfe ich ihren Puls. Er ist kaum fühlbar. Auf einmal öffnet sie die Augen und sieht mich an, als käme sie aus weiter Ferne zurück. Sie flüstert Worte, die ich nicht verstehe.

„Was möchtest du, Mutti?"

„Mutti ... Mutti ...", haucht sie. „Wo? ... soo weit", und schläft ein. Ich beruhige sie: „Ja. Deine Mutti und alle anderen erwarteten dich, aber mir wirst du fehlen. Eines Tages komme ich auch. Dann sind wir wieder zusammen und schwärmen von den köstlichen Streuselschnecken mit dem dicken Zuckerguss, die der Bäcker in der Siedlung gebacken hatte. Weißt du noch?"

Ob sie während ihres Aufenthaltes im Pflegeheim auch einmal daran gedacht hat? Sicher nicht, denn ihre Gedanken wandeln auf seltsamen Wegen.

Ihre Augen öffnen sich abermals einen Spalt. Ich glaube, ein Erkennen an diese Erinnerung zu bemerken, und fahre fort: „Wir saßen in der Veranda in unserem Haus, tranken Kaffee mit Zucker und viel Milch und aßen dazu die herrlichen Streuselschnecken. Meistens hast du gestrickt, und wir erzählten uns dabei. Du, Omi und ich. Leider musste sie uns viel zu früh verlassen."

Müde schließt sie die Augen. Ihre Atmung scheint gestört zu sein. Ich befürchte, es ist vorbei. Angespannt beobachte ich ihren Brustkorb. Es folgt der nächste Atemzug und noch einer und noch einer. Ich atme auf. Sie weilt weiterhin bei mir, und ich bitte sie: „Bleib noch, Mutti, obwohl ich dir die Erlösung von deinem Leiden gönne. Aber Flo möchte sich von dir verabschieden. Ohne ihn noch einmal gesehen zu haben, darfst du nicht gehen. Bitte, Mutti! Er ist bald hier."

Während ich spreche, beobachte ich ihre Mimik. Hat sie meine Bitte verstanden? Ich erkenne keine Veränderung, aber sie atmet unregelmäßig. Ihre Hände ruhen jetzt vertrauensvoll in meinen. Ich wärme sie. Dabei fällt mir ein Gedicht ein. Ich flüstere ihr zu: „Für dich, Mutti, ein Gedicht von Heinrich Heine, das er für seine Mutter schrieb. Möge es dich begleiten auf deiner Reise, bei der ich nicht bei dir sein darf.

Im tollen Wahn hatt' ich dich einst verlassen,
ich wollte gehen
und wollte sehn, ob ich die Liebe fände,
um liebevoll die Liebe zu umfassen.
Die Liebe suchte ich auf allen Gassen,

vor jeder Türe streckt ich aus die Hände
und bettelte um kleine Liebesspende -
doch lachend gab man mir nur kaltes Hassen.
Und immer irrte ich nach Liebe, immer
nach Liebe, doch die Liebe fand ich nimmer
und kehrte um nach Hause, krank und trübe.
Doch da bist du entgegen mir gekommen,
Und ach! Was da in deinen Aug geschwommen,
das war die Liebe, die lang gesuchte Liebe!"

Hat sie das verstanden? Ich werde es nie erfahren, und meine Gedanken flüchten in die Erinnerung zurück.

11. Kapitel

Am 18. März 1990 fanden die ersten freien Wahlen für DDR-Bürger statt. Die Allianz für Deutschland erreichte mit 48,18 % der Stimmen beinahe die absolute Mehrheit.

Am Nachmittag des nächsten Tages besuchte Karin die Mutter. Schon an der Wohnungstür tönte ihr Stimmengewirr entgegen. Als sie die Stube betrat, empfing sie ein lautes Hallo. Karin blickte in fremde Gesichter, die das Alter mit zahlreichen Runzeln gekennzeichnet hatte. Die Unbekannten starrten Karin fragend an. Die Mutter kam gerade aus der Küche. Als sie Karin sah, verschönte ein Lächeln ihr Gesicht. Sie füllte ein Glas mit Sekt von der beliebten Sorte Rotkäppchen und reichte es ihr. Karin fragte: „Was wird denn hier gefeiert?"

„Na, den Sieg!", verkündete lautstark eine von den Unbekannten.

„Welchen Sieg? Habe ich irgendetwas verpasst?", entgegnete Karin erstaunt. Entrüstete informierte die Mutter sie: „Na, den vom Demokratischen Sozialismus und …"

„Die PDS erreichte immerhin 16 Prozent", redete eine andere dazwischen, und eine dritte informierte Karin: „Das ist die Nachfolgepartei unserer SED."

Alle hoben das Sektglas und prosteten ihr zu. Karin leerte ihr Glas, aber die Freude der Anwesenden konnte sie nicht nachvollziehen. Im Stillen fragte sie sich: *In welche Gesellschaft ist Mutti geraten?*

Eigentlich hatte sie beabsichtigt, mit der Mutter über die neue Situation zu sprechen. Karin hielt es jedoch für angebracht, ihre Zweifel und Vermutungen vor den Fremden nicht zu verkünden. Aus Höflichkeit blieb sie eine halbe Stunde und verabschiedete sich mit der Ausrede: „Mutti, ich muss leider schon gehen. Flo wartet auf mich."

Als am 12. April 1990 Lothar de Maiziére das Amt des Ministerpräsidenten erhielt, und am 18. Januar der erste Staatsvertrag zwischen der DDR und der BRD geschlossen wurde, der eine Währungs-Wirtschafts-und Sozialunion beinhaltete, jubelten weder die Mutter noch Karin. Durch den Vertrag wurde das Geld vom Hausverkauf halbiert. Karin meinte: „Sicher steigen die Mieten auch."

„Das glaube ich nicht", widersprach die Mutter.

„Denkst du etwa, das bleibt jetzt alles so, wie es ist?", wandte Karin ein. Die Mutter verzog angewidert ihren Mund. Das tat sie immer, wenn ihr irgendetwas an der Tochter missfiel. Sie protestierte heftig, als Karin ihr empfahl: „Kauf dir Vorräte ein, bevor alles teurer wird!"

„Was du wieder hast! Jetzt bekommen wir doch Westwaren. Warum soll ich mir die Reste von dem DDR-Plunder kaufen?"

„Weißt du das genau?"

„Na klar. Meinst du etwa, die lassen die Geschäfte leer?"

Dazu erwiderte Karin nichts. Sie befürchtete, dass diese Debatte in Streit ausarten könne und die Mutter ihren Besuch abrupt beenden werde. Das geschah jetzt öfter, wenn sie sich über Äußerungen von der Tochter ärgerte. Meistens schlurfte sie bei derartigen Missstimmungen zwischen ihnen beleidigt nach Hause. Dieses Mal verhinderte Karin einen überstürzten Abschied, indem sie einlenkte: „Ich lege mir jedenfalls einen Vorrat von Lebensmitteln an. Ich weiß nicht, wann und ob Alex mir wieder Geld gibt."

„Ist er denn weg?"

„Ja. Manchmal bleibt er nach einem Streit mehrere Tage in seinem Bauwagen. Es ist aber auch möglich, dass er einmal nicht wiederkommt."

„Oh, Gott, Kind! Wenn du Geld brauchst, gebe ich dir was. Ich wusste ja nicht, dass es so schlimm um euch steht. Silvester ahnte ich ja schon, dass es in eurer Ehe kriselt. Ein Mann, der säuft und seine Frau schlägt, ist sie nicht wert. Wollt ihr euch scheiden lassen?"

„Ich weiß es nicht, Mutti. Er wird schon wiederkommen."

Die Mutter holte ihr Portemonnaie aus der Tasche und gab Karin den gesamten Inhalt.

„Damit ihr nicht verhungert. Wenn du mehr brauchst, sag es mir. Ich helfe gern."

Karin dankte ihr und hörte die Warnung der Mutter: „Geh bloß nicht im Dunkeln raus?"

„Warum nicht?"

„Hast du denn nichts von dem Triebtäter mit dem Buckel gehört, der nachts Frauen überfällt und misshandelt?"

„Hier bei uns?"

„Nicht direkt. In den Nachrichten wurde schon etliche Male von seinen Überfällen berichtet. Die sagen, er hält sich überwiegend auf dem Gelände von Krankenhäusern auf, wenn Schichtwechsel ist, und in einsamen Gegenden. Geh bloß nicht im Dunkeln durch das Wäldchen!"

In Karin stieg ein furchtbarer Verdacht auf. Sie dachte an die verschmutzte Kleidung von Alexander, die sie vor einiger Zeit entsorgen sollte, nachdem er mehrere Tage weggeblieben war. Sie schaltete am Fernseher den Videotext ein. Gleich auf der ersten Seite las sie von dem Triebtäter, der wie ein Geist urplötzlich über Frauen herfiel und sie bestialisch vergewaltigte. Danach verprügelte und würgte er sie, bis sie keinen Mucks mehr von sich gaben. Alle lebenden Überfallenen beschrieben den Täter als untersetzten Mann mit einem Buckel. Diese Wirbelsäulenverkrümmung des Rückgrats nach hinten beruhigte Karin. Die Mutter verabschiedete sich.

In den nächsten Tagen hortete Karin von dem Geldgeschenk der Mutter Nudeln und Mehl, Reis und Zucker, Salz und Hülsenfrüchte. Auch die Mutter legte sich trotz ihres Widerspruchs der Tochter gegenüber einen Vorrat an Lebensmitteln an. Die Regale in der HO, der größten Einzelhandelskette der DDR, und im Konsum leerten sich täglich mehr.

Alexander kehrte zurück, als Karin einige Tage später gerade das Abendessen zubereitete. Er küsste sie, wie gewohnt, und wedelte mit einem Blumenstrauß vor ihrer Nase herum. Dazu meinte er: „Entschuldige, weil ich solange weg war. Überstunden! Und der Bauwagen ist nicht weit weg von der Baustelle. Ich bin total übermüdet. Dusche bloß schnell und legte mich gleich ins Bett."

Karin hörte das Wasser rauschen und erwartet eigentlich, dass er sie zu sich befahl. Sie irrte sich. Alexander rief ihr nur noch zu: „Nacht, Schatz!", und schloss die Schlafzimmertür. Karin erfreute diese Tatsache, denn seine Alkoholfahne hatte in ihr Übelkeit erzeugt. Scheinbar war er tatsächlich von den vielen Überstunden total erschöpft. Zufrieden aß sie mit Florian in aller Ruhe das Abendessen. Alexander schnarchte weiter, als sie sich später neben ihn legte.

12. Kapitel

Die Mutter besuchte nun öfter ihre Freundin im Westberliner Stadtteil Schöneberg. Sie kannten sich seit Mitte des Zweiten Weltkrieges. Die Freundin war damals schwanger und wurde, weil die Bombardierung Berlins zunahm, in die Heimatstadt der Mutter evakuiert. Schon bald freundete sie sich mit Ilse an.

Nach Kriegsende übersiedelte die Freundin mit ihrer dort geborenen Tochter wieder nach Berlin. Die Mutter folgte ihr einige Jahre später, nachdem ihr Mann aus russischer Kriegsgefangenschaft heimgekehrt war. Sie gebar nach drei Jahren ihre Tochter Karin. Sogar die Töchter empfanden künftig freundschaftliche Gefühle füreinander, obwohl Karin jünger war.

Der Mauerbau 1962 unterbrach den persönlichen Kontakt und zerriss Familienbande. Etliche, die in den Westteil von Deutschland fliehen wollten, starben im Kugelhagel an der Mauer. Die Freundschaft der Mütter überdauerte die Ära des Kalten Krieges, die der Töchter zerbrach.

Als von 1963-1970 das Passierscheinabkommen in kraft trat, durften Westberliner und Bürger der Bundesrepublik genauso wie ausländische Staatsangehörige sieben Straßenübergänge nach Ostberlin für Verwandtenbesuch nutzen. Die Mutter ernannte die Westberliner Freundin zu ihrer Cousine. Ostberlinern und Bürgern der DDR erlaubte die DDR-Regierung nicht, die Grenze nach Westberlin und dem Gebiet der BRD, ohne Genehmigung zu passieren.

Während der Weihnachtsfeiertage 1963 erhielten Westberliner erstmalig nach dem Mauerbau mit einem Passierschein die Erlaubnis, zu Verwandten in den Osten zu reisen. Im Herbst 1964 gab es ein neues Passierscheinabkommen. Danach konnten Westberliner nur gegen einen Mindestumtausch von drei D-Mark pro Tag und Person eins zu eins und Westdeutsche und Ausländer für fünf D-Mark pro Tag und Person in die DDR einreisen. Kontrollen an den Grenzübergängen fanden für alle statt. Zeitungen und Bücher in den Ostteil mitzubringen, erlaubten die Behörden der DDR nicht. Außerdem mussten die Einreisenden gültige Passierscheine für einen Tag besitzen. Dieses Abkommen galt nur bis 1970. Erst zu den Osterfeiertagen 1972 durften Westberliner bis zu acht Mal im Quartal in die DDR einreisen.

Ab 5. November 1973 verlangte die DDR-Regierung für die Einreise in das Gebiet der DDR einen Zwangsumtausch für Personen ab 15 Jahren von 20 D-Mark und für Kinder von 6-14 Jahre 6,50 D-Mark. Nach Ostberlin minimierte sich der Betrag auf 10 D-Mark. Ab 1980 gab es zwischen Reisen in die DDR und nach Ostberlin keinen Unterschied mehr. Der Zwangsumtausch betrug jetzt einheitlich pro Person und Tag 25 D-Mark, die in 25 Ostmark umgetauscht werden mussten. Die Erhöhung ordnete das Ministerium für Staatssicherheit an.

Trotzdem brach der Kontakt zwischen der Mutter und der Westberliner Freundin nicht ab. Sie besuchte die

Mutter als Cousine, sooft die Einreise in den Ostteil gesetzlich zulässig war. Das Ostgeld von dem Zwangsumtausch ließ sie bei der Mutter, die dafür hauptsächlich Lebensmittel kaufte, die sie der angeblichen Cousine beim nächsten Besuch mitgab. Aber auch Schuhe von Salamander, Unterwäsche von Schiesser, Küchengeräte und unzählige Konsumgüter, die in der DDR für den Westen produziert wurden, standen auf ihrer Wunschliste.

Nach der Öffnung der Mauer nahmen die gegenseitigen Besuche zu.

Eines Tages bedrängte die Mutter Karin erneut: „Charlotte hat dich und Flo schon öfter eingeladen. Kommt doch endlich mit! Mir ist es schon peinlich, immer neue Ausreden zu erfinden."

Schweren Herzens willigte Karin ein, denn diese Charlotte und ihr Mann Gustav widerten sie mit ihren Prahlereien an. An einem heißen Sommertag begleitete sie mit Florian die Mutter. Die Wohnungseinrichtung enttäuschte Karin. Die Westberliner Freundin hatte sich immer gebrüstet, wenn sie bei Mutter war, was es bei ihnen alles zu kaufen gäbe. Ihr Mann Gustav hielt Karin sogar vor: „5 D-Mark sind bei uns 5 D-Mark."

Dazu erwiderte Karin nichts. Auch die Bewirtung bestand aus einem Minimum an Genussmitteln. Nicht einmal für die Mutter gab es Gebäck für Diabetiker, obwohl in beiden Teilen von Berlin diverse Delikatessen für Diabetiker angeboten wurden. Karin empfand es schäbig, dass die Westberliner Freundin der Mutter nicht einmal Entsprechendes anbot. Mit dem Gespräch quälten sie sich durch die Stunden. Zu Karins Entsetzen lud die Mutter beim Abschied die ganze Familie zu ihnen ein.

Die Rückfahrt mit der S-Bahn gestaltete sich problematisch, denn auf dem Bahnsteig wimmelte es von unzähligen Menschen. Glücklicherweise standen Karin, Florian und die Mutter günstig. Die Menge schob sie zusammen in einen Waggon. Karin ängstigte sich um Florian, weil er kleiner als die Erwachsenen war. Sie beugte sich schützend über ihn, damit er atmen konnte und von den Massen nicht erdrückt wurde.

Vollkommen überladen fuhr die S-Bahn ab. Die Hitze, die vielen Menschen und die Enge in dem Waggon ließen Ängste in ihr aufsteigen, die erst abebbten, als das Abteil sich nach mehreren Haltestellen allmählich leerte. Karin schwor sich, so eine Fahrt nicht noch einmal zu unternehmen. Sie brachte die Mutter in ihre Wohnung und schlenderte danach mit Florian am See entlang nach Hause. Alexander erwartete sie angeheitert mit dem Vorwurf: „Warum kommt ihr so spät?"

„Sei froh, dass wir überhaupt gesund angekommen sind."

„Wieso?"

„Die S-Bahn war total überfüllt. Ich hatte Angst, dass Flo erdrückt wird."

„Brauchst du bei mir nicht zu haben."

Karin verstand das Funkeln seiner Augen und bettelte: „Bitte, Alex, nicht! Wir sind total erschöpft."

Er befahl Florian: „Geh in dein Zimmer, bis du gerufen wirst!"

Karin blickte ihren Sohn Hilfe suchend an. Er zuckte nur mit den Schultern und gehorchte seinem Vater. Alexander zerrte seine Frau zu sich. Er küsste ihren Mund und den Hals, während seine Hände ihr den Slip herunterzogen und den Oberkörper auf den Tisch schubsten. Bevor Karin sich irgendwie wehren konnte, drang er in sie ein und lallte: „Meine Liebste ... mein Ein und Alles."

Plötzlich schrie er sie an: „Nun mach doch mal mit, du frigides Stück!"

Er schlug ihr derb ins Gesicht. Karin befolgte seine Anweisung nicht, sondern trat mit Füßen nach ihm. Augenblick ließ Alexander von ihr ab und warf sie auf den Fußboden. Mit Fußtritten und Fäusten verprügelte er sie erbarmungslos und brüllte: „Du Miststück! Dir werde ich schon noch beibringen, wie du deinen Ehemann zu befriedigen hast. Vielleicht stehst du auf SM. Drüben gibt es super Artikel. Bald bringe ich für dich so etwas Tolles mit. Vielleicht gefällt dir das, und du wirst folgsamer."

Sein hämisches Lachen verfolgte Karin bis ins Bad, in dem sie sich über dem Toilettenbecken erbrach. Florian schlich zu ihr und flüsterte: „Mama, was ist dir?"

„Wir hatten nur ein bisschen Spaß miteinander. Deine Mama verträgt eben nicht mehr so viel davon", spottete Alexander lachend, der hinter ihnen lauerte. Florian blickte ihn mit großen, fragenden Augen an. Sein Papa belehrte ihn: „Wenn du groß bist, erkläre ich dir, wofür eine Frau da zu sein hat."

Karin schleppte sich vom Bad in Florians Zimmer. Als er zu ihr kam und ihr zugeschwollenes, blaues Auge sah, fragte er. „Bist du hingefallen?"

Karin nickte, aber Florian hielt ihr vor: „Lügen soll man nicht."

„Stimmt, Flo, aber Männer sind manchmal etwas ungeschickt. Dein Vater hatte wieder mal zu tief ins Glas geguckt und mich gegen die Tür gestoßen. Das kommt schon mal vor, wenn er mich so liebt, wie er es möchte."

Angewidert wandte Florian sich seinen Hausaufgaben zu. Karin tischte später das Abendessen auf, aber Alexander labte sich nur an der Whiskyflasche. Als sie leer war, taumelte er ins Schlafzimmer und lallte: „Frau, mitkommen!"

Karin boykottierte sein Kommando, indem sie die Tür verschloss, um die Nacht auf der Couch im Wohnzimmer zu verbringen. Alexander trat dagegen, aber das Holz der Tür und auch das Schloss hielten.

Am Morgen entschuldigte er sich bei ihr, küsste sie zärtlich und versprach ihr: „Kommt nicht wieder vor, Schatz. Ich liebe dich nach wie vor und schäme mich, so mit dir umgegangen zu sein. Entschuldige bitte!"

Karin nahm seine Entschuldigung an, und er verlangte: „Gib mir einen Versöhnungskuss!"

Sie küsste seine Lippen und vergab ihm. Alexander umarmte sie innig und beteuerte: „Ich will alles wieder gutmachen und führe dich und Florian aus."

Karin glaubte nun, ihre Beziehung werde sich bessern, denn Alexander hielt sein Versprechen.

Am nächsten Samstag besuchte er mit ihr und Florian den Zoo in Westberlin, von dem sie jedoch enttäuscht waren. Der Tierpark im Ostteil von Berlin mit seinen ausgedehnte Grünanlagen, Baumalleen und großflächigen Gehegen für die Tiere gefiel ihnen bedeutend besser. Allerdings beeindruckte sie das Aquarium durch seine Vielfalt. Ähnliches hatten sie bisher nur im Meeresmuseum in Strahlsund gesehen.

Alexander verwöhnte sie nachfolgend in einem Restaurant mit einem erstklassigen Menü und einem riesigen Eisbecher. Auch trank er keinen Alkohol. Jedoch die Bekleidungsgeschäfte übertrafen alles, was sie bisher gesehen hatten. Alexander kaufte Karin ein durchsichtiges Negligé, und Florian durfte sich eine Jeans aussuchen. Anschließend betraten sie eine von den riesigen Buchhandlungen, in der zahlreiche Bücher aller Genres angeboten wurden. Alexander spendierte Karin einen Roman, denn sie sich auswählen durfte. Sie entschied sich für „Doktor Schiwago" von Boris Pasternak. An einem Kiosk erwarb er für seine Frau verschiedene Modezeitschriften, für Florian Comics und für sich Erotikliteratur. Er blätterte kurz darin herum und meinte schmunzelnd: „Schatz, hiervon können wir noch viel lernen."

Karin blickte angewidert auf die Fotos und rügte ihn: „So einen Mist kaufst du! Das Geld hätten wir besser anlegen können."

Florian schaute neugierig auf die Fotos. Karin schob ihn beiseite, und Alexander fuhr ihn an: „Das ist nichts für dich!"

„Warum denn nicht", nörgelte Florian. „Du bist doch ganz begeistert davon. Und ein Kleinkind bin ich auch nicht mehr."

„Deine Mama und ich sind schließlich verheiratet und dürfen so etwas sehen und sogar miteinander ausprobieren."

Er nahm Karin zärtlich in den Arm, küsste ihren Nacken und flüsterte ihr ins Ohr: „Ich bin schon ganz scharf darauf."

Sie schüttelte seinen Arm von sich und raunte ihm zu: „Aber nicht mit mir.

„Mit wem denn sonst?"

„Weiß ich auch nicht, aber da spiele ich nicht mit."

Alexander blickte sie entsetzt an und erwiderte: „Das willst du dir entgehen lassen? Verstehe ich nicht. Immer dieser Blümchensex kotzt mich sowieso an."

Florian hatte mit offenem Munde zugehört und forderte seine Mama auf: „Tu Papa den Gefallen! Da ist doch nichts dabei."

„Halt den Mund, Flo! Davon verstehst du noch nichts. Ich will das eben nicht. Und du, Alex, vernichtest Zuhause diesen Schund", forderte Karin.

Schweigend fuhren sie nach Hause. Schmollend begab Florian sich in sein Zimmer. Alexander legte sich im Schlafzimmer aufs Bett und las mit hochroten Wangen in dem Magazin. Karin hoffte, dass er keinen Alkohol trank, und schaute sich die Zeitschriften an. Die Werbung auf einer Rückseite interessierte sie. Sie lief zu Alexander: „Hör mal, was ich hier gelesen habe. Da werden eine ganze Reihe von Fernstudien angeboten. Unter anderem könnte ich an einer Akademie in Hamburg das Schreiben von Erzählungen und Romanen lernen. Da möchte ich mich gern anmelden."

„Was willst du machen?", brauste er auf. Karin erörterte ihm jetzt, dass sie schon als Kind öfter Erzählungen verfasst hatte und es nun richtig lernen möchte.

„Alex, wenn ich fertig bin, verdiene ich auch ein bisschen mit dazu. Vielleicht sogar mehr als du."

„Und wo bleibe ich, wenn du in Hamburg bist?", knurrte er. Karin belehrte ihn: „Ich bin doch nicht Hamburg. Du hast mir nicht richtig zugehört. Es ist ein Fernstudium, und dafür wird Zuhause gelernt. Bitte, Alex, erlaube es mir!"

„Und was kostet das?", erkundigte er sich. Karin nannte ihm den Preis. Er schüttelte mit dem Kopf, aber sie ließ nicht locker. Schließlich willigte er unter der Bedingung ein, dass sie ihm die ungewöhnlichen Arten der Triebbefriedigung zuließ, die in dem Erotikmagazin angepriesen wurden. Widerwillig bejahte sie seine Forderung, denn Romane interessierten sie besonders. Außerdem dachte sie, dass Alexander es sich anders überlegen werde, obwohl sie seine Beharrlichkeit kannte.

13. Kapitel

Die Berliner Mauer, die von August 1961 bis November 1989 Westberlin vom Gebiet der DDR und Westdeutschland trennte, umfasste 156 Kilometer. Wenigstens 138 Menschen verloren beim Fluchtversuch in den Westen der Stadt an der Mauer durch das DDR-Grenzregime ihr Leben. Der Abriss der innerstädtischen Mauer von Berlin begann am 13. Juni 1990. Zu diesem Zeitpunkt hatten sich bereits zahlreiche Souvenirjäger, die sogenannten Mauerspechte, Mauerstücke als Symbol des Kalten Krieges gesichert.

Am Tag, als der Abriss anfing, fuhr Alexander mit Karin, seiner Schwiegermutter und Florian im Auto nach Thüringen zum 80. Geburtstag von Tante Tilda. Während der Fahrt merkte Karin immer mehr, dass mit der Mutter irgendetwas nicht stimmte, etwas, das nicht zum Altwerden gehörte. Beinahe stündlich mussten sie halten. Die Unterbrechung der Fahrt erzeugte jedes Mal den Unmut von Alexander. Karin hievte die Mutter aus dem Auto. Sie hockte sich hin und ließ Unmengen von Harn aus sich fließen. Karin sorgte sich um die Gesundheit der Mutter, aber während der Geburtstagsfeier lebte sie richtig auf. Karin bildete sich deshalb ein, dass die Isolierung in der Wohnung von jeder Geselligkeit das Befinden der Mutter beeinflusst habe.

Zum ersten Mal lernte Karin den Bruder und eine Schwester ihrer Tante kennen. Der Bruder hatte sich nach dem Ende der DDR einen neuen Lada gekauft. Gespannt hörte sie seinen Lobeshymnen zu. Alexander plante, ebenfalls den Wartburg wegen seiner unzureichenden Sicherung so bald wie möglich verschrotten zu lassen.

Nach dem Kaffeetrinken stellte die Tante ein Gefäß mit Erdbeerbowle auf den Tisch. Die Gäste genossen das Getränk und unterhielten sich angeregt. Peter schaltete seinen Rekorder mit Stimmungsliedern an. Schon bald sang die Geburtstagsgesellschaft mit und schunkelten dazu. Karin verbannte ihre Angst um die Gesundheit der Mutter, weil auch sie sich mit den anderen Gästen nach den Rhythmen der Musik bewegte. Oft fing sie sogar an, die Schlagertexte mitzusingen. Karin tanzte mit Alexander zu den fröhlichen Weisen. Er benahm sich höflich und charmant zu ihr. Sie vergaß, dass er sie häufig brutal missbraucht hatte, und himmelte ihn an, wie einst beim Abschlussfest des Schuljahres der EOS.

Vor dem Abendessen maulte Alexander, weil weder Bier noch Whisky angeboten wurde. Sogar Peter beschwerte sich: „Da muss ich Alex zustimmen. Bier oder Kognak hätte ich auch gern getrunken. Erdbeerbowle ist doch Weibergesöff. Los, Alex, wir holen von der Tanke was Hochprozentiges!"

Alexander schloss sich Peters Meinung an: „Bowle ist wirklich was für Frauen. Wir Männer brauchen schon was Feuriges", und behauptete: „Auch den Damen schadet ein bisschen Entspannung auf höherer Ebene nichts."

Karin befürchtete das Schlimmste und beschwor ihren Ehemann, davon abzulassen.

Ohne den Protest der weiblichen Gäste zu beachten, eilten beide dorthin, wo sie Getränke nach ihrem Geschmack erwerben konnten. Nach einer halben Stunde kehrten sie mit einem Kasten Bier und mehren Flaschen Whisky zurück. Karin verfolgte mit gemischten Gefühlen, wie sie eine Flasche Bier nach der anderen leerten. Peter unterhielt in Kürze mit seiner Fröhlichkeit die Gesellschaft, sodass eine Lachsalve nach der anderen folgte. Anfangs beteiligte sich Alexander an den Späßen. Je öfter er sein Glas mit Whisky füllte und ihn herunter kippte, desto mehr veränderten sich seine Blicke zu seiner Frau. Auch beim Tanzen glitten seine Hände immer öfter an Stellen ihres Körpers, die für die Öffentlichkeit nicht bestimmt waren.

Als alle die Müdigkeit übermannte, zeigte die Tante ihnen auf dem Dachboden eine von den beiden Kammern, in der sie schlafen konnten. Florian schlief bereits im Ehebett der Tante. Karin half der Mutter beim Umziehen, die sich neben ihren Enkel legte. Peter zechte mit Alexander weiter, obwohl Mara ihn ermahnte: „Hör auf, das Zeug zu trinken! Du weißt doch, was für Kopfweh du morgen hast. Ich geh jedenfalls ins Bett."

Peter winkte nur ab. Mara verließ die beiden, die nun über die Weiber lästerten. Alexander erzählte Peter: „Drüben gibt es tolle Artikel, die jeden zum Sex stimulieren. Ich besorg mir demnächst einiges, denn mein Schatz kann oft nicht mit mir mithalten."

Peter wollte von solchen Reizmitteln mehr wissen. Alexander gab sein Wissen darüber preis und begeisterte Peter mit seinen Auskünften und Anleitungen. Weit nach Mitternacht schwankten sie die schmale Treppe hoch. Alexander rief Karin, die sich im Nebenzimmer mit Mara unterhielt: „Mitkommen, Frau!"

Am Klang seiner Stimmer erkannte Karin, dass sie seiner Aufforderung sofort gehorchen musste, um nicht wegen ihrer Säumigkeit geschlagen zu werden. Als sie in der Dachkammer ankam, lag Alexander längst unbekleidet auf dem Bett und befahl ihr: „Ausziehen, aber dalli, dalli!"

Sie entfernte eilig nur ihren Slip und ließ ergeben zu, dass er sofort begann, den Höhepunkt seiner Begierde in ihr zu erreichen. Vor Schmerz bäumte Karin sich auf, aber Alexander deutete das als Ausdruck ihres Lustgefühls und tobte in ihr wie noch nie. Als er erschöpft zur Seite fiel, eroberte ihn tiefer Schlaf. Karin weinte vor Enttäuschung und Schmerzen. Sie redete sich ein, dass sie ihn nicht ändern konnte. Erstmalig tauchte bei ihr der Gedanke an Scheidung auf.

Am Morgen fragte Peter, der mit Mara in der Kammer neben ihnen geschlafen hatte: „Was war denn bei euch los? Ich dachte schon, euer Bett bricht auseinander."

Karin errötete, aber antwortete ihm nicht. Hinter ihr tauchte Alexander gut gelaunt auf und prahlte: „Neidisch? So eine tolle Frau möchtest du sicher auch haben. Ich liebe sie auf meine Weise leidenschaftlich."

Peter feixte nur und ließ sie stehen. Nach dem Frühstück rüsteten alle zur Abreise.

Als die Mutter sich die Strümpfe nicht allein anziehen konnte, half Karin ihr. Mara flüsterte ihr zu: „Das musst du sie allein machen lassen."

„Warum soll ich ihr nicht helfen, wenn es ihr schwerfällt?"

Darauf erwiderte Mara nichts und verzog sich zu ihrem Ehemann. Schon seit Längerem gewahrte Karin an den körperlichen Bewegungen der Mutter eine Unbeweglichkeit. Häufig war ihr auch in dem Gesicht eine zunehmende starre Mimik aufgefallen. Bisher hatte sie diese Änderungen und auch den Wandel in ihrem Verhalten immer dem Alter zugeordnet. Karin nahm sich vor, mit ihrer Hausärztin, die gleichzeitig auch die Mutter behandelte, über ihre Veränderungen zu sprechen. Vorübergehend verschob sie die Konsultation mit der Hausärztin.

Am 1. Juli gab es für alle DDR-Bürger die D-Mark. Alexander hatte schon Urlaub, weil sie am nächsten Tag verreisen wollten. Er schimpfte: „Was ist das schon Großartiges! Hat sich Kohl mit seinen politischen Argumenten gegen die Bedenken der Währungshüter doch durchgesetzt. Gehälter, Renten, Mieten und Stipendien werden 1zu1 umgestellt, aber der Umtausch von Sparguthaben wird gestaffelt. Kinder erhalten nur 2000 D-Mark und Erwachsene bis zum 59. Lebensalter 4000 D-Mark. Erst ab 60 Jahre werden 6000 D-Mark im Verhältnis 1zu1 umgetauscht. Alle anderen Beträge darüber werden halbiert. Vorher mussten wir noch für jeden ein Sparbuch anlegen, auf dem nicht mehr als 4000 Ostmark sein durften. Toll!"

„Wie sollte das denn sonst gehen?"

„Alles 1zu1 wäre richtig gewesen, denn wir haben für unser Geld auch geschuftet. Hast du das Sparbuch von deiner Mutter und die Vollmacht mit?"

„Natürlich. Sie braucht auch Geld, um einkaufen zu können. Ab heute öffnen doch alle Geschäfte mit Westprodukten. Endlich sind die Stände vor den Verkaufsstellen verschwunden. Es gab sowieso nur die zum Leben wichtigsten Nahrungsmitteln. Jetzt quellen die Regale bestimmt mit den Produkten von drüben über."

„Auf zur Kasse!"

Den Vormittag verbrachten Alexander und Karin stundenlang in der Warteschlange vor der Sparkasse, um die D-Mark in Empfang zu nehmen. Sie durften am ersten Tag des Geldumtausches die höchstmögliche Summe, die vorerst erlaubt war, von 1000 D-Mark abheben.

Am nächsten Morgen traten sie ihren FDGB-Urlaub in Thüringen an. Am Abend teilte die Leitung des Heimes den Gästen vor dem Abendessen mit, dass von der gebuchten Vollverpflegung das Mittagessen entfällt. Frühstück und Abendbrot gäbe es genügend für alle. Viele beschwerten sich, weil in ihren Verträgen Vollverpflegung vereinbart worden war. Die Heimleitung beharrte auf ihrem Standpunkt. Alexander maulte: „Mit den paar Piepen reichen wir nicht bis zum Ende des Urlaubes, wenn wir täglich Mittag im Restaurant essen müssen."

Er wandte sich an seine Frau und ordnete an: „Schmier reichlich Brötchen mit Butter und beleg sie dick mit Wurst! Die nehmen wir mit, damit wir bis zum Abenddurchhalten."

„Natürlich nur für uns beide. Flo braucht sein Mittag. Der kriegt schon immer für die Schule ein Pausenbrot", protestierte Karin. Alexander stimmte ihr zu. Jeden Mittag beneideten sie Florian, wenn er an einem Imbissstand einen Döner oder Bratwurst mit Pommes frites, Mayonnaise und Ketchup als Mittagessen verzehrte. Stillschweigend kauten sie die pappigen Brötchen. Dafür versöhnte sie der Preis für das Benzin von einer D-Mark pro Liter. Nur ihre Unterkunft wies etliche Mängel auf, wie alle, die nicht in einem der FDGB-Heime wohnen durften. Alexander schimpfte auf seinen Betrieb: „Da kriege ich nach Jahren einen Urlaubsplatz und dann in so einer Bude."

Tagsüber wanderten sie durch die herrliche Landschaft. Abends musste Alexander seine sexuellen Begierden so lange unterdrücken, bis Florian schlief. Es gefiel Karin, weil er sich inzwischen auf Zärtlichkeiten beschränkte. Dadurch erwachte auch in ihr das Bedürfnis nach einer Vereinigung. Mehrmals erlebten sie beide gleichzeitig den Gipfel der Lust. Nur einmal konnte Alexander sich nicht zügeln und drang, wie Zuhause, brutal in sie ein, sodass Karin aufschrie. Florian schlief noch nicht, setzte sich im Bett auf und schaute ihnen mit großen wissbegierigen Augen zu. Als sein Papa vor Wollust stöhnte, rief Florian ihm zu: „Kannste damit nicht warten, bis wir zu Hause sind? Dabei kann doch kein Mensch schlafen."

Erschrocken drängte Karin Alexander von sich. Seitdem zwang er sie in die angrenzende Abstellkammer, die als Bad mit Toilette umgebaut worden war. Auch dort überraschte Florian sie, weil er am Abend viel getrunken hatte und Wasserlassen musste. Er starrte auf seine Eltern, die sie sich miteinander vergnügten. Er kommentierte ihr Verhalten am Ende: „Das ist ja ätzend, wie ihr euch benehmt. Mit euch fahre ich nicht noch einmal mit."

„Ich liebe deine Mama, Flo, und kann nicht einfach nur neben ihr liegen und schlafen. Erwachsene entwickeln nun mal andere Bedürfnisse, als Kinder sie haben. Bald kommst auch du in das Alter."

Karin hatte sich während der Ausführungen von ihrem Mann mit hochrotem Kopf getrennt, das Nachthemd übergestreift und sich ins Bett gelegt. Sie hörte noch, dass Florian meinte: „Ach so!"

Als Alexander neben hier lag, flüsterte er ihr zu: „Morgen fahren wir ab. In diesem kleinen Zimmer mit den drei Betten und dem Wasserfall vor dem Fenster will ich nicht die gesamte Ferienzeit verbringen. Da haben wir es Zuhause bedeutend schöner. Als Entschädigung kaufen wir uns was ganz Tolles."

Am Morgen packten sie ihre Koffer. Alexander teilte Florian mit: „Wir reisen ab. Jetzt können wir von unserem Konto so viel Geld abheben, um uns das zu leisten, was dir hier fehlt."

Mürrisch schaute Florian seinen Papa an und erklärte kess: „Da kannst du dich richtig besaufen, und es mit Mama treiben so oft ..."

Ehe er seinen Satz beendet hatte, klatschte die Hand seines Papas auf seine Wange, sodass er gegen die Wand taumelte. Karin hielt ihren Mann fest, weil er den Arm hob, um Florian abermals zu schlagen. Sie schrie ihn an: „Lass das Kind in Ruhe!"

Außer sich vor Wut erhielt auch sie von ihm eine derbe Ohrfeige, sodass sie gegen den Sohn stürzte. Florian fing den Sturz seiner Mama ab. Beide stützten sich gegenseitig, um nicht umzufallen. Karin hielt Florian im Arm. So blieben sie eine Weile, wie miteinander verwachsen, stehen und blickten Alexander ängstlich an. Als er sich beruhigt hatte, teilte er ihnen mit: „Entschuldigt! Als Versöhnungsgeschenk kaufe ich euch in Westberlin einen Farbfernseher. Einen Videorekorder spendiere ich auch noch. Wieder aller gut zwischen uns?"

Wortlos packten sie die Koffer und traten eine Stunde später die Heimreise an. Am Abend informierte Karin die Mutter über ihre vorzeitige Rückkehr und besuchte sie am nächsten Tag. Erschrocken nahm sie wahr, dass sich ihre Bewegungen in der kurzen Zeit ihrer Abwesenheit drastisch eingeschränkt hatten und ihre Sprache schleppender geworden waren. Natürlich freute sie sich, dass Karin, Alexander und Florian gesund und sogar früher als geplant von der Reise heimgekommen waren. Während Karin einige Stunden bei ihr blieb, hob Alexander von der Sparkasse das notwendige Geld für den bevorstehenden Einkauf am folgenden Wochentag ab.

In der Nacht liebte er Karin nach seinen Vorstellungen. Sie wagte nicht, sich zu wehren. Ihre Wange brannte noch von der Ohrfeige.

Ein Lied vor sich hin trällernd, hängte Alexander am Morgen sich und Karin einen Beutel um den Hals, in dem er das Bargeld für die neuen Geräte verstaut hatte. Zitternd und mit tausend Ängsten zuckelten sie mit der S-Bahn in einen Stadtteil von Westberlin, in dem Alexander ein Fachgeschäft für Fernsehgeräte wusste. Unterwegs erinnerte Karin sich an den Kauf ihres ersten Farbfernsehgerätes.

Eines Tages war Alexander von der Arbeit heimgekommen und hatte ihr eröffnete: „Schatz, ich habe einen Farbfernseher gekauft."

„Was hast du?"

„Einen Farbfernseher habe ich gekauft."

„Ich wusste gar nicht, dass wir mit unserer Anmeldung schon dran sind. Den Bescheid habe ich auch nicht gesehen."

„Richtig. Ist ja auch keiner gekommen. Ich stand zufällig daneben, als ein Kunde sein bestelltes Gerät nicht wollte. 4000 Mark sind ja auch kein Pappenstiel. Da griff ich gleich zu."

Noch immer skeptisch und wenig begeistert hielt Karin ihm vor: „Brauchen wir aber gar nicht. Wir haben doch noch den Schwarz-weißen."

Alexander bedachte sie mit einem Blick, den sie nicht deuten konnte, und schnauzte sie an: „Ich bestimme, was von meinem Geld gekauft wird. Kapito!"

Die Tage, bis das Gerät geliefert wurde, erschienen ihnen endlos. Zum vereinbarten Termin erhielten sie es. Alexander entfernte die Verpackung und schloss es an. Den ersten Farbfilm, den sie sich damals ansahen, hieß *„Hatari"* mit Hardy Krüger als Hauptdarsteller. Berauscht von den Farben, die Afrikas Natur wirklichkeitsgetreu in ihr Wohnzimmer brachten, verschwendete Karin keinen Gedanken mehr an den alten Schwarz-Weiß-Fernseher. Nun geriet auch sie in die Begeisterung, die Alexander bereits im Geschäft beim Vorführen des Gerätes ergriffen hatte. Inzwischen waren die Farben von dem Fernsehgerät aus dem Osten verblasst.

Jetzt kaufte Alexander in Westberlin neben einem neuen Farbfernseher noch den versprochenen Videorekorder. Beides wurde bereits am nächsten Tag geliefert. Alexander programmierte sie. Von diesem Tag an konnten sie, genau wie Musik von einem Tonband, Filme auf einem Videoband aufnehmen und sich die Sendung ansehen, wenn sie Zeit dafür hatten. Einfach herrlich!

Doch die Sorge um die Gesundheit der Mutter ließ Karin keine Ruhe. Sie benötigte für den Weg zu ihr die doppelte Zeit als gleich nach dem Umzug. Bisher beklagte sie sich darüber nie. Nur Karin sah ihr an, wie schwer ihr die tägliche Hausarbeit fiel. Sie und auch Alexander halfen, so gut es ihnen möglich war. Immer öfter fragte Karin: „Ist es wirklich nur das Alter?"

Alexander beruhigte sie: „Was soll es denn sonst sein? Komm, bevor wir es nicht mehr können!"

Er drängte sie ins Schlafzimmer und stieß ohne Vorspiel in sie ein. Karin bat ihn danach: „Sei doch bitte vorher ein bisschen zärtlich, damit auch ich in Stimmung komme. Das war im Urlaub so schön."

„Muss das sein? Ich bin der Mann; ich habe das Sagen. Kapito!"

Karin erwiderte dazu nichts. Sie wünschte es zwar anders, aber sie ließ seine Ungeduld zu. Außerdem lenkte seine Ekstase sie von den Ängsten um die Mutter ab.

Am Abend erörterten sie Florians Umschulung. Für Karin und Alexander stand fest, dass ihr Sohn die Schule mit dem Abitur beenden sollte. Das entsprach auch der Empfehlung der Schulleitung. Es erfolgten Elternabende in der Schule und auch heftige Diskussionen im Elternaktiv, dem Karin von Schulbeginn angehörte. Gründlich erwogen alle Mitglieder, wer von den Schülern die Voraussetzungen hatte, um das Gymnasium besuchen zu dürfen. Im Elternaktiv gab es wegen Florian keine Einwände.

1990/1991

14. Kapitel

Am 2. Oktober 1990 läutete die Freiheitsglocke vom Schöneberger Rathaus in Westberlin kurz vor Mitternacht. Mit ihrem Geläut in den 3. Oktober hinein hörte die DDR auf zu existieren. Außerdem wurde erstmals die „Die Fahne der Einheit" vor dem Reichstagsgebäude gehisst. Damit endete die Teilung Deutschlands nach 45 Jahren. Den Freudentaumel der Menschen aus Ost und West um Mitternacht erlebte Familie Meyer mit der Mutter vor dem Fernseher. Das Riesenfeuerwerk am Berliner Nachthimmel erfreute sie nicht so, wie die jubelnden Menschen vor dem Rathaus. Auch die Reden von Bundespräsident Richard von Weizsäcker und von Bundeskanzel Helmut Kohl stahlen ihnen die Skepsis vor der Zukunft nicht. Trotz aller Freude über das wiedervereinigte Deutschland empfanden sie sich als Heimatlose. Karin bekräftigte traurig: „Nun gibt es den 7. Oktober als Nationalfeiertag unserer Republik nicht mehr."

„Nun traure bloß nicht der DDR nach! Was hatten wir den? Denk doch mal an die Bruchbude von unserem letzten Urlaub. Vor der Wiedervereinigung gehörte alles dem FDGB. In keinem Hotel konnten wir unseren Urlaub verbringen. War nur in einem ihrer Heime oder bei Leuten, die ihre überflüssigen Zimmer über diesen

Verein vermarkten mussten, möglich. Und wann haben wir mal einen FDGB-Platz erhalten? Ab jetzt können wir reisen, wohin wir wollen. In jedem Hotel bekommen wir für uns und für Flo ein Zimmer, wenn welche frei sind. Außerdem, einen neuen Nationalfeiertag hast du auch wieder. Ist nicht mehr der 7. sondern der 3. Oktober. Was spielt das für eine Rolle gegen die neue Freiheit. Mensch, Schatz, freu dich doch!"

Karin lächelte müde. Die Mutter, die zum Kaffee gekommen war, strahlte sie an. Sie verstand die Bedenken der Tochter nicht und äußerte nur: „Mir nutzt es ja nicht mehr viel, aber ihr könnt noch davon profitieren."

„Wir werden sehen, wie sich alles entwickelt. Ich bin trotzdem voller Zweifel. Wenn ich da an den Hochmut deiner Freundin Charlotte denke ... wie werden die Wessis uns aufnehmen? Ich hoffe nur, dass Alex bald gemäß seiner Qualifikation entlohnt wird."

„Ich bin jedenfalls zuversichtlich", meinte die Mutter. „Nun kann ich Charlotte und meine anderen Verwandten in Westdeutschland ohne den erforderlichen Papierkram besuchen. Ihr übrigens auch."

Sie freute sich, wie lange nicht mehr. Karin verwarf ihre düsteren Gedanken hinsichtlich der Gesundheit von der Mutter abermals.

In den nächsten Monaten verlief ihr Leben in den gewohnten Bahnen, aber dieser Harmonie traute Karin nicht. In den Geschäften stand sie oft vor den Angeboten und wussten nicht, was sie an Lebensmitteln erwerben sollte. Folglich probierten sie etliches aus. Die Pizzen schmeckten ihnen nicht. Sie bestanden aus dickerem Teigboden und hatten bedeutend weniger Belag als die, die in den letzten Jahren in der DDR angeboten wurden. Manche harte Wurst klebte durch zu viel Talg im Mund und verlor dadurch an Geschmack. Bereits im Herbst wurden die Regale mit weihnachtlichen Delikatessen gefüllt. Schon bald versöhnten Karin die Angebote von den bezaubernden Weihnachtsartikeln mit ihrer neuen Staatsangehörigkeit.

In ihrem ehemaligen Kaufhaus existierte eine ganze Etage, in der sie die wunderschönsten Produkte für Weihnachten erwerben konnten. An einem Tag erstanden sie eine vierstöckige Pyramide. Bei ihrem nächsten Einkauf erwarben sie einen künstlichen Weihnachtsbaum, der von einem echten kaum zu unterscheiden war, und Lichterbögen für sich und die Mutter. Sogar Räuchermännchen und Nussknacker aus dem Erzgebirge, die sogenannte Bückware in der DDR, gab es frei zu kaufen. So langsam geriet auch Karin in den Rausch der Wiedervereinigung. Ihre Prognose vom vorigen Jahr hatte sich bewahrheitet. Nun durften sie sich zu Weihnachten Bundesbürger nennen. Sie konnten jetzt die Programme aller westlichen Sender anschauen, wann immer sie wollten. Wenn unverhofft ein Nachbar zu ihnen kam, brauchten sie nicht schnell auf das Ostfernsehen umzuschalten. Auch überprüfte kein Bevollmächtigter, ob sie an staatlichen Feiertagen, wie dem 1. Mai oder dem 3. Oktober, die Fahne der Republik auf dem Balkon gehisst hatten. Allmählich passten sie sich den neuen Gegebenheiten an. Obwohl ihre Geschmacksnerven sich noch nicht so vollkommen an die neue Nahrung gewöhnt hatten, kauften sie aus Neugier oft Unbekanntes. Besonders Obst aßen sie wie die Weltmeister. Die Mutter bekam ihre geliebten Äpfel zu jeder Jahreszeit. Apfelsinen und Mandarinen konnten sie ebenfalls so viel erwerben, wie sie wollten. Das söhnte sie mit der höheren Miete und den gestiegenen Strompreisen aus. Ebenfalls erhielt jeder, der es wollte, ein Telefon.

Nach dem Anschluss ihrer Telefonapparate konnten Karin und die Mutter zu jeder Tageszeit und auch bei Nacht miteinander sprechen und so lange ihnen danach zumute war. Es bürgerte sich ein, dass die Mutter täglich um 16 Uhr anrief. Auch Alexander hatte sich verändert. Er fuhr in seiner Freizeit häufig nach Westberlin und brachte neue Praktiken für ihr Sexleben mit. Er schwärmte Karin vor: „Schatz, die Weiber sind dort viel offenherziger als du. Von denen kannst du noch was lernen, und wir haben mehr Spaß miteinander."

Er zeigte ihr sein neu erworbenes Instrument.

„Was ist das?"

„Zieh dich aus, probieren wir gleich!", befahl er ihr. Karin blickte auf die beiden Saugnäpfe und wollte wissen: „Wozu sind die Dinger?"

„Das sind Nippelsauger. Die saugen an deinen Brüsten bis die Warzen stehen und vibrieren oder kneten sie. Je nachdem, welches Programm ich einstelle. Geht alles automatisch, während ich dir den schönsten Sex biete, den du je erlebst, hast."

Skeptisch betrachtete Karin seine Neuerwerbung. Alexander zögerte nicht lange, riss ihr die Bluse auf und den Büstenhalter herunter. Ungeduldig setzte er die Saugnäpfe an ihren Busen und drückte den Knopf an der Fernbedienung. Karin spürte erst eine leichte Vibration. Nachfolgend kniffen die Dinger in ihre Brustwarzen, sodass sie vor Schmerz aufschrie. Das irritierte Alexander nicht. Als er seine Lust befriedigt hatte, löste er die Saugnäpfe und beachtete weder ihre Tränen noch die geschwollenen Brustwarzen. Er lobte sie: „War doch super, Schatz! Ich besorge noch anderes von dem Zeug. Wenn du dadurch geiler wirst, erhältst du ein Geschenk."

„Das kannst du dir sonst wohin stecken! Mit mir machst du diese Spielchen nie wieder", keifte sie. Er stierte sie wütend an, trank die halbe Whiskyflasche leer und prügelte auf sie ein. Karin stürzte zu Boden und legte schützend ihre Hände auf den Kopf, aber seinen Fußtritten konnte sie nicht entkommen. Er schrie dabei: „Dir Miststück werde ich noch beibringen, dass du deinem Gebieter zu gehorchen hast. Kapito!"

Schließlich erlahmte die Kraft seiner Tritte, und er sank neben ihr auf den Fußboden. Karin wollte wegkriechen, aber er hielt sie fest und lallte: „Ich liebe dich."

Sie befreite sich aus seinen Armen, als er eingeschlafen war und robbte in Florians Zimmer. Die Tür verbarrikadierte sie, indem sie die Lehne eines Stuhls unter die Klinke stellte. Im Bett weinte sie wegen der Schmerzen. Alexander rüttelte an der Türklinke, aber sie ging nicht auf. Karin vernahm kurz darauf, dass die Wohnungstür ins Schloss fiel. Sogleich stand sie auf, nahm eine Schmerztablette und kochte für Florian das Mittagessen. Als er aus der Schule kam und seine Mama ansah, schimpfte er: „Wie siehst du denn aus? Etwa wieder? Dieser Saukerl! Ich ertrage es nicht länger, dass der dich ständig verprügelt. Trenn dich von ihm, sonst schlägt er dich eines Tages tot."

Karin hielt ihm vor: „So darfst du nicht reden! Er ist dein Vater und mein Ehemann. Wir haben uns einst Treue bis in den Tod geschworen."

Am Abend aßen sie das aufgewärmte Mittagessen und stellten den Fernseher an. Die Nacht verlief ruhig. Florian ging am Morgen in die Schule.

Eine Stunde später kehrte Alexander zurück. Karin wollte vor ihm fliehen, aber er folgte ihr. Sie sah keine andere Fluchtmöglichkeit als Florians Zimmer. Es gelang ihr jedoch nicht, rechtzeitig die Tür zu sichern, sodass Alexander hereinkam. Sofort kniete er vor ihr nieder: „Entschuldige wegen gestern, Schatz! Ich wollte das gar nicht, aber es kam einfach über mich. Guck mal, was ich mir gekauft habe."

„Du hast ja eine neue Jacke und auch eine passende Hose dazu an. Dreh dich mal!"

Alexander rotiere um sie herum.

„Gefällt es dir?"

„Steht dir gut. Aber warum? Deine Sachen waren doch noch nicht schlecht."

„Mir gefielen sie nicht mehr, und ich wollte dich im exquisiten Outfit überraschen."

„Was hast du mit den anderen gemacht?"

„Einem Obdachlosen geschenkt. Aber ich bin nicht gekommen, um dir das zu sagen." Er streichelte sie und bereute: „Es tut mir wirklich leid, wie ich mich gestern benommen habe. Bitte, nimm meine Entschuldigung an!"

„Nur, wenn du diesen verdammten Alkohol nicht mehr trinkst und dieses Zeug da, diese Nippelsauger entsorgst."

„Mach ich, Schatz. Ich mach alles, was du willst, wenn du mir vergibst."

Karin erstaunte seine Wandlung. Er wuchtete einen Karton aus dem Treppenhaus auf den Tisch im Wohnzimmer und packte ihn aus.

„Schau mal, was ich dir mitgebracht habe. Sozusagen als Versöhnungsgeschenk. Jetzt kannst du deine geliebte Musik ohne Vorbehalt und schlechtem Gewissen genießen, Schatz."

Karin bewunderte die Anlage und meinte: „So ein teures Gerät! Danke, Alex."

Er küsste ihre Lippen sanft und nahm sie in den Arm. Karin genoss seine Nähe nur schwer, aber sie beugte sich seinen sanften Zärtlichkeiten. Sie wies ihn auch nicht ab, als er sie ins Bett dirigierte. Zwischen seinen Küssen entkleidete er sie, fuhr mit seiner Zunge über ihre entzündeten Brustwarzen und beteuerte: „Dieses Zeug benutzen wir nie mehr. Ich werfe es nachher gleich weg, aber jetzt lieben wir uns, wie du es magst."

Karin wollte ihn in der ersten Eingebung von sich stoßen. Aus Angst vor einem erneuten Wutanfall ließ sie sich seine Liebkosungen gefallen und spreizte ihr Beine. Er glitt in sie. Zum ersten Mal seit Langem erreichten sie beide gemeinsam den Höhepunkt ihrer Liebesglut. Karin genoss mit all ihren Sinnen seine nachfolgenden Zärtlichkeiten und vernahm freudig erregt seine Liebesschwüre, denn sie liebte ihn noch immer. Er flüsterte ihr zu: „Wünsch dir was! Ich erfülle dir alles."

„Ich wünsche mir nur, dass du mich nie wieder schlägst und immer so zärtlich bist, wie du heute gewesen bist."

„Versprochen! Ich trinke keinen Tropfen mehr und verwöhne dich mit Zärtlichkeiten, so wie du sie magst. Die Hauptsache ist, du bleibst bei mir."

Nachdem sie bejaht hatte, baute er die Stereoanlage auf. Ihr Klang begeisterte nicht nur Karin.

Als sie abends die Nachrichten hörten, berichtete der Nachrichtensprecher, dass der Triebtäter mit dem Buckel in der letzten Nacht erneut zugeschlagen habe. Die Frau liege wegen massiver Misshandlungen hauptsächlich im Genitalbereich im Krankenhaus. Karin unterstrich den Bericht des Nachrichtensprechers: „Hoffentlich sitzt die Bestie bald hinter Gittern."

„Die fassen das Ungeheuer bestimmt bald und dann Rübe ab", betonte Alexander. Er begann, mit Karin zu schmusen, und flüsterte: „Könnte ich dir nie antun."

15. Kapitel

Die Westberliner Freundin der Mutter drängte immer öfter auf den Gegenbesuch. Diese Absicht begeisterte weder Karin noch Alexander, aber die Mutter hielt ihnen vor: „Ist doch nicht so schlimm, wenn sie euch besuchen. Ich kann nicht immer absagen. Schließlich war Kari mit Flo auch bei ihnen."

Widerwillig vereinbarte das Ehepaar einen Termin für den zweiten Sonntag im neuen Jahr. Die Mutter teilte Karin mit, dass auch die zweite Tochter mit ihrem jüngsten Sohn mitkäme. Das steigerte Karins Abneigung gegen diesen Besuch noch mehr. Am liebsten hätte sie abgesagt, aber Alexander maßregelte sie: „Das kannst du nicht machen. Außerdem haben wir es dann hinter uns, und deine Mutter gibt Ruhe."

Zum vereinbarten Zeitpunkt erschienen die unerwünschten Gäste. Die Begrüßung fiel kühl aus. Als sie sahen, dass keiner auf Kisten sitzen musste, und sie sogar eine besser eingerichtete Wohnung vorfanden, als sie hatten, sank ihre Stimmung auf den Nullpunkt. Den Gipfel bildete die elektrische Eisenbahnanlage, die Alexander für Florian gebaut hatte, als er ein Kleinkind gewesen war. Sie stand immer noch in seinem Zimmer, obwohl er damit überhaupt nicht mehr spielte. Ein Betttuch schützte sie vor Staub.

Immer wieder forschte einer der Erwachsenen: „Und das gab es tatsächlich bei euch in der Zone?"

Provokatorisch antworte Karin jedes Mal: „Ja. So was gab es in der DDR. Nicht nur Salz und Nudeln."

Diese Äußerung brachte ihr einen mahnenden Blick von der Mutter ein. Karin konnte ihre Äußerung: „Hungern brauchte bei uns keiner, und Arbeitslosigkeit kannten wir nicht. Auch Obdachlose habe ich erstmalig bei euch gesehen", nicht zurückhalten, als der Mann beim Abendbrot protzte: „Nun bekommt ihr wenigstens genug zu essen."

Schweigend vertilgten alle das Abendessen. Die Gäste brachen danach gleich auf. Zum Abschied lud die Tochter sie ein: „Im Sommer kommt ihr zu uns. Wir haben ein wunderschönes Haus in Spandau."

Karin und Alexander bedankten sich für die Einladung, obwohl sie wussten, dass sie niemals hinfahren werden. Stattdessen buchte Alexander für die Sommerferien eine Ferienwohnung mit Telefon in einem kleinen Ort dicht an der dänischen Grenze und überraschte seine Familie damit. Karin war sprachlos, und Florian jubelte. Immer wieder lasen sie den Buchungsbeleg und musterten auf dem beigefügten Foto die Einrichtung der Ferienwohnung. Karin bedankte sich auf ihre Weise bei ihrem Mann, dem ihre Aktion gefiel. Er hielt wirklich sein Wort. Jedenfalls erlebte Karin ihn seit seiner Rückkehr nicht wieder betrunken.

In der ersten Augustwoche reisten sie an die Nordsee. Unterwegs bestaunten viele ihr Auto. Für die Bewohner der alten Bundesländer war es quasi noch ein Exot. Menschen, die sie sahen, winkten ihnen zu, und sie schwenkten lachend ihre Arme. Zum ersten Mal konnten sie ihren Urlaub in einer Dreizimmerwohnung mit Küche, Bad, Balkon und Fernseher verbringen. Sie bewunderten die für sie erstklassige Unterkunft. Zumal die Vermieter sehr nett zu ihnen waren. Sie lobten Florian mehrmals: „So ein artiges Kind hatten wir überhaupt noch nicht."

Sie luden ihre Urlauber zu sich in die Wohnung ein und bewirteten sie mit Wein und Keksen. Leider erlag Alexander wieder dem Alkohol. Karin wollte seine Brutalität nicht entfachen und ließ es zu, dass er sie oben in der Ferienwohnung nach seinen Regeln grob missbrauchte. Damit Florian nicht aufwachte, unterdrückte sie ihre Schmerzensschreie. Immer gelang ihr das jedoch nicht. Nachdem Alexander in ihr explodiert war, versetzte er ihr einige Ohrfeigen und fluchte: „Du elende Schlampe! Jetzt habe ich es dir aber richtig gezeigt, was ein Mann, wie ich, braucht."

Trotz ihres Vorsatzes regten Karin die Schläge zu lautem Wehgeschrei an. Sie beruhigte sich erst, als er eingeschlafen war und hoffte, dass niemand etwas mitbekommen habe. Sie stand auf, um in der Wohnstube auf dem Sofa zu schlafen. In der Morgendämmerung weckte Alexander sie: „Entschuldige, Schatz! Dieser verdammte Alkohol manipuliert mich völlig. Du kennst mich und weißt, dass ich dich über alles liebe. Ich muss endlich von dem Zeug loskommen."

„Mach einen Entzug!"

„Du spinnst wohl. Ich bin doch kein Alkoholiker und komme gut ohne das Gesöff aus. Von dem Zeug setzt mein Verstand einfach aus. Ich weiß auch nicht, wie das kommt, und verspreche dir, dass ich mich zusammennehme. Ab jetzt verzichte ich auf jedes klitzekleine Gläschen Alkohol, Schatz."

Karin glaubte und verzieh ihm.

Die Vermieterin erkundigte sich am Morgen, als sie zu einem Ausflug aufbrachen: „Was war denn bei Ihnen in der Nacht los? Sind Sie hingefallen, Frau Meyer? Ihre eine Gesichtshälfte ist ja direkt geschwollen und hochrot."

Geistesgegenwärtig erwiderte Karin: „Alles in Ordnung. Wir haben uns einen Krimi im Fernsehen angesehen. Vielleicht war der Ton etwas zu laut. Entschuldigen Sie bitte! Und dann bin ich auch noch gestolpert und gegen die Küchentür geknallt."

Alexanders Gesicht rötete sich. Er umarmte Karin liebevoll. Sie duldete es, wie immer.

In dieser seelischen Verfassung traten sie den Ausflug nach Billund zum beliebten Freizeitpark Legoland, der mitten im Herzen von Dänemark liegt, an. Während der Fahrt begeisterte sie die ebene Landschaft mit den Feldern, auf denen Getreide angebaut worden war. Auch die Anpflanzungen von Flachs, Hanf, Hopfen und Tabak entgingen ihren Blicken nicht. Florian freute sich enorm auf den Freizeitpark. Sie fanden davor auf dem riesigen Parkplatz sofort eine Lücke zum Parken. Florian und auch seine Eltern bezauberten die Ortschaften, die aus Legosteinen gebaut waren. Kanäle mit originalgetreuen Schiffen führten durch Städte und Dörfer als Miniaturausgabe. So etwas hatten sie noch nie gesehen. Florian drängelte: „Wann gehen wir endlich in das verwunschene Haus? Da soll es Geister und Vampire geben, habe ich gelesen."

Karin behagte so ein Besuch nicht, aber Alexander und Florian steuerten direkt in die Mitte des Parks und schubsten sie hinein in das 15 Meter hohe Gebäude zu einer Geisterjagd. Karin kreischte öfter, wenn Vampire nach ihr griffen oder Monster sie mit schaurigen Gesängen anzugreifen schienen. Auch Florian umklammerte ängstlich ihre Hand, als unheimliche Geschöpfe vor seinen Augen furchterregende Späße miteinander trieben. In dem verhexten Spiegellabyrinth gruselten sie sich besonders vor dem verrückten Professor, der sie durch seine Experimente zum Heulen vor Schreck brachte. Angstschweiß perlte von Karins Stirn, als sie endlich wieder im Freien waren. Alexander stellte fest: „Tolle Aktionen", und Florian schwärmte: „So was Geiles habe ich noch nie erlebt."

Andere Attraktionen erfreuten Karin mehr. Sie wagte sich sogar mit auf die Achterbahn. Nur im U-Boot, als echte Haie sie umschwärmten, übermannte Karin ein mulmiges Gefühl. Heilfroh stieg sie aus dem Unterwasserfahrzeug. Florian zog sie gleich ins Piratenland. Mit einem Boot gondelten sie in die mysteriöse Piratenhöhle, in der sich nicht nur Karin graulte. Doch sie erhielten bloß einige Spritzer von dem Wasser und verließen die Höhle unbeschadet.

Glücklicherweise hatten sie sich belegte Brote und auch etwas zum Trinken mitgenommen, denn schon ein Imbiss kostete extrem viel. Auf der Heimfahrt schlief Florian von all den erlebten Abenteuern ein.

In der Mitte ihres Urlaubs schenkten die Vermieter Florian für sein vorbildliches Benehmen 20 D-Mark. Sie luden ihre Feriengäste zu einer Fahrt mit ihrem Auto durch die Landschaft zum südlichsten Teil Dänemarks nach dem kleinen Ferienort Vejers, der zwischen Heide und Dünensand liegt, ein. Karin staunte, dass die Ferienhäuser nicht weit vom Meer zwischen den Dünen windgeschützt gebaut worden waren. Hier durfte der breite Nordseestrand sogar mit dem Auto befahren werden. Der Vermieter lenkte das Auto auf der Hauptstraße zu dem Parkplatz eines Restaurants und spendierten jedem einem Eisbecher. So eine Herzlichkeit erfreute die drei Urlauber. Am Abend saßen sie gemütlich auf der Terrasse und unterhielten sich. Karin befürchtete, dass erneut Alkohol angeboten werden könnte, aber es wurden Würstchen und Steaks gegrillt. Zum Trinken servierte die Vermieterin Mineralwasser, und Florian erhielt eine Cola. Von der Terrasse aus faszinierte Karin der Blick ins flache Land von Dänemark. Auch sonst gefiel ihnen die Landschaft. Wenn sie an die Nordsee fuhren, benutzten sie die einzige Straße dorthin, deren rechte Hälfte zu Dänemark und die andere zur Bundesrepublik gehörte. Ohne Kontrolle durfte sie befahren werden. Am Strand fanden ebenfalls keinerlei Überwachungen statt, obwohl die Grenze keinen Meter von ihnen entfernt war. Sie badeten in der Nordsee oder sonnten sich am Strand. Bei Ebbe wanderten Alexander und Florian durchs Watt und erkundeten die Tierwelt im Schlamm. Sie fanden unter den Steinen oft Miesmuscheln, aber manchmal auch Schnecken, Krebse und Borstenwürmer. Karin schaute ihnen vom Strand aus hinterher. Als sie eines Tages wieder den beiden nachsah, näherte sich ihr eine Frau.

„Entschuldigen Sie bitte", sprach sie Karin an, „ich beobachte Sie schon eine ganze Weile. Dieses Auto hinter der Düne gehört das Ihnen?"

„Ja. Das ist unser Wartburg", entgegnete Karin mürrisch, denn sie wusste nicht, was die Unbekannte wollte. Außerdem störte sie die Idylle, die Karin genießen wollte. Die Unbekannte fuhr fort: „Ich wohne im Weserbergland und hatte noch nie Kontakt zu Menschen aus der DDR. Deshalb hätte ich mich gern mit ihnen unterhalten. Mich interessiert, wie Sie in der DDR gelebt haben und wie es Ihnen jetzt geht."

Karin spürte echtes Interesse und bat die Fremde, sich zu ihr zu setzen. Sie machten sich miteinander bekannt und tauschten gemeinsame Erfahrungen aus. Völlig ungezwungen gab Karin auf die Fragen der Westdeutschen wahrheitsgemäß Auskunft. Mit jeder Antwort entwickelte sie mehr Sympathie für die fremde Frau. Auf diese Weise verging die Zeit, bis Alexander und Florian zurückkamen, rasend schnell. Als sie sich verabschiedeten, bedauerte die Gesprächspartnerin: „Schade! Wie fahren morgen früh zurück. Ich hätte mich gern noch länger mit Ihnen unterhalten und bedanke mich für das informative Gespräch. Es hört sich doch alles ein wenig anders an, als die Medien oder Besucher uns berichtet haben. Für Sie alles Gute und vielen Dank für die Auskünfte."

Auch Karin beklagte das rasche Ende der Bekanntschaft. Sie bereute, ihre Adressen nicht ausgetauscht zu haben, als sie im Auto zu der Ferienwohnung zurückfuhren,

Ihr nächster Ausflug führte sie zur dänischen Insel Römö. Auf dem Strand standen sogar Toilettenhäuschen. Er fiel durch seine außergewöhnliche Breite auf und durfte bis zu einer Markierung mit dem Auto befahren werden. Total erschraken sie, als Tiefflieger über sie jagten. Bevor Karin das ohrenbetäubende Dröhnen hörte, waren die Störenfriede längst in der Ferne verschwunden.

Mit der Schiffsfahrt zur Insel Amrum erfüllte sich für Karin ein Wunsch. Ihre Patentante hatte ihr vor Jahren die Bücher von Nesthäkchen zum Lesen geliehen. In einem der Bände verbrachte Nesthäkchen nach langer Krankheit einige Zeit in einem Kinderheim auf Amrum, um sich zu erholen. Karin interessierte dieser Ausflug deshalb besonders. Von Dagebüll aus schaukelten sie auf einer Fähre in 90 Minuten zu der Insel. Auf der Hinfahrt erblickten sie bei Sonnenschein zum ersten Mal kleine Nordseeinseln und einige Halligen. Als die Fähre anlegte und sie das Schiff verlassen hatten, stand Karin endlich auf Amrum.

„Schaut nur! Der wundervolle Sandstrand und auch die schilfbedeckten Häuser hinter den Dünen. Ist das herrlich!", schwärmte sie. Genauso hatte sie es sich damals als Kind vorgestellt. Über ihnen wölbte sich ein azurblauer Himmel.

„An dieses satte Blau und das Meer werde ich mich vermutlich bis an mein Lebensende erinnern", prophezeite Karin, aber Alexander flüsterte ihr ins Ohr: „Vergiss mich nicht!"

Karin lachte ihn an, und wieder betörten sie seine wunderschönen Augen. Instinktiv küsste sie ihn. Er dankte ihr dafür in der Nacht durch sanfte Zärtlichkeiten und das gemeinsame Erreichen von höchster Wollust.

Am Ende ihres Urlaubes nahmen sie wehmütig Abschied von den Vermietern und der bezaubernden Landschaft.

In Berlin beichtete Alexander ihr: „Schatz, jetzt kann ich es dir ja sagen. Ich bin schon vor der Urlaubsreise arbeitslos geworden."

Karin glaubte, sich verhört zu haben, und hakte nach: „Was hast du eben gesagt?"

„Ende Juli bin ich entlassen worden. Nie habe ich während meiner ganzen Berufsjahre auch nur einmal wegen Krankheit gefehlt. Unsere Firma wurde von einem der größten Unternehmen der Baubranche von drüben übernommen. Viele Mitarbeiter verloren ihren

Job, und ich bin dabei", wiederholte Alexander seine Hiobsbotschaft.

„Warum hast du das nicht eher gesagt? Dann wären wir doch Zuhause geblieben", hielt Karin ihm vor.

„Ich wollte euch die Freude auf die Reise nicht verderben. Irgendwie werden wir es finanziell schon schaffen."

„Soll ich mein Fernstudium aufgeben? Dann sparen wir die Gebühren dafür."

„Das will ich nicht, Schatz. Die Lehrhefte hast du schon bekommen, und ich will stolz auf dein erstes Buch sein. Irgendwie treibe ich Geld auf, damit wir gut leben können. Ein Kumpel von mir weiß auch wie."

„Was wollt ihr denn machen? Noch hast du doch das Arbeitslosengeld."

„Habe ich, aber ich möchte dir mehr bieten als nur das tägliche Brot."

Karin bedankte sich überschwänglich bei ihm. Sie vergab ihm im Stillen sein extremes Liebesleben und manche Schläge, die er ihr verabreicht hatte, wenn sie nicht willig und er angetrunken gewesen war.

Am Morgen verabschiedete er sich und teilte ihr mit: „Es kann sein, dass ich heute nicht wiederkomme. Schlafe bei meinem Kumpel oder im Bauwagen, wenn wir Arbeit gefunden haben."

Abends wartete Karin tatsächlich vergebens auf ihn. Sie aß mit Florian die Reste, die sich noch im Kühlschrank befanden. Danach telefonierte sie mit der Mutter und teilte ihr die Misere mit.

„Auch das noch", jammerte die Mutter und gestattete ihr, sich von ihrem Konto bis zu 1000 D-Mark abzuheben. Gerührt von dem Angebot bedankte Karin sich.

Sie lernte von nun an in jeder freien Minute aus den Lehrheften Grammatik und Rechtschreibung. Sie erfuhr, was Synonyme und Antonyme sind, wie Kurzgeschichten spannend geschrieben werden und wie ein guter Roman konzipiert werden muss. Die Hausaufgaben fertigte sie termingerecht an und erhielt meistens gute Noten und wertvolle Hinweise von ihrem Studienleiter.

Als sie eines Abends zufällig im Fernseher die Nachrichten hörte, überkam sie die Furcht, dass Alexander etwas zugestoßen sei. Der Nachrichtensprecher berichtete, dass sich die Überfälle auf Frauen gehäuft haben und vermutlich auch andere Bürger von dem Täter verletzt worden waren. Kein Wunder, dass Karin der ungewohnten Realität wieder skeptisch gegenüberstand. Nicht nur ihre finanzielle Lage war bescheiden, auch die Gesundheit der Mutter bereitete ihr immer mehr Kummer.

Nach zwei Wochen kam Alexander wieder. Er wirkte erschöpft, sah unrasiert aus, stank nach Schweiß, und seine Kleidung befleckten Farben. Er warf sich in den Sessel und ein Bündel Geldscheine auf den Tisch. Karin hielt ihm vor: „Warum hast nicht angerufen? Ich habe mir solche Sorgen um dich gemacht. Hast du von den Raubüberfällen gehört?"

„Dafür hatte ich wirklich keine Zeit. Wir haben wie die Tiere geschuftet, und wie du siehst, hat es sich gelohnt."
„Was habt ihr denn gemacht?"
„Mein Kumpel kennt einen bei einer Wohnungsbaugesellschaft. Und die suchen immer welche, die neue Wohnungen und solche, aus denen Mieter ausgezogen sind, tapezieren, neue Leitungen verlegen und auch andere handwerkliche Arbeiten erledigen. Da haben wir nicht lange gezögert und gleich zugepackt."
„Etwa Schwarzarbeit? Das ist doch strafbar."
„Was du wieder hast! Natürlich aus reiner Gefälligkeit."
„Kenn ich den Kumpel?"
„Na klar. Der dich zu unserer Hochzeit so angemacht hat."
„Etwa der mit dem Gesicht voller Narben?"
„Genau der. Heißt übrigens Bodo und war in meiner Brigade Hilfsarbeiter. Ist aber 'n armes Schwein. Die Frau hat ihn verlassen, und alle Verwandten meiden ihn, obwohl er eigentlich fleißig arbeitet und auch sonst ... na ja, einen kleinen Spleen hat er schon. Frauen, sehr junge Frauen ... du verstehst, was ich meine? Aber welcher Mann möchte nicht mal gerne in so eine rein?"
„Bring den bloß nicht mit."
„Vor dem brauchst du keine Angst zu haben. Damals warst du eine geile Schnitte. Jetzt ist der erste Lack ab. So was interessiert den nicht."

1992

16. Kapitel

Seit ihrem Umzug besuchte die Mutter immer sonntags die Tochter mit ihrer Familie. Alexander gefiel das überhaupt nicht, und er maulte: „Muss die denn jeden Sonntag uns den Tag verderben? Kann sich ihr Essen doch selber kochen."

„Sie bleibt gar nicht lange. Vor dem Abendessen bringen Flo und ich sie nach Hause."

Alexander grinste sie obszön an: „Zu lange. Für mich jedenfalls, Schatz. Ich wüsste wirklich etwas viel Angenehmeres, was wir beide machen könnten."

„Flo ist doch da, Alex. Da musst du dich schon gedulden lernen."

Er näherte sich ihr, umarmte sie und raunte ihr zu: „Ich will mich aber nicht beherrschen. Du bist meine Frau, und nun komm!"

Seine Augen funkelten gierig, als er Karin zu sich heranzog. Er griff ihr zwischen die Oberschenkel, zerrte mit einem Ruck den Slip herunter und schubste sie über die Tischkante. Er ließ seine Hose fallen und trieb sein Glied in sie. Danach lag er schnaufend über ihr. Sie rang ihm das Versprechen ab, dass die Mutter weiterhin sonntags kommen darf. Alexander erkundigte sich: „Nimmst du auch immer die Pille regelmäßig?"

Nachdem Karin bejaht hatte, stimmte er dem Besuch der Schwiegermutter zu. In dem Moment erschien Florian im Türrahmen, sah kurz auf die Eltern und verzog sich kopfschüttelnd in sein Zimmer.

„Du musst ihn aufklären", verlangte Karin von Alexander, als sie sich anzog.

„Warum ich? Du kannst das sicher viel besser."

„Als Mann weißt du doch genau, was sich in einem Mann abspielt, wenn er eine Frau begehrt und wie er sich dann zu ihr verhalten muss."

„Ist er nicht ein bisschen jung dafür?"

„Glaube ich nicht. Bei uns hat er schon viel zu viel von dem Liebesleben zwischen Eheleuten mitbekommen."

„Na gut. Ich überlege es mir, aber jetzt muss ich los. Bodo hat neue Aufträge."

„Bleibst du lange?"

„Weiß ich nicht, Schatz. Irgendwann bin ich mit einem Haufen Geld hier, und wir leben wie die Fürsten. Vielleicht bringe ich Flo ein Buch zur Aufklärung mit. Dann weiß er Bescheid. Natürlich auch für dich."

„Ich denke, ich bin aufgeklärt."

„Schon, aber es gibt jetzt andere Methoden, um den Olymp der Lust zu erobern. Realisieren wir, wenn ich wieder da bin. Aber nun muss ich wirklich los. Tschüss, Schatz."

Er küsste Karin und rief dem Sohn ein Abschiedswort zu. Als die Tür hinter ihm ins Schloss gefallen war, erschien Florian und druckste herum: „Sag mal, Mama … gefällt dir das eigentlich."

„Was meinst du?"

„Na das, was Papa immer mit dir macht."

„Flo, zwischen Mann und Frau ist das eben so. Papa erklärt dir das, wenn du alt genug bist, um es wirklich verstehen … Wo bleibt denn Omchen bloß? Guck doch mal aus dem Flurfenster!"

Florian erfüllte die Bitte und kehrte mit der Nachricht zurück: „Ich habe sie auf der Brücke gesehen. Muss bald hier sein."

Es verging eine halbe Stunde. Die Mutter fehlte noch immer.

„Hast du dich auch nicht geirrt, Flo?"

„Nein. Ganz bestimmt nicht. Ich erkenn doch mein Omchen."

Nach weiteren zehn Minuten klingelte es endlich. Nach der Begrüßung aßen sie das Mittagessen. Die Mutter fragte: „Wo ist denn Alex? Ich denke, der ist arbeitslos."

„Ist er ja auch, aber er hilft einem Kumpel und verdient sich ein bisschen was dazu."

Die Mutter gab sich mit der Auskunft zufrieden. Sie unterhielten sich über die Situation nach der Wende, über die Arbeitslosigkeit im Allgemeinen und über die eigene Misere. Vor dem Abendessen brachte Florian sie nach Hause.

In den nächsten Wochen verlief das Leben von Karin und Florian normal. Alexander kam und ging, gab Karin von seinem Lohn etwas ab und forderte von ihr, was ihm angeblich als Ehemann zustand. Die Mutter besuchte sie regelmäßig am Sonntag, aber sie benötigte für den kurzen Weg überdurchschnittlich lange. Alexander schob das auf ihr Alter, denn immerhin war sie 72 Jahre. Wenn da nicht ihr Gejammer gewesen wäre, hätte Karin sein Argument beruhigt. Einmal beklagte sie sich: „Ich bekomme meine Knöpfe kaum noch zu."

Ein anderes Mal beschwerte sie sich, dass sie beim Laufen immer öfter stehen bleiben müsse, als blockiere jemand ihre Beine. Erst nach einer Weile könne sie weiterlaufen. Karin erkundigte sich: „Bekommst du dann schlecht Luft?", aber die Mutter verneinte.

„Mutti, du bist keine zwanzig mehr."

Die Mutter schüttelte nur den Kopf und murmelte: „Weiß ich, aber das ist unnormal."

Inzwischen hatte Karin die nächsten Lehrhefte für das Fernstudium erhalten und ihre Neugier auf den neuen Lehrstoff bremste sie, um sich ausgiebig mit den Beschwerden der Mutter zu befassen. Ferner musste sie sich mit den neuen gesellschaftlichen Verhältnissen und den fremden Lebensmittelprodukten anfreunden. Dadurch schloss sie sich Alexanders Meinung an und dachte über die angeblichen Gebrechen der Mutter nicht weiter nach.

An einem Tag im September erreichte Karin in den frühen Morgenstunden ein Anruf. Die Mutter schluchzte in den Telefonhörer: „Mir geht es nicht gut. Ich kann gar nicht aufstehen. Komm bitte!"

Dieser Hilferuf erinnerte Karin an ihre vor Wochen geäußerten Beschwerden und alarmierte ihre Sinne.

Glücklicherweise befand Alexander sich wieder anderswo, und Florian weilte seit wenigen Minuten in der Schule. Karin schrie ins Telefon: „Bleib ganz ruhig, Mutti. Ich bin in zehn Minuten bei dir."

Ungewaschen und ohne Frühstück lief sie zu ihr. Nachdem sie die Wohnungstür der Mutter aufgeschlossen hatte, rief sie: „Mutti, ich bin da."

Als Antwort vernahm sie ein komisches Geräusch, das sie nicht deuten konnte. Achtlos warf sie ihre Jacke auf die Couch und rannte ins Schlafzimmer. Sie vermutete, dass die Mutter im Bett läge. Sie saß jedoch auf der Bettkante, hielt sich eine Schüssel unters Kinn und würgte erbärmlich. Besorgt forschte Karin: „Hast du was Verdorbenes gegessen?"

Die Mutter brachte nur mühsam heraus: „Weiß nicht", und erbrach grünlichen Schleim. Danach jammerte sie: „Toilette … muss auf die …"

Ihre Mitteilung unterbrach erneutes Würgen. Karin griff sich den Schieber und wuchtete sie darauf. Gleich darauf plätscherte es wie ein Wasserfall. Von nun an wechselten sich Erbrechen und Wasserlassen ab. Karin konnte kaum glauben, dass der abgemagerte Körper der Mutter so viel an Urin entließ. Nach zwei Stunden verlängerten sich endlich die Pausen. Karin nutzte die Ruhezeit und rief bei der Hausärztin an. Der Annahmekraft schilderte sie die Situation und bat um einen Hausbesuch. Als Antwort erhielt sie nicht die erwartete Zusage, sondern die Erklärung: „Das Wartezimmer ist voll. Frau Doktor kann jetzt nicht, aber Sie können zu ihr kommen."

Karins Hinweis, dass sie die Mutter unmöglich allein lassen könne, bewirkte keine Abweichung von dem Standpunkt der Annahmekraft. Karin blieb nichts weiter übrig, als die Praxis aufzusuchen. Als sie dort ankam, fand sie ein leeres Wartezimmer vor und wurde sofort in Sprechzimmer hereingebeten. Nachdem Karin den Zustand der Mutter geschildert hatte, erklärte die Ärztin ihr: „Da liegt bestimmt eine Stoffwechselentgleisung vor. Ich gebe Ihnen eine Einweisung ins Krankenhaus. Gehen Sie zu Ihrer Mutter. Ich bestelle inzwischen den Krankenwagen über Funk."

Nach der Mitteilung lief Karin im Eiltempo zur Mutter und erläuterte ihr die Situation. Kaum hatte sie das Notdürftigste an Kleidung für einen Krankenhausaufenthalt eingepackt, klingelte es. Kurz darauf trugen die Sanitäter die Mutter auf einer Trage zum Krankenwagen. Karin durfte sich auf den Notsitz setzen. Als sie losfuhren, begann das Erbrechen erneut. Zum Glück fand Karin eine Nierenschale und viel Zellstoff. Als sie endlich in der Notaufnahme des Krankenhauses ankamen, atmete sie auf.

Zunächst lag die Mutter im Flur auf einer Trage, und niemand beachtete sie. Als sie weiterhin erbrach und die Nierenschale überquoll, wandte Karin sich an eine Schwester und bat um ein leeres Gefäß. Daraufhin kümmerte sich endlich eine Mitarbeiterin um die Mutter. Sie wurde ins Untersuchungszimmer gerollt. Karin wartete im Flur. Nach ungefähr einer Stunde schoben zwei Krankenschwestern die Mutter auf der Trage zu ihr. Eine Ärztin, die ihnen gefolgt war, informierte Karin: „Wir konnten nichts finden. Gleich fährt ein Krankenwagen Sie nach Hause."

Schon während der Heimfahrt würgte die Mutter erneut. Sie entleerte nur grünlichen Schleim. Da die Hausärztin am Nachmittag noch Sprechstunde hatte, rannte Karin in ihrer Angst erneut zu ihr. Nun ließ sie sich für einen Hausbesuch erweichen. Innerhalb einer halben Stunde untersuchte sie die Mutter und spritzte ihr ein Präparat gegen die Übelkeit. Nach wenigen Minuten besserte sich ihr Befinden.

Natürlich ging es der Mutter nicht wirklich gut. Das Erbrechen hatte zwar nachgelassen, aber sie klagte weiterhin über Übelkeit. Karin verständigte Florian, dass sie die Nacht bei der Mutter bliebe.

Am nächsten Tag hatte Karin selbst einen Termin bei der Ärztin für Allgemeinmedizin. Nach zwei Stunden Wartezeit durfte sie in das Behandlungszimmer. Die Ärztin beendete Karins Untersuchung ohne nennenswerte Aussage und signalisierte ihr mit einem Blick durch ihre Brillengläser, dass es an der Zeit sei, ihr Gespräch zu beenden. Trotzdem zögerte Karin, weil ihr eine Frage auf den Lippen brannte: „Frau Doktor … meine Mutter. Ich weiß nicht mehr, was ich machen soll. Was hat sie bloß?"

„Wenn Sie schon fragen … suchen Sie einen Heimplatz für Ihre Mutter."

„W a s ...?"

Diese Antwort traf Karin wie ein Blitz aus heiterem Himmel. Die Mutter litt schon jahrelang an Diabetes, hatte ein künstliches Hüftgelenk und zählte nicht mehr zu den Jüngsten. Aber deswegen ins Heim? Obwohl, seit Wochen verschlechterte sich ihr Befinden von Tag zu Tag. Mehrfach hatte Karin deswegen bei ihr übernachtet, wenn Alexander nicht Zuhause war. Aber in ein Heim?

Entgeistert blickte Karin die Ärztin an und wagte einzuwenden: „Und die Schwäche, die zunehmende Steifheit, das unnatürlich häufige Wasserlassen, das muss doch eine Ursache haben und ..."

„Schauen Sie sich ein paar Heime an. Da gibt es schon recht Ordentliche. Zu mehr kann ich Ihnen auch nicht raten", unterbrach die Ärztin sie.

„Das verstehe ich nicht. Meine Mutter konnte sich bisher zwar mühsam, aber dennoch ganz gut selbst behelfen. Und nun empfehlen Sie mir so etwas ...!"

„Das Alter. Vergessen Sie nicht das Alter."

„Aber ich bitte Sie! So alt ist sie nun auch wieder nicht."

Demonstrativ schaute die Ärztin auf die Uhr und hielt Karin vor: „Es tut mir leid, aber nun habe ich wirklich keine Zeit mehr für Sie."

Sie drückte den Knopf der Rufanlage und rief den nächsten Patienten zu sich. Wie ein verwundetes Tier verließ Karin den Raum. Das leere Wartezimmer entging ihr. Sie trottete benommen und außerstande, klar zu denken, in ihre Wohnung. Unterwegs wimmerte sie vor mich hin: „Oh Gott, lass das nicht zu! Warum nur ... warum gerade sie?"

Erst der Tod ihres Vaters hatte ihnen offenbart, was sie einander bedeuteten. Karin kannte solche Heime, besser Siechenhäuser genannt, in denen der Tod auf Beute lauerte. Sie wollte die Mutter noch recht lange behalten.

Es schepperte mehrmals im Türschloss, noch während sie so vor sich hin jammerte. Florian konnte es nicht sein. Er hatte einen zusätzlichen Leistungskurs am Nachmittag. Karin blickte aus ihren tränenblinden Augen zu Alexander, der in den Flur torkelte und lallte: „Komm her, Weib, und diene deinem Gebieter!"

In ihrem Kummer weigerte Karin sich. Alexander schlug erbarmungslos auf sie ein. Karin weinte heftiger. Alexander versetzte ihr einige Fußtritte und taumelte ins Schlafzimmer. Karin besah sich im Spiegel und versuchte, die Kennzeichen von den Schlägen zu verbergen, indem sie einen hochgeschlossenen langärmeligen Pulli anzog. Plötzlich stach ihr von der Kommode her die fett gedruckte Aufschrift eines Werbezettels in die Augen, den sie am Vormittag mit der Tageszeitung aus dem Briefkasten genommen hatte. Darauf bot ein Pflegedienst Hilfe bei der häuslichen Pflege an. Unverzüglich telefonierte Karin mit der leitenden Schwester und schilderte ihr aufgeregt das Gespräch mit der Hausärztin. Die Schwester offenbarte ihr: „Beruhigen Sie sich. Wir pflegen unsere Patienten in der gewohnten Häuslichkeit, sogar bis zum Ende. Wenn Sie einverstanden sind, kommt morgen unsere Sozialarbeiterin zu Ihrer Mutter und wird alles ausführlich mit Ihnen besprechen. Ich rate Ihnen, den Arzt zu wechseln, und empfehle Ihnen Frau Dr. Hilfreich."

Karin atmete auf. Es gab doch eine andere Hilfe für die Mutter, als eine Unterbringung in einem Heim. Sogleich informierte sie die Mutter telefonisch über den Besuch am nächsten Tag.

Pünktlich erschien zum verabredeten Termin die Sozialarbeiterin. Geduldig hörte sie sich die Sorgen an und versprach Unterstützung. Sie füllte die erforderlichen Anträge für die häusliche Pflege aus und meinte: „Wenn die Rente nicht reicht, dann schalten wir das Sozialamt ein. Außerdem müssen Sie eine Pflegestufe beantragen."

Dafür hatte sie auch ein entsprechendes Formblatt dabei. Gemeinsam beantworteten sie die Fragen. Von der Sozialstation bekam Karin außer Hilfe bei der Pflege einen Rollstuhl geliehen. Stolz fuhr sie damit über die Brücke des Gewässers. Nun gab es eine Möglichkeit, ihre Mutter wieder unter Menschen zu bringen und vor allem, sie über ihren geliebten Markt zu fahren. Auf diese Weise konnte sie mehr am Leben außerhalb ihrer Wohnung teilnehmen. Für ehemalige DDR-Bürger bedeutete das Neuland. Die Mutter schaute das Gefährt schief an und meinte abfällig: „Was soll ich denn mit dem Ding?"

„Damit kannst du raus, wenn es dir besser geht. Ich kann dich zu uns holen. Sieh bitte nur die positive Seite", beruhigte Karin sie. Die Mine ihrer Mutter verbesserte sich nicht, aber Karin dachte: *Was für ein Lichtblick im Labyrinth der Dunkelheit!*

Nicht nur der Rollstuhl, sondern auch die Hilfe der Pflegekräfte erleichterten ihr den Alltag. Sie wuschen die Mutter nicht nur jeden Morgen, sondern erledigten auch manchen Einkauf. Das entlastete Karin enorm. Schließlich musste sie ihren eigenen Haushalt versorgen, sich um Florian kümmern, Hausaufgaben für das Fernstudium anfertigen und Alexander zu Diensten sein, wann immer er es wollte. Weil die Altersrente ihrer Mutter zu gering war und Karin kein eigenes Einkommen hatte, übernahm das Sozialamt die Kosten für den Pflegedienst. Außerdem hörte Karin auf den Rat der leitenden Schwester und konsultierte die von ihr empfohlene Frau Dr. Hilfreich. Sie schilderte der Ärztin eindringlich die Situation und die Beschwerden ihrer Mutter. Dabei wies sie besonders auf das übermäßige Wasserlassen beinahe alle fünf Minuten rund um die Uhr hin. Geduldig ertrug die Ärztin Karins Wortschwall und versprach: „Am Nachmittag untersuche ich Ihre Mutter. Können Sie da sein?"

„Natürlich. Mutti kann ja im Moment die Tür nicht selbst öffnen."

Als Karin sich verabschiedete, klopfte Frau Dr. Hilfreich ihr auf die Schulter und meinte gut gelaunt: „Nur Mut. Das kriegen wir wieder hin."

Samstag, 06. Mai 2000, 12 Uhr

Ich sitze noch immer am Bett meiner Mutti und begleite sie auf ihrer letzten Reise. Mein Beistand beschränkt sich jedoch nur auf einige Liebesdienste, die für das Pflegepersonal zu belastend sind. Ich streichele behutsam ihre Wangen oder rede mit ihr über die Feste, auf denen wir gemeinsam gesungen und gelacht haben. Ich verspreche ihr, auch weiterhin nicht nur jeden Tag an sie zu denken, sondern bei allen Feierlichkeiten sie in Gedanken an meiner Seite zu haben.

„Ich weiß nicht, was mich im Leben noch erwartet, aber auch in meinen Leidensstunden bist du mir nah. Dadurch schöpfe ich Kraft, um alle Widerwärtigkeiten zu bezwingen", versichere ich ihr.

Hin und wieder schaut eine Pflegerin zur Tür hinein und nickt mir aufmunternd zu. Einmal bringt die Stationsschwester mir eine Tasse Kaffee mit einer belegten Schnitte auf einem Teller. Sie rät mir: „Essen Sie was, liebe Frau Meyer! Das ist zwar kein Trost, aber eine kleine Stärkung haben Sie jetzt bitter nötig. Wir alle wissen, wie Sie sich um ihre Mutter gekümmert haben. Das ist nicht bei allen so. Zu etlichen ist schon seit Wochen niemand mehr gekommen."

Vor Niedergeschlagenheit versagt mir die Stimme, und ich nicke nur. Gern wäre ich öfter gekommen, obwohl ich meistens zu erschöpft war, um den Weg zu bewältigen. Sie fährt fort: „Wir wissen alle, wie schwer

Abschiednehmen für ewig ist. Aber denken Sie immer daran, Ihre Mutter hat sehr gelitten, und nun naht die Erlösung. Nicht nur für sie, sondern auch für Ihre Familie."

Sie schaut unter die Bettdecke, ob alles seine Ordnung hat. Ich blicke auf die dürren Unterschenkel, auf denen sich der nahende Tod mit seiner bläulich marmorierten Verfärbung ankündigt. Die Stationsschwester rückt die Fersenkissen zurecht, prüft die Windel und dreht die Mutter auf die andere Seite. Sie hilft mir, indem sie den Stuhl auf die andere Bettseite stellt. Jetzt kann ich weiter Muttis liebes Gesicht sehen und ihre Hand halten. Die Stationsschwester klopft mir auf die Schulter und verlässt mich. Ich denke an das Gedicht „Mutters Hände" von Kurt Tucholsky, dass ich ihr jetzt nicht ganz wortgetreu zuflüstere: „Hast für mich Stullen geschnitten und Kaffee gekocht und gewischt und genäht. Alles mit deinen Händen. Hast Flo Bonbons zugesteckt und für uns Kartoffeln geschält. Alles mit deinen Händen. Nun sind sie alt. Nun bist du bald am Ende. Da bin ich nun und streichele deine Hände."

Es kommt mir vor, als verstände sie mich. Ihre Mimik verändert sich und nimmt einen beinah überirdisch hübsch zu nennenden Ausdruck an. Ihre Hand zuckt in meiner, als wolle sie mich zu sich ziehen. Ich bilde mir ein, dass sie mir in einer Umarmung Trost spenden möchte. Unwillkürlich liebkose ich ihre Hände, die immer für mich da gewesen waren. Auch in der Zeit, als ich nach dem Willen des Vaters parieren musste. Nur durch die Berührung ihrer Hände entschärfte sie seine Härte. Ich gehorchte ihm, der mich nach seinem Lieblingszitat „Hiebe zur rechten Zeit erwecken Vertrauen und Liebe" formen wollte. Noch immer hasse ich diesen Spruch. Mit ihm verbinde ich seine Schläge, zu denen ich den Teppichklopfer holen und mich über den Stuhlsitz legen musste, damit er auf mein Hinterteil dreschen konnte. Ich halte ihr vor: „Dich, Mutti, zwang er zuzusehen, wie seine Schläge auf mich niederprasselten. Dein Gesicht mit den Tränen in den Augen vergesse ich nie. Sie flossen erst, wenn die Züchtigung vorbei war und du mich in der Küche in deinen Armen zur Linderung meiner physischen und psychischen Schmerzen hin und her wiegtest. Ich verstehe bis heute nicht, warum du seine Prügel zugelassen hast, die ich oft wegen geringfügiger Vergehen erhielt. Als er einmal mit seiner Handkante meine Lippe traf, schoss Blut im Strahl heraus. Statt wie bisher, mich zu verkriechen, und meinen Schmerz still zu unterdrücken, hielt ich ihm mein Gesicht hin und forderte ihn auf: ‚Schlag doch noch mal zu!'. Von dieser Stunde an hat er mich nie wieder geschlagen. Kannst du dich daran noch erinnert? Ich möchte dich noch so viel fragen und dir noch so viel sagen, was bisher vernachlässigt worden war."

Kann ein Mensch an der Schwelle zum Jenseits überhaupt noch denken, oder Ereignisse seines Lebens im Gedächtnis haben?

Ich weiß es nicht, wie vermutlich alle lebenden Menschen.

17. Kapitel

Hoffnungsvoll überbrachte Karin die gute Botschaft der Mutter, aber sie winkte nur apathisch ab. Trotzdem hielten sie sich an den Händen wie zwei Kinde, denen ein unerhört kostbares Geschenk zugeteilt worden war. Allmählich schien die Nachricht in die Mutter eingedrungen zu sein, denn ihre Augen verloren den trüben Glanz. Karin kochte ihr den geliebten Haferbrei. Sie aß sogar reichlich davon, sodass Karin an diesem Tag erleichtert nach Hause gehen konnte.

Auf dem Rückweg bannte ein Plakat im Schaufenster der Bibliothek ihre Blicke. Fett gedruckt wurde eine Lesereihe angekündigt. Demnächst sollte von bekannten Schriftstellern in unregelmäßigen Abständen eine Lesung stattfinden. Sorgfältig las Karin die Bekanntmachung, als plötzlich eine Männerstimme ihre Neugier unterbrach: „Interessiert?"

Karin drehte sich zu dem Störenfried um. Vor ihr stand ein Mann, dessen gesamte Persönlichkeit sie beeindruckte. Unwillkürlich erwiderte sie: „Ja."

„Mich auch. Mein Name ist Simon Köhler. Vielleicht treffen wir uns dort."

„Könnte sein", entgegnete Karin und dachte an den Triebtäter. Sie drehte sich von dem Mann weg, um nach Hause zu gehen, aber er schloss sich an. Das verstärkte ihren Verdacht, obwohl er keinen Buckel hatte, wie in den Nachrichten berichtet worden war. Trotzdem lief sie schneller, weil ihr Heimweg durch das Wäldchen führte. Er blieb jedoch dicht neben ihr und hemmte ihre Eile mit seiner Aussage: „Warum rennen Sie denn auf einmal so? Ich hätte mich gern ein bisschen unterhalten."

Karin schallt sich, so ängstlich reagiert zu haben, denn die Sonne schien und viele Menschen gingen an ihr vorbei. Sie blieb stehen und ließ sich auf ein Gespräch ein. Karin war begeistert, jemand getroffen zu haben, der sich ebenfalls für Literatur interessierte. Sie befürchtete einen Wutanfall von Alexander, wenn er erfuhr, dass sie mit einem Mann gesprochen habe.

„Darf ich Sie nach Hause begleiten?", bat Simon, aber Karin schlug ihm seinen Wunsch ab. Sie erfuhr, dass er ganz in ihrer Nähe wohnte. Beim Abschied bot er ihr für die Lesung einen Treffpunkt weit von ihrem Wohnhaus entfernt an. Karin willigte ein und erzählte Alexander Zuhause: „Stell dir vor, in Kürze findet in der Bibliothek ab und zu eine Lesung statt. Daran möchte ich gern teilnehmen."

„Ist gestrichen", knurrte er, aber Karin ließ nicht locker: „Warum denn? Abends bin ich auf jeden Fall für dich da. Die Lesung ist am Vormittag. Bitte, Alex!"

Dabei blickte sie ihn so liebevoll an, wie es ihr möglich war. Alexander erwiderte: „Und was krieg ich dafür, wenn ich es dir erlaube?"

„Alles, was du möchtest."

„Dann zeig es mir", verlangte er. Karin entkleidete sich vor seinen Augen, führte eine seiner Hände an ihren Busen und die andere in ihren Schritt. Alexander fackelte nicht lange und nahm ihr Angebot an. Karin bemühte sich, ihm seine Bedürfnisse zu erfüllen. Scheinbar war es ihr gelungen. Schweißüberströmt raunte er ihr zu: „Du warst so was von geil. Wenn du mir das vor und nach jeder Lesung bescherst, darfst du."

Karin küsste ihn aus Freude und hatte nicht damit gerechnet, dass sie ihn damit erneut erregte. Ehe sie sich von ihm abwenden konnte, stillte er nochmals sein Liebesverlangen in ihr. Am Ende fühlte Karin sich derart ausgelaugt, dass sie in seinem Arm einschlief. Lange dauert ihr Schlaf jedoch nicht, denn Alexanders Hand trieb sein beliebtes Vorspiel für oralen Sex. Diese Art widerte Karin dermaßen an, sodass sie ihre Lippen zusammenpresste. Rasend vor Jähzorn drosch Alexander sie aus dem Bett und zeterte: „Dir werd ich es zeigen, du Miststück!", und ließ sich auf sie fallen. Karin wollte sich unter ihm hervorwinden, aber er zerrte ihren Kopf an den Haaren zurück. Seine Faust krachte immer wieder gegen ihre Wange. Blut schoss aus der Nase, und Karin flehte: „Aua, hör auf! Ich lass dich … hör auf! Bitte!"

Er gab sie frei. Sie lief ins Bad und wusch sich das Blut vom Gesicht. Als sie im Spiegel ihre rechte Wange bläulich verfärbt entdeckte, erschrak sie.

Inzwischen war Alexander gegangen. Karin heulte wegen seiner Brutalität und ihrer Nachgiebigkeit. Als Florian aus der Schule heimkam, genügte ihm ein Blick, um zu erkennen, was der Vater seiner Mama angetan hatte. Er riet ihr: „Lass uns ausziehen! Der schlägt dich noch mal tot."

Sie wollte ihn beruhigen und log: „Es ist nicht so, wie du denkst. Ich bin im Bad ausgerutscht und mit dem Gesicht gegen die Wanne geknallt."

„Wer's glaubt, wird selig", erwiderte Florian zu ihrer Lüge.

Noch am Abend annullierte sie telefonisch bei Frau Doktor Klotz alle Termine für die Mutter und ihre eigenen kommentarlos, weil sie sich von nun an gut versorgt glaubte.

Als Alexander in der Nacht betrunken heimkam, gewährte Karin ihm seine Begierde aus Angst vor erneuten Schlägen. Befriedigt schlief er, bis der Wecker klingelte. Auch Karin musste zeitig aufstehen, um für Florian das Frühstück zuzubereiten und für Alexander sein Lieblingsmüsli zu mischen. Sie konnte wegen der Schmerzen im Gesicht nichts essen. Nachdem beide gegangen waren, begab Karin sich zu der Mutter, die sofort ihr lädiertes Gesicht entdeckte und fragte. „Was hast du denn gemacht?"

Karin belog die Mutter aus Scham, wie sie es bei Florian getan hatte. Die Mutter schalt sie: „Pass doch besser auf! In letzter Zeit fällst du häufig hin. So ein Trampel warst du schon als Kind."

Karin ließ diese Beleidigung über sich ergehen, denn es klingelte. Zum vereinbarten Zeitpunkt erschien Frau Doktor Hilfreich, entnahm der Mutter Venenblut und stellte anhand eines Teststreifens Zucker im Urin fest. Letzteres war seit Jahren bekannt. Mit den Worten: „Es wird schon wieder", ließ sie Karin und die Mutter zurück, ohne auch nur eine Behandlung vorgeschlagen zu haben. Enttäuscht trösteten sie sich gegenseitig und hofften auf die Ergebnisse der Blutuntersuchung. Damit beschwichtigte Karin mehr sich selbst. Sie wollte es glauben und hoffte, die Mutter schloss sich ihrem Glauben an. Karin verabschiedete sich früher als sonst. Eine ungewöhnliche Schwäche auf dem Heimweg ließ sie öfter anhalten, um Kraft zu sammeln. Jeder Schritt strengte sie an.

Erschöpft erreichte sie ihr Wohnhaus. Sie trank nur ein Glas mit Wasser und legte sich ins Bett. Erschrocken registrierte sie, dass Alexander schon neben ihr lag. Er flüsterte: „Da bist du ja endlich", und begann, sie zärtlich auf seine Wünsche vorzubereiten. Dazwischen entschuldigte er sich ständig wegen seiner Faustschläge und küsste sie zart auf die misshandelte Wange. Karin widerte sein Verhalten an, aber sie öffnete sich ihm, damit sie es schnell überstanden hatte. Noch während er auf seiner Frau vor Wollust hechelte, klingelte es. Alexander ließ sich nicht stören, aber Karin drückte ihn von sich.

„Willst du etwa jetzt öffnen?, fuhr er sie an. Als es jedoch noch einmal klingelte, forderte Karin ihn auf: „Mach du doch auf, wenn ich es nicht darf."

Widerwillig stand er auf und drückte den Knopf der Sprechanlage. Mürrisch fragte er: „Ja, bitte?"

Zu seiner Verwunderung und Karins Verblüffung hörten sie: „Hier ist eine Mitarbeiterin der Hausärztin von Frau Meyer."

Alexander blickte zu Karin, die ihm zu verstehen gab, dass sie öffnen müssen. Schnell schlüpfte sie in den Morgenmantel und löste Alexander an der Tür ab, damit auch er sich ankleiden konnte. Der Fahrstuhl hielt. Tatsächlich stieg die Anmeldekraft der Hausärztin aus. Karin bat sie in die Wohnstube, und Alexander gesellte sich zu ihnen. Nachdem die Besucherin saß, stammelte sie: „Entschuldigen Sie die Störung, aber ich komme im Auftrag von Frau Doktor. Die Absage Ihrer Termine ist uns unverständlich. Weshalb?"

„Ganz einfach. Mangelndes Vertrauen", schoss es aus Karin.

„Aber warum denn? Frau Doktor hat Sie doch aufrichtig über den Zustand Ihrer Mutter unterrichtet."

„Es kommt für mich momentan überhaupt nicht infrage, meine Mutti in ein Heim abzuschieben. Außerdem zweifle ich an der Diagnose."

Die hübschen, dunklen Augen der Mitarbeiterin weiteten sich, als ob sie jeden Moment ihre Höhlen verlassen wollten.

„Es ist der Zucker", versicherte sie der Aufgeregten.

„Der Zucker", entgegnete Karin ärgerlich, „der Zucker wird seit Jahren regelmäßig kontrolliert. Der höchste Wert war einmalig und das vor langer Zeit 200. Sonst immer um die 160. Davon wird niemand dermaßen hilflos, wie es meine Mutti gegenwärtig ist. Warum hat mir die Frau Doktor nicht die häusliche Pflege empfohlen, die es jetzt nach der Wende auch bei uns gibt?"

„Liebe Frau Meyer, damit wäre Ihrer Mutter bestimmt nicht geholfen. Sie ist ein Pflegefall und in einem Heim bestens versorgt. Glauben Sie mir. Frau Doktor weiß schon, was in so einem Fall zu tun ist."

„Ich glaube, zwischen uns gibt nichts mehr zu sagen."

Anscheinend betrübt verließ sie Karin, die erneut aufgeregt und verwirrt war. Ihre Hoffnung hieß nun Doktor Hilfreich. Alexander wollte sein Liebesgetändel fortsetzen, doch Karin wies ihn ab, auch auf die Gefahr hin, erneut geschlagen zu werden. Gereizt hielt er ihr vor: „Glaub bloß nicht, du bist die Einzige, die ich will", und schlug ihr mit der flachen Hand mehrmals ins Gesicht. Nachdem er von ihr abgelassen hatte, schleuderte er seinen Rucksack vom Schrank, pfefferte wahllos Unterwäsche, Hemden und Hosen hinein und lief zur Tür. Bevor er ging, rief er Karin zu: „Es gibt auch noch andere, die bei Weitem besser und williger sind als du. Tschüss!"

Karin erfreute sein Aufbruch. Sie wünschte sich, dass er vorerst nicht wiederkäme. Gleichzeitig hielt sie sich vor, dass er ihr Ehemann sei und sie gewisse Pflichten habe. Sie gelobte, ihn so zu lieben, wie sie es bei der Trauung geschworen hatte. Damit besänftigte sie ihr angebliches Fehlverhalten und hoffte, dass er zurückkehren werde. Sie versuchte, sich mit ihren Lehrheften abzulenken, und begann mit der nächsten Hausaufgabe. Hundertprozentig gelang ihr die Konzentration auf das Thema nicht.

18. Kapitel

Tatsächlich dauerte es einige Tage, bis Alexander heimkehrte. Wortlos schüttete er seine beschmutzte Kleidung aus dem Rucksack auf den Fußboden im Wohnzimmer. „Kannste gleich waschen", befahl er ihr. „Ich dusche schnell."

Sie starrte ihn mit großen, angstgeweiteten Augen hinterher. Schnell sammelte sie die Wäsche ein und warf sie in den Korb, in dem die Kleidung zum Waschen aufbewahrt wurde. Als sie sich gerade im Kinderzimmer einschließen wollte, rannte Alexander aus dem Bad unbekleidet auf sie zu und befahl: „Hiergeblieben!"

Vor Schreck hielt Karin inne und sah, dass er etwas aus seiner Jackentasche nahm und vor ihr niederkniete. Er schaute zu ihr hoch und hielt ihr ein in buntes Geschenkpapier verpacktes Päckchen hin.

„Schatz, es tut mir so leid. Ich wollte, ich könnte es ungeschehen machen. Ich schwöre, dass ich dich nie wieder schlagen werde. Nimmst du mein Geschenk als Entschuldigung an?"

Karin stand bewegungslos vor ihm und fixierte das Geschenk. Alexander erhob sich, legte es ihr in eine Hand und umfasste mit seinen Händen ihren Kopf. Zart küsste er auf die Hämatome, die bläulich schimmerten. Karin wollte ihm so gern glauben, aber irgendetwas in ihr hemmte sie. Trotzdem überwand sie dieses Gefühl und wickelte das Geschenk aus. Es enthielt ein viereckiges Kästchen, das sie öffnete. Verblüfft blickte sie auf einen Ring, auf dem eine Perle glänzte.

„Gefällt er dir?", wollte Alexander wissen und nahm ihn aus dem Kästchen. Er schnappte sich ihre linke Hand und steckte ihn auf den Ringfinger.

„Wird alles wieder gut zwischen uns?"

Karin nickte nur. Dabei rannen Tränen vor Rührung aus ihren Augen. Alexander umarmte sie und schwor ihr noch einmal: „Ich werde dich nie wieder schlagen. Versprochen!"

In den nächsten Tagen benahm Alexander sich tadellos und half bei der Hausarbeit mit. Er erkundigte sich nach ihrem Fernstudium, hörte geduldig ihren Ausführungen zu und wollte über die Lesungen mehr wissen. Karin gab seinen sexuellen Wünschen nach, bei denen er sein sonst heißblütiges Temperament abschwächte und sich auch gelegentlich ihren Bedürfnissen beugte. Doch Karin traute der Harmonie nicht, denn auch ihr Glaube an eine Behandlung ihrer Mutter durch die neue Ärztin erwies sich als gewaltiger Denkfehler.

Frau Doktor Hilfreich absolvierte brav jede Woche ihren Hausbesuch, den sie stets forsch mit: „Das kriegen wir schon wieder hin. Die Jüngste sind Sie ja nun auch nicht mehr", kommentierte und beendete. Nie ordnete sie irgendeine Behandlung an. Es war, als käme sie ausschließlich zu dieser Feststellung vorbei. Unter ihrer Betreuung wurde die Mutter zusehends hinfälliger. Ihr Vertrauen und das der Tochter sank unter den flotten Sprüchen der Frau Doktor wie ein leckes Boot. Frau

Doktor Hilfreich interessierte die Verzweiflung ihrer Patientin nicht im Geringsten. Ihren Spruch: „Das ist im Alter nun mal so", hatte sie ständig für die massiven und kaum noch erträglichen Beschwerden der Mutter parat. Inzwischen musste die Mutter wie ein Kleinkind gewickelt werden. Ihr Beisammensein prägte der in Karins Augen mit Sicherheit nahende Tod. Oft glaubte sie, ihn schon am Fußende des Beetes grinsen zu sehen. Kampflos wollte Karin sie niemals hergeben und grübelte über die Beschwerden der Mutter nach. Sie befürchtete, dass die Mutter eines Tages wegen des übermäßigen Wasserlassens seit Monaten an Nierenversagen ausgelöscht werde. Sie beschloss, unverzüglich zu handeln, und brachte eine Urinprobe von ihr zu einer Urologin. Sie erklärte der Schwester an der Anmeldung den Zustand der Mutter und bat um Hilfe. Wider Erwarten wies die Schwester sie nicht ab, sondern veranlasste sofort eine Urinuntersuchung. Danach bat die Fachärztin Karin in ihr Behandlungszimmer und tadelte sie: „Warum sind Sie nicht eher gekommen?"

„Weil keiner der behandelnden Ärzte bereit war, den Urin untersuchen zu lassen. Ich komme aus eigenem Antrieb."

Wortlos schrieb sie ein Rezept aus.

„Das ist ein Antibiotikum. Geben Sie es ihrer Mutter genau nach der Anweisung im Beipackzettel! Sie soll so viel wie möglich von dem Blasentee trinken. In zwei Tagen berichten Sie mir."

Beflügelt von neuer Hoffnung bestand Karin konsequent auf der Einnahme, obwohl die Mutter den Tee und auch das Medikament abwehrte. Karin blieb neben ihr stehen, bis sie die Tablette geschluckt und den Tee getrunken hatte. Der Pflegekraft schärfte sie ein, genau auf die Einnahme zu achten.

Schon nach zwei Tagen schöpfte auch die Mutter Mut, denn die Schmerzen beim Wasserlassen gab es nicht mehr. Auch der ständige Drang zu urinieren, ließ nach. Eine Woche später lachten Mutter und Tochter sich nach vielen Monaten der Trostlosigkeit verhalten zu. Sie nässte nicht mehr ein und konnte mit Gehilfen die Toilette benutzen. Es gelang ihr sogar, allein in der Wohnung zu laufen.

Karin besuchte nun wieder die Lesungen, die sie anspornten, die Lehrhefte noch intensiver durchzuarbeiten. Die Gespräche mit Simon über Literatur und das eigene Schreiben munterten sie immer wieder auf. Wenn sie ihm ihre Erzählungen vorlas, hörte er andächtig zu. Seine Kritik nahm Karin als hilfreich an. Simon schlug eines Tages vor: „Komm mit zu mir! Da ist es gemütlicher als hier auf der Bank im Park."

Karin dachte an ihren Ehemann und zögerte mit der Antwort, aber Simon ließ nicht locker. Er wollte sich ihre Kurzgeschichten ohne den Lärm ringsherum anhören. Sein Wunsch verführte Karin zu einem Jawort.

Sie folgte ihm ins Siedlungsgebiet, das direkt gegenüber von den elfgeschossigen Hochhäusern ihrer Wohngegend lag. Während sie dorthin gingen, warf er ihr hin und wieder einen Blick aus seinen braunen Augen zu und lächelte dabei. Er bog von der Hauptstraße in die erste Nebenstraße ab und hielt vor einem Grundstück. Karin gefiel der schwarze Gartenzaun aus Metall, der die Sicht teilweise auf das Gebäude behinderte. Auch der Eingang mit dem zur Spitze hin bogenförmigen Doppelflügeltor als Einfahrt zur Garage begeisterte sie. Simon öffnete den schmalen Zugang daneben mit einer Fernbedienung. Geräuschlos glitt die Öffnung zum Garten auf. Karin betrat den schmalen Weg zwischen Nadelbäumen, Forsythien, Mandelbäumchen und Flieder. Er führte zu einem Einfamilienhaus mit einer Dachgeschosswohnung und einer großflächigen Terrasse. Karin blieb vor dem Teich davor stehen. Die blühenden Seerosen und die Blütenstauden am Rand bewunderte sie ausgiebig. Simon erläuterte ihr den Sinn der Gewächse: „Diese Pflanzen filtern die Nährstoffe aus dem Wasser, mit denen die Algen sich ernähren. Demzufolge ist der Teich immer algenfrei."

Auf der Terrasse zeigte er ihr das Panorama von Marzahn: „Von hier kann ich direkt auf die Hochhäuser blicken. Wohnst du vielleicht in einem gegenüber?"

„Ja", antworte Karin. „Du kannst es direkt von hier aus sehen. Wir könnten uns sogar zuwinken."

Simon schwieg dazu und bat: „Aber nun komm erst mal rein."

Vorsichtig betrat Karin den Wohnbereich des Hauses. Gleich im Flur beeindruckten sie eine Anzahl von Regalen mit Büchern wie in einer Bibliothek. Bevor sie sich festlesen konnte, forderte Simon sie auf: „Setz dich ins Wohnzimmer! Ich schau mal nach, was Frau Müller - das ist meine Haushälterin - für uns im Kühlschrank hinterlassen hat."

Karin setzte sich in einen der weißen Ledersessel der Sitzgruppe. Simon servierte ihr mit Sahne gefüllten Bienenstichkuchen und einen Mokka dazu. Er goss ihr den Kaffee in eine mit Goldrand verzierte Tasse und legte ein Stück von dem Kuchen auf den passenden Teller.

„Möchtest du Milch oder Zucker in den Kaffee?"

Karin verneinte und genoss seine fürsorgliche Art. Nachdem er sich hingesetzt hatte, wünschte er ihr: „Guten Appetit! Ich hoffe, du magst den Kuchen. Oder möchtest du lieber Tee dazu?"

„Ist alles in Ordnung."

Simon regte an: „Vielleicht können wir ein gemeinsames Projekt starten. Was hältst du davon?"

„Wäre schon super, aber wo und was", erwiderte Karin zögernd.

„Bei mir natürlich."

Sie verdächtigte Simon, dass er noch andere Wünsche als nur das Schreiben und Lesen hegte. Deshalb hielt sie ihm vor: „Du weißt, dass ich verheiratet bin und einen Sohn habe. Mein Mann ist sehr eifersüchtig und darf niemals erfahren, dass ich mich mit dir treffe."

„Was ist daran so schlimm?"

„Im Prinzip nichts, aber Alex tickt ein bisschen anders als du."

Simon stand auf und näherte sich ihr. Karin drückte sich in die Ecke des Sessels. Sie vermutete, dass er jetzt das von ihr wollte, was sie ihm nie gestatten werde und dachte: *Hoffentlich schlägt er mich nicht.*

Simon nahm ihre Hand, streifte den Ärmel des Pullis hoch und starrte auf die alten und neuen Hämatome.

„Das habe ich beinahe erwartet. Schlägt er dich regelmäßig oder nur in bestimmten Situationen?"

Karins Gesicht errötete bis unter die Haarwurzeln, und sie stammelte: „Ich bin so ungeschickt und stoße mich oft."

„Dieses Märchen ist uralt. Das kannst du Kindern erzählen, aber mir nicht. Hast du kein Vertrauen zu mir?"

Auf einmal brach es aus Karin wie ein Wasserfall. Sie erzählte Simon emotionslos, wie Alexander mit ihr umging. Hastig fügte sie hinzu: „Seit seinem letzten Ausraster hat er sich wirklich gebessert."

Simon legte einen seiner Arme um ihre Schulter und riet ihr: „Trenn dich von diesem Kerl! Der ändert sich nie und ist dich nicht wert."

„Er ist mein Ehemann, Simon, und wir haben ein gemeinsames Kind. Da kann ich mich nicht scheiden lassen", hielt sie ihm vor. Er legte seinen Kopf gegen ihren und flüsterte: „Du bist so talentiert und klug und lässt dich von so einem quälen, der das gar nicht zu schätzen weiß. Soll ich mal mit ihm reden?"

Karin schob ihn von sich, starrte ihn erschrocken an und stammelte: „Tu das bitte nicht! ... Es wäre mein Ende."

Simon kniete vor ihr nieder und umschlang ihre Knie: „Wenn du mal nicht mehr weiter weißt, ich bin für dich da … immer und zu jeder Zeit."

„Du bist so lieb, Simon, aber ich will Alex, weil ich ihn noch immer liebe. Wenn er nicht betrunken ist, ist er ein ganz anderer, ein liebevoller Mensch. Der Alkohol macht aus ihm das, was er hin und wieder ist."

Simon stand auf und äußerte seinen Standpunkt: „Mag ja sein, aber der ändert sich nicht. Du wirst immer missbraucht und gedemütigt werden. Mein Angebot steht. Lass uns weiter über das gemeinsame Projekt beraten!"

„Welches Thema schlägst du vor?"

„Ich dachte an deinen Wohnort."

„Was ist denn da so interessant?"

„Zum Beispiel die Dorfkirche in Alt-Marzahn, das Museum in der Bockwindmühle, der Erholungspark „Die Gärten der Welt" mit dem chinesischen, japanischen, balinesischen, dem orientalischen, koreanischen und italienischen Garten. Außerdem das Wuhletal, die Ahrensfelder Terrassen und noch vieles mehr. Aber besonders interessant ist die Geschichte …"

„Sei nicht böse, aber ich muss gehen. Erzählst du mir beim nächsten Mal", unterbrach Karin ihn und stand auf. Simon erhob sich ebenfalls und schrieb ihr seine Telefonnummer auf.

„Wenn du mich brauchst, ruf an. Ich komme sofort. Gibst du mir deine genaue Adresse?"

Karin vertraute sie ihm an und bedankte sich bei ihm für die Bewirtung. Er wollte sie zum Abschied umarmen, aber sie wich ihm aus.

Beunruhigt schlich sie nach Hause, denn es war später geworden, als sie eigentlich wegbleiben wollte. Vorsichtig drehte sie den Schlüssel im Türschloss und schob die Tür behutsam auf. Sie beabsichtigte, sich schnell umziehen und hoffte, dass Alexander noch nicht da sei. Kaum hatte sie die Tür hinter sich geschlossen, stand er mit verschränkten Armen im Türrahmen zum Wohnzimmer.

„Wo kommst du jetzt her? Die Lesung ist schon lange vorbei."

„Vom Park. Ich wollte das Gehörte durchdenken", stotterte Karin, aber er stellte sich drohend vor sie hin und eröffnete ihr: „Ich wollte dich abholen, aber du hast mich gar nicht bemerkt, sondern immer nur diesen Kerl angehimmelt. Bist sogar mit ihm mitgegangen. Kannst du mir das erklären?"

„Wir haben noch ein bisschen über die Lesung diskutiert", presste Karin hervor. Sie roch die Alkoholfahne, die zu ihr strömte.

„Ach so, ihr habt über die Lesung diskutiert", höhnte er und packte sie. Dabei schrie er: „Meinst du, ich bin blöd! Wie der dich mit seinen Blicken ausgezogen hat. Gevögelt habt ihr! Aber das darf keiner mit dir. Du gehörst mir. Kapito!"

Karin fixierte ihn ängstlich. Er schlug ihr ins Gesicht und befahl: „Raus aus den Klamotten! Jetzt zeige ich dir, wer das Sagen hat und wem du gehörst."

Karin befolgte seinem Befehl. In seiner Wut verprügelte er sie mit dem Rücken eines Handfegers. Sie lag wie leblos am Boden, als er von ihr abließ. Nach einigen Fußtritten wandte er sich der Flasche Whisky zu und lallte: „Zufrieden, mein Schatz, mit der tollen Lektion! Lesung gestrichen. Erwische ich dich noch einmal mit irgendeinem Kerl, lernst du die Peitsche in Aktion kennen. Und jetzt sag mir, dass du nur mich liebst."

„Ich liebe … nur … dich", stotterte Karin und wollte fliehen. Alexander hielt sie fest und verlangte: „Und wo bleibt der Kuss einer liebenden Ehefrau?"

Karin küsste ihn. Er grinste boshaft und lobte sie: „Super! Nun weißt du, wem du gehörst und wie du dich zu benehmen hast."

Karin kroch vor Schmerzen in Florians Zimmer und vernahm noch, dass Alexander die Wohnung verließ.

19. Kapitel

Karin erholte sich körperlich allmählich von den Misshandlungen ihres Ehemanns. Seinen Aufenthaltsort kannte sie nicht. Florian kümmerte sich rührend um sie und bestärkte ihr Wunschdenken: „Sei nicht traurig, Mama! Hoffentlich kommt der Kerl nie wieder", aber Karin hielt ihm vor: „Flo, so darfst du nicht von deinem Vater sprechen! Stimmt, er benimmt sich mir gegenüber oft fies, aber trotzdem liebe ich ihn noch."
„Glaubst du das wirklich? Bestimmt redest du dir das bloß ein. Ich kann mir nicht vorstellen, dass du so einen Schläger liebst. Und aus mir macht der sich sowieso nichts. Stört mich nicht, wenn er irgendwo verreckt wie ein liebestoller Köter! Er hat es nicht besser verdient. Und wir kommen auch ohne ihn aus."
Insgeheim gab Karin dem Sohn recht und widersprach ihm auch nicht.
An einem Freitag freute sie sich, weil endlich die zuständige Amtsärztin pünktlich zum angegebenen Termin eintraf, um den Gesundheitszustand der Mutter zu überprüfen. Einen Antrag für eine Pflegestufe hatte Karin mithilfe der Sozialarbeiterin vor Wochen gestellt. Die Amtsärztin untersuchte die Mutter gründlich, erkundigte sich nach ihren weiteren Erkrankungen und nach dem Verlauf der bestehenden Beschwerden, die zu so einer Hinfälligkeit geführt haben. Sie füllte mehrere Fragebögen mit den Antworten von Mutter und Toch-

ter aus und verabschiedete sich mit dem Hinweis: „Es wird Sie demnächst noch ein Kollege konsultieren, um die Pflegestufe endgültig festzulegen."

Inzwischen verblassten die Hämatome bei Karin. Auch die Schmerzen bei jeder Bewegung ließen nach. Nur ihre Angst vor der Rückkehr von Alexander blieb. Oft sehnte sie sich nach Simon und blickte aus dem Fenster zu ihm hinüber in das Siedlungsgebiet. Sie wagte es nicht, die bevorstehende Lesung in der Bibliothek anzuhören. Dafür befasste sie sich mehr mit den Lehrheften und las in jeder freien Minute in den Büchern, die sie sich ausgeliehen hatte.

Als ein Amtsarzt zur Festlegung der Pflegestufe erschien, hörte er sich aufmerksam und geduldig die Klagen von der Tochter und der Mutter über ihren jetzigen Zustand an und untersuchte sie. Er informierte Karin an der Wohnungstür: „Sie bekommen Bescheid. Im Fall Ihrer Mutter liegt eindeutig eine Pflegebedürftigkeit vor."

Eine Woche später erhielten sie den Bescheid. Der Mutter wurde sogar Pflegestufe zwei bewilligt.

Ab jetzt kamen die Pflegekräfte regelmäßig zum Waschen, Anziehen, Saubermachen und Einkaufen. Manchmal erübrigten sie sogar Zeit, um die Mutter im Rollstuhl spazieren zu fahren. Am glücklichsten war die Mutter, weil sie den geliebten Markt wiedersah. Sie blühte regelrecht auf. Nach solchen Ausflügen berichtete sie der Tochter am Nachmittag von der schönen Stunde, in der sie die Angebote der Händler nicht nur ansehen konnte, sondern sich auch manchen Wunsch erfüllen durfte. Ihre Freude bedeutete für Karin eine enorme Entlastung.

Eines Abends traf Karin, als sie von der Mutter heimging, zufällig Simon. Seinen dunklen Augen leuchteten auf und umgaben Karin mit ihrer Wärme. Zunächst standen sie sich sprachlos gegenüber und genossen ihre unverhoffte Begegnung. Simon unterbrach das Schweigen: „Endlich! Ich wollte zu dir kommen, denn ich habe dich manchmal am Fenster gesehen. Warum hast du mich nicht einmal angerufen?"

„Mein Mann hatte uns gesehen, als wir zu dir gegangen sind. Nun hat er mir die Lesung verboten."

„Hast du solche Angst vor ihm?"

Karin fing zu weinen an. Simon nahm sie in den Arm.

„Du bist nicht seine Sklavin. Ab jetzt machst du das, was du gern möchtest. Oder magst du mich nicht mehr sehen?"

„Nein, Simon, nein. So etwas darfst du nie denken. Unsere gemeinsamen Stunden fehlen mir, aber Alex …"

„Schlägt er dich, wenn du nicht das machst, was er will?"

„Ja", murmelte Karin.

„Wie kann ich dir helfen?"

„Lass mich in Ruhe, Simon!"

„Willst du das wirklich?"

Karin schluchzte und lehnte sich an ihn. Er hielt sie fest und flüsterte ihr zu: „Ab jetzt treffen wir uns und besuchen auch wieder die Lesung. Einverstanden?"

Karin blickte zu ihm hoch und hauchte nur ein Ja. Er küsste ihre Wangen und widerstand nicht, ihre Lippen mit den seinen zu berühren. Diese Verbindung belebte Karin, und die Angst vor Alexander wehte davon. Es gab nur noch Simon für sie. Er schlug vor: „Komm mit! Bei mir bist du in Sicherheit, und wir bleiben zusammen bis ans Ende unsere Tage."

Karin kehrte in die Wirklichkeit zurück und erwiderte: „Nur ein Traum, Simon. Zugegeben ein sehr verlockender Traum, aber ich muss an Flo denken und bin verheiratet."

Simon ließ sie los. Seine Traurigkeit verführte sie zu dem Versprechen: „Ich komme zur nächsten Lesung."

Sie drehe sich von ihm weg und eilte davon. Bevor sie das Haus betrat, wandte sie sich um und erblickte ihn an der gleichen Stelle, an der sie ihn verlassen hatte. Jetzt winkte er ihr zu. Sie erwiderte seinen Gruß, indem sie den Arm hob.

Von diesem Tag an besuchte Karin mit ihm jede Lesung in der Bibliothek. Anschließend beurteilten sie das soeben Gehörte in einer Gaststätte. Gelegentlich trafen sie sich bei Simon in seinem Haus. Karin las ihm ihre Erzählungen vor oder sie diskutierten über das aktuelle Thema ihres Fernstudiums. Simon begeisterten die Erzählungen von Karin, und er lobte sie oft wegen der guten Zensuren.

Eines Abends fand sie Alexander in der Wohnung vor, als sie freudestrahlend von Simon heimkam. Alexander wirkte verwahrlost, als habe er auf der Straße als Obdachloser gelebt. Seine Augen funkelten Karin böse an. Er warf ihr seine schmutzige Kleidung zu Füßen und befahl: „Waschen!"

Karin beseitigte sie kommentarlos im Müllschlucker, denn sie stank und war teilweise zerrissen. Sie fragte ihn nicht, wo er gewesen war, und er schwieg darüber. Florian, der von seinem Leistungskurs Sport heimkam, musterte seinen Papa aufgebracht. Karin verschloss sich mit dem Zeigefinger den Mund, und Florian verstand sie. Er half ihr, den Tisch zu decken. Alexander hatte sich inzwischen mit gespreizten Beinen auf seinen Stuhl gefläzt. Schweigend aßen sie das Abendessen. Als Karin abgeräumt hatte und in der Küche das Geschirr abwusch, trocknete Florian ab und raunte ihr zu: „Wir schließen uns gleich in meinem Zimmer ein."

Karin nahm seinen Wunsch an, aber Alexander störte das scheinbar nicht. Er schlief nur eine Nacht bei ihnen und belästigte seine Frau mit seinen abnormen Wünschen nicht. Von nun an verließ er Karin gleich nach dem Abendessen und kehrte jeden Morgen zurück. Zwar verfolgten seine Blicke sie, aber keiner gönnte dem anderen ein Wort. Karin interessierte es nicht, wo er sich herumtrieb, und er beachtete sie kaum. Einmal warf er ihr einige Geldscheine auf den Tisch und murmelte: „Haushaltsgeld!"

Karin steckte es wortlos in die Tasche der Kittelschürze. Obwohl Alexander sich wie ein Beziehungsloser zu ihr verhielt, konnte Karin sich nicht auf das Schreiben ihres zukünftigen Romans konzentrieren. Außerdem musste sie täglich die Mutter versorgen, den eigenen Haushalt bewältigen, die erforderlichen Lehrhefte durcharbeiten und die notwendigen Hausaufgaben termingerecht abschicken. Die schriftlichen Aufgaben fertigte Karin überwiegend in der Nacht an, wenn Florian schlief und Alexander abwesend war.

Eines Abends versperrte Alexander ihr die Tür, als sie das Wohnzimmer verlassen wollte. Er schnauzte sie an: „Hast du denn von alleine überhaupt keine Lust mehr? Muss ich dich immer erst zwingen oder durch Schläge dazu bringen, dich mir zu öffnen?"

„Du bist gut. Ich kann mich nicht teilen", wandte sie ein, aber Alexander drohte: „Dann muss ich mir eben ein anderes Liebesnest suchen."

„Tu das!", erwiderte Karin ungerührt.

„Willst du das wirklich?", fragte er und schlug vor: „Wollen wir es noch einmal miteinander versuchen? Ich liebe dich noch immer wie am ersten Tag."

„Davon habe ich schon lange nichts mehr gemerkt", hielt Karin ihm vor.

„Du wolltest mich nicht, nicht ich dich", behauptete Alexander. Karin blickte ihn fassungslos an und rechtfertigte sich: „Du irrst dich. Schläge und deinen übertriebenen gewaltsamen Sex mag ich nicht. Wenn du mit dem Saufen aufhören könntest und vernünftig und in Maßen mit mir umgehst, könnte es wieder schön mit uns werden."

„Ich verspreche dir bei allem, was mir heilig ist, ich trinke nicht mehr", beteuerte er und nahm sie in den

Arm. Karin ließ sich seine Küsse gefallen. Sie widersetzte sich auch nicht, als er sie ins Schlafzimmer trug, obwohl sie ahnte, dass er sich nicht zügeln konnte. Sie irrte sich. Er schenkte ihr einen fantastischen Rausch der Sinne. Diese Stunden mit ihm überzeugten Karin von seinem Versprechen. Sie nahm sich vor, ihn nicht immer abzuweisen und auch ihm wieder liebevoll zu begegnen.

Sein Versprechen brach er nach dem ersten Schluck Alkohol, den er sich angeblich mit Bodo gegönnt hatte. Karin roch bei seiner Heimkehr sofort die Alkoholfahne und nahm seine Gewalttätigkeit stillschweigend hin, wie der Vater es ihr als Kind gelehrt hatte.

Sein Versöhnungsangebot am nächsten Tag glaubte sie ihm nicht. Schon bald merkten beide, dass Karin weder auf seine Zärtlichkeit ansprang, noch seine Prügel das bewirkten, was er sich wünschte. Alexander verging bei dieser Lustlosigkeit das Vergnügen, Sex mit ihr zu erzwingen. Nur wenn er betrunken nach Hause kam, erzielte er mit Gewalt das, was ihm nach seiner Meinung als Ehemann zustand. Karin duldete den Sex, aber er widerte sie an. Ebenfalls vor den neuen Stellungen, die er mit ihr praktizierte, fürchtete sie sich. Eines Tags ohrfeigte sie ihn sogar, weil er zum wiederholten Mal Oralsex von ihr forderte.

Von diesem Tag an blieb Alexander manchmal tagelang weg. Kam er nach Hause, bemerkte Karin ihn nicht einmal. Er kroch sofort nach dem Duschen ins Bett, ohne nach ihr zu rufen. Sie schrieb oft bis weit nach Mitternacht an ihren Hausaufgaben. Häufig blieben ihr nicht mehr als drei Stunden zum Schlafen. Dieses Minimum über einen langen Zeitraum rächte sich.

Schon bald verschafften Schlaftabletten ihr kurze Zeit an Schlaf, und die Entfremdung zu Alexander verstärkte sich.

Inzwischen hatte sie abermals den Hausarzt für die Mutter gewechselt, weil ihnen wegen der flotten Sprüche von Frau Doktor Heiland regelrecht übel geworden war. In der nächsten Ärztin, Frau Doktor Heiland, fanden sie zwar einen mitfühlenden Menschen, der jedoch bei den Hausbesuchen, der bis dahin noch immer rätselhaften Erkrankung der Mutter genauso hilflos begegnete, wie ihre Vorgängerinnen. Karin wollte und konnte sich mit dem scheinbar Unvermeidlichen nicht abfinden und studierte die ihr zur Verfügung stehende medizinische Fachliteratur. Allmählich keimte in ihr ein Verdacht. Sie äußerte ihn beim nächsten Hausbesuch der Ärztin: „Könnte es sein, dass meine Mutter an Parkinson leidet? Oft bleibt sie wie angewurzelt auf der Stelle stehen und kann erst nach einiger Zeit weitergehen."

Bedächtig nickte Frau Dr. Heiland und meinte: „Wäre möglich. Ich überweise Sie zu einem Neurologen", und nannte ihr den Namen, die Adresse und die Telefonnummer. Karin vereinbarte sofort nach ihrem Weggang telefonischen einen Termin mit ihm. Bei seinem Hausbesuch bestätigte er Karins Vermutung: „Ihre Mutter leidet tatsächlich an Parkinson, und das schon während der Jahre, in denen sie wegen angeblicher Durchblutungsstörungen behandelt worden war. Hinzu kommt, dass es sich bei ihr um eine ungewöhnliche Form der Erkrankung handelte, bei der das sonst übliche Zittern entfällt. Ich verschreibe ihr Tabletten. Damit müsste eine Besserung eintreten."

Endlich erhielt die Mutter ein Medikament gegen die bisher unerklärbaren Beschwerden. Trotzdem klagte sie oft: „Ich bin ja ganz steif."

Statt der Mutter die Krankheit zu erläutern, ließ der Neurologe ihr bei seinem nächsten Besuch eine Broschüre über die Parkinsonsche Krankheit da. Als Karin nach einem seiner Hausbesuche zu der Mutter in die Wohnung trat, überhäufte sie die Tochter mit Fragen. Karin wollte sie nicht beantworten, obwohl sie sich inzwischen ausführlich über das Krankheitsbild informiert hatte. Außerdem wollte sie die Ängstlichkeit der Mutter nicht noch mehr schüren und erkundigte sich: „Hat dir der Arzt denn nichts erklärt?"

„Nein", erwiderte die Mutter, „der gibt mir nur immer das Rezept und geht wieder. Sprechen tut der kaum."

Nicht nur die Sorge um ihre Ehe bedrückte Karin, sondern die Diagnose der Mutter belastete sie noch mehr. Ständig hatte sie geglaubt, dass es der Mutter eines Tages besser gehen könnte und sie mehr Zeit für das Fernstudium haben werde. Dieser Glaube versank nun im Nichts. In ihrer Verzweiflung zeigte sie Simon die Broschüre. Er blätterte darin herum und hörte sich geduldig das Drama mit der Mutter an.

„Warum hast du mir nie früher von deinem Kummer erzählt?", hielt er Karin vor.

„Ich wollte dich damit nicht belasten, aber nun weiß ich einfach nicht weiter."

„Ich dachte, auch Freunde können Freud und Leid miteinander teilen. Du weißt doch, dass ich immer für dich da bin und nichts von dir fordern werde, was du nicht selbst möchtest."

Bedächtig nickte Karin, aber sie zweifelte an seiner Aussage. Ihre Skepsis äußerte sie leise: „Du bist doch auch ein Mann. Hast du kein Verlangen nach mir?"

Simon blickte sie traurig an: „Schon, aber zwingen werde ich dich niemals. Ich weiß, wie Frauen reagieren, wenn sie mit einem schlafen wollen. Das vermisse ich bei dir, aber deswegen bin ich auch ohne Sex immer für dich da."

„Simon, du bist so verständnisvoll. Es ist wunderbar, mit dir befreundet zu sein, ohne zu befürchten, dass du im nächsten Moment über mich herfällst, wie mein Mann. Trotzdem liebe ich ihn noch immer und möchte mich mit ihm versöhnen. Es wäre so schön, wenn er wieder jeden Tag Zuhause wäre und wir uns vertrauen könnten, wie früher."

Karin wusste genau, dass sie ihn belog. Das Leben mit Alexander verabscheute sie und sehnte sich nach Simon. Doch ihr Eheversprechen raubte ihr den Mut, ihren Wunsch preiszugeben.

„Glaubst du, das könnte wieder so werden?", fragte Simon resigniert.

„Ich weiß es nicht. Schließlich gab es anfangs wunderschöne Zeiten mit ihm, und wir haben einen Sohn zusammen. Glücklicherweise gehört Flo zu den besten Schülern und vernachlässigt seine schulischen Aufgaben nicht, obwohl ich meistens bei meiner Mutti bin, wenn er aus der Schule kommt. Er wärmt sich sein Mittag in der Mikrowelle auf und fertigt gewissenhaft seine Hausaufgaben an. Wenn ich am Abend abgehetzt und erschöpft heimkomme, hat er schon den Tisch zum Abendessen gedeckt. Stell dir vor, er schreibt sogar Erzählungen. Nur manchmal erkundigt er sich traurig, warum sein Papa sich so miserabel benimmt. Ich lüge ihn meistens an, dass er auf der Arbeit viel zu tun hat und Liebe sich manchmal so äußern kann. Ist das richtig von mir, Simon?"

„Sag ihm doch einfach die Wahrheit."

„Das bringe ich nicht fertig. Das Kind hat sowieso schon mehr als genug mitbekommen, wie Alex mich demütigt, wenn ich nicht willig bin. Aber wenn Flo fragt, ob es nicht wieder so werden kann, wie früher, dann kam mir auch schon der Gedanke, ihm die Wahrheit zu sagen. Er ist ja schließlich kein kleines Kind mehr. Auch ich möchte wieder mit Alex in Harmonie leben. Vielleicht müsste ich entgegenkommender sein. Du musst wissen, Alex will immer mit mir schlafen. Am liebsten früh, mittags und abends und in der Nacht. Er ist überzeugt, dass er mir nur so seine Liebe beweisen kann."

„Du bist eine attraktive Frau, Karin. Auch ich wäre der glücklichste Mensch auf Erden, wenn du dich zu mir bekennen könntest. Aber du bist verheiratet und liebst deinen Mann. Deine Gefühle achte ich und werde mir deine Freundschaft, die mich überglücklich sein lässt, nicht wegen meiner Bedürfnisse verscherzen. Vielleicht kommt der Tag, an dem du sie mir erfüllen möchtest. Und wenn nicht, bin ich froh, dass deine Nähe mich so verzaubert", gestand Simon ihr.

„Geht das auf Dauer?", wollte Karin wissen.

„Aus heutiger Sicht sage ich Ja. Aber was in der Zukunft geschieht, weiß ich auch nicht."

„Ich auch nicht. Doch eins weiß ich genau, dass es so einen rücksichtsvollen und liebevollen Freund, wie du einer bist, kaum noch einmal auf Erden gibt."

Simon küsste sie auf die Wange und erklärte ihr: „Ich bringe dich jetzt lieber nach Hause. Nicht alles hält ewig, was man verspricht."

Schweigend begleitete er sie bis vor die Tür ihres Wohnhauses. Karin spürte, dass er sie aufrichtig liebte, und verabschiedete sich hastig. Er rief ihr noch nach: „Sehen wir uns zur nächsten Lesung?"

Er bekam keine Antwort. Karin war bereits im Hausflur. Sie bemühte sich, ihr wild pochendes Herz zu bändigen, als sie die Wohnung betrat. *Warum konnte Alexander nicht wie Simon sein*, fragte sie sich im Stillen. Sie begab sich zu Florian, der an seinem Schreibtisch saß, um seine Hausaufgaben anzufertigen. Er sah sie erstaunt an und fragte: „Kommt Papa etwa heute wieder?"

„Kann sein, Flo."

Er blickte sie wissend an und äußerte: „Glaubst du etwa, ich habe nicht mitbekommen, was zwischen euch läuft? Er schlägt dich oft, weil du keinen Sex mit ihm haben willst. Warum eigentlich nicht, Mama?"

„Ach, Flo, das kann ich dir nicht so einfach erklären. Weißt du, Papa ist manchmal so unbeherrscht, und wenn er getrunken hat, rutscht ihm schon mal die Hand aus. Aber du weißt doch, dass Omchen sehr krank ist. Da müssen wir ihr jetzt erst einmal helfen."

„Wann ist sie denn endlich wieder gesund?"

„Ich glaube, Flo, Omchen wird nie mehr gesund."

Mit Tränen in den Augen wandte er sich seinen Hausaufgaben zu. Karin hätte am liebsten geweint, aber ihr Kampfgeist verhinderte, dieser Gefühlsregung nachzugeben. Stattdessen überlegte sie, wie sie der Mutter und ihrer Familie helfen könnte. Das Fernstudium und ihren Traum vom Schreiben aufgeben? Simon bedeutete neben ihrem Sohn momentan ein Lichtstrahl in ihrem Leben. Sie beschloss, mit Alexander zu reden. Irgendwie ahnte sie, dass er heute käme, und wartete bis weit nach Mitternacht auf ihn. Als er eintraf, genügte ihr ein einziger Blick, um zu erkennen, dass es für ein Gespräch zu spät sei. Die Knutschflecken am Hals und der Lippenstift am Hemdkragen sprachen eine deutliche Sprache.

„Keine Hausaufgaben heute?", lallte Alexander. Jetzt hielt Karin die Gelegenheit dennoch für günstig und sagte: „Können wir über uns reden?"

„Was gibt es da noch zu reden?", äußerte er grantig, während er sich auszog, um zu duschen.

„So kann es mit uns nicht weitergehen. Flo hat, glaube ich, auch schon was gemerkt."

„Hat er das? Dann erklär ihm mal, warum das jetzt so ist."

„Alex, kann nicht alles wieder so werden, wie es früher gewesen war?"

„Nee, du. Ich habe mich jetzt genau, wie du, anders orientiert. Und das ist gar nicht mal so übel."

„Soll ich das Fernstudium aufgeben?"

„Wegen mir etwa?"

„Nein, Alex, wegen uns. Damit wir wieder eine Familie werden, und zwar so eine, wie wir früher waren."

„Das ist vorbei. Und nun lass mich in Ruhe! Ich bin müde und muss morgen früh raus."

Er ging in die Dusche. Karin wollte nicht kampflos aufgeben. Sie zog sich aus und legte sich in das Ehebett. Als Alexander neben ihr lag, kuschelte sie sich an ihn, aber er schob sie weg. Karin flüsterte: „Magst du nicht?"

„Ich bin müde und habe auf deinen Blümchensex überhaupt keinen Bock mehr."

Er drehte sich von ihr weg und beachtete sie nicht mehr. Karin stand auf, schlüpfte in ihre Sachen, nahm ein Lehrheft und wollte sich in den Lehrstoff vertiefen.

Doch es mangelte ihr an Konzentration. Ihre Gedanken schweiften immer wieder zu Alexander. Letztendlich klappte sie das Lehrheft zu und legte sich auf die Couch im Wohnzimmer. Bis zum Läuten des Weckers wälzte sie sich von einer Seite auf die andere. Sie stand auf und bereitete das Frühstück zu. Als Alexander ins Zimmer kam, setzte er sich wortlos an den Tisch und verschlang hastig seine Brötchen mit Butter und Katenwurst. Kurz darauf erschien Florian, begrüßte seinen Vater und erkundigte sich: „Papa, bleibst du jetzt wieder bei uns?"

„Vermutlich nicht. Zwischen uns hat sich zu viel geändert."

Traurig setzte Florian sich auf seinen Platz und kaute lustlos sein Müsli. Dabei blickte er immer wieder zu seiner Mama hin, die nichts von ihrem Brötchen gegessen hatte. Er forschte: „Geht's dir nicht gut, Mama? Du isst ja gar nichts."

„Ach, Flo", seufzte sie, „das mit Omchen ist so schlimm. Ich habe gar keinen Appetit."

„Ach so", entgegnete er, stand auf, nahm seinen Aktenkoffer und verabschiedete sich, um in die Schule zu gehen. Auch Alexander erhob sich und verließ Karin ohne Abschiedsgruß.

Langsam räumte sie ab, wusch das Geschirr und begab sich zu der Mutter. Sie wählte jedoch nicht den kürzesten Weg, weil ihre Gedanken wie ein Bienenschwarm in ihrem Kopf herumschwirrte. An der ehemaligen Poliklinik, nach der Wende Gesundheitseinrichtung genannt, lockte sie plötzlich die Beschriftung auf einem neu angebrachten Schild an. Auf einer Namenstafel der Ärzte leuchtete ihr der Name einer Neurologin entgegen. Kurz entschlossen ging sie in die Praxis und bat um einen Hausbesuch bei der Mutter. Tatsächlich erhielt sie von der Anmeldekraft einen Termin für den nächsten Tag.

Karin weilte zu diesem Zeitpunkt bei der Mutter, um sich die erste Konsultation der neuen Ärztin anzuhören. Als die Neurologin die Mutter untersuchte, sich nach ihren Beschwerden erkundigte, spürte Karin sofort, dass sie ihren Beruf und die ihr bisher fremde Patientin ernst nahm. Sie verschrieb der Mutter nicht nur entsprechende Medikamente, sondern nahm sich auch die Zeit, um mit ihr über private Verhältnisse zu reden. Zum Abschluss ihres Gespräches vereinbarte sie mit der Mutter den nächsten Hausbesuch. Karin schöpfte wieder Hoffnung auf ein wenig Besserung des Gesundheitszustandes der Mutter. Trotzdem veränderte sich in den nächsten Wochen nichts. Die Pflegekraft begann täglich früh um acht Uhr ihren Dienst bei der Mutter. Zwei Stunden standen ihr zur Pflege zur Verfügung. Sie duschte die Mutter, machte das Bett und half im Haushalt. Wenn die Sonne schien, fuhr sie mit ihr im Rollstuhl über den Markt. Nachmittags bewunderte Karin die neueste Errungenschaft der Mutter und merkte, dass sie wieder aufblühte. Beim Kaffeetrinken hörte Karin sich ihre Sorgen an, aber sie verschwieg ihr eigenes Dilemma. Bevor sie ging, bereitete sie für die Mutter das Abendessen zu, notierte sich, was sie am nächsten

Tag einkaufen sollte und nahm die schmutzige Wäsche zum Waschen mit.

Florian kam rechtzeitig nach Unterrichtsschluss nach Hause und berichtete aufgeregt: „Sei bloß vorsichtig, Mama! Hier treibt ein Buckliger sein Unwesen. Er hat die Mutter von Olaf letzte Nacht übel zugerichtet. Sie liegt jetzt im Krankenhaus, und die Ärzte können nicht sagen, ob sie überleben wird."

„Weiß ich, Flo. Wurde ja auch mehrmals in den Nachrichten gebracht, aber von einem erneuten Überfall habe ich noch nichts gehört. Hat der Olaf noch einen Vater oder eine Oma?"

„Ja. Er ist jetzt bei seinen Großeltern, denn sein Vater lebt nicht mehr."

„Oh, das tut mir leid. Lade ihn doch mal zu uns ein. Ich koche uns dann etwas Leckeres."

Florian umarmte Karin stürmisch und offenbarte ihr: „Du bist die beste Mama, die ich habe."

„Wie viele Mamas hast du denn?"

Florian stutzte erst und lachte nach einigen Sekunden los. Karin fiel ein, und sie verbrachten einen entspannten Nachmittag miteinander.

20. Kapitel

Weiterhin verzichtete Karin nicht auf die Nachtstunden für ihr Studium. In diesen stillen Stunden driftete sie ab in eine andere Welt und glaubte an eine erfreulichere Zukunft. Sie merkte nicht, dass sie sich selbst immer mehr verlor und ihrer Gesundheit schadete.

Die seltenen Nachmittage mit Simon gestalteten sich zu wahren Edelsteinen. Sie bauten Karin immer wieder für die Bewältigung ihrer Aufgaben auf. Zwischen ihnen hatte sich eine ehrliche Freundschaft entwickelt. Karin vertraute ihm, denn er hatte, obwohl er ihr gestanden hatte, sie zu lieben, nicht einmal mit irgendeiner Geste sein Wort gebrochen. Auch die Besuche ihres Cousins Peter mit Frau entfalteten sich zu Höhepunkten im Leben ihrer Familie. Wenn sie ihr Kommen angekündigt hatten, blieb Alexander Zuhause und schenkte ihr die Zuneigung, wie früher, als sie noch ein verliebendes Ehepaar gewesen waren. In solchen Stunden bildete Karin sich ein, dass Alexander ihre Beziehung wieder beleben möchte. Zu diesen Besuchen und weiterhin jeden Sonntag holte Karin die Mutter zu sich. Der Rollstuhl entpuppte sich immer mehr zu einem unentbehrlichen Hilfsmittel.

An solchen Tagen spazierte Karin früh am See entlang und träumte von einem angenehmeren Leben. Sie schlenderte durch den frühen Morgen, labte sich an der klaren Luft und beggenete niemanden. Dieser Tagesbeginn bedeutete für Karin mit das Wunderbarste, das sie in dieser Zeit erleben durfte. Im Frühjahr bestaunte sie die Geburt der Weidenkätzchen, die silbern an den Ästen wucherten. Im Sommer bewunderte sie die Schwäne und Blesshühner, die auf dem See schwammen. Im Herbst erfreute sie die Buntheit des Laubes. Im Winter gefiel ihr die glänzende Eisfläche, auf der sich Wolkenformationen des Himmels spiegelten.

An einem Sonntagmorgen im Frühsommer schwebte anmutig, wie ein Mannequin auf dem Laufsteg, ein Kranich durch die Luft. Mehrmals umrundete er die mit einer mächtigen Buche und Sträuchern bewohnte winzige Insel mitten auf dem See.

Schließlich landete er auf einer freien Fläche neben der Buche mit einer der elegantesten Bewegungen, die Karin jemals gesehen hatte. Sie genoss in diesen Minuten die Anmut der Natur um sich herum, als gäbe es keine Krankheit und kein Leid auf der Welt. Sie zottelte den Einkaufswagen, in dem sich die am Samstag eingekauften Lebensmittel für die Mutter befanden, hinter sich her. Jedes Mal, wenn Karin die Wohnung betrat, empfing die Mutter sie mit dem Protest: „Heute kann ich nicht mitkommen. Mir geht es ja so schlecht."

„Ich pack nur schnell die Lebensmittel in den Kühlschrank, und dann helfe ich dir beim Anziehen", entgegnete Karin, aber die Mutter widersprach: „Ich kann heute wirklich nicht."

„Doch, Mutti, es geht. Sollst mal sehen, wie schön es draußen ist", ermutigte Karin sie, denn ihre Weigerung kannte sie schon seit Langem.

„Ja, für dich. Du kannst laufen, wohin du möchtest. Und ich? Nein, nein Kari, heute geht es wirklich nicht."

Als die Lebensmittel an Ort und Stelle untergebracht waren, klappte Karin den Faltrollstuhl auseinander, breitete die Wolldecke aus und begab sich mit der Jacke zu der Mutter. Nach langer Debatte schlüpfte sie in die Jacke und setzte sich mithilfe der Tochter in den Rollstuhl. Nachdem Karin sie mit der Decke vor der morgendlichen Kühle geschützt und die Wohnungstür abgeschlossen hatte, schob sie die Mutter im Rollstuhl in den Fahrstuhl und glitt mit ihr hinab. Während sie die Mutter zu ihrer Wohnung schob, hielt sich der Zauber des Morgens, der Karin erst vor wenigen Minuten so beglückt hatte, verborgen. Jetzt galt ihre Fürsorge nur ihr, die so leiden musste und die sie mehr liebte, als kurz zuvor das Stück Natur, obwohl es ihr regelmäßig die Kraft bescherte, die sie benötigte, um die nachfolgenden Stunden überstehen zu können. Manchmal regte sie die Mutter an, sich an den Wundern der Region zu erfreuen, aber diese murrte nur: „Kenn ich alles."

Wenn sie in der Wohnung ankamen, eilte Florian auf sein Omchen zu, umarmte es und half ihm aus dem Rollstuhl. An manchen Sonntagen hielt Alexander sich am Morgen noch im Wohnzimmer auf. Er begrüßte die Schwiegermutter mit einem Kopfnicken und verabschiedete sich gleich. Die Mutter fragte ihre Tochter: „Muss er denn heute auch wieder arbeiten?"

Karin widerstrebte es, die Mutter anzulügen, aber die Wahrheit wollte sie auch nicht bekennen und entgegnete postwendend: „Ja. Es ist nicht mehr wie in der DDR. Er arbeitet an einem neuen Projekt, und da zählt jede Stunde, die es eher fertig wird."

Bei dieser Lüge verkniff Karin sich jedes Mal die Tränen. Die Mutter musterte sie erstaunlich langer, bevor sie äußerte: „So, so. Ist das heute so. Ich dachte manchmal, bei euch stimmt es nicht mehr. Du bist so schmal geworden und kommst mir oft sehr bedrückt vor. Und dauernd die blauen Flecken. Manchmal dachte ich sogar, er schlägt dich. Bestimmt habe ich mich geirrt."

Wenn sie wenig später im Wohnzimmer saßen, erkundigte sich Karin, um die Mutter von diesem Thema und auch sich von dem eigenen, ehelichen Elend abzulenken: „Kommst du mit der neuen Ärztin klar?"

„Ja. Das ist eine ganz Liebe. Die hört sich wenigstens meine Sorgen an und versucht, mir zu helfen. Jetzt hat sie mir wieder ein neues Medikament verschrieben und meint, mit den anderen zusammen, müsste sich mein Zustand bessern. Darüber wäre ich froh", seufzte die Mutter. Sie brach in Tränen aus und schluchzte: „Das ist doch kein Leben, so, wie es mir jetzt geht."

Karin umarmte sie, um sie zu trösten, obwohl sie genau wusste, dass es keine Heilung gab. Wenn die Tränen der Mutter versiegt waren, bereitete sie meistens Hühnerleber mit Kartoffelpüree und gebratene Zwiebeln als Mittagessen zu. Das war das Lieblingsgericht der Mutter.

„Wie bekommst du die Zwiebel bloß so einheitlich gebräunt hin? Bei mir werden sie ständig beinahe schwarz und schmecken überhaupt nicht", lobte die Mutter sie jedes Mal.

Über die Anerkennung freute Karin sich. In der darauf folgenden Mittagsruhe legte sie sich eine Stunde hin. In letzter Zeit fühlte sie sich immer öfter sehr abgespannt und erschöpft. Während sie ruhte, übernahm Florian die Betreuung der Oma. Er half ihr beim Hinlegen auf die Couch, entfernte die Schuhe von den Füßen, hüllte sie in eine Zudecke ein und stülpte ihr die Kopfhörer über die Ohren. Nun konnte sie sich ihre Lieblingslieder von den volkstümlichen Schlagersängern Marianne und Michael, Gaby Albrecht, Patrick Lindner, den Flippers und noch vielen anderen anhören. Karin nahm diese Art von Musik wegen der Mutter auf, obwohl sie am liebsten Klassik hörte.

An einem dieser Wochenendtage klingelte es. Karin lief zur Sprechanlage, aber es meldete sich niemand. Stattdessen klopfte es an der Tür. Karin glaubte an eine Nachbarin, die sich zum wiederholten Mal Zucker, Mehl oder anderes borgen wollte, und öffnete. Sie erschrak, als sie in das narbige Gesicht von Bodo blickte. Er radebrechte: „Tachen. Ick ... ick will zum Boss."

„Alex ist nicht da. Ich dachte, ihr habt wieder Arbeit."

„Nee. Arbeeten is jetze nich. Ick ... ick wees danne, wo der is."

„Und wo ist das?"

„Dann tut dar de Lady poppen."

„Wer ist das denn?"

„Die Liesa-Marie? Ne Nutte is dit. Kann ick zu dich rin?"

„Hau ab! Ich sage Alex, dass du hier warst."

„Haste ooch n Macka hier?"

„Bitte, Bodo, geh jetzt."

„Wenn de mir so lieb bittn tust ... tschüss."

Karin wartete noch, bis er tatsächlich mit dem Fahrstuhl abwärts glitt und rannte in die Wohnstube. Die Mutter empfing sie mit der Frage. „Wer war denn das?"

Karin winkte nur ab und lief zum Fenster. Sie wollte sehen, ob Bodo auch wirklich das Haus verließ. Nachdem sie sich davon überzeugt hatte, teilte sie der Mutter mit: „Ein Arbeitskollege von Alex."

Durch ihren Kopf raste der Name Liesa-Marie. Florian wollte wissen: „Wer ist denn diese ... diese Nutte?"

„Flo, so was darfst du nicht sagen. Sicher eine Arbeitskollegin von Papa."

„Hat der doch selbst gesagt", rechtfertigte Florian sich, während bei Karin vor Traurigkeit das Denken aussetzte. Sie hatte schon lange vermutet, dass Alexander sich mit anderen Damen vergnügte. Sie hätte nie gedacht, dass er soweit sinken könnte. Die Mutter unterbrach ihre Überlegung mit dem Hinweis: „Kari, gibt es bald Kaffee? Du weißt, mein Zucker."

„Ja, ja", murmelte Karin und deckte nachdenklich mit Florian den Tisch. Der Sohn beobachtete sie von der Seite, aber fragte nichts.

Nachdem sie Kaffee getrunken und die Mutter ihre mit Salami belegte Stulle gegessen hatte, rüsteten sie gegen sechzehn Uhr zur Rückfahrt. Nun schob Florian den Rollstuhl, was für Karin eine beträchtliche Unterstützung bedeutete. Ohne den Sohn hätte sie diese Sonntage kaum bewältigt. Sonntag für Sonntag kümmerte er sich um sein Omchen, wie er sie liebevoll nannte. Andere Jungs in seinem Alter tollten draußen herum oder trafen sich mit Freunden. Karin beschuldigte sich oft, ihm zu viel aufzubürden. Sie nahm sich vor, ihn mehr zu entlasten. Doch ständig durchkreuzte Zeitnot ihr Vorhaben. Sie war mächtig stolz auf ihren Sohn, der weiterhin seine schulischen Aufgaben hervorragend erfüllte und der beste Schüler in seiner Klasse war. Stets reagierte er höflich und hilfsbereit.

An einem Sonntag begegnete ihnen auf dem Weg zur Wohnung der Mutter Simon, der gerade um den See schlenderte und vor Karin haltmachte. Sie wollte an ihm, wie an einem Fremden, vorbeigehen, aber er sprach sie an: „Dich zu sehen, verschönt mir den Tag! Kommst du zur Lesung?"

„Vielleicht", erwiderte Karin knapp und errötete, denn sie bemerkte sehr wohl die fragenden Blicke der Mutter und des Sohnes. Simon, der ihr Missbehagen wegen seiner Nähe gespürt haben musste, ging wortlos weiter. Die Mutter jedoch fragte: „Kennst du den Mann, Kari?"

„Ich gehe manchmal zur Lesung in die Bibliothek, und da saß er einmal neben mir. Seitdem grüßen wir uns", murmelte Karin. Florian schaute sie durchdringend an, aber er schwieg zu dieser Begegnung und schob sein Omchen weiter. In ihrer Wohnung bereitete Karin rasch das Abendessen für die Mutter zu, half ihr ins Nachthemd und den Morgenmantel und verabschiedete sich.

Auf dem Heimweg blickte Florian seine Mama hin und wieder sonderbar an und fragte sie: „Wer war denn der Mann vorhin wirklich?"

„Ein Bekannter von der Lesung her."

„Echt?"

„Was dachtest du denn?"

„Vielleicht ein Nutterich oder so was Ähnliches?"

Karin fühlte sich nicht bereit, ihren Sohn über ihre Bekanntschaft mit Simon aufzuklären. Doch wegen seiner Ausdrucksweise musste sie schon lachen.

„Wo hast denn dieses Wort her?"

„Wenn Papa eine Nutte hat, kannst du doch einen Nutterich haben. Oder wird das männliche Gegenteil davon anders genannt?"

„Du meinst einen Liebhaber. Nein, Flo, Simon ist wirklich nur ein Bekannter von der Lesung her."

Karin hielt ihn für zu jung, um ihm ihre Beziehung zu Simon mitzuteilen. In ihre Überlegung hinein kicherte Florian: „Haha reingefallen! Natürlich weiß ich, was eine Nutte ist. Dass Papa sich mit so einer abgibt, verstehe ich nicht."

„Ich auch nicht, aber es scheint so zu sein. Wenn es ihm gefällt, soll er."

Mehr wollte sie zu diesem Thema nicht preisgeben. Er bekam sowieso schon genug von den Schandtaten, die Alexander ihr im betrunkenen Zustand antat, mit. Sie lenkte ihn von dem Problem ab, indem sie ihm ankündigte: „Ich muss mich hinlegen, Flo. Mir ist plötzlich ziemlich flau zumute."

„Ist gut. Ich muss auch noch lernen."

Er tolerierte Karins Erschöpfung, wenn sie sonntags gegen siebzehn Uhr von der Mutter zurückkamen und sie sich hinlegen musste. Um ihr Tagespensum zu schaffen, bedurfte es eines straff durchorganisierten Tagesablaufes, den er ebenfalls akzeptierte und sich in sein Zimmer zurückzog. Karin geriet immer mehr in eine Tretmühle, deren Folgen sie nicht erkannte. Ihre Hausärztin riet ihr mehrfach: „Gehen Sie spazieren und nehmen Sie einen Klappstuhl mit. Dann können Sie sich öfter hinsetzen."

Wie konnte sie bei dieser Bürde an Arbeit an einen Spaziergang denken! Doch das Fernstudium und auch die Diskussionen mit Simon an manchen Nachmittagen, wenn Florian Leistungskurs hatte und Alexander angeblich mit Bodo arbeitete, gaben ihr scheinbar den Ausgleich für das Arbeitspensum des Tages. Simon gestaltete diese Stunden mit Karin äußerst unterhaltsam. Ihr gefiel seine Fürsorge, mit der er sie umgab, ohne aufdringlich zu wirken. Einmal fragte sie ihn: „Hast du denn keine Freundin?"

„Doch. Sie sitzt gerade bei mir und verwöhnt mich mit ihrer Anwesenheit. Sie ist für mich eine Quelle, aus der ich immer wieder Kraft schöpfe, um die Einsamkeit bis zum Wiedersehen zu überstehen."

„Sag so etwas nicht, Simon! Du bist doch derjenige, der mich immer wieder aufbaut. Deine Zuneigung trägt mich durch den Alltag, und auf deine Loyalität kann ich vertrauen, wenn ich denke, es geht nicht mehr weiter."

„Danke dir für deine Worte, die mich an eine Zukunft mit dir glauben lassen", fügte er hinzu. Dabei umhüllte sie das Strahlen seiner Augen wie ein schützender Mantel vor all den Widerwärtigen, die Alexander ihr antat. Sie begriff sich selbst nicht, warum sie diesen Mann nicht so lieben konnte, wie ihren sexsüchtigen, gewalttätigen Ehemann. Diese Gedanken stellten sich immer ein, wenn Karin an ihre Zukunft und an den Verlauf der Krankheit von der Mutter dachte. Besonders froh stimmte es sie, wenn sie Simon eine erstklassig gelungene Erzählung, für die sie eine sehr gute Beurteilung von ihrem Studienleiter erhalten hatte, vorlesen konnte. In solchen Augenblicken merkte Karin, dass Simon sie verstand und seine Liebe ihr die Toleranz gab, die sie brauchte, um bei ihm sein zu können. So erging es ihr auch mit der Mutter, die immer mehr in ihr einen Menschen erkannte, den sie auf diese Weise noch nie wahrgenommen hatte. Karin existierte nicht mehr als ihr Kind. Die ehemalige Tochter hatte sich zur Mutter der Mutter entwickelt; eine Mutter, die soviel bewältigten konnte, wie nötig war; eine Mutter, die immer Rat wusste; eine Mutter, die ihre Kraft überschätzte; eine Mutter, die nicht mehr ihre Grenzen wahrnahm; eine Mutter, die sich in dem Getriebe von Pflichten selbst vergaß.

Samstag, 06. Mai 2000, 14 Uhr

Ich sitze vor dem Bett meiner Mutti und halte ihre abgemagerte eiskalte Hand, an der die marmorierten Flecken das Nahen des Lebensendes ankündigen. Auf ihrer Stirn perlen Schweißtropfen. Behutsam tupfe ich sie mit meinem Taschentuch weg. Dabei frage ich mich, ob sie schon in dem Tunnel ist, von dem viele Menschen als Nahtoderfahrung berichtet haben. Auch ich erlebte diesen Flug, als ich einmal schwer erkrankt war. Damals lockte mich ein märchenhaftes Licht am Ausgang des Tunnels unwiderstehlich an. Ich flog ihm mit rasender Geschwindigkeit entgegen, um von seinem Glanz umhüllt zu werden. Feenhafte Klänge umkreisten mich. Ich hoffte, ihre Klangwellen könnten mich in die Lichtquelle tragen. Je mehr ich danach lechzte, desto mehr entfernte das Licht sich. Allmählich verstummten die Klänge, und ich wachte damals in meinem Bett auf.

Ich schrecke aus meiner Erinnerung auf und blicke in das Gesicht von Mutti. Ist sie auch schon an diesem Wendepunkt des Lebens angelangt? Könnte ich sie zu mir zurückholen? Mich erfasst der irrsinnige Gedanke, sie vor dem absoluten Ableben retten zu können. Ich springe auf, reiße die Tür auf und rufe gellend nach einer Pflegerin. Die Stationsschwester eilt herbei, sieht in mein aufgeregtes Gesicht und aus mir sprudelt es: „Holen Sie bitte einen Arzt! Ihr Puls ist noch tastbar! Ich denke, sie kann gerettet werden", und schluchze: „Ich brauche sie doch noch."

Erstaunt sieht mich die Stationsschwester an und drückt mich auf den Stuhl. Besänftigend redet sie auf mich ein: „Bleiben Sie ruhig! Diesen Eindruck gibt es oft beim Sterbeprozess, denn langsam erlöschen alle Organfunktionen. Dadurch gewinnt die Begleitung häufig diese Empfindung, die sie jetzt haben. Der Arzt kommt nachher."

Erschüttert flehe ich sie an: „Noch weilt sie unter uns. So tun Sie doch etwas! Herzmassage oder Wiederbelebung mit so einem Elektroschocker … Vilator oder sonst irgendetwas."

„Sie meinen einen Defibrillator. So ein Eingriff verlängert nur den Sterbevorgang, und das täte Ihrer Mutter nicht gut. Bleiben Sie bei ihr und begleiten Sie ihr Hinübergleiten in die Ewigkeit, in der sie keine Schmerzen mehr hat und Frieden sie aufnimmt."

Ungläubig schaue ich die Schwester an und sinke resigniert auf den Stuhl. Ich denke jetzt nur daran, Muttis Eintritt ins Jenseits zu beschützen, so weh es mir auch tut. Ich erinnere mich an Annette von Droste-Hülshoff, die für ihre Mutter zum Muttertag ein Gedicht mit dem Titel „An meine Mutter" schrieb. Ich spreche leise vor mich hin: „Gern hätt' ich auch für dich ein so schönes Gedicht geschrieben, das von deiner Liebe und deiner Treue erzählt, wie die Lyrikerin es für ihre Mutter tat. Leider kann ich nicht dichten. Darum nimm meine Liebe zu dir so an, wie ich sie dir geben kann."

1993

21. Kapitel

Am Stadtrand von Berlin eröffnete Anfang des Jahres ein riesengroßer Kaufpark, in dem von Socken, Kosmetikartikeln, Lebensmitteln bis zu erlesenen Elektrogeräten alles angeboten wurde. Hin und wieder fuhr Alexander mit dem Auto am Samstagmorgen Karin dorthin, um Lebensmittel und Getränke für die kommende Woche zu kaufen.

An einem Samstag im Frühling beabsichtigte Alexander, in dem integrierten Baumarkt zusätzlich Tapeten und Kleister einzukaufen. Florian bettelte: „Papa, nimm doch Omchen mit. Mama hat ihr schon viel erzählt, was es dort alles gibt. Ich wünsche mir so sehr, dass sie das auch einmal sehen kann."

„Das passt heute aber wirklich schlecht."

„Warum denn, Papa? Musst du heute arbeiten? Bitte, mach Omchen die Freude."

„Sei nicht so neugierig. Ich muss nachher weg."

Auch Karin bedrängte ihn. Die Mutter tat ihr leid, weil sie nicht mehr allein aus der Wohnung konnte. Schließlich willigte Alexander unter der Bedingung ein, dass Karin danach freiwillig nur für ihn da sei, wenn er zurückkäme. Da sie die Mutter mit dem Ausflug erfreuen wollte, willigte sie in seine Bedingung ein.

Am vereinbarten Samstag parkte Alexander vor dem Wohnhaus der Mutter. Karin und Florian holten sie im Rollstuhl zum Auto. Während die beiden die Mutter auf den Beifahrersitz hievten, verstaute Alexander den zusammengefalteten Rollstuhl im Kofferraum. Als sie im Kaufpark ankamen und mit dem Rundgang begannen, saß die Mutter staunend in ihrem Gefährt und konnte sich an den Angeboten in den Geschäften nicht sattsehen. Natürlich kaufte sie ein. Strumpfhosen, von denen sie mehr als genug hatte; Wolle, die in ihrem Korb überquoll; Schuhe, von denen über zwanzig Paar im Schuhschrank gestapelt waren; Blusen, Röcke, Kleider und noch vieles mehr. Die Wangen der Mutter glühten vor Begeisterung, und ihre Augen leuchteten, wie schon lange nicht mehr. Vergessen schienen Krankheit, Schmerzen, Einsamkeit und Ängste. Karin ließ sie ohne Wenn und Aber gewähren. Ihre Emsigkeit am Einkauf erfreute sie, obwohl ihre Zusage, Alexanders Wünsche in jeder Hinsicht zu erfüllen, aus ihrer Gedankentiefe zeitweilig emporstieg und ihr Glücksgefühl dämpfte. Sie lächelte trotzdem, wenn Florian sein Omchen zum Erwerb von Produkten mehrfach anstachelte. In etlichen Geschäften der Ladenkette fiel natürlich auch immer etwas für ihn ab. Die Mutter kaufte dem Enkel eine hellblaue Markenjeans, dazu ein modernes T-Shirt und passende Turnschuhe. Alexander trottete mürrisch hinterher. Wenn er seine Frau ansah, blitzten seine Augen begierig auf. Keiner bemerkte seine Blicke, aber durch Karin stachen sie wie Schwerter.

Als die Mutter die Werbeplakate fürs Mittagessen in dem integrierten Restaurant des Kaufparks erblickte, erkundigte sie sich: „Ist die Gaststätte hier?"

„Ja, Omchen. Mit einem Fahrstuhl geht's bis ganz noch oben. Und da gibt es sogar Eis mit Sahne und auch Cola", teilte Florian ihr gleich mit.

„Ich lade euch zum Essen ein", erwiderte die Mutter sofort. Florian jubelte: „Juhu! Auch mit Eis, Omchen?"

„Natürlich bekommst du einen Eisbecher nach deiner Wahl."

Er schob sein Omchen zu dem Fahrstuhl. Nachdem er oben angekommen war, rollte er sie in die Selbstbedienungsgaststätte. Karin fand auf Anhieb eine Nische, in der sie gut mit dem Rollstuhl hineinpassten. Sie knuffte Alexander in die Seite und flüsterte ihm zu: „Mach bloß ein anderes Gesicht! Siehst du nicht, wie sie sich freut?"

Alexander flüsterte ihr ins Ohr: „Hältst du auch wirklich dein Versprechen?"

Nachdem Karin bejaht hatte, benahm er sich freundlicher. Er rollte sogar die Schwiegermutter an der Theke mit den Esswaren vorbei und merkte sich, was sie sich ausgesucht hatte. Danach brachte er sie zum Tisch zurück, an dem Karin die Plätze reserviert gehalten hatte. Alexander holte der Schwiegermutter auch das gewünschte Essen. Sie hatte sich für Kartoffelbrei mit gebratener Leber und gerösteten Zwiebeln entschieden. Für sich wählte Alexander ein Steak mit Pommes frites und Gemüse aus. Anschließend begaben Karin und Florian sich zu der Theke mit den Esswaren. Binnen Kurzem kehrten sie mit den Speisen, die sie sich ausgesucht hatten, zurück. Sie setzten sich an den Tisch und vertilgen das Essen. Mit blanken Augen beobachtete die Mutter, wie es ihren Lieben schmeckte. Zum Schluss entgegnete sie jedoch: „Kari, deine Leber und die Zwiebeln sind die Besten, die ich jemals gegessen haben. Da kommen die hier nicht mit, aber geschmeckt hat mir das Essen trotzdem."

Alexander brachte das benutzte Geschirr zur Ablage und gab bekannt: „Muss zum Baumarkt. Geht schon zum Auto und verstaut das ganze Zeug!"

Die Schwiegermutter fragte: „Was willst du denn dort noch?"

„Nach Tapete gucken."

„Ihr wollt renovieren? Davon hat Kari mir gar nichts gesagt."

„Vielleicht", antwortete Karin schnell. Sie schützte Alexander noch immer bei der Mutter. Sie wollte ihr nicht gestehen, dass er eigentlich nur noch sporadisch bei ihnen wohnte. Florian schob seine Omchen stolz zum Auto und verkündete: „Nun hast du gesehen, wo wir öfter einkaufen, auch das, was du bestellt hast."

Sie tätschelte seine Hand. Am Auto öffnete er die Beifahrertür und schob den Rollstuhl dicht heran. Karin half der Mutter auf den Beifahrersitz. Danach zerlegte sie den Faltrollstuhl, soweit es möglich war, faltete den Rest zusammen und brachte ihn im Kofferraum unter. Florian zwängte sich auf die hintere Sitzbank und wurde mit großen und kleinen Päckchen belegt. Karin setzte sich neben ihn und nahm den Rest auf den Schoß. Nach endloser Warterei erschien Alexander mit zehn Rollen Tapete, die er Karin auf die Produkte schmiss, die seine Schwiegermutter gekauft hatte. Er kutschierte sie nach Hause, half, sie in die Wohnung zu bringen, und brachte den gesamten Einkauf hoch. Karin beschwerte sich: „Warum denn unser Zeug auch?"

„Werdet ihr ja wohl allein nach Hause tragen können."

„Warum denn, Papa?", erkundigte sich Florian. „Sollen wir das etwa alles zu uns schleppen? Mit dem Auto geht es doch viel leichter und auch schneller."

„Hab noch was anderes zu tun, als euch zu bedienen", hielt der Vater ihm vor und sah nicht die Tränen in Florians Augen schimmern. Seine Blicke galten nur Karin, der unter der Glut, die darin funkelte, unbehaglich zumute, wurde.

Als er gegangen war, ermittelte die Mutter: „Stimmt zwischen euch was nicht? Ich merke schon lange so eine angespannte Atmosphäre. Alex ist selten da und immer so gereizt."

„Nein, nein, Mutti. Er ist bloß überarbeitet und will einem Kollegen noch beim Tapezieren helfen", entkräftete Karin den Argwohn der Mutter. Diese blickte sie merkwürdig an, sagte aber weiter nichts. Karin legte alle Produkte, die der Mutter gehörten, an Ort und Stelle. Nachdem sie das Abendessen zubereitet hatte und ihr beim Umziehen behilflich gewesen war, trugen sie und Florian ihren Einkauf nach Hause. Auf dem Heimweg empfand Karin ihr Umfeld wieder kalt und bedeutungslos. Ihre Ängste kehrten zurück. Im Hintergrund schlummerte die Hoffnung, dass Alexander heute nicht mehr zurückkäme, um ihr Versprechen einzulösen. Ihre Erwartung betrog sie.

Mitten in der Nacht torkelte er ins Schlafzimmer und forderte die Einhaltung ihrer Zusage. Der Mutter zuliebe gewährte sie ihm alle Praktiken, die er begehrte, obwohl sie häufig vor Schmerzen stöhnte. Alexander störte das keineswegs. Er stillte sein Lustgefühl nach seinen Regeln und deute das Wimmern seiner Frau als Ausdruck ihrer sexuellen Ekstase. Als er ihr jedoch die Saugschalen für die Brüste anlegen wollte, trat sie ihn mit dem Fuß gegen sein Glied. Alexander jaulte auf. Er schlug kurz darauf unbeherrscht auf sie ein. Karin schrie vor Schmerzen. Florian kam aus seinem Zimmer gerannt und starrte verschlafen auf die Schlägerei seiner Eltern. Alexander brüllte ihn an: „Hau ab! Sonst versohle ich dir den Hintern, dass dir hören und sehen vergeht."

Er drosch weiter auf seine Frau ein, die bereits auf dem Fußboden lag. Zornig trat er immer wieder zu. Florian begriff jetzt, dass die Eltern nicht aus Spaß miteinander rangelten, wie sein Papa öfter behauptet hatte, sondern dass seine Fußtritte bitterer Ernst waren. Er sprintete zum Telefon und alarmierte die Polizei. Kurz darauf stürmten drei Polizeibeamte in das Schlafzimmer. Sie bändigten den schon beinahe tollwütig zu nennenden Mann, der immer noch auf seine am Boden liegende Ehefrau trat. Sie führten ihn mit Handschellen ab und brachten Karin mit ihrem Sohn in die Rettungsstelle. Nach den Untersuchungen teilte ihr der Notarzt mit: „Sie hatten Glück, Frau Meyer. Nichts gebrochen, und alle Organe scheinen einwandfrei zu arbeiten. Wollen Sie eine Nacht zur Beobachtung hier bleiben?"

„Nein", entgegnete Karin, „ich muss mit meinem Sohn nach Hause."

Ein Krankenwagen brachte sie in die Wohnung.

Als am nächsten Tag ein Polizeibeamter zu ihnen kam, damit Karin ihren Mann wegen Misshandlung anzeigen konnte, erklärte sie ihm: „Mir ist nichts passiert. Ich möchte, dass mein Mann wieder nach Hause kommt."

Einen Tag später kehrte Alexander aus der Ausnüchterungszelle zurück und übergab Karin einen Strauß mit roten Rosen.

„Schatz, entschuldige meinen Ausraster. Ich verspreche dir, dass ich wirklich mit dem Trinken aufhöre und dich lieben werde, wie am ersten Tag. Vergib mir bitte!"

Sie verzieh ihm.

22. Kapitel

Karin überlegte, wie sie ihre Ehe retten und Florian den Vater erhalten könnte. Spontan fiel ihr eine Reise in den Sommerferien ein. Als Alexander sich wieder einmal kurz bei ihr aufhielt, stellte sie ihm die Frage: „Was hältst du von einer gemeinsamen Reise?"

„Was denn für eine Reise, und wer soll sie bezahlen? Ich habe dafür jedenfalls kein Geld."

„Es sind bald Schulferien. Flo fragt mich schon lange, wohin wir in diesem Jahr verreisen und ob du mitkommst. Und das Geld dafür ... ich werde es mir von Mutti borgen. Wenn du wieder Arbeit hast, zahlen wir es ihr zurück."

„Und du? Willst du noch mit mir verreisen nach allem, was gewesen ist?"

Karin schlang ihre Arme um seinen Hals und bestätigte seine Frage: „Ja, Alex. Ich möchte es und noch viel mehr."

„Was denn noch?", brummte er.

„Es soll zwischen uns wieder so werden, wie es früher war. Bleib bei uns, Alex", flüsterte sie ihm zu und küsste ihn aus einem inneren Bedürfnis heraus leidenschaftlich. Alexander wies sie nicht zurück. Kurz darauf liebten sie sich auf dem Ehebett heiß und innig. Er säuselte: „Schatz, ich liebe dich auch noch immer", und forderte lauter: „Lass dein Studium sausen! Dann wird alles wieder so, wie du es möchtest."

„Ich überlege es mir", entgegnete Karin. Sie küsste ihn und regte ihn durch Zärtlichkeiten erneut für einen ausgiebigen Sex an.

Als Florian aus der Schule kam, staunte er, seine Eltern nachmittags im Bett vorzufinden. Sie bemerkten ihn nicht und setzten ihr Liebesspiel fort. Florian grinste allwissend und huschte in sein Zimmer, glücklich, dass seine Eltern sich wieder vertragen hatten.

Von diesem Tag an nistete Alexander sich Zuhause ein. Gemeinsam planten sie ihre Urlaubsreise und buchten für die künftigen Sommerferien eine Ferienwohnung in einem Dorf unweit von Neuschwanstein im Allgäu. Karin informierte die Mutter und bat sie: „Mutti, Alex ist noch immer arbeitslos, und das Geld … kannst du uns für die Reise etwas borgen?"

„Natürlich, Kari. Was du alles für mich getan hast. Nimm dir von meinem Konto soviel, wie ihr braucht. Ich schenke es euch."

Karin umarmte die Mutter zum Dank und teilte der Pflegekraft ihre Reisepläne mit. Sie versprach, sich während der Abwesenheit auch am Nachmittag um die Mutter zu kümmern. In die geplante Urlaubsreise weihte Karin ebenfalls Simon ein. Er warf ihr vor: „Nachdem der Kerl dich so verprügelt hat, willst du mit ihm in den Urlaub? Ich verstehe dich nicht."

„Dieser Kerl, Simon, ist mein Ehemann und der Vater von Flo. Er kann doch auch nichts dafür, was der Alkohol aus ihm macht. Ich will jedoch versuchen, dass er die Trinkerei lässt. Vielleicht können wir wieder so miteinander leben, wie es einmal gewesen war."

Simon blickte sie traurig an und hielt ihr vor: „Glaubst du das wirklich? Und wie stellst du dir unsere Beziehung vor?"

„Zwischen uns bleibt alles unverändert. Ich habe dir niemals Hoffnungen auf mehr gemacht. Und das weißt du auch."

„Stimmt. Trotzdem hoffte ich, dass du dich nach dem letzten Desaster scheiden lässt. Was muss denn noch passieren, bis du so weit bist?"

„Simon, ich liebe meinen Mann nach wie vor. Und dich möchte ich als guten Freund nicht verlieren. Vielleicht ergeben sich nach der Reise andere Perspektiven."

Simon schüttelte mit dem Kopf und verabschiedete sich.

Zu Karins Enttäuschung kehrte Alexander einen Tag vor ihrer Reise ins Allgäu immer noch nicht zurück. Beim Abendessen erkundigte sich Flo: „Fällt nun die Reise aus?"

„Bestimmt nicht. Papa muss noch etwas erledigen."

Sie glaubte selbst an ihre Lüge nicht und verdächtigte ihn insgeheim, dass er sein Versprechen vergaß. Doch Karin irrte sich.

Kurz darauf rasselte es im Türschloss. Karin vermutete, dass er wieder getrunken habe, und blickte ihm ängstlich entgegen. Alexander betrat lächelnd die Stube und forderte beide auf: „Kommt mit zum Parkplatz!"

Florian schaute seine Mama fragend an, aber sie zuckte nur mit den Schultern. Als sie den Parkplatz nach ihrem Wartburg absuchten, fanden sie ihn nicht. Alexander eilte schnurstracks zu einem weißen Toyota der Extraklasse, schloss die Fahrertür auf und lockte sie mit dem Zuruf: „Einsteigen zu einer Probefahrt!"

Überrascht und gleichzeitig skeptisch setzte Karin sich auf den Beifahrersitz, und Florian rutschte auf die hintere Sitzbank. Alexander startete das Fahrzeug und kutschierte sie durch die Straßen. Mit glänzenden Augen saß Florian in dem Straßenkreuzer. Alexander verkündete, als er wieder auf dem Parkplatz hielt: „Damit fahren wir in den Urlaub. Na, was sagt ihr dazu?"

„Von wem hast du dir denn diesen Schlitten geliehen?"

„Geliehen, Schatz? Gekauft habe ich ihn. Natürlich gebraucht, aber er sieht noch blendend aus."

„Ich denke, du hast kein Geld. Hast du wieder mit Bodo gemalert?"

„Habe ich nicht mehr nötig. Es gibt auch andere, weitaus angenehmere Geldquellen."

„Und wo sind die?", wollte Karin wissen, aber Alexander eröffnete ihr: „Mein Geheimnis. Und nun frag nicht weiter, sondern freu dich. Auf zum Packen! Morgen geht es los."

Trotzdem Karin die Pflege für ihre Mutter gewissenhaft geregelt hatte, fuhr sie mit einem mulmigen Gefühl in den Urlaub. In ihrem Kopf überschlugen sich die Sorgen, aber Florian und auch sie mussten einfach weg aus der Tretmühle von Krankheit und Ängsten. Außerdem hoffte sie, dass sich die Beziehung mit Alexander wieder einrenken werde. Er hatte am Abend sogar beim Packen geholfen. Sie legten sich beizeiten ins Bett. Während Florian schnell einschlief und von schneebedeckten Berggipfeln mitten im Sommer träumte, schmuste Alexander mit seiner Frau so lange, bis sie sich ihm öffnete. Noch immer ertrug sie seinen ungestümen Sex nur mit Schmerzen. Nachdem er den Höhepunkt seiner Lust ausgiebig genossen hatte, schlief er eng an sie geschmiegt ein. Karin lauschte lange seinen Atemzügen. Endlich übermannte auch sie der Schlaf. Ihr letzter Traum führte sie zu Simon. Zusammen schaukelten sie in der Kajüte eines Segelbootes auf dem Wasser eines der zahlreichen Seen in Berlin. Über ihnen strahlte die Sonne. In dem Moment, in dem Simon ihr seine Liebe mit einem Heiratsantrag besiegeln wollte, klingelte der Wecker. Noch immer in ihrem Traum gefangen, antwortete sie freudig schlaftrunken: „Ja", und hörte Alexander fragen: „Was meinst du, Schatz?"

Ungläubig blickte sie ihn an, der zart ihr Lippen küsste und sie danach auffordert: „Raus aus den Federn! Ab in den Urlaub! Wir wollen zeitig los, denn das Allgäu liegt nicht um die Ecke."

Nach dem Frühstück trug Alexander die Koffer und Reisetaschen zum Auto und verstaute das Gepäck ordentlich im Kofferraum. Den Rest stapelte er auf einem Rücksitz. Karin und Florian brauchten nur noch im Auto Platz zu nehmen. Alexander trällerte ein Lied, als sie losfuhren. Die Fahrt zu ihrem Urlaubsquartier verlief ohne Zwischenfälle. Die Vermieterin wies ihnen den Parkplatz zu und führte sie in die erste Etage zu ihrer Ferienwohnung. Die gebuchte 3-Zimmer-Wohnung erwies sich als geräumige 2-Zimmer-Wohnung. In dem etwas abseits der Wohnung gelegenen 3. Zimmer wollte Florian nicht schlafen. Sie benutzten es zur Aufbewahrung für ihr Gepäck und überließen ihm das Schlafzimmer. Das Ehepaar schlief auf der ausziehbaren Doppelbettcouch in dem riesigen Wohnzimmer. Diese Situation begrüßte Alexander sehr und näherte sich seiner Frau in der ersten Nacht mit eindeutigen Absichten. Sie gewährte ihm sein Verlangen mit der glorifizierten Vorstellung an ihr Zusammensein während ihrer ersten Ehejahre. Dabei kochten in ihr die damaligen Gefühle hoch. Sie verwarf alle Demütigungen und Misshandlungen der letzten Zeit. Alexander bemühte sich ebenfalls, sich ihren Bedürfnissen anzupassen. Karin spürte seine Veränderung und genoss den Sex mit ihm ohne die üblichen Schmerzen bis zum harmonischen Höhepunkt. Glücklich kuschelte sie sich an ihn und glaubte, ihrem Ziel, mit dem sie die Reise verband, sehr nahe zu sein.

Am Morgen beabsichtigten sie, auf dem Balkon nicht nur ihr Frühstück zu genießen, sondern von dem Liebreiz der schneebedeckten Bergmassive im Sonnenschein zu schwelgen.

Allerdings verhüllte Nebel die Idylle. Alexander tröstete seine Frau: „Es gibt noch etliche Sonnenaufgänge, Schatz. Wir fahren ja nicht gleich morgen ab."

Er wandte sich der Tür zu und rief ihr zu: „Ich hole bloß die Brötchen."

Bereits nach dem Frühstück lichtete sich der dichte Nebel, und die übrigen Nebelschleier lachte die Sonne weg. Eng umschlungen erlebten sie den Sonnenaufgang, und die Lichtflut präsentierte ihnen die Pracht der Allgäuer Alpen. Die Erhabenheit der Berge überwältigte sie, denn sie waren niemals zuvor im Hochgebirge gewesen. Alexander flüsterte ihr ins Ohr: „Es war eine wunderschöne Nacht mit dir. Ich glaubte, wir wären in den Flitterwochen. Weißt du noch?"

„Ja, Alex, mir ging es genauso. Lass es so bleiben!"

Statt einer Antwort umarmte er sie und küsste sie innig. Inzwischen hatte sich Florian zu ihnen gesellt und erkundigte sich: „Was wollen wir nun in den vierzehn Tagen unternehmen?"

„Von den zahlreichen Schlössern müssen wir unbedingt Neuschwanstein und Linderhof besichtigen. Natürlich darf eine Schifffahrt von Lindau zur Insel Mainau nicht fehlen. Sie gehört Lennart Graf Bernadotte und Sonja Gräfin Bernadotte. Beide haben den einst verwilderten Park zu einem Blumen- und Pflanzenparadies gestaltet und Tiergehege geschaffen, die von Touristen bewundert werden können. Ist zwar von hier aus ziemlich weit weg, aber die Besichtigung von diesem herrlichen Stück Natur dürfen wir uns nicht entgehen lassen. Darauf freue ich mich schon riesig."

„Ich wusste gar nicht, dass du so naturliebend bist."

„Schon immer, aber besonders von dir in natura", grinste er und warf Karin heißblütige Blicke zu.

„Woher weißt du das alles, Papa?", fragte Florian. Alexander blickte den Sohn irritiert an, denn seine Gedanken weilten bei der vergangenen Nacht mit seiner Ehefrau. Als Florians Frage zu ihm durchgedrungen war, spottete er: „Schon mal was von Büchern und Landkarten gehört?"

„Wir müssen uns aber jeden Tag bei meiner Mutti telefonisch melden. Ich habe es ihr versprochen", brach Karin in seine Antwort ein. Alexander musterte sie ungehalten, protestierte jedoch mit keinem Wort.

„Wo könnte hier ein Telefon sein? Ich muss Mutti unbedingt mitteilen, dass wir gut angekommen sind, und will auch wissen, ob es mit der privaten Betreuung am Nachmittag klappt."

„In der Post gibt es bestimmt ein öffentliches Telefon", meinte Alexander.

„Auf ihr, Faulpelze, zum Telefon!", entschied Karin lachend und griff sich ihre Handtasche. Alexander versuchte, sie zu halten, aber sie entglitt ihm und rannte bereits die Treppe hinunter.

„Dich kriege ich", schrie Alexander und hetzte hinterher. Frau Geyer, die unten im Treppenhaus den Fußboden wischte, hatte Karins Spurt bereits aufgehalten, indem sie fragte: „Wohin denn so eilig, junge Frau?"

„Das Dorf besichtigen und ..."

Weiter konnte sie nicht sprechen, denn Alexander hatte sie eingeholt und ihr den Mund mit einem Kuss verschlossen. Frau Geyer huschte verlegen in eins der Zimmer. Florian stupste seine Eltern an: „He, wir wollten telefonieren und nicht poppen."

Alexander verpasste seinem Sohn eine Kopfnuss und lief zum Auto. Karin folgte ihm.

Die Post fanden sie im Dorf auf Anhieb, aber sie war geschlossen. Karin geriet regelrecht in Panik und forderte: „Dann müssen wir gleich zurück. Frau Geyer lässt mich bestimmt telefonieren."

„Lass uns doch erst den Ort besichtigen", verlangte Alexander im ruhigen Ton, aber Karin sträubte sich: „Nein. Mutti wartet auf den Anruf."

„Du kannst doch nachher anrufen", widersprach Alexander, und Florian bat: „Bitte, Mama! Die Geschäfte haben hier so tolle Sachen. Ich wünsche mir schon lange die Figur von Darth Vader. Vielleicht gibt es die hier. Guck mal, da drüben ist ein tolles Restaurant! Wollen wir dort Mittag essen?"

„Später, Flo. Ich will jedenfalls zurück, um Omchen anzurufen", erwiderte Karin, drehte sich um und eilte zum Auto. Alexander und Florian folgten ihr mürrisch.

Als sie das Haus betraten, in dem sich ihre Ferienwohnung befand, empfing Frau Geyer sie und wollte wissen: „Na, Ausflug schon beendet?"

Karin schilderte ihr das Pech mit dem Telefon. Die Vermieterin erwiderte: „Natürlich können Sie mein Telefon benutzen. Jedes Gespräch kostet fünf Mark."

Der Preis interessierte Karin momentan überhaupt nicht, obwohl Alexander die Stirn runzelte. Karin folgte der Frau in ein Nebengelass, in dem endlich ein Telefon verfügbar war. Während Karin mit der Mutter sprach, lehnte Frau Geyer am Türrahmen und überwachte jedes Wort, das gesprochen wurde. Anschließend forschte sie: „Was hat denn ihre Mutter?"

Karin wollte sich auf kein Gespräch über die Krankheit der Mutter einlassen und äußerte lapidar: „Nichts Schlimmes. Nur eine Erkältung. Danke, dass ich telefonieren durfte. Nun weiß meine Mutti, dass wir gut ankommen sind. Das war mir schon sehr wichtig", und wandte sich der Treppe zu. Alexander und Florian befanden sich längst in der Ferienwohnung.

„Fünf Mark", verlangte die Frau ein wenig enttäuscht.

„Können Sie den Betrag auf die Rechnung schreiben? Ich habe momentan kein Geld bei mir."

„Geht klar, junge Frau."

Sorgfältig verschloss Frau Geyer das Telefonzimmer und fragte neugierig: „Na, heute noch was unternehmen?"

„Vielleicht gehen wir ins Dorf oder genießen vom Balkon aus die bezaubernde Aussicht."

„Waren Sie noch nie …", setzte die Vermieterin zu einem längeren Gespräch an, aber in dem Moment rief Alexander nach Karin. Sofort stieg sie die Treppe zu der

Ferienwohnung hoch. Er empfing sie: „Wo bleibst du bloß so lange? Wir wollen doch zu Mittag essen. Mir knurrt schon der Magen."

„Ich telefonierte mit Mutti. Gott sei Dank geht es ihr so weit gut", erwiderte Karin. Ihr Mann blickte sie gereizt an. Nochmals begaben sie sich ins Dorf und fanden auf dem Marktplatz eine Gaststätte. Jeder bestellte sich sein Lieblingsessen. Als Alexander sich nach dem Verzehr seiner Mahlzeit ein Bier gönnen wollte, erinnerte Karin ihn: „Denk an dein Versprechen!"

Er annullierte die Bestellung bei der Kellnerin und bezahlte. Nach dem Mittagessen besichtigten sie den Urlaubsort und bewunderten das Wettersteingebirge und das Karwendelgebirge, von dessen Bergen der Ort umgeben wurde. Karin interessierte besonders das Geigenhausmuseum in der Ballengasse, und Florian begeisterte die Lüftlmalerei an den Häusern. In der Geschäftsstraße fanden sie in einem Kaufhaus die von Florian begehrte Figur aus „Star Wars". Karin kaufte sie ihm. Nach der Besichtigung der Kirche St. Peter & Paul kehrten sie am späten Nachmittag in die Ferienwohnung zurück. Florian stellte Darth Vader auf seinen Nachttisch und schaltete den Fernseher ein, um sich ein bereits begonnenes Fußballspiel anzusehen. Karin huschte nach unten, um mit der Mutter zu telefonieren. Frau Geyer erwartete sie bereits an der Treppe und wollte wissen, wo sie gewesen waren. Karin schwärmte ihr von der bezaubernden Gegend vor und erhielt von ihr einige Hinweise für weitere Sehenswürdigkeiten.

Nach dem Telefonat eilte sie wieder in die Ferienwohnung. Alexander hockte ebenfalls vor dem Fernseher. Karin animierte die beiden: „Omchen geht es gut, und sie hat sich über meinen Anruf riesig gefreut. Auf geht's! Noch ist es für einen Einkauf nicht zu spät."

„Ach nee", maulte Florian, „jetzt will ich nicht mehr."

„Mir ist auch die Lust danach vergangen. Mach lieber Abendbrot!", knurrte Alexander.

Stillschweigend belegte Karin für jeden einen Teller mit den Resten von den Schnitten, die sie als Reiseproviant mitgenommen hatten. Sie garnierte alles mit Apfelscheiben und bat die beiden, sich an den Tisch zu setzen. Doch sie wollten lieber vor dem Fernseher essen. Karin brachte jeden einen Teller. Florian nörgelte: „So ein Fraß! Haste nichts Besseres?"

„Da hätten wir zum Markt gehen müssen, aber ihr wolltet ja nicht."

Alexander warf ihr den Teller mit den Schnitten und Apfelscheiben vor die Füße.

„Kannste allein essen. Ich hole mir was anderes. Kommst du mit, Flo?"

Der Sohn verließ den Fernseher, um mit dem Vater einkaufen zu gehen. Bevor er die Treppe hinunterging, flüsterte Karin ihm zu: „Pass auf, dass Papa keinen Alkohol trinkt oder mitbringt!"

Florian nickte ihr beruhigend zu und beeilte sich, seinen Vater einzuholen. Kurz darauf vernahm Karin, dass die Autotüren zugeschlagen wurden und das Fahrzeug abfuhr. Sie verzehrte ihre Stulle auf dem Balkon, von dem aus sie das Panorama der Landschaft beglückte.

Nach einer Stunde kehrten Vater und Sohn beladen mit Plastiktüten zurück. Karin hörte, wie Frau Geyer sie ausfragen wollte, was sie eingekauft haben. Alexander knurrte sie an: „Was zum Essen", und sprang, immer zwei Stufen mit einmal, die Treppe hoch. Florian keuchte hinterher und stellte, wie sein Vater, die Tüten auf den Küchentisch.

„So nun kannste uns was Leckeres kochen", forderte Alexander und lümmelte sich herausfordernd in einen der Sessel. Florian schaltete den Fernseher wieder an, und Karin packte den Einkauf aus. Die Pizzen wanderten sofort in die Ofenröhre, und von dem Eisbergsalat und dem Joghurtdressing bereitete sie einen Salat zu. Die Orangen und Mangos legte sie in eine Obstschale. Florian rief ihr zu: „Stell die Cola kalt, Mama!"

Schon bald strömten köstliche Düfte durch das Zimmer und lockten Florian in die Küche. Er half den Tisch decken und servierte für jeden eine Pizza auf einem Teller mit dem Besteck dazu.

„Magst du jetzt die Cola?", fragte Karin ihn. Statt Florians Antwort knurrte Alexander: „Das nächste Mal, wenn ich mir ein Bierchen kaufen will, unterlässt du diesen Terror! Sonst knallst, Sohn. Kapito! Hattest nur Glück, dass es bloß noch Malzbier gab."

Karin nickte ihrem Sohn liebevoll zu. Kurz darauf vertilgten sie das Abendessen. Danach wusch Karin ab und begab sich in die Dusche. Alexander folgte ihr und drängte sich unter dem warmen Wasser dicht an sie.

„Nicht hier! Flo ist noch im Wohnzimmer."

Als sie später alle im Bett lagen, kuschelte sie sich an Alexander und erwartete seine verlangenden Küsse. Doch seine Lippen blieben geschlossen. Er zwang sie zwischen seine Arme und nörgelte: „Geht das etwa weiter mit diesen Anrufen?"

Empört und auch ein wenig enttäuscht hielt Karin ihm vor: „Na, hör mal! Mutti muss doch wissen, wie es uns geht und ich auch, wie es ihr geht. Sie hat nämlich nicht nur einen Schnupfen, falls dir das entgangen ist."

Alexander brummte dazu, löste seinen Arm von ihr, drehte sich auf die Seite und gab sich schlafend. Karin, die sich die Nacht mit ihm romantisch schön vorgestellt hatte, weinte vor Enttäuschung. Als sie einmal laut aufschluchzte, murmelte Alexander: „Brauchst gar nicht zu heulen. Hast du dir selber eingebrockt. Soll das mit den Anrufen wirklich weitergehen?"

„Natürlich nicht, aber du musst doch verstehen, dass Mutti wissen will, ob es uns gut geht."

„Wirklich?"

„Ja, Alex, ich schwör es dir."

Er drehte sich wieder zu ihr um und küsste sie so, wie sie es sich gewünscht hatte. Die nächsten Stunden vereinte sie und stillte seine und Karins Sehnsucht. In seinen Armen glitt sie in den ersten Traum bis Sonnenstrahlen am Morgen die Dunkelheit vertrieben. Karin wachte auf, als Alexander mit seinen Händen zart über ihren Körper strich und mit ihr schmuste: „Es wird bestimmt der schönste Urlaub, den wir je erlebt haben, Schatz. Ich liebe dich noch wie beim ersten Mal."

Vor Glück lehnte Karin sich eng an ihn. Schon bald liebten sie sich stürmisch. Erst Florians Räuspern unterbrach ihre Liebesglut. Alexander nuschelte: „Wasch dich! Wir sind bald fertig."

Florian grinste zufrieden und verließ die Eltern, die ihren Sinnesrausch im Austausch von Zärtlichkeiten ausklingen ließen.

Alexander holte die bestellten Brötchen zum Frühstück, die an einem Haken neben der Tür hingen, herein und deckte den Tisch. Karin rekelte sich im Bett und wäre am liebsten gar nicht aufgestanden, sondern hätte mit Alexander den Tag, wie auf einer Insel, im Liebesrausch verbracht.

Als er den Tisch mit Esswaren gedeckt hatte, beugte er sich zu ihr herab, küsste sie zärtlich und trug sie im Nachthemd auf ihren Stuhl. Fürsorglich legte er ihr den Morgenmantel um die Schulter. Florian beobachtete ihre Schwärmerei füreinander, grinste hin und wieder vor sich hin und verzehrte mit Appetit sein Brötchen. Nachdem Alexander abgewaschen hatte, Karin geduscht und angezogen war, planten sie ihre Ausflüge. Zunächst entschlossen sie sich für eine Wanderung durch die nähere Umgebung, denn die Sonne strahlte, als habe sie den Sonnenschein soeben erfunden.

„Macht euch fertig. Ich bin gleich wieder da", erklärte Karin plötzlich. Sie hastete die Treppe hinunter, vor der die Vermieterin sie zu erwarten schien.

„Na, junge Frau, gut geschlafen?"

„Bestens. Dürfte ich noch mal …"

„Natürlich. Mutti wartet sicher schon."

Sie schloss die Tür zum Telefonraum auf und blieb wieder an der Tür stehen, als müsse sie jedes Wort zählen, um es sich bezahlen zu lassen. Karin fragte bloß: „Mutti, geht's dir gut?"

„Prima. Und euch?"

„Wir wollen heute wandern. Bis morgen. Tschüss."

Karin drehte sich um und informierte die Neugierige: „Alles in Ordnung. Setzen Sie die fünf Mark mit auf die Rechnung?"

„Mach ich. Wo geht's denn heute hin, junge Frau?"

„Danke fürs Telefonieren, aber meine Familie wartet auf mich", wimmelte Karin die Vermieterin ab und sprintete die Treppe hoch.

„Wo warst du denn?", empfing Alexander sie. Karin widerstrebte es, ihn anzulügen und gestand: „Hab nur schnell mit Mutti telefoniert."

„Schon wieder?", maßregelte er sie. Bevor Karin irgendetwas dazu sagen konnte, sprang Florian die Treppe herunter. Unten empfing ihn Frau Geyer und befragte ihn: „Na, wo soll es denn hingehen, junger Mann?"

„Bloß wandern", informierte Florian sie und flitzte aus dem Haus. Zufrieden schlurfte Frau Geyer in eines der

Zimmer, die vom Hausflur aus erreichbar waren. Alexander und Karin verließen schnell das Gebäude, froh, der Neugierigen entwischt zu sein. Hand in Hand schlenderten sie, wie frisch Verliebte, hinter ihrem Sohn her. Sie blickten sich wiederholt in die Augen, und Alexander küsste seine Frau ab und zu. Ihr kam es vor, als wanderten sie geradewegs in ihr eigenes Paradies. In der Ferne entdeckten sie Drachenflieger und Paragleiter von den Gipfeln der Berge segeln. Die Sonne strahlte dazu vom azurblauen Himmel, als freue sie sich aufrichtig über das glückliche Paar.

In einer Gaststätte aßen sie zu Mittag und setzten ihre Wanderung fort. Das Lächeln auf ihren Gesichtern, wenn sie sich ansahen, vertiefte sich mehr und mehr. Alexander schlang seinen Arm um sie und flüsterte ihr ins Ohr: „Nur dich will ich."

Karin errötete, wie in jungen Tagen, und schmiegte sich dichter an ihn. Florian rannte meisten voraus über das leuchtende Grün der Wiesen und versuchte, einen von den zahlreichen Schmetterlingen zu fangen. Trotzdem entging ihm die Verliebtheit der Eltern nicht. Als sie zur Ferienwohnung zurückwanderten, befahl Alexander seinem Sohn: „Geh schon weiter! Ich möchte deine Mama verwöhnen."

Florian blickte fragend von einem Elternteil zum anderen. Karin nickte nur und wandte sich Alexander zu. Er schob sie, während er sie küsste, in die entlegene Ecke eines Wäldchens hinter Sträucher und hob ihr T-Shirt hoch. Seine Lippen liebkosten ihren Busen, und seine

Hände schoben ihren Slip herab. Sie öffnete den Gurt und den Reißverschluss seiner Hose und streifte sie abwärts. Er hob sie hoch. Ihre Beine umklammerten seine Oberschenkel. Schon bald erbebten ihre Körper im feurigen Rhythmus und erreichten den Höhepunkt der Lust ihre Leidenschaft füreinander gemeinsam. Befriedigt flüsterte Alexander ihr zu: „Ich wäre fast vor Gier nach dir explodiert."

Er stellte sie auf ihre Füße. Karins Hände strichen über seinen Körper, und ihre Lippen berührten immer wieder seine zärtlich. Sie raunte ihm zu: „Wie beim ersten Mal. Weißt du noch?"

Seine dunklen Augen blitzen im Glückstaumel auf, und er flüsterte: „Wie könnte ich das jemals vergessen, Schatz!"

Aus der Ferne rief Florian: „Nun beeilt euch! Ich möchte heute noch was essen."

Unverzüglich richteten die Eltern ihre Kleidung, schlüpften aus dem Buschwerk und näherten sich ihm glückstrahlend. Hand in Hand kamen sie am Haus ihrer Vermieterin an, die gerade vor dem Haus die Steinplatten kehrte. Sie musterte ihre Feriengäste wissbegierig und konnte sich die Frage: „Schon zurück? Lange sind Sie aber noch nicht verheiratet", nicht verkneifen.

„Wir sind auf Hochzeitsreise", erwiderte Alexander und küsste Karin vor den Augen der Frau.

„Ja, ja", murmelte sie, „jung und verliebt müsste man noch mal sein. Aber mit der Zeit lässt alles nach, das mit dem Jungsein und auch die Liebe."

In der Ferienwohnung kritisierte Florian seine Eltern: „Ihr könnt aber gut lügen. Na ja, die Alte muss ja nicht alles wissen."

„Flo!", drohte Alexander und lachte dabei. Karin servierte zum Abendessen Rührei mit dem Rest von dem Eisbergsalat in Joghurtdressing. Dazu gab es für jeden ein mit Kräutern gefülltes Baguettebrot. Bevor sie zu Bett gingen, genossen sie auf dem Balkon den Sonnenuntergang. Die Berge schienen am Horizont in den Strahlen der untergehenden Sonne zu brennen, wie Karin und Alexander an diesem Tag füreinander. Trotzdem planten sie noch für die nächsten Tage ihre Ausflüge. Alexander schlug vor: „Morgen geht's nach Lindau und mit dem Schiff zur Insel Mainau."

„Der Königssee und die Zugspitze dürfen auch nicht fehlen", fügte Karin hinzu.

Florian verlangte: „Ich will unbedingt mit einem Drachen fliegen."

Die Eltern ließen es nicht zu. Schmollend verkrümelte er sich in sein Zimmer. Prompt gab es für Alexander kein Halten mehr. Er konnte seine Leidenschaft nicht zügeln und riss Karin und sich die Kleidung vom Körper. Bei seinen wilden Stößen wimmerte sie vor Schmerzen. Trotzdem hielt sie es für angebracht, dass er das Ende seiner Begierde ausleben konnte. Befriedigt lag er auf ihr. Das Mondlicht umhüllte ihre Körper wie mit einem goldenen Gewand. Karin kroch unter ihm vor und schlief gleich ein.

Am Morgen weckte Florian sie laut schimpfend: „Das sollte ich mal machen! Eure Sachen hättet ihr wenigstens ordentlich auf den Stuhl legen können."

Erschrocken verbarg Karin ihren unbekleideten Körper unter der Bettdecke. Alexander erklärte seinem Sohn: „Das passiert schon mal, wenn sich zwei ganz doll lieb haben."

Florian grinste unverschämt zu den Worten seines Vaters und meinte: „So schnell wolltet ihr poppen!"

Alexander warf ein Kissen nach ihm und befahl ihm lachend: „Abmarsch zum Duschen!"

Rückwärts stakste Florian mit diesem eigentümlichen Grinsen im Gesicht ins Bad. Geschwind stand Alexander auf, sammelte ihre Kleidungsstücke ein und warf Karin ihre zu. Während er nach Florian duschte, schlüpfte Karin in ihre Kleidung und stieg leise die Treppe hinunter. Frau Geyer nickte wissend und schloss das Telefonzimmer auf. Karin wählte die Nummer von ihrer Mutter, aber sie nahm den Hörer nicht ab. Auch nach mehrmaligen Versuchen ertönte immer nur das Besetztzeichen Karin erfasste Panik. Von oben brüllte Florian: „Mama, wo bist du denn? Wir müssen los."

Unverzüglich verabschiedete Karin sich von der Vermieterin und bat sie: „Bitte wieder auf die Rechnung."

Karin verstand nicht, was Frau Geyer ihr mitteilte, denn sie rannte die Treppe hoch. Alexander empfing sie in der Wohnstube: „Beeil dich! Wir wollen zum Bodensee, und der ist ziemlich weit weg. Hast du etwa schon wieder telefoniert?"

„Ja", antwortete sie, „aber Mutti hat nicht abgenommen. Muss ich nachher im Dorf noch einmal probieren."

Sie schnappte sich ein Toastbrot und hastete hinter Alexander und Florian hinterher, die schon gefrühstückt hatten.

Gereizt lenkte Alexander das Fahrzeug zur Post. Auch jetzt erreichte Karin die Mutter nicht. Von nun an musste Alexander in jedem Dorf vor der Post halten. Nach jedem vergeblichen Anruf kehrte Karin besorgter zurück. Als es Alexander zu viel wurde, knurrte er: „Jetzt ist Schluss mit dem Blödsinn."

„Fahr los! Vielleicht kann ich sie in Lindau erreichen, denn ich komme bald um vor Sorge."

„Mir knurrt der Magen. Ich will erst essen", murrte Florian, aber Alexander hielt ihm vor: „In Lindau gibt's Mittag. Ich will heute noch zur Mainau."

Er raste los und überschritt oft die erlaubte Geschwindigkeitsgrenze. Karin versuchte, ihn zu bremsen, aber er ließ sich nicht halten. Sie beobachtete alle Fahrzeuge, die hinter ihnen kamen. Erleichtert stellte sie fest, dass ihnen kein Polizeiauto folgte. Unbehelligt überfuhren sie die Stadtgrenze von Lindau. Die Parkplatzsuche gestaltete sich zum Geduldsspiel. Alexander fluchte deswegen ständig. Als sie endlich das Auto untergebracht hatten, verlangte Karin: „Auf zum Telefon!"

„Nee. Ich falle bald um vor Hunger", nörgelte Florian und Alexander mahnte: „Wir müssen zum Hafen, um zu erfahren, wann ein Schiff zur Mainau fährt."

Karin wies ihn zurück: „Erst muss ich telefonieren. Sonst habe ich keine ruhige Minute."

Sie fragte eine vorbeigehende Passantin nach der nächsten Telefonzelle. Sie beschrieb ihr den Weg. Karin eröffnete den beiden: „Wir müssen zum Bahnhof."

Mürrisch folgten sie ihr. Nach längerem Umherirren fanden sie eine Telefonzelle in der Halle des Bahnhofes. Es war ein Kartentelefon, aber eine Karte besaßen sie nicht. Im Telefonhäuschen stand auf einem Etikett, dass es Telefonkarten in der Post gäbe. Karin kommandierte: „Auf zur Post!"

Die Post hatte schon geschlossen, als sie dort ankamen. Von einem Schild mit Öffnungszeiten las Karin laut vor: „Ab fünfzehn Uhr geöffnet."

Alexander befahl: „Dann fahren wir jetzt mit dem Schiff!", aber Karin widersprach: „Erst wird telefoniert! Sonst kommen wir zu spät zurück, und dann hat die Post schon geschlossen."

„Mensch, Mama, Omchen kommt doch mal einen Tag ohne einen Anruf aus, aber ich ohne Essen bald nicht mehr", maulte Florian.

„Nein, Flo, das kommt sie nicht. Und ich auch nicht. Hättest mehr frühstücken sollen!"

Alexander schüttelte nur missbilligend den Kopf und schlug vor: „Na gut, dann schauen wir uns den Hafen von Lindau an."

Als sie an dem Schiffsanlegeplatz ankamen, entzifferte Alexander den Fahrplan und teilte mit: „Los kommt! In fünf Minuten geht ein Schiff zur Mainau."

„Aber jetzt doch nicht!", protestierte Karin. Alexander hielt ihr vor: „Warum denn nicht? Den Anruf kannst du danach immer noch machen."

Karin missbilligte seinen Vorschlag: „Lass uns nach dem Anruf fahren! Sonst hat die Post schon zu, wenn wir zurückkommen. Wir können uns bis dahin den Ort ansehen."

Lustlos trotteten sie bis zur Öffnungszeit der Post durch Lindau. Die älteste Kirche, die auch Fischerkirche genannt wird und als Kriegergedenkstätte mit der Gedenktafel für die Opfer der Nazigewaltherrschaft dient, beachteten sie kaum. Auch das Rathaus in der gotischen Bauweise mit dem Treppengiebel im Renaissancestil fand nicht ihr Interesse. Als Alexander am Neuen Rathaus, das sich direkt neben dem Alten Rathaus befindet, haltmachte und eine Informationstafel gelesen hatte, hielt er ihnen vor: „Das gib' doch nicht! Nun haben wir auch das tägliche Glockenspiel um 11 Uhr 45 verpasst."

„Ist das so schlimm?", wollte Karin wissen. Alexander brummte etwas Undefinierbares vor sich hin. Am Reichsplatz vor dem Lindavia-Brunnen las er ihnen vor: „Dieser Brunnen aus rotem Marmor wurde 1884 anlässlich des 20. Krönungstags von König Ludwig II. eingeweiht. Oben steht *Lindavia mit dem Lindenzweig*, die Beschützerin der Stadt. Die Beckenfiguren symbolisieren den früheren Reichtum Lindaus: Schifffahrt, Fischerei, Wein- und Ackerbau."

Keiner reagierte auf seine Vorlesung. Stattdessen blickte Karin auf die Uhr und erinnerte Alexander: „Wir müssen zur Post."

Kurz nach fünfzehn Uhr hielt sie endlich eine Telefonkarte in den Händen. Im Nu eilten sie zum Telefon in der Bahnhofshalle. Als die Mutter sich meldete, fragte Karin: „Wo warst du denn bloß? Den halben Tag versuche ich, dich zu erreichen."

„Ich war mit der Pflegerin auf dem Markt und habe mir eine bunte Bluse gekauft. Und dann ..."

„Kannst du mir nachher erzählen. Jetzt muss ich aufhören. Alex ist schon ungeduldig. Wir sind nämlich in Lindau am Bodensee und wollen mit dem Schiff zur Insel Mainau. Wie geht es dir?"

„Mir geht es soweit ganz gut", entgegnete die Mutter. Karin atmete auf, hängte den Hörer in die dafür eingerichtete Vorrichtung und teilte Alexander mit: „So, nun können wir."

Sie hetzten zum Schiffanlegeplatz. Das letzte Schiff, das an diesem Tag auslief, war schon weg. Alexander schimpfte: „Jetzt habe ich aber die Schnauze voll! Und das alles wegen den dämlichen Anrufen. Mir ist die Laune gründlich verhagelt. Und nun noch drei Stunden Rückfahrt bis zu unserer Ferienwohnung. Los zum Parkplatz!"

„Guckt euch doch mal die Einfahrt zum Hafen an! Ist der Leuchtturm herrlich? Und der Löwe an der anderen Seite erst! Mit seinen Vorderpranken stützt er sich auf ein dreistufiges Podest. Ist er aus Marmor und blickt direkt zum Schweizer Ufer?"

Mit diesen Fragen versuchte Karin, Alexander von seiner schlechten Laune abzulenken, aber er sprach kein Wort. Stattdessen klagte Florian wieder über seinen knurrenden Magen. Karin verspürte nun auch Hunger. Schweigend aß jeder an einem Imbissstand ein Brötchen mit einer Bockwurst, bevor sie abfuhren.

In der Ferienwohnung lockerte sich Alexanders Missmut auch nicht. Karin umarmte ihn: „Kannst du nicht begreifen, wie wichtige die Anrufe sind? Für Mutti und auch für mich."

„Kann ich absolut nicht", äußerte Alexander und fauchte sie an: „Sind wir denn nur zum Telefonieren hierher gefahren? Das stinkt mich vielleicht an! Mir reicht es! Wir reisen morgen ab."

„Ach nee, Papa! Wir wollten doch noch zum Schloss Neuschwanstein. Du, das soll ein Märchenkönig gebaut haben. Hätte ich mir gern angesehen", warf Florian ein. Alexander belehrte ihn: „Du meinst Ludwig II. Es ist eins seiner berühmtesten Schlösser und eine von vielen Sehenswürdigkeiten Deutschlands. Wird auch als „Märchenschloss" bezeichnete. Hätte ich auch gern gesehen, aber unsere Abreise hast du deiner Mama mit ihren fortwährenden Telefonaten zu verdanken. Das ist doch ätzend."

„Bitte, Papa, lass uns bleiben", bettelte Florian, aber Alexander blieb stur. Insgeheim gab Karin ihm recht und nahm sich vor, ihn im Bett zu entschädigen. Alexander wehrte sie ab. Als Karin nicht nachgeben wollte, schubste er sie barsch von sich weg. Sie nahm sich fest vor, im nächsten Urlaub eine Ferienwohnung mit Telefon zu buchen. Karin wollte ihn auch am Morgen zum Bleiben überreden, aber nicht einmal ihr Liebesgetändel ließ ihn von seinem Entschluss abweichen. Er schob sie von sich und setzte sich auf den Balkon. Sie folgte ihm und erreichte, dass er unter der Bedingung bliebe, wenn sie die übertriebenen Anrufe ließe und sich nur ihm widmen werde. Sie fuhren ins Dorf, kauften allerhand Delikatessen ein. Karin kochte ein exquisites Mittagessen, das Alexander versöhnte. Danach befahl er seinem Sohn: „Verschwinde mal für eine Stunde! Ich hab mit deiner Mama noch was vor."

Florian grinste seinen Papa obszön an und behauptete: „Kannst auch mit ihr poppen, wenn ich fernsehe!"

Alexander lief rot an, griff sich seinen Sohn und ohrfeigte ihn links und rechts auf die Wangen. Florian verzog sich daraufhin vors Haus. Karin hielt ihrem Mann vor. „Musste das jetzt sein?"

Alexander erinnerte sie an ihre ehelichen Pflichten. Er fackelte nicht lange und nahm sich das, was ihm als Ehemann angeblich zustand. Karin empfand dabei nur Abscheu. Als er sich in ihr ausgetobt hatte, lag er schwer atmend neben ihr und keuchte: „Haste genug!"

Wortlos stand Karin auf, zog ihren Slip an und setzte sich auf den Balkon. Tränen verschleierten ihren Blick. Sie bemerkte nicht, dass Florian ihr seinen Arm um ihre Schultern legte.

„Wieder so schlimm, Mama?"

Karin nickte nur, aber Florian riet ihr: „Trenn dich von dem Kerl!"

In dem Moment trat Alexander zu ihnen und fauchte: „Was wird hier über mich getuschelt?"

Er zerrte seinen Sohn an einem Ohr hoch. Bevor Florian irgendeinen Schmerz äußern konnte, rief Karin: „Die Kuhherde!"

Alexander löste seine Finger von Florians Ohr und verfolgte, wie seine Frau und der Sohn, die Kühe. Sie bogen in den Nebenweg ein, in dem die Vermieterin ihnen einen Platz zum Parken für ihr Auto direkt gegenüber von ihrer Ferienwohnung vor einem Zaun zugewiesen hatte. Karin schrie entsetzt: „Die kommt ja direkt unseren Weg entlang!"

„Sehe ich auch. Bin ja nicht blind", knurrte Alexander sie unzufrieden an. Wie hypnotisiert starrten sie auf die Kuhherde. Die Leitkuh trottete vorneweg. Plötzlich löste sich eine Kuh aus der Gruppe und zwängte sich in die Lücke von dem Zaun und ihrem Auto. Karin hielt vor Fassungslosigkeit den Atem an, Alexander knetete seine Hände, und Florian brüllte: „Geh weg, du blödes Vieh!"

Karin wollte schon aufatmen, denn das Tier schien gerade durch zu passen. Plötzlich drehte sich die Leitkuh um und bedrängte es, das direkt in der Mitte zwischen Zaun und Auto stand. Die Kuh wollte sich jetzt drehen, um vermutlich mit dem Vorderteil voran zurückzugehen. Während der Drehung hob sie mit dem Hinterteil das Auto an. Wie versteinert vor Entsetzen registrierten die Zuschauer auf dem Balkon das Geschehen. Das Auto neigte sich durch die Drehung der Kuh in eine gefährliche Schräglage. Karins Hände hielten sich automatisch den Mund zu, um den Schrei, der bereits in der Kehle saß, zu ersticken. Alexander lehnte an der Brüstung des Balkons und fixierte das Ereignis, als sähe er einem gefälschten Film zu. Florian brüllte: „Macht was! Unser Auto kippt gleich aufs Dach."

Entweder hatte sein Ruf die Leitkuh irritiert, oder irgendetwas anderes hatte sie abgelenkt, jedenfalls wandte sie sich von ihrer Gefährtin ab. Diese drehte ihr Hinterteil zurück. Der Wagen plumpste auf seine vier Räder zu Boden. Nun ging die Kuh friedlich der Herde hinterher. Nach einer Schreckminute flitzten Alexander, Karin und Florian zum Auto, um sich den Schaden anzusehen.

„Die Beifahrertür hat es getroffen. Ob sie noch aufgeht?", fragte Karin aufgeregt, als sie die Beule anstarrte. Alexander besichtigte das Auto von allen Seiten und schloss mit dem Autoschlüssel die Tür an der Fahrerseite auf. Sie ließ sich öffnen. Auch die Beifahrertür bereitete keine Probleme. Alexander äußerte: „Scheint nichts außer der Beule zu sein. Ich gehe jetzt zu dem Bauernhof, wohin die Herde getrieben worden ist. Den Schaden muss der Besitzer uns ersetzen."

Karin und Florian warteten neben dem Auto auf seine Rückkehr. Unvermittelt gesellte sich die Vermieterin zu ihnen und deutete auf den Schaden: „Noch mal Glück gehabt."

Karin hielt ihr vor: „Glück nennen Sie das! Das ist ein ganz neues Auto. Sehen Sie die Beule nicht?"

„Ja, schon, aber manchmal geht das nicht so glimpflich ab."

„Ist das bei Ihnen schon öfter passiert?", forschte Karin.

„Bei uns nicht, aber weiter vorn", gab die Frau zu und entfernte sich schnell. Wenig später kehrte Alexander zurück.

„Was hat der Bauer gesagt?", fragte Karin.

„Der will den Schaden gleich seiner Versicherung melden. Die werden nach seiner Aussage morgen früh einen Gutachter schicken."

„Und dann?"

„Wir sollen den Schaden beheben lassen und ihm die Rechnung schicken. Er wird sie bezahlen."

„Hoffentlich", bemerkte Karin.

„Sei doch nicht immer so pessimistisch. Natürlich bezahlt der den Schaden. Habe die Visitenkarte seiner Versicherung. Aber jetzt brauche ich was."

„Was denn, Papa?", wollte Florian wissen.

„Das ist nichts für kleine Jungs. Tschüss bis nachher."

„Wo willst du denn hin?", rief ihm Karin nach, aber sie erhielt keine Antwort. Karin und Florian latschten in die Wohnung zurück. Ausnahmsweise hatte die Vermieterin nicht im Treppenhaus zu tun, sodass sie unbehelligt oben ankamen.

„Magst du was essen, Flo?"

„Ja. Ich hab schon Hunger. Und du?"

„Mir ist der Appetit vergangen", äußerte Karin und fragte: „Was willst du denn essen?"

„Pizza. Ist noch welche da?"

Karin öffnete das Tiefkühlfach. Es enthielt sogar noch Florians Lieblingspizza mit Salami und Käse. Karin wärmte sie ihm auf und belegte für sich eine Stulle mit Schnittkäse. Nach dem Essen sahen sie sich im Fernseher einen Horrorfilm an. Karin schlief dabei ein und wurde erst wach, als Florian nach Sendeschluss das Gerät ausschaltete. Er begab sich ins Bett. Karin setzte sich auf den Balkon, um auf Alexander zu warten.

Als sie ihn gegen drei Uhr um die Ecke torkeln sah, legte sie sich schnell ins Bett und tat, als schliefe sie. Kurz darauf betrat Alexander das Zimmer, entkleidete sich und warf sich neben sie. Sofort grapschte er ihr an den Busen und lallte: „Mach schon!" Karin öffnete sich ihm. Sie wusste, was ihr drohte, wenn sie ihn abwies. Vor allem brauchte er Sex mit irgendeiner Frau, wenn er betrunken war. Als er fertig war, lallte er: „Sag es aber nicht meiner Frau", und schlief ein.

Am nächsten Tag trank er zum Frühstück nur eine Flasche Bier und schwärmte: „War das gestern toll. Schade, dass du nicht mitgekommen bist."

Karin erwiderte dazu nichts und war froh, dass sie packen konnte. Nachdem der Gutachter von der Versicherung den Schaden angesehen hatte, begab Karin sich zu der Vermieterin, die sie eigenartig ansah.

„Na, wieder mit Mutti telefonieren?"

„Nein. Wir reisen ab. Ich möchte gern die Rechnung. Mein Mann bezahlt sie nachher."

Die Angesprochene konnte sich nicht verkneifen zu sagen: „Na, bei Ihnen war ja in der Nacht mächtig was los", lachte anzüglich und übergab Karin, die feuerrot geworden war, die Rechnung. Als sie oben ankam, forschte Alexander: „Schon wieder mit Omchen telefoniert?"

„Nein. Nur die Rechnung geholt. Sei bitte so gut und bezahle sie nachher."

Sie übergab ihm das Blatt Papier. Alexander studierte die Beträge genau. Plötzlich fuhr er Karin an: „Soviel hast du fürs Telefonieren ausgegeben? Wahnsinn! Sag mal, haste sie noch alle?"

„Woanders gab es doch kein Telefon", erinnerte ihn Karin.

„Das war die letzte Reise mit dir. Kapito! Telefonieren kannst du Zuhause bedeutend billiger", zischte er ihr zu und ging, um die Rechnung zu begleichen. Mit einer hässlichen Beule in der Beifahrertür fuhren sie bei Donner und Blitz heim.

Am nächsten Tag packte Alexander seine Reisetasche und verließ seine Familie mit den Worten: „Muss Geld beschaffen. Bin schließlich kein Millionär."

„Wo willst du denn hin?"

„Zu meiner neuen Geldquelle. Die ist anspruchsloser als du und arbeitet obendrein nur für mich. Tschüss bis irgendwann."

Hart knallte die Tür hinter ihm ins Schloss. Als Karin weinte, tröstete Florian sie: „Den sind wir wenigstens los!"

Unter Tränen schluchzte Karin: „Wie kann du so von deinem Papa reden, Flo!"

„Meinst du etwa, ich krieg nicht mit, wie der dich schikaniert! Eines Tages schlage ich ihn zusammen, wenn er sich weiter so aufführt. Vorläufig ist er jedenfalls weg und macht es mit einer anderen Tussi. Da hast du jedenfalls deine Ruhe."

Entgeistert hatte Karin ihrem Sohn zugehört. Sie hatte es nicht für möglich gehalten, dass er mitgekriegt hatte, wie sehr sie unter Alexanders wildem Sex litt. Sie umarmte ihren Sohn und flüsterte: „Das wirst du nicht tun, Flo! Ich liebe deinen Papa. Wenn er nicht getrunken hat, ist er immer sehr zärtlich. Hast du das auch mitbekommen?"

„Ja, Mama, wenn er nicht getrunken hat … aber wann ist das schon? Ich beschütze und verteidige dich. Darauf kannst du dich verlassen."

Samstag, 06. Mai 2000, 16 Uhr

Ich sitze noch immer an ihrem Bett und halte ihre Hand. Hin und wieder fühle ich ihren Puls, der spürbar schwächer geworden ist und durch Rhythmusstörungen auffällt. Auch die Atmung ist unregelmäßig und flacher als vor Stunden.

Erfolgt ihr Abschied von der Welt und von mir demnächst?

Eine Schwester öffnet vorsichtig die Tür einen Spalt, linst herein und fragt mich leise: „Störe ich sehr?"

„Kommen Sie nur", antworte ich und bin über ihre Anwesenheit, die mich von den unmittelbaren Wahrnehmungen ablenkt, froh. Sie legt Mutti eine Blutdruckmanschette um den spindeldürren Oberarm und misst den Blutdruck. Ich möchte die Wahrheit in ihrem Gesicht lesen und beobachte ihre Mimik aufmerksam. Sie verändert sich nicht. Nachdem sie den gemessenen Wert auf dem Krankenblatt notiert hat, blickt sie mich an und sagt: „Er ist jetzt deutlich niedriger. Sprechen Sie mit ihr! Sie könnte noch hören, was Sie ihr sagen."

Sie klopft mir beruhigend auf die Schulter: „Ich gucke später noch mal rein", und verlässt das Zimmer.

Traurig bemerke ich im Gesicht von Mutti das helle Dreieck um den Mund herum. In einer Zeitschrift las ich vor Kurzem, dass diese Veränderung ein untrügliches Zeichen für das Nahen des Endes auf Erden ist. Ich spreche leise zu ihr: „Dein Leben bestand aus Trübsal,

Krankheit, Sorgen und Kummer. Du hast alles ausgehalten, hast geschuftet Tag für Tag und den Tod von deiner Mutti und von Vater überstanden. Mit deiner Liebe schafftest du jede Bürde und jede Not. Du hast für uns gekocht und uns mit deinen Speisen glücklich gemacht. Nun bist du am Endpunkt deines Lebens angelangt, und ich halte voll Trauer deine Hände, obwohl ich weiß, dass der Tod nicht dein Feind ist. Im Gegenteil. Er ist dein Freund und wird dich am Ende deiner Lebenszeit als Lichtgestalt empfangen und in sein Reich des ewigen Friedens aufnehmen. Alle, die vor dir gegangen sind, werden dich empfangen. Du wirst mit ihnen auf den himmlischen Wiesen ohne Schmerzen, Leid und Kummer wandeln. Geh in Frieden in die Ewigkeit, liebe Mutti, und freu dich auf die Zukunft im Glück, das es für dich auf Erden so selten gab! Ich bleibe bei dir, bis ich sicher bin, dass du wohlbehalten angekommen bist. Einmal ist es auch bei mir soweit. Dann werden wir uns wiedersehen, und niemand wird uns trennen können. Aber jetzt bleib noch bei mir, bis mein Abschiedsschmerz aufhört zu brennen."

Sie hat die Augen offen, aber ich bemerke kein Verstehen oder Erkennen. Zart streichele ich über ihr Gesicht, dessen Haut sich über die Knochen spannt und sich wie Seide anfühlt. Ich beuge mich über sie, lege meine Lippen auf ihren Mund und erschrecke vor der Kälte, die er ausstrahlt.

23. Kapitel

Alexander kehrte weder nach einer Woche, noch nach einem Monat zurück. Karin setzte ihr Fernstudium fort und betreute die Mutter jeden Nachmittag. Wenn sie fragte: „Wo ist den Alex?", begründete Karin seine Abwesenheit, dass er momentan einige Wochen im Ausland arbeiten müsse.

Eines Abends klingelte es. Florian rannte mit der qualvollen Erwartung zur Tür, dass sein Papa käme, schaltete die Sprechanlage an und fragte: „Wer ist da?"

„Tag. Ist deine Mutter da?", hörte Karin Simons Stimme. Bevor Florian antworten konnte, schob Karin ihn beiseite und drückte die Taste für den Türöffner. Nach einigen Minuten hielt der Fahrstuhl, die Tür glitt auf, und Simon blickte sie freudig an. Karin erwiderte sein Lächeln. Florian schaute von einem zum anderen. Er verstand ihren Augenausdruck, der zärtlich aufleuchtete, als sie sich ansahen. Er gab den Weg frei und ging in sein Zimmer. Karin begrüßte Simon mit Handschlag und ließ ihn eintreten. Als sie in der Wohnstube saßen, fragte er: „Kommst du nicht mehr zur Lesung?"

Seine Augen verrieten eine andere Frage. Karin erklärte ihm, dass sie im Urlaub gewesen waren und Alexander ihr die Lesungen untersagt habe. Unglücklich schaute Simon sie an und äußerte: „Sehen wir uns dann gar nicht mehr?"

„Natürlich, Simon, aber ich muss erst Ordnung in mein Leben bringen. Es ist mit Alex nicht einfach, wenn er getrunken hat."

„Schlägt er dich immer noch?"

Dazu erwiderte Karin nichts. Tränen, die über ihre Wangen rollten, verrieten Simon mehr als tausend Worte. Er umarmte sie und flüsterte ihr zu: „Vergiss mich nicht! Ich bin immer für dich da. Lass dich endlich scheiden!"

Die letzten Worte hatte Florian, der sich neugierig vor die Tür geschlichen hatte, mitbekommen und fügte hinzu: „Das habe ich Mama auch schon geraten. Aber auf mich hört sie ja nicht. Lieber lässt sie sich weiter schlagen und beinahe zu Tode poppen. Und das nennt sie Liebe."

Simon starrte Karin durchdringend an und ermittelte: „Ist das wirklich wahr?"

Karin senkte den Kopf und schwieg.

„Soll ich dir einen Anwalt besorgen?", bot Simon an, aber Karin flehte: „Bitte, Simon, misch dich nicht ein. Er ist mein Ehemann und momentan nicht hier. Ob er jemals wiederkommt, weiß ich nicht."

Niedergeschlagen stand Simon auf und verabschiedete sich mit den Worten: „Wenn du mich brauchst … meine Adresse und Telefonnummer kennst du ja."

Florian brachte ihn zur Tür. Nachdem Simon mit dem Fahrstuhl abwärts geschwebt war, lief Florian zu seiner Mama und hielt ihr vor: „Warum nimmst du seine Hilfe nicht an? Ihm scheint viel an dir zu liegen."

Karin wies ihn zurecht: „Das geht dich nichts an, Flo. Ich bin deinem Papa jedenfalls treu, so wie ich es bei der Trauung geschworen habe. Er wird schon wiederkommen."

Sie scheuchte ihren Sohn in sein Zimmer. Karin sollte recht behalten. Eines Abends torkelte Alexander in die Wohnung. Mit zornigen Blicken fixierte er sie sekundenlang, bevor er sie wutentbrannt mit einem Hausschuh verprügelte. Karin stürzte auf den Fußboden im Wohnzimmer. Er versetzte ihr noch einen Fußtritt, taumelte ins Schlafzimmer und ließ sich angezogen aufs Bett fallen. Sie kroch zu der Couch, zog sich auf das Ruhelager und weinte sich in den Schlaf.

Am Morgen entschuldigte Alexander sich wegen seiner Brutalität: „Ich habe dich so vermisst. Du bist nach wie vor die Liebe meines Lebens."

Sprachlos starrte Karin ihn an. Ohne Kommentar stand sie auf und deckte den Tisch zum Frühstück. Sie weckte Florian. Er blickte in das Gesicht seiner Mama, deren eine Wange von den Schlägen geschwollen und hochrot glühte. Als Alexander in die Wohnstube trat, um sich auf seinen Platz an dem Tisch zu setzen, stellte Florian sich vor ihn hin und blaffte ihn an: „Du hast sie wieder geschlagen. Tu das nicht …?"

Den Satz zerbrach ein Faustschlag von Alexander, sodass Florian gegen die Wand taumelte. Karin rannte zu ihrem Sohn, stellte sich schützend vor ihn, weil Alexander erneut die Faust gehoben hatte. Sie brüllte ihn an:

„Lass den Jungen in Ruhe! Schlag meinetwegen mich tot, aber nicht unser Kind."

Seine Faust schmetterte nun gegen Karins Kopf. Sie knallte gegen die Wand. Überreizt grölte Alexander: „Wie die Mutter, so der Sohn! Beim nächsten Mal werde ich euch beibringen, wie ihr mir zu gehorchen habt."

Er verließ erneut seine Familie. Florian verschloss hinter ihm die Tür und befahl seiner Mama: „Wir packen unsere Sachen und gehen zu diesem Simon. Bei dem findet uns Papa nicht."

„Nein. Unser Zuhause ist hier, Flo", widersprach Karin. Traurig verzehrte Florian sein Frühstück und ging in die Schule.

Karins Alltag verlief nun wieder zwischen der Angst auf die Rückkehr von Alexander und der Hoffnung auf ein Zusammenleben ohne seine Brutalität. Gern hätte sie Florians Rat befolgt, aber ihr war morgens häufiger übel und sie erbrach oft das Frühstück. Florian bemerkte ihr Erbrechen und verlangte erneut: „Soll ich diesen Simon holen, damit er dir hilft?"

„Das ist nur eine Angelegenheit innerhalb der Familie und geht keinen Fremden etwas an."

„Und warum ist Papa so gemein zu uns?"

„Es kann nicht immer Urlaub sein, Flo. Papa ist nun mal mitunter ein wenig unbeherrscht. Bestimmt wird alles wieder gut", bekräftigte sie ihr Wunschdenken. Darauf erwiderte Florian nichts, sondern schüttelte nur den Kopf.

Zu Beginn der Adventszeit wusste Karin sicher, ein Baby zu erwarten. Sie hoffte inständig, dass Alexander bald käme, damit sie ihm die freudige Botschaft in einem günstigen Moment verkünden könne. Diese Gelegenheit ergab sich einen Tag später. Alexander betrat mit einem Strauß roter Rosen die Wohnung. Er bat Karin um Verzeihung für sein Benehmen und versprach, keinen Alkohol mehr zu trinken. Karin zweifelte zwar an seinem Versprechen, aber nahm die Entschuldigung an. Sie beschwor ihn: „Mach einen Entzug, Alex!"

„Bist du bescheuert! Ich bin doch kein Alkoholiker, aber bitte, wenn Madam es wünscht … meinetwegen im neuen Jahr."

Florian stand dem Versprechen seines Papas skeptisch gegenüber. Als er jedoch sah, wie glücklich seine Mama wirkte, glaubte auch er daran. Alexander meinte nach der Versöhnung: „Bald ist Weihnachten. Wollen wir uns heute den wundervollsten Weihnachtsbaum holen, den es weit und breit gibt?"

Karin willigte ein. Zu dritt wollten sie zum Weihnachtsbaummarkt. Karin lenkte ihre Schritte gleich zum Parkplatz, aber Alexander bestimmte. „Wir gehen zu Fuß!"

„Warum? Dann muss der Baum doch getragen werden, denn vom Markt bis zu uns ist es zu Fuß ziemlich weit."

„Na und. Ihr werdet schon nicht gleich umkommen. Bewegung tut immer gut. Außerdem trage ich das Schmuckstück."

„Ich sehe dein Auto gar nicht. Bist du mit der Bahn gekommen?"

„Na klar. Ist billiger. Den Flitzer habe ich verkauft", offenbarte ihnen Alexander und lief los. Schweigend wanderten sie zum Weihnachtsbaummarkt. Alexander wühlte regelrecht in den Bäumen der kleinen Art, obwohl Florian sich einen von der Decke bis zum Fußboden gewünscht hatte. Er nörgelte: „Papa, wir wollten doch den Größten, den es gibt. Aber du suchst nur bei diesen mickrigen Dingern."

„Halt dein Maul! Ich weiß schon, was ich tue", verbot Alexander ihm jedes weitere Wort. Karin flüsterte ihrem Sohn zu: „Verärgere ihn nicht! Sonst geht er nachher wieder in die Kneipe."

Florian fügte sich. Endlich hatte Alexander ein kleines Bäumchen gefunden und drehte es vor Karin hin und her.

„Na, was sagt ihr zu dem? Das ist doch bildhübsch."

„Viel zu klein", maulte Florian trotz der Warnung von seiner Mama.

„Du bist doch kein Baby mehr. Das reicht. Was meinst du, Schatz?"

Obwohl es ihr nicht gefiel, gab sie ihm recht. Alexander bezahlte es und transportierte es auf der Schulter nach Hause. Bis Weihnachten sollte es auf dem Balkon lagern. Gemeinsam tranken sie Kaffee und aßen Stolle dazu. Keine sprach ein Wort. Schließlich beschwerte Alexander sich: „Was für eine Laus ist euch denn über die Leben gelaufen? Da schenke ich euch ein erstklassiges Bäumchen, und eure Wortkargheit ist nun der Dank dafür."

„Gehst du bitte in dein Zimmer, Flo?", verlangte Karin.

„Warum denn?"

„Ich habe mit Papa was Wichtiges zu besprechen."

„Was denn?"

„Erfährst du noch früh genug. Jetzt lass uns bitte allein."

Ach so", grinste er wieder so schelmisch, wie früher, und verschwand.

Alexander schaute seine Frau fragend an, doch Karin zögerte. Schließlich verdächtigte er sie: „Willst du dich etwa scheiden lassen?"

„Nein, Alex, ganz im Gegenteil. Du wirst im nächsten Jahr Vater."

„Sag das noch mal!"

„Du wirst noch einmal Vater. Ich bin schwanger."

Alexander stand auf und lief hektisch hin und her. Erwartungsvoll sah Karin ihn an. Wie hatte er sich damals auf Florian gefreut! Und nun? Schließlich blieb er vor ihr stehen, schüttelte sie wütend hin und her und beschuldigte sie: „Von wem hast du dir das Balg andrehen lassen?"

„Weißt du nicht mehr im Urlaub?", schluchzte Karin. Alexander starrte vor sich hin. Karin hielt das Schweigen nicht mehr aus und erkundigte sich: „Freust du dich denn gar nicht?"

„Worauf denn? Etwa wieder auf das Geplärre Tag und Nacht … nee, darauf freue ich mich ganz bestimmt nicht. Hättest ja besser aufpassen können."

„Ja, ja. Immer mir alles in die Schuhe schieben. Da bist du Meister drin."

„Lässt sich da noch was regeln?"

„Was soll sich denn da noch regeln lassen?"

„Ich habe keinen Bock auf noch ein Balg. Lass es wegmachen!"

Karin wandte sich ab und sagte hart: „Nein. Da lässt sich nichts mehr regeln. Ich bin bereits, falls du rechnen kannst, längst über den dritten Monat hinaus und will das Kind."

Alexander blickte sie erbost an und schrie: „Hast wohl wieder geschlampt und die Pille vergessen, du Miststück. Und ich soll es ausbaden. Kommt überhaupt nicht infrage. Wenn nichts mehr zu machen ist, dann eben so."

Unerwartet trat er ihr mit einem Fuß kräftig in den Unterleib, sodass Karin niederfiel. Er stampfte noch mehrmals mit Schwung zu und brüllte gehässig: „Vielleicht hilft das, den Bastard auszutreiben. Wenn nicht, dann werd selig, aber ohne mich."

Er wandte sich von ihr ab und ließ sie am Fußboden liegen. Weder ihr Gewimmer, noch ihre Versuche, ihn zum Bleiben zu bewegen, rührten ihn. Er packte seine Reisetasche. Bevor er ging, schrieb er eine Nummer auf einen Zettel und warf ihn Karin vor die Füße: „Wenn du das Malheur beseitigt hast, ruf Liesa-Marie an. Vielleicht komme ich irgendwann vorbei."

Er pfefferte einige Geldscheine auf den Tisch und grollte: „Euer Wirtschaftsgeld. Ansonsten Adieu."

Er verließ seine am Boden liegende weinende Ehefrau. Nachdem die Tür ins Schloss geknallt war, heulte Karin laut, sodass Florian angelaufen kam. Erschrocken blieb er vor seiner Mama stehen. Nach einer Schrecksekunde half er ihr hoch und brachte sie zum Bett.

„Warum, Mama, warum hat er dich jetzt schon wieder geschlagen?"

„Papa ist sauer, weil du bald ein Schwesterchen oder Brüderchen bekommst", stöhnte sie. Florian starrte seine Mama entgeistert an und fragte mit belegter Stimme: „Vom Urlaub, als ihr … na, du weißt schon?"

„Ja, aber Papa will es nicht", jammerte Karin. Florian tröstete sie: „Ich helfe dir, denn ich bin ja schon groß."

Karin weinte vor Rührung lauter. Florian trocknete ihr die Tränen und bat: „Wein nicht, Mama! Wir schaffen das schon. Warum ist er dann einfach weggegangen und hat was von einer Lisa-Marie gefaselt?"

„Ach, Flo, Männer in dem Alter sind manchmal schwierig. Ich denke, Papa wird schon wieder zur Vernunft kommen."

„Ich werde mich bestimmt niemals so benehmen. Grüß Omchen nachher von mir."

„Wir werden sehen, Flo. Noch bist du mein fleißiger Sohn, und dafür danke ich dir. Aber jetzt los! Sonst kommst du zu spät zum Unterricht. Kannst du gleich danach zu Omchen gehen? Ich werde sie heute nicht besuchen können."

Er versprach es ihr und eilte in die Schule.

Die Schmerzen in Karins Unterleib nahmen zu. Sie rief die Mutter an und teilte ihr mit, dass sie heute nicht kommen könne, weil es ihr nicht gut ginge. Die Mutter klagte: „Oh, Gott, Kari! Hoffentlich geht es dir morgen besser? Oder hast du was Schlimmes?"

Karin verneinte und bat sie: „Nimm es mir bitte nicht übel, aber ich muss mich wieder hinlegen."

Sie legte den Hörer auf und kroch zum Bett. Vor Schmerzen wälzte sie sich von einer Seite auf die andere. Auf einmal breitete sich unter ihr eine Wasserlache aus. *Die Fruchtblase ist geplatzt*, schoss es ihr durch den Kopf. Das Ziehen im Unterleib entwickelte sich zu Wehen. Nach kurzer Zeit setzten die Presswehen ein, und der Fötus wurde ausgestoßen. Der Wutanfall von Alexander hatte sich erfüllt. Karin wiegte ihr totes Kind im Arm und wimmerte herzzerreißend. Immer wieder küsste sie den Winzling. Es war ein Mädchen. Sie hätte es Vanessa genannt.

Sie säuberte die Totgeburt, wickelte sie in ein weiches Tuch und hüllte sie in Folie ein. Danach reinigte sie sich, entfernte ihre Matratze aus dem Bett und stellte sie zum Trocknen auf den Flur. Die Hälfte, auf der Alexander sonst schlief, bezog sie frisch mit Bettwäsche.

Florian kam gegen Abend zurück und berichtete: „Ich habe ihr alles erzählt. Omchen hat auf Papa geschimpft. So habe ich sie noch nie erlebt … Was war denn hier los?", fragte er, nachdem er sich in der Wohnung umgeblickt hatte. Karin wollte ihn nicht anlügen und teilte ihm mit: „Dein Schwesterchen ist vorhin als Sternenkind geboren worden."

„Verstehe ich nicht. Wo ist es denn jetzt?"

„Im Himmel, Flo. Babys, die geboren werden und nicht lebensfähig sind, werden Sternenkinder genannt. Morgen früh gehe ich zum Arzt, um mich untersuchen zu lassen, und werde mich danach um die Beerdigung kümmern."

Karin weinte. Florian setzte sich zu ihr: „Wein nicht, Mama! Du hast doch mich. So ein Mädchen hätte bloß gestört."

Karin lächelte trotz ihrer Traurigkeit, umarmte den Sohn und flüsterte: „Gott sei Dank habe ich dich. Jetzt muss ich mich ausruhen."

Innerhalb von Stunden nahmen die Schmerzen in Karins Bauch zu, und sie bekam Fieber. Nach einer unruhigen Nacht begab sich in die Akutsprechstunde einer Gynäkologin, die sich erkundigte: „Was führt Sie zu mir?"

Karin stammelte: „Mein … mein Mann ist immer so stürmisch. Danach habe ich öfter Schmerzen und auch leichtes Bluten. So schlimm, wie gestern, war es noch nie."

Nach der Untersuchung fragte die Ärztin: „Wollte Ihr Mann das Kind nicht? Die Hämatome am Unterleib sind doch ganz frisch und sehen wie von Fußtritten aus.

Hat Ihr Mann absichtlich einen Abbruch herbeigeführt?"

„Ja. Ich habe das Kind gestern verloren."

„Möchten Sie ihn wegen Körperverletzung anzeigen?"

„Nein."

Karin senkte den Kopf und schwieg. Die Ärztin blickte sie angespannt an und äußerte nach einigen Sekunden: „Wie Sie wollen. Von der Nachgeburt scheint nicht alles abgegangen zu sein. Ich verschreibe Ihnen ein Antibiotikum. Davon nehmen Sie früh und abends eine Tablette. Und morgen kommen Sie vor der Sprechstunde nüchtern zur Ausschabung und bringen den Fötus mit."

„Kann das ambulant gemacht werden?"

„Sie bekommen eine leichte Narkose, und ich entferne die Reste. Danach bleiben Sie einige Stunden zur Beobachtung hier. Ich denke, mit dem Medikament heilt es dann komplikationslos ab."

Karin verabschiedete sich und holte aus der Apotheke das Medikament.

Am nächsten Tag übergab sie der Arzthelferin die Totgeburt und erhielt nach einer erneuten Untersuchung eine leichte Narkose. Die Gynäkologin beseitigte die Reste von der Nachgeburt. Karin musste einige Stunden zur Beobachtung in der Praxis bleiben. Bevor sie nach Hause durfte, warnte die Ärztin sie: „Frau Meyer, verzichten Sie jetzt unbedingt für ungefähr drei Wochen auf Schwimmen, Saunabesuche und Geschlechtsverkehr. Auch rate ich von Tampons ab, denn der Muttermund schließt sich nur langsam. Es können Keime in die Gebärmutter eindringen. Sollten irgendwelche Beschwerde auftreten, kommen Sie sofort!"

„Was passiert mit meiner Tochter?"

„Ich veranlasse, dass sie, wie immer noch üblich, als Kliniksondermüll entsorgt wird. Mehr kann ich nicht tun."

Traurig fuhr Karin am Abend mit einem Taxi nach Hause. Florian erwartete sie schon lange und war empört, wie mit seinem zu früh geborenen Schwesterchen verfahren werden soll. Ändern konnte er an den geltenden, gesetzlichen Bestimmungen nichts.

Karin erholte sich von der Fehlgeburt psychisch schleppend. Florian und die Mutter unterstützten sie mental. Die Mutter hielt ihr wiederholt vor: „Ich weiß, es ist schlimm, Kind, aber denk mal darüber nach, wie du das alles mit zwei Kindern hättest bewältigen wollen? Alex ist doch weg. Lüg mich bitte nicht an!"

„Stimmt, Mutti, er hat eine andere. Ich denke, wenn er erfährt, dass ich das Kind verloren habe, verlässt er sie ganz bestimmt. Er wollte das Baby nämlich nicht."

„Dachte ich mir. Ich spüre schon lange, dass zwischen euch was nicht in Ordnung ist. Seit ihr etwa schon geschieden?"

„Nein, Mutti, das nicht, aber Alex fehlt mir schon sehr."

„Weißt du denn, wo er sich aufhält?"

Karin dachte einen Moment nach und erinnerte sich an den Zettel mit der Telefonnummer von einer Liesa-Marie.

„Doch, das weiß ich."

„Sag es ihm, Kari! Bestimmt wird zwischen euch alles wieder gut, und er lässt die andere sausen."

„Glaube ich nicht. Vielleicht lasse ich mich scheiden."

Die Mutter blickte sie ungläubig an und hielt ihr vor: „Diese Schande willst du mir auch noch antun? Was sollen die Nachbarn von mir denken? Erst ist meine Tochter schwanger, verliert das Kind und lässt sich auch noch scheiden. Nein, Kari, das überleg dir gut."

„Alex hat mich oft im betrunkenen Zustand geschlagen, zum Sex gezwungen und wollte dieses Kind nicht. Seinen Fußtritten in den Bauch habe ich es zu verdanken, dass mein Mädchen ..."

Karin konnte vor Kummer nicht weitersprechen. Die Mutter beruhigte sie: „Das wusste ich ja gar nicht. Warum hast du mir nicht eher was gesagt?"

„Du hast mit deiner Krankheit genug zu tun. Außerdem dachte ich, dass nach dem Urlaub alles wieder ins Lot kommt, aber nun ist er zu seiner neuen Liebe gegangen."

„Das auch noch", jammerte die Mutter und fügte hinzu: „Unter den Umständen ist wirklich das Beste, du lässt dich scheiden. Der Vati und ich waren von Anfang an gegen die Ehe mit diesem Proleten. Aber mit dir war nicht zu reden. Du warst ja blind vor Liebe. Und nun?

Was soll nun werden? Keine Ausbildung und Schule geschmissen."

„Mach dir nicht zu viel Sorgen. Irgendwie geht es immer weiter."

„Wie du meinst. Ich bin immer für euch da."

„Flo will mir auch helfen. Hat er jedenfalls gesagt."

„Hoffentlich kommt er nicht nach seinem Vater."

Die Mutter irrte sich. Florian hielt Wort.

Am Heiligen Abend holte er sie ab. Trotz der ganzen Misere feierten sie ein sehr besinnliches Fest. Florian freute sich über das Computerspiel und einem Fußball von seiner Mama. Von seinem Omchen erhielt er 100 D-Mark. Davon sollte er sich selbst etwas kaufen. Karin hatte der Mutter einen Pullover nach neuester Mode geschenkt.

Die Ente als Festtagsbraten gelang ihr gut und schmeckte ihnen mit den Thüringer Klößen am 1. Feiertag hervorragend. Am 2. Feiertag genossen sie die gegrillten Putenschenkel mit Kroketten. Abends brachten sie die Mutter nach Hause. Florian schob den Rollstuhl, denn er behauptete: „Mama muss sich schonen."

Karin lächelte unter Tränen und schöpfte Hoffnung, dass sie beide die Zukunft wirklich meistern werden. Von Alexander hörte sie auch in den kommenden Wochen nichts.

Nur Simon besuchte sie. Florian eröffnete ihm: „Du kommst gerade richtig. Mama geht es schlecht."

Simon eilte zu ihr und umarmte sie. Stockend schilderte sie ihm von der Frühgeburt. Er zweifelte an ihrer

Aussage und behauptete: „So ganz glaube ich dir nicht. Ist das auch die Wahrheit? Oder hat dein Mann etwa nachgeholfen, um den Abgang herbeizuführen?"

Karin nickte. Simon bedrängte sie abermals: „Zieh mit Flo zu mir! Das Haus ist groß genug, und bei mir kannst du dich erholen. Ich versorge euch mit allem, was ihr braucht."

Florian bettelte: „Bitte, Mama! Bei Simon sind wir sicher. Dort findet Papa uns nicht und kann dich auch nicht schlagen und …"

Betroffen sprach er das Wort nicht aus. Simon wusste auch so, was er meinte. Beide blickten Karin flehend an, aber sie schüttelte den Kopf. Von Florian erfuhr Simon die komplette Wahrheit. Er war erschüttert und flehte sie regelrecht an: „Zieht zu mir! In meinem Haus seit ihr sicher."

Karin lehnte sein Angebot ab, obwohl Florian ihr zuredete. Schließlich forderte er Simon auf: „Nimm sie doch einfach auf den Arm und trage sie in dein Auto! Dann muss sie mitkommen."

„Das darf ich ohne ihre Einwilligung nicht, Flo. Wenn du ihr helfen möchtest, benachrichtige mich, wenn dein Vater gekommen ist. Du weißt doch, wie er unter Alkoholeinfluss tickt. Ich befürchte, er schlägt sie in so einem Zustand eines Tages tot."

Florian hielt Simon fest und flehte: „Nimm uns bitte mit! Ich habe solche Angst um Mama."

Simon strich ihm über sein Haar. Als Karin diese Geste sah, lag ihr das Ja schon auf den Lippen. Irgendetwas in ihr verhinderte, es auszusprechen. Simon blieb noch eine Stunde bei ihr, um sie aufzumuntern und sie von einer Übersiedelung in sein Haus zu überzeugen. Aber Karin ließ sich nicht umstimmen. Niedergeschlagen verließ er sie.

24. Kapitel

Das Jahr 1994 begann mit einigen Plusgraden. Der Alltag von Karin verlief wie gewohnt, wenn Alexander abwesend war. Vormittags versorgte sie ihren Haushalt. Nach dem Mittagessen betreute sie ihre Mutter und packte die dort auf sie wartenden Aufgaben mit Elan an. Bett machen; Müll entsorgen; Wäsche waschen; Blutzucker bestimmen; Blutdruck messen; Kaffee trinken. Dabei hörte sie sich die Sorgen der Mutter an, versuchte zu helfen und munterte sie mit ihrem frisch erwachten Optimismus auf. Manchmal weinte die Mutter heftig, weil sie nur in Begleitung und im Rollstuhl die Wohnung verlassen konnte. Karin beruhigte sie stets mit den Worten: „Sei froh, dass du in deiner Wohnung sein kannst und alles so schön hast! In jedem Zimmer einen Fernseher und einen Videorekorder. Dazu den Musikrekorder und die Kassetten mit der Volksmusik, die ich dir aufgenommen habe und die du gern hörst."

Meistens gelang es Karin, die Mutter von ihren Entbehrungen abzulenken, obwohl sie wusste, wie erbärmlich ihr Leben verlief. Auch ahnte sie, wie es sich entwickeln könnte. Das Schlimmste stand ihr noch bevor. Diese Zukunftsvision behielt Karin für sich. Für die Mutter stürzte schon früh genug ihr Wunsch nach Wiederherstellung ihrer ehemaligen Lebenskraft ein. Oftmals lachten sie sich auch an, denn die Mutter offenbarte ihr einmal: „Ich wusste gar nicht, dass du so fürsorglich und treu sein kannst."

Endlich hatte sie erkannt, dass die Tochter nicht der egoistische, habgierige Mensch war, den der Vater in ihr gesehen und der Mutter eingeredet hatte.

Wenn Karin der Mutter jeden Tag das Abendessen zubereitet hatte, verabschiedete sie sich von ihr, um nach Hause zu gehen. Inzwischen hatte Florian seine Hausaufgaben erledigt und bereits den Tisch zum Abendbrot gedeckt. Stets stand am Platz von Alexander ebenfalls ein Gedeck. Stillschweigend räumte Karin es ab. Nach dem Abwasch besprach sie mit Florian den vergangenen Tag, begutachtete seine Hausaufgaben und stellte den Fernseher an. Meistens verschlief sie die Sendung und wurde erst wach, wenn Florian duschte.

Lag er im Bett, schlug sie das aktuelle Studienheft auf, um die anfallenden Hausaufgaben zu erledigen und sich den neuen Lehrstoff zu erschließen. Wieder schien das Fernstudium für sie eine unerschöpfliche Quelle an Kraft zu sein.

Nach Mitternacht legte sie sich ebenfalls ins Bett und konnte nicht sofort einschlafen. Die Gedanken rotierten um die geforderte Erzählung, die sie als Hausaufgabe zu der eben erlernten Thematik verfassen sollte. Manchmal fiel ihr gleich ein Text dazu ein. Sie notierte ihn sofort, um ihn nicht zu vergessen.

Morgens stand sie vor Florian auf und deckte nach dem Duschen den Tisch zum Frühstücken. Inzwischen hatte Florian sich angezogen, und beide aßen und besprachen, wie der folgende Tag verlaufen sollte. Danach verabschiedete sich Florian, um zum Unterricht zu gehen. Karin kochte das Mittagessen. Nachdem es fertig war, füllte sie für Florian eine Portion in eine Glasschale, in der er sich das Essen in der Mikrowelle schnell erwärmen konnte. Sie selbst schlang hastig ihre Portion hinunter und schüttete die Mahlzeit für die Mutter in einen Topf, den sie mitnehmen wollte. Auf dem Weg zu ihr kaufte sie in der Kaufhalle das ein, was die Mutter bestellt hatte. Schwer beladen verließ sie das Geschäft und keuchte unter der Last. Überhaupt fiel ihr jetzt dieser Tagesablauf oft schwer. Karin nahm an, dass es an der täglichen Hektik lag.

So auch an diesem Tag, als sie die Wohnung der Mutter betrat. Kaum hatte sie abgeschlossen, rief die Mutter ihr zu: „Endlich kommst du!"

Karin eilte in das Schlafzimmer und fand sie am Boden liegend vor. Der Schreck lähmte sie eine Sekunde, aber sie fragte kurz danach: „Was hast du denn gemacht?"

„Ich weiß es nicht. Plötzlich lag ich auf dem Fußboden und komme nicht mehr hoch."

Karin zog ihren Parka aus, warf ihn im Wohnzimmer auf die Couch und erkundigte sich: „War denn Frau Zimmermann nicht hier?"

„Weiß ich gar nicht."

„Du musst doch wissen, ob Frau Zimmermann dich geduscht hat."

Die Mutter blickte sie traurig an und begann mit Armen und Beinen zu hampeln, um aufzustehen. Karin griff ihr unter die Arme und wollte sie hochwuchten, aber sie schaffte es nicht. Erst nach mehrmaligen Versuchen gelang es ihr, die Mutter ins Bett zu hieven. Erschöpft setzte sie sich auf den Stuhl, der hinter dem Bett stand. Die Mutter fing zu weinen an: „Hoffentlich bin ich bald weg. Soviel Arbeit mache ich dir. Kari. Und ich werde immer steifer und kann mich manchmal kaum bewegen."

Darüber hatte Karin auch gerade nachgedacht und fragte sich, wohin das noch führen könnte. Hatte die erste Hausärztin etwa recht gehabt, und sie hätte die Mutter in einem Heim pflegen lassen sollen? Karin traute sich nicht, mit der Mutter darüber zu sprechen und tröstete sie: „Das wird schon wieder besser. Du bekommst ja jetzt die richtigen Tabletten."

„Meinst du? Der erste Arzt ... weißt du der Mann, der mir ein Buch gegeben hatte. Verstanden habe ich die Fachausdrücke nicht, aber eins habe ich begriffen, dass die Krankheit unheilbar ist. Stimmt das denn?"

Karin konnte die Mutter nicht ansehen, als sie log: „So genau weiß ich das auch nicht, aber den Glauben an eine Besserung solltest du nie aufgeben. So, jetzt gibt es erst mal Mittag. Reiseintopf mit Fleischbällchen."

Sie stützte die Mutter, damit sie zu dem Tisch humpeln konnte, um in ihrem Sessel Platz zu nehmen. Inzwischen war das Essen auf der heißen Kochplatte erwärmt worden. Karin servierte der Mutter den Eintopf und setzte sich zu ihr. Nach dem Abwasch ermittelte die Mutter: „Alex sehe ich überhaupt nicht mehr. Ist bei euch alles in Ordnung?"

„Na klar. Der muss bloß für einige Zeit auswärts arbeiten."

„Ach so! Ich dachte schon, ihr wollt euch trennen. Und wann kommt denn nun mein neues Enkelchen?"

„Es gibt kein Enkelchen. Aber das weißt du doch."

„So? Davon weiß ich nichts. Was ist denn damit passiert?"

„Ich hatte eine Frühgeburt. Das habe ich dir aber schon erzählt."

„Kari, du siehst aber nicht aus, als ob du dich darüber freust."

„Bin momentan bloß ein bisschen überfordert. Das Studium, Florian und das ganze Drumherum."

„Und Alex? Gerade jetzt müsste er bei dir sein. Hoffentlich wird es ein Mädchen. Von dem hast du mehr, als von einem Jungen. Der geht aus dem Haus und gründet selbst eine Familie. Aber ein Mädchen …"

Die Aussage der Mutter empfand Karin unerträglich und hielt ihr abermals vor: „Mutti, ich hatte eine Fehlgeburt. Aber davon hatte ich dir erzählt."

Die Mutter schüttelte den Kopf: „Nein, Kari, davon hast du mir nie was gesagt."

Karin wollte einen Streit verhindern. Sie lenkte das Gespräch zu einem anderen, einem für die Mutter wichtigeren Thema: „Hat Frau Zimmermann dir von den neuen Bedingungen erzählt, die ab April für den Pflegedienst beschlossen worden sind?"

„Nein. Für Gespräche hat die keine Zeit mehr. Was soll denn noch kommen?"

„Ab April treten neue Leistungen der Pflegekasse in kraft. Dann gelten nicht mehr, wie bisher, zwei Stunden hintereinander für die Betreuung, sondern jeder Handgriff der Pflegekraft muss nach einem sogenannten Leistungskomplex vorher festgelegt werden. Und nur der wird ihr bezahlt. Zivildienstleistende übernehmen die Spazierfahrten, aber die müssen Wochen vorher angemeldet werden."

„Wer weiß denn solange im Voraus, wie das Wetter wird und wie ich mich fühle?"

„Mach dir nicht zu viele Gedanken, Mutti! Ich bin ja auch noch da."

Damit wollte Karin verhindern, dass die Mutter sich zu sehr um ihre Zukunft ängstigte. Sie wusste jedoch, dass die neuen Bestimmungen mehr als bisher von ihr für die Pflege fordern werden. Mit Sicherheit minderte sich die Lebensqualität der Mutter weiter.

Karins Vermutungen bewahrheiteten sich. Die Ausflüge zum Markt fielen weg, und die Pflegekraft kämpfte mit ihrem Gewissen. Sie hatte, als die neuen Regeln starteten, nur so viel Zeit zur Verfügung, wie ihr für jeden Handgriff gestattet worden war. Gern hätte sie, wie zu den vorigen Bestimmungen, mehr für ihre Pflegebedürftigen getan. Das Pflegegeld reichte gerade, um das Notwendigste leisten zu können. Wenn andere Tätigkeiten erforderlich waren, die der Leistungskomplex nicht vorgab, durfte die Pflegekraft sie nicht verrichten.

Eines Tages traf Karin die Mutter an, als sie heftig weinend im Bad mitten in einer Lache von flüssigem Kot stand. Noch immer rann ihr Durchfall die Beine herunter. Karin blieb fassungslos stehen und fragte: „War Frau Zimmermann nicht hier?"

„Doch", jammerte die Mutter, „aber die sagte, den Dreck darf sie nicht wegmachen. Das ist nach den neuen Regeln nicht vorgesehen. Sie bekäme es auch nicht bezahlt."

Karin schimpfte laut wegen der unzureichenden Pflege vor sich hin. Dadurch verstärkte sich das Jammern der Mutter, und sie klagte: „Ich mache dir bloß Arbeit. Besser, ich wäre gar nicht mehr."

„Mutti, sag doch so was nicht! Ich schimpfe nicht, weil dir das passiert ist, sondern weil die Pflegeleistungen immer geringer werde und die Preise für jeden Handgriff steigen. Ich wasche dich jetzt, und danach beziehe ich dein Bett frisch. Du kannst dich dann wieder hinlegen, und ich säubere das Bad, den Teppich und entferne die Spuren, die durch die Wohnung führen."

Karin stellte fest: *Es kommt immer mehr Arbeit auf mich zu, die vor den neuen Bestimmungen von der Pflegekraft erledigt worden war. Die Mutter im Rollstuhl zum Arzt bringen und nach der Untersuchung wieder nach Hause, abwaschen, sauber machen, einkaufen und vieles mehr.*

Die Pflegekraft duschte die Mutter nur noch, schüttelte ihre Zudecke und das Kopfkissen täglich auf. Einmal in der Woche saugte sie die Auslegware in der Wohnstube und den Teppich im Schlafzimmer, wischte die Fußböden in der Küche und im Bad. Für mehr reichte das Pflegegeld nicht. Ein Gespräch mit dem Pflegebedürftigen und ein wenig Zuwendung gestattete ihr kein Leistungskomplex. Die Pflegekraft hetzte von einem Patienten zum anderen. War der pflegebedürftige Mensch zur Ware degradiert worden? Trotzdem richtete Karin die Mutter immer wieder auf: „Obwohl sich jetzt alles ein wenig verschlechtert hat, musst du froh sein, dass du noch in deiner Wohnung bleiben kannst."

Die Worte der Tochter bauten sie zwar ständig etwas auf. Es gab jedoch Zeiten, in denen sie vollkommen mutlos blieb, weil die Krankheit weiter fortschritt.

1995

25. Kapitel

Trotz der Mehrbelastung regten Karin die guten Beurteilungen ihres Studienleiters immer wieder zu noch besseren Leistungen an. Glücklicherweise bereitete ihr Florian, der das Gymnasium besuchte, in jeder Hinsicht Freude. Von Simon erreichte sie hin und wieder ein Telefonat. In einem beschwerte er sich: „Für mein vorgeschlagenes Projekt hast du scheinbar kein Interesse. Oder irre ich mich?"

„Ja, Simon, du irrst dich. Ich habe mich kürzlich einem Autorenverein angeschlossen und höre Erzählungen von anderen. Komm doch auch mit."

„Ich bin kein Autor und will auch keiner werden. Ich lese nur gern. Denk daran, wir wollen im März zur Leipziger Buchmesse. Ich habe für uns schon in einem Hotel Zimmer gebucht."

„Weiß ich, aber das Seminar des Vereins ist Anfang März in Eberswalde und dauert nur drei Tage. Komm bitte mit!"

„Wie läuft denn diese Zusammenkunft ab?"

„Soweit mir bekannt ist, soll jeder Autor eine oder auch zwei seiner Erzählungen vorlesen. Die anderen Teilnehmer beurteilen den Text."

„Na gut, ich komme mit. Wollen wir zusammen deine Texte für die Lesung auswählen? Morgen habe ich Zeit. Soll ich dich am Nachmittag zu mir holen?"

Sie vereinbarten einen Termin, und Simon erschien pünktlich. Er strahlte Karin an, als habe er sie jahrelang nicht gesehen. Bei einer Tasse Kaffee und mit Kirschen und Schlagsahne gefüllten Windbeuteln bestimmten sie gemeinsam die nach ihrer Ansicht gelungensten Kurzgeschichten, die Karin dort vortragen wollte. Nur ungern brachte Simon sie am Abend nach Hause. Beim Abschied umarmte er sie und flehte sie an: „Lass dich scheiden und bleib bei mir! Ich wäre der glücklichste Mensch unter der Sonne."

„Ach, Simon, mach es mir nicht so schwer! Flo braucht mich, und irgendwann kommt Alex bestimmt zurück. Wir fahren bald nach Leipzig und sind ein paar Tage zusammen. Das muss dir genügen. Nimm es mir nicht übel, aber ich bin verheiratet und verabscheue Untreue."

„Verstehe!", murmelte Simon. Sie vereinbarten Tag und Uhrzeit, wann er sie für die Fahrt nach Eberswalde abholen darf. Karin sah ihm lange nach, nachdem er abgefahren war. Sie freute sich auf die Zeit mit ihm und bereute, immer noch an Alexander gebunden zu sein. In den kommenden Tagen organisierte Karin für die Mutter eine private Pflegekraft für den Nachmittag. Sie vereinbarte mit Florian, der solange bei einem Freund wohnen durfte, dass er sich um sein Omchen kümmern werde.

Am Abreisetag parkte Simon in einer Nebenstraße von Karins Wohnhaus. Er war nicht sicher, ob ihr Ehemann zurück war, und wollte ihr keinen Ärger bereiten. Per Handy informierte er sie über seinen Standort. Innerhalb weniger Minuten kam sie angelaufen. Frohen Mutes fuhr Simon mit ihr zu dem Seminar. Mitten in einer entzückenden Naturoase zwischen Büschen und Nadelbäumen ragte das mehrstöckige Haus heraus.

Karin meldete sich und Simon an. Die Leiterin wies ihnen ihre Unterkunft zu. Nachdem alle Teilnehmer eingetroffen waren, fand eine Zusammenkunft im Saal des Hauses statt. Nach der Ansprache durch die Leiterin wurden die Teilnehmer in Gruppen eingeteilt. Simon durfte als Begleitperson bei Karin bleiben.

Den ersten Abend verbrachten die Mitglieder mit ihren Partnern im Gespräch gemütlich beisammen. Einige Gruppenleiter trugen ihre Texte vor. Die Betreuerin von Karins Gruppe las nach Simons Auffassung die interessantesten und auch gelungensten Kurzgeschichten. Er garantierte Karin: „Ich bin mir sicher, dass deine Texte weitaus besser sind. Bin schon gespannt, wie die anderen reagieren werden. Meinen Beifall hast du schon."

Nach einer unruhigen Nacht schlenderten sie bis zur Lesung durch den Park, der das Gebäude umgab. Karin blieb vor Aufregung überwiegend schweigsam. Simon nutzte die Gelegenheit, um sich nach Alexander zu erkundigen.

„Bisher habe ich ihn nicht wiedergesehen. Er muss sich bei dieser Liesa-Marie aufhalten", gab Karin Auskunft.

Simon wiederholte sein Angebot: „Gib endlich die Wohnung auf, und zieh mit Flo zu mir! Ich glaube nicht, dass dein Mann zu dir zurückkommt. Wäre auch für euch besser, denn seine Launen, die er an dir auslässt, sind unerträglich. Bitte, Karin, komm zu mir! Ich helfe dir bei der Wohnungsauflösung, und wir machen uns ein richtig schönes Leben zusammen."

„Es wäre zu schön, Simon, aber die Wohnung gehört Alex. Er bezahlt die Miete und noch bin ich …"

„Ich weiß, du bist verheiratet, und zwar mit einem Ekelpaket der Sonderklasse. Reich einfach die Scheidung ein, und unsere Träume werden wahr! Flo kann in der Dachgeschosswohnung wohnen. Sie hat zwei Zimmern, eine kleine Küche und ein Bad mit Toilette."

„Geht nicht. Er ist doch Flos Vater."

„Na und! Kümmert er sich um ihn? Gesagt hast du jedenfalls nichts davon."

Karin ermahnte ihn: „Es geht gleich los. Wir müssen zu meiner Gruppe!"

Vor der Lesung gelang es Karin kaum, ihre Aufregung zu bändigen, obwohl Simon ihre Hand hielt. Zu allem Unglück ernannte die Gruppenleiterin sie gleich zu Beginn als erste Vortragende. Alle Teilnehmer blickten den Neuling im Verein erwartungsvoll an. Karin empfand Simon an der Seite als wohltuend. Sie bemühte sich, ihre Nervosität zu zähmen und las mit Betonung und entsprechenden Pausen nach wichtigen Abschnitten ihre Kurzgeschichte vor. Aufatmend beendete sie nach dem letzten Satz ihre Vorlesung. In die Stille hinein klatschte nur Simon. Ansonsten äußerte sich kein Anwesender dazu. Nur die Gruppenleiterin fragte: „Willst du diesen Text einem Verlag anbieten?"

Karin entgegnete: „Wollte ich eigentlich. Oder was meint ihr dazu?"

Alle schwiegen weiter. Die Gruppenleiterin erkundigte sich: „Hast du noch eine Geschichte, die du vortragen möchtest?"

Mit zitternden Händen nahm Karin den zweiten Text, den sie mit Simon ausgewählt hatte, aus ihrem Ordner. Nach dem Zeichen der Gruppenleiterin begann Karin, mit kraftloser Stimme zu lesen. Sie achtete jetzt weder auf Betonung noch auf Pausen, sondern leierte den Text einfach herunter. Am Ende entflammte eine heftige Diskussion über den Inhalt und den Stil der beiden Erzählungen. Karin war den Tränen nahe. Alle Zuhörer vertraten die Auffassung, dass weder die Themen, noch die Texte etwas taugten. Mitten in der Diskussion stand Simon auf und zog Karin mit sich, obwohl die Gruppenleiterin ihnen nachrief: „So geht das aber nicht! Du musst dich schon ..."

Mehr hörte Karin nicht, denn sie befanden sich bereits auf dem Weg zum Auto. Während der Fahrt nach Hause empfahl Simon ihr: „Trete aus diesem Verein aus! Die sind nach meiner Meinung alle Restbestände von ehemaligen DDR-Vereinen, und so denken die auch."

„Muss ich mir noch überlegen", quetschte Karin hervor. Die Kritik an ihren Erzählungen nagte stark in ihr. Sie erwog sogar, das Fernstudium abzubrechen. Simon bemühte sich weiter, ihre bisherige Freude am Schreiben wiederherzustellen. Aber es misslang ihm. Statt sie in ihre Wohnung zu bringen, fuhr er mit ihr zu sich und bereitete ein Abendessen zu. Karin stocherte darin herum, aber Simon ließ ihren Frust nicht zu. Er fütterte sie, sodass sie lachen musste. Bei einem Glas Rotwein debattierten sie über das kürzlich Erlebte. Nach ihrer Auffassung gelänge ihr nach diesem Desaster niemals ein Roman, den ein Verlag veröffentlichen werde. Simon hielt ihr vor: „Du hast immer Supernoten von deinem Studienleiter bekommen. Wirf deine Zukunft nicht einfach wegen dieser einen Lesung weg!"

Zweifelnd blickte sie ihn an. Er betonte: „Du kannst schreiben. Glaub mir und nicht den Deppen in diesem Verein! Die machen vermutlich jeden Neuling nieder, damit er erkennt, was für eine dufte Truppe sie sind."

„Meinst du?", fragte sie skeptisch und fügte hinzu: „Bring mich nach Hause! Ich brauche jetzt Ruhe, um alles sorgfältig zu überdenken."

„Schade", bedauerte Simon. „Ich hoffte, du bleibst. Flo schläft bei seinem Freund. Wir könnten ein Fläschchen köpfen und über unsere Beziehung plaudern."

„Nein", protestierte Karin, „das möchte ich nicht."

Simon stand auf, umarmte Karin und flüsterte: „Magst du mich denn nicht ein bisschen?"

Karin schob ihn von sich weg und warnte ihn: „Bitte, Simon, lass das! Du bist zu einem Freund geworden, dem ich in jeder Hinsicht vertraue. Missbrauche es bitte nicht!"

Simon blickte sie nachdenklich an und antwortete nach kurzer Überlegung: „Ich werde nie irgendetwas tun, was du nicht auch möchtest. Aber eins musst du mir versprechen, wenn dein Mann wieder da ist und dich so behandelt, wie Flo es angedeutet hat, dann rufe mich an. Ich möchte dir so gern helfen."

„Versprochen! Du bist so lieb, Simon. Schade, dass ich schon verheiratet bin."

Er legte seine Hände auf ihre Schultern und fragte: „Muss das so bleiben?"

„Ja, Simon, ich habe ihm Treue in guten und in schlechten Zeiten geschworen. Daran halte ich mich, egal, was du von mir denkst. Bleib mein Freund!"

„Sei doch bloß nicht so enorm treu! Dein Mann kümmert sich überhaupt nicht um dich, amüsiert sich wer weiß, wo und mit wem. Und du hältst dich so gewissenhaft an deinem damaligen Schwur. Wie lange willst du das noch?"

„Alex war nicht immer so. Der Alkohol und die neue Freiheit haben ihn verändert, aber er kommt bestimmt wieder zu sich. Flo hat demnächst Geburtstag. Spätestens an dem Tag ist er wieder da."

„Ich merke, dass es keinen Zweck hat, mit dir darüber zu diskutieren. Du musst selbst dahinter kommen, was für ein Prachtexemplar von Mann du hast. Ich fahr dich jetzt nach Hause."

Karin erhob sich. Schweigend fuhren sie zu ihrem Wohnhaus. Beim Abschied hielt Simon ihre Hand fest und verlangte: „Versprich mir, dass du mit zur Leipziger Buchmesse kommst."

Karin löste ihre aus der seinen und erwiderte: „Versprochen!", dreht sich um und hörte ihn noch rufen: „Ich hol dich ab."

Zu ihrer Verwunderung vernahm sie aus Florians Zimmer seltsame Töne. War er etwa schon zurück und nicht alleine? Vorsichtig öffnete sie die Tür einen Spalt. Erschrocken fuhr er hoch, als er sie sah. Er wischte sich die Augen trocken und schnaubte in ein Taschentuch.

„Was ist los, Flo? War Papa hier und hat dich geschlagen?"

„Nee, Mama. Nele ist … Nele ist im Krankenhaus."

„Was hat sie denn?"

„Gestern … wir waren mit ein paar Kumpels im Kino und wollten anschließend zum Asiaten. Aber Nele wollte nach Zuhause, um für die Matheklausur zu lernen. Ich fand das blöd und ließ sie allein gehen. Hätte ich sie doch bloß begleitet …", stotterte Florian. Karin umarmte ihren Sohn, denn schon wieder liefen Tränen seine Wange hinab.

„Ganz ruhig, Flo. Was ist passiert?"

„Vorhin war die Polizei hier. Nele ist überfallen worden. Nach den Verletzungen zu urteilen, vermutlich von diesem buckligen Monster, das auch Olafs Mutter massakriert hat, teilten mir die Polizisten mit. Wäre ich bloß …"

Er konnte nicht weitersprechen und lehnte seinen Kopf gegen Karins Schulter.

„Lebt sie noch?"

„Noch ja, aber es sieht schlecht aus. Sie ist gleich operiert worden, aber der Blutverlust und die Verletzungen ... ob sie durchkommt, wissen die Ärzte nicht. Ich durfte nicht zu ihr, weil sie auf intensiv liegt."

„Und die Mutter von Olaf?"

„Hat es nicht geschafft. Nun muss er ins Heim, weil seine Großeltern ins Pflegeheim kommen. Hoffentlich schafft es Nele!", schluchzte er. Karin erkundigte sich: „Du magst sie wohl sehr?"

„Ja. Sie ist das hübscheste und klügste und netteste Mädchen von all den Tussis in der Klasse. Diesen Mistkerl müssten sie die Rübe abhacken. Aber noch weiß niemand, wer das sein könnte."

Karin wusste nicht, wie sie ihn trösten könnte. Florian entband sie davon, indem er sich seinen Parka anzog und ihr erklärte: „Tschüss Mama, ich fahr gleich noch mal ins Krankenhaus."

Bevor sie darauf reagieren konnte, flitzte er aus der Tür. Nachdenklich blieb Karin zurück und betete, dass dieses junge Mädchen genesen werde. Die unsichtbaren Narben konnte jedoch niemand heilen.

26. Kapitel

Karin freute sich mehr auf Simon als auf den Besuch der Leipziger Buchmesse. Florian sollte die zwei Tage wieder bei seinem Freund schlafen, aber er hielt ihr vor: „Ich bin doch kein kleines Kind mehr, Mama. Die zwei Tage schaffe ich allein."

Karin willigte ein. Simon holte sie, wie versprochen, pünktlich um sechs Uhr ab. Gegen Mittag erreichten sie den Parkplatz des Hotels. Bevor sie ausstiegen, gestand er ihr: „Kehr nicht gleich um! Ich habe ein Doppelzimmer buchen müssen."

„Was hast du?", griff sie ihn an. Er blieb gelassen und rechtfertigte sein eigenmächtiges Handeln: „Ich musste ein Doppelzimmer nehmen, weil gerade zur Messezeit in keinem Hotel noch Einzelzimmer verfügbar waren. Außerdem dachte ich, dass wir erwachsen sind und uns auch so benehmen können."

„Meinst du?", hielt Karin ihm vor und begab sich mit ihm zur Rezeption. Simon schrieb den Anmeldeschein aus, den er dem Hotelportier übergab und von ihm den Zimmerschlüssel mit dem Wunsch erhielt: „Einen guten Aufenthalt, Frau und Herr Köhler."

Karin blickte ihn entsetzt an, aber Simon schwieg dazu. Sie stellten ihr Gepäck im Hotelzimmer ab und fuhren sofort zum Messegelände. Die Messehallen mit den fünf überdachten Ausstellungsflächen und die prächtige lange Glashalle beeindruckten Karin und auch Simon. Er erklärte ihr: „Hier bin auch zum ersten Mal. Vor zwei Jahren fand die Messe neben dem Marktplatz statt und war bei Weitem nicht so groß."

Zunächst besuchten sie die einzelnen Stände der Verlage. Es gelang ihnen, einem Verleger ihr zukünftiges Buchprojekt vorzustellen. Scheinbar war er daran interessiert. Simon notierte sich den Namen des Verlages und gab dem Verleger seine Anschrift. Sie schlenderten weiter an den Ständen von bekannten und kleinen unbekannten Verlagen vorbei. Hin und wieder hörten sie sich eine Lesung an. Am Nachmittag fühlte Karin sich dermaßen erschöpft, wie noch nie in den vergangenen Wochen. Sie schlug Simon vor, dass er die Besichtigung der Verlagsstände allein fortsetzen möge. Das wollte er nicht. Glücklicherweise fand er in einer Ecke einen Stuhl, der durch etliche Zeitungsständer verborgen war. Karin setzte sich hin. Ihr schmerzten nicht nur die Beine, sondern eine allgemeine Schwäche hatte ihren gesamten Körper erfasst. Simon las inzwischen einige Zeitungen. Als Karin sich etwas erholt hatte, bat sie ihn: „Wir müssen weiter. Ich muss ein Telefon finden."

„Bleib sitzen! Ich suche eins und hole dich hier ab!"

Karin dankte ihm für seinen Vorschlag, denn sie fühlte sich noch immer ungewöhnlich erschöpft. Nach etlichen Minuten kam Simon wieder und begleitete sie zu dem Telefon. Karin rief die Mutter und danach Florian an. Nachdem sie sich überzeugt hatte, dass es ihnen gut ging, teilte sie ihnen mit, zu welcher Uhrzeit sie zurück sein werde. Anschließend schauten sie sich noch etliche

Stände von Verlagen an. Karins Mattigkeit nahm zu. Simon bemerkte ihre Erschöpfung und schlug vor: „Wir müssen was essen. Ich falle bald um vor Hunger. Sicher geht es dir nach einer kräftigen Mahlzeit besser. Auf zu Auerbachs Keller!"

Sie verließen die Messehalle. Simon dirigierte das Auto zum Parkplatz vor der Mädler Passage. Kurz darauf betraten sie das Restaurant „Großer Keller". Erfreulicherweise erwischten sie in einer Nische zwei Plätze. Anhand der Speisekarte entschieden sie sich für glacierte Lammrückenfiletwürfel mit Bohnen-Tomatenragout und Birnenspalten in Thymiansoße. Zum Nachtisch bestellte Simon für jeden einen ländlichen Salat.

Nachdem sie sich gestärkt hatten, wollte Simon in eine der Weinstuben und fragte Karin: „Wollen wir in den „Goethe Keller" oder in den „Historischen Fasskeller"?"

Sie widersprach, denn sie mochte keinen Alkohol. Außerdem befürchtete sie, dass Simon nach einigen Gläsern so ausrasten könnte wie Alexander, obwohl sie ihm das eigentlich nicht zutraute. Simon erzählte ihr: „Goethe hat den Fasskeller sogar im „Faust" erwähnt. Deshalb ist er wohl der Berühmteste in Deutschland. Der Raum soll heute noch so aussehen, wie zu Goethes Zeiten. Antike Gemälde und ein Leuchter aus einem einzigen Baumstamm geschnitzt mit dem Hexenritt zieren diesen Weinkeller. Auch den Goethe Keller muss du gesehen haben. An den Wänden hängen etliche Bilder und Dokumente, die an Goethe und andere berühmte Besucher erinnern."

Karin willigte unter der Bedingung ein, dass sie nur das Historische besichtigen und keinen Alkohol trinken werden. Damit erklärte Simon sich einverstanden. Karin staunte über das Ambiente, blieb aber bei ihrem Vorsatz. Nach dem Rundgang durch die Weinstuben fuhren sie ins Hotel. Als sie im Hotelzimmer angekommen waren, zögerte Simon und erkundigte sich: „Welches Bett möchtest du?"

Er erhielt keine Antwort. Stattdessen legte Karin sich angezogen auf die rechte Seite. Daraufhin begab Simon sich ins Bad, duschte ausgiebig und bettete sich im Schlafanzug auf die linke Hälfte des Doppelbettes.

Er murmelte: „Schlaf gut!", und löschte das Licht. Karin schloss die Augen, aber Simons Nähe irritierte sie. Auch er wälzte sich hin und her und raunte ihr schließlich zu: „Kannst du auch nicht schlafen?"

Er rückte dicht an sie heran. Karin blieb stumm, auch noch, als er seinen Arm um sie legte. In Gedanken beschuldigte sie Simon, absichtlich ein Doppelzimmer gebucht zu haben, obwohl sie seine Nähe als wohltuend empfand. Noch nie lag sie neben einem anderen Mann im Bett als mit Alexander. Simon flüsterte ihr Liebesworte zu, die sie erregten. Er küsste ihren Nacken und begann sie auszuziehen. Karins Herz klopfte, als wolle es den Brustkorb verlassen.

Bereitwillig überließ sie ihren entblößten Körper seinen Händen und genoss mit zunehmender Erregung seine Anziehungskraft. Er murmelte: „Ich liebe dich."

Seine Lippen umschlossen ihren Mund. Sie hinderte ihn nicht, als er danach ihre Brüste küsste. Dabei glitten seine Hände an ihrem Körper abwärts und strichen über ihre Innenschenkel. Ein prickelndes Gefühl, das sie bisher in dieser Form noch nie gespürt hatte, durchdrang sie. Ihr Unterkörper zuckte, als seine Hände die Innenseite ihre Oberschenkel streichelte und sich immer mehr dem Spalt dazwischen näherten. Sie drehte sich zu ihm um, und empfing seine Zärtlichkeiten mit einem für sie merkwürdigen Wunsch nach mehr. Zwischen zarten Küssen koste seine Zunge mit der ihren. Er flüsterte: „Magst du?"

Unwillkürlich spreizte sie ihre Beine. Sie spürte nur noch, dass eine Euphorie sich in Wellen über den ganzen Körper ausbreitete. Sie nahm nichts mehr von der Außenwelt wahr. Ihr Verstand hatte im Rausch der Sinne ausgesetzt. Den Höhepunkt erreichten sie gemeinsam. Karin verlor beinahe das Bewusstsein. Als ihr Denkvermögen anfing, lag sie erschöpft in seinen Armen. Sie lächelten sich glückselig an und schliefen ein. Nach einem flüchtigen Ruhezustand weckte Simon sie mit zärtlichen Küssen. Karin hoffte auf eine Wiederholung des vor Kurzem Erlebten. Simon schien ihren Wunsch zu ahnen und erfüllte ihn. Ihre Leidenschaft feuerte ihn an, sodass seine Bewegung in ihr zunahm. Sie bewegte sich immer schneller, bis sie nur noch in dem Wunder eines für sie unbegreiflich göttlichem Mysteriums weilte. Als sie beide abermals gleichzeitig den Gipfel der Lust erreicht hatten, stöhnte Karin vor

Befriedigung auf. Simon setzte seine Zärtlichkeiten mit ihr fort. Sie genoss das Ausklingen der sexuellen Erregung mit ihm. So etwas war für Karin außergewöhnlich. Simon flüsterte ihr zu: „Liebes, du bist das Kostbarste, was mir je begegnet ist."

Eng umschlungen schliefen sie bis erste Sonnenstrahlen die Nacht vertrieben. Simon liebkoste mit seinen Lippen über ihren Körper und erreichte schließlich ihren Mund. Karin verschloss ihn, als seine Zunge Einlass begehrte. Er wollte wissen: „Hab ich dir gestern wehgetan, Liebes?"

„Nein", entgegnete Karin und hielt ihm vor: „Was haben wir getan, Simon?"

„Nichts Schlimmes, Liebes. Nur das, was unsere Gefühle füreinander schon längst begehrten. Bereust du es?"

„Es war einfach nur himmlisch. Ich bereue nichts. Nur wegen Alexander schäme ich mich. Er ist mein Ehemann. Nur er hat das Recht, mit mir sexuell zu verkehren. Ich weiß überhaupt nicht, wie ich ihm in die Augen sehen soll, wenn er zurückkommt. Ich liebe dich, wie ich noch keinen jemals geliebt habe."

„Mir geht es genauso, Liebes. Gegen die Liebe ist jeder machtlos. Ich bin auch bloß ein Mensch und kann mich nicht immer beherrschen, obwohl ich es dir einmal versprochen habe."

Er stand auf und trug sie in die Dusche. Während sie zusammen unter dem warmen Wasserstrahl standen, küsste er sie, und sie liebten sich hemmungslos. Nachdem sie sich gegenseitig trocken frottiert hatte, schlug er vor: „Wir frühstücken und sehen uns die Innenstadt von Leipzig an. Die historischen Bauten möchte ich dir nicht vorenthalten. Außerdem vertreibt die frische Luft deine Gedanken von deiner angeblichen Untreue. Wir werden die gemeinsame Nacht nie vergessen, Liebes."

Trotzdem piesackten Karin Gewissensbisse. An seiner Hand trottete sie auf dem Fußgängerweg mit ihm, als führe er sie zur Schlachtbank. Die Sehenswürdigkeiten wie das Gohliser Schlösschen, die Nikolaikirche oder das Völkerschlachtdenkmal erregten nicht ihre Aufmerksamkeit. Die Kommentare von Simon prallten an ihr ab, sodass er empfahl: „Wollen wir uns noch eine Lesung anhören?"

„Wenn du gern möchtest …"

Sie fuhren wieder zum Messegelände und mischten sich unter das Gewimmel der Menschen, die an den Verlagsständen entlangpromenierten. Simon bemerkte ihre Lustlosigkeit und hielt ihr vor: „Liebes, ich wollte dich nicht kränken. Wenn dich unsere Nacht so sehr bedrückt, streiche sie aus deinem Gedächtnis. Aber vergiss nie, dass ich dich mehr als mein Leben liebe."

„Das werde ich nicht tun. Es war die wunderbarste Nacht, die ich jemals erleben durfte. Aber sie darf sich nie wiederholen. Versprich mir das!"

„Das kann ich nicht, Liebes. Wenn du darauf bestehst, fahren wir jetzt nach Hause und trennen uns."

„Warum denn gleich trennen? Wir können doch weiter Freunde bleiben, wie bisher", beschwor Karin ihn mit

Tränen in den Augen, als sie im Hotelzimmer waren. Simon überlegte kurz und widersprach: „Wie stellst du dir das vor? Ich liebe dich mehr als alles andere auf der Welt und soll schön brav auf die nächste Lesung warten, um dich sehen zu dürfen? Bei allem Verständnis für deine Lage, aber das kann ich nicht. Wir müssen uns treffen. Gleich morgen oder für immer trennen. Ja?"

„Bitte nicht", flehte Karin ihn an. „Wenn Alex das rauskriegt, erschlägt er uns beide." Simon ignorierte ihre Aussage, breitete seine Arme aus und umschlang sie. Er flüsterte ihr zu: „Ganz oder gar nicht."

Seine Lippen legten sich auf ihre. Karin schloss die Augen, erwiderte seinen Kuss und löste sich von ihm, weil er mehr forderte.

„Also gar nicht", stellte Simon fest und trug ihr Reisegepäck aus dem Hotel zum Auto, nachdem er die Rechnung bezahlt hatte. Schweigend fuhren sie ab. Auf der Autobahn überholten sie zahlreiche Fahrzeuge. Karin fragte ihn: „Ist was mit dem Auto, weil du so langsam fährst?"

„Nein. Ich möchte nur deine Nähe länger genießen."

Karin streichelte unwillkürlich über seine Wange. Er blickte sie an und hielt an dem nächsten Parkplatz. Er wandte sich Karin zu: „Nein. Ich kann das nicht. Trennen meine ich. Wie soll es mit uns weitergehen? Du liebst mich doch auch."

„Ja, Simon, mehr als du glaubst. Aber Alex habe ich die Treue geschworen in schlechten wie in guten Zeiten. Und jetzt habe ich meinen Schwur gebrochen. Wie soll ich mir im Spiegel in die Augen sehen können? Wie kann ich ihm noch begegnen?"

„Dein Mann ist ein Ehebrecher allererster Sorte! Trampelt auf deinen Gefühlen herum, schlägt und vergewaltigt dich. Und du sprichst von Ehebruch. Das, Liebes, begreife ich beim besten Willen nicht. Wenn ich mir nur vorstelle, dass er dich …"

Simon unterbrach seinen Satz und empfahl ihr: „So kannst du nicht weiterleben. Lass dich scheiden, und zieh mit deinem Sohn zu mir!"

Karin senkte den Kopf und schüttelte ihn. Simon hielt ihr vor: „Schade! Es hätte so schön werden können", startete und verließ den Parkplatz. Inzwischen sandte der Mond zwischen einzelnen Wolken gespenstisch sein Licht über Straßen, Felder und Wiesen. Stumm rasten sie durch die Nacht. Karin dachte an Florian, dem sie um 16 Uhr telefonisch versprochen hatte, gegen 20 Uhr Zuhause zu sein. Daraus wurde natürlich nichts. Kurz vor Berlin gerieten sie in einen Stau, der ihnen außer der späten Abfahrt noch anderthalb Stunden Verspätung bescherte. Gegen 23 Uhr hielt Simon vor Karins Wohnhaus. Sie verabschiedeten sich blicklos. Während Karin ausstieg, entschlüpfte Simon: „Ruf an, wenn du mich brauchst, Liebes!"

Er brauste davon, als sei der Teufel hinter ihm her. Karin blickte ihm lange nach. Sie glaubte zu wissen, dass mit ihm ihr Glück entschwand. Sie putzte sich die Nase und wischte sich die Wangen trocken.

Kurz darauf betrat sie die Wohnung, in der sie schon sehnsüchtig von Florian erwartet wurde. Er empfing sie aufgeregt: „Ruf bloß Omchen an! Die ist völlig außer sich und denkt, du bist verunglückt. Sie ruft hier alle paar Minuten an."

„Entschuldige, Flo, Simon konnte sich von den Buchständen nicht loseisen. Wenn es nach mir gegangen wäre, wäre ich längst zu Hause gewesen."

In dem Moment klingelte das Telefon. Florian meinte: „Omchen! Schon wieder Omchen! Geh bloß ran, damit sie endlich Ruhe gibt."

Karin nahm den Hörer und sagte: „Ich bin gerade zurück. Es ist alles in Ordnung, Mutti."

„Was machst du bloß für Sachen? Am Telefon sagst du mir, das du gegen 20 Uhr zurück bist und dann … warum hältst du nicht dein Wort? Ich bin von der Warterei fix und fertig."

„Ich war nicht alleine da und musste auf Simon Rücksicht nehmen, der wollte nicht so früh …"

„Und wer nimmt auf mich Rücksicht? Ich sterbe hier bald vor Angst um dich", unterbrach die Mutter Karins Entschuldigung.

„Tut mir wirklich leid, Mutti, aber ich war auf das Auto von Simon angewiesen. Und dann gerieten wir auf der Avus in einen Stau. Eine Stunde …"

„Ist mir egal. Sein Wort sollte man halten. So…."

„Aber, Mutti, ich kann für einen Stau nichts", verteidigte Karin sich. Ihr klang nur noch das Besetztzeichen ins Ohr. Florian stand abwartend neben ihr: „Na, ist sie nun beruhigt?"

„Sie hat einfach aufgelegt. Vermutlich ist sie böse. Morgen rede ich mit ihr. Persönlich kann ich ihr das besser erklären, als am Telefon."
„Wie war's denn?", ertönte plötzlich hinter ihr die Stimme von Alexander. Erschrocken drehte Karin sich nach ihm um. Er legte seine Hände neben sie gegen die Wand, sodass sie nicht fliehen konnte. Seine Alkoholfahne widerte sie an. Als er sie küssen wollte, drehte sie ihr Gesicht von ihm weg. Unerwartet schlug er zu, sodass sie auf den Fußboden fiel. Sogleich traktierte er sie mit Fußtritten und schrie dabei: „Du verlogenes Miststück! Dir werd ich beibringen, dass du nur mit deinem Mann schlafen darfst."

Er zerrte sie an den Haaren hoch und knallte ihren Kopf immer wieder gegen die Wand. Jetzt kreischte Karin um Hilfe. Alexander keuchte: „Schrei nur! Und behalte meine Autorität gut im Gedächtnis."

Florian eilte herbei und trommelte mit seinen Fäusten auf Alexander ein. Er ließ von Karin ab und versetzte seinem Sohn einen Faustschlag, der ihn zu Boden schleuderte. Von unten wurde gegen die Wand geklopft, und an der Tür klingelte es Sturm. Alexander öffnete und erklärte dem Nachbarn, der sich wegen des Lärms beschwerte: „Entschuldigung! Beim Fußballspiel geht es nicht immer leise zu. Wir sind jetzt auch fertig."

Die Tür krachte zu. Alexander nahm seine Reisetasche, aus der er die schmutzige Wäsche auf einen Haufen schüttete und befahl Karin: „Kannste waschen."

Er öffnete den Schrank und packte frische Kleidung ein. Bevor er ging, drohte er Karin, die Florian an sich drückte: „Lass dir nicht noch einmal einfallen, mit dem Typ oder irgendeinem anderen zu verreisen! Adieu, du verlogenes Luder. Irgendwann komme ich wieder und will dich vor Erregung nach mir zittern sehen. Kapito!"

Als hinter ihm die Tür zugeknallt war, weinten die Gepeinigten jämmerlich. Florian flüsterte unter Tränen: „Lass uns abhauen, Mama! Der bringt uns beide um."

„Wo sollen wir denn hin, Flo? Omchen braucht uns."

Sie holte ihrem Sohn einen Eisbeutel zum Kühlen, duschte und fiel erschöpft auf die Couch. Das Ehebett mied sie. Nach kurzer Zeit kam Florian zu ihr und flüsterte: „Schläfst du schon, Mama?"

Nachdem Karin verneint hatte, setzte er sich zu ihr.

„Ich kann auch nicht schlafen. Muss immer an Nele denken. Sie ist gestern für immer eingeschlafen."

Karin drückte ihren Sohn an sich. Beide trauerten um das Liebste, was sie verloren hatten.

Samstag, 06. Mai 2000, 18 Uhr

Die Schwester kommt, um Mutti für die Nacht zu waschen. Sie wirft die Zudecke zurück und zieht ihr das Nachthemd aus. Ich erschrecke vor dem Anblick des mit Haut überzogenen Skelettes. Meinem Gefühl widerstrebt es, dieses Gerippe als den Körper meiner Mutti anzunehmen. Während die Schwester sie wäscht, nimmt mein Verstand ihn in seiner Gesamtheit als ein Gemälde des Todes wahr. Die Schwester zieht ihr das Nachthemd über. Routiniert rollt sie die Mutter auf eine Windel und schließt den Klettverschluss. Nach dem sie die Zudecke über den Körper geworfen hat, fragte sie mich: „Möchten Sie was essen?"

Ich friere wegen ihrer Gefühllosigkeit und lehne ihr Angebot ab. Vermutlich wird sie meine Einstellung nicht verstehen können. Ich möchte nur allein mit Mutti sein, solange sie noch lebt. Ich will ihr das mitteilen, was mir wichtig erscheint und bisher ungesagt geblieben ist.

Die Schwester scheint vom Sterbeprozess der Siechenden, den sie vermutlich täglich erleben muss, abgestumpft zu sein. Sie bedrängt mich abermals: „Sie müssen doch was essen!"

Ich bin wegen ihrer Taktlosigkeit gereizt und verlange: „Gehen Sie! Lassen Sie mir die letzte Lebenszeit mit meiner Mutti ohne diese Lappalie!"

Beleidigt zieht sie ab. Ich widme mich ihr, die mich bald verlassen wird. Ich möchte sie weiter auf die Reise ohne Wiederkehr vorbereiten, die sie ganz allein bewältigen muss. Mehr kann ich nicht für sie tun. Ich eröffne ihr: „Wenn du noch in deinem Körper bist, wirst du in absehbarer Zeit aus der erdgebundenen Hülle schweben, um die Grenze zwischen dem irdischen und deinem künftigem Dasein zu überschreiten. Du wirst diesen Austritt nichts als Schmerz empfinden, sondern dich wohlfühlen und dich freuen mit allen, die dich dort erwarten, vereint zu werden. Sie werden dir die Liebe schenken, an der es dir auf Erden so oft gemangelt hat. Vielleicht musst du auch vor Eintritt in die ewige Eintracht einen dunklen Tunnel durchqueren. Ängstige dich dabei nicht! Es ist nur ein Vorstadium zu der Herzlichkeit, die du dann genießen wirst. Alles, was dich jemals bedrückt hat, wird verschwunden sein. Es wird dich ein Glücksgefühl erfassen, von dem du immer geträumt hast. Nur noch Harmonie und Wohlbehagen wirst du mit allen Lichtwesen empfinden, denn du wirst eine der ihren sein. Ich wünsche mir sehnsüchtig, mit dir gehen zu dürfen. Noch muss ich mich gedulden, bis mein Elend auf Erden vorbei ist. Wir sehen uns im Paradiesgarten der Güte und des Friedens miteinander wieder. Beides vermisse ich hier auf Erden. Alle Feindseligkeiten und Grausamkeiten, mit denen sich Menschen verletzen und töten, werden dich nicht mehr erreichen. Ich muss sie bis an das Ende meines Lebens ertragen. Obwohl ich nicht verstehe, warum nicht alle Menschen friedlich miteinander leben können, denn unsere Lebenszeit auf dem Planeten ist kurz. Du wirst für alle Zeiten in diese Innigkeit eingebunden bleiben. Ich denke an dich und werde unendlich traurig sein, weil ich zurückbleiben muss. Es wird schwer sein, ohne dich all die Gräuel, die Menschen sich antun, hören und sehen und auch ertragen zu müssen. Warum bekämpfen sich die Erdenbewohner, nur weil sie an einen Gott glauben, der in jeder Glaubensgemeinschaft einen anderen Namen trägt? Wir haben oft darüber gesprochen, Mutti, aber auch damals wussten wir, wie ich heute, keine Antwort. Bald wirst du erleben, dass alle Lichtwesen einander achten und sich ohne Worte verstehen. Es wird dir guttun. Obwohl ich dich beneide, gönne ich dir dieses Dasein. Du hast genug gelitten. Unter deinem rechthaberischen Ehemann, der übellaunischen Schwiegermutter und auch unter mir. Ja, auch unter mir. Ich war nicht immer die Tochter, die du dir gewünscht hast."

Unwillkürlich rollen mir Tränen über die Wangen. Ich denke an meine Ehe mit Alexander, die ich gegen ihren Willen durchgesetzt hatte.

„Damals mit Alex, Mutti, glaubte ich, Liebe muss so sein, weil ich sie durch Vater nicht anders erfahren habe. Erst Simon lehrte mich, was aufrichtige Liebe leisten kann. Und auch Heiner ..."

Von ihm will ich ihr nichts erzählen. Für ihn hege ich ausschließlich freundschaftliche Gefühle und erzähle ihr weiter: „Mir fällt gerade ein wunderschönes Gedicht ein, das ich dir aufsagen möchte. ‚Die Blätter fallen, fallen wie von weit, als welkten in den Himmeln ferne Gärten; sie fallen mit verneinender Gebärde. Und in den Nächten fällt die schwere Erde aus allen Sternen in die Einsamkeit. Wir alle fallen. Diese Hand da fällt. Und sieh dir andere an: Es ist in allen. Und doch ist einer, welcher dieses Fallen unendlich sanft in seinen Händen hält.' Dieses Herbstgedicht von Rilke finde ich wunderschön. Ich hatte so einen Menschen an meiner Seite. Vor Monaten wurde er mir von den Verbündeten einer überirdischen Macht in die Ewigkeit entführt. Doch meine Liebe zu ihm wird genau, wie die zu dir, nie enden."

27. Kapitel

Vor und nach der Betreuung der Mutter putzte Karin in den folgenden Tagen alle Fenster, wusch die Gardinen und polierte die Möbel auf Hochglanz. Sie schleppte Esswaren und Getränke vom Supermarkt heran, von denen sie wusste, dass ihr Sohn sich darüber an seinem 18. Geburtstag freuen könnte. Sie wickelte sein Geschenk in buntes Papier und schenkte es ihm am Morgen nach der Gratulation mit einer Umarmung, verbalen Glückwünschen und den obligatorischen Küssen. Gespannt beobachtete Karin sein Gesicht, als er es auspackte. Dafür hatte sie lange sparen müssen. Als Florian das Geschenk in den Händen hielt, bedankte er sich stürmisch bei seiner Mama: „Ist das cool! Woher hast du gewusst, dass ich mir gerade dieses Handy gewünscht habe?"

„Du hast es mir ja oft ja oft genug in den Werbezetteln gezeigt."

„Aber, Mama, das ist doch viel zu teuer."

„Mach dir keine Sorgen, sondern freue dich!"

„Tausend Dank! Du bist die tollste Mama, die es gibt", rief Florian ihr zu und rannte zum Telefon, um seine Freunde über das Geschenk zu informieren und es mit ihren zu vergleichen.

Nachdem er in die Schule gegangen war, begann Karin in der Küche, das Schaschlik nach russischer Art für das Abendessen vorzubereiten. Als sie Fleisch mit Zwiebeln, Speck und Leber auf die Spieße bohrte, überfiel sie plötzlich eine eigenartige Wahrnehmung, die sie nicht als richtigen Schwindel deuten konnte. Karin wollte diesen Sinneseindruck als Einbildung bezwingen, aber erfolglos. Sie beschuldigte sich, nicht genug geruht zu haben, und legte sich hin. Nach einer Stunde fühlte sie sich besser und setzte ihre Arbeit fort. Kurz vor dem Mittagessen holte sie die Mutter und servierte zum Mittag eine sparsame Mahlzeit. Es gab später genug Delikatessen. Die Mutter nörgelte: „Du weißt doch, dass ich was Richtiges essen muss. Mein Zucker."

„Kartoffelbrei mit Rührei ist meiner Meinung nach ein komplettes Essen. Was anders habe ich wirklich nicht geschafft."

„Dann müssen wir aber zeitig Kaffee trinken."

„Wenn du magst, gebe ich dir eine Stulle."

„Nein, jetzt nicht. Dann steigt der Zucker zu sehr."

„Willst du dich hinlegen?"

„Ja. Aber wann kommen denn Flo und Alex?"

„Flo hat bis um 14 Uhr Unterricht und Alex ... weiß ich nicht."

Karin half der Mutter beim Hinlegen und deckte sie mit einer Sofadecke zu. Plötzlich überfiel sie erneut dieses eigenartige Gefühl.

„Ich lege mich auch hin. Wenn du was brauchst, rufe mich", sagte sie zu der Mutter und verschwand im Zimmer von Florian. Sie legte sich aufatmend auf das Bett von ihm und schloss die Augen. In dem Moment rief die Mutter: „Kari, die Kopfhörer."

Schwerfällig erhob Karin sich. Sie begab sich zur Mutter, stülpte ihr die Kopfhörer über die Ohren und legte die CD in den Player mit den Melodien, von denen sie wusste, dass sie ihr gefielen. Erneut schlich sie zum Bett von Florian, um zu ruhen, denn sie fühlte sich total erschöpft. Viel zu schnell polterte er in die Wohnung und staunte: „Ihr liegt alle? Heute ist mein Geburtstag. Schon vergessen?"

„Aber nein, Flo. Mir war plötzlich so flau, aber jetzt ist alles wieder gut. Ich decke gleich den Tisch."

Florian stellte seinen Aktenkoffer an den dafür vorgesehenen Platz und hörte sein Omchen rufen: „Kari, ich muss mal."

„Ich komme."

Karin lief ins Wohnzimmer. Sie zog die Mutter von der Couch hoch, stützte sie beim Gehen und half ihr, den Schlüpfer herunterzuziehen, um sich auf das Toilettenbecken zu setzen.

„Ruf mich, wenn du fertig bist. Ich decke inzwischen den Tisch."

Als Karin gerade das Geschirr auf den Tisch gestellt hatte, schrie die Mutter: „Kari, ich bin fertig."

Sie half ihr beim Anziehen und begleitete sie wieder ins Wohnzimmer zu der Couch. Kaum saß die Mutter, forderte sie: „Kari, das Mittagessen war wirklich ein bisschen dürftig. Mach mir eine Stulle!"

Stillschweigend schnitt Karin eine Stulle ab, bestrich sie mit Margarine und belegte sie mit einer Scheibe mageren Käse. Danach zerteilte sie den Marmorkuchen und stellte ihn mit anderen Torten auf den Tisch.

Als Florian ins Zimmer stürmte, gratulierte ihm sein Omchen zum Geburtstag. Sie schenkte ihm einen Briefumschlag, in dem sich 100 D-Mark befanden. Florian bedankte sich und kündigte an: „Acht von meinen Freunden haben fest zugesagt. Kommt Papa auch?"

„Weiß ich nicht. Aber sind acht nicht ein bisschen viel?"

„Wir trinken ja bloß Kaffee und gehen dann zum Bowling."

„Aber doch nicht heute!", rügte die Oma den Enkel. „Du hast Geburtstag. Da wollen wir das Geburtstagskind hier haben."

„Doch, Omchen! Meinem Geburtstag möchte ich auch mit meinen Freunden feiern und nicht hier wie ein Trauerkloß sitzen."

Die Oma verzog missbilligend ihr Gesicht. In dem Augenblick schrillte die Klingel. Florian rannte zur Tür, betätigte den Türöffner und erwartete seine Freunde im Türrahmen. Als die Fahrstuhltür sich geöffnet hatte, gratulierten alle mit einem lauten Hallo und einem Geburtstagslied dem Klassenkameraden.

Als alle am Tisch saßen und jeder sich mit Kuchen und Kaffee, Brause, Cola oder Malzbier bedient hatte, kehrte endlich Ruhe ein. Karin konnte kurzfristig verschnaufen. Die Freunde kauten und tranken, als hätte sie extra für die Feier gehungert. Nachdem alle gesättigt waren, sprang Florian auf und gestand: „Mit dem Abendessen braucht ihr nicht auf uns zu warten. Wir essen unterwegs einen Döner und gehen nach dem Bowlen ins Kino. Cooler Film in der Spätvorstellung."

„Und mein Essen? Ich will nachher Schaschlikspieße grillen."

„Könnt ihr ja essen. Warte nicht auf mich. Es kann spät werden."

Alle verabschiedeten sich lautstark. Nach ihrem Aufbruch kritisierte die Oma das Verhalten des Enkels: „Ja, ja, die heutige Jugend! Das hätten wir uns nie getraut. Hat er dir denn davon nichts gesagt?"

„Nein, Mutti, das kam auch für mich überraschend."

„Schaschlik mag ich überhaupt nicht. Hast du nicht was anderes?", beanstandete die Mutter das geplante Abendessen.

„Was möchtest du essen?"

„Bring mich nach Hause! Nach Geburtstag ist mir nun überhaupt nicht mehr."

Karin wollte die Mutter überreden, noch zu bleiben, aber sie verlangte energisch, nach Hause gebracht zu werden. In diesem Augenblick klingelte es.

Als Karin öffnete, blickte sie in das Lächeln von Simon. Er begründete seinen Besuch: „Ich wollte Flo zum Geburtstag gratulieren. Wo ist er denn?"

„Er feiert mit Freunden."

Simon flüsterte ihr zu: „Und dein Mann?"

„Weiß ich nicht, wo er steckt. Vielleicht kommt er noch, vielleicht auch nicht."

Urplötzlich umarmte Simon sie und wisperte ihr ins Ohr: „Ich halte es ohne dich nicht mehr aus, Liebes. Lass uns …"

„Wer ist denn da, Kari?", unterbrach der Ruf der Mutter das Bekenntnis von Simon. Karin rief ihr zu: „Ein Bekannter von der Lesung her, Mutti", und fragte ihn: „Magst du eine Tasse Kaffee?"

Nach einem flüchtigen Kuss betrat er das Zimmer und begrüßte die Mutter. Sie musterte den Gast auffallend lange und fragte: „Sind Sie auch ein Freund von meinem Enkel?"

„Das nicht gerade, aber wir verstehen uns gut. Mit ihrer Tochter war ich zur Leipziger Buchmesse und öfter zur Lesung in der Bibliothek."

„Ach, Sie sind das!", stellte die Mutter fest und fügte hinzu: „Sie habe ich mir aber ganz anders vorgestellt. Haben Sie was mit meiner Tochter?"

„Mutti, das geht aber ein bisschen zu weit. Du weißt, wie sehr ich Alex liebe. Außerdem wolltest du jetzt gehen", fuhr Karin dazwischen.

„Lass mich doch noch ein bisschen mit dem jungen Mann unterhalten!"

„Ein anderes Mal. Ich habe wenig Zeit und wollte nur rasch Flo gratulieren", entgegnete Simon. Karin brachte ihn zur Tür. Nach einem Kuss raunte er ihr zu: „Bring sie nach Hause. Ich warte am See auf dich."

Karin bejahte leise und schloss die Tür hinter ihm. Als sie die Stube betrat, überrumpelte die Mutter sie mit Fragen: „Kennst du diesen attraktiven Mann wirklich nur von den Lesungen? Hattest du bestimmt nichts mit dem? Seine Blicke fraßen dich ja fast auf. Was ist der denn von Beruf?"

„Weiß ich nicht. Es ist so, wie ich es gesagt habe, Mutti. Nur eine Bekanntschaft von der Lesung her."

„Warum wirst du denn dabei so rot? Ich glaube dir kein Wort. Aber mach doch, was du willst. Alex ist sowieso nichts für dich. Das haben wir dir vor der Hochzeit bereits vorgehalten. Wer nicht hören will, muss fühlen, sagt ein altes Sprichwort. Und das hast du schon reichlich zu spüren gekriegt. Gibt er dir überhaupt noch Geld?"

„Die Miete bezahlt er. Manchmal gibt er mir ein bisschen Haushaltsgeld."

Die Mutter nahm aus ihrer Handtasche die Geldbörse und gab der Tochter 100 D-Mark mit den Worten: „Damit ihr nicht verhungert, bis dein Ehemann wieder was springen lässt."

Dankend nahm Karin das Geld an und brachte sie im Rollstuhl in ihre Wohnung. Wie immer bereitete sie ihr das Abendessen zu, half ihr ins Nachthemd und stützte sie, damit sie sich ins Bett legen konnte. Zum Abschied schmollte die Mutter: „Zu so einer Geburtstagsfeier brauchst du mich nicht wieder zu holen. Sag Flo, wie ungehörig er sich benommen hat."

„Mach ich, Mutti, aber ich kann nichts dafür. Er wird nun erwachsen und will sein eigenes Leben."

„Natürlich kannst du ihn nicht zwingen, mit uns zu feiern. Ist alles eine Frage der Erziehung und Organisation. Da fehlt eben der Vater, der mal ein Machtwort spricht. Vertrag dich wieder mit ihm, sonst entgleitet dir Flo. Er war immer ein braver Junge, aber was er sich heute geleistete hat ..."

„Das ist er immer noch, aber er ist nun volljährig. Vergiss das nicht!"

„Gerade deshalb, Kari. Und du hast bloß dieses Studium im Kopf. Wer weiß, wie das enden wird. Alex hast du damit auch schon vergrault."

Karin traten die Tränen in die Augen. Sie verabschiedete sich schnell. Im Fahrstuhl weinte sie wegen der ungerechten Beschuldigungen. Als sie Simon am See traf, verschönte ein Lächeln ihren weinerlichen Gesichtsausdruck. Er nahm ihre Hand und küsste ihr die Tränen von den Wangen. Sie setzten sich auf eine Bank, die nahe an dem Gewässer stand. Simon bemerkte: „Du siehst so blass aus. Geht es dir nicht gut?"

Karin erzählte ihm, was Alexander ihr angetan hatte, als sie aus Leipzig zurückgekommen war. Simon regte sich auf: „Was ist das bloß für ein Kerl? Der schlägt dich noch zum Krüppel. Zieh endlich zu mir, Liebes!"

„Später, Simon. Noch muss ich wegen Flo bleiben, aber ich will mich scheiden lassen."

Kaum hatte sie ihr Vorhaben ausgesprochen, umarmte Simon sie leidenschaftlich und küsste ihren Mund, bis sie nach Luft japste. Er offenbarte ihr: „Wir werden wie im Paradies leben, Liebes. Und Flo nimmst du natürlich mit."

„Simon, ich muss nach Hause, falls Alex inzwischen gekommen ist."

Enttäuscht begleitete Simon sie zu ihrem Wohnhaus. Als er sich liebevoll von ihr verabschieden wollte, wehrte sie ihn ab: „Bitte nicht! Wenn Alex uns sieht, bestraft er mich."

„Wann können wir weiter an unserem Buchprojekt arbeiten?"

„Momentan fühle ich mich oft für jede Tätigkeit zu schwach und muss mich erst von der Geburtstagsfeier erholen. Aber sicher bald."

„Ruf mich an, wenn es dir besser geht, Liebes", bat Simon. Zögernd betrat sie kurz darauf die Wohnung, aber Alexander war nicht da. Karin räumte das benutzte Geschirr in die Küche. Beim Abwaschen stellte sich wieder diese eigenartige Wahrnehmungsstörung ein, und eine Schwäche erfasste sie. Karin legte sich hin und weinte. Als sie sich beruhigt hatte, beschloss sie, am nächsten Tag ihre Hausärztin aufzusuchen. Irgendetwas stimmte mit ihr nicht. Florian kehrte weit nach Mitternacht von seiner Party mit den Freunden zurück und schlief noch, als Karin sich am Morgen in die Praxis schleppte.

Nach drei Stunden Wartezeit wurde sie ins Arztzimmer gerufen und schilderte der Ärztin ihre Beschwerden. Nach der Untersuchung von Blutdruck und der Überprüfung von Reflexen riet ihr die Ärztin: „Ich konnte nichts Beunruhigendes feststellen. Bestimmt sind Sie überarbeitet. Gönnen Sie sich täglich einen Spaziergang!"

„Das ist mir zu diesem Zeitpunkt unmöglich. Ich schaffe mein tägliches Arbeitspensum sowieso nur durch Nachtarbeit. Und ich plane mit einem Bekannten ein Bildtextbuch über Marzahn. Damit wollen wir demnächst anfangen. Und dann muss ich mich schließlich auch um meine Mutter kümmern", entgegnete Karin.

Bedächtig nickte die Ärztin und empfahl ihr: „Machen Sie trotzdem ein paar Wochen Urlaub. Danach geht es Ihnen sicher besser."

Karin verabschiedete sich und dachte über den Rat der Ärztin nach. So ganz unrecht hatte sie nicht. In der letzten Zeit arbeitete sie wirklich enorm viel. Aber gerade die Planung an dem Buch mit Simon bereitete ihr enormen Spaß. Durch ihn erfuhr sie allerhand Wissenswertes. Manches hatte sie noch nie gehört. Zum Beispiel von Franz Carl Achard, dem Begründer der Zuckerrübenindustrie; von Charlotte von Mahlsdorf, die im Gutshaus Mahlsdorf 1960 ein Gründerzeitmuseum eröffnet hatte; von Heinz Graffunder, dem Architekten und Stadtplaner vom Nordosten Berlins und noch vieles mehr. Demnächst wollten sie den Heimatverein Marzahn - Hellersdorf aufsuchen. Bei ihren Zusammenkünften bedrängte Simon sie immer wieder, endlich die Scheidung einzureichen, und bot ihr an: „Willst du dich von meinem Freund Heiner beraten lassen? Er ist Rechtsanwalt und kennt sich gut mit dem Scheidungsrecht aus."

Karin wimmelte ihn jedoch mit der Äußerung ab: „Ich muss erst mit Alex darüber sprechen. Nachher will er gar nicht ..."

Simon hielt ihr den Mund zu: „Sag nichts weiter! Ich warte auf dich."

Seine Meinung dazu behielt er für sich. Er unterließ es auch, sie weiter zu bedrängen, endlich den Schritt aus dem Ehejoch zu wagen. Er war glücklich, wenn sie bei ihm war. Ansonsten hielt er sein Wort, sie niemals zu belästigen. Außer einigen Küssen erlaubte sie ihm sowieso keine weiteren Zärtlichkeiten, obwohl sie sich immer öfter danach sehnte und von der Nacht in Leipzig mit ihm träumte.

In den nächsten Tagen vertiefte sie sich in ihre Arbeit, sodass sie überhaupt nicht mehr an ihr zeitweises Unwohlsein dachte, bis sie erneut eine diffuse Schwäche heimsuchte. Zwei manchmal auch drei oder mehr Tage fühlte sie sich sogar zu elend, um aufzustehen. Sie teilte der Mutter telefonisch mit, dass sie nicht kommen könne. Vor Florian nahm sie sich zusammen. Doch inzwischen erkannte er, wenn es ihr schlecht ging.

„Leg dich hin, Mama! Wenn ich aus der Schule komme, gehe ich erst bei Omchen vorbei, ehe ich hier aufkreuze."

Karin dankte ihrem Sohn. Sie verwöhnte ihn, wenn sie sich besser fühlte, mit einem leckeren Essen. An solchen Tagen setzte sie ihren gewohnten Tagesablauf fort. Sie versorgte zwei Haushalte, kümmerte sich um die kranke Mutter, hörte sich Florians Nöte und Freuden an und widmete sich in den späten Abendstunden ihrem Fernstudium. Die Ausflüge mit Simon sonnabends beflügelten sie zu immer extremeren Leistungen. Hin und wieder überflutete sie ein Glücksgefühl von ungeheurer Intensität. Bisweilen fühlte sie sich, als stände sie auf einem Vulkan, der jeden Augenblick explodieren könnte. Und der Ausbruch ereignete sich völlig unerwartet.

Eines Tages gelang es Karin nur mit Mühe, sich von Simon zu verabschieden und ihm für die interessanten und liebevollen Stunden zu danken. Mit letzter Kraft langte sie in der Wohnung an. Ein intensiver Schwächeanfall hatte sie überrumpelt. Karin befürchtete, im Flur umzukippen. Knapp erreichte sie das Bett. Nach zwei Stunden hatte sie sich soweit erholt, um Florian anzurufen. Er wollte bei einem Freund übernachten, weil sie einen Artikel für die Schülerzeitschrift zum Gedenken an Nele schreiben wollten. Nachdem Karin ihm mitgeteilt hatte, dass es ihr gesundheitlich miserabel ginge, war er binnen Kurzem bei ihr und fragte bedrückt: „Mama, kann ich dir helfen?"

„Plötzlich schlug mein Herz nicht mehr im richtigen Takt, und mir wurde schwindelig. Morgen gehe ich zum Arzt. Bleib bitte hier, falls es mir wieder so übel wird wie vorhin. Ich lege mich wieder hin."

Schlafen konnte Karin nur wenig. Sie erwartete sehnsüchtig den Morgen. Florian begleitete sie zum Arzt, denn noch immer ging es ihr nicht besser. Dr. Hinz legte ihr sofort ein Langzeit-EKG an. Als er das Gerät am Monitor des PCs überprüfte, waren die Störungen deutlich sichtbar. Bei der Auswertung einige Tage später meinte Dr. Hinz: „Ich konnte nichts Beängstigens feststellen. Sicher nur eine einmalige Störung. Aber wir machen zur

Sicherheit ein Szintigramm. Vielleicht ist es die Schilddrüse."

Sein Verdacht bestätigte sich. Er offenbarte Karin: „Das Szintigramm zeigt mehrere kalte Knoten. Der größte engt bereits die Luftröhre ein. Ich rate Ihnen, die gesamte Schilddrüse operativ entfernen zu lassen."

„Und mit Medikamenten oder Bestrahlung kann das nicht behoben werden?", wollte Karin wissen.

„Nein. Eine medikamentöse Behandlung ist bei dieser Art von Knoten ausgeschlossen. Es könnten sich sogar bösartige Veränderungen entwickeln. Ich rate dringend zu einer Operation und gebe Ihnen gleich die Einweisung ins Klinikum mit."

Von der Diagnose benachrichtigte Karin Simon, der am Abend zu ihr kam und ihr versprach: „Ich bringe dich morgen in die Klinik und kümmere mich um Flo. Er kann übrigens solange bei mir wohnen."

„Übermorgen, Simon, übermorgen. Erst muss ich wieder für Mutti eine zusätzliche Pflegekraft finden, die natürlich auch eine Extrabezahlung verlangt."

Stillschweigend legte Simon ihr einige Hundertmarkscheine auf den Tisch. Karin wollte protestieren, aber er verschloss ihr den Mund mit einem Kuss.

Karin organisierte eine zusätzliche Pflegekraft für die Mutter. Danach brachte Simon sie in die Klinik. Karin wurde in einem Zimmer mit zwei Betten untergebracht und fand ihre Nachbarin sehr nett. Die Operation am nächsten Tag überstand sie recht gut. Der Operateur erklärte ihr: „Ihre Schilddrüse musste komplett entfernt werden. Es gab nicht nur einen großen Knoten, sondern eine Vielzahl von kleineren durchwucherten das Organ."

Karin krächzte eigenartig, als sie sprach. Bei der Visite bemerkte es die Stationsärztin gleich und beruhigte die Patientin: „Das ist eine einseitige Stimmbandlähmung als Folge der Operation. Normalerweise verschwindet sie nach kurzer Zeit. Sie sollten so wenig wie möglich sprechen. Trotzdem stellen wir sie vor der Entlassung einer HNO-Ärztin vor."

Einige Stunden später verschluckte sich Karin beim Essen dauernd. Ihre Zimmernachbarin meinte: „Ist bestimmt eine halbseitige Schlucklähmung, glaube ich. Hatte ihre Vorgängerin auch."

Karin krächzte: „Und wie lange bleibt die?"

„Weiß ich nicht. Die wurde dann ja entlassen. Sagen Sie es bei der Visite."

Karin quälte sich mit dem Schlucken ab. Den Rat ihrer Bettnachbarin befolgte sie nicht, denn sie wollte nach Hause. Ihre Mutter und auch Florian brauchten sie dringend.

Am Nachmittag besuchte der Sohn sie. Er öffnete die Tür nur einen Spalt und informierte seine Mama leise: „Schau mal, wer wieder zurück ist?"

Er trat ein. Erwartungsvoll musterte Karin die Türöffnung, in der zunächst nur ein Strauß mit roten Rosen erschien. Dahinter folgte das grinsende Gesicht von Alexander. Er eilte mit Riesenschritten auf sie zu, beugte sich über sie und gab ihr einen Kuss, bevor er ihr den

Strauß überreichte. Freuen konnte Karin sich über den Besuch nicht, aber sie tat so. Alexander fragte: „Wo bekomme ich hier eine Vase?"

Die Bettnachbarin empfahl ihm: „Gehen Sie zu einer Schwester! Die haben immer welche."

Als Alexander weg war, flüsterte Florian seiner Mama zu: „Simon habe ich telefonisch gesagt, dass Papa da ist."

Alexander kehrte mit einer Vase zurück, versorgte die Blumen mit Wasser und setzte sich zu Karin aufs Bett. Er streichelte über ihre Wangen und erkundigte sich: „Schatz, hast du große Schmerzen? Kann ich dir helfen?"

Karin schüttelte den Kopf und krächzte: „Müde."

Florian forderte Alexander zum Gehen auf: „Mama braucht Ruhe. Wir können morgen wiederkommen. Da geht es ihr bestimmt besser."

Florian drückte sie und wisperte ihr zu: „Simon kommt nachher."

Mit den Worten: „Gute Besserung", verließ er das Zimmer. Alexander presste seine Lippen auf ihren Mund. Dabei schob er seiner Hände unter die Bettdecke, um ihr in den Schritt zu fassen. Karin drehte sich von ihm weg und zischte: „Lass das!"

Alexanders Augen funkelten boshaft. Er raunte ihr mit einem Unterton in der Stimme zu, den nur Karin deuten konnte, ins Ohr: „Wir machen es uns Zuhause gemütlich, wenn du wieder bei mir bist."

„Erhol dich bis dahin gut, Schatz. Tschüss bis morgen", sagte er laut.

Karin durchlief ein Zittern, denn sie wusste genau, was er meinte. Sie atmete auf, als er gegangen war, und versuchte, sich zu entspannen. Kurz nach dem Abendessen brachte Simon ihr ein Sträußchen Vergissmeinnicht mit, küsste sie auf die Wangen und saß still mit ihrer Hand in der seinen auf dem Bettrand. Das Leuchten seiner Augen verriet seine Gefühle für sie. Karin tat diese stumme Zwiesprache gut. Sie war traurig, als er ging. Ihre Zimmernachbarin schwärmte nach jedem seiner Besuche: „Haben Sie einen fürsorglichen und bildhübschen Mann! Wenn ich da an meinen denke ... aber lassen wir dieses Thema. Es ist zu unerfreulich. Ist der andere ihr Bruder?"

Karin bejahte und sehnte ihre Entlassung herbei, obwohl sie sich vor ihrem Ehemann fürchtete. Am Entlassungstag untersuchte eine HNO-Ärztin die Stimmbänder gründlich. Sie erteilte Karin ein Sprechverbot: „Halten Sie sich daran, sonst können sich die geschädigten Nerven, die für die einseitige Stimmbandlähmung verantwortlich sind, nicht erholen. Und die momentane Heiserkeit bleibt für immer. Gute Besserung, Frau Meyer."

Alexander und Florian warteten im Flur auf sie. Nachdem sie den Arztbefund erhalten hatte, begaben sie sich zum Parkplatz der Klinik. Florian verriet ihr: „Papa hat jetzt wieder ein Auto. Du wirst staunen."

Karin staunte wirklich über das Schrottauto. Alexander meinte: „Besser als gar keins. Steigt ein!"

Er fuhr sie nach Hause und trug die Tasche in die Wohnung. Karin sah gleich das monatliche Wirtschaftsgeld auf dem Tisch liegen. Auch den offenen Schrank und die leeren Regale auf der Seite für seine Kleidung bemerkte sie sofort. Bevor sie Alexander darauf ansprechen konnte, informierte er sie: „Ich verschwinde. Lady erwartet mich."

Er nahm die bereits gepackte Reisetasche und verließ Karin. Sie legte sich gleich hin und telefonierte erst gegen Abend mit der Mutter. Ihr Gekrächze verstand sie nicht. Immer wieder verlangte sie, dass Karin zu ihr kommen solle. Als Karin in den Hörer krächzte: „Nein, geht noch nicht", legte die Mutter beleidigt auf. Es tat Karin leid, aber sie fühlte sich einfach zu schwach. Wenn doch bloß Simon da wäre! Florian, der das Gespräch mitbekommen hatte, sagte: „Soll ich zu Omchen gehen, wie bisher?"

Karin erfreute das Angebot ihres Sohnes. In den nächsten Tagen übernahm er ihre Pflichten, sodass sie sich schonen konnte und über den Zustand der Mutter informiert wurde. Florian hatte auch Simon benachrichtigt, dass Alexander wieder ausgezogen war.

Simon besuchte Karin täglich. Seine Anwesenheit erfreute sie jeden Tag mehr. Er kaufte ein und kochte für sie. Sogar die Speisen pürierte er, sodass Karin sie mit einem Strohhalm an der Seite des Mundes einsaugen konnte, von der aus sie schlucken konnte. Erfreicherweise verschwand nach zwei Wochen die halbseitige Schlucklähmung plötzlich. Die Lähmung der Stimmbänder dauerte dagegen bedeutend länger, denn ganz schweigsam konnte Karin nicht sein. Dementsprechend krächzte sie mal mehr mal weniger vor sich hin. Allmählich entlastete sie Florian mehr. Sie kümmerte sich mehrmals in der Woche um die Mutter, die sie wegen der Stimmbandlähmung selten verstand. Karin strapazierte ihre Stimme in den Stunden bei ihr sehr. Trotzdem blieb die Verständigung notdürftig. Die Mutter begriff die Nachwirkung der Operation nicht und beschuldigte Karin: „Du willst mich bloß ärgern. Sprich vernünftig, damit ich dich verstehe!"

Karin versuchte, ihr mit der bruchstückhaften Sprechweise klar zu machen, dass die Stimmbänder nach der Operation noch nicht richtig funktionieren. Doch die Mutter blieb auf ihrem Standpunkt, der Karin wehtat. Sie erkannte jedoch, dass die Mutter inzwischen nur noch an sich dachte. Kein anderer als sie durfte krank sein.

Allmählich besserten sich Karins Stimme und auch ihr Befinden, obwohl der Schwächezustand sich öfter einstellte. Trotzdem erfüllte sie ihr Pflichten mithilfe von Florian wieder gewissenhaft.

Am 23. November 1996 übertrug das Fernsehen den Abschiedsboxkampf von Henry Maske. Zum zweiten Mal kämpfte er gegen Virgil Hill. Vor zehn Jahren war dieser ihm nach Punkten überlegen gewesen. Die Mutter, ein Fan von Henry Maske, hatte bisher keinen

Kampf von ihm verpasst. Für sie stellte dieser Abschiedskampf ein bedeutendes Ereignis dar. Sie bat die Tochter, sich mit ihr an diesem Samstagabend den Boxkampf anzusehen. Karin erfüllte der Mutter den Wunsch, obwohl sie sich nicht für Sport interessierte und ihr Boxen zu brutal erschien. Gespannt saß die Mutter vor dem Fernseher. Bereits das Einmarschlied „Time to say goodbye", gesungen von Andrea Bocelli und Sarah Brightman, berührten Mutter und Tochter außerordentlich. Aufmerksam verfolgten sie den Kampf und waren am Ende enttäuscht, weil Henry Maske seinen Weltmeistertitel nicht verteidigen konnte. Doch das Lied, unter dessen Klängen er in den Boxring gekommen war, blieb in ihrem Gedächtnis haften. Die Mutter wünschte sich, es hören zu können, wann immer sie den großartigen Stimmen der Sänger lauschen möchte.

Am Heiligen Abend schenkte Florian ihnen eine CD mit diesem Titel. Als die Mutter und auch Karin dieses Lied noch einmal hörten, liefen beiden Tränen übers Gesicht. Tränen der Freude; Tränen der Rührung; Tränen der Bewunderung für diese genialen Opernsänger. Die Mutter bat die Tochter: „Versprich mir, dass du es zu meiner Beerdigung spielen lässt."

28. Kapitel

Für Karin begann das Jahr 1997 im Hinblick auf ihre literarische Arbeit vielversprechend. Sie beendete ihr Fernstudium mit dem Diplom. Nebenbei hatte sie etliche Kurzgeschichten geschrieben und ihren ersten Roman begonnen. Trotzdem wurde sie auch ihren anderen Verpflichtungen gerecht. Immer öfter überfiel sie jedoch ein Gefühl, das sie sich nicht erklären konnte. Meistens verschwand es, nachdem sie sich eine Stunde hingelegt hatte. Nach der Entfernung der Schilddrüse hatte sie geglaubt, dass die Gewebeveränderungen in dem Organ der Grund für dieses eigenartige Gefühl gewesen seien. Offensichtlich hatte sie sich geirrt. Einerseits beseelte sie ein ungeheures Glücksgefühl bei ihrer Arbeit. Andererseits spürte sie, dass ein furchterregendes, unbekanntes Etwas aus ihrem Innerem sie bedrohte. Simon staunte während seiner Besuche oft, wenn Karin beinahe vor Tatendrang überschäumte. Manchmal warnte er sie: „Mach nicht zu viel!"

Karin lachte nur und entgegnete: „Warum? Das macht mir alles viel Spaß. Was soll daran schädlich sein?"

„Du bist so aufgedreht. Ich habe kein gutes Gefühl dabei."

„Keine Sorge! Mir geht es gut wie lange nicht."

Simon blickte sie nach dieser Auskunft eigenartig an. Sie hatte einfach an allem Spaß, was sie unternahm und auch fertigstellte. Zumal Alexander sie nicht hindern konnte. Scheinbar kehrte er nicht zurück.

Allmählich verschlechterte sich ihr Gesundheitszustand. Immer öfter stellten sich die Zustände ein, die sie mittlerweile fürchtete. Mehrfach erfasste sie eine Schwäche, die sie glauben ließ, jeden Moment umzukippen. Tagelang lag Karin bei solchen Störungen im Bett. Sie telefonierte mit der Mutter, die ihr Befinden nicht verstand und ihr vorhielt: „Das ist doch nur ein Vorwand, um mich nicht besuchen zu müssen. Ja, ja, mit Alten und Kranken will keiner etwas zu tun haben. Und du bist auch nicht besser. Aber mein Geld, das nimmst du."

„Mutti, mir geht es wirklich nicht gut. Versteh das bitte! Ich komme, sobald es mir besser geht."

„Das sagen sie alle", schrie die Mutter erbost in den Telefonhörer und beendet abrupt das Gespräch. In Karin breiteten sich Gewissensbisse aus. Sie versuchte, aufzustehen, aber eine erneute Schwindelwelle zwang sie auf das Bett. Sie blieb liegen, bis dieses Drehen in ihrem Kopf geflohen war. Sogleich stand sie auf und ging zu der Mutter. Als sie die Wohnung betrat, lästerte die Mutter: „Na siehst du. Es geht doch. Mit ein bisschen Willen schaffst du den Weg zu mir und nicht nur zu meinem Konto."

Vergebens erklärte Karin der Mutter ihre seltsamen Beschwerden. Sie hörte auch zu, aber hinterher stauchte sie die Tochter zusammen: „Wenn du meine Krankheit hättest, könntest du klagen. Ich wäre jedenfalls mit deinen Beschwerden glücklich. Ist doch alles nur Einbildung. Dir fehlt Alex. Dann regulieren sich deine Marotten von selbst."

Karin unterließ es von nun ab, der Mutter ihre unerklärbaren Störungen begreifbar machen zu wollen. Doch die Abstände zwischen den Schwächeanfällen verkürzten sich anhaltend. Florian sorgte sich um seine Mama und verständigte seinen Papa. Noch am gleichen Tag zog Alexander wieder bei ihnen ein. Er meinte: „Du brauchst Abstand. Vor allem von deiner Mutter. Ich bleibe jetzt wieder hier."

„Und Liesa-Marie?", erkundigte sie sich. Erst druckste Alexander herum, bevor er gestand: „Meine Lady hat doch nur Sex mit allen Raffinessen in ihrem Hirnkasten, woran es dir mangelt. Anfangs war das ja eine nette Abwechslung von dem Einerlei bei uns. Ein richtiges Zuhause ist aber nur bei dir."

Er wollte Karin umarmen, aber sie wich ihm aus. Sie konnte das Vergangenes nicht mit ein paar Worten vergessen. Alexander ließ nicht locker: „Nun hab dich nicht so. Schließlich bist du immer noch meine Ehefrau."

Karin ertrug die Nähe von Alexander nur schwer. Obgleich sie sein Betrug sehr schmerzte, gab sie schließlich nach. Auch sie war ihm nicht immer treu geblieben. Seine Küsse entbehrten jeglicher Sensibilität. An einem Vorspiel mit Zärtlichkeiten, wie bei Simon, fehlte es. Sie erduldete seinen wilden, maßlosen Sex mit den Schmerzen, die sie größtenteils dabei empfand.

Beim Abendessen schlug er vor: „Was haltet ihr davon, wenn wir Tante Tilda besuchen? Ich brauche Luftveränderung", und hielt er ihr vor: „Deine Klagen von Schwindel und Übelkeit kotzen mich gelinde gesagt, an. Bist du etwa schwanger, weil du wieder einmal die Pille verschlammt hast?"

„Nein, habe ich nicht", verteidigte Karin sich und stimmte der Reise zu. Florian jubelte gleich auf. Alexander rief sofort die Tante an, um mit ihr einen Termin zu vereinbaren. Karin arrangierte für die Pflege der Mutter erneut die Pflegekraft, die sie schon einmal betreut hatte und mit der sie sehr zufrieden gewesen waren. Die Mutter lästerte: „Sieh mal an! Mit Alex kannst du gleich verreisen. Hatte ich also doch recht."

Dazu schwieg Karin. Schon bei dem Gedanken an die Reise schwitzte sie und bebte vor Angst. Bevor sie losfuhren, informierte sie Simon telefonisch von der Reise und der Anwesenheit Alexanders. Simon fragte: „Hast du die Scheidung immer noch nicht eingereicht?"

„Nach der Reise. Vielleicht. Es kann ja sein, dass Alex sich geändert hat. Mit dieser Liesa-Marie ist es wohl aus."

Simon legte den Hörer einfach auf.

Zwei Tage später sausten sie in aller Frühe los. Unterwegs überkam Karin wieder Schwindel und Übelkeit, aber sie informierte weder Florian noch Alexander davon. Stattdessen schloss sie die Augen und tat, als schliefe sie. Sie hörte, wie Florian seinen Papa fragte:

„Woher hast du denn diese Schrottkiste? Die schafft noch nicht mal 200."

„Macht sie nicht, aber immerhin fahren wir. Bodo, der arbeitet jetzt auf einem Schrottplatz als Hilfskraft, hat sie mir geliehen. Muss ich ihm irgendwann zurückgeben."

„Ich dachte, ihr malert immer noch."

„Ist aufgeflogen. Hat uns nur Ärger eingebracht. Die Geldstrafe wegen Schwarzarbeit vom Gericht war nicht gerade milde. Musste deshalb meine exquisite Karre verkaufen."

„Und wovon lebst du jetzt, Papa?"

„Sei nicht so neugierig! Ich komme schon über die Runden und für euch fällt auch hin und wieder etwas ab."

Nachdenklich schwieg Florian. Karin dachte über das eben Gehörte nach.

Als sie sich bei Tante Tilda am Kaffeetisch unterhielten, verschwanden die Beschwerden so, wie sie aus dem Nichts aufgetaucht waren. Karin warf sich vor, dass diese Erschöpfungszustände tatsächlich nur ihrer Einbildung entsprungen seien. Der Besuch verlief bis auf die abnormen sexuellen Neigungen von Alexander recht harmonisch. Karin sehnte sich zwar nach Simon, aber sie hielt sich vor, bedingungslos Alexander zu gehören. Ihre Untreue nagte an ihr. Sie versuchte, ihren Seitensprung mit angeblich aufrichtiger Hingabe ausmerzen. Doch die Sehnsucht nach Simon geisterte ständig in ihren Gedanken herum. Glücklicherweise schlief sie mit ihrem Ehemann in der Kammer auf dem Dachboden, sodass niemand etwas von seinen Vorlieben mitbekam. Nur Florian blickte seine Eltern hin und wieder eigenartig an. Karin vermutete, dass er etwas von dem, was sein Papa Nacht für Nacht an ihr vollzog, erfasst hatte.

Die Wanderungen durch den herrlichen Laubwald des Gebirges, die Abende mit Tante Tilda und die Telefonate mit der Mutter schienen die Qualen der Nacht auszugleichen und die rätselhaften Beschwerden tatsächlich verscheucht zu haben. Die Rückfahrt erfolgte ohne Zwischenfälle von Schwindel und Übelkeit. Karin glaubte, wirklich nur etwas Abwechslung gebraucht zu haben. Sie hatte sich abermals geirrt. Zuhause geriet sie erneut in die Tretmühle der Überlastung. Stillschweigend überließ Alexander weiterhin Karin allein die Betreuung der Mutter und gestattete ihr das Schreiben an ihrem Roman. Er ruhte sich tagsüber aus und nachts forderte er von Karin seine ehelichen Rechte. Wenn sie sich ihm verweigerte, erzwang er mit Prügel den Beischlaf. Karin fühlte sich jedes Mal missbraucht. Sie wusste, wenn sie ihn abwehrte, ginge er in irgendeine Kneipe und betränke sich. Käme er in dem Zustand heim, schlüge er sie so lange, bis sie ihm das gewährte, was er jetzt begehrte. Deshalb überstand sie seinen unbeherrschten Sex, indem sie sich gedanklich nach Simon sehnte. Ihre Schwächeanfälle häuften sich blitzartig. Oft sagte sie zu Alexander, wenn sie sich am Nachmittag zum Besuch bei der Mutter rüstete: „Wie gern hätte ich mich jetzt hingelegt, aber ich muss ja."

„Wenn du mal einen Tag nicht hingehst, stirbt sie auch nicht gleich."

„Ach, Alex", seufzte Karin, „das bringe ich nicht fertig."

„Wenn du musst, dann kann ich dir auch nicht helfen. Hauptsache, du hast nachher für mich noch Zeit."

Immer öfter merkte Karin, dass dieses Muss ihr Funktionieren bestimmte. Sie konsultierte ihre Hausärztin, die ihr Tabletten gegen die Schwindelattacken verschrieb. Von diesem Medikament ermüdete Karin noch mehr, als sie ohnehin war.

„Siehste", hielt Alexander ihr vor, „dir fehlt einfach nur Schlaf. Lass doch dieses blöde Buch! Verbringe lieber mehr Zeit mit mir und entspanne dich!"

„Bin ja bald fertig."

„Und was kommt dann?", wollte Alexander wissen.

„Ich werde mir einen Verlag suchen, der es veröffentlicht. Damit kann ich mir aber Zeit lassen."

„Wer's glaubt, wird selig", kommentierte Alexander ihre Aussage und beschwerte sich: „Warum bist du nicht mal ein bisschen zärtlich zu mir? Immer muss ich dich überwältigen, ehe du bereit bist, mich zu befriedigen."

„Ich schaffe bald gar nichts mehr", erwiderte sie. Alexander lachte sie aus: „Was musst du schon Großartiges schaffen? Das bisschen Streicheln und Küssen kann doch nicht so schwer sein. Und das andere besorge ich dir."

Seine Belehrung konnte Karin nicht von einer erneuten Konsultation bei ihrer Hausärztin abhalten. Sie bat die Medizinerin um eine Überweisung zum Neurologen. „Und da wollen Sie hin?", fragte sie ungläubig.

„Ja. Ich möchte endlich wissen, was mit mir los ist."

Kommentarlos schrieb sie ihr die Überweisung aus. Den Termin erhielt sie erst in drei Wochen. Am liebsten wäre sie früh gar nicht mehr aufgestanden. Immer öfter legte sie sich am Tag für eine Stunde hin. Jetzt wurde ihr sogar bei kurzen Autofahrten übel und schwindelig. Alexander musste zweimal die Fahrt zum Einkaufen im Supermarkt abbrechen, weil Karin unterwegs das Gefühl überbekam, jeden Moment umzukippen. Nur widerwillig fügte er sich. Endlich dämmerte ihm, dass mit der Gesundheit seiner Frau wirklich etwas nicht in Ordnung war. Er kaufte von nun an die Lebensmittel im Kaufpark allein und kümmerte sich um den Haushalt. Bloß die Besuche bei der Mutter lehnte er ab. Kam er nach mehreren Stunden zurück, fühlte Karin sich besser. Wenn Alexander das merkte, forderte er sie auf: „Mach die Beine breit!"

Aus Angst vor Gewalt fügte sie sich und erduldete die Schmerzen. War er befriedigt, tätschelte er ihr die Wange und meinte spöttisch: „War das nun so schlimm?"

Karin raffte sich hin und wieder auf, um die Mutter zu besuchen. Sie bemerkte den Kräfteverfall der Tochter überhaupt nicht, sondern beklagte sich immer wieder über ihre Situation. Sie forderte, dass Karin sie im Rollstuhl spazieren fahren soll. Es tat Karin leid, ihr diese Bitte abschlagen zu müssen, denn dafür reichte ihre Kraft nicht. Oft musste sie sich wegen ihrer Absage von der Mutter anhören: „Bist wohl nur im Bett leistungsfähig."

Dazu schwieg Karin. Auch Alexander beklagte sich immer häufiger über die Hausarbeit und betrank sich. Wortlos stillte er seine Lust in ihr, die sich nie mehr wehrte und unter ihm regungslos lag. Manchmal schlug er ihr vorher ins Gesicht, weil er meinte, sie damit willfähriger zu machen.

Endlich nahte der Termin bei der Neurologin. Sie untersuchte Karin gründlich und gab ihr für den nächsten Tag einen Termin zu einer Untersuchung der Gehirngefäße. Die Diagnose ergab eine leichte Durchblutungsstörung des Gehirns, für die sie ihr Tabletten verschrieb. Ungefähr eine Woche nach der Einnahme der ersten Tablette bekam Karin Probleme mit den Beinen. Sie zitterten und gehorchten ihr nicht mehr. Die herbeigeholte Notärztin wies sie mit der Verdachtsdiagnose Schlaganfall ins Krankenhaus ein. Abermals erfolgte die Untersuchung der großen Halsschlagadern per Ultraschall und ein CT des Gehirns. Es ergaben sich keine organisch bedingten Unregelmäßigkeiten. Nach einer Woche stationärer Behandlung wurde Karin ohne Diagnose nach Hause entlassen, obwohl sie sich eher schlechter als besser fühlte. Jetzt gelang es ihr noch nicht einmal mehr, ihre Mutter zu besuchen. Sie telefonierten jeden Tag um fünfzehn Uhr dreißig miteinander. Nachher lag Karin total erschöpft im Bett und ließ die Vorlieben ihres Ehemanns über sich ergehen.

Karin fühlte sich nicht mehr in der Lage, aufrecht zu sitzen. Ihre morgendliche Körperwäsche bedeutete für sie Schwerstarbeit. An manchen Tagen war diese Tätigkeit die Einzige, die sie zustande brachte. Die Ärzte im Krankenhaus hatten den Verdacht geäußert, dass eine Depression vorliegen könnte. Die Neurologin verordnete ihr nach Kenntnisnahme ihrer Beschwerden ein Antidepressivum. Nach zweimaliger Einnahme bekam Karin heftige Herzrhythmusstörungen. Das erging ihr mit noch weiteren fünf Medikamenten dieser Art so. Die Neurologin meinte: „Ich schlage Ihnen eine Psychotherapie vor. Was halten Sie davon?"

„Ich mache alles, was mir helfen könnte. Mein momentaner Zustand ist unerträglich."

Die Neurologin überwies sie zu einer Psychiaterin, die als Ärztin auch Psychotherapien durchführte. Dorthin hätte Karin vier Stationen mit dem Bus fahren können. Zu diesem Zeitpunkt traute sie sich so eine Fahrt nicht mehr zu. Sie bat ihren Mann, sie mit seinem Auto dorthin zu bringen. Alexander weigerte sich: „Ich bin doch nicht meschugge. Meinst du etwa, ich halte vor so einem Seelenklempner? Wenn mich ein Bekannter sieht, was soll der von mir denken. Nee, das schlag dir aus dem Kopf. Fahr doch mit dem Bus!"

Karin widersprach nicht, sondern schleppte sich zu Fuß in die Praxis. Nach einer längeren Wartezeit saß sie vor der hageren, barschen Ärztin und beantwortete ihre Fragen zaghaft. Anschließend eröffnete sie ihr: „Ich kann Ihre Behandlung nicht übernehmen. Sehen Sie sich nach einem anderen Therapeuten um."

Den Weg nach Hause schlurfte Karin wie eine Schwerkranke. Sie beseelte nur der eine Wunsch: *ins Bett. Nichts als ins Bett.*

„Was sind das denn alles für Quacksalber? Bestimmt sind deine angeblichen Beschwerden nur Einbildung", schimpfte Alexander, als sie ihm von der Absage erzählt hatte.

„Nein, Alex, mir geht es wirklich sauschlecht", wimmerte Karin. Er behauptete dazu: „Du brauchst mehr Sex. Das hebt die Laune und bringt dich wieder in Schwung. Komm her und trink mit mir!"

Widerstandslos leerte sie die Wodkaflasche, die er ihr hinhielt. Schon bald lallte sie nur noch. Alexander nutzte ihren Zustand für seine Bedürfnisse aus.

Hinterher lobte er sie: „So gefällst du mir, Schatz. Das ist die richtige Medizin für dich. Nimm die von den Quacksalbern nicht mehr!"

Am nächsten Tag fühlte Karin sich noch elender und war nicht imstande, Adressen von Psychologen im Telefonbuch zu suchen. In ihrer Verzweiflung rief sie die Psychologin an, die sie als Erste in dem Nachschlagerwerk fand. Sie forschte gleich am Telefon nach Karins Beschwerden.

„Ich schaffe einfach nichts mehr. Fühle mich leer und kraftlos. Da hat mir meine behandelnde Neurologin eine Psychotherapie verordnet."

„Sofort ist das bei mir nicht möglich. Ich kann Sie aber in eine Warteliste aufnehmen. Sage Ihnen jedoch gleich, dass es bis zu vier Monate dauern kann, bis Sie rankommen. Sie können es aber auch bei Kollegen versuchen."

Karin ließ sich in die Warteliste eintragen und legte sich wieder ins Bett. Auch die täglichen Anrufe der Mutter gegen fünfzehn Uhr dreißig stellten inzwischen eine Strapaze für sie dar. Karin merkte überhaupt nicht mehr, dass die Mutter unter ihrer Einsamkeit litt und sich nach einem Besuch von ihr sehnte. Karins Verlangen nach Ruhe war übermächtig.

Sonntags holte Florian sein Omchen ab. Über das Essen beklagte sie sich regelmäßig: „Kari, diese Tütensuppen mit den Nudeln sind kein richtiges Essen für mich. Koch mir demnächst ein ordentliches Mittagessen oder ich komme nicht mehr."

„Mutti, mir geht es nicht gut. Ich schaffe nichts anderes."

„So, so. Fehlt es wieder am Geld oder liegt Alex nur auf der faulen Haut und auf dir?"

„Nichts von beidem. In mir steckt eine Krankheit, die ich dir nicht richtig beschreiben kann. Bin ja bald bei einer Psychologin in Behandlung. Dann wird es auf jeden Fall besser."

„Hoffentlich. Ich brauche deine Hilfe. Beeile dich!"

Die Mutter, die selbst in ihrer Krankheit gefangen war, blickte die Tochter skeptisch an, als zweifle sie an deren Beschwerden. Karin spürte das, aber sie konnte ihr momentan nicht helfen. Dadurch wurde sie noch niedergeschlagener, als sie ohnehin war. Sie fühlte sich weder in der Lage, den Weg zu der Mutter zu bewältigen, noch die Stunden bei ihr zu überstehen. Ihr Ruhebedürfnis existierte übermächtig in ihr. Florian brachte sein Omchen immer nach Hause. Wenn sich hinter den beiden die Wohnungstür geschlossen hatte, legte Karin sich in ein abgedunkeltes Zimmer und döste vor sich hin, ohne wirklich zu denken. Vor ihren inneren Augen glitten Bilder aus vergangenen Zeiten vorbei. Sie kehrten wieder und verschwanden so unerwartet, wie sie aufgetaucht waren. Karin war es völlig egal, dass der eigene Haushalt langsam aber sicher verdreckte. Sie kümmerte sich weder um das Waschen der Wäsche, noch um den Einkauf und das Essenkochen. Sie mochte sowieso nichts essen. Ihr Durstgefühl stillte sie mit einem Glas Wasser aus der Leitung. Florian durfte sich Geld nehmen, um sich Pizza, Döner oder Hamburger am Imbissstand zum Essen zu kaufen. Nach seiner Rückkehr hatte Alexander jeden Tag das Nötigste an Lebensmitteln im Supermarkt erworben, aber mittlerweile verbrachte er schon die Vormittage in der Kneipe. Dort lernte er neue Kumpels kennen, die ihn immer mehr zum Trinken anstiften. Hin und wieder besuchte Simon sie, wenn Florian ihm mitgeteilt hatte, dass Alexander abwesend sei. Der Verfall von Karin erschütterte ihn zutiefst. Er konnte ihr nicht helfen. Alexander duldete ihn nicht in der Wohnung. Traf er ihn wirklich an, gab es heftigen Streit. Einmal stieß er ihn sogar dermaßen heftig in den Flur, sodass Simon hingefallen war. Seitdem kam er nicht mehr, sondern rief an. Wenn Alexander sich am Apparat meldete, legte er auf. Karin strengten seine kurzen Anrufe an, sodass sie sich hinterher völlig ausgelaugt fühlte. Trotzdem unterließ Simon seine Telefonate nicht und stellte auch seine Besuche nicht ein. Er kam allerdings nur, wenn Florian ihn informiert hatte, dass Alexander sich wieder auf Sauftour befand. Er versuchte, Karin zum Aufstehen zu animieren, und ermahnte sie: „Liebes, steh bitte auf! Und wenn es nur zehn Minuten sind. Ich helfe dir."

„Es geht nicht. Lass mich schlafen!"

Simon stand ihrer Aussage machtlos gegenüber. Ihm war es unverständlich, dass Karin, die bis vor Kurzem ein richtiges Arbeitstier gewesen war, dermaßen hinfällig geworden war. Meistens verließ er sie tieftraurig und fragte Florian: „Schlägt dein Vater sie? Oder ist etwas Schlimmes vorgefallen."

„Papa säuft wieder und dann ... besser, du weißt es gar nicht."

„Ich kann es mir denken. Wir müssen ihr helfen, Flo. Aber wie?"

„Ich weiß es auch nicht. Mach's gut. Ich sehe Papa da hinten kommen. Geh am besten aus der Hintertür! Wenn der dich bemerkt, ist hier die Hölle los."

Simon verabschiedete sich schnell. Er benutzte nicht den Fahrstuhl, sondern flitzte die Treppe hinunter. Kaum war die Hintertür hinter ihm zugefallen, hielt der Fahrstuhl und Alexander stieg ein.

Er torkelte sofort zu Karin und beschimpfte sie: „Da komme ich nach Hause, und mein liebendes Weib liegt im Bett. Du nichtsnutziges Stück Mist liegst hier herum! Nicht nur die Wohnung verkommt, sondern auch ich muss darben. Mach die Beine breit!"

Karin gewährte ihm sein Verlangen. Sie empfand nicht einmal Abscheu dabei, sondern nur die üblichen Schmerzen. Hinterher nörgelte Alexander: „Wenn du dich nicht bald änderst, erfreut mich wieder meine Lady. Die ist weitaus temperamentvoller als du faules Subjekt."

Karin weinte und erhielt von Alexander mehrere derbe Ohrfeigen. Er schrie sie an: „Du sollst nicht flennen, sondern aufstehen und den Saustall reinigen und mir Essen machen. Ich habe danach immer einen Bärenhunger."

Florian traute sich zu seinen Eltern. Ein Blick genügte ihm, und er sah, was eben geschehen war. Die letzten Worte seines Papas hatte er mitbekommen. Er wollte ihn beruhigen, damit er Karin nicht noch einmal schlug.

„Ich mach dir gleich was, Papa!"

Er deckte rasch den Tisch mit Belag und Brot. Alexander brummte unzufrieden, ließ jedoch von Karin ab und verzehrte die letzten Reste aus dem Kühlschrank. Florian erinnerte ihn: „Papa, wir brauchen Geld für den Einkauf."

„Sag das noch mal, Bengel!"

Florian schritt rückwärts zur Tür und wiederholte: „Wir müssen einkaufen. Geld ist alle."

„Ich bin kein Geldautomat. Wo ist das letzte Geld geblieben, was ich euch geben habe? Hat dieses Weib alles versoffen."

„Hat Mama nicht, aber schließlich müssen wir essen", hielt Florian ihm vor. Alexander trat nahe an ihn heran und blaffte: „So, so, essen müsst ihr! Und ich soll dafür blechen. Das habt ihr euch fein ausgedacht. Jetzt schlafe ich mich erst mal aus. Morgen sehen wir weiter."

Florian ließ seinen Papa durch, damit er ins Schlafzimmer schwanken konnte. Kurz darauf hörte er ihn schnarchen. Karin rief ihrem Sohn zu: „Geh zu Omchen! Die gibt dir Geld und kaufe auch gleich im Supermarkt ein. Ich schaffe es heute nicht."

Florian spurtete sofort los und kehrte nach zwei Stunden mit Esswaren zurück, die er im Kühlschrank verstaute. Karin fragte: „Was hat Omchen gesagt?"

„Möchte ich nicht sagen. Jedenfalls ist wieder was zum Essen da."

Nachdem er für seine Mama und sich einige Stullen mit Butter und Schnittkäse belegt hatte, aßen beide in der Wohnstube.

Am Morgen entdeckte Alexander die Lebensmittel im Kühlschrank.

„Geht doch! Dir muss ich bloß Dampf unter den Hintern machen", erklärte er und vertilgte die Hälfte von dem, was Florian eingekauft hatte. Danach schnauzte er Karin an: „Hier sieht es wie im Schweinestall aus. Aber ich bin weder deine Putze noch deine Köchin. Mach deinen Kram alleine. Ich jedenfalls nicht. Wenn ich wiederkomme, will ich eine picobello saubere Wohnung vorfinden. Kapito! Jetzt vergnüge ich mich mit einer, die meine Qualitäten zu schätzen weiß."

Nicht einmal darauf reagierte Karin. Ihr erschien nichts mehr als lebenswert. Sie registrierte nicht einmal, dass die Tür hinter Alexander ins Schloss fiel. Die nachfolgende Stille empfand sie als kostbar. Sie wünschte sich, nicht mehr denken und nicht mehr von ihrem Ehemann benutzt zu werden. Hin und wieder durchbrach ihr Sehnen die Stimme von Simon. Vor ihrem inneren Auge leuchtete die Nacht mit ihm wie ein entlegener Stern am Himmelszelt auf. Manchmal regte sich in ihr eine Erwartung, die so flüchtig geartet war, dass Karin sie nicht vollkommen aufnehmen konnte. Oft saß Simon stundenlang an ihrem Bett und hörte sie murmeln: „Meine Welt ist an Glanz vollkommen leer. Die Blumen, sie dufteten nicht mehr."

Simon hörte ihr mit Bestürzung zu und beriet sich mit Florian: „Was können wir machen, um deine Mama aus dieser erbärmlichen Lage zu befreien?"

„Bring sie zu dir. Ich helfe dir dabei."

„Dachte ich auch schon. Was passiert, wenn dein Vater wiederkommt?"

„Der kennt deine Adresse nicht und wird uns nicht finden. Mama geht es bei dir bestimmt besser."

„Gut. Ich spreche mit ihr."

Leise trat Simon zu Karin und bemerkte sofort die bläulich verfärbten Wangen von den Schlägen. Behutsam ergriff er ihre Hand. Lange betrachtete er das misshandelte Gesicht und sprach beschwörend auf sie ein: „Liebes, du musst gesund werden. Flo und ich bringen dich zu mir. Sag bitte ja!", aber Karin blinzelte ihn nur an und murmelte: „Kann nicht."

Bevor sie ihren Dialog fortsetzen konnten, klingelte der Wecker. Florian hatte ihn auf die Uhrzeit gestellt, an der sie ihre Mutter anrufen musste. Karin griff zum Telefonhörer und flüsterte hinein: „Es geht nicht, Mutti. Ich bin zu müde."

Sie legte den Hörer auf und sank erschöpft zurück. Mit Entsetzen hatte Simon diesen Vorgang beobachtet und rief nach Florian. Er erschien sofort. Simon wiederholte: „Wir müssen etwas tun. Deine Mutter geht hier ein. Aber was?"

„Nur du kannst ihr helfen. Wir ziehen sie an und schaffen sie zu dir."

Florian holte den Parka und ihre Schuhe. Gemeinsam kleideten sie die völlig Apathische an und trugen sie zum Auto von Simon. Er fuhr sofort los und rief von unterwegs Frau Müller an.

„Richten Sie bitte das Gästezimmer her, und kochen Sie eine kräftige Suppe!"

Als Karin im Gästebett lag, flößte Simon ihr Löffel für Löffel von der Suppe ein. Florian hockte in einem Sessel daneben und flehte: „Bitte iss, Mama! Sonst kommst du nie wieder zu Kräften. Wir brauchen dich. Bitte, Mama!"

Karin blickte ihn mit Augen, die in ihrem hohlwangigen Gesicht übergroß erschienen, schläfrig an. Tapfer schluckte sie die verabreichte Suppe. Plötzlich sank sie ermattet zurück und weigerte sich, weiter zu essen. Simon zwang sie nicht, sondern lobte sie: „Brav, Liebes. Nachher gebe ich dir den Rest. Nun schlaf! Ich bin bei dir."

Florian rüstete sich zum Abschied und versprach: „Ich informiere Omchen, wo sich Mama aufhält und gebe ihr deine Telefonnummer. Morgen kann ich erst gegen Abend vorbeikommen. Habe noch Sport."

Simon klopfte ihm auf die Schulter und versicherte ihm: „Mach dir keine Sorgen! Wir bekommen deine Mama wieder auf die Beine."

Er wachte die ganze Nacht am Bett von ihr. Als sie die Augen aufschlug, unterrichtete er sie, wo sie sich befand. Karin murmelte: „Nun wird alles gut."

Sie schlief sofort ein, nachdem ihr Simon den Rest von der Suppe gegeben hatte.

Am Morgen beauftragte er Frau Müller: „Ich muss zum „Seeblick". Bitte sehen Sie öfter nach ihr und achten Sie vor allen Dingen darauf, dass sie Nahrung zu sich nimmt."

Frau Müller versprach ihm, die Betreuung nach seinen Regeln zu übernehmen.

Durch die Pflege von Simon und Frau Müller erholte Karin sich allmählich. Schon bald konnte sie mithilfe von Simon das Bett verlassen und einige Schritte laufen. Hin und wieder lächelten sie sich an. Von Tag zu Tag gelang es ihr auch, länger im Sessel zu sitzen und sich mit Simon zu unterhalten. Eines Tages überwand sie sich und rief die Mutter an. In einem barschen Ton, den Karin sonst nicht von ihr gewohnt war, fuhr die Mutter sie an: „Wann bist du denn endlich wieder gesund?"

„Mutti", erwiderte Karin kraftlos, „frag mich bitte nie wieder. Das dauert seine Zeit. Wie lange weiß ich selbst nicht."

Von diesem Zeitpunkt an unterließ die Mutter, sie mit Fragen zu quälen. Nur an ihrer Stimme spürte Karin die stumme Anklage und fühlte sich noch schäbiger.

Eines Tages berichtete Florian: „Die Psychologin hat angerufen. Du möchtest bitte zurückrufen."

Er gab ihr einen Zettel mit der Telefonnummer. Sofort rief Karin an und erhielt die Auskunft, dass sie zur Therapie kommen könne, wenn sie noch wolle. Karin bejahte und erhielt einen Termin. Beim Abendessen teilte sie Simon den Inhalt des Gespräches mit der Psychologin mit und bat ihn, sie nach Hause zu bringen. Widerwillig erfüllte er ihre Bitte.

Zum Termin schlurfte Karin, die sonst zehn Minuten für den Weg benötigte, innerhalb von einer halben Stunde zu der Praxis. Dabei flüsterte sie immer vor sich hin: *Hoffentlich schaffe ich es. Hoffentlich kann sie mir helfen.*

Als sie endlich angekommen war, übermannte sie totale Erschöpfung. Sie wäre lieber ins Bett gegangen als zu einem einstündigen Behandlungsgespräch. Die Psychologin stellte Fragen, die Karin schleppend beantwortete. Anschließend eröffnete ihr die Therapeutin: „Nach vier Probesitzungen entscheide ich, ob ich Sie als Patientin annehme. Auch Sie müssen mir dann sagen, ob Sie mich akzeptieren."

Lethargisch willigte Karin ein. Die Psychologien erweckte in ihr das Gefühl, dass sie ihr aus dem Tief helfen könnte. Doch zunächst musste Karin vierhundert Fragen mit der Antwort beantworten, die ihr als Erste dazu einfiel. Anhand der Auswertung diagnostizierte die Therapeutin den Grad von Karins Erkrankung.

„Nach meinen Erkenntnissen leiden Sie an einer Depression, die durch eine Stoffwechselstörung im Gehirn verursacht wird. Es ist kein Burn-out-Syndrom wegen Überarbeitung. Das gilt nicht als Krankheit, sondern ist eine Zusatzdiagnose im Bezug auf Schwierigkeiten bei der Lebensbewältigung. Bei Ihnen stehen durch die Stoffwechselstörung die körperlichen Beschwerden im Vordergrund. Sie müssen unbedingt außer meiner Therapie noch mit Medikamenten behandelt werden. Ich melde Sie gleich bei der Neurologin an, mit der ich eng zusammenarbeite. Je eher wir mit der Therapie beginnen, desto schneller der Erfolg."

Sie griff zum Telefonhörer, wählte eine Nummer und offenbarte der Neurologin ihre Diagnose. Anschließend riet sie Karin: „Gehen Sie gleich rüber. Noch ist Sprechstunde."

Karin schöpfte wieder Mut, gesund zu werden. Diese Hoffnung verlieh ihr die Kraft, sich umgehend in die Praxis zu begeben. Im Wartezimmer saßen keine Patienten. Die Anmeldekraft winkte sie gleich ins Behandlungszimmer durch. Die Neurologin untersuchte sie, verordnete ihr entsprechende Medikamente und gab ihr einen neuen Termin. Erleichtert schlurfte Karin nach Hause. Sie hoffte, irgendwann erneut so empfinden und fühlen zu können wie in gesunden Tagen.

Inzwischen rückte die Adventszeit heran und mit ihr die Weihnachtsfeier, die Simon mit ihr und Florian plante, wenn Alexander weiterhin abwesend bliebe. Obwohl Karin so ein Gefühl wie Freude empfinden wollte, fürchtete sie gleichzeitig die stundenlangen Gespräche. Noch immer spürte sie sich innerlich wie zerbrochen, aber Simon ließ sie nicht allein. Nachmittags saßen sie im Kerzenschein der rotierenden Pyramide. Simon schwärmte von den Reisen, die er nach ihrer Genesung mit ihr unternehmen werde. Ab und zu erzählte er von seinen vergangenen Auslandreisen und seinen Erlebnissen. Karin fand seine Berichte interessant. Doch viel zu schnell konnte sie seinem Redefluss nicht mehr folgen. Simon bekam ihren Zustand mit und verabschiedete sich früher als sonst.

Auch kurz vor Weihnachten fühlte Karin sich trotz der Therapie und der Medikation noch immer nicht in der Lage, Einkäufe zu tätigen, Geschenke zu kaufen und sich angemessen um die schwerkranke Mutter zu kümmern. Sie lag mehr oder weniger auch tagsüber im Bett, wenn sie nicht zur Therapie musste. Meistens hielt sie die Augen geschlossen und wollte weder etwas hören, noch etwas sehen. Nur waschen und anziehen. Ihre Gedanken rotierten Stunde für Stunde, Tag für Tag um die Frage: *Was ist aus mir geworden? Werde ich mich überhaupt irgendwann finden?*

Karin fand weder eine Antwort, noch begriff sie, was mit ihr geschehen war.

Auch die Psychologin wusste darauf keine Antwort. Sie gab ihr zwar viele Ratschläge, aber diese in die Tat umzusetzen, davon war Karin viel zu weit entfernt. Sie peinigte der Gedanke, warum ihr so etwas angetan wurde. In dieser Verfassung beging Karin das Weihnachtsfest.

Simon organisierte einen Servicedienst, der an den Festtagen Florians Wunsch nach Kaninchenbraten und dem von seinem Omchen nach gebratener Ente erfüllte. Ihr Traditionsessen am Heiligen Abend war die Frankenhäuser Birnenpfanne. Sie ließ sich auf diese Weise nicht realisieren. Simon schlug vor: „Flo kauft die Zutaten, und ich bereite das Essen nach deiner Anweisung zu, Liebes."

Während Simon nach Karins Anleitung das Traditionsessen zubereitete, wollte Florian sein Omchen am

Morgen des Heiligen Abends holen. Es kostete Karin trotzdem viel Kraft, um sich zu konzentrieren, damit sie keine Zutat vergaß. Als das Essen in der Bratröhre des Backofens stand, fühlte Karin sich, als hätte sie tagelang in einem Bergwerk geschuftet. Simon brachte sie ins Bett. Es dauerte lange, bis sie sich von dieser Aktion erholt hatte.

Inzwischen war Florian mit seinem Omchen eingetroffen. Sie begrüßte Simon gleich: „Schön, Alex, dass du wieder da bist und sogar die Pfanne gebacken hast."

Karin schleppte sich durch diesen Tag und ließ sich abends völlig ausgelaugt ins Bett fallen. Sie fror vor Ermattung und empfand ihren Körper als unheimliche Last. Die Festtage entlarvten sich als einen kräftezehrenden Kampf gegen ihre Erschöpfung. Obwohl Florian sein Omchen holte und bereits am späten Nachmittag nach Hause brachte, sank Karin entkräftet von dem stundenlang Sitzen zusammen. Liebevoll half Simon ihr ins Bett und erledigte den Abwasch.

Silvester erlebte Karin, wie all die anderen Tage, mit Simon. Meistens las er ihr lustige Erzählungen vor, über die Karin nicht lachen konnte. Sie fühlte sich ausgelaugt, und nur ein Gedanke beherrschte sie: *Wann ist das endlich vorbei? Ich muss ins Bett.*

Simon überwachte auch die Einnahme der Medikamente. Glücklicherweise feierte Florian mit Freunden ins neue Jahr hinein. Der linke Nachbar verließ mit seiner Ehefrau in den frühen Abendstunden die Wohnung und überließ sie, wie im Jahr zuvor, dem Sohn. Kurz nach ihrer Abfahrt bevölkerten die Nachwohnung eine Anzahl von Jugendlichen und veranstalteten eine wüste Party. Dröhnende Techno-Musik erschallte, sodass Karin oft nicht verstand, was Simon ihr erzählte. Schon bald musste sie sich die Ohren mit Ohrstöpseln verschließen. Das Gegröle folterte sie regelrecht bis in die frühen Morgenstunden. Erlöst nahmen sie und Simon die Ruhe wahr, als die Meute endlich verschwunden war. In die Stille hinein schlug er vor: „Sobald du dich einigermaßen fühlst, gehen wir beide zu Heiner, damit er mit deiner Vollmacht die Scheidung einreicht. Hier kannst du nicht bleiben. Und dein Ehemann … Ach, lassen wir dieses Thema. Du kennst ihn ja, und ich will nicht noch weiter in den Wunden bohren. Du hast schon genug Leid ertragen müssen, Liebes."

Sie stimmte ihm zu. Auch die Psychologin riet ihr dringend, sich scheiden zu lassen. Karin hatte jetzt ebenfalls genug von dem abnormen Sexverhalten Alexanders und seinen Misshandlungen, die er ihr dabei zugefügt hatte. Ebenfalls verwünscht sie die zahlreichen Tränen, die sie wegen ihres desolaten Zustandes vergossen hatte. Sie staunte, dass sie überhaupt noch weinen konnte und Simon weiter zu ihr hielt.

29. Kapitel

Karins Mutter litt auch zu Beginn des neuen Jahres nicht nur an ihren Beschwerden, sondern mehr noch an ihrer Einsamkeit. Die Tochter konnte sie aufgrund ihres eigenen desolaten Gesundheitszustandes vorerst nicht besuchen. Durch die täglichen Telefonate quälte sie sich. Karin teilte der Mutter auch nicht mit, dass sie mithilfe von Heiner und in Begleitung von Simon die Scheidung eingereicht hatte. Sie empfand sich weiterhin als menschliches Wrack und spürte sich auf dieser Welt überflüssig. Sie lebte zwischen dem Wunsch, ihr Leben beenden zu wollen und der Pflicht, blieben zu müssen. Nach den von der Psychologin verordneten Entspannungsübungen fühlte Karin sich zwar einige Stunden etwas frischer. Doch schon bald verfiel sie wieder in den greisenhaften, lethargischen Zustand. Simon besuchte sie täglich. Aber auch die Stunden mit ihm wurden für Karin zur Qual. Wie gern hätte sie mit ihm gelacht! Je mehr sie sich dieses Gefühl wünschte, desto mehr sie sich anstrengte, um ihre einstige Identität wiederzuerlangen, desto tiefer geriet sie in dieses düstere undurchdringliche Vakuum. In diesem Zustand überlebte Karin das Osterfest. Sie nahm es gelassen hin, als Florian ihr offenbarte, dass er nach dem Abitur ausziehen und studieren möchte.

Anfang Juni rief die Mutter in der Nacht gegen zwei Uhr an und klagte: „Mir ist gar nicht wohl. Ich bin so unruhig."

Zwei Stunden redete Karin mit ihr am Telefon und versprach ihr am Ende des Telefonats, am Morgen zu kommen. Sie lag danach den Rest der Nacht wach und grübelte. Beharrlich kreisten ihre Gedanken um den Besuch bei der Mutter.

Gleich nach dem Frühstück raffte sie ihre Energie zusammen und ging zu ihr. Die Mutter lag im Bett. Statt sich über den Besuch der Tochter zu freuen, hielt sie ihr eine Strafpredigt wegen ihrer langen Abwesenheit. Karin hörte sich die Klagen an und erwiderte dazu nichts. Zum Schluss ihrer Vorhaltungen wollte die Mutter Haferflockenbrei essen. Karin kochte ihn und räumte, wie in Trance, die Wohnung auf. Während dieser Hausarbeit weinte die Mutter häufig und verknüpfte Erfundenes mit Wahrheiten.

Am Nachmittag begab Karin sich kurz nach Hause. Sie war sich bewusst, dass sie die kommende Nacht bei der Mutter schlafen musste. Sie packte ihr Nachthemd und ihre Medikamente in die Tasche. Für Florian legte sie einen Zettel hin, auf dem sie ihm ihren Aufenthaltsort mitteilte. Nach einer Stunde betrat sie wieder die Wohnung der Mutter. Am Abend rief Florian an: „Was ist mit Omchen, Mama?"

Karin schilderte ihm die Situation, in der sie die Mutter vorgefunden hatte. Florian wollte wissen: „Soll ich Simon verständigen?"

„Kannst du machen. Ich will aber nicht, dass er hierher kommt."

In der darauffolgenden Nacht musste die Mutter beinahe im halbstündigen Abstand urinieren. Bis um zwei Uhr hievte Karin sie jedes Mal aus dem Bett und hob sie auf den selbst gezimmerten Nachtstuhl. Als sie dazu keine Kraft mehr aufbringen konnte, schlug sie der Mutter vor: „Können wir die Bettpfanne nehmen? Da brauche ich dich bloß raufzurollen."

In der nächsten Stunde handelten sie so. Dieses Verfahren erleichterte Karin und auch der Mutter die Abwicklung des Geschehens. Gegen halb vier schien die Mutter eingeschlafen zu sein. Karin lauschte erlösend auf ihre tiefen Atemzüge. Sie legte sich auf die Couch im Wohnzimmer und glaubte, vor Entkräftung nicht mehr aufstehen zu können.

Gegen sechs Uhr vernahm Karin, dass die Mutter nebenan rumorte. Schwerfällig stand sie auf, denn gegen acht kam die derzeitige Pflegerin. Karin half der Mutter in den Morgenmantel und kochte ihr als Frühstück ihren geliebten Haferflockenbrei. Als die Mutter vor ihrem Teller saß, starrte sie Karin böse an und beleidigte sie: „Du bist ein ganz schlechter Mensch."

Karin schaute die Entrüstete fassungslos an. Die Mutter erkundigte sich: „Wo sind denn meine Möbel?"

Gleichzeitig beschuldigte sie Karin: „Alle hast du mir weggenommen. Bring mich sofort nach Hause!"

Karin begriff, dass die Mutter völlig durcheinander war. Was war während des Schlafes mit ihr geschehen?

Sie rief Florian an und bat ihn um Hilfe. Er versprach, innerhalb einer halben Stunde zu kommen. Ihn erkannte die Mutter auch nicht.

Als die Pflegerin gekommen war, beschlossen sie, den Notarzt zu holen. Bis zu seiner Ankunft dauerte es eine Stunde. Er ließ sich von Karin und der Pflegerin das Verhalten der Mutter schildern und überzeugte sich durch Fragen selbst von dem Wahrheitsgehalt der Aussagen. Die Mutter erteilte unverständliche Auskünfte, deren Zusammenhang der Notarzt nicht verstand. Er wies sie ins Krankenhaus ein und forderte über Funk einen Krankenwagen an. Florian begleitete sie, obwohl ihm am nächsten Tag die erste Prüfungsarbeit für das Abitur bevorstand. In der Rettungsstelle des Krankenhauses lamentierte die Mutter dermaßen laut, sodass eine Schwester sie in ein Untersuchungszimmer schob. Florian bemühte sich, sie zu beruhigen, aber sie schimpfte immerzu über ihre asoziale Tochter. Währenddessen schleppte Karin sich nach Hause, sank in ihr Bett und heulte, bis ihre Augen keine Tränen mehr entließen.

Am Nachmittag kehrte Florian aus dem Krankenhaus heim und berichtete: „Omchen haben sie dabehalten. Es wäre nur eine vorübergehende Wahrnehmungsstörung, sagte mir die Stationsärztin. Vermutlich durch zu weniges Trinken hervorgerufen. In wenigen Tagen soll sie wieder in Ordnung sein und bekommt jetzt Infusionen. Aber ich muss mich nun mit dem Lehrstoff für die Prüfung befassen."

Karin informierte Simon telefonisch über das Geschehen und den Aufenthalt der Mutter im Krankenhaus. Er versprach: „Selbstverständlich fahre ich dich morgen hin, damit du deine Mutter besuchen kannst, Liebes."

Seine Stimme erfrischte Karin etwas. Ungeduldig erwartete sie den nächsten Tag. Als sie endlich neben ihm im Auto auf einer Stellfläche vor dem Krankenhaus parkte, gab ihr seine Nähe die Kraft, um die Station zu betreten. Dieser erste Besuch schockierten Karin und Simon gleichermaßen. Die Mutter offenbarte ihnen: „Nachts jagen mich Teufel mit der Peitsche durch den Park. Dazu läuteten die Glocken, aber erwischt hat mich keiner."

Die Mutter kicherte unheimlich und starrte Simon an. Unverhofft streckte sie ihm abwehrend die Arme entgegen und kreischte: „Und du bist einer von denen."

Ihr Gekeife ging in Wimmern über und sie bettelte: „Nimm doch die Maske ab, Alex, damit ich dich erkenne! Kari, hilf mir!"

Karin setzte sich zu ihr auf den Bettrand, streichelte und besänftigte sie: „Ich bin ja bei dir. Alles ist gut, Mutti. Keiner tut dir etwas."

Die Mutter betrachtete ihn ängstlich und fragte: „Der ist kein Monster?"

„Nein, Mutti. Vertrau mir! Er begleitet mich und tut dir nichts."

„Da bin ich aber froh. Es ist Flo, stimmt's Kari? Der hat sich aber verändert. Na ja, er ist ja auch volljährig."

Die Mutter schloss die Augen. Simon sah Tränen in Karins Augen. Er flüsterte ihr ins Ohr: „Sie ist total verwirrt. Lass uns gehen!"

Karin schmiegte sich an ihn und empfing seine Wärme als Trost. An seiner Hand verließ sie das Krankenzimmer. Im Flur sprachen sie über die chaotische Wahrnehmung der Mutter. Simon meinte: „Ich glaube nicht, dass sie sich wieder erholt und allein in ihre Wohnung bleiben kann."

„Dann muss ich sie zu mir nehmen. Wo soll sie denn sonst hin?"

„Das schaffst du nicht, Liebes. Es gibt Pflegeheime, und du ziehst zu mir. Dann kann ich dich umsorgen und dich immer zu ihr hinfahren. Außerdem ist Flo dadurch entlastet. Er muss fürs Abi lernen."

„Ich kann Flo jetzt nicht allein lassen. Wer soll ihm Essen kochen? Wer soll für ihn da sein? Ist schon schlimm genug, dass sein Vater einfach abgehauen ist."

„Er kommt natürlich mit zu mir."

„Mitten im Abitur? Das geht nicht."

Simon verstand ihre Argumente nicht, aber er brachte sie täglich ins Krankenhaus. Bei einem Besuch schnauzte die Mutter Karin an: „Wer sind Sie denn? Wollen Sie mich ausrauben? Aber ich habe nichts mehr. Hat alles meine Tochter versoffen."

Simon beschuldigte sie: „Und Sie stecken mit meiner kriminellen Tochter unter einer Decke. Aber mein Geld findet keiner. Ist gut versteckt. Hauen Sie bloß ab!"

Ein anderes Mal berichtete sie aufgeregt: „Monster laufen hier rum, und was die in der Nacht machen ... einfach grauenhaft. Dazu läuten immer die Glocken. Und das wollen Christen sein!"

Karin streichelte sie, hielt ihre Hand und riet ihr immer wieder: „Halte durch, Mutti!"

Bei einem der Besuche passte eine Schwester Karin im Flur ab: „Kommen Sie bitte rasch mit zur Stationsärztin, bevor Sie zu Ihrer Mutter gehen!"

„Darf mein ... Lebensgefährte dabei sein?"

„Natürlich. Aber beeilen Sie sich! Frau Doktor muss gleich zum Chef."

Im Sturmschritt hasteten sie zu der Stationsärztin. Nachdem sie vor dem Schreibtisch saßen, eröffnete diese ihr: „Liebe Familie Meyer, Ihre Mutter hatte mehrere Mikrohirninfarkte. Sie wird nie wieder so sein, wie sie einmal war. Auf keinen Fall kann sie in ihre Wohnung zurück. Setzen Sie sich bitte mit unserer Sozialarbeiterin in Verbindung. Ihr Büro ist ein Stockwerk höher. Sie wird Ihnen alles Weitere erklären. Tut mir leid, aber ich muss jetzt weg."

Eine Diagnose in dieser Richtung hatte Karin seit Langem befürchtet. In ihr sträubten sich alle Sinne, die Mutter in ein Pflegeheim zu geben. Doch Simon redete ihr zu diesem Schritt zu. Karin verstand ihn. Sie fühlte sich einfach nicht in der Lage, die Mutter rund um die Uhr zu betreuen.

Die Sozialarbeiterin teilte ihre Meinung und gab ihr zu verstehen: „Da gibt es ein Problem. Ihre Mutter ist nicht entmündigt. Oder haben Sie schon die Betreuung vom Amtsgericht?"

Karin verneinte. Die Sozialarbeiterin fuhr fort: „Dann muss Ihre Mutter der Unterbringung in ein Pflegeheim zustimmen und Ihnen für die Auflösung der Wohnung eine Vollmacht erteilen. Ich gebe Ihnen die entsprechenden Formulare mit."

Sie füllte mehrere gemeinsam mit Karin aus. Zum Schluss übergab sie ihr die notwendigen Schriftstücke und zeigte ihr, welche die Mutter unterschreiben muss. Mit den Worten: „Alles Gute für Ihre Mutter und auch für Sie, Frau Meyer", entließ sie Karin mit Simon. Im Treppenhaus weinte Karin und stieß immer wieder hervor: „Wie soll ich ihr das bloß beibringen? Sie liebt doch ihre Wohnung."

Simon linderte ihre Wehmut mit seiner Auffassung: „Es muss sein, Liebes. Ich bin bei dir, und zusammen gehen wir jetzt zu ihr."

Hand in Hand betraten sie das Krankenzimmer. Die Mutter lächelte ihnen entgegen und begrüßte sie freudig: „Schön, dass ihr kommt. Flo, du setzt dich auf den Stuhl und Kari zu mir!"

Nachdem ihre Anweisungen befolgt worden waren, fragte sie neugierig. „Wie geht es den Kleinen?"

Stockend unterbreitete Karin ihr den Vorschlag einer Heimunterbringung. Erleichtert vernahm sie die Antwort der Mutter: „Ja, ich will dahin, wo solche, wie ich, sind."

Karin entspannte sich, weil sie so schnell einverstanden gewesen war. Simon half der Mutter, sich an den Tisch zu setzen. Karin legte ihr die Formulare, die sie unterschreiben musste, auf die Tischplatte und reichte ihr einen Kugelschreiber. Sie zeigte ihr, wohin ihre Unterschrift musste.

„Und was soll ich dahin schreiben?"

„Deinen Namen. Ilse Zielke."

Widerstandslos unterzeichnete die Mutter mit ihrem Namen. Aufatmend nahm Karin die Formblätter an sich und teilte ihr mit: „Wir suchen jetzt für dich ein schönes Heim, in dem du gut versorgt wirst und nie mehr alleine bist."

Simon half der Mutter, sich wieder ins Bett zu legen. Zum Abschied winkte sie ihnen zu.

Am nächsten Tag verlegte Simon seine Arbeit in die Nachmittagsstunden und begab sich mit Karin auf die Suche nach einem geeigneten Pflegeheim. Das erste Seniorenheim, das sie besichtigten, flößte ihnen wenig Vertrauen ein. Der Flur war durch mehrere Biegungen unübersichtlich. Außerdem gab es nur noch ein freies Bett in einem Dreibettzimmer. Karin wusste, was die Mutter von einer Dreierbeziehung hielt. Zwei tun sich zusammen und intrigieren gegen den Dritten. Ihr war sofort klar, dass sie sich als die Dritte fühlen werde. Sie schilderte Simon ihre Bedenken, die er nicht nachvollziehen konnte.

„Deine Mutter merkt das in ihrer Verwirrtheit überhaupt nicht."

Karin distanzierte sich von seiner Meinung. In dem zweiten Heim, das sie besichtigten, gab es ebenfalls nur ein freies Bett in einem Dreibettzimmer. Zusätzlich störte es Karin, dass bloß die Bettwäsche vom Heim gewaschen wurde. Ansonsten glich es von den Räumlichkeiten her dem Ersten. Karins Erschöpfung erreichte den Höhepunkt. Sie sehnte sich nach ihrem Bett, in dem sie ihre Augen vor dieser grausamen Wirklichkeit verschließen konnte. Simon ließ nicht locker. Er wollte unbedingt noch ein Pflegeheim in der Nähe ihres Wohnhauses besichtigen. Als sie dort vorsprachen, nahm die Heimleiterin sich sofort Zeit für ein Gespräch. Sie erfuhren allerhand über die Pflege, über Veranstaltungen im Heim und über die Spiele, zu denen die Fürsorgerin täglich die Pflegebedürftigen anleitete. Abschließend zeigte sie ihnen die Station, auf die Karins Mutter kommen könnte. Alles wirkte sauber und erweckte einen ordentlichen Eindruck. Sogar in einem Zweibettzimmer gab es ein freies Bett. Karin überließ alle Papiere der Heimleiterin und war erlöst, eine Unterkunft für die Mutter gefunden zu haben.

„Allerdings", gab die Heimleiterin bekannt, „das Zimmer wird erst am 7. Juli bezugsfertig sein. Ihre Mutter müsste solange im Krankenhaus bleiben. Ist das möglich?"

Bevor Karin antworten konnte, erwiderte Simon: „Wir klären das mit der Stationsärztin. Sicher wird sie zustimmen."

Auf dem Parkplatz ermunterte er Karin: „Freu dich, Liebes! Nun hat es geklappt. Ich denke, dort ist deine Mutter gut untergebracht … habe ich jedenfalls den Eindruck. Und wenn die Scheidung durch ist, packen wir deinen sieben Sachen, und ich hole dich zu mir. Dann bist du bald wieder ganz gesund und kannst deinen Traum vom eigenen Buch verwirklichen."

„Du gibst mir soviel Hoffnung, dass ich schon bald selbst daran glaube", erwiderte Karin unter Tränen lächelnd und ließ sich von ihm küssen.

Beim nächsten Besuch erzählte sie der Mutter von ihrem neuen Zuhause. Sie hörte mit glänzenden Augen zu. Karin hatte das Gefühl, sie wäre am liebsten gleich dorthin gezogen. In dem Krankenhaus fühlte sie sich gar nicht wohl,

Die Mutter gab ihr die Anweisungen: „Von meinen Sachen möchte ich nur die weiße Bluse, eine bunte und den Rock. Mehr habe ich ja nicht."

Karin war sprachlos, denn sie wusste, dass ihre beiden Kleiderschränke überquollen. Sie kannte die Vorlieben der Mutter. Gern kleidete sie sich passend. Mehrmals am Tag besichtigte sie ihre Garderobe und wechselte öfter täglich ihre Kleidung. Karin wählte in den kommenden Tagen die Kleidungsstücke aus, die der Mutter bestimmt gefielen. Diese Entscheidung erwies sich alles andere als leicht, denn Karin stand vor zwei riesigen Kleiderschränken. Wenn sie einen Bügel mit einer Bluse herausnahm, hingen mindestens fünf andere darunter. Genauso erging es ihr mit den Röcken, Pullovern, Mänteln, Kleidern und den ungefähr zwanzig Paar Schuhen. Die Wahl stellte sich als schwierig heraus. Schließlich hatte Karin eine Auswahl getroffen, von der sie hoffte, im Interesse der Mutter gehandelt zu haben. Simon half ihr, die Wohnung der Mutter zu kündigen und aufzulösen. Den großen Fernseher bugsierten sie mit der Kleidung ins Heim. Der dortige Kleiderschrank war, nachdem Karin ihn eingeräumt hatte, überfüllt. Der Fernseher passte gerade auf die kleine Kommode. Für die Bilder bohrte der Hausmeister über dem zukünftigen Bett der Mutter Löcher in die Wand, damit sie aufgehängt werden konnten. Den Videorekorder stellte Simon auf den Kleiderschrank. Es bestand keine weitere Stellfläche. Den kleinen Fernseher aus ihrem Schlafzimmer brachten sie in Florians Zimmer unter. Einige Kleidungsstücke behielt Karin als Erinnerung. Für die Möbel fand Florian einen gemeinnützigen Verein, der gut erhaltendes Inventar für Bedürftige kostenlos abholte. Sie entschieden sich für die Couchgarnitur und das Bett, das vor nicht langer Zeit gekauft worden war. Mit der Entsorgung von dem Rest beauftragte Karin eine Recycling Firma. In ihr wühlte ein unglaublicher Schmerz, als das Team die Möbel zerhackte, die Auslegware vom Fußboden rissen und wegschleppten. Der braune Kleiderschrank gehörte noch zur Aussteuer von der Mutter. Er hatte den Zweiten Weltkrieg überlebt und zersplitterte unter den gewaltigen Schlägen der Mitarbeiter. Karin wollte nicht hinhören, aber sie es musste doch. Ihr kam es wie der erste Tod der Mutter vor. Zwischen diesen traurigen Ereignissen bestand Florian das Abitur mit Bestnote.

30. Kapitel

An einem heißen Samstag in der letzten Juniwoche fand Florians Abiturfeier in einer Gaststätte am Großen Müggelsee statt. Er hatte für alle Prüfungen die Note Eins + erhalten. Diesen wichtigen Erfolg seines Lebens hatte er vollkommen allein erreicht, obwohl ihn zu Hause reichlich Leid umgab. Bei allen Arbeiten, die angefallen waren, hatte er tüchtig mitgeholfen, um seine Mama zu entlasten. Karin wollte unbedingt dabei sein, wenn ihr Sohn den ersten erfolgreichen Abschnitt seines Lebens mit einer Abschlussparty beendete. Ununterbrochen peinigte sie der Gedanke: *Hoffentlich schaffe ich es!*

Einige Tage vorher fragte Florian sie: „Was hältst du davon, wenn ich Papa einlade?"

„Ich denke, du bist froh, dass er weg ist. Warum möchtest du ihn zu deiner Feier einladen?"

„Na ja ... irgendwie fehlt er mir doch. Von all meinen Freunden kommen die Eltern. Papa gehört doch zu uns. Vielleicht hat er sich auch geändert."

„Es ist deine Feier, Flo. Ruf ihn an, ob er mit dabei sein möchte."

Am Nachmittag fuhr Simon sie mit Florian zu der Gaststätte, in der die Abschlussfeierlichkeiten stattfinden sollten. Karin dachte während der Fahrt über sämtliche Notlagen nach, die sie mit Florian überwunden hatte. Als Simon das Auto auf dem Parkplatz vor der

Gaststätte einparkte, unterbrach sie ihren Rückblick. Sie stiegen aus. Florian wurde von seinen Schulkameraden empfangen und schloss sich ihnen an. Karin fand mit Simon gleich hinter der Abiturklasse einen Tisch, an dem noch etliche Plätze frei waren. Mit Stolz musterte Karin ihren Sohn, der in dem auberginefarbenen Anzug mit dem weißen Hemd elegant aussah.

„Dein Sohn ist schon ein ganz außergewöhnlicher junger Mann", stellte Simon fest, als habe er ihre Gedanken erraten. Karins Augen leuchteten auf, und das Lob entlockte ihr ein Lächeln. Simon freute sich: „Du lachst, Liebes, wie schön!"

Er küsste sie. Karin genoss seine Lippen auf den ihren, aber sie erwiderte seinen Kuss nicht. Sie dachte gerade an die Mutter, die bestimmt gern an der Feier teilgenommen hätte. Bei ihrem gegenwärtigen Geisteszustand verstand sie bestimmt nicht, was dieses Ereignis für ihren Enkel bedeutete. Unerwartet störte eine Stimme ihre Überlegungen mit der Frage: „Sind die Plätze vor dir noch frei?"

Noch vollkommen in ihren Gedanken gefangen, fragte sie: „Wie? … Was haben Sie eben gefragt?"

„Ob die Plätze vor dir noch frei sind?", wiederholte der Mann. Karin schaute erstaunt in das Gesicht ihres Ehemanns und erschrak. Er grinste sie an und hielt ihr vor: „Seit wann sagst du zu deinem Gemahl Sie?"

Alexander schob seine Begleiterin, eine grell geschminkte junge Frau, die neben ihm stand und aus derer tiefen Ausschnitt Teile des Busens herausquollen, vor sich: „Das ist Liesa-Marie. Ist der neben dir dein neuer Stecher, Schatz?"

Simon grüßte ihn mit einem Kopfnicken. Höflich reichte Karin der Frau die Hand. Alexander rückte seiner Geliebten den Stuhl vor, damit sie Platz nehmen konnte. Er belegte den Sitzplatz gegenüber von Karin und holte seine Videokamera aus der Tasche.

„Toll sieht er aus, mein Sohn", fing er ein Gespräch an, das Karin nicht fortsetzen wollte. Die Geliebte kicherte dazu. Alexander klatschte ihr auf die Wölbung ihres Bauches und meinte: „Unser Produkt wird ihn selbstverständlich bei Weitem übertreffen."

Er küsste sie grob, und seine Hände massieren ihre Brüste. Hinterher grinste er Karin an. Unter dem Tisch ergriff Simon die eiskalte Hand von Karin, denn ihre totenblasse Gesichtsfarbe ängstigte ihn.

Die beginnende Feierstunde weckte in ihr ein Gefühl, das sie vor ihrer Erkrankung unbedingt als Freude bezeichnet hätte. Doch mit Alexander als Gegenüber versagte auch diese Einbildung. Er filmte den gesamten Ablauf und warf Karin hin und wieder obszöne Blicke zu. Nach dem Ende der Veranstaltung versorgte er sich und Liesa-Marie mit einem Glas Sekt. Auch vor Karin stellte ein Glas hin. Erst stieß er mit seiner Angebeteten an. Dann wandte er sich Karin zu, um auch mit ihr auf den Erfolg des Sohnes anzustoßen. Sie drehte sich von ihm weg und ging zu Florian, um ihm zu gratulieren. Alexander folgte ihr mit seiner neuen Liebe. Florian gab nur seinem Papa kurz die Hand und beachtete die Frau an seiner Seite nicht. Seine Mama drückte er an sich und flüsterte ihr ins Ohr: „So war meine Einladung nicht gemeint. Musste er die mitbringen?"

„Lass dir die Feier von so einer nicht verderben, Flo", bat sie ihn. Er nickte, nahm die Glückwünsche von Simon entgegen und begab sich zu seinen Freunden.

Nach der offiziellen Feierlichkeit verabschiedete Alexander sich und wisperte Karin zu: „Wir haben noch was Besseres vor."

Seine Hand klatschte auf das Hinterteil seiner Begleiterin. Sie kicherte anstößig und fummelte an seinem Hosenschlitz. Alexander stieß ihre Hand weg und zischte: „Nachher, Lady, ist er nur für dich da."

Angewidert wendete Karin sich von dem Paar ab. Simon hörte noch, dass Alexander höhnte: „Viel Vergnügen mit deinem neuen Stecher! Man sieht sich."

Bevor Karin und Simon nach dem Abendessen die Gaststätte verließen, drückte Simon dem Abiturienten einen Geldschein mit dem Hinweis in die Hand: „Fahr nachher mit einem Taxi nach Hause!"

Er hakte Karin unter, die vor Schwäche taumelte. Mit seinem Auto brachte er sie zu seinem Haus. Sie protestierte nicht, obwohl sie das nicht miteinander vereinbart hatten. Im Stillen dankte sie Simon für sein Einfühlungsvermögen. Nur ungern wäre sie heute allein Zuhause gewesen. Sie legte sich in den Liegestuhl, der auf der Terrasse stand, und schlief sofort ein. Der Mond erhellte den Garten mit seinem goldenen Schein. Simon blickte immer wieder Karin an. In seinen Gedanken glich sie einer Göttin, die der Himmelsgott ihm geschenkt hatte. Unwillkürlich verlor er seine Beherrschung und küsste sie aus dem Schlaf. Zu seinem Erstaunen erwiderte Karin den Kuss. Er trug sie ins Haus und fragte: „Möchtest du es auch, Liebes?"

Statt einer Antwort entfernte Karin vor seinen Augen ein Kleidungsstück nach dem anderen. Vor Glück versagte Simon die Stimme, und er entblößte sich. Karin lächelte ihn an und gab sich ihm hin. Das hatte er nicht erwartet. Sie schwelgten in ihrem Glücksgefühl füreinander. Simon flüsterte ihr immer wieder zu: „Ich liebe dich mehr als mein Leben. Bald trägst du meinen Namen und gehörst für immer und ewig zu mir, Liebes."

Karin weinte vor Glück und erwiderte seine Zärtlichkeiten mit einer Inbrunst, zu der sie fähig war. Simon hätte nie geglaubt, dass sie dazu nach den Brutalitäten ihres Ehemanns, die sie jahrelang erleiden musste, überhaupt jemals in der Lage sein werde. Selig, einander zu gehören, schliefen sie eng aneinandergeschmiegt ein, bis die Nacht dem Sonnenlicht weichen musste.

Simon bereitete das Frühstück zu, denn er hatte Frau Müller einen freien Tag bewilligt. Liebevoll deckte er den Esstisch und streute Rosenblüten zwischen das Geschirr. Es betrübte ihn, weil Karin die Dekoration überhaupt nicht würdigte, und fragte: „Gefallen dir die Blüten nicht?"

„Ehrlich, Simon, nein. Mit Rosen hat Alex sich immer meine Versöhnung ergattert. Seitdem mag ich sie nicht."

„Das wusste ich nicht, Liebes", erwiderte Simon und entfernte jedes Blatt einzeln vom Tisch. Zum ersten Mal seit Wochen verzehrte Karin mit Appetit das knusprige Brötchen mit Butter und Honig. Den Bohnenkaffee genoss sie, als sei er der Göttertrank, nach dem sie sich gesehnt hatte. Simon beobachtete sie glücklich.

„Fahr mich nach Hause! Bestimmt hat Flo mit seinen Klassenkameraden in den neuen Tag hinein gefeiert. Ich möchte da sein, wenn er aufsteht", bat sie Simon anschließend.

„Und was macht er nach der Schulzeit", wollte Simon wissen.

„Er muss schon am 1. Juli seinen Zivildienst antreten. Er darf nicht einmal seine Schulzeit beenden, die bis Mitte Juli geht. Auch keinen Urlaub nach den stressigeren Prüfungen zum Abi. Er tut mir so leid, aber daran kann ich nichts ändern. Ich bin ja nur froh, dass er als Kriegsdienstverweigerer anerkannt worden ist, und seinen Zivildienst im Krankenhaus leisten darf. Das ist nur drei Stationen mit der Straßenbahn von uns entfernt. Da kann er jeden Tag nach Dienstschluss nach Hause kommen."

„Und ich? Wo bleibe ich, Liebes?", fragte Simon. Karin umarmte ihn und flüsterte: „Du gehörst zu uns."

Er brachte sie zu ihrem Wohnhaus. Als sie ausgestiegen waren, staunte Karin: „Guck mal! Da steht das Auto von Alex."

„Irrst du dich auch nicht?"

„Bestimmt nicht. Die Schrottlaube erkenne ich auf den ersten Blick. Kommst du noch mit hoch?"

„Lieber nicht. Komm mit zurück! Dem Kerl traue ich nicht, obwohl er jetzt für seine Sexorgien die Liesa-Marie hat."

„Eben. Bestimmt lässt er mich in Ruhe."

Karin dankte ihm für die Liebesnacht mit einem innigen Kuss und lief in den Hausflur. Dem Briefkasten entnahm sie neben zahlreichen Werbeblättern auch einen Brief, dessen Absender sie gegenwärtig nicht interessierte.

Als sie in den Flur der Wohnung treten wollte, wäre sie beinahe über Koffer und Taschen gestolpert. Alexander erschien sofort und teilte ihr mit: „Wir wohnen jetzt hier. Schließlich bezahle ich die Miete, und unser Produkt soll in einer schönen Umgebung zur Welt kommen. Für dich habe ich eine Luftmatratze in Flos Zimmer gelegt. Selbstverständlich schlafe ich mit meiner Lady in dem Doppelbett. Trotzdem bist du meine Ehefrau und hast mir gegenüber immer noch gewisse Pflichten. Meine Lady kann in ihrem Zustand nicht mehr so, wie ich es gern hätte. Hin und wieder ist ein Dreier auch nicht übel. Du hast hoffentlich nichts dagegen."

Karin fühlte sich den Anordnungen von Alexander gegenüber machtlos, sodass sie vor Empörung die Werbezettel in den Händen hin und her drehte. Dabei fiel der Brief auf den Fußboden. Alexander hob ihn schnell auf und las den Absender. Auf der Vorderseite trug das Kuvert seinen Namen. Er riss es auf und zerrte das Schriftstück heraus. Während er es las, lief sein Gesicht puterrot an. Er zerknüllte den Zettel und brummte bedrohlich: „Vom Anwalt. Du willst die Scheidung!"

Er trat dicht an Karin heran. Seine Augen schienen Funken zu sprühen, als wollten seine Blicke sie hinrichten. Unvermittelt brüllte er: „Nicht mit mir, du niederträchtige Kröte!"

Blitzartig drosch und trat er im Wechsel auf Karin ein, sodass sie gleich beim ersten Hieb zu Boden fiel. Liesa-Marie gesellte sich fast unbekleidet dazu und feuerte ihren Liebhaber an: „Mach dit Aas alle!"

In dem Moment stürmte Florian aus seinem Zimmer, um seinen Papa von seiner Mama wegzureißen. Dabei schubste er die Geliebte gegen die Wand, sodass sie aufschrie. Alexander wandte sich dem Sohn zu. Er versetzte ihm einen Faustschlag gegen das rechte Ohr, sodass Florian sekundenlang nichts hörte. Die nachfolgenden Fußtritte seines Papas trafen ihn schmerzhaft an der Hüfte. Rasend vor Wut sprang er auf und verpasste ihm einen Kinnhaken. Alexander schwankte und prallte letztendlich mit dem Nacken gegen die Kante der Kommode. Er rutschte zur Seite und rührte sich nicht mehr. Liesa-Marie kreischte: „Nu is er übern Jordan!"

Sie warf sich auf Alexander und schüttelte ihn, als wolle sie ihn aus tiefem Schlaf wecken. Dabei heulte sie und schluchzte: „Mach de Oojen uff, Tigachen!"

Sie streichelte und küsste den Leblosen, aber durch keine ihrer Aktionen öffnete er die Augen. Karin hockte mit schmerzenden Gliedern auf dem Fußboden und blickte emotionslos auf ihren Peiniger. Sie war, wie Florian, vor Schreck wie gelähmt. Er erholte sich am schnellsten, forderte telefonisch die Feuerwehr mit Notarzt an und begann mit der Wiederbelebung. Die Feuerwehr nahte innerhalb von wenigen Minuten. Der Mediziner untersuchte den Gestürzten und schüttelte den Kopf: „Nichts mehr zu machen. Genickbruch. Tod vermutlich durch massive Hirnblutung. Da muss ich die Polizei verständigen."

Liesa-Marie blickte ihn fassungslos an. Auf einmal schoss ihr Zeigefinger der rechten Hand gegen Florian. Sie krächzte mit kaum noch menschlich zu nennender Stimme: „Dit is dar Mörda!"

Florian wich zurück, denn der Zeigefinger näherte sich ihm bedrohlich. Der Arzt stellte sich dazwischen und befahl: „Halt! Hier wird niemand schikaniert. Die Kripo wird den wahren Tatbestand ermitteln."

Liesa-Marie sackte zusammen und kauerte neben dem Toten. Florian starrte entsetzt auf den Leblosen. Der Arzt untersuchte auch Karin. Er diagnostizierte, dass ihr außer zahlreichen Prellungen nichts weiter fehle. Gegen die Schmerzen spritzte er ihr ein schnell wirkendes Schmerzmittel. Noch während er es injizierte, erklang das Sirenengeheul eines Polizeieinsatzwagens. Kurz darauf stürmten zwei Polizisten in die Wohnung. Liesa-Marie wies auf Florian und keifte: „Dit Aas hat dit jemacht."

Erneut warf sie sich über den Leichnam. Der Polizist ließ sich von Florian den Vorfall schildern und verhaftete ihn wegen Totschlags. Karin protestierte dagegen, aber der Polizist versicherte ihr: „Keiner wird zu Unrecht inhaftiert. Wir werden den Fall korrekt prüfen. Sollte sich der Tatvorgang so zugetragen haben, wie der junge Mann behauptet hat, ist er bald wieder frei."

Er legte Florian Handschellen an, um ihn abzuführen. Karin musste zur Seite treten, denn die Bestatter mit dem Blechsarg polterten die Treppe hoch. Einer murmelte: „Mein Beileid."

Sie hoben Liesa-Marie von dem Leichnam weg und legten sie auf die Auslegware im Flur. Den Verstorbenen wuchteten sie in den Zinksarg. Den Bestattern folgten die Polizisten mit dem Verhafteten. Karin sah ihnen entsetzt hinterher. Als sie ihren Blicken entschwunden waren, brüllte sie die Gehässige an: „Nimm deinen Plunder und verlass sofort meine Wohnung!"

Liesa-Marie stand auf und schluchzte: „Wo soll ick denn jetze pennen?"

„Wo du hergekommen bist."

„Dit hat …"

Karin ließ sie nicht ausreden, sondern nahm den Koffer, den sie nicht kannte, und warf ihn ins Treppenhaus. Sie schrie Liesa-Marie an: „Hau ab und lass dich hier nie wieder blicken!"

Liesa-Marie zog sich schnell an und verließ die Wohnung. Karin setzte sich ins Wohnzimmer und dachte nach: *Zuerst muss ich Flo befreien. Aber wie?*

Sie informierte Simon telefonisch über den Vorfall und die Verhaftung von Florian. Er empfahl ihr: „Unternimm nichts, Liebes! Ich komme, wenn ich hier fertig bin. Inzwischen benachrichtige ich meinen Freund Heiner. Er ist Rechtsanwalt und weiß bestimmt eine Möglichkeit, um Flo zu helfen. Vermutlich bringe ich ihn mit."

Karin, noch immer im Schock des soeben Erlebten gefangen, saß wie versteinert im Sessel, als Simon mit dem Freund nach einer Stunde eintraf.

„Liebes, das ist mein Freund Heiner, Rechtsanwalt Dr. Heinrich Neuhaus. Erzähle ihm, was passiert ist."

Karin berichtete ihnen stockend den genauen Ablauf. Der Rechtsanwalt versicherte ihr: „Ich werde mich darum kümmern. Nach meiner Auffassung liegt Notwehr vor. Gegen Kaution wird der Haftbefehl ausgesetzt, und Ihr Sohn entgeht bis zur Verhandlung der U-Haft."

„Wie hoch ist denn so eine Kaution. Ich habe nur wenig Geld."

„Den Betrag legt das Gericht fest", unterwies Heiner sie. Simon fügte hinzu: „Mach dir keine Sorgen, Liebes. Die Kaution zahle ich. Und jetzt nehme ich dich mit zu mir. In deiner Verfassung lasse ich nicht allein in dieser Wohnung."

Simons Freund versprach: „Ihrem Sohn sage ich, wo Sie sich jetzt aufhalten, und gebe ihm und der Polizei die Telefonnummer von Simon. Alles andere organisiere ich ebenfalls, wenn Sie es wünschen."

Nachdem Karin ihm ihre Vollmacht erteilt hatte, schärfte Heiner ihr ein: „Jetzt müssen Sie dringend zu einem Fotografen, damit er ihr Verletzungen bildlich festhält. Das ist für die Gerichtsverhandlung wichtig. Am besten fahren wir sofort zum Gericht. Auch Ihr Sohn muss aus dem gleichen Grund fotografiert werden. Den Gerichtsfotografen kenne ich gut. Er wird die Fotos anfertigen, die das Gericht anerkennen wird."

Sie begaben sich gleich zum Polizeirevier. Heiner erreichte, dass Florian in Begleitung eines Polizisten mit Karin zum Fotografen gebracht wurde. Er fotografierte die Verletzungen fachgerecht. Karin umarmte ihren Sohn, der ihr versicherte: „Mama, das wollte ich doch nicht. Papa ist unglücklich gefallen. Glaub es mir!"

„Ich weiß, Flo, dass du Papa nicht töten wolltest. Du wolltest nur verhindern, dass er mich weiter schlägt. Es wird alles gut. Simon und sein Freund helfen dir. Halte durch!"

Florian wurde wieder abgeführt. Simon brachte Karin in sein Haus. Zwei Tage später wurde Florian tatsächlich gegen Kaution freigelassen und kam zu ihnen. Bis zur Gerichtsverhandlung durfte er seinem Zivildienst leisten.

Nach der Obduktion fand die Beerdigung von Alexander statt. Heiner hatte im Auftrag von Karin als Ehefrau des Verstorbenen ein Bestattungsinstitut mit der Beisetzung beauftragt. Es gab keine Feierlichkeiten. Weder Karin noch Florian nahmen an der Bestattung teil. Über das Erbe war Karin erstaunt. Soviel Geld, wie sein Konto aufwies, besaß sie noch nie.

Heiner beauftragte eine Firma mit der Auflösung der Wohnung. Zuvor brachten er, Simon und Florian die Lieblingsgegenstände mit der Kleidung von Karin zu Simon. Das Auto wollte Florian gern haben, aber der TÜV war fällig. Er brachte es zu der Werkstatt und erhielt die Auskunft, dass es nur noch Schrottwert habe. Er sollte alle Sachen entfernen. Im Kofferraum lag ein Rucksack, der ihm unbekannt war. In ihm fand er ein eigenartiges Gebilde aus Leder. Er zeigte Karin den Rucksack mit dem seltsamen Inhalt.

„Was ist denn das für ein komisches Ding, das ich in dem Rucksack im Kofferraum gefunden habe?"

Karin betrachtete den unbekannten Gegenstand mit den Gurten. Sie erkannte einen aus Leder hergestellten künstlichen Buckel, der mit Riemen auf den Rücken geschnallt werden konnte. Plötzlich überfiel sie ein ungeheurer Verdacht. Sie wollte Florian damit nicht belasten und ignorierte die Interpretation des Gebildes. Stattdessen forderte sie ihn auf: „Pack das Ding wieder in dem Rucksack. Wir nehmen alles erst einmal mit."

Samstag, 06. Mai 2000, 19 Uhr

Ich war vor Übermüdung eingeschlafen und liege mit der rechten Körperhälfte auf dem Bettrand von Mutti. Nach wie vor halte ich ihre Hand, als ob ich mit ihr hinüber ins Jenseits gleiten möchte. Mitten in meinem Traum klopft jemand auf meinen Rücken und hält mir vor: „Sie haben ja noch nichts gegessen, Frau Meyer. Rücken Sie bitte mit dem Stuhl zur Seite! Gleich ist Abendvisite."

Ich springe vor Scheck auf. Die Schwester entfernt die Zudecke, hebt den Oberkörper von Mutti an, schüttelt das Kissen auf, bürstet ihr Haar und legt sie wieder hin. Nachdem sie das Gesäß gesäubert und eine frische Windel angelegt hat, dreht sie Mutti vorsichtig auf die andere Seite und deckt sie wieder zu.

Kaum habe ich den Stuhl wieder an den Rand des Bettes geschoben und mich darauf gesetzt, wird die Tür aufgestoßen. Ein Arzt und die Stationsschwester kommen herein. Ich springe abermals auf und trete beiseite, damit sie an das Bett von Mutti gelangen können. Bevor der Arzt sich der Patientin zuwendet, begrüßt er mich mit Handschlag. Die Stationsschwester schlägt die Zudecke zurück, hebt das Nachthemd und präsentiert den mageren Körper. Der Arzt steckt sich die Ohroliven seines Stethoskops in die Ohren und presst das Bruststück mit der Membran zunächst auf den Brustkorb, um die Lunge abzuhören. Danach drückt er sie gegen die Halsschlagadern und auf mehrere Stellen am Bauch, um krankhafte Strömungsgeräusche zu erkennen. Als er das Stethoskop auf die Stelle legt, an der er den Herzschlag gut hören kann, kontrolliert er gleichzeitig mit Zeige- und Mittelfinger seiner anderen Hand den Ruhepuls an ihrer daumenwärts gelegenen Handgelenkinnenseite. Still zählt er ihn und vergleicht ihn dabei mit dem Herzschlag. Danach testet er die bereits beginnenden Todeszeichen. Nach der Untersuchung wendet er sich an mich: „Sind Sie die Tochter?"

Nachdem ich bejaht habe, eröffnet er mir: „Noch lebt Ihre Mutter, aber sie ist bereits weit weg. Eventuell bleiben ihr nach meiner Erfahrung noch maximal zwei Stunden Lebenszeit. Mehr kann ich Ihnen momentan nicht sagen."

Aus meinen Augen kullern Tränen die Wangen hinab. Der Arzt tätschelt mir die Schulter: „Nicht weinen, Frau Meyer! Gönnen Sie Ihrer Mutter einen ruhigen Abgang."

„Herr Doktor, ist es möglich, dass sie noch einmal zurückkommt? Ich habe gelesen, dass bereits Gestorbene von einem Lichtwesen am Ende eines Tunnels empfangen werden. Manche werden auch heimgeschickt. Gibt es solche Lichtwesen überhaupt?"

„Von solchen Lichterscheinungen erzählte mir vor Jahren ein Patient. Damals arbeitete ich auf der Unfallchirurgie. Wir bekamen einen jungen Schwerverletzten, bei dem so gut, wie keine Hoffnung bestand, sein Leben zu erhalten. Trotzdem begannen wir mit der Operation.

Prompt erlitt er einen Herzstillstand. Obwohl er mehrere Minuten kein Lebenszeichen von sich gab, begannen wir mit allen uns zur Verfügung stehenden Wiederbelebungsversuchen. Nach einiger Zeit schlug sein Herz wieder, und wir beendete die Operation ohne weitere Zwischenfälle. Nach seiner Genesung berichtete mir der Patient, dass er aus seinem Körper geschlüpft war. Er habe uns beobachtet, wie wir sein stillgestandenes Herz zum Schlagen animiert haben. Er sagte mir außerdem, dass er das eigentlich überhaupt nicht wollte. Er war von seinem vor Jahren verstorbenen Vater als Lichtwesen empfangen worden. Gern wäre er mit ihm gegangen und versuchte, unsere Wiederbelebung zu verhindern. So sehr er sich auch anstrengte, gelang ihm das nicht. Schließlich habe sein Vater ihm geraten: ‚Geh zurück, Junge! Dein Lebensende auf Erden ist noch nicht gekommen. Ich warte auf dich', und das Licht erlosch. Ich kroch in meine menschliche Hülle, und nun sprechen wir miteinander, Herr Doktor.' Ja, Frau Meyer, so etwas gibt es, aber solche Nahtoderfahrungen haben mit dem gewöhnlichen Strebeprozess nichts zu tun. Sie sind Funktionsstörungen des Gehirns in akuter Lebensgefahr. Etliche Menschen, die bereits klinisch tot waren, berichteten mir von solchen Wahrnehmungen in diesem Moment. Auffallend ähnelten sich ihre Nahtoderlebnisse. Bei Ihrer Mutter liegt der Fall ganz anders. Sie befindet sich im Sterbeprozess, der ihrem Alter entspricht und den ich nicht aufhalten will und auch nicht kann. Verstehen Sie das bitte!"

Ich blicke ihn mit großen Augen an, nicke bedächtig und offenbare ihm leise: „Danke, Herr Doktor! Es ist so schwer, Abschied zu nehmen."

„Ich verstehe Sie, Frau Meyer, aber wir müssen alle eines Tages die für uns unbegreifliche Reise antreten. Der eine früher, der andere später."

„Können Sie denn überhaupt nichts tun, um ihr Leben zu erhalten?"

„Dieses Dahinvegetieren nennen Sie Leben? Ich wünsche es meinem ärgsten Feind nicht. Ihre Mutter hat ein ansehnliches Alter erreicht. Auf keinen Fall wollen wir verhindern, dass sie am anderen Ufer nicht friedlich ankommt. Sie hat genug gelitten. Ich sehe nachher noch einmal nach ihr. Kopf hoch, Frau Meyer! Das Leben ist eng mit dem Tod verbunden. Keiner vermag die beiden zu trennen. Soll ich jemanden verständigen, damit Sie unterstützt werden?"

„Ich habe bereits meinen Lebensgefährten und meinen Sohn benachrichtigt. Sie werden bald hier sein."

Er verlässt mich. Ich setze mich wieder auf den Stuhl neben dem Bett und nehme die Hand von Mutti. Sie ist jetzt merklich kühler geworden, und ich flüstere ihr zu: „Du trittst nun bald in eine andere Daseinsform ein, die jenseits meiner Vorstellung ist. Noch einmal möchte ich mit dir und deinen Freundinnen durch den herrlichen Laubwald zum Kyffhäuser wandern, wie früher, als ich noch ein Kind gewesen war. Weißt du noch, wie wir dem Gesang der Vögel in den Baumwipfeln lauschten? Denkst du manchmal daran, dass wir den Wolken am

Himmel nachsahen und uns an den prächtigen Blumen am Wegrand erfreuten? Erinnerst du dich an die Brotplätze mit Hackepeter zum Picknick, wenn wir eine ausgiebige Wanderung geplant hatten? Ich gäbe einige Jahre meines Lebens dafür, noch einmal mit dir und deinen Freundinnen durch Wälder und Täler, über Wiesen und über Berge streifen zu können. Ich weiß, mein Wunsch wird nie erfüllt werden, aber der Weg mit dir war schön. Erreiche das andere Ufer ohne Vorwürfe, weil du mich allein gelassen hast. Denke daran, dass ich hier auf Erden weiter einige Aufgabe zu erfüllen habe. Deine Enkel brauchen mich. Es wird kein Tag vergehen, an dem ich nicht an dich und unsere gemeinsame Zeit denken werde. Aber ich weiß, du musst nicht mehr leiden."

31. Kapitel

Simon begleitete Karin Ende Juni zur Übergabe ihrer Wohnung. Die Mitarbeiterin von der Wohnungsbaugesellschaft brachte erfreulicherweise den Nachmieter mit. Er wollte die Wohnung für seine Eltern mieten und einigte sich mit Karin, dass er die Wohnung renovieren werde. Als Gegenleistung überließ sie ihm die Kücheneinrichtung und die gegen Einbruch gesicherte Tür gratis. Nach dieser Vereinbarung brachte Simon die total entkräftete Karin zu ihrem neuen Zuhause. Sie legte sich gleich auf einen der Liegestühle, die während der warmen Jahreszeit immer unter einer Überdachung im Garten standen, und schlief sofort ein. Simon deckte sie mit einer warmen Wolldecke zu. In der Küche wärmte er das Mittagessen, das Frau Müller zubereitet und im Kühlschrank kaltgestellt hatte. Er servierte es auf dem Eichentisch, der auf der Terrasse von Stühlen umrahmt, stand. Er weckte Karin liebevoll, aber sie verweigerte jede Nahrungsaufnahme. Sie trank nur ein stilles Wasser und legte sich erneut hin. Schon bald schlief sie tief und fest. Nicht einmal der Gesang der Vögel und das Bellen des Nachbarhundes beeinflussten ihren Schlaf.

Als Karin zu Beginn der Dämmerung erwachte, saß Simon vor dem Liegestuhl und offenbarte ihr: „Du bist so wunderschön, Liebes. Ich konnte mich von deinem Anblick nicht lösen."

„Jetzt bleibe ich für immer, wenn du mich noch magst."

Simon versicherte ihr, dass sie daran niemals zweifeln solle. Er werde stets zu ihr halten und sie beschützen. Karin erkundigte sich: „Und wovon leben wir? Ich habe den Eindruck, dass du gar nicht arbeitest."

„Na ja, ich arbeite nicht so, wie du es vielleicht kennst. Aber wir haben genug Geld, um uns das zu leisten, was jeder möchte. Von meinen Eltern erbte ich eine Luxushotelkette und ein erhebliches Vermögen dazu. Für mich arbeiten die Hotelmanager, und ich kassiere", eröffnete er ihr. Karin staunte: „So was gibt es wirklich? Ich kann überhaupt nichts von Alexanders Nachlass zu unserem Lebensunterhalt beitragen, weil ich seine Schulden davon bezahlen muss. Alex gestattete mir auch keine Ausbildung. Ich durfte noch nicht einmal meine Schule beenden. Er bestand schon vor unsere Hochzeit darauf, dass ich nur für ihn da sein soll. Außerdem bekam ich mit sechzehn Flo. Mit den beiden war ich eigentlich voll ausgelastet."

Simon lachte sie an und reagierte auf ihren Bericht mit den Worten: „Und so soll es auch bleiben. Wir heiraten sowieso. Als meine Frau hast du genügend Verantwortung. Du brauchst nun aber nicht denken, dass du hier putzen und den Garten instand halten sollst. Nein. Dafür sorgen meine Haushälterin Frau Müller und ihr Mann Max als Gärtner. Aber jetzt ins Bett. Morgen hast du einen schweren Tag vor dir. Ich kann dich dabei nicht unterstützten, denn eine wichtige Sitzung der Manager steht an. Da darf ich nicht fehlen."

„Ich denke, du kassierst nur. Hast du jedenfalls eben selber gesagt."

„Ganz richtig ist das nicht. Ich muss jeden Tag alle Hotels abklappern, um nach dem Rechten zu sehen, obwohl ich seit Jahren sehr zuverlässige Direktoren und Angestellte beschäftige. Ist schon spät. Gehen wir schlafen!"

Schwerfällig stand Karin auf und gelangte mit Simons Hilfe ins Haus. Er half ihr beim Ausziehen, seifte sie in der Dusche ein, brauste und frottierte sie ab. Bevor sie sich hinlegten, schenkte er ihr ein Damennachthemd aus Seide mit Rüschen und Spitzen und zog es ihr an. Er bewunderte sie: „Du siehst wie eine wahrhaftige Königin. Meine Königin für immer und ewig."

Er trug Karin ins Schlafzimmer und bettete sie auf eine Hälfte des Ehebettes. Er küsste sie sanft und versprach: „Ich bin gleich bei dir."

Karin hörte das Wasser rauschen und schlief dabei ein. Ihr Unterbewusstsein registrierte noch, dass er sich neben sie legte. In seinen Armen glitt sie ins Reich der Träume. Sie hörte auch nicht mehr, dass Florian heimkam.

Am nächsten Tag, dem 6. Juli, fuhr Simon sie nach dem Frühstück schnell ins Krankenhaus. Er musste pünktlich zur Sitzung seiner Manager im Büro sein. Zum Abschied drückte er ihr einige Geldscheine für die Rückfahrt mit dem Taxi in die Hand.

Karin teilte der Mutter mit: „Morgen ziehst du ins Heim um. Ich werde dich dort um zehn Uhr erwarten."

Sie hatte den Eindruck, dass die Mutter überhaupt nicht verstand, was sie ihr eben mitgeteilt hatte. In die Reisetasche packte Karin die Kleidungsstücke der Mutter. Noch einmal erklärte sie ihr, wohin sie morgen gebracht werden sollte. Mit trüben Augen blickte sie die Tochter und antwortete: „Ja. Schön."

Der Stationsschwester und dem gesamten Team schenkte Karin als Dankeschön für die Pflege der Mutter einen von den Geldscheinen, die Simon ihr vorhin gegeben hatte. Sie musste sich beeilen, um den Termin bei der Psychologin einhalten zu können. Die Pförtnerin forderte ein Taxi an, das innerhalb weniger Minuten vor dem Pflegeheim hielt. Karin erreichte ihre Therapiestunde pünktlich. Sie informierte die Psychologin von den Ereignissen der letzten Tage. Als sie ihr von Simon berichtet hatte, äußerte die Therapeutin: „Ich finde es nicht gut, dass Sie von einer Ehe gleich in die nächste wollen. Ich plädiere eher dafür, dass Sie vorerst mit Ihrem Sohn allein bleiben, um die Erlebnisse zu verarbeiten. Auf diese Weise können Sie die Realität besser annehmen."

„Ich sehe das anders. Durch Simon begriff ich, was Liebe ist. Nun möchte nicht mehr ich ohne ihn leben. Vor ihm dachte ich immer, Liebe muss so sein, wie mein Vater und Alex sie praktizierten."

Die Psychologin appellierte noch einmal an ihren Verstand: „Sie können mit ihm zusammen sein, wann immer sie wollen. Doch eine schnelle Vermählung halte ich für überstürzt."

„Simon ist meine große Liebe. Wir werden heiraten, auch wenn Sie davon abraten."

„Natürlich kann ich Ihnen das nicht verbieten, aber ich möchte nicht versäumen, Sie vor einem eventuellen Reinfall zu warnen."

„Danke für Ihre offenen Worte. Ich kenne Simon nicht erst seit gestern und bin mir sicher, nein, ich weiß, dass er mich genauso liebt, wie ich ihn."

„Liebe Frau Meyer, machen Sie, was Sie glauben, tun zu müssen. Ich bitte Sie jedoch, meinen Rat noch einmal gründlich zu überdenken."

Karin versprach der Therapeutin, über ihre Einwände nachzudenken. Im Grunde hatte sie sich längst entschieden. Sie liebte Simon abgöttisch und wünschte sich nichts sehnlicher, als seine Ehefrau zu werden. Sie glaubte felsenfest an eine Zukunft voll Liebe mit ihm. Auch für Florian erwartete sie ein angenehmeres Leben als bisher. Trotzdem schlenderte sie nachdenklich in das Haus, in dem sie jetzt Zuhause war. Als sie den Flur betrat, empfing die Haushälterin sie und stellte sich vor: „Guten Tag. Ich bin Frau Müller und richte vormittags für Herrn Köhler den Haushalt. Über ihren Einzug hat er mich bereits informiert. Wenn Sie Wünsche haben, gnädige Frau, wenden Sie sich an mich. Ich erfülle sie gern."

„Danke, Frau Müller. Nennen Sie mich einfach Karin", erwiderte Karin, hielt ihr zur Begrüßung die Hand hin und fügte hinzu: „Ich wünsche mir nichts weiter als Harmonie und ein friedvolles Miteinander. Entschuldigen Sie mich jetzt bitte. Ich hatte einen anstrengenden Tag und möchte ein wenig ruhen."

„Darf ich Ihnen vorher Rouladen mit Rotkraut und Salzkartoffeln servieren?"

„Nehmen Sie es mir nicht übel, aber jetzt brauche nichts weiter als Ruhe. Ich esse nachher mit Simon zusammen."

Karin legte sich sofort in ihre Hälfte des Ehebettes. Die wenigen Stunden, um die Übersiedelung der Mutter ins Pflegeheim zu organisieren und die Gesprächstherapie bei der Psychologin hatten wieder diese Schwäche erzeugt, die sie fürchtete. Nun war sie froh, endlich entspannen zu können. Kaum hatte sie die Augen geschlossen, schlief sie ein. Im Traum begegnete ihr Alexander. Er höhnte: „Du wirst nie ein anderes Glück finden, als das mit mir, Schatz."

Sein spöttisches Gelächter trug sie an einen Abgrund, über dem Simon ihr zulächelte und sie mit siedendem Teer übergoss. Karin schrie auf. Als sie zwei Arme umschlangen, wehrte sie sich, bis sie die geliebte Stimme von Simon vernahm. Langsam beruhigte Karin sich. Sie staunte, dass sie so tief und lange geschlafen hatte, und fühlte sich wieder aufnahmefähiger.

„Hat alles geklappt, Liebes?", erkundigte er sich. Karin berichtete ihm von ihrem Tag.

„Hast du schon gegessen?"

„Nein. Ich bin auch überhaupt nicht hungrig."

„Jetzt wird gegessen! Du bist ja nur noch Haut noch Knochen. Komm ins Esszimmer, Liebes! Zusammen schmeckt es doppelt so gut. Ich wärme uns das Essen auf. Frau Müller hat es sicher im Kühlschrank untergebracht. Hat sie dir denn nichts angeboten?"

„Doch, aber ich war zu abgespannt und wollte auf dich warten."

Sie stand auf, denn Simon servierte das Mittagessen, das lieblich duftete. Trotzdem pickte Karin lustlos mit der Gabel in dem Gemüse herum, schnitt vom Fleisch eine dünne Scheibe ab und kaute darauf, als wäre sie Leder. Simon verschlang seine Portion und hielt Karin vor: „Liebes, iss was! Du bist so dünn. Manchmal denke ich, du brichst eines Tages auseinander. Denk an mich! Ich brauche dich wie die Luft zum Atmen."

Er begann, sie zu füttern. Karin sperrte wie ein Vogeljunges den Mund auf. Simon füllte ihn mit Nahrung. Gehorsam kaute sie und würgte den Happen hinunter. Nach wenigen Bissen erlahmte ihre Bereitschaft.

„Tut mir wirklich leid, aber mehr geht nicht. Vielleicht nachher."

Simon ließ so schnell nicht locker und füllte erneut die Gabel mit Kartoffeln und rezitierte dazu: „Ein Gäbelchen für Simon."

Karin beteuerte: „Du umsorgst mich, wie es nie ein Mensch zuvor getan hat. Ich bin dir für deine Fürsorge unendlich dankbar, aber quäle mich bitte nicht. Mein Magen ist wie zugenäht. Ich kann wirklich nicht mehr."

Simon brachte sein Geschirr in die Küche und Karins Reste in den Kühlschrank. Sie legte sich auf die Couch, küsste ihn und schmiegte sich an ihn, als er sich zu ihr setzte. Lange blieb er mit ihr im Arm sitzen, genoss ihre Nähe und behütete ihren Schlaf. Nachdem sie aufgewacht war, setzten sie sich auf die Terrasse und begannen ein anregendes Gespräch über Literatur. Als Florian dazukam, verkündete er nach der Begrüßung: „Ich falle gleich um vor Hunger. Ist noch was da?"

Simon wärmte ihm sofort seine Portion und die Reste von Karins Essen auf. Er brachte alles auf je einem Teller mit. Florian stopfte wie ein Verhungernder seinen Anteil in sich hinein. Weil seine Mama weiterhin nichts essen wollte, verzehrte er auch noch das fast komplette Menü von ihr. Sie erkundigte sich nach dem Verlauf seines Tages. Er antwortete: „Ist super, aber für immer nichts. Nach dem Jahr möchte ich Medizin studieren und später als Chirurg arbeiten."

Simon hielt ihm eine Benachrichtigung hin, auf der ihm mitgeteilt wurde, dass er bei der Poststelle ein Einschreiben abholen soll. Karin meinte: „Geh gleich! Die Poststelle müsste noch offen haben."

Florian erhob sich und lief los. Karin sagte zu Simon: „Bestimmt die Vorladung zur Verhandlung."

„Glaube ich auch. Heiner wird den Prozess vorangetrieben haben, denn er ist mit dem Staatsanwalt gut befreundet."

Trotzdem warteten sie mit Ungeduld auf Florian. Tatsächlich brachte er die Vorladung mit. Die Verhandlung sollte in zwei Wochen stattfinden.

32. Kapitel

Am 7. Juli um zehn Uhr erwartete Karin in der Vorhalle des Pflegeheimes den Krankentransport, der die Mutter bringen sollte. Er traf pünktlich ein. Karin lief hinaus, um sie zu empfangen. Sie sah zu, wie einer von den beiden Krankenfahrern mit beiden Händen die seitlich angebrachten Stangen des tragbaren Krankenstuhls anfasste. Er schob ihn mittels Gleitschienen auf ein Drehgestell und drehte ihn so, dass sein Mitfahrer die hinteren Stangen greifen konnte. Sie hoben die Mutter in dem Krankenstuhl aus dem Fahrzeug. Bevor sie die Pflegebedürftige in das Gebäude trugen, streichelte Karin ihr übers Gesicht und begrüßte sie: „Willkommen in deinem neuen Zuhause, Mutti."

Die Angesprochene blickte sie mit ihren blauen Augen irritiert an. Karin fragte sich, wie sie sich jetzt fühlen könne? Vermisste sie ihre geliebte Wohnung sehr oder erinnerte sie sich nicht mehr?

In ihr nagten Gewissensbisse, sie einfach in ein Heim abgeschoben zu haben. Das wollte sie ihr niemals antun. Aber wegen ihres eigenen desolaten Gesundheitszustandes konnte sie nicht für die Mutter in der erforderlichen Weise verfügbar sein. Besonders wegen der Alzheimer Erkrankung durfte Karin sie nicht ohne ständige Betreuung allein in ihrer Wohnung lassen. Diese Erkenntnis besänftigte ihr Gewissen. Sie hätte auch niemals gewagt, Simon zu bitten, auch noch die

Mutter aufzunehmen. Bestimmt hätte er ihre Bitte abgeschlagen, weil Karin nicht die Ruhe hätte, die sie so dringend zum Gesundwerden brauchte. Es gab keine andere Alternative als das Pflegeheim. Ihr Verstand begriff die Entscheidung, aber innerlich schmerzte es sie.

Wie ein verängstigtes Vögelchen starrte die Mutter auf die unbekannte Umgebung. Zusammen mit Karin und den Krankenfahrern schwebten sie in dem Fahrstuhl zur Station 7. Die Krankenfahrer meldeten sie bei der Stationsschwester an und trugen sie einen langen Flur entlang in ihr Zimmer. Beide hoben die Mutter aus dem Krankenstuhl und setzten sie auf den Rand ihres Bettes. Bevor sie gingen, wünschten sie: „Guten Aufenthalt!", und nickten Karin zu. Die Mutter hockte auf der Bettkante und schaute die Tochter Hilfe suchend an. Karin umarmte sie und hätte am liebsten geheult und nie mehr aufgehört. Zeit dafür blieb jedoch nicht. Die Sozialarbeiterin des Heimes und die Heimleiterin mit der Oberschwester hießen die Mutter herzlich willkommen. In Karin entstand der Eindruck, sie wenigstens bei freundlichen Menschen zu wissen. Nachdem die Personalien aufgenommen und die Fragen von dem Krankenblatt besprochen worden waren, entfernten sich die Verantwortliches des Heimes. Karin brachte es nicht fertig, ebenfalls zu gehen, obwohl sie sich sehr elend fühlte. Sie zeigte der Mutter den Kleiderschrank und holte einige von ihren Lieblingskleidern heraus. Dadurch glaubte Karin, werde die Mutter erfreut sein. Ihre Erwartung blieb unerfüllt. Die Mutter erkannte weder ihre Pullover noch Blusen, auch ihre Kleider und Röcke nicht. Sie verlangte immerzu: „Warum hast mir nicht meine Sachen gebracht? Von Fremden ziehe ich nichts an."

Karin versuchte, ihr klarzumachen, dass es ihre Kleidung sei, die teilweise vor ihr auf dem Bett läge und der Rest hinge im Schrank. Gleichzeitig gestand sie sich ein: *Wie kann ein Mensch sich freuen, wenn er, statt in die geliebte Wohnung in ein Heim gebracht worden war?*

Ihr Versuch, die Mutter aufzuheitern, misslang. Es kam der Zeitpunkt, an dem Karin sich verabschieden musste. Sie hielt es einfach nicht mehr aus, das Unglück der Mutter spüren zu müssen und sich daran schuldig zu fühlen, ohne wirklich schuldig zu sein. Bevor sie ging, ersetzte sie in dem Notizbuch der Mutter ihre alte Adresse und Telefonnummer mit der von ihrem gegenwärtigen Aufenthaltsort. Zum Abschied drückte sie die Mutter ganz fest an sich: „Sei nicht traurig, Mutti! Ich komme morgen wieder. Hier bist du nicht allein. Vielleicht findest du nette Gesellschaft."

Als Karin das Zimmer verließ, rief ihr die Mutter nach: „Bring Geld mit!"

Bei der Stationsschwester hinterließ Karin ebenfalls ihre neue Anschrift mit der Telefonnummer. Sie ließ sich ein Taxi von ihr bestellen und begab sich vor die Tür des Heimes. Nach kurzer Zeit fuhr es vor und brachte sie zum Haus von Simon. Er war nicht anwesend. Karin erfrischte sich rasch und legte sich ins abgedunkelte Schlafzimmer. Sie fühlte sich ausgelaugt und zu keiner

Handlung mehr fähig. Die Ruhe im Haus verfehlte ihre Wirkung nicht. Karin schlief, bis Simon heimkam. Als er sie erblickte, leuchteten seine Augen auf. Er umfasste sie zärtlich. Karin genoss seine Wärme und seinen Herzschlag, der ihr vertrauensvoll entgegenschlug. Simon erkundigte sich nach dem Einzug der Mutter ins Pflegeheim und trocknete die Tränen, die bei dem Bericht über Karins Wangen rannen, mit seinen Küssen. Er wartete, bis sie sich beruhigt hatte, und schlug vor: „Sicher hast du noch nichts gegessen, Liebes. Wollen wir uns in einem exquisiten Restaurant etwas Gutes gönnen?"

„Tut mir leid, aber ich kann mich kaum auf den Beinen halten. Möchte nur hier im Dunkeln liegen und nicht mehr denken müssen."

Traurig blickte Simon sie an, legte sich zu ihr und nahm sie in den Arm.

„Ruh dich aus, Liebes! Es war ein anstrengender Tag für dich, aber essen musst du was. Ich lasse ein Menü ins Haus bringen."

Nachdem er sich von ihr gelöst hatte, bestellte er telefonisch das Versprochene. Innerhalb einer halben Stunde brachte ein Eildienst das exquisite Gericht. Simon deckte den Tisch und weckte Karin. Sie nuschelte: „Lass mich schlafen!", aber er hob sie aus dem Bett. Damit sie unbeschädigt ins Esszimmer gelangen konnte, stützte er sie und half ihr auf den Stuhl, vor dem auf dem Tisch ihre Mahlzeit stand. Die Düfte des Menüs verführten sie nun doch zum Essen. Danach fühlte sie sich tatsächlich besser und leistete Simon auf der Terrasse beim Kaffeetrinken Gesellschaft.

Am späten Nachmittag traf Florian ein. Er vertilgte seine Portion und berichtete von seiner Arbeit. Karin war Simon äußerst dankbar, dass er auch ihren Sohn bei sich aufgenommen hatte. In ihr bahnten Gefühle sich an, die sie lange entbehrt hatte. Sie trank sogar ein Glas Rotwein mit ihm.

Am Abend ließ sie sich im Bett durch seine Liebkosungen zum Sex verführen. Darüber war Simon sehr glücklich. Er hoffte, dass es seiner Liebsten bald besser gehen werde, sodass sie sich dieses Lustgefühl öfter erfüllen könnten. Er flüsterte ihr zu: „Wann heiraten wir?"

Sie flüsterte zurück: „Sobald du möchtest."

Simon reagierte darauf mit der Ankündigung: „Von mir aus gleich, aber erst müssen wir das Aufgebot bestellen. Stört es dich auch nicht, dass ich zehn Jahre älter bin?"

Statt einer Antwort kuschelte Karin sich an ihn. Er wähnte sich als der glücklichste Mann im Universum.

Am Frühstückstisch verkündeten sie Florian die gute Botschaft. Er meinte dazu nur: „Glückwunsch! Wurde auch Zeit. Hoffentlich werde ich nicht zu einer Haftstrafe verurteilt, wenn dieses … diese Frau bei ihrer Behauptung bleibt, dass ich Papas Mörder bin."

„Mach dir nicht zu viel Sorgen! Heiner ist ein ausgezeichneter Anwalt. Außerdem wird deine Mama als

Augenzeuge die Wahrheit bestätigen. Nicht wahr, Liebes?"

Auch Karin beruhigte ihren Sohn, obwohl sie nicht einschätzen konnte, wie das Gericht urteilen werde, wenn Liesa-Marie bei ihrer Beschuldigung bliebe.

33. Kapitel

Nach einer unruhigen Nacht schleppte Karin sich am nächsten Tag erst zur Sparkasse. Sie hob für die Mutter den Betrag ab, den sie ihr jeden Monat übergab. Der Weg zum Pflegeheim fiel ihr schwer. Sie starrte nur den Straßenbelag unter ihren Füßen an, und der Flur der Station zum Zimmer der Mutter erschien ihr endlos. Dort fand Karin sie nicht, aber eine Schwester informierte sie: „Sie sitzt bestimmt mit anderen im Esszimmer. Es gibt gerade das 2. Frühstück."

Karin begab sich dorthin. Als die Mutter sie erblickt, lächelte sie ihr zu. Karin wurde es leichter zumute. Scheinbar gefiel es ihr wider Erwarten ganz gut. Die Mutter erhob sich und wollte mit der Tochter in ihr Zimmer gehen. Auf dem Weg dorthin stellte ein Mann sich vor sie, sodass sie nicht weiter geradeaus gehen konnten. Statt einen Bogen um ihn zu machen, keifte die Mutter urplötzlich los: „Gehen Sie weg! Ich bin ein kranker Mensch und will hier durch."

Der Mann rührte sich nicht vom Fleck. Karin vermutete anhand seiner ausdruckslosen Augen, dass er vermutlich an Alzheimer im fortgeschrittenen Stadium litt. Sie hakte die Mutter unter und erklärte hier: „Komm hier rüber! Der Mann versteht dich nicht."

Sie führte die Mutter an dem Kranken vorbei in ihr Zimmer, das sie noch allein bewohnte. Ein zweites Bett wartete auf seine Besitzerin. Karin half der Mutter, sich auf die Bettkante zu setzen und nahm selbst auf einem Stuhl neben dem Tisch Platz. Die Mutter fragte: „Hast du Geld mit?"

Karin gab ihr, wie immer, 500 D-Mark. Die Mutter steckte das Geld in die Tasche der Strickjacke und meinte: „Morgen gehe ich auf den Markt und kaufe mir eine Bluse." Sie klagte: „Die Matratze ist durchgelegen, und die Decke ist mir zu schwer. Bring mir meine mit!"

Karin versprach, ihr eine leichte Zudecke mitzubringen, aber mit der Matratze könne sie nicht helfen. Die Mutter widersprach: „Natürlich kannst du das, aber du willst es nicht. Die habe ich mir doch erst gekauft und schon ist sie hin. Alles Plunder! Und so teuer. Auf dem Markt gibt es sicher welche. Gleich morgen gehe ich hin und kaufe mir eine Neue und auch ein besseres Bettgestell dazu."

Es schmerzte Karin, weil sie ihr gestehen musste: „Das darfst du nicht, Mutti. Ich musste die Wohnung auflösen. Dein Bett durfte ich nicht hier herbringen, weil es kein Pflegebett war."

Die Mutter rebellierte: „Mit meinem Geld kann ich machen, was ich will."

Karin setzte gerade an, um ihr die Hausordnung und das damit verbundene Taschengeld zu erklären, als sie zornig schimpfte: „Du bist richtig asozial. Verkauft hast du meine Möbel und das Geld verjubelt. Auch hast du mir keins von deinen drei Kindern gezeigt, die du inzwischen bekommen hast."

Karin versuchte im ruhigen Ton, ihr begreiflich zu machen, dass nur Florian ihr Kind sei, und es sonst keine Kinder weiter gäbe. Die Mutti kreischte: „Verlogenes Luder!"

Karin stellte fest, dass es sinnlos sei, der Mutter irgendetwas beizubringen, was sie nicht hören wollte. Sie hatte bereits den Kopf zur anderen Seite gedreht und sprach mit jemandem, den Karin nicht sehen konnte. An dem Klang ihrer Stimme nahm sie an, dass es sich um ein Kind handeln könnte. Erschüttert hörte sie eine Weile zu. Für die Mutter schien sie nicht mehr zu existieren. Karin streichelte ihr zum Abschied die Wange, aber die Mutter reagierte nicht. Unglücklich ging Karin zum Dienstzimmer und ließ sich von einer Schwester ein Taxi bestellen. Der Fahrstuhl glitt mit ihr in das Erdgeschoss. Als Karin aus dem Gebäude trat, hielt gerade das bestellte Taxi und brachte sie zum Eigenheim von Simon.

Im Haus traf sie weder ihn noch die Haushälterin oder den Gärtner. Karin trank ein Glas Leitungswasser, sperrte im Schlafzimmer das Tageslicht durch die Vorhänge aus und legte sich ins Bett.

Nach Stunden weckten zärtliche Küsse von Simon sie auf. Mühsam erhob Karin sich und schlurfte ins Wohnzimmer, wo sie sich auf die Couch warf. Mit wenigen Worten berichtete sie Simon von der Mutter. Er setzte sich neben sie, trocknete ihre Tränen und beruhigte sie in seinen Armen. Danach fragte er sie noch einmal: „Du hast mir gestern nicht eindeutig geantwortet. Deshalb frage ich dich noch einmal, ob du mich heiraten möchtest."

Er blickte sie erwartungsvoll an.

„Was willst du denn mit so einem Wrack, wie ich es bin?"

„So darfst du nicht denken! Ich liebe dich, und eines Tages bist du wieder völlig gesund sein."

„Kannst du warten, bis es soweit ist?"

„Nur wenn du es so möchtest. Aber leicht fällt es mir nicht … Ich schau mal nach, ob Frau Müller für uns was gekocht hat."

Er schnappte sich aus dem Kühlschrank eine Suppenterrine, lüftete den Deckel und schwärmte: „Wie das duftet! Pikante Thai-Suppe mit Kokos und Hühnchen. Musst du unbedingt essen."

Mit einer weißen Tischdecke aus Damast und mit dem entsprechenden Essgeschirr deckte er den Tisch, während das Gericht in der Mikrowelle wärmte. Aus dem untersten Fach des Kühlschrankes angelte er für jeden eine Schale mit Schokoladenpudding hervor. Nachdem die Suppe erhitzt war, stellte er sie in der Suppenterrine auf den Esstisch und die Nachspeise daneben. Letztendlich dekorierte er die freien Flächen mit frischen Veilchenblüten. Zufrieden begutachtete er seine Dekoration und rief: „Liebes, das Essen ist fertig. Kommst du bitte?"

Schläfrig erhob Karin sich, um sich an den Tisch zu setzen. Sie beachtete weder den liebevollen Zierrat, mit dem Simon den Tisch geschmückt hatte, noch reizte sie das verführerische Aroma der exotischen Suppe zum Essen. Simon löffelte sein Lieblingsgericht mit Appetit in sich hinein und blickte hin und wieder zu Karin, die gleichgültig vor ihrem Teller saß. Als er sie füttern wollte, weigerte sie sich und äußerte: „Nicht böse sein, Liebling. Ich kann nicht."

Sie stand auf und legte sich wieder ins Bett. Dafür verzehrte Florian am Abend den gesamten Rest der köstlichen Suppe und behauptete: „So was Gutes gab es bei uns nie."

Simon lächelte ihn an und forderte ihn auf: „Sag das mal deiner Mama! Sie hat wieder nichts gegessen. Die Besuche bei deiner Oma bekommen ihr nicht. Wie kann ich sie davon abbringen?"

„Kannst du nicht. Sie muss es selbst begreifen. Aber davon ist sie, glaube ich, noch weit entfernt. Irgendwann wird der Tag kommen, an dem sie erkennen wird, wie ihr diese Besuche schaden. Zumal mein Omchen sie überhaupt nicht erkennt. Mit dir schafft sie es bestimmt, bevor Omchen nicht mehr ist. Glaube ich jedenfalls. Nacht, Simon, ich bin hundemüde. Die Arbeit strengt mich doch sehr an."

„Schlaf gut, Flo! Ich lese noch ein bisschen."

Als er sich später neben Karin legte, die bereits im Reich der Träume weilte, bewunderte er ihre Gesichtszüge. Sie erschienen ihm so überirdisch anmutig wie die einer Göttin vor. Er küsste ihre Wange und wisperte ihr zu: „Werde bald gesund, Liebes."

Eng aneinandergeschmiegt schliefen sie bis zum Tagesanbruch. Nachdem Simon zu einem seiner Hotels aufgebrochen war, raffte Karin sich wieder auf, um die Mutter zu besuchen. Zuerst erkundigen sie sich bei der Stationsschwester, ob es Probleme gegeben habe. Die Schwester antwortete: „Kann man sagen! Sie räumt den Schrank aus und belegt alles Mobiliar mit ihren Kleidern. Untersagen Sie ihr das! Vielleicht hört sie auf Sie. Wenn nicht, müssen wir den Schrank mit einem Vorhängeschloss verschließen. Und dann die Sache mit dem Geld. Ich rufe mal den Charlie."

Charlie, ein Pfleger, bog gerade um die Ecke und fragte Karin: „Haben Sie ihrer Mutter wirklich 500 D-Mark gegeben?"

Karin antwortete wahrheitsgemäß. Der Pfleger bestätigte: „Stimmt es doch, was sie behauptet hat. Wir dachten erst, sie belügt uns. Von dem Geld ist nämlich nichts mehr da. Eine unserer Hilfskräfte hat nur noch einen kleinen Betrag gefunden. Sagt sie jedenfalls. Versuchen Sie doch mal, rauszukriegen, wo Ihre Mutter das Geld versteckt hat. Uns verrät sie es nicht."

Innerlich aufgewühlt fand Karin die Mutter weinend vor. Sie jammerte: „Man lässt mir keine Ruhe. Immer wollen die Geld von mir, und ich hab doch keins."

„Ich habe dir gestern 500 D-Mark gegeben. Wo hast du die denn bloß hingelegt?"

Sie bestritt, jemals Geld von der Tochter bekommen zu haben. Daraufhin durchsuchte Karin den Nachttisch und das kleine Schränkchen. Sie durchstöberte den großen Schrank und schaute in die Taschen aller Kleidungsstücke. Zuletzt nahm sie sich die Handtasche vor. In der Geldbörse lag ein Zettel, auf dem 200 D-Mark handschriftlich notiert waren. Es gab weder eine Unterschrift, noch sonst irgendeinen Hinweis, wer das geschrieben haben könnte.

Eine Schwester kam herein und forderte Karin auf, am nächsten Morgen zur Heimleiterin zu kommen, um den vermutlichen Diebstahl aufzuklären. Die Mutter klagte immerzu: „Ich wollte mir eine Bluse kaufen, aber keiner geht mit mir zum Markt. Alle sagen, ich darf das nicht. Und bring mir wieder Geld mit!"

Karin versprach es ihr und lief nachdenklich nach Hause. Simon erwartete sie bereits. Sie warf sich gleich in seine ausgebreiteten Arme und weinte jämmerlich. Er sprach beruhigend auf sie ein: „Es wird alles gut, Liebes. Ich bin da und helfe dir, was immer auch geschehen mag. Dich weinen sehen zu müssen, zerreißt mir das Herz."

Schluchzend berichtete Karin ihm, was der Mutter widerfahren war.

„Alles wird sich aufklären, Liebes", versicherte er ihr und trug sie ins Bett. Simon zog die Vorhänge vor, legte sich neben sie und wärmte sie mit seinem Körper bis ihre tiefen Atemzüge ihm verrieten, dass sie fest schlief.

Bevor er sie am nächsten Tag zur Heimleitung brachte, schärfte er ihr ein: „Liegt wirklich ein Diebstahl vor, schalten wir Heiner ein. Du erinnerst dich? Er ist Rechtsanwalt."

„Ich hoffe, es wird nicht notwendig sein. Kannst du mitkommen? Flo hat Frühschicht."

„Tut mir leid, Liebes. Ich muss dringend ins „Waldblick". Gab Probleme mit der Abrechnung. Soll Heiner dich begleiten?"

„Danke. Ich werde es allein schaffen."

Am Vormittag saß Karin an einem Tisch mit der Leitung des Heimes. Die Heimleiterin erkundigte sich: „Haben Sie ihrer Mutter wirklich 500 D-Mark gegeben?"

Karin bejahte und zeigte ihr den Zettel, den sie tags zuvor in der Geldbörse der Mutter gefunden hatte. Die Heimleiterin prüfte die Schrift auf dem Zettel mit einer Schriftprobe, die vor ihr lag.

„Das ist tatsächlich die Schrift von unserer Hilfskraft. Mehr als die 200 D-Mark will sie nicht gefunden haben. Wo der Rest abgeblieben ist, weiß sie angeblich nicht. Wie konnten Sie ihrer Mutter nur so viel Geld geben?"

„Hat sie jeden Monat von ihrem Konto bekommen, als sie noch zu Hause wohnte. Ich muss gestehen, ich habe ihre psychische Situation überschätzt."

„Mehr als 20 D-Mark erhält hier niemand im Monat als Taschengeld. Wollen Sie gegen die Hilfskraft Anzeige erstatten? Von uns ist sie bereits fristlos entlassen worden."

„Nein, das möchte ich nicht, denn ich fühle mich nicht ganz unschuldig an der Sachlage."

„Das sehen wir auch so", behauptete die Oberschwester, „aber trotzdem ist Geld gestohlen worden. Wir glauben felsenfest von erwähnter Hilfskraft."

„Wir danken Ihnen, Frau Meyer, dass Sie zur Aufklärung betragen konnten. Und nicht vergessen, nur 20 D-Mark im Monat als Taschengeld", fügte die Heimleiterin hinzu. Karin entschuldigte sich wegen des Ärgers, den sie verursacht hatte. Sie begab sich nach diesem Gespräch zu der Mutter und forschte nochmals nach dem Geld.

„Mutti, ich habe dir vorgestern 500 D-Mark gegeben. Du hast das Geld in die Tasche von deiner Strickjacke gesteckt. Erinnerst du dich?"

„Lass mich mit dem Geld in Ruhe! Ich habe keins von dir bekommen. Bring mir gefällst welches mit, damit ich mir eine neue Matratze kaufen kann."

„20 D-Mark. Mehr darf ich dir laut Heimordnung als Taschengeld nicht geben."

„Es ist mein Geld. Damit kann ich mir kaufen, was ich will", warf sie trotzig der Tochter vor.

„Du bist hier in einem Heim und musst dich an die Heimordnung halten."

Verständnislos schaute sie Karin an und beharrte weiter auf ihrem Standpunkt: „Ich kann mit meinem Geld machen, was ich will."

Karin erwiderte dazu nichts mehr. Sie befürchtete, dass es noch viel Ärger wegen des Geldes mit der Mutter geben werde. Mit einem noch schlechteren Gewissen als sonst ging sie zu ihrem neuen Zuhause und legte sich sofort hin. Der Kopf schmerzte, und die inzwischen bekannte Erschöpfung durchdrang ihren Körper. Sie schloss die Augen, und Schlaf raubte sie aus der Wirklichkeit. Sie verschlief den Rest des Tages und schreckte erst hoch, als Simon neben ihr auf dem Bett saß. Nach einer liebevollen Umarmung fragte er: „Na, wie ist es gelaufen, Liebes?"

„Das Geld ist spurlos verschwunden. Ich hätte wissen müssen, dass Mutti damit nicht mehr umgehen kann. Ich hätte ihr niemals so viel gegeben dürfen."

„Na, hör mal! Das ist nicht deine Schuld. Soll ich doch Heiner bitten, sich darum zu kümmern?"

„Nein. Das will ich nicht. Die Angelegenheit ist geklärt. Ich möchte dem Heim nicht noch mehr Schwierigkeiten machen. Die haben sowieso viel zu tun."

„Wenn du das so möchtest ... ehe ich es vergesse, Heiner will uns morgen am Nachmittag besuchen. Ist dir das recht?"

„Natürlich. Gab es bei dir Ärger?"

„Ich konnte nicht alles zu meiner Zufriedenheit regeln."

Florian, der gerade heimkam, hatte den letzten Satz mitbekommen und fragte: „Hi, habt ihr Ärger miteinander?"

„Nein, Flo, nicht wir, aber ich mit Omchen und Simon mit einem seiner Hotels."

„Ok. Ich esse bloß was und gehe dann zu einem Freund. Wir wollen uns ein paar Videos reinziehen. Kann also spät werden."

Simon wollte wissen, ob Karin schon gegessen habe. Sie musste verneinen. Zusammen begaben sie sich ins Esszimmer und setzten sich zu Florian, der schon seinen Teller mit einer riesigen Portion Kartoffelsalat belegt hatte. Die Bockwürste lagen noch im heißen Wasser. Simon deckte für sich und Karin den Tisch. Sie hockte vor dem Essen und stocherte mit der Gabel im Salat herum. Simon beobachtete sie eine Weile und forderte sie auf: „Nun iss endlich, Liebes! Du wirst immer dünner." Scherzhaft fügte er hinzu: „Ein Skelett möchte ich nicht im Arm halten. Da muss ich mir eine andere suchen, die etwas mehr an Substanz zu bieten hat. Ich werde dich füttern, und du isst ganz brav alles auf."

Florian grinste dazu und verließ die beiden. Als Simon die erste Gabel mit Kartoffelsalat in Karins Mund schieben wollte, klingelte das Telefon. Er legte die Gabel auf den Teller, stand auf und hob den Hörer ab. Nachdem er seinen Namen gesagt hatte, lauschte er kurz und hielt ihn Karin ans Ohr. Eine Stimme kreischte: „Eine Unverschämtheit, mir kein Geld zu geben, du asoziales Subjekt! Willst wohl alles für dich."

An dem Thüringer Dialekt erkannte Karin die Stimme der Mutter. Sie erwiderte so ruhig, wie es ihr in diesem Moment möglich war: „Das muss ich mir nicht sagen lassen", und drehte ihr Ohr von dem Hörer weg. Simon legte ihn auf die Gabel zurück. Mit vor Erregung zitternder Stimme schilderte Karin ihm das soeben Gehörte und klagte: „Was soll ich bloß machen? Ihre Rente reicht sowieso nicht für das Pflegeheim. Immer beschuldigt sie mich, eine Asoziale zu sein und ihr gesamtes Geld zu verprassen."

„Nimm das nicht so schwer, Liebes! Deine Mutter weiß doch gar nicht mehr, was Wirklichkeit und was Erfindung ist."

Allmählich beruhigte Karin sich. Nach ein paar Minuten bedauerte sie ihr Verhalten und bildete sich ein, dass die Mutter jetzt weinend in ihrem Zimmer saß. Diese Vorstellung ertrug sie nicht und rief auf der Station an. Sie erkundigte sich bei der Schwester, ob ihre Mutter nach dem Telefonat irgendetwas gesagt habe oder ob sie weinend in ihr Zimmer gegangen sei. Die Schwester erwiderte: „Nein. Sie hat sich freundlich fürs Telefonieren bedankt und hat das Dienstzimmer verlassen."

Karin erklärte der Schwester die Situation und bat sie: „Können Sie bitte nach ihr sehen? Wir hatten nämlich ein schlimmes Gespräch. Ich warte solange."

Die Schwester versprach es und teilte Karin nach wenigen Minuten mit: „Keine Sorge, Frau Meyer. Ihre Mutter sieht sich ein Video an."

Simon hatte das Gespräch und die Aufregung von Karin still verfolgt. Er mischte sich jetzt ein: „So geht das nicht weiter, Liebes. Deine Mutter macht dich völlig fertig. Ich möchte auch noch was von dir haben. Und nun iss!"

Karin wirkte total abwesend, als sie das gesamte Abendessen aufaß. Kurz darauf rannte sie ins Bad und erbrach sich. Simon stand ratlos hinter ihr. Nach dem

Zähneputzen duschten sie beide, und er trug sie ins Bett. Als er sich zu ihr legte, fragte er: „Hast du schon öfter erbrochen?"

Karin lehnte sich an ihn und verriet: „Du wirst Vater. Ich bin schwanger."

Ungläubig blickte Simon sie an. Auf einmal leuchteten seine Augen auf. Ihr Strahlen breitete sich über Karin wie Sonnenschein aus. Simon flüsterte ihr zu: „Du machst mich zum glücklichsten Menschen unter dem Himmelszelt. Und das in meinem Alter! Liebes, ich kann dir gar nicht mit Worten danken, wie überglücklich ich bin."

„Dann zeig es mir", wünsche Karin. Ihren Worten folgte eine Liebesnacht, die das Paar als Gabe ihrer selbstlosen Liebe füreinander empfing.

34. Kapitel

Am nächsten Morgen informierte Simon seine Haushälterin von Heiners Besuch und besprach mit ihr die Speisefolge. Frau Müller notierte sich gewissenhaft seine Wünsche und fragte: „Gibt es irgendetwas zu feiern? Sie sehen so glücklich aus."

„Ja, Frau Müller, gibt es. Aber noch bleibt es mein Geheimnis. Passen Sie gut auf meine Liebste auf. Vor allen Dingen, dass sie isst, worauf sie Appetit hat. Am besten Sie fragen vor ihrem Einkauf, was sie gern essen möchte. Ich muss leider gleich weg."

Frau Müller versprach, seine Wünsche zu erfüllen, und ging zu Karin, die im Bett lag.

Mit den Worten: „Darf ich stören?", betrat die Haushälterin das Schlafzimmer.

„Was gibt es denn, Frau Müller", nuschelte Karin schläfrig.

„Was möchten Sie heute essen? Ich gehe gleich zur Kaufhalle."

„Nichts Besonderes. Ihr Essen schmeckt immer hervorragend."

Frau Müller erfreute das Lob. Sie schloss leise die Tür und begab sich zum Supermarkt.

Als Karin sich geduscht und angezogen hatte, las sie im Wohnzimmer die Tageszeitung. Frau Müller hantierte bereits in der Küche. Schon bald durchzogen köstliche Düfte das Haus. Karin verspürte zum ersten Mal nach langer Zeit Appetit. Als Frau Müller in den Vorratskeller ging, schlich Karin in die Küche. Sie hob den Deckel von dem Bräter und naschte mit einem Teelöffel von der Rotweinsoße mit Rumrosinen, in der Putenkeulen lagen. Erschrocken drehte sie sich um, als Frau Müller die Frage stellte: „Schmeckt es?"

„Vorzüglich. Da wird Simon erfreut sein, und Heiner will Sie bestimmt wieder abwerben."

Frau Müller errötete und setzte ihre Arbeit fort, während Karin sich im Garten in einen der Liegestühle legte, um Simon zu erwarten. Noch immer nistete dieser verklärte Ausdruck auf seinem Gesicht, als er heimkam. Er eilte sofort zu Karin und küsste sie, wie ein verliebter Teenager.

„Du machst mir das großartigste Geschenk, das ich jemals erhalten habe, Liebes. Vater werden war schon immer mein größter Wunsch, und du erfüllst ihn mir. Ich weiß überhaupt nicht, wie ich dir danken kann, Liebes."

Karin dachte an die Reaktion von Alexander, als sie ihm ihre letzte Schwangerschaft mitgeteilt hatte. Für einen kurzen Augenblick spürte sie seine Schläge und Fußtritte, die zum Schwangerschaftsabbruch geführt hatten.

„He, was ist, Liebes? Du blickst so traurig. Freust du dich überhaupt nicht?"

Karin empfing das Glück, das aus seinen Blicken in sie drang, und lächelte ihn an: „Natürlich freue ich mich mit dir. Ich dachte nur eben zurück an mein kleines Mädchen, dass Alex in mir zerstört hat."

„Vergiss ihn, Liebes! Er ist es nicht wert. Jetzt beginnt eine Zeit, in der nur meine Liebe dich durchs Leben trägt und du nie wieder …"

Das Läuten der Klingel unterbrach seinen Satz. Simon sprang auf: „Heiner! Beinahe hätte ich ihn vergessen."

Er rannte zum Tor. Statt ihn zu begrüßen, schmunzelte der Freund: „Du strahlst ja, als hätte dich soeben der Hauptgewinn überrascht."

„Nicht überrascht, Heiner, gemacht."

„Verstehe ich nicht. Geht denn so was? Dann zeig es mir."

Simon ließ ihn eintreten, umarmte den Freund und gestand ihm: „Komm mit! Ich präsentiere dir meine Glücksbotin."

Im Sturmschritt lief er, gefolgt von Heiner, zu Karin, die sich gerade aus dem Liegestuhl erhoben hatte.

„Du bist seit unserem letzten Treffen ziemlich schmal geworden und siehst auch sehr blass aus. Ist mein lieber Freund zu anstrengend?"

Simon kniete vor ihr nieder und enthüllte Heiner: „Das ist sie, die mich so strahlen lässt. Wir werden Eltern."

„Glückwunsch, alter Knabe! Tag, Karin. Hätte ich nie gedacht, dass sein lange gehegter Traum eines Tages wahr wird."

Heiner begrüßte sie mit Handkuss, blickte ihr tief in die Augen und schmeichelte ihr: „Du wirst von Mal zu

Mal bezaubernder. Eine bessere Wahl hätte Simon nicht treffen können. Wann ist es denn soweit?"

Karin überging Heiners Frage, sondern bat Simon: „Steh bitte auf! Ist mir peinlich, wenn du mich so anhimmelst."

Dem Freund offenbarte sie: „Einige Monate muss er sich schon noch gedulden."

Nun durchkreuzte Simon seine Neugier mit der Frage: „Hat alles geklappt?"

„Alles klar. Der Maler ist fertig. Allerdings verlangte er mehr, als anfangs vereinbart gewesen war. Die Deckenplatten ließen sich schwer lösen, und jede Decke musste vor dem Weißen erst poliert werden. Ich habe den Meister bereits bezahlt. Ihr könnt die Abnahmetante kommen lassen. Auch die von dir gewünschten Dokumente habe ich ausgefüllt dabei. Müssen bloß noch unterschrieben werden."

Simon klopfte seinem Freund auf die Schulter und bat ihn ins Esszimmer. Florian, der neugierig gelauscht hatte, gesellte sich dazu und forschte: „Habe ich das eben richtig verstanden? Ihr werdet Eltern, und ich bekomme nun doch noch ein Geschwisterchen? Geil!"

Karin lachte ihn glücklich an und bestätigte seine Frage. Florian umarmte sie stürmisch und freute sich aufrichtig.

„Hallo, Flo! Alles in Ordnung oder gab es mit Justitia wider erwarten Probleme?", begrüßte Heiner ihn.

„Nee. Cool gelaufen. Danke, Heiner."

Karin lud alle ein, sich an den gedeckten Tisch zu setzten. Simon füllte ihre Teller und wünschte guten Appetit. Heiner nuschelte, während er kaute: „Köstlich! Deine Frau Müller werde ich dir ausspannen."

„Wage es nicht! Die bleibt bei uns. Wenn du endlich fertig bist, können wir das Juristische regeln."

Heiner wischte sich mit der Serviette den Mund ab und holte aus seiner Aktentasche einen Ordner. Daraus entnahm er ein Dokument und überreichte es Simon. Er las es aufmerksam und meinte: „Nach dem neusten Stand musst du es ändern. Soweit mir bekannt ist, erbt auch das Ungeborene. Als mein Kind erhält es nach dem Gesetz die Hälfte von meinem Vermögen und den Immobilien. Liebes, du erbst, falls es mich eines Tages erwischen sollte, dieses Grundstück mit dem Haus und dem gesamten Inventar. Dazu mein fünf Sterne Hotel „Seeblick" und einen Teil meines anderen Kapitals. Flo vermache ich in dem Fall mein zu diesem Zeitpunkt aktuelles Auto. Den Rest ... erhält ... Du weißt, Heiner, was ich meine?"

Heiner nickte, und Karin blickte ihn sprachlos an. In Anwesenheit von Florian und Heiner küsste Simon seine Liebste zärtlich. Der Freund unterbrach ihn: „Hallo, alter Knabe, da werde ich ja richtig neidisch. Wann ist denn Hochzeit?"

Simon ignorierte die Frage und entgegnete zwischen zwei Küssen: „Kannst du auch. Das ist nämlich das bezauberndste Wesen der Welt."

Sie verbrachten auf der Terrasse einen unterhaltsamen Abend mit Wein, Bier und anderen Gaumenfreuden. Karin stellte fest, dass sie trotz der Schwangerschaft allmählich ausdauernder wurde. Sie beobachtete Simon scharf, der zum ersten Mal während ihrer Beziehung mehr als nur ein Glas mit einem alkoholischen Getränk zu sich nahm. Noch immer ängstigte sie sich vor den Folgen. Sie dachte an die Brutalität von Alexander unter Alkoholeinfluss. Zumal Florian sich verabschiedet hatte, um den Nachtdienst in der Klinik anzutreten. Karin übermannte eine Höllenangst, dass die Freude von Simon über die Schwangerschaft gespielt sein könnte. Sie stellte sich vor, dass er und sein Freund im betrunkenen Zustand über sie herfallen könnten, um das entstehende Leben in ihr auszumerzen Sie beteiligte sich selten an der Unterhaltung. Simon lallte besorgt: „Geht's dir nicht gut, Liebes? Du bist so still geworden."

Statt Karin antwortete Heiner ihm: „Deine Liebste gehört ins Bett und ich auch."

Er stand auf und verabschiedete sich in aller Form. Simon begleitete ihn mit unsicherem Gang zum Gartentor. Karin wunderte sich, dass ein Jurist alkoholisiert mit dem Auto fuhr, aber sie mischte sich nicht ein. Als Simon auf sie zu taumelte, duckte sie sich instinktiv. Für eine Sekunde glaubte sie, er wäre Alexander. Simon umarmte sie jedoch und führte sie ins Badezimmer. Beim Entkleiden berührten seine Lippen jeden Teil ihres Körpers, den er entblößt hatte. Dazwischen stammelte er Liebesworte, die Karin beglückten. Schon bald entfernten auch ihre Hände seine Kleidung und strichen über die Körperteile, an denen es ihm besonders gefiel. Simon liebkoste mit seinem Mund ihre Brüste und hob sie in die Dusche. Bevor er den Wasserhahn aufdrehte, liebte er sie behutsam. Karin genoss ihn in sich. Sie drehte den Wasserhahn auf und trieb ihn unter der Fontäne zum Sex an. Tropfnass, wie sie waren, trug er sie ins Bett, legte sich daneben und deckte sie zu. Eine seiner Hände glitt unter die Zudecke und strich immer wieder über ihren Bauch, der sich leicht wölbte.

„Danke, Liebes, für das wunderbarste Geschenk, das es auf Erden gibt. Schlaf gut mit unserem kleinen Schätzchen."

Er schloss Karin in den Arm und glitt übergangslos ins Reich der Träume. Karins Herz klopfte noch, als seine tiefen Atemzüge in ihr Ohr bliesen. Irgendwann übermannte auch sie der Schlaf.

Am Morgen weckte sie sanftes Streicheln auf ihrem Bauch. Simon sah zu ihr hoch und entschuldigte sich wegen des Trinkgelages mit Heiner. Er versprach ihr, dass er sich beim nächsten Besuch von dem Freund beherrschen werde. Karin belohnte ihn statt einer Moralpredigt mit Zärtlichkeiten. Ihre Befürchtung war nicht eingetroffen. Im Gegensatz zu Alexander verhielt Simon sich im angetrunkenen Zustand noch fürsorglicher und liebevoller zu ihr als sonst. Infolge ihrer Liebkosungen vereinigten sie sich kurz darauf. Simon stöhnte danach: „Danke, Liebes, danke, dass du mein sein möchtest."

Die Haustür störte sein weiteres Liebesgeständnis. Florian rief: „Hallo, schon wach! Ich hab einen Bärenhunger."

Frau Müller zog ihn in die Küche: „Nicht so laut! Die beiden schlafen noch."

Florian griente sie an: „Schlafen? Ich nenne es eher poppen."

Frau Müller ging darauf nicht ein, sondern fragte ihn: „Was möchtest du zum Frühstück?"

„Nur Müsli in Milch. Bin hundemüde. Der Nachtdienst war sehr anstrengend."

„Kommt gleich!"

Florian aß alles auf und bedankte sich bei Frau Müller. Er wünschte ihr einen guten Tag, bevor er sich zum Schlafen in sein Zimmer begab. Doch der Schlaf betrog ihn um die Ruhe, die er benötigte, um am Nachmittag die Verhandlung besonnen durchhalten zu können. Blieb diese Lady, wie sein Papa sie genannt hatte, bei ihrer Behauptung als Augenzeugin, käme nur ein Urteil wegen Tötung im Affekt infrage. Florian schauderte bei dem Gedanken an eine Haftstrafe, durch die er sicher Jahre seines Lebens in einem Gefängnis verbringen musste. Er wälzte sich hin und her. Gegen Mittag hörte er Frau Müller, die in der Küche Fleisch klopfte.

Das Paar schwang sich ebenfalls nach einem zärtlichen Morgengruß aus dem Bett. Simon musste zu einer Rundfahrt aufbrechen, um einige Hotels zu inspizieren. Karin wollte die Mutter besuchen, obwohl Simon ihr abriet. Sie hielt ihm jedoch vor: „Ich muss. Versteh das bitte! Sie wartet auf mich. Außerdem will ich wegen dem Anruf mit ihr reden."

Simon äußerte sich dazu nicht. Er erinnerte Karin: „Vergiss nicht die Gerichtsverhandlung nachher! Ich hole dich vor dem Heim ab, Liebes."

Er beförderte Karin nach dem Frühstück mit dem Auto zum Pflegeheim. Als er abgefahren war, sah Karin ihm lange nach. Sie zögerte, das Heim zu betreten, um mit der Mutter wegen des Telefonats zu sprechen. Nach kurzer Überlegung überwand sie sich, denn noch einmal wollte sie sich so eine Beschuldigung nicht bieten lassen. Sie fand die Mutter im Esszimmer. Sie winkte, als sie die Tochter sah. Karin war nicht in der Lage, sie, wie sonst, mit einer Umarmung und einem Küsschen auf die Wange zu begrüßen. Stattdessen forderte sie die Mutter barscher auf, als sie eigentlich wollte: „Komm mit in den Tagesraum! Wir müssen reden."

Entgegen ihrer Gewohnheit lief Karin schnell voran. Bisher hatte sie die Mutter immer untergehakt und war mit ihr gemeinsam in ihr Zimmer gegangen. Jetzt schleppte sie sich mühsam an den Haltestangen vorwärts, die an der rechten und linken Seite an der Wand des Flures angebracht waren. Im Inneren tat es Karin weh, so mit ihr umgehen zu müssen, aber sie war wegen der Unterstellung tief verletzt worden. Als sie endlich im Tagesraum saßen, attackierte Karin die Mutter gleich mit der Frage: „Was hast du dir eigentlich gestern bei dem Telefonat gedacht? Mich so niederzumachen!"

Die Mutter fixierte sie mit ihren blauen Augen erstaunt. Karin grübelte im Stillen darüber nach, ob sie sich an das Telefonat erinnern konnte. Oder stellte sie sich einfach stur? Deshalb forschte sie: „Weißt du noch, was du mir unterstellt hast? Es hat mich sehr gekränkt, dass du so über mich denkst. Niemals habe ich dein Geld verprasst. Du warst stets zufrieden, wie korrekt ich dein Konto geführt habe. Und nun diese böswillige Behauptung. Wenn du mir noch einmal so eine gemeine Lüge unterstellst, besuche ich dich nie mehr."

Die Mutter blickte die Tochter verängstigt an. Karin dämmerte es, dass sie überhaupt nicht begriff, was sie ihr angetan hatte. Plötzlich bereute sie, die Mutter dermaßen rücksichtslos gemaßregelt zu haben, und meinte versöhnlich: „Mutti, ich darf dir laut Heimordnung nur 20 D-Mark im Monat geben. Außerdem übersteigen die Heimkosten sowieso deine Rente."

In Karin entstand wieder das Gefühl, dass die Mutter sehr wenig von dem verstand, was sie ihr eben mitgeteilt hatte. Sie kauerte mitleiderregend vor ihr auf dem Stuhl. Karin fühlte sie sich mit der Situation total überfordert. Minutenlang schwiegen sie. Am liebsten wäre Karin gegangen, aber ihre Traurigkeit ließ das nicht zu. Sie spürte, dass durch die Geldangelegenheit das innige Band zur Mutter zerrissen war und vermutlich nie wieder die Möglichkeit bestände, es wiederherzustellen. Ihr leuchtete ein, etwas ungeheuer Wertvolles verloren zu haben, das erst seit dem Tod des Vaters existierte und nun schlagartig zerbrochen war. Einfach so. Sie stand, von einem inneren Zwang getrieben, auf und umarmte die Mutter, die sich Schutz suchend an sie drückte. Karin weinte nun bitterlich. Ihre Tränen benetzten das Haar der Mutter, die ärgerlich fragte: „Warum weinst du denn? Ich habe dir doch nichts getan."

„Nein, Mutti, nein. Es ist alles gut", beruhigte Karin sie und wischte sich mit einem Taschentuch die Tränen vom Gesicht. Sie half der Mutter beim Aufstehen. Wie immer begleitete Karin sie in ihr Zimmer. Mit Küssen auf beide Wangen verabschiedete sie sich und versprach, in einigen Tagen wiederzukommen. Äußerst aufgewühlt von dem, was sich eben ereignet hatte, warf sie sich vor, die Mutter gewissenlos behandelt zu haben. Gleichzeitig bedrückte sie die Gerichtsverhandlung, die in Kürze stattfinden sollte.

Als sie aus dem Heim trat, parkte das Auto von Simon bereits am Straßenrand. Er lief gleich auf sie zu, als er sie in der Türöffnung sah. Ein Blick genügte, um ihm ihre Gefühlslage zu offenbaren. Zärtlich drückte er sie an sich und flüsterte ihr zu: „Nimm es deiner Mutter nicht übel! Sie ist sehr krank und kann überhaupt nicht verstehen, was sie dir angetan hat. Du hättest heute Zuhause bleiben sollen, um dich für die Verhandlung auszuruhen."

„Ich musste zu ihr. Die Kränkung sitzt noch immer tief in mir, aber ich hätte nicht so grob zu ihr sein sollen", schluchzte sie. Simon besänftigte sie: „Reg dich nicht auf, Liebes! Das schadet dir und dem Kleinem. Deine Mutter wird sich daran überhaupt nicht erinnern können. Ein Tipp für nachher von mir. Heiner ist ein versierter Anwalt. Er wird Flo freibekommen, denn es war doch tatsächlich ein Unglücksfall."

„Und wenn diese Liesa-Marie bei ihrer Behauptung bleibt?"

„Richter und Staatsanwalt werden bestimmt die Wahrheit aus ihr herausbekommen. Aber nun steigt ein, sonst verpassen wir den Prozess. Flo wartet sicher schon auf uns."

Bis zum Gerichtsgebäude weilte jeder in seinen Gedanken. Karin ängstigte das Urteil. Sie klammerte sich an Simons Hand, als sie die breite Treppe zum Verhandlungsraum emporstiegen. Im Gerichtssaal saß Florian bereits auf der Anklagebank und Heiner als sein Rechtsanwalt neben ihm. Karin wollte sofort zu ihrem Sohn eilen, um ihn aufmunternd. Ein Polizist versperrte ihr den Weg. Florian rief ihr zu: „Du darfst jetzt nicht mit mir sprechen oder mich umarmen, Mama. Bringt dir und auch mir nichts als Ärger. Geh lieber raus! Als Zeugin darfst erst reinkommen, wenn du aufgerufen wirst."

Kaum hatte Karin den Verhandlungsraum verlassen und Simon sich im Bereich für Zuhörer hingesetzt, schloss der Gerichtsdiener die Flügeltür. Der Staatsanwalt verlas die Anklage. Der Vorsitzende Richter forderte den Angeklagten auf, die ihm zur Last gelegte Tat aus seiner Sicht zu schildern. Florian berichtete den Ablauf des Geschehens. Als er geendet hatte, fuhr der Staatsanwalt ihn an: „Lügen Sie doch nicht so dreist!

Natürlich haben Sie ihren Vater absichtlich gegen die Kante der Kommode gestoßen. Die Hauptzeugin wird das bestätigen."

Der Vorsitzende Richter rief zuerst Karin in den Sitzungssaal. Sie bestätigte die Aussage ihres Sohnes. Danach wurde Liesa-Marie hereingerufen. Als sie eintrat, bemerkte Karin gleich, dass sie hochschwanger war. Sie fixierte die Zeugin mit Blicken, als wolle sie ihr mit magischen Kräften die Wahrheit entlocken. Nachdem Liesa-Marie auf dem Zeugenstuhl gegenüber von dem Vorsitzenden Richter Platz genommen hatte, hielt er ihr vor, dass sie die Wahrheit sagen müsse. Er werde sie vereidigen. Eine Lüge könnte dem Angeklagten eine jahrelange Haftstrafe bescheren, und ihr, wenn sie einen Meineid schwor, ebenfalls eine Strafe einbringen. Zunächst jedoch sollte sie Angaben zu ihrer Person machen.

„Sie heißen Liesa-Marie Schröter, sind ledig und mit dem Angeklagten nicht verwandt oder verschwägert. Wo wohnen Sie, und was sind Sie von Beruf."

Liesa-Marie senkte den Kopf und teilt mit leiser Stimme mit: „Ick penne in da Cheese meenes ... meenes ... von dit Tigachen."

Sie verstummte. Der Vorsitzende Richter fragte erneut: „Und was sind Sie von Beruf?"

„Ick hab ... mit sone geilen Pinkels jepimpert. Meen Tigachen, dit war een Juta. Ick durfte in dar Cheese hausn, un ooch pimpern mit de feinen Pinkels."

„Sie waren also obdachlos und sind Prostituierte", stellte der Vorsitzende Richter fest. Nachdem Liesa-Marie seine Feststellung bejaht hatte, forderte er sie auf: „So, und nun erzählen Sie uns, was Sie vom Totschlag ihres Zuhälters gesehen haben."

Liesa-Marie blickte zu Florian und begann: „Dit war nich meen Zuhälta. Dit war een echt juta Boss. So een hatte ick noch nie. Un …"

Der Staatsanwalt unterbrach sie: „Dann eben Ihr Boss. Aber nun erzählen Sie uns wahrheitsgemäß, wie sich sein Tod zugetragen hat."

„Bei de Bullen dit war allet Mumpitz, wat ick da jesacht hab. Ick wollte, dat dar Spacko de Hucke voll kricht. Aba dit war echt een Unjlück. Meen Tigachen trampelte uff seine Olle. Se wollte ihn nich mehr, aba er wollte uns beede. Ick verstand dit nich. Mit mich wollta een jutet Leben in dar duften Bude un ooch mit de Olle. Spacko schumpt ihn von dar Ollen weg. Tigachen tut Spacko eene latschen, un dar latscht Tigachen ooch eene, un Tigachen knallte jejen de Stellaje. Dit war echt Notwehr. Tigachen hätte de Olle un Spacko so wat von vadroschen, wie mir ooch, wenn de Kohle nich hat stimmen tun. Un nu is er übern Jordan."

Der Vorsitzende Richter vereidigte sie. Nach dem Plädoyer des Staatsanwalts und des Verteidigers sprach er Florian wegen erwiesener Unschuld frei. Karin eilte sofort zu ihrem Sohn, umarmte ihn überglücklich und schüttelte Heiner mit Dankesworten die Hände. Er erwiderte: „So billig kommst du mir nicht davon. Einen Kuss ist das Ergebnis doch wert."

Karin hielt ihm ihre Wange hin. Er umfasste mit beiden Händen ihr Gesicht und drehte es zu sich, um ihre Lippen küssen zu können. Simon, der dazugekommen war, knurrte: „He, Alter, bei allem Respekt, aber das ist meine Liebste. Such dir gefälligst selbst eine."

Heiner wich von Karin zurück und brummte: „Sei doch nicht so kleinlich! Die Rechnung bringe ich bei Gelegenheit vorbei", und verließ den Gerichtssaal. Karin wandte sich an Liesa-Marie: „Tausend Dank, weil Sie sich zur Wahrheit bekannt haben. Ich besuche Sie demnächst mal. Wann ist es denn soweit?", und zeigte auf ihren Babybauch.

„Weeß ick nich jenau. Wenn dit kommt, is dit da", erwiderte die Angesprochene. Karin versprach, ihr zu helfen und beabsichtigte, ihr die Adresse von ihrem Aufenthaltsort zu geben. Das verhinderte Simon, der nach ihr rief. Karin verabschiedete sich schnell von Liesa-Marie: „Tschüss. Alles Gute und danke."

35. Kapitel

Von diesem Zeitpunkt an fürchtete Karin sich vor jedem Besuch bei der Mutter, weil sie immer Geld forderte und sie beschimpfte: „Verjubel nur alles mit deinen Liebhabern! Vater hatte recht, du taugst nichts. Hau bloß ab zu deinen Bälgern!"

„Mutti, ich darf dir nur 20 D-Mark als Taschengeld geben. Außerdem ist dein Konto leer. Die Heimkosten sind nicht gerade billig. Ich musste sogar schon Sozialunterstützung beantragen, damit du hier ordentlich gepflegt wirst."

„So drehst du es jetzt. Aber ich weiß, mit wem du alles versoffen hast. Schäm dich, du asoziales Stück! Verbrauchst wohl alles für dich, du gemeine Brut. Hol sofort meine Tochter. Die war immer ehrlich und zuverlässig. Dich will ich hier nie mehr sehen!"

Ihre Demütigungen kränkten Karin außerordentlich, denn sie hätte ihr gern ermöglicht, auf dem Markt einzukaufen. Doch sie benötigte den größten Teil von Alexanders Erbe, um seine Schulden abzuzahlen. Für den Lebensunterhalt von Florian und sich konnte sie wenig abzweigen. Nur auf Kosten von Simon wollte sie nicht leben, obwohl er sie und auch Florian neben Geschenken kostenlos beköstigte und mietfrei wohnen ließ.

Noch unerträglicher gestalteten sich die Besuche bei der Mutter, als das zweite Bett im Zimmer belegt wurde. Die Patientin sprach kaum, aber die Mutter wetterte ständig über die Neue. Karin versuchte, ihr begreiflich zu machen, dass die Mitpatientin ebenfalls krank sei. Die Mutter verstand einfach nicht, dass es noch andere pflegebedürftige Menschen gab, die genau, wie sie, auf die Hilfe der Schwestern angewiesen waren. Ständig musste Karin sich neben den fortwährenden Forderungen nach mehr Geld auch noch die „Schandtaten" dieser Mitbewohnerin anhören. Einmal benutzte sie angeblich den Fernseher der Mutter mit. Ein anderes Mal schaute sie eine Sportsendung dermaßen laut, sodass die Mutter ihren Film nicht verstand. Häufig klagte sie: „Stell dir vor, die schaltete einfach meinen Fernseher aus und zieht auch meine Sachen an. Hol meine Tochter! Die hilft mir."

Karin versuchte, jeden Streit zwischen den beiden zu schlichten. Größtenteils stieß sie jedoch auf totales Unverständnis. Die Mitbewohnerin schlief meistens dabei ein, als wäre sie nicht gemeint. Die Mutter verhielt sich so kratzbürstig wie mit den angeblichen Kindern, die Karin ihr nicht zeigen konnte, weil es sie nicht gab. Unvermutet zeigte die Mutter auf ihre Mitpatientin und flüsterte Karin zu: „Sei vorsichtig, sonst landest du im Gefängnis! Die da, die ist die Frau vom Bundeskanzler."

„Das glaube ich nicht."

Die blauen Augen der Mutter weiteten sich. Sie hielt sich eine Hand vor den Mund und raunte verschwörerisch: „Doch, doch. Er kommt immer nachts, weißt du. Ich sehe ihn. Wenn es dunkel ist, kommt er immer."

Karin nickte nur. Sie fühlte sich machtlos, die Mutter zu belehren und ihre Demütigungen zu dementieren. Einige Tage später hörte sie, dass eine Schwester diese Mitbewohnerin tatsächlich mit dem Namen des Bundeskanzlers ansprach. Karin staunte, weil die Mutter seinen Namen behalten hatte, aber ihre eigene Tochter nicht erkannte. Ein anderes Mal verfluchte sie Karin: „Ich verachte dich. Arbeitest hier und besuchst mich nicht. Hätte nicht gedacht, dass du so niederträchtig und gemein bist. Sag gefälligst meiner Tochter, dass sie kommen soll!"

Die wenige Kraft, die Karin durch die Depression für die Besuche aufbrachte, schwand von Besuch zu Besuch. Wiederholt riet ihr die Stationsschwester: „Kommen Sie nur einmal in der Woche. Wenn ich ihre Mutter frage, ob die Tochter da war, sagt sie immer ‚Die besucht mich nie', obwohl Sie gerade gegangen waren."

Als sie die Ansicht der Stationsschwester Florian und Simon erzählte, schlossen sie sich deren Meinung an. Karin behauptete jedoch: „Das bringe ich nicht fertig!"

Simon bat sie inständig: „Willst du dich immer mehr zerstören, Liebes? Flo, ich und besonders unser Schätzchen brauchen dich. Wir wollen dich nicht eines Tages unter der Erde besuchen müssen."

Karin beugte sich den Wünschen der beiden und besuchte die Mutter von nun an nur montags. Jedes Mal brachte sie ihr außer Naschereien ein Stück von der Torte mit, die sie gern aß. Eine weiche Zudecke mit Kopfkissen hatte Florian inzwischen besorgt. Karin beglückte es, zumindest den Wunsch der Mutter erfüllen zu können. Als sie ihr freudestrahlend das Bettzeug in den Schoß legte, nörgelte die Mutter: „Was soll ich denn damit?"

Wortlos entfernte Karin die bezogene Zudecke vom Heim und legte ihr die Neue auf den Körper: „Merkst du, wie herrlich weich und leicht sie ist. Und erst das Kopfkissen! Das drückt nirgends, und du träumst noch mal so gut."

Die Mutter brummte griesgrämig. Wieder einmal eroberte Karin hochgradiger Trübsinn. Sie ging ohne Abschiedswort. Leider besaß die Mutter das Bettzeug nicht lange, weil sie eingenässt hatte. Aus der Wäscherei kam es angeblich nicht zurück, obwohl Karin den Namen der Mutter darauf verzeichnet hatte. Sie berichtete der Stationsschwester von dem Verlust des Bettzeuges, aber trotz der versprochenen Suche blieb es verschollen.

Inzwischen hatte Karin einen Verein aufgetrieben, dessen Mitgliedern pflegebedürftigen Menschen ehrenamtlich halfen. Ein Mann erklärte sich bereit, die Mutter einmal in der Woche im Rollstuhl spazieren zu fahren. Statt Freude hörte Karin über diese wöchentlichen Spaziergänge weiter nichts als Klagen. Wiederholt beschwerte die Mutter sich bei ihr: „Der Mann ist ja so gemein. Ich darf mir nichts kaufen, weil die Schwester es verboten hat."

Karin fand das Verbot ungerecht und erörterte mit der Stationsschwester diese Einschränkung. Auch sie vertrat den Standpunkt, dass die Mutter genug an Kleidung besäße. Karin erfasste wieder einmal tiefe Traurigkeit, weil sie wusste, wie gern die Mutter sich Pullover, Röcke und anderes kaufte. Für Karin war es unerträglich, dass fremde Menschen über die Mutter bestimmten, und sie sprach mit Simon darüber. Er empfand das Verbot auch unzulässig und diskutierte über dieses Problem mit seinem Freund. Heiner regte Karin an: „Beantrage beim zuständigen Amtsgericht die Betreuung deiner Mutter. Falls du kein Attest von einem Arzt hast oder dein Antrag von dem Gericht für eine Entscheidung nicht ausreicht, kommt ein Gutachter zu deiner Mutter. Ich bin sicher, dass du die Betreuung erhält. Dann bist du diese Sorge los. Mit so einem Schrieb darfst nur du über jede Veränderung im Leben deiner Mutter bestimmen."

Karin dankte ihm für den Rat. Simon fuhr sie gleich am nächsten Vormittag zum Amtsgericht. Bei der Geschäftsstelle der zuständigen Betreuungsabteilung beantragte Karin die rechtliche Betreuung ihrer Mutter. Darüber informierte sie die Stationsschwester, die ihr versprach, den Entschluss zu unterstützen.

Vom Amtsgericht erreichte Karin schon bald nach der Antragsstellung per Post ein Brief mit etlichen Antragsformularen. Auch für die Mutter lag ein Formblatt mit der Information dabei, dass die Tochter ihre Betreuung beantragt habe und sie dem zustimmen müsse.

Mit Simon hatte Karin beschlossen, dass sie die Mutter einmal im Monat an einem Sonntag zu sich holen darf. Es störte ihn nicht, dass sie ihn mit Alex anredete und wiederholt forderte: „Nimm endlich die Maske vom Gesicht! Ich weiß, dass du Alex bist. Mit dem Ding kannst du mich nicht täuschen."

An einem solchen Tag gab Karin ihr wortlos den Brief vom Amtsgericht. Die Mutter las ihn, legte das Schriftstück auf den Tisch zurück und beschuldigte Karin: „So, nun lässt du mich auch noch entmündigen, um an mein Geld ranzukommen."

Der Klang ihrer Stimme und den Ausdruck ihrer Augen verurteilte Karin zum Abschaum der schlimmsten Sorte. Karin bemühte sich, ihr das Anliegen dieser Maßnahme zu erklären. An ihrem Gesichtsausdruck erkannte sie jedoch, dass die Mutter auf ihrem Standpunkt beharrte. Nun spürte auch sie in der Tochter den habgierigen Menschen, als den der Vater sie vor Jahren gebrandmarkt hatte. Simon fiel auf, wie betroffen Karin auf die Zurechtweisung der Mutter reagierte und versuchte zu schlichten. Doch die Mutter blaffte ihn an: „Was hast denn schon zu melden? Bist wohl auch nur hinter meinem Geld her, wie meine verkommene Tochter. Ihr denkt wohl, ich bin bloß eine alte kranke Frau, die ihr ins Heim gesteckt habt, um mein Geld einzusacken. Da habt ihr euch geschnitten."

Noch einmal unternahm Karin den Versuch, ihr die Maßnahme der Betreuung zu erklären. Letztendlich unterschrieb die Mutter das Formular und sprach an diesem Tag kein Wort mehr.

Als sie ins Heim gebracht worden war, weinte Karin stundenlang. Simon kümmerte sich rührend um sie, aber Karin fühlte sich schuldig und ließ sich nicht trösten. Sogar auf die Ermunterung von Florian sprang sie nicht an. An den nachfolgenden Tagen ging es ihr miserabel. Sie blieb im Bett und fragte sich immer wieder, wie lange sie das noch ertragen könnte. Simon fütterte sie jeden Tag, wenn er abends von der Arbeit heimkam, damit sie überhaupt ein wenig Nahrung zu sich nahm. Weder seine Nähe noch seine Liebkosungen lösten sie aus ihrer Verzweiflung.

Eines Tages traf ein Schreiben vom Amtsgericht ein. Karin wurde mitgeteilt, dass eine Ärztin zu der Mutter mit dem Auftrag käme, um ihre körperliche und geistige Verfassung festzustellen. Mühsam raffte Karin sich auf, um das Bett zu verlassen. Sie fuhr mit einem Taxi zum Pflegeheim, weil Simon abwesend war. Die Amtsärztin stellte der Mutter in Anwesenheit von Karin und der Stationsschwester etliche Fragen. Nach Ansicht der Mutter betrug ihre Rente 5000 D-Mark. Sie war der Meinung, dass es statt September Januar war. Stolz verriet sie der Amtsärztin, dass sie mehrmals am Tag mit ihrem Schlafzimmer ins Ausland reise. Die Ärztin befürwortete Karins Antrag.

Nach Wochen meldete sich ein Richter vom Amtsgericht an. Auch er wollte sich vom geistigen Zustand der Mutter überzeugen. Nach seiner Befragung gelangte er zum gleichen Schluss wie die Ärztin. Karin erhielt die Betreuung für die Mutter und war nun vor dem Gesetz voll verantwortlich für sie. Sie durfte ihren Aufenthalt bestimmen, ihre Interessen bei Sparkasse und Krankenkasse vertreten. Niemand war befugt, ohne ihre Einwilligung der Mutter irgendetwas anzutun oder ihr Vorschriften zu machen, die jenseits der Verhaltensregeln des Heimes lagen. Karin erfüllte die Erteilung der Betreuung trotz aller Bedenken und eigener Vorwürfe mit Zufriedenheit.

36. Kapitel

Zu Simons Freude frühstückten sie morgens wieder zusammen. Mehrfach erregten sie seine Zärtlichkeiten, sodass sie erneut manche Liebesnacht miteinander erlebten. Nach einer solchen Nacht der Superlative forschte Karin an ihn geschmiegt: „Wann wollen wir zum Standesamt, um das Aufgebot bestellen?"
„Bald, Liebes, bald trägst du meinen Namen. Ich kann es kaum erwarten."
Karin gab sich damit zufrieden und bat ihn in der Adventszeit: „Hast du was dagegen, wenn meine Mutti Weihnachten mit uns verbringt?"
„Möchtest du es gern?"
„Ja, Liebster, es wäre für mich ein wunderbares Geschenk."
Mit Florian holte er am Morgen des Heiligen Abends die Mutter ab. Karin hatte inzwischen mit Frau Müller den Weihnachtsbraten zubereitet. Sie wusste, dass die Mutter das Entenfleisch weich schätzte, und hatte es dementsprechend geprüft.
Max, der Gärtner und ein Freund des Försters, erhielt vom Forstamt die Genehmigung, den Weihnachtsbaum selbst aussuchen und schlagen zu dürfen. Schon vor zwei Wochen hatte sein Freund ihm die erwählte Nordmanntanne auf seinem Hänger gebracht. Max stellte sie einen Tag vor dem Heiligen Abend im Empfangszimmer auf. Florian bewunderte das Pracht-

exemplar, das vom Fußboden, bis knapp unter die Zimmerdecke reichte. Er fragte Max: „Was ist an dieser Tanne so außergewöhnlich? Mein Papa kaufte immer eine andere Art."

„Sie weist einen gleichmäßigen Wuchs auf und ihre weichen dunkelgrünen Nadeln stechen nicht. Sogar nach mehreren Wochen bei Zimmertemperatur behält sie die Nadeln immer noch, und die kräftigen Zweige tragen problemlos schweren Christbaumschmuck."

Max schmückte die Tanne mit Florian. Eine extra lange Lichterkette mit Leuchtdioden wurde zuerst auf den Ästen verteilt und konnte später mittels Fernbedienung angezündet werden. Zur Dekoration verwendete Max ornamentierte Christbaumkugeln und Reflexkugeln in verschiedenen Farben. Die Spitze der Tanne zierte er mit einer blauen Tropfenspitze aus Inge-Glas. Dazwischen glänzten goldenes Lametta und Safran Engelshaar. Außerdem verwandelte Max das gesamte Haus mit Figuren von Weihnachtsmännern, Nussknackern, Schwibbögen und Engeln in ein weihnachtliches Märchenland.

So eine Pracht an Zierwerk zur Weihnachtszeit kannten Florian und Karin nicht. Sie bestaunten immer wieder den prächtigen Weihnachtsbaum und die Dekorationen in allen Räumen. Um so enttäuschter war Karin, weil die Mutter weder Freude äußerte, noch ihre mürrische Mimik sich in irgendeiner Form erhellte. Sie beachtete den Weihnachtsbaum und den anderen Zierrat nicht. Immer wieder blickte sie sich suchend um und fragte: „Wo sind denn die Kleinen?"

Wahrheitsgemäß musste Karin sie mit der Antwort enttäuschen. Die Mutter blickte die Tochter böse an und keifte: „Du hast sie vor mir versteckt. Das ist unglaublich! Das melde ich meiner Tochter. Die wird die Polizei holen und sie finden."

„Wenn du mir nicht glaubst, dann suche sie im Haus", erwiderte Karin. Tatsächlich erhob die Mutter sich und durchsuchte auf ihren wackligen Beinen mithilfe der Gehhilfen jedes Zimmer im Untergeschoss. Nach ihrem Rundgang zeterte sie: „Du hast sie wegen mir auf dem Dachboden versteckt. Sogar die Bettchen von den Kleinen hast du weggeschafft."

Karin erklärte ihr erneut, dass es wirklich keine weiteren Kinder als Florian gäbe. Die Mutter ließ sich von ihrer Meinung nicht abbringen. Resigniert kapitulierte Karin und legte in den Player eine CD mit volkstümlichen Schlagern, die von der Mutter gern gehört wurden. Durch die Melodien und Sänger, die sie kannte und deren Gesang sie liebte, wurde sie von dem Thema abgelenkt. Andächtig lauschte die Mutter den vertrauten Melodien, wie ein Kind, das zum ersten Mal ein Märchen hörte. Während sie im Sessel saß und sich, wie es schien, von der Musik verzaubern ließ, deckte Karin mit Frau Müller den Tisch. Sie warteten auf Simon, der sich scheinbar verspätete. Nach einigen Minuten teilte er ihr telefonisch mit: „Liebes, esst schon! Bei mir ist etwas Unaufschiebbares dazwischen gekommen. Zur Bescherung bin ich bestimmt da."

Die Mutter aß die Klöße und nagte an dem Entenfleisch. Unerwartet schimpfte sie: „Unerhört! Dieses Fleischleder kann ich nicht essen. Mach mir eine Stulle!"

„Tut mir leid", bedauerte Frau Müller und fragte: „Mit was soll ich sie belegen?"

„Egal. Hauptsache ich kann was essen. Eine Schande, am Heiligen Abend einem so einen Fraß anzubieten und die Kleinen zu verstecken."

Keiner äußerte sich dazu. Nach dem Essen legte Karin sich zur Mittagsruhe hin. Sie benötigte dringend ein wenig Entspannung. Die Verwirrtheit der Mutter annehmen zu müssen, peinigte sie enorm. Es gab auf der ganzen Welt keine Therapie, die sie hätte heilen können. Während der Mittagspause lag Karin in dem riesigen Doppelbett, schloss die Augen und Tränen quollen hervor, wie aus einer geöffneten Schleuse. Sie vermisste Simon. Wo blieb er bloß so lange? Seine Nähe hätte sie beruhigt. Nachdem sie sich einigermaßen gefasst hatte, endete die Mittagsruhe. Inzwischen hatte Florian seinem Omchen beim Hinlegen geholfen und ihr die Schuhe ausgezogen. Ein Kopfkissen legte er ihr unter den Kopf. Auch an eine Rolle für die Kniekehlen hatte er gedacht. Zum Schluss deckte er sie mit einer Wolldecke zu und verbarg ihre Ohren unter den Kopfhörern. Nachfolgend stellte er wieder ihre Lieblingslieder an.

Am späten Nachmittag kehrte Simon endlich heim. Er begrüßte Karin, wie immer, mit einem Kuss und eilte ins Schlafzimmer. Festlich gekleidet kehrte er wenige Minuten später zurück. Bei weihnachtlichen Klängen im Kerzenschein verzehrten sie Stollen, Lebkuchenherzen und Spekulatius. Der Bohnenkaffee rundete die Delikatessen ab. Danach fand die Bescherung statt. Karin schenkte der Mutter ein Schmuckkästchen, das in Weihnachtspapier mit einem goldenen Band eingepackt war. Erwartungsvoll beobachtete sie die Mutter, als sie das Geschenk auspackte. Sie hoffte, dass sie sich über die wasserdichte Funkarmbanduhr mit dem weißen Zifferblatt im Edelstahlgehäuse und elastischen Armband freuen werde. Die Mutter warf einen Blick auf das Geschenk und meinte: „Ja, ja, ist schön, aber eine Armuhr kenne ich."

Sie legte das Präsent beiseite und fragte: „Und wo ist die Nähmaschine?"

Dieser Vorwurf traf Karin härter als die anderen Beschwerden. Sie dachte an die zerschnittenen Pullover und das Kleid, das mit aufgetrennten Nähten im Kleiderschrank auf dem Boden lag und an die gestutzten Ärmel einer der Blusen. Sie wusste, dass die Wünsche der Mutter, wieder nähen zu können und bei ihnen leben zu dürfen, unerfüllt bleiben werden. Florian freute sich über den edlen Laptop. Simon hängte Karin eine Goldkette mit einem herzförmigen Anhänger um, dessen Brillanten in den Farben des Regenbogens schimmerten. An dessen Rückseite waren ihre Vornamen nebeneinander eingraviert. Das Strahlen ihrer Augen überwältigte ihn. Er küsste sie vor den Augen von Florian und der Mutter zärtlich. Florian räusperte sich und murmelte: „Hallo, nun ist es aber genug! Wir sind auch noch da."

Karin löste sich von Simon, lachte Florian an und neckte ihn: „Neidisch?"

Florian reagierte nicht, sondern beschäftigte sich mit seinem Laptop. Karin forderte Simon auf: „Augen zu!"

Sie nahm seine linke Hand und legte um sein Handgelenk ein elegantes Armband.

„Darfst wieder gucken."

Simon bedankte sich, indem er Karin um die Hüften griff, im Kreis herumschwenkte und ihr Gesicht mit Küssen bedeckte.

Als sie am späten Nachmittag mit Simon und Florian die Mutter ins Pflegeheim zurückbrachten, fühlte Karin sich wie eine Treulose und konnte nur mühsam die Tränen zurückhalten.

Am frühen Nachmittag des 1. Feiertages besuchten Karin und Florian die Mutter, obwohl Simon nur widerwillig zugestimmt hatte. Sein Wunsch, dass Florian zu Freunden gehen werde, blieb zunächst unerfüllt. Er hatte beabsichtigt, nur mit Karin zu feiern. Zu seiner Enttäuschung brachte sie es nicht fertig, die Mutter an diesem Festtag allein zu lassen. Traurigkeit überkam Karin, als sie in die gewohnte Sterilität und Stille der Station trat. Zum Glück hatte sie während der Adventszeit die Zimmerecke der Mutter mit weihnachtlichen

Zierwerken geschmückt. Sie betraten ihr Zimmer und fanden sie einsam im Bett liegend vor. Sie starrte auf einen Film in Schwarz-Weiß, der über den Bildschirm des Fernsehers flimmerte. Das leere Bett ihrer Mitbewohnerin belastete Karin noch mehr. Vermutlich blieb sie während der Feiertage bei ihren Angehörigen. Die Mutter blickte ihnen erstaunt entgegen und fragte: „Was wollen Sie denn hier? Das ist mein Zimmer, und Geld habe ich nicht."

Karin glaubte, aus der Mitteilung der Mutter Traurigkeit und Einsamkeit zu spüren. Sie konnte sich nicht mehr gegen die Empfindung wehren, dass sie eine Wortbrecherin übelster Sorte sei. Die Weihnachtsstunde bei der Mutter entwickelte sich für sie zu einer psychischen Strapaze. Karin wusste nicht, mit was sie die Mutter unterhalten sollte. Florian schwieg auch. Aus Verzweiflung legte sie in den Rekorder eine CD mit bekannten Weihnachtsliedern und stellte ihn an. Bei festlichen Klängen fütterte Karin die Mutter mit weihnachtlichen Leckereien und fragte sie einiges über die Schwestern. Sie erhielt nur spärliche, teilweise verworrene Antworten. Einmal äußerte die Mutter erstaunlich klar: „Du könntest mir ein Fahrrad kaufen."

Als Karin mit der Antwort zögerte, fügte sie hinzu: „Ich habe mir das alles genau überlegt. Dort in der Ecke", und dabei zeigte sie auf die Balkontür, „da ist noch Platz."

Sie blickte die Tochter erwartungsvoll an. Karin zwang ihren Blick zu Boden, denn sie musste auf die Bitte ablehnend reagieren: „Das ist hier nicht erlaubt."

Die Mutter entgegnete nur: „Ach, so", drehte sich von der Tochter weg. Sie wandte sich einem Wesen zu, das neben ihr an der linken Seite im Bett zu liegen schien und für Karin unsichtbar war. Von nun an plapperte die Mutter mit unverständlicher Sprache mit diesem körperlosen Geschöpf. Ihre Stimme verlor an Lautstärke und formte sich in Schnarchen um. Florian schaltete den Rekorder ab und stellte ihn wieder in den Schrank. Karin packte die Esswaren ein, und beide verließen sehr leise das Zimmer.

Als sie Zuhause waren, sank Karin, als bestände ihr Körper aus Blei, auf die Couch. Simon verstand ohne Worte ihre Hinfälligkeit und ließ sie unbehelligt ruhen. Florian begab sich in seine Wohnung, um sich mit seinem neuen Gerät zu beschäftigen.

Am Abend aßen sie gemeinsam die gegrillten Gemüsespieße, das eingelegte Schweinefleisch und die mit Kräuterbutter gefüllten Baguetten. Dazu tranken Simon und Florian ein Glas Riesling. Karin wählte ein stilles Wasser. Nach dem Abendessen traf Florian sich mit Freunden und erfüllte Simons Wunsch. Er verbannte Karin aus dem Festtagszimmer. Als er sie nach einer Weile rief, staunte sie über den festlich gedeckten Tisch, auf dem mehrere Kerzen brannten. Neben einer Vase mit verschiedenfarbigen Lilien lag ein Kästchen. Simon gab es ihr mit den Worten: „Für dich, Liebes."

Mit klopfenden Herzen entfernte Karin das Goldpapier und klappte den Deckel hoch. Ihr glänzten zwei Ringe entgegen. Simon kniete vor ihr nieder, nahm ihre Hände, blickte zu ihr hoch und fragte: „Liebes, möchtest du mich heiraten?"

Karin nickte unter Tränen. Er nahm aus dem Kästchen den kleineren, mit Diamanten besetzten Ring heraus, streifte ihn ihr über den Ringfinger und übergab ihr das Kästchen, in dem der passende Partnerring ruhte. Karin ergriff ihn vorsichtig und zierte seinen Ringfinger damit. Simon erhob sich und flüsterte Karin ins Ohr: „Nun gehören wir bis über die Ewigkeit hinaus zusammen. Ich werde dich achten bis an mein Lebensende."

Sie strahlte ihn an, als wäre er der Herrgott persönlich. Ihren Wunsch nach einer engen Bindung untermauerte das Präsent. Simon verwöhnte Karin nicht nur mit schmackhaften Köstlichkeiten, sondern entführte sie ins Reich der Liebenden. Sie genoss seine Zärtlichkeiten und bescherte ihn mit ihren Liebkosungen die Erfüllung seiner Fantasien. Sie schwelgten in ihrem Liebesgetändel, bis der Schlaf sie in seine Träume stahl.

Beim Frühstück am nächsten Morgen streckten sie Florian ihre Hände mit den Ringen entgegen. Er warf nur einen kurzen Blick darauf.

„Werdet glücklich miteinander", beglückwünschte er sie und umarmte beide gleichzeitig. Hastig schlang er sein Müsli hinunter, denn er musste zum Dienst.

Den Jahreswechsel beging Florian mit Freunden. Simon erfüllte seine Abwesenheit mit Dankbarkeit. Karin erzählte ihrem Verlobten: „Hier ist es ruhig. Die reinste Wohltat nach den wüsten Silvestertagen in unserer vorigen Wohnung. Einmal hast du es ja mit erlebt, aber ich musste mir fünf Jahre hintereinander das Gegröle von mindestens fünfzehn angetrunken Jugendlichen anhören. Die Eltern feierten immer woanders und überließen ihrem Sohn die Wohnung. Von der Techno-Musik klirrten meine Gläser im Schrank. Fernsehen war unmöglich. Alex betrank sich sowieso, wenn er ausnahmsweise anwesend war, und benutzte mich wie seine Sklavin. Florian hockte damals meistens vor dem Fernseher. Er bekam glücklicherweise nicht mit, was Alex mir nebenan antat. Nachdem ich mich bei der Wohnungsbaugesellschaft über die Orgie der Jugendlichen beschwert hatte, wurde der Familie die Großveranstaltung ihres Sohnes untersagt. Hier bei dir fühle ich mich so wohl, wie noch nirgendwo in meinem Leben."

„Konnte dein Mann diese Jugendlichen nicht zur Vernunft bringen oder mit den Eltern reden?"

„Ihn störte der Lärm nicht. Er hatte ja sein Vergnügen. Später lebte er mit dieser Liesa-Marie zusammen, aber Flo ließ den Kontakt nicht abbrechen. Eines Tages offenbarte er mir, sein Papa käme sofort zurück, wenn ich damit einverstanden sei. Damals glaubte ich noch, ihn zu lieben, und stimmte einer Rückkehr zu. Flo rief ihn an. Innerhalb einer Stunde stand er vor der Tür. Er erklärte mir, dass mit dieser Liesa-Marie sei nur eine Affäre. Ich und Flo wären sein Leben. Nach der Frage, ob er bleiben könne, stellte er seinen Koffer ab und nahm mich in die Arme. Dabei flüsterte er mir ins Ohr, dass nun alles gut werde, weil er nur mich liebe. Und ich dummes Schaf redete mir ein, ihn auch zu lieben. Er holte eine Flasche Sekt aus seiner Tasche, um auf unseren Neubeginn anzustoßen. Ich wollte ihn nicht verärgern und ließ es zu, dass es nicht bei der einen Flasche Sekt blieb. Er murmelte mir ständig Komplimente ins Ohr. Ich kam mir vor, als befände ich mich in einem wunderschönen Traum und erwiderte nach einiger Zeit seine Zärtlichkeiten. Als er in mich drang, schloss ich die Augen und war wieder das junge Mädchen, das mit dem attraktiven Mann, nach dem alle Mädels verrückt waren, zum ersten Mal Sex hatte. Allerdings nicht ohne Schmerzen. Alex erklärte sie mir, und ich glaubte ihm. Damals dachte ich, unser Glück wäre zurückgekehrt. Aber seine Gewalttätigkeit nahm nach dem Genuss von Alkohol ständig zu und er ..."

Das Ende des Satzes ertrank in Karins Tränen. Simon hatte still zugehört. Sie lehnte sich vertrauensvoll an ihn. Seine Arme umfingen sie schützend. Er raunte ihr zu: „Das war doch keine Liebe. Der wollte nur seine Macht an dir demonstrieren. Ich könnte dir nie etwas antun und hoffe, du hast das inzwischen begriffen."

Karin blickte zu ihm hoch, liebkoste seine Wangen und gestand: „Du bist mein Edelstein, den ich für nichts hergeben möchte ..."

Er verschloss ihr den Mund mit einem Kuss. Ihr gegenseitiger Gefühlsausbruch dirigierte sie in den Olymp der Glückseligkeit. Sie erlebten das neue Jahr in ihrem Paradies. Die Silvesterpfannkuchen genossen sie zum Neujahrsfrühstück und stießen mit Champagner auf ihr gemeinsame Leben im Glück bis ans Ende ihrer Tage an.

1999

37. Kapitel

Der Winter des Jahres 1999 ist als Lawinenwinter bekannt geworden. Besonders in den Alpenländern ereigneten sich zahlreiche Lawinenunglücke. Für Karin begann das Jahr mit dem Besuch der Mutter. Sie wurde beschimpft, weil sie ihr kein Geld und auch nicht die gewünschte Nähmaschine mitgebracht hatte. Die Mutter beschuldigte sie: „Du nimmst mein Geld und verjubelt es mit Alex, diesem Taugenichts. Niemals hätten wir einer Hochzeit mit ihm zustimmen sollen, aber du musst immer deinen Kopf durchsetzen. Bist genauso so ein Schmarotzer wie er. Geh! Ich will dich nicht mehr sehen."

Unwillkürlich weinte Karin und verließ die Mutter ohne Abschiedswort. Im Flur begegnete ihr die Stationsschwester: „Nanu, Frau Meyer, Sie weinen ja. Gab es mit Mutti Ärger?"

Karin erdrückte der Kummer. Sie gestand schluchzend das soeben Vorgefallene. Die Stationsschwester nahm sie mit in ihr Dienstzimmer und bot ihr einen Stuhl an. Sie reichte ihr ein Papiertaschentuch und erklärte Karin die Krankheit der Mutter.

„Sie weiß nicht, was sie sagt. Sie weiß auch nicht, wer Sie sind, und sie weiß nicht, wo sie ist. Deshalb nehmen Sie ihre Vorwürfe nicht so ernst. Sie sehen sowieso schon elend genug aus. Wir alle hier wissen, was Sie für Ihre Mutter getan haben und immer noch tun."

Sie umarmte Karin und linderte ihren Schmerz, indem sie ihr nochmals versicherte: „Sie kann nichts dafür. Kopf hoch, Frau Meyer!"

Karin trocknete sich die Tränen, bedankte sich für den wohltuenden Zuspruch und verließ die Station.

Den Weg nach Hause schlurfte sie wie in Trance. Sie merkte nicht, dass es schneite. Sie überhörte den Straßenlärm und wusste zum Schluss nicht, wie sie ins Schlafzimmer gekommen war. Sie warf sich aufs Bett und weinte, bis Simon von der Arbeit kam. Er hörte sich geduldig ihren Kummer an und besänftigte sie: „Vergiss es, Liebes! Du schadest dir und unserem Kind mehr, als du glaubst. Ich weiß, wie schwer für dich die Besuche sind. Deshalb ist vorerst Schluss damit. Deine Mutter merkt gar nicht, ob du sie besuchst oder nicht."

„Sagt die Schwester auch", verriet Karin ihm. „Aber ich begreife es einfach nicht."

„Ich bestelle uns deine Lieblingspizza. Nach dem Essen nimmst du dein Medikament. Dann schläfst du gut und träumst dich aus deinem Kummer. Morgen sieht die Welt längst anders aus."

Gehorsam aß Karin und schluckte die bitteren Tropfen mit Wasser hinunter. Simon brachte sie ins Bett und blieb bei ihr sitzen, bis der Schlaf sie ihm raubte. Schon bald triftete sie in einen Traum, der ihr eine himmlische Zeit ohne Ende mit Simon und den Kindern vorgaukelte.

Als sie erwachte, saß Simon schon wieder neben ihr mit einem Tablett, auf dem ihr Frühstück stand. Er fütterte sie wie ein Kleinkind mit in Milch getränkten Cornflakes. Außerdem ließ er sie den gesüßten Bohnenkaffee aus einer Schnabeltasse trinken. Zwischendurch lachten sie sich an und küssten sich. Anschließend duschte Simon mit ihr. Dabei bespritzten sie sich und alberten wie übermütige Kinder herum. Karin lachte über Simons Späße, als er sie abfrottierte und anzog. Danach diskutierte er noch einmal mit ihr wegen der Besuche bei der Mutter. Zum Schluss willigte Karin ein, sich vorläufig bloß einmal in der Woche telefonisch nach ihrem Befinden zu erkundigen. Simon liebkoste sie und riet ihr: „Ruh dich aus und denk an unser wunderbares Leben zu viert! Das fördert deine Genesung, Liebes."

Karin versprach ihm, sich von den trüben Gedanken abzulenken. Er versicherte ihr: „Ich werde Frau Müller bitten, den Einkauf zu übernehmen, denn ich muss nun los. Teile ihr bitte deine Wünsche mit!"

Karin gefiel seine Abwesenheit nicht, zumal Florian begann, sein eigenes Leben vorzubereiten. Er beabsichtigte, zu Freunden in eine WG zu ziehen. Sein Vorhaben betrübte Karin sehr, aber Simon überzeugte sie, dass er selbstständig werden müsse und sie nicht immer, wie eine Glucke, über ihn wachen könne. Außerdem müsse sie sich auf die Ankunft des Kindes vorbereiten. Wenn er Zuhause war, begleitete er sie zur Schwangerschaftsberatung und zur Gymnastik für die Geburt. Karin versprach ihm, seinen Einspruch zu beherzigen.

Nach einigen Tagen brach sie ihr Versprechen. Sie beabsichtigte, die Mutter mit einer wunderschönen Orchidee im neuen Jahr willkommen zu heißen. Sie schmuste solange mit Simon, bis er bereit war, sie mit dem Auto zum Heim zu fahren.

Als Karin ausgestiegen war, und er sie begleiten wollte, rutschte er aus und fiel auf das linke Knie. Er konnte sich gerade noch an Karin festhalten, um nicht mit dem Oberkörper auf den Bordstein zu knallen. Karin half ihm, damit er sich wieder auf die Beine stellen konnte. Er schüttelte sich den Schnee von der Hose und beantwortete ihre Frage, ob er Schmerzen habe: „Keine Sorge, Liebes. Mir tut nichts weh."

Sie betraten das Pflegeheim, wünschten der Pförtnerin ein gutes Jahr und glitten mit dem Fahrstuhl zur Station. Die Mutter nahm weder die Tochter noch ihren Begleiter wahr. Auch die schöne Orchidee schien für sie durchsichtig zu sein. Sie starrte vor sich hin und brabbelte Unverständliches. Ihre Besucher ignorierte sie vollkommen. Das Paar suchte die diensthabende Schwester auf und erkundigte sich, ob sich der Zustand der Mutter verschlechtert habe.

„Letzte Nacht stand Ihre Mutter mit ihrer Bettnachbarin in Hut und Mantel vor unserer Nachtwache und verlangte die Pässe, weil sie rüber fahren wollten", erzählte die Schwester ihnen und lachte dazu. Karin konnte darüber nicht lachen. Auch Simon empfand das nicht komisch. Er legte einen Arm um die Schulter seiner Verlobten. Sie hatten nicht bemerkt, dass die Mutter ihnen gefolgt war. Sie zuckten zusammen, als sie auf einmal wetterte: „Was fällt Ihnen ein! Lassen Sie sofort mein Kind los, Sie Unhold, oder ich hole die Polizei."

Karin blieb neben Simon und entgegnete: „Das ist doch Alex. Dein Schwiegersohn und mein Mann."

„Davon weiß ich nichts", schrie sie erbost und forderte die Schwester auf: „Polizei! Holen Sie die Polizei! Dieser Mann will mein Kind vergewaltigen."

Die Schwester antwortete: „Mach ich sofort!"

Sie riet dem Paar: „Am besten Sie gehen jetzt. Nehmen Sie es ihr nicht übel. Sie weiß nichts mehr von ihrem früheren Leben und hat sie bestimmt nicht erkannt und versteht auch nicht, wo sie momentan ist."

Während die Schwester die Mutter in ihr Zimmer zurückbrachte, verließ Karin an der Hand von Simon die Station. Er schlug einen Bummel durch die unweit gelegene Geschäftsmeile vor, um Karin von dem traurigen Erlebnis abzulenken. Sie nahm seinen Vorschlag dankbar an. Kurz darauf schlenderten sie durch die Geschäfte des Einkaufszentrums.

In einem Schmuckgeschäft kaufte Simon einen Diamantdamenring, der Karin im Schaufenster gefallen hatte. Er steckte ihn ihr an den Ringfinger und bekannte: „Ein Zeichen meiner Zuneigung. Betrachte ihn bis zu unserer Hochzeit als Trauring. Heute Abend gehen wir tanzen und feiern ein bisschen vor."

Karin bewunderte den Ring und bedankte sich bei Simon mit etlichen Küssen. In freudiger Erwartung, dass Simon ihr endlich den Hochzeitstermin verkünden werde, blickte sie ihn erwartungsvoll an. Er bemerkte offenbar ihre Hoffnung nicht und spazierte mit ihr Hand in Hand an den Schaufenstern vorbei.

Gegen Abend kleidete Karin sich festlich an und wunderte sich, weil Simon zögerte. Als sie ihn nach dem Grund fragte, beichtete er ihr: „Tut mir leid, aber lass uns hierbleiben, Liebes! Wir bestellen uns was Leckeres. Ich merke schon seit ein paar Stunden, dass irgendetwas mit dem Knie nicht in Ordnung ist. Es lässt sich nicht mehr vollständig beugen und schmerzt auch."

„Zeig doch mal!"

Zum Abschluss ihrer Besichtigung äußerte sie: „Das ist ja total geschwollen. Lege es hoch! Ich bringe dir gleich Eis zum Kühlen."

Karins Verständnis erfreute ihn. Aufatmend lagerte Simon das Bein hoch.

In der Nacht stand Karin öfter auf, weil sie Simon stöhnen gehört hatte. Er klagte über zunehmende Hitze und Schmerzen. Sie legte ihm jedes Mal einen frischen Eisakku auf sein Knie und brachte ihn im Morgengrauen mit einem Taxi zur Rettungsstelle des Krankenhauses.

Nach mehreren Stunden Wartezeit ertönte aus einem der Lautsprecher sein Name. Simon humpelte in das Untersuchungszimmer. Karin durfte ihn nicht begleiten und wartete davor. Nach einiger Zeit teilte ihr ein schwarzhaariger, schlanker Arzt mit: „Ihren Mann behalten wir gleich hier. Das Knie muss operiert werden. Der Meniskus ist gerissen und entzündet. Solche Entzündungen können sich rasch im ganzen Körper ausbreiten und sogar auch den Herzmuskel schädigen."

Kurz darauf lag Simon im Bett auf der chirurgischen Station in einem Zweibettzimmer. Er bedauerte: „Tut mir leid, Liebes, dass ich mein Versprechen nicht halten konnte, aber es ist besser so. Bringst du mir meine Sachen! Was zum Lesen nicht vergessen."

„Natürlich. Ich besuche dich sowieso jeden Tag. Weißt du schon, wann es gemacht werden soll?"

„Ja. Morgen früh um acht bin ich dran. Vor der Rückenmarknarkose habe ich Angst. Ob das wehtut?"

„Kann ich dir auch nicht sagen. Ich verständige Flo. Er kennt sich als Medizinstudent mit so etwas besser."

Simon tätschelte ihre Hand und empfahl ihr mit gedämpfter Stimme: „Ruhe dich aus, Liebes! Bald bin ich wieder bei dir. Dann holen wir das Versäumte nach. Sag bitte Heiner Bescheid!"

Karin versprach ihm, seine Wünsche zu erfüllen, und fuhr mit einem Taxi ins Haus zurück. Von dort rief sie zuerst Florian an, der Simon sofort besuchen wollte. Sie benachrichtigte Heiner von dem Sturz des Freundes und seinem Aufenthalt im Krankenhaus. Er kam noch am Abend zu Karin. Sie musste ihm genau den Unfallhergang berichten. Er beruhigte sie: „Wie ich Simon kenne, ist er bald wieder auf den Beinen. Wenn du Hilfe brauchst, rufe mich an. Ich fahr dich auch zu ihm. Ich weiß doch, wie sehr er dich zu meinem Unglück liebt."

„Wie meinst du das denn?"

„Genauso, wie ich es gesagt habe. Wäre Simon nicht mein Freund, könnte ich deine Treue testen. Wetten, du hältst meinen Verführungskünsten nicht stand?"

„Hör mit dem Blödsinn auf! So kenne ich dich ja gar nicht."

„Eben. Das könnten wir ändern."

„Bitte, Heiner, geh jetzt! Ich möchte dieses Gespräch nicht vertiefen."

„Verstehe! War ja nur ein Test. Aber ich muss jetzt wirklich abdampfen. Ein Klient wartet auf mich."

Mit einer für ihn ungewöhnlich langen Umarmung verabschiedete er sich von Karin. Sie war froh, dass Florian in diesem Moment auftauchte und ihnen mitteilte: „Hi, Heiner, schön dich zu treffen. Grüße von Simon. Wenn du Zeit hast, fahr doch mal hin. Der hat vor der Narkose mächtigen Bammel. Ich habe ihm erklärt, wie so ein Eingriff abläuft. Aber ich denke, du könntest ihn besser aufrichten."

Heiner versprach, noch am Abend seinen Freund zu besuchen, und beendete seine Stippvisite. Florian aß mit Karin Abendessen und erkundigte sich, wie die Knieverletzung passiert sei.

Trotz ihrer Erschöpfung wälzte Karin sich im Bett von einer Seite auf die andere. Schlafen konnte sie nicht. Simon fehlte ihr, obwohl er schon öfter nachts nicht anwesend gewesen war. Doch diese Situation überforderte Karin. Ihre Gedanken weilten bei ihm. Sie hoffte, dass er die Operation gut überstehen werde. Ohne ihn konnte sie sich ihr Leben nicht mehr vorstellen. Früh stand sie mit Florian auf. Sie frühstückten zusammen, und er verabschiedete sich: „Kopf hoch, Mama! Die Chirurgen sind versierte Fachkräfte. Die operieren täglich. Ich gehe nachher gleich zu ihm hin. Du musst dich schonen. Mein Geschwisterchen kommt bald. Ich bin mächtig gespannt, was es sein wird."

„Nimm bitte die Tasche mit. Ich habe alles hineingepackt, was Simon haben wollte."

„Mach ich. Tschüss, Mama."

Karin schaute immer auf die Uhr und verfolgte in Gedanken Simon, wie er in den Operationssaal gebracht wurde und die Narkose erhielt. Frau Müller überbrückte ihre Ängste: „Ein Bekannter von mir ist mehr als einmal sogar in Vollnarkose operiert worden und hat alle ohne Schaden überstanden. Heute geht es ihm wieder gut."

Das Gespräch mit ihr konnte Karins Unruhe nicht beseitigen.

Am Nachmittag kaufte sie beim Bäcker Bienenstichkuchen, den Simon gern aß, und ließ sich mit einem Taxi ins Krankenhaus bringen. Vorsichtig öffnete sie die Tür von seinem Krankenhauszimmer und blickte in sein geliebtes, lachendes Gesicht. Erleichtert beugte sie sich über ihn und ließ sich von ihm küssen.

„Wie war's? Erzähle!"

„Vor der Rückenmarknarkose hatte ich höllische Angst, aber die war halb so schlimm. Ich durfte sogar über einem Bildschirm die eigene Knieoperation miterleben. Der Operateur erklärte mir jeden Handgriff, den er vornahm. War echt interessant! Auf diese Weise verging die Zeit recht schnell. Als ich wieder ins Zimmer gebracht wurde, fuhren gerade zwei Schwestern meinen Zimmernachbarn zur Operation. Bei ihm verlief es nicht so einfach, wie bei mir. Die Rückenmarknarkose war durch die Stellung seiner Wirbel unmöglich. Er bekam eine Vollnarkose und schläft noch immer im Aufwachzimmer, erzählte mir eine Schwester. Mit ihm verstehe ich mich sehr gut. Wir haben uns gestern lange unterhalten. Danke, dass du Flo alles mitgegeben hast, was ich brauche. Heiner kam übrigens gestern Abend auch noch vorbei. Von ihm soll ich dir ausrichten, dass er dich mit seinem Auto überall hinfährt, wohin du möchtest ... Nun quatsche ich nur von mir. Wie hast die Zeit ohne mich verbracht, Liebes?"

„Ich habe nur an dich gedacht. Die Nächte ohne dich, wenn du auswärts arbeiten musst, sind immer schrecklich, aber diese war besonders schlimm. Das leere Bett neben mir ..."

Karin fing zu weinen an. Simon streichelte sie und verriet ihr: „Lange muss ich nicht bleiben. In ein paar Tagen ist alles überstanden, und ich bin wieder bei dir."

Karin lächelte und gab Simon den Kuchen, den er sofort verzehrte. Anschließend bat er: „Darf ich?"

Seine Blicke liebäugelten mit ihrem Bauch. Sie führte eine seiner Hände auf die Rundung. Sanft streichelte er über die Wölbung und blickte dabei begeistert in Karins Augen. Unwillkürlich näherte sie ihren Mund dem seinen. Als sich ihre Lippen berührten, strömte durch Karin ein Glücksgefühl vom Haaransatz bis zu den Zehenspitzen und ließ sie die Umgebung vergessen. Sie nahm nur den Glanz seiner Augen wahr, die sie mit ihrer Wärme umhüllten. Spontan bettete sie ihren Kopf auf seine Brust, während seine Hand immer weiter über ihren Bauch strich. Dabei murmelte er: „Ich vergöttere dich jetzt schon, mein geliebtes Kind, obwohl ich dich noch gar nicht kenne. Du kannst nur so bezaubernd wie deine Mama sein. Ich liebe euch beide mehr als mein Leben."

Er entfernte seine Hand und zog Karin zu sich aufs Bett, um sich an sie zu schmiegen. Dabei schwärmte er: „Ich kann es kaum erwarten, das kleine Schätzchen im Arm zu halten und an deinem Busen trinken zu sehen. Sicher werden wir die beneidenswertesten Eltern sein, die auf der gesamten Erdkugel unter dem Himmelszelt atmet. Das verspreche ich dir, Liebes."

Sein Versprechen erregte nicht nur Karin. Sie spürte seine Sehnsucht und hätte sich mit Vergnügen mit ihm vereint, wenn nicht gerade eine Schwester ins Zimmer getreten wäre. Mit hochrotem Gesicht trennte Karin sich von Simon, dessen Blicke sie anhimmelten. Die Schwester tat, als habe sie nichts bemerkt, und wollte wissen: „Alles in Ordnung, Herr Köhler?"

„Ja", äußerte Simon geistesabwesend. Seine Hände streichelten über das Gesicht von Karin.

„Wenn Sie Schmerzen haben, klingeln Sie", rief ihm die Schwester zu, bevor sie die Tür hinter sich von außen schloss. Karin sagte mit belegter Stimme: „Ich glaube, es ist besser, wenn ich jetzt gehe, Liebster. Du bist ja bald wieder Zuhause."

„Noch ein Kuss", bettelte er. Karins Lippen drückten sich gegen seine. Abrupt befreite sie sich von ihm und murmelte: „Es fällt mir so schwer ... einfach jetzt gehen zu müssen, ohne mit dir ... du weißt schon, was ich meine."

Überstürzt verließ sie ihn. Doch der Gedanke, dass er bald wieder bei ihr war, linderte ihren Trübsinn.

38. Kapitel

Am dritten Tag nach dem Eingriff erzählte Simon ihr: „Eigentlich sollte ich übermorgen entlassen werden, aber es hat sich ein Erguss im Gelenk gebildet. Die Ärzte haben heute früh ein MRT gemacht und einen Riss in der Gelenkinnenhaut festgestellt. Nachher kriege ich noch eine radioaktive Substanz ins Knie gespritzt und darf trotzdem wie geplant nach Hause. Das Problem ist bloß, dass ich noch drei Tage im Bett liegen muss. Ich darf weder laufen noch das Gelenk beugen. Wie komme ich auf die Toilette?"

„Ich werde Flo fragen, Liebling."

Als Karin dem Sohn am Abend das Problem schilderte, wusste er sofort eine Lösung. „Wir brauchen einen Hocker aus Holz. In die Mitte säge ich ein Loch, und die Füße entfernte ich bis auf Höhe eures Bettes. Mit einem Eimer darunter ist die Toilette fertig. Ich rufe gleich Heiner an, ob er einen Holzhocker besitzt und auch entbehren kann."

Heiner brachte ihn am Abend vorbei. Florian zimmerte für Simon eine passende Toilette. Jetzt konnte er vom Bett auf den Sitz der Nottoilette rutschen, ohne das Bein irgendwie senken oder heben oder damit auftreten zu müssen. Auf diese Weise war er bestens für die Tage der Bettruhe gerüstet.

Keiner freute sich über diese Nachricht mehr als Karin. Sie bastelte mit Florian eine Girlande, auf der ein Willkommensgruß stand. Max befestigten sie über der Tür zum Hauseingang. Den Hausflur und die Wohnstube zierten Schnittblumen in bunten Farben. Den Tisch schmückte Karin mit kleinen Tannenzweigen und farbigen Blüten aus textilem Material. Für Simons Platz nähte sie ein Band aus weißem Stoff, umsäumte es mit rotem Garn und stickte in die Mitte eine bunte Orchidee.

Pünktlich zum Mittag fuhr der Krankentransport mit Simon vor. Die Krankenfahrer trugen ihn auf der Trage zum Haus. Im Türrahmen unter der Girlande empfingen ihn Karin und Florian. Vor Rührung standen Simon Tränen in den Augen. Als er im Bett lag, begrüßten ihn Frau Müller und ihr Mann. Von der Küche aus quollen ihm verführerische Düfte entgegen. Mit einem Glas Champagner stieß er mit Karin an und sprach vor Ergriffenheit kein Wort. Nur seine Augen glänzten vor Freude. Sein Mund umschloss die Lippen von Karin. Sie lösten sich erst, als Florian sich im Hintergrund räusperte: „Hallo! Ich bin auch noch da", ihn umarmte und dabei sagte: „Herzlich willkommen, Simon."

Karin legte seine Hand gegen ihren Bauch: „Hier möchte dich noch jemand willkommen heißen. Merkst du was?"

Simon grinste sie glücklich an: „Der ist aber munter!"

„Wieso der? Es kann auch eine Sie werden."

„Nee, das wird ein Junge. Wie der dich traktiert! Außerdem spüre ich das als Vater. Hast du schon einen Namen?"

„Noch ist ja Zeit. Den suchen wir gemeinsam aus. Oder möchtest du einen Bestimmten haben?"

Frau Müller servierte ihnen als Hauptmenü Rinderfilet im Rauchspeckmantel mit Blattspinat und Kartoffelklößen. Als Nachspeise hatte sie gebackene Apfelringe mit Zimtzucker angerichtet. Zum Trinken tischte sie Cappuccino und Sekt auf. Sie und ihr Mann verließen die Feiernden, trotzdem sie dazu eingeladen waren. Sie wollten nicht stören. Florian erklärte nach dem Essen: „Ich muss zum Training."

Bevor er ging, fragte Karin: „Warst du mal bei Omchen?"

„War ich. Aber sie erkennt mich nicht. Dauernd beschimpft sie mich als blöden Hund, weil ich ihr Dinge geben soll, die sie sieht, aber die in Wirklichkeit gar nicht vorhanden sind."

„Das tut mir so leid, Flo, aber ich muss mich jetzt um Simon kümmern. Kannst du sie noch ein- oder zweimal besuchen?"

„Na klar, Mama. Mach dir keine Sorgen! Ich weiß doch, was dass heißt, Alzheimer zu haben. Außerdem musst du dich schonen. Das Baby braucht so etwas nicht hören. Ich bin ja schon erwachsen."

Karin drückte ihren Sohn liebevoll an sich. Sie dankte ihm für sein Verständnis und die Fürsorge um das Geschwisterchen. Nachdem Florian gegangen war, lachte Simon sie an: „Ist super gelaufen, Liebes. Nun heilt es bestimmt bald."

Sie küsste ihn vor Freude und teilte seine Meinung: „Bald wirst du wieder ohne Schmerzen laufen können."

„Denke ich auch. Und dann ... weißt du, was wir dann machen?"

Karin schüttelte mit dem Kopf. Er teilte ihr mit: „Dann reisen wir um die Welt."

Seine Mitteilung enttäuschte sie. Insgeheim hatte sie an die Hochzeit gedacht. Simon bemerkte ihre Verstimmung nicht und schwärmte von seiner Traumreise, die er sich mit ihr vorstellte.

Mit der provisorischen Toilette kam Simon gut zurecht. Meistens hielt Karin das behandelte Bein in der richtigen Position. Frau Müller kochte Simons Lieblingsgerichte, und er labte sich an den schmackhaften Speisen. Oft lästerte er: „Wenn ich weiter so mampfe, stehe ich als Mammut auf und niemand erkennt mich."

„Nun übertreib nicht! Dein Körper braucht die Nahrung, um schnell gesund zu werden. Aber auch als Mammut werde ich dich lieben, wie kein anderes vor dir, Liebster."

Nach der verordneten Bettruhe fühlte Simon sich recht wohl, sodass er aufstand und mit seinen Gehilfen durchs Haus humpelte. Schon am nächsten Tag überzog eine Röte das gesamte Kniegelenk.

„Hast du Schmerzen?", wollte Karin wissen.

„Nein. Eigentlich nicht. Diese ewige Bettruhe stinkt mich an."

„Ich sehe doch, wir rot das Knie wieder geworden ist. Leg dich lieber wieder hin."

Simon widersprach und hinkte auf seinen Gehilfen in die Wohnstube. Sie aßen das Abendessen, was Frau Müller für sie zubereitet hatte. Danach freute Simon sich: „Es ist wunderbar, mit dir hier zu sitzen. Allein dein Anblick lässt mich gesund werden."

„Nun übertreib mal nicht! Ab ins Bett! Du hast jetzt lange genug gesessen."

Sie half ihm beim Ausziehen und Duschen. Nachdem auch sie sich von dem Staub des Tages gesäubert hatte, kroch sie zu ihm ins Bett. Als sie sich an ihn kuschelte, stellte sie fest: „Du fühlst dich so heiß. Ob du Fieber hast?"

„Du siehst Gespenster, Liebes! Bei deiner Nähe kocht mein Blut, aber ich bin zu müde. Lass uns schlafen, bis der Tag erwacht!"

Florian besuchte sein Omchen weiter im Heim. Karin warf sich erneut vor, ihn zu sehr zu belasten. Daher beschloss sie, Florian abzulösen und informierte ihn dementsprechend. Auf dem Weg dorthin freute Karin sich auf ihre Mutti, die sie lange nicht gesehen hatte. Als sie zu ihr ins Zimmer trat, weinte sie. Karin nahm sie in den Arm und erkundigte sich: „Warum weinst du denn, Mutti?"

„Ich bin sehr traurig. Ihr habt mich nicht zu Flos Hochzeit eingeladen. Auch, dass er sich gegenüber ein Haus baut, habt ihr mir nicht erzählt."

„Du irrst dich, Mutti! Flo hat weder geheiratet, noch baut er sich ein Haus."

Die Mutter schaute die Tochter mit trüben Augen an und beschuldigte sie: „Nun gibt's du es nicht einmal zu. Flos Hochzeit wurde sogar im Fernsehen übertragen. Und das Haus, das er baut, sehe ich jeden Tag, wenn ich aus dem Fenster sehe."

Karin versuchte, ihr das auszureden. Es war zwecklos. Die Mutter schwieg beleidigt und drehte der Tochter den Rücken zu. Karin begab sich zur anderen Seite, um mit ihr zu reden, aber sie drehte sich abermals von ihr weg. Karin blieb keine andere Wahl, als zu gehen.

Zuhause erzählte sie das Verhalten der Mutter Simon. Er hielt ihr vor: „Sei darüber nicht so betrübt, Liebes! Du weißt doch, dass deine Mutter in einer bizarren Welt lebt, in der weder ihre Erinnerung, noch ihr reales Leben existieren. Da kommt so etwas eben vor."

„Weiß ich ja, aber trotzdem schmerzt es mich. Ich kann nicht anders."

„Beim nächsten Besuch kann sie schon wieder ganz anders reagieren. Am besten du widersprichst ihr nicht. Vielleicht könnt ihr auf diese Art besser miteinander umgehen. Leg dich zu mir, Liebes! Ich küsse dir deinen Kummer weg."

Karin drückte sich eng an ihn. Er entfesselte bei ihr eine Erregung, die ihn mit ihr vereinte. Karin vergaß dabei das traurige Erlebnis bei der Mutter und gab sich ihm vollkommen hin. Anschließend kuschelten sie entspannt miteinander. Karin beglückte die Nähe von Simon. Er gestand ihr: „Hoffentlich lösen wir durch unser Liebesleben keine Frühgeburt aus."

„Sei unbesorgt! Das Kleine liegt behütet in der Fruchtblase. Meine Aufregung schadet ihm bestimmt mehr."

Simon legte sein Ohr gegen ihren Bauch und lauschte begeistert auf die Herztöne des Ungeborenen.

„Liebes, das kleine Herzchen schlägt völlig ruhig. Ob es merkt, wie nahe ich ihm in solchen Augenblicken bin?"

„Kann ich dir nicht beantworten. Ich denke aber, wenn ich mit dir glücklich bin, wird es das ganz bestimmt spüren."

Florian platzte in ihr Gespräch: „Hi, wieder Sorgen um den Winzling, weil ihr nicht artig genug wart? Der Tisch ist gedeckt. Aufstehen! Gibt Abendessen."

Karin und auch Simon erröteten. Er erklärte Florian: „Gehört zu einer intakten Beziehung dazu. Wirst du auch noch merken, wenn du eines Tages eine Freundin hast, die du über alles liebst."

Er stand auf und hinkte mit seinen Gehilfen zum Tisch. Karin lobte ihren Sohn. „Hast du wieder toll gedeckt, Flo. Danke!"

Sie verzehrten die von Frau Müller appetitlich angerichteten Speisen und saßen nachfolgend gemütlich beisammen.

Karin fragte Simon: „Was hältst du davon, wenn ich die Fahrerlaubnis mache?"

„Gute Idee, Liebes."

Bereits am Morgen hatte sich abermals im Knie ein Erguss gebildet. Karin redete solange auf Simon ein, bis er einwilligte, sich von Heiner zu einem Orthopäden fahren zu lassen. Erneut wurde das Kniegelenk punktiert, und der Arzt verordnete Simon Gymnastik.

Als sie Zuhause waren, rief Karin in mehreren Praxen an. Nirgends war ein Mitarbeiter für Hausbesuche verfügbar. Sie wollte schon aufgeben. Beim letzten Versuch sagte ihr eine Physiotherapeutin, dass sie gleich am nächsten Nachmittag mit der Behandlung beginnen könne. Nach der dritten Anwendung verschlechterte sich der Zustand des Gelenkes, sodass die Physiotherapeutin empfahl: „Bevor wir weiter machen, gehen Sie lieber erst zum Arzt. Das Knie sieht nicht gut aus."

Heiner fuhr sie noch am Abend zu dem Orthopäden. Er wies Simon sofort ins Krankenhaus ein. Simon widersprach: „Ich kühle weiter. Und dann wird es bestimmt besser. Vom Krankenhaus habe ich die Nase voll."

„Ich kann Sie nicht zwingen, Herr Köhler. Ich verschreibe Ihnen ein Antibiotikum. Vielleicht helfen die Kapseln."

Glücklich fuhr Simon mit Karin nach Hause.

39. Kapitel

Bei Karins nächstem Besuch eröffnete ihr die Mutter, dass sie vor Kurzem geheiratet habe. Sie regte sich auf: „Stell dir vor, ich war in Frankreich, und auf dem Bahnsteig lag ich plötzlich in meinem Bett. Geht denn das?"

„Warum nicht? Mit der heutigen Technik kann so etwas durchaus möglich sein", erwiderte Karin. Was sollte sie sonst dazu sagen? Widerrede hatte wenig Sinn, also stimmte sie dem angeblichen Ereignis der Mutter zu. Sie hoffte, dass sie damit zufrieden sei. Sie hatte sich geirrt. Die Mutter jammerte: „Von so einem Kerl lasse ich mich scheiden. Mein Bett auf den Bahnhof zu stellen. Das ist ja kriminell, was der mit mir macht. Hilf mir!"

Karin gelang es nicht, sie zu beruhigen, und ging erneut total aufgewühlt nach Hause. Simon hielt ihr vor: „Du musst mehr an dich und unser Kind denken, Liebes. Diese ständigen Aufregungen schaden dir und können unmöglich gut für das Kleine sein. Ab sofort gehst du nur noch alle zwei Wochen zu deiner Mutter. Sie merkt überhaupt nicht, ob du kommst oder nicht. Sonst gehst du dabei kaputt."

Karin konnte seinen Vorschlag nicht annehmen. An einem seiner freien Tage begleitete Florian sie im Taxi ins Heim. Sie fanden die Mutter bitterlich weinend im Bett sitzend vor. Karin umarmte sie und erkundigte sich: „Warum weinst du denn so, Mutti?"

Sie schaute sie mit trüben Augen an und wimmerte: „Flo ist erschossen worden. Ich habe es im Fernseher gesehen."
Erneut schluchzte sie. Tränen kullerten über ihre Wangen. Karin beruhigte sie: „Das stimmt nicht, Mutti. Schau mal, Flo steht neben mir."
Sie blickte ungläubig zu Florian und fauchte Karin an: „Das soll Flo sein? Der hat aber einen großen Kopf. Veräppeln kann ich mich selbst, du gemeine Kröte! Was ich gesehen habe, das habe ich gesehen. Ich bin doch nicht verrückt."
Sie wandte sich von ihnen ab und schwieg zu jedem Thema, über das Karin mit ihr reden wollte. Stattdessen beschäftigte sie sich wieder mit diesem körperlosen Wesen zu ihrer Linken, das offensichtlich ihr Vertrauen genoss. Karin wusste aus Erfahrung, dass für die Mutter ab jetzt nur noch dieses geheimnisvolle Wesen existierte. Sie erinnerte sich an Simons Rat und teilte ihr mit: „Mutti, wir müssen gehen."
Sie reagierte darauf überhaupt nicht. Karin setzte an, um sie zu umarmen, aber Florian riet ihr: „Lass es sein! Omchen lebt in einer anderen Welt und glaubt letztendlich noch, du willst sie erwürgen."
Er fasste sie an die Hand und nahm sie mit von der Station. Auf dem Heimweg erörterte Karin mit ihm die Erkrankung von Simons Knie.
„Ich mache solche Sorgen um Simon, weil das Knie wieder glühend heiß und dick geschwollen ist. Er möchte mich durch sein ständiges Kühlen täuschen. Ins

Krankenhaus will er partout nicht, was ich gut verstehen kann. Doch irgendetwas müssen wir tun, Flo. Kannst du für ihn ein Bett in einer Spezialklinik auftreiben?"

„Werde ich versuchen, Mama. Aber ohne seine Zustimmung ... na, ich weiß nicht, ob das gut geht."

„Bitte, Flo."

„Na gut, wir werden ja sehen, wie er auf dein eigenmächtiges Handeln reagiert."

Als sie nach Hause kamen, lag Simon mit Schüttelfrost im Bett. Karin hielt ihm vor: „Meinst du, ich merke nicht, dass du heimlich immer wieder kühlst und fiebersenkende Tabletten nimmst, damit ich mir keine Sorgen machen soll? Aber ich sehe doch selbst, was mit dir los ist. Denk an unser Kind! Zur Geburt wolltest du wieder fit sein, und dazu brauchst du einen Arzt. Ich telefonierte sofort nach einem Notarzt."

Simon nickte nur und blieb schweigsam bis zur Ankunft des Notarztes. Er hörte sich die Krankengeschichte an und untersuchte das Knie. Danach wies er Simon sofort ins Krankenhaus ein. Per Funk forderte er einen Krankenwagen an, der innerhalb von zehn Minuten vorfuhr. Die Sanitäter trugen Simon auf einer Trage in das Fahrzeug. Karin durfte mitfahren. Der Notarzt hatte seinen Kollegen in der Rettungsstelle über den Notfall informiert. Deshalb bevorzugte der diensthabende Arzt den fiebernden Patienten. Kaum lag Simon in dem Krankenhausbett auf der chirurgischen Station, nahte eine Schwester mit ihren Arbeitsgeräten, um ihn für die

Operation vorzubereiten. Als sie zur Rasur des Beines ansetzte, tauchte der Oberarzt auf und entschied: „Wir warten mit der Operation und behandeln Sie zunächst mit einem Breitbandantibiotikum, bis die Infektion abgeklungen ist. Und dann sehen wir weiter. Vorerst lagern wir das Bein hoch. Sie dürfen nicht aufstehen, Herr Köhler."

Nachdem der Arzt sie verlassen hatte, verabschiedete Karin sich von Simon mit einem innigen Kuss und dem Hinweis: „Befolge alle Anweisungen, Liebster! Ich bin überzeugt, dass du bald gesund sein wirst. Wir brauchen dich mehr, als du glaubst."

Er beteuerte, alle Verhaltensmaßregeln der Ärzte einzuhalten. Sie versprach ihm: „Ich besuche dich jeden Tag."

In den nächsten Tagen durfte Simon weder zur Toilette gehen, noch sich außerhalb des Bettes waschen. Außerdem tropften Tag und Nacht Medikamente mittels Infusion durch eine Vene seiner Armbeuge in seinen Körper. Das Knie kühlte ständig ein Eisbeutel, aber es blieb heiß und hochrot. Trotzdem änderte der Arzt die Therapie nicht. Nach einer Woche wurde Simon in eine Zweigstelle des Krankenhauses verlegt, weil das chirurgische Bett gebraucht wurde. Dort lag er in einem lang gestreckten Raum, der nur an der Stirnseite durch ein Fenster erhellt wurde. Sein Bett befand sich in der dunkelsten Ecke. Sein Zimmernachbar, ein älterer, gerade an der Hüfte operierter Mann, wimmerte Stunde für Stunde vor sich hin.

In der zweiten Nacht, die Simon in der Zweigstelle verbrachte, erbrach er heftig und bekam Durchfall. Ihm ging es miserabel, als Karin und Florian ihn am Nachmittag besuchten. Er flehte sie an: „Nehmt mich mit nach Hause! Hier bekomme ich weder eine Infusion, noch wird mein Bett gemacht wie im Hauptkrankenhaus. Ich unterschreibe alles, aber lasst mich nicht hier!"

Während Karin bei ihm blieb, versuchte Florian, einen Arzt aufzutreiben. Simon verlangte: „Pack bitte meine Sachen! Dann sind wir nachher schneller weg."

„Warte damit, bis Flo zurück ist und uns sagen kann, wann ein Arzt kommt."

Mürrisch fügte Simon sich. Als Florian kurz darauf zur Tür hereinkam, überfiel er ihn gleich mit der Frage: „Hast du einen Arzt gefunden?"

„Nicht direkt. Erst wollte mich die diensthabende Schwester mit der Begründung abwimmeln, dass sie nicht wüsste, ob sich ein Arzt im Krankenhaus aufhält. Da hat sie sich aber ein Eigentor geschossen. Ich widerlegte ihre Aussage mit dem Argument, dass immer ein Arzt für Notfälle Bereitschaft habe. Außerdem drohte ich ihr, dass du dann einfach abhaust. Schließlich rief sie irgendwo an und teilte mir mit, der Arzt käme in einer halben Stunde."

Solange mussten sie nicht warten. Kaum hatte Florian seinen Bericht beendet, erschien ein Arzt mit einer Krankenakte. Simon beschwerte sich über die Behandlung, die nach der Verlegung einfach abgebrochen worden war, und wiederholte seinen Wunsch, sofort auf eigene Verantwortung entlassen zu werden. Der Arzt hielt ihm vor: „Ihre Blutwerte sind dermaßen schlecht, sodass ich eine Entlassung nicht verantworten kann. Ich werde sofort die Behandlung mit dem Breitbandantibiotikum fortsetzen und Sie in ein anderes Zimmer verlegen lassen."

Mit einem Händedruck verließ er sie, bevor Karin sich für sein Entgegenkommen bedanken konnte. Es dauerte keine fünf Minuten bis zwei Schwestern Simon im Bett in ein helles, freundliches Zweibettzimmer schoben. Hinter ihnen tauchte ein junger Arzt auf, legte Simon den Zugang für die Infusionen und schloss das Infusionssystem mit dem Antibiotikum an. Nachdem er sich überzeugt hatte, dass alles einwandfrei funktionierte und gegangen war, beugte Karin sich zu Simon herab. Sie sah in seine Augen, die sie liebevoll anblickten, und küsste ihn zum Abschied innig. Florian maulte: „Seit ihr bald fertig? Ich gehe sonst."

Karin löste sich von Simons Lippen und wischte sich die Tränen aus den Augen. Sie versprach ihm: „Morgen, Liebster, morgen komme ich wieder. Hoffentlich schlägt das Mittel an, damit ich dich bald wieder bei mir habe. Ohne dich ist mein Leben nichts wert, obwohl Frau Müller und auch Max sich rührend um mich kümmern."

„Jetzt wird bestimmt alles gut, Liebes. Ich bemühe mich jedenfalls."

Beruhigt verließen Florian und Karin ihn. Unterwegs hielt sie ihm vor: „Sei nicht sauer! Simon ist meine große Liebe. Da trennt man sich nicht einfach nur mit einem Tschüss."

„Kenn ich, Mama. Und ich bin auch nicht sauer, aber dann muss ich immer an Nele denken, die es nun nicht mehr gibt. Hast du gelesen oder gehört, ob der Kerl endlich hinter Gittern sitzt?"

Karin fiel der Rucksack mit dem künstlichen Buckel ein. Sie versicherte ihm: „Der kann keiner Frau mehr etwas antun. Er ist nämlich tot."

„Bist du sicher?"

„Absolut. Aber nun frag nicht weiter. Es ist eben so."

Florian kaufte in einem Blumengeschäft einen Strauß mit roten Rosen und erklärte Karin: „Für Nele. Entschuldige mich, aber ich will noch zum Friedhof."

Karin blickte ihm traurig nach. Sie dachte an den buckligen Triebtäter und ihren Verdacht, wer das gewesen sein könnte. Diese bedrückenden Gedanken vertrieb sie mit der Freude, Simon am nächsten Tag wiederzusehen.

Abermals hielt der Schlaf sich vor ihr versteckt. Sie wälzte sich im Bett von einer Seite auf die andere. Nichts half. Schließlich nahm sie sich einen Roman, um zu lesen. Es gelang ihr nicht, sich auf die Thematik zu konzentrieren, und stellte das Buch wieder ins Regal. Simon fehlte ihr heute besonders. Karin zog die Vorhänge zurück und blickte aus dem Fenster in die mondhelle Nacht zu den Sternen. Sie malte sich aus, wie schön es wäre, wenn sie mit Simon die zahlreichen Sternbilder bewundern könnte. Erneut legte sie sich ins

Bett und träumte von einer Reise mit Simon durch den Sternenhimmel. Irgendwann verdrängten blendende Sonnenstrahlen diesen Traum. Karin schlug die Augen auf und erkannte den jungen Morgen. Sie stand auf, um sich für den Tag vorzubereiten. Danach ging sie zu Frau Müller, die extra für Simon einen Marmorkuchen gebacken hatte. Sie trug Karin Grüße für ihn auf und packte mehrere Stücken von dem Kuchen in eine Schachtel.

Am Nachmittag steckte Karin sie in ihre Tasche und kaufte im Blumengeschäft für Simon eine bunte Orchidee. Seine Augen leuchten auf, als sie das Zimmer betrat. Erstaunt musterte sie den korpulenten Mann, der das zweite Bett belegte. Er schnarchte, als säge er einen kompletten Wald ab. Simons Knie lagerte nun wieder auf einer Schiene. Ein Eisakku kühlte es. Aus einem Infusionsbeuteln tropfte weiterhin durch den Infusionsschlauch das für ihn lebenswichtige Arzneimittel in die Vene seines linken Armes. Karin beugte sich über Simon und begrüßte ihn mit einem Zungenkuss, den er ebenso erwiderte und dabei seine Augen schloss. Er löste in ihr Gefühle aus, die sie jetzt nicht erblühen lassen durfte. Abrupt löste sie ihre Lippen. Er öffnete seine Augen. Ihre Blicke gaben sich das, was sie in diesem Augenblick füreinander empfanden. Karin senkte ihre Lider, um ihre Erregung zu dämpfen. Simon raunte ihr zu: „Rück mal deinen Stuhl näher heran und leih mir dein Ohr!"

Kaum saß Karin dicht neben ihm, flüsterte er: „Der da", und wies mit einem Arm zu seinem Bettnachbarn,

„der ist in der Nacht gebracht worden. Am Fußgelenk operiert. Und eine schrille Stimme hat der. Nicht zum Aushalten. Immer soll das Fenster offen sein, und ich liege direkt davor. Ich friere ohne dich, wie noch nie in meinem Leben. Kannst du mir eine warme Strickjacke mitbringen, Liebes?"

Karin stand auf, um das Fenster zu schließen, aber der Patient neben Simon kreischte: „Offenlassen! Wagen Sie nicht, mir auch noch die frische Luft zu nehmen. Das Gejammer ihres Mannes geht mir dermaßen auf die Nerven ..."

In dem Moment wurde die Tür geöffnet. Die Anwesenheit einer Schwester stellte seinen Vorwurf ab. Augenblicklich säuselte er: „Immer, wenn ich Sie sehe, Schwester Ramona, geht die Sonne auf. So eine Schönheit ..."

Karin drosselte seine Schwärmerei mit ihrem Einwurf: „Muss das Fenster Tag und Nacht offenbleiben, Schwester? Mein Verlobter friert so. Schließlich ist es Winter, und draußen sind Minusgrade."

„Frische Luft ist immer gesund", wies die Schwester ihre Beschwerde zurück, und der Bettnachbar bekräftigen ihre Ansicht: „Sag ich ja auch, aber dieser Herr liebt anscheinend den Mief."

Simon hielt er vor: „Da hören Sie es von einer Fachkraft. Das Fenster bleibt offen."

Die Schwester reagierte nicht weiter auf das Problem, sondern überprüfte die Infusion.

„Haben Sie nicht gemerkt, dass es nicht mehr tropft? Sicher ist die Kanüle verstopft. Ich schicke Ihnen gleich einen unserer Ärzte, der Ihnen einen neuen Zugang legt", und verließ das Zimmer.

„Auch das noch", brummte Simon. Karin legte seine Hand gegen ihren Bauch und bestätigte die Mitteilung der Schwester: „Es muss sein, Liebster! Halte durch, damit du bald wieder bei mir bist. Unser Schätzchen erwartet dich auch schon sehnsuchtsvoll."

„Geht es dir gut, Liebes?"

„Alles in bester Ordnung sagte mir bei der letzten Untersuchung die Gynäkologin." Simon wollte wissen: „Kommst du in der Fahrschule gut voran?"

„Ich denke doch. Der Fahrlehrer meint jedenfalls, ich habe direkt Talent zum Fahren. Bestimmt kann ich bald die Fahrterlaubnis machen."

„Toll, Liebes! Sicher geht es mir dann wieder gut, und ich kann mich um eine Überraschung für dich selbst kümmern."

Die Tür wurde geöffnet. Ein Assistenzarzt wollte den neuen Zugang legen. Unsensibel durchstach er mit einer dicken Kanüle zwei Venen auf dem Handrücken und versuchte es in der Armbeuge dicht neben der ehemaligen Einstichstelle. Auch diese Handlung misslang. Simon gestattete dem Arzt keinen weiteren Versuch. Er zog beleidigt ab. Kurz darauf erschien der Stationsarzt, um selbst den Zugang zu legen. Forsch meinte er: „Na, dann woll'n wir mal, Herr Köhler."

Simon hatte nun endgültig genug und forderte: „Ich will nach Hause. Auf keinen Fall bleibe ich länger hier. Jeder denkt, er kann machen, was er will. Ich will das nicht mehr."

„Ihre Entzündungswerte sind zu schlecht. Ich muss Ihnen leider eröffnen, dass es um Sie kritisch steht. Wenn Sie auf eigene Verantwortung gehen, müssen Sie mir das unterschreiben. Unsere Klinik übernimmt keinerlei Garantie für die Folgen wegen Ihrer eigenwilligen Entlassung gegen den Rat des Arztes. Überlegen Sie sich das noch mal. Ich bin bis 18 Uhr im Haus."

Bevor der Stationsarzt gehen konnte, schilderte Karin ihm die Zwietracht der beiden Patienten wegen des offenen Fensters. Wortlos schloss er es und rügte den Neuzugang: „Ein bisschen Rücksicht bitte, Herr Klausner! Sie sind nicht allein hier."

Der Angesprochene setzte zum Widerspruch an, aber der Arzt ließ ihn nicht zu Wort kommen: „Keine Diskussion! Es wird gelüftet, aber nicht den ganzen Tag. In ihrer Wohnung können Sie machen, was Sie wollen. Hier nicht."

Der Patient drehte sich auf die Seite und schmollte. Karin verlängerte ihren Besuch und sprach mit ihm. Nach einer Aussprache fanden sie mit Simon wegen des ständig offenen Fensters einen Kompromiss und die klassische Musik als Gemeinsamkeit. Ferner redete Karin Simon seine Absicht, auf eigenen Wunsch entlassen zu werden, aus. Letztendlich blieb er, weil ihre Argumente ihn überzeugt hatten. Die Hoffnung, die sie ihm mit ihren Erläuterungen vermittelt hatte, bewirkte seinen Sinneswandel. Karin informierte die Schwester, dass ihr Verlobter bleiben wolle, und der Stationsarzt den neuen Zugang legen könne.

Als Florian ihn besuchte, fand Simon den Aufenthalt gar nicht mehr so schrecklich. Er freute sich über die Grüße von Heiner und den tragbaren Rekorder mit den zwei Kassetten, die er ihm mitgeschickt hatte.

„Eine", teilte Florian ihm mit, „enthält deine Lieblingsmusik und auf der anderen hat Heiner dir eine Geschichte raufgesprochen, damit es dir nicht so langweilig wird. Und hier die warme Strickjacke."

Simon zog sie gleich an und erkundigte sich bei Florian über die Aussicht seiner Genesung und wie lange er noch im Krankenhaus bleiben müsse. Florian sprach ihm Geduld zu und musste gehen, weil er Nachtdienst hatte. Simon gefiel die Idee des Freundes. Er beabsichtigte, sich die Musik und auch die Geschichte anzuhören. Mitten im Text überfiel ihn eine Mattigkeit, die ihn zwang, das Lesen abzubrechen. Dazu fror er ungewöhnlich, obwohl das Fenster geschlossen war.

Karin besuchte ihn am Nachmittag des nächsten Tages. Er schlief mitten in ihrer Unterhaltung immer wieder ein. Während seiner Schlafphasen saß sie still neben ihm, hielt seine heiße Hand und betrachtete sein eingefallenes Gesicht. Sie zählte die Tropfen des Antibiotikums, das durch den Schlauch des Infusionsbeutels in seine Vene tröpfelte. Sie ängstigte sich um Simons Leben, weil sie vermutete, dass die Infektion sich ausgebreitet zu haben schien. Leise stand sie auf und begab sich zum Dienstzimmer. Die Stationsschwester diskutierte gerade mit dem Stationsarzt wegen der Verlegung eines Patienten. Als sie Karin bemerkten, fragte der Stationsarzt: „Möchten Sie zu mir?"

„Ja. Ich hätte gern eine Auskunft über den Genesungsprozess von Herrn Köhler."

„Sind Sie seine Frau?"

„Noch nicht, aber seine Verlobte."

Er bat sie zu einem Gespräch in sein Dienstzimmer und informierte sie: „Bisher hat noch kein Antibiotikum, das wir Ihrem Verlobten gegeben haben, die Entzündung im Knie abschwächen können. Das Gegenteil ist eher der Fall. Wir werden ihn heute auf die Intensivstation verlegen, weil wir eine beginnende Lungenentzündung durch multiresistente Erreger vermuten."

Karin hatte mit wachsender Beunruhigung zugehört und fragte besorgt: „Ich habe über solche Erreger gelesen. Besonders in Krankenhäusern sollen sie vorkommen. Könnte es sich bei Simon um solche Keime handeln?"

Der Arzt schwieg eine Weile und äußerte: „Hoffen wir das Beste. Auf der ITS wird er jedenfalls erstklassig versorgt. Ich werde gleich die Verlegung veranlassen."

Karin ging noch einmal zu Simon, der sie mit fieberglänzenden Augen niedergeschlagen ansah.

„Hast du schon gehört, dass ich verlegt werde? Ob ich dieses Krankenhaus jemals lebend verlasse?"

Karin nahm seine Hand und stieß unter Schluchzen hervor: „An so etwas darfst du gar nicht denken! Wir wollen heiraten und gemeinsam ein wundervolles Leben mit unserem Kind verbringen ... wir brauchen dich, Liebster!"

Matt strich seine heiße, abgemagerte Hand über ihr Gesicht und tastete sich zu der Rundung ihres Bauches vor. Die Tür ging auf. Zwei Schwestern traten ein. Eine erklärte Karin: „Wir verlegen Ihren Mann jetzt. Wenn Sie wollen, können Sie ihn bis zur Schleuse der ITS begleiten. Weiter dürfen dort keine Besucher hinein."

Karin hielt seine Hand auf dem Weg zur Schleuse. Tränen kullerten beim Abschiednehmen über ihre Wangen. Verloren schaute sie ihm hinterher.

Als die Tür der Schleuse geschlossen war, blieb Karin einige Sekunden davor stehen. Mit seinem Bild vor Augen verließ sie wie in Trance das Gebäude. Auf keinen Fall konnte sie jetzt, wie ihr Plan gewesen war, die Mutter besuchen. Sie rief Heiner an und informierte ihn über die neuesten Ereignisse. Er empfahl ihr, zu ihm in die Kanzlei zu kommen. Karin, froh jetzt nicht allein sein zu müssen, fuhr mit einem Taxi zu ihm. Er nahm sie in die Arme und ermutigte sie mit fester Stimme: „Kopf hoch! Simon war nie krank gewesen. Er ist willensstark und wird leben. Schon für dich und sein Baby."

Karin heulte sich an seiner Schulter aus. Er ließ sie wortlos gewähren. Als sie sich ein wenig beruhigt hatte, trocknete er mit seinem Taschentuch ihre Wangen und lud sie ein: „Lass uns was essen! Sicher hast du noch nicht gefrühstückt. Du siehst ziemlich elend aus. Du musst essen, um für Simon stark zu sein. Denk daran, du trägst einen Teil von ihm in ihr und kämpft jetzt mit ihm um sein Leben!"

Er hakte Karin unter und betrat mit ihr ein Restaurant, das gegenüber seiner Kanzlei geöffnet hatte. Karin mochte nichts essen, aber Heiner blieb unerbittlich. Er bestellte zweimal Rinderrouladen mit Klößen und Rotkraut. Dazu für sich ein Kännchen Espresso und für Karin einen Cappuccino. Sie starrte vor sich hin, aber Heiner ließ nicht locker, bis sie den Kaffee getrunken und die Hälfte von der Mahlzeit vertilgt hatte.

„Ich muss leider gleich zum Gericht. Vorher rufe ich Flo an, damit er dich nachher bei mir abholt. Bevor ich gehe, erkundige ich mich im Heim nach deiner Mutter, damit du weißt, wie es ihr geht."

Er nahm sie in seine Kanzlei mit und griff sofort zum Telefonhörer. Nachdem er die Nummer der Station des Pflegeheims gewählt hatte, sprach er kurz darauf mit der Stationsschwester. Während des Gespräches nickte er mehrmals, beendete das Telefonat und teilte Karin mit: „Mit deiner Mutter ist alles wie bisher. Du kannst dich unbesorgt hier auf die Couch legen. Ich muss dich jetzt verlassen. Wenn du was brauchst, sag meiner Sekretärin Bescheid. Sie ist im Büro nebenan. Tschüss, Karin!"

Er tätschelte ihr die Wange und eilte davon. Innerhalb einer Stunde erschien Florian. Er brachte seine Mama nach Hause und tröstete sie: „Du darfst nicht denken, dass die ITS mit Sterben gleichzusetzen ist. Sei froh, dass er dorthin gebracht wurde. Auf einer Intensivstation sind mehr Schwestern und auch Fachärzte verfügbar, als auf einer normalen Station. Außerdem wird jeder Patient an Geräte angeschlossen, die Tag und Nacht den Organismus überwachen. Sollte sich irgendetwas Auffälliges ereignen, alarmieren die sofort die Diensthabenden. Glaub mir, Mama, Simon ist dort in den besten Händen!"

Karin lächelte ihren Sohn dankbar an und begab sich ins Bett. Vor Erschöpfung schlief sie, bis es gegen Abend klingelte. Heiner stand vor der Tür. Sie ließ ihn eintreten, denn Florian war nicht da. Heiner gestand ihr: „Ich komme gerade vom Krankenhaus und konnte mit dem leitenden Oberarzt sprechen. Leider sieht es mit Simon nicht gut aus. Der Kreatininwert hat sich dramatisch verschlechtert. Sie haben ihn an die Dialyse angeschlossen, weil sie akutes Nierenversagen befürchten und ..."

Er unterbrach seine Mitteilung, um Karin aufzufangen, deren Beine umknickten. Heiner trug sie zur Couch und lagerte die Beine hoch. Allmählich kehrte ihr Bewusstsein zurück. Sie blickte den Freund traurig an.

„Wird er sterben?"

„Das weiß nur der da oben. Wir können bloß noch beten. Kann ich irgendetwas für dich tun?"

„Lass mich jetzt nicht alleine!"

„Natürlich nicht. Ich habe mir Akten mitgebracht, die ich für die Verhandlung durcharbeiten muss. Das kann ich bequem hier erledigen und bin für dich da, wenn du mich brauchst. In einer Stunde rufe ich in der Klinik an. Schlaf noch ein bisschen!"

Die Anwesenheit von Heiner beruhigte Karin. Sie döste vor sich und wurde hellwach, als er zu seinem Handy griff. Nachdem die von ihm gewählte Verbindung hergestellt war, verfolgte sie aufmerksam sein Minenspiel. Von dem, was der Arzt ihm sagte, hörte sie nichts. Seine knappen Antworten und Fragen irritierten sie. Heiner schaltete sein Handy aus, nahm ihre Hand und schärfte ihr ein: „Du musst jetzt ganz tapfer sein. Der Oberarzt teilte mir mit, dass Simon nach seiner Ansicht die Nacht nicht überleben wird. Fühlst du dich kräftig genug, damit wir zu ihm fahren können?"

Mit dem Hinweis: „Wir müssen Flo verständigen", stand Karin wie ferngesteuert auf. Heiner informierte Florian telefonisch über Simons Zustand. Als Treffpunkt vereinbarten sie den Parkplatz des Krankenhauses. Heiner hakte Karin unter und brachte sie zu seinem Auto. Schweigend fuhren sie zum Parkplatz, auf dem Florian sie bereits erwartete. Heiner brachte Karin zu seinem ehemaligen Klienten, dem Oberarzt der Intensivstation. Er nahm beide Hände von Karin und gestand ihr: „Noch lebt Ihr Mann, aber wir können nichts mehr für ihn tun, gnädige Frau."

Er ließ sich von einer Schwester die vorgeschriebene Hygienekleidung für die ITS bringen und half Karin beim Anziehen. Florian und Heiner kleideten sich selbstständig an.

Als sie zu Simon traten, erschrak Karin über die Veränderung seines Aussehens. Nicht nur die Geräte, an denen er angeschlossen war, entsetzten sie, sondern seine totenblasse Farbe und das hohlwangige Gesicht. Heiner, der am Fußende des Bettes stand, verlor seine ansonsten kerngesunde Hautfarbe. Er starrte den Freund mit Augen an, deren Blicke ihn zwingen wollten, nicht aufzugeben. Florian begriff, dass Simon nur noch für kurze Zeit bei ihnen weilen werde. Trotzdem hoffte er, dass sein Lebenswille siegen könnte, und betete im Stillen. Karin hockte auf dem Bettrand und weigerte sich, Simon aufzugeben. Sie küsste seine blassen Lippen, die nicht auf ihre Liebkosung reagierten. Sie nahm seine spindeldürre Hand, legte sie an ihren Bauch und flüsterte ihm zu: „Spürst du seinen Herzschlag? Bleib bei uns! Wir brauchen dich."

Simon hob schwach die Augenlider und hauchte: „Liebes, ich … beschütze euch … von da … oben."

Nach einem tiefen Seufzer stockte die Atmung. Die Hand auf ihrem Bauch verlor ihre Spannkraft und sank herab. Alle Geräte piepten. Über jeden Monitor jagten Nulllinien. Der Oberarzt eilte herbei. Er prüfte mit einer Taschenlampe den Pupillenreflex, um die Gehirnfunktion zu testen. Weite, lichtstarre Pupillen bestätigten den Hirntot. Zur Sicherheit kontrollierte er mit dem Stethoskop den Herzschlag und wandte sich an die Besucher: „Mein Beileid! Nehmen Sie in Ruhe Abschied!", und verließ sie. Karin warf sich auf Simon, küsste immer wieder seinen Mund und flehte: „Komm zurück, Liebster, komm zurück zu uns, komm wieder ..."

Ihre Tränen benetzten seine Lippen, ihre Hände strichen über das geliebte Gesicht und ihr Körper bebte vor Traurigkeit. Heiner und Florian hoben die Verzweifelte von dem Leichnam weg. Karin starrte in sein Gesicht, das ihr jetzt fremd vorkam, und flüsterte: „Danke, Liebster, danke für alles, was du mir gegeben hast."

Ihr versagte die Stimme. Auch Heiner nahm die Hand des Freundes und versicherte ihm: „Ich passe auf sie auf, wie ich es dir versprochen habe. Gute Reise, mein Freund."

Von Heiner und Florian gestützt verließ Karin ihren Verlobten. Heiner nahm sie und Florian mit zu sich. Allein ihr Beisammensein spendete ihnen Halt und Trost. In die Stille hinein kündigte Karin an: „Die Wehen ...", und krümmte sich vor Schmerzen. Heiner verständigte die Feuerwehr, die innerhalb von fünf Minuten mit Blaulicht vorfuhr. In Windeseile trugen sie Karin in das Fahrzeug. Heiner rief ihr nach: „Flo und ich kommen nach."

Die Feuerwehr raste mit der Gebärenden ins Krankenhaus zur Entbindungsstation. Aufgrund ihrer Unterernährung entschied der Gynäkologe sich für einen Kaiserschnitt. Wenige Minuten später wurde Karin von einem gesunden Jungen entbunden. Sie nannte ihn Simon. Der Gynäkologe gratulierte Heiner, der inzwischen mit Florian eingetroffen war: „Glückwunsch zur Geburt Ihres Sohnes."

Es war der 1. Februar 1999.

40. Kapitel

„Morgen ist die Beisetzung. Für die anschließende Feier habe ich alles organisiert, und der Grabschmuck liegt im Flur", teilte Heiner der Trauernden mit.

„Habe ich schon gesehen. Wunderschön, Heiner! Genauso habe ich ihn mir vorgestellt."

Karin dankte ihm mit einem Händedruck und klagte: „Wenn ich dich nicht hätte … es ist alles so trostlos. Simon fehlt mir überall."

„Mir auch. Die Zeit heilt zwar nicht alle Wunden, aber sie verblassen. Ich helfe dir, so gut ich kann."

Ein klägliches Weinen unterbrach ihren Dialog. Karin lief sofort zu dem Säugling und hob ihn aus seinem Kinderwagen. Während sie ihn in ihren Armen wiegte, verstummte er, und sie dementierte Heiners Aussage: „Vielleicht bei dir, aber mein Kummer um den Verlust von Simon wird nie vergehen. Liebe ist unsterblich."

„Kann sein, aber vielleicht denkst du nächstes Jahr um die Zeit anders darüber." „Niemals, Heiner! Dazu liebe ich Simon immer noch zu sehr. Der Kleine wird seinen Vater nie sehen können. Simon hatte sich so auf ihn gefreut", schluchzte sie.

„Willst du bei mir im Gästezimmer schlafen?"

„Nein. Ich möchte nach Hause. Flo wartet auf mich. Und ich wünsche mir, die Nähe von Simon zu spüren, obwohl er nicht mehr ist. Wenn ich in unserem Bett liege und die Augen schließe, ist er nah bei mir."

„War ja nur ein Vorschlag, um dir etwas von der Einsamkeit zu nehmen. Ich bringe dich hin und hole euch morgen zur Beisetzung ab. Vorher muss ich dir noch was beichten, damit du vorbereitet bist. Nimm bitte Platz!"

„Was gibt es denn noch? Ich möchte so schnell wie möglich nach Hause."

„Wir werden nicht die einzigen Trauernden sein. Simon ist … wie soll ich es sagen … Simon ist verheiratet. Seine Ehefrau nimmt mit den Verwandten und einem großen Teil der Mitarbeiter von den Hotels ebenfalls teil."

Karin erblasste und starrte ihn wie einen Dämon an. Schließlich beschuldigte sie ihn:

„Warum sagst du das jetzt? Soll ich auf Simon wütend sein, damit du bei mir Chancen hast? Das hätte ich nie von dir gedacht."

„Glaub mir! Es ist die Wahrheit."

„Nein. Das kann ich nicht glauben. Wir sind verlobt und wollten bald heiraten."

„Es ist aber so. Er lebte von Dorothea seit Langem getrennt und hat auch die Scheidung eingereicht. Dazu ist es leider nicht mehr gekommen. Nach dem Gesetz ist er mit ihr verheiratet. Deshalb musste ich sie auch über seinen Exitus informieren und zur Testamentseröffnung bitten. Sie erbt das, was ihr gesetzlich zusteht."

Karin schwieg bestürzt. Jetzt wusste sie, warum Simon so gezögert hatte, das Aufgebot zu bestellen.

„Warum hat er mir seine Ehe verschwiegen?"

„Er befürchtete, dass du ihn verlässt, wenn du davon weißt. Wärst du bei ihm geblieben?"

„Darauf weiß ich keine Antwort. Vermutlich erst nach der Scheidung. Bring mich bitte nach Hause! Das ist jetzt alles zu viel für mich."

Sie legte den Säugling wieder in den Kinderwagen, den Heiner zur Garage schob. Karin ging nachdenklich hinterher. Heiner hielt ihr die hintere Tür seines Autos auf. Sie blieb davor stehen, als befände sie sich nicht mehr unter Lebenden.

„He, wach auf! Dein Sohn braucht dich", stupste Heiner sie an. Karin zuckte zusammen und murmelte, als käme sie aus uferloser Traumwelt zurück: „Ja … ja. Was ist denn?"

„Setz dich ins Auto, damit ich dir das Baby auf den Schoß legen kann. Oder soll es etwa im Wagen in den Kofferraum?"

Karin beherzigte seine Aufforderung. Sie befand sich erst wieder in der Realität, als der Säugling auf ihrem Schoß lag. Heiner hatte inzwischen den Kinderwagen zusammengeklappt und im Kofferraum verstaut. Er nahm auf dem Fahrersitz Platz und brachte sie nach Hause. Florian erwartete sie bereits. Er war verblüfft, weil Karin weder ihn begrüßte, noch sich von Heiner verabschiedete. Sie verschwand sofort mit Klein-Simon im Schlafzimmer und schloss die Tür ab. Florian fragte Heiner: „Gab es Zoff? Mama ist doch sonst nicht so."

„Lass es dir von ihr erzählen! Nimmst du den Kinderwagen? Ich muss schnell weg. Tschüss."

Florian schob den Kinderwagen ins Haus und vernahm schon im Hausflur das Schluchzen aus dem Schlafzimmer. Er wollte ihre Verzweiflung lindern, aber die Tür blieb auch nach mehrmaligem Klopfen verschlossen. Ebenfalls auf seine Bitte hin: „Mach bitte auf, Mama!", pausierte das Wimmern nicht. Ratlos verließ Florian die Tür und stellte den Kinderwagen in die Kammer.

Gegen Abend kam Karin aus dem Schlafzimmer. Florian entdeckte sofort an ihrem Gesichtsausdruck eine Veränderung, die ihn frösteln ließ. Er unterließ jegliche Fragestellung und sah zu, wie sie Klein-Simon säuberte, frische windelte und stillte. Ihre Bewegungen befremdeten Florian. Sie wirkten wie die eines Roboters. Endlich wagte er die Frage: „Mama, was ist passiert?"

Karin winkte ab und stieß hervor: „Morgen, Flo, morgen."

Sie legte das Baby, ohne die sonst übliche Schäkerei, die es zum Jauchzen anstiftete, in seine Wiege neben ihrem Bett und wimmelte Florian ab: „Ich bin müde und will schlafen. Leg dich auch hin! Wir haben einen anstrengenden Tag vor uns."

Im Morgengrauen entlarvte sie Florian das Doppelleben von Simon. Er konnte es nicht fassen. Seine Empörung gipfelte sogar in der Absicht, nicht an der Beerdigung teilzunehmen. Karin flehte ihn an: „Hilf mir über den Tag, Flo!"

Sie gestand ihm: „Trotzdem bleibt Simon die Liebe meines Lebens. Ich kann ihm verzeihen. Vergib auch du ihm!"

Florian knurrte widerstrebend ein Ja heraus. Frau Müller und ihr Mann waren längst zum Friedhof gefahren. Heiner parkte pünktlich vor dem Haus, blickte Karin nur an und nickte ihr zu. Sie kauerte sich auf die Sitzbank und nahm das Baby in Empfang. Florian half Heiner, den Kinderwagen im Kofferraum unterzubringen und setzte sich danach neben seine Mama mit dem Bruder. Auf dem Weg zur Beisetzung schwieg Karin beharrlich. Florian schloss sich mit finsterer Miene an.

Als sie am Friedhof vorfuhren, gestaltete sich die Parksuche schwierig. Eine nicht zu überblickende Anzahl von Pkws füllte den Parkplatz und säumte den Zaun. Noch mehr Unbekannte bevölkerten den Platz vor der Kapelle. Einige unterhielten sich, andere weinten leise vor sich hin. Die Meisten drehten ihre Köpfe zu den Hinzugekommenen. Karin bildete sich ein, es empfingen sie Henkersknechte, die sie jeden Moment lynchen werden. Heiner raunte ihr zu: „Beachte sie nicht!"

Er packte den Kinderwagen aus und nahm Karin den Säugling ab, um ihn in den Wagen zu legen. Plötzlich löste sich aus der Trauergesellschaft eine Frau und marschierte im Eilschritt auf Heiner zu.

„Hast du das Flittchen mit ihrem Bastard tatsächlich mitgebracht!", fuhr sie ihn wütend an, aber er konterte: „Bitte, Doro, nicht ganz so ordinär. Dein Mann ist der Schuldige, nicht sie."

Er beachtete die Erzürnte nicht weiter, sondern beruhigte Karin: „Nicht weinen! Sie kann nicht anders."

Er schob den Kinderwagen mit Karin an der Hand in Begleitung von Florian an den Verwandten und den Mitarbeitern der Hotelkette, die zur Kapelle eine Gasse gebildet hatten, vorbei. Karin fühlte sich wie bei einem Spießrutenlauf. Die feindlichen Blicke, die sie trafen, wähnte sie als Schläge mit Weidenruten, die wegen eines schweren Vergehens bis ins 19. Jahrhundert über einen Gesetzesbrecher verhängt worden waren. Heiner führte sie jedoch wohlbehalten in die erste Reihe des Gotteshauses. Mittrauernde folgten und besetzten die Bänke hinter ihnen. Während der Predigt dachte Karin an Liesa-Marie, die sie damals wutentbrannt aus der Wohnung gejagt hatte. Ob sie sich auch so gefühlt hatte, wie sie jetzt? Was mag aus ihr geworden sein? Das Baby müsste älter als Klein-Simon sein.

Plötzlich schoss es durch ihre Gedanken, dass dieses Kind ein Halbgeschwisterchen von Florian ist. Auf dem Weg zur Beisetzung beschloss sie, nach Liesa-Marie zu suchen. Sie wollte sich wegen ihrer Taktlosigkeit kurz nach dem Ableben von Alexander entschuldigen und ihr Versprechen nach der Gerichtsverhandlung einhalten. Als Letzte warf sie die Orchidee auf den Blumenhügel, der sich über der Urne türmte. Dabei murmelte sie Simon Liebesworte zu, die keiner zufällig hören konnte. Als das Grab mit Erde geschlossen war, wartete sie, bis alle ihre Kränze abgelegt hatten und gegangen waren. Niemand von Simons Familie oder von den Hotelangestellten hatte sie zu der anschließenden Trauerfeier eingeladen. Karin legte ihren Trauerkranz mit weißen Lilien oben auf die der anderen und kniete mit gesenktem Kopf nieder. Florian traten einige Schritte zurück, und Heiner folgte ihm mit dem Kinderwagen. Sie hörten nicht, was Karin sprach. Als sie sich erhob, glänzte ihr Gesicht von den geflossenen Tränen. Florian trat zu ihr und nahm ihre Hand. Beide folgten Heiner. Er führte zu einer Gaststätte, in der er Plätze reserviert und das Menü bestellt hatte. Lustlos aßen sie die Speisenfolge. Danach nahm Heiner sie mit in sein Haus und erklärte Karin und Florian: „Simon ist nicht der Lügner, für den ihr ihn vermutlich jetzt halten werdet. Er schwieg über seine Ehe, weil er dich, liebste Karin, nicht verlieren wollte. Ohne dich konnte er sich sein Leben nicht mehr vorstellen. Sein Eheversprechen war ernst gemeint, aber erst musste er die Scheidung durchstehen. Und das ist bei Dorothea nicht einfach, denn sie ähnelt in ihrem Benehmen nicht nur einem Schmarotzer, sondern ist äußerst egozentrisch. Ich begriff Simon damals nicht, als er sie geheiratet hat. Vermutlich ließ er sich von ihrer aristokratischen Gestalt und ihrem überkandideltem Hochmut blenden."

„Warum hatte er kein Vertrauen zu mir? Ein gemeinsames Leben mit einer Lüge zu beginnen, ist nicht nur widerlich, sonder auch ehrlos", hielt Karin ihm vor.

„Ich habe ihm ja immer zugeredet, es dir zu sagen. Doch er dachte, die Scheidung ginge schnell über die Bühne. Er hatte aber nicht mit Dorotheas Machtbesessenheit gerechnet. Deshalb veranlasste er auch das Testament, damit ihr im Falle seines plötzlichen Todes abgesichert seid. Für Dorothea bleibt genug. Ganz bestimmt wird sie versuchen, dieses Testament anzufechten, aber das wird ihr nicht gelingen. Dafür werde ich sorgen. Dir, dem Kleinen und Flo gehört das, was Simon bestimmt hat. Daran kann niemand etwas ändern. Auch keine Dorothea, die glaubt, allmächtig und klug zu sein."

„Bring uns nach Hause!"

„Bleibt hier! Morgen früh ist die Testamentseröffnung."

Karin willigte ein und lag im Gästezimmer mit Klein-Simon im Arm lange wach.

Am nächsten Morgen brachte Florian, der nicht zur Testamentseröffnung dabei sein wollte, seinen Bruder zu Frau Müller. Dorothea erschien pünktlich in Begleitung ihres Rechtsanwaltes und allen Verwandten in der Kanzlei. Niemand beachtete Karin, die still am Tisch saß. Heiner wies bis auf Dorothea alle an, das Zimmer zu verlassen. Murrend begaben sie sich in den Garten. Nachdem Heiner das Testament verlesen hatte, brauste Dorothea auf: „Das hat diese Erbschleicherin ja prima geschafft! Erst Simon mit ihren Reizen um den Finger wickeln, ihm das Balg anhängen und ihn dann krepieren lassen. Pfui Teufel!"

Sie spuckte vor Karin aus, die sich nicht mehr beherrschen konnte und zu weinen anfing. Heiner versuchte, das Gezänk von Dorothea einzudämmen, aber in ihrem

Zorn wütete sie maßlos. Letztendlich beförderte Heiner sie am Arm aus der Tür. Noch von draußen vernahm Karin ihr Gezeter. Heiner versicherte ihr nochmals: „An dem Testament von Simon gibt es nicht zu rütteln. Es ist einwandfrei."

Sie fühlte sich trotzdem gedemütigt und verlangte, nach Hause gebracht zu werden. Heiner protestierte gegen ihren Aufbruch und weihte sie in seinen Plan ein: „Ich dachte, wir fahren morgen zu einem mir bekannten Steinmetz, um für Simon einen Gedenkstein auszusuchen. Denk dir schon mal eine Inschrift für ihn aus. Was hältst du davon?"

„Das macht doch sicher seine Frau."

„Glaube ich nicht. So aufgebracht, wie die ist und wie ich sie kenne, wird sie das Grab in ihrem Größenwahn nicht einmal besuchen. Lass uns fahren! Ich denke, er hat den ausdrucksvollsten Gedenkstein verdient, den es gibt."

„Das hat er. Hol mich morgen ab! Ich muss Frau Müller von Klein-Simon erlösen. Er wird Hunger haben, und Flo muss auch zur Uni."

Zufrieden brachte Heiner sie zu ihrem Haus. Karin spürte Frau Müller durch das Geschrei des Säuglings im Arbeitszimmer von Simon auf. Sie wiegte ihn in ihren Armen und gestand aufatmend: „Gott sei Dank sind Sie da! Der Kleine muss gestillt werden."

Karin eilte zu ihrem Sohn, steckte ihm den Schnuller in den Mund, damit er daran saugen konnte und sein Geschrei beenden werde. Er spie ihn aus und setzte sein

Geheul mit hochrotem Kopf fort. Sogar seine Hände ballte er zu Fäusten. Karin entledigte sich hastig der Winterkleidung und schlüpfte in ihren Hausanzug. Während Frau Müller mit dem kreischenden Baby hin und her lief, wusch Karin sich die Hände und entblößte ihre linke Brust. Frau Müller legte ihr das Baby so auf den Schoß, dass es gut trinken konnte, und äußerte: „Ich geh dann. Brauchen Sie mich morgen wieder?"

Während das Baby saugte, als sei es am Verhungern, bat Karin die Haushälterin: „Könnten Sie morgen Vormittag auf den Kleinen aufpassen? Ich will mit Heiner einen Grabstein für Simon aussuchen. Ginge das?"

„Natürlich bin ich auch weiter für Sie da, wenn Sie es wünschen."

Karin eröffnete ihr: „Ihr Arbeitsvertrag und der ihres Mannes endet eigentlich mit dem Tod von Simon, denn er war ihr Arbeitgeber. Ich kann ihn aus Kostengründen nicht auf mich umschreiben. Tut mir leid."

„Dachte ich mir schon. Machen Sie sich keine Sorgen. Wir finden bestimmt wieder was. Obwohl ich zugeben muss, ich wäre gern bei Ihnen geblieben. Und Max auch. Aber morgen komme ich natürlich, um auf das kleine Schätzchen aufzupassen. Außerdem wäre ich Ihnen dankbar, wenn Sie jedem ein Zeugnis schreiben."

„Selbstverständlich, Frau Müller", erwiderte Karin. Die Haushälterin verabschiedete sich mit Tränen in den Augen.

Karin erfreute sich am Anblick ihres Söhnchens. Sie stellte fest, dass er seinem Vater immer mehr ähnelte. Er stellte das Saugen ein. Die Ärmchen sanken herab. Er schien satt zu sein, denn er schlief ein. Karin entfernte die Windel, säuberte ihn und wickelte ihn frisch. Als er in seiner Wiege lag, blieb sie lange davor stehen und konnte ihre Blicke nicht von ihm lösen. Dabei flüsterte sie: „Warum ist das Schicksal so hart zu uns? Dein Vater wäre überglücklich, dich im Arm halten zu können."

Sie legte sich ins Bett und weinte, bis Schlaf sie gnädig von ihrem Kummer befreite.

Nachdem am Morgen die Sonne erwacht war, schloss Frau Müller die Haustür auf. Gleichzeitig hupte Heiner vor dem Gartentor. Karin bedankte sich bei Simons Haushälterin für ihre Hilfsbereitschaft. Sie warf sich ihren Mantel über und flitzte zum Auto. Als Heiner sie mit einer Umarmung empfangen wollte, wehrte sie ihn ab: „Bitte nicht, Heiner! Du bist Simons Freund. Und wenn du weiterhin auch meiner bleiben möchtest, dann freut mich das. Aber bitte keine Annäherungsversuche."

Heiner wich zurück und rechtfertigte sich: „Entschuldige! Ich wollte dir nicht zu nahe treten."

Er schwang sich auf den Fahrersitz seines Autos. Nachdem Karin neben ihm saß, raste er zu einem Steinmetz. Er begrüßte den Meister, der einmal sein Klient gewesen war: „Hallo, hier sind wir, wie besprochen. Zeig uns deine Meisterwerke!"

Der Steinmetz lachte sie an und führte dem Paar seine Ausstellung von Grabsteinen vor.

„Wählt in Ruhe aus! Ich muss einen Kunden anrufen. Bin gleich wieder hier."

Heiner führte Karin gezielt zu einem mehrteiligen Grabstein aus Granit, dessen Teile mit Edelstahl verbunden waren.

„Der sieht doch edel aus! Als wäre er extra für Simon gestaltet worden", lobte er den Gedenkstein.

„Ist ja ganz hübsch. Aber ich dachte an einen, der seinen Wünschen gerecht wird." Ihre Blicke huschten über die Vielzahl der Ausstellungsstücke und blieben an einem haften.

„Dahinten, Heiner, dahinter steht ein Exemplar, von dem ich mir vorstelle, dass es Simon gefallen hätte."

Sie gingen dorthin. Heiner fand den Stein aus Marmor in Halbmondform ebenfalls wunderschön. Hinter ihm wachte ein Engel über einer Wiege mit einem Säugling, rechts daneben stand ein Jugendlicher an der Hand einer jungen Frau. Karin hatte sich bereits eine Inschrift ausgedacht und trug sie Heiner vor: „Du warst für mich die ganze Welt. Es bleibt die Liebe, die den Tod nicht kennt. Hab Dank für jeden Tag, Liebster! In unseren Gedanken bist du immer bei uns. In Liebe Karin, Simon und Florian."

Heiner begeisterte die Grabinschrift. Er beauftragte den Meister mit der Anfertigung des Gedenksteins einschließlich der Beschriftung und beglich die Rechnung. Karin wollte ihm den Betrag zurückzahlen, aber Heiner widersprach: „Ich möchte meinem Freund auf diese Weise danken."

Er brachte sie nach Hause. Beim Abschied schärfte er ihr ein: „So bald wie möglich musst du dich in deinem Hotel als neue Besitzerin vorstellen. Wollen wir das morgen gleich gemeinsam in die Tat umsetzen?"

Karin vereinbarte mit ihm eine Zeit und bat ihn nicht mit ins Haus. Sie wollte für das Ehepaar Müller die Zeugnisse schreiben und sich über die Höhe der Abfindung, die in den Arbeitsverträgen genannt wird, kundig machen. Außerdem plante Karin, ihnen für ihre treue Dienste mit einer zusätzlichen Vergütung zu danken und den restlichen Lohn auszuzahlen. Heute wünschte sie sich, mit Klein-Simon allein zu sein.

Als sie das Haus betrat, empfing sie zu ihrem Erstaunen Florian und nicht Frau Müller. Er begründete seine Anwesenheit: „Hallo, Mama. Ich habe Frau Müller nach Hause geschickt. Brüderchen schläft. Ich möchte eigentlich doch nicht in eine WG ziehen. Jetzt, wo du allein hier bist."

Karin freute sich über seinen Entschluss und teilte ihm mit, dass Simon ihm das Auto in seinem Testament überlassen habe.

„Du hast doch eine Fahrerlaubnis?"

„Cool. Da braucht Heiner dich nicht überall hinzufahren. Das übernehme ich."

„Ich bin bald mit der Prüfung dran. Dann kaufe ich mir einen Kleinwagen und bin unabhängig."

„Ich fahre dich gern, Mama."

„Glaube ich dir, Flo, und danke dir auch. Aber ich will dich nicht immer von deinem Studium abhalten. Da hast du genug zu tun. Ich möchte sooft, wie möglich, Simon besuchen, um seine Ruhestätte mit seinen Lieblingsblumen zu schmücken."

41. Kapitel

Karin fiel Liesa-Marie ein, während sie abends im Bett über die Ereignisse der letzten Wochen nachdachte. Die Hilfe, die sie ihr versprochen und bis jetzt nicht eingehalten hatte, erzeugte in ihr Schuldgefühle. Sie nahm sich vor, sobald sie Einblick in ihren Aufgabenbereich als Hotelinhaberin gewonnen habe, das Versprechen nachzuholen. Mit dieser Entscheidung schlief sie ein. Gegen Morgen weckte sie Klein-Simon, der kraftvoll an seinem Schnuller saugte. Er zeigte damit an, dass er hungrig war. Karin nahm ihn zu sich ins Bett und stillte ihn. Sie beobachtete ihn dabei und fand immer mehr Ähnlichkeit mit seinem Vater, den es nun nicht mehr gab. Sie versank in ihrer Trauer um den Verlust ihres Liebsten. Sie kehrte erst wieder in die Wirklichkeit zurück, als die Hände des Säuglings an ihren Haaren zogen. Sie lächelte ihn an und kitzelte ihn, sodass er sich kichernd hin und her wand. Karin überhörte das Öffnen der Tür. Florian erinnerte sie: „Mama, du must aufstehen! Heiner wird bald hier sein. Soll ich den Schreihals betreuen?"

„Das wäre ganz lieb von dir, Flo. Kannst du ihn waschen und windeln? Ich schaffe das jetzt nicht und muss mich beeilen, damit du nachher deine Vorlesung nicht versäumst."

In Windeseile duschte sie und frühstückte im Stehen. Bevor sie ihren Kaffee trinken konnte, hupte es vor dem

Gartentor. Karin lief aus dem Haus und begrüßte Heiner.

„Hallo! Schon aufgeregt?", empfing er sie. Karin nickte. Ihre Aufregung legte sich erst, nachdem Heiner sie der gesamten Belegschaft des Hotels „Seeblick" als neue Eigentümerin vorgestellt hatte. Die Zusammenkunft im engsten Kreis mit den Führungskräften des Hotels verlief harmonisch. Sie informierten Karin über den Ablauf des Hotelbetriebes und legten ihr die Abrechnungen der letzten Monate vor. Heiner verlangte Kopien, die von der Sekretärin sofort angefertigt wurden. Zum Schluss dankte Karin für die Auskünfte und bat, vorerst das Hotel im Sinne von Simon weiterzuführen.

Als sie mit Heiner im Auto saß, riet er ihr: „Befasse dich intensiv mit der Führung eines Hotels. Die Direktion ist bisher zuverlässig gewesen. Doch keiner kann wissen, wie sie reagieren, wenn sie mitkriegen, dass du vollkommen unerfahren bist. Ich empfehle dir ein Fernstudium im Bereich Hotellerie und Hotelmanagement. Die Hochschule in Sachsen bietet so etwas an. Oder denkst du immer noch an eine Schriftstellerkarriere?"

„Ich glaube, daraus wird nichts. Ich muss mich ja um das Hotel und um meine Kinder kümmern."

„Flo ist schon erwachsen. Für klein - Simon findest du bestimmt eine Pflegerin, denn für das Fernstudium brauchst du wirklich viel Zeit."

„Geht nicht, Heiner! Ich habe kein Abitur. Alex untersagte mir damals, dass ich die Schule weiter besuche, weil er mich nur für seine Belange brauchte. Und ich war so dumm und brach das Gymnasium ab und begann auch keine Ausbildung."

„Unter bestimmten Umständen kannst du auch ohne Abi ein Fernstudium an dieser Hochschule absolvieren. Gib mir deine letzten Zeugnisse. Ich kümmere mich darum, wenn dir das recht ist. Aber wer vorsorgt den Kleinen?"

Karin schoss eine Lösung durch den Kopf. Sie weihte ihn in ihr Vorhaben ein. Er stand ihrem Plan zwar skeptisch gegenüber, aber er meinte: „Einen Versuch ist es wert. Entschuldige mich jetzt. Ich muss zum Gericht."

Zuhause besprach Karin mit Florian ihre Absichten in beruflicher und privater Hinsicht. Das Fernstudium begriff er als Notwendigkeit, aber wegen der privaten Veränderung murrte er: „Hast du dir das auch gut überlegt, und weißt du überhaupt, wo die wohnt?"

„Ich denke im Bauwagen. Vor Gericht gab sie als Wohnsitz die Cheese an. Das kann nur der Bauwagen sein. Fährst du uns morgen hin?"

Mürrisch willigte Florian ein. Karin hoffte, dass er noch in der Nähe der ihr bekannten Ortschaft stände und Liesa-Marie ihn auch bewohnte.

Tatsächlich fanden sie ihn am nächsten Tag dort. Karin bat Florian, am Straßenrand mit Klein-Simon zu warten. Sie überstieg letzte Reste vom Schnee und sah, dass der Schornstein des gusseisernen Kanonenofens im Bauwagen nicht qualmte. Obwohl Karin glaubte, umsonst hierher gekommen zu sein, klopfte sie an die Tür. Wider Erwarten vernahm sie Liesa-Marie rufen: „Wat willste?"

„Ich bin die Frau von Alexander und möchte mit Ihnen sprechen."

„Da bin ick aba baff. Imma rin in de jute Stube."

Karin trat ein. Kälte und ein abscheulicher Gestank fielen über sie her. Sie erschrak nicht nur deswegen, sondern besonders wegen der dürftigen Einrichtung und der Verwahrlosung. In allen Ecken lagen benutzte Kondome und verschmutzte Laken. Das Bettzeug übersäten undefinierbare Flecken. Das Kleinkind saß, von mehreren Decken umhüllt, auf einer Matratze und lallte vor sich hin. Liesa-Marie trug einen schäbigen Wintermantel und eine Mütze auf dem Kopf. Karin grüßte und stand verlegen an der Tür. Liesa-Marie starrte sie wie eine Geistererscheinung an. Karin brach das Schweigen und fragte: „Mädchen oder Junge?"

„Een Bengel. Alexanda."

„Warum ausgerechnet dieser Name?"

„Alex, det war so een jeila Bock. Da, wo de Nutten stehn, holte der mir zu sich in de Cheese."

„Hat er dich geschlagen?"

„Ohne Dresche läuft dit nich. Dit bin ick jewöhnt. Aba Alex war echt jut zu mich, wenn dit nach seine Feife jing. Von meene Kohle ham war jut jelebt. Dit flutschte bei mich nur so. Tigachen überwachte ooch de Kundn und passte uff, dat se Jummi ham un ick die Pille imma nahm. Aba ick bin ofte so wat von schusselig. Er tat dit mit mich ohne un füllte mir ab. Er liebte mir nämlich, hat dar imma jesacht. Aba nüscht jenauet weeß ick nich. Ick wurde schwanga. Hat der mir vamöbelt!"

„Und jetzt?", fragte Karin.

„Jetzte ... ick poppe wie imma. Nu is Alex über'n Jordan."

„Hast du einen Zuhälter?"

„Ja, aba den kannste knicken. Der tut ooch wie Jraf Kacke wie de Narbnfresse. Un wir beede hungarn."

„Misshandelt er dich oder das Kind?"

„Da kannste Jift druff nehm. Den Kleenen nich, aba mir. Wenn ick nich jenuch Kohle ranschaffe, is er tücksch un jibt mich nüscht. Aba poppn mit mich imma. Un dit is so fies, wat der machn tut."

„Bei dir ist es ja eiskalt. Kannst du nicht heizen?"

„Nee. Nur wenn de Kasse stimmt, kooft dar Holz. Aba wer will mir bei die Kälte."

Beschämt servierte Liesa-Marie ihr Mineralwasser und zwei Kekse. Karin knabberte an einem Gebäck und eröffnete Liesa-Marie spontan: „Pack deine Sachen! In meinem Haus kannst du mit dem Kind in einem Zimmer in der oberen Wohnung vorerst bleiben. Hier holt ihr euch beide den Tod."

Sie hob den Kleinen hoch und verließ den Bauwagen. Sie rief Liesa-Marie zu: „Am Straßenrand parkt das Auto."

Als sie zu Florian kam und ihm die Einquartierung mitgeteilt hatte, erwiderter er trotzig: „Wenn die kommt, bin ich weg und ..."

„Mach, was du willst, aber bedenke, dieses Kind ist dein Stiefbruder. Wir haben doch genug Platz," unterbrach Karin ihn.

Entgeistert blickte er sie an und schrie: „Kommt gar nicht infrage! Die hat unsere Familie zerstört. Dann ziehe ich aus."

„Dazu gehören immer zwei, Flo, und dein Papa war kein Unschuldslamm. Weißt du nicht mehr, dass er dich und mich oft geschlagen hat und dauernd an der Flasche hing? Was wissen wir über Liesa-Marie? Ich möcht ihr jedenfalls helfen. In der Kälte erfrieren die beiden in dem Bauwagen. Hast du daran mal gedacht?"

„Mach, was du willst", knurrte Florian. Karin hielt ihm vor: „Sei doch nicht so stur! Ein Zimmer reicht dir auch. Außerdem brauche ich jemanden, der auf Klein-Simon aufpasst. Nimm mir bitte den Kleinen ab! Ich muss Liesa-Marie helfen."

Karin stapfte ihr entgegen und half, die Reisetasche zum Auto zu tragen. Das Gepäck brachte sie im Kofferraum unter. Im Fahrzeug nahm Liesa-Marie ihr Kind auf den Schoß. Karin besetzte mit Klein-Simon den Beifahrersitz. Schweigend fuhr Florian sie nach Hause und kümmerte sich nicht weiter um die Einquartierung. Liesa-Marie blieb mit ihrem Sohn im Flur stehen.

Florian zog Karin ins Wohnzimmer und warf er ihr vor: „Mama, bist du blind? Was du an dieser dummen Pute findet, ist mir schleierhaft. Und willst du dir auch noch das Geschrei von diesem Gör anhören? Ab jetzt musst du auf mich verzichten. Ich ziehe nun doch zu

Freunden in eine WG", offenbarte er ihr. Karin weinte und beschwor ihn, zu bleiben. Er ließ sich nicht überreden. Sie sagte zu ihm: „Ein Zimmer gehört immer dir. Du kannst jederzeit zurückkommen."

Er packte trotzdem seine Sachen. Bevor er sie verließ, gab er ihr einen Zettel mit dem Hinweis: „Meine Adresse mit Telefonnummer", und fügte hinzu: „Darf ich das Auto mitnehmen?"

„Natürlich. Es gehört laut Testament von Simon dir."

„Wenn du mich brauchst, ruf mich an! Und tschüss!"

Hart knallte die Tür hinter ihm zu. Karin überfiel eine Traurigkeit, die sie jedoch unterdrücken musste. Liesa-Marie stand mit ihrer Reisetasche an einer Hand und dem Kind auf einem Arm noch immer im Flur.

„Jeht dar Spacko wejen mich?"

„Nicht wirklich. Hatte er schon lange vor. Gehen wir hoch! Ich zeige dir dein Zimmer, und wir räumen es gleich um."

Karin griff sich die Reisetasche und stieg die Treppe hoch. Dabei lösten sich nun doch Tränen aus ihren Augen. Sie verbiss sich den Kummer und führte Liesa-Marie mit ihrem Kind in ihr neues Zuhause. Liesa-Marie staunte über das geräumige Zimmer. Sie legte ihren Sohn auf den Teppich und strich über die weiche Oberfläche.

„Dit is aba dufte! Ick bin janz baff", bewunderte sie die Einrichtung und blickte aus dem Fenster.

„Dit is ooch 'n Hamma! Nüscht als Jejend. Bin ick ooch schon übern Jordan oda is dit een Jarten?"

„Das ist unser Garten. Den darfst du genau wie wir benutzen."

„Wat muss ick für dit Janze blech'n?"

„Meinst du Miete?"

Liesa-Marie nickte. Karin antwortete: „Nichts."

„Is dit ooch amtlich?"

„Na klar. Fass mal mit an! Wir tragen die Möbel von Flo zu ihm. Für dich holen wir vom Dachboden eine Couchgarnitur und ein Kinderbettchen für Alex. Ich denke, wir teilen das Zimmer. Die Hälfte mit dem Fenster als Wohnraum und die dunklere zum Schlafen. Das Ganze trennen wir mit einem Vorhang. Was meinst du dazu?"

Liesa-Marie weinte. Karin fragte sie: „Warum weinst du denn? Gefällt es dir nicht?"

„Is allet supa", schluchzte sie, „un du bist so jut, un ick hab dich Alex jeklaut ..."

„Hör auf damit! Ist Geschichte. Wir wollen vorwärts schauen. Pack mal mit an!"

Sie schufteten, bis das Zimmer so eingerichtet war, wie Karin es vorgeschlagen hatte. Nur der Vorhang fehlte. Darum wollte sie sich in den nächsten Tagen kümmern. Sie zeigte ihrem Gast eine Kammer, die an das Zimmer angrenzte und als Küche genutzt werden konnte. Daneben befand sich das Bad mit Badewanne, Waschbecken und Toilette.

„Kannst gleich baden. Ich bringe dir sofort einige Kleidungstücke von mir. Darf ich deine vernichten? Die sind doch nichts mehr wert. Morgen gehen wir shoppen, und du kleidest dich und Alexander neu ein. Jetzt versorge ich deinen Knirps, und Klein-Simon muss auch gestillt werden."

Während Liesa-Marie sich in der Badewanne aalte, entsorgte Karin die alten Kleidungsstücke im Müll und brachte ihrem Gast Kleidung von sich. Danach wusch sie den kleinen Alexander und fand, dass er für sein Alter sehr dünn war. Sie kleidete ihn mit Babysachen von ihrem Sohn, in die er erst hinwachsen musste. Nachdem sie Simon gestillt hatte, fütterte sie Alexander mit Milchreis und Kirschsaft. Gierig verschlang er den Brei, als habe er lange nichts zum Essen bekommen. Karin deckte danach den Tisch zum Abendessen und rief Liesa-Marie. Verlegen saß sie am Tisch und traute sich nicht, von den Nahrungsmitteln irgendetwas zu verzehren.

„Nimm dir, was du möchtest!", ermunterte Karin sie und setzte hinzu: „Oder hast du keinen Hunger?"

Liesa-Marie zögerte noch immer. Karin belegte ihr eine Schnitte mit Butter und Salami und hielt sie ihr hin: „Nun zier dich nicht und iss!"

„Danke", flüsterte Liesa-Marie. Karin hielt ihr vor: „Du brauchst dich nicht zu bedanken. Ich gebe es dir gern und freue mich, dir helfen zu können. Du hast für Flo mehr getan, als ihm nur eine Schnitte geschmiert."

Liesa-Marie lächelte sie verhalten an und entgegnete: „Ick hab doch bloß de Wahrheit jesacht."

„Eben", erwiderte Karin, „das ersparte Flo eine Haftstrafe. Ich empfand deine ehrliche Aussage jedenfalls als Heldentat."

„So siehste dit?"

„Ja. So sehe ich das und möchte dir zu einem neuen Leben verhelfen, wenn du magst."

Liesa-Marie stammelte: „Danke, danke und nochmals danke. So jut war noch nie eena zu mich."

„Dann freu dich und mach was draus! Ich helfe dir."

Liesa-Marie wusch das benutzte Geschirr ab. Danach begab sie sich in ihr Zimmer, weil sie müde war und Karin nicht weiter stören wollte.

In den kommenden Tagen kaufte sie mit Liesa-Marie und dem kleinen Alexander eine Grundausstattung an Kleidung für die beiden. Zuhause jubelte Liesa-Marie: „Ick komme mir wie im Märchen vor, un du bist meene jute Fee. Wie kann ick dit wieda jutmachn?"

Sie umarmte Karin und bedankte sich immer wieder. Karin erwiderte nur: „Indem auch du mir hilfst."

Liesa-Marie schaute sie mit großen, angsterfüllten Augen an und fragte: „Wat soll ick?"

„Nicht das, was du vielleicht denkst."

Karin erläuterte ihr nun, was auf sie durch die Erbschaft des Hotels zukam und bat Liesa-Marie: „Betreue Klein-Simon, wenn ich nicht da bin, und kümmere dich um den Haushalt. Dafür wäre ich dir sehr dankbar. Und nenn mich Karin."

„Is dit allet? Aba ick kann doch nich ... nee det jeht nich. Ick muss ooch abeeten."

„Machst du ja auch, wenn du das tust, um was ich dich gebeten habe und …"

Die Klingel unterbrach Karin Ausführungen. Heiner stand am Gartentor. Karin eilte zu ihm hin.

„Alles ok mit dir?"

„Ja. Ist so gelaufen, wie ich es vorgehabt habe."

„Du wirst staunen. Ich habe mit dem Direktor telefonisch gesprochen und ihm deine Papiere gefaxt. Die Hochschule hat dich zum Fernstudium zugelassen und schickt dir demnächst die Lehrhefte."

Karin freute sich nicht so, wie Heiner es erwartet hatte.

„Ist was? Du siehst nicht gerade glücklich aus."

„Flo ist ausgezogen. Wegen Liesa-Marie. Willst du reinkommen?"

„Nein. Ich muss zum Gericht. Finde dich damit ab! Flo ist erwachsen und will sein eigenes Leben beginnen und nicht immer bei Mama unterkriechen. Der wird dich schon noch oft genug besuchen. Aber tschüss! Ich muss los."

Als Karin ins Haus kam, hatte Liesa-Marie sich in ihr Zimmer zurückgezogen. Karin ging zu ihr und fragte sie: „Magst du mit fernsehen oder wollen wir uns unterhalten?"

„Wat wollte dar Macka? Mir pimpern?"

Jetzt lachte Karin: „Du dachtest, er wollte mit dir … Liesa-Marie, ich bin nicht deine Zuhälterin. Dieser Mann ist ein Freund meines Verlobten, Dr. Rechtsanwalt Heinrich von Neuhaus. Er hilft mir jetzt nach dem Tod von Simon und kommt öfter abends vorbei. Ab morgen möchte ich meine Mutti wieder jede Woche im Pflegeheim besuchen und muss mich um das Hotel kümmern. Kannst du dann immer auf Klein-Simon aufpassen?"

Liesa-Marie stimmte zu. Erleichtert begab Karin sich zum ersten Mal nach Wochen wieder zu ihrer Mutter. Ihre Verwirrtheit hatte sich seit dem letzten Besuch deutlich verstärkt. Karin erschütterte es, wie schmal und zerbrechlich sie wirkte, geradeso, als stünde der Tod zur Übernahme bereit. Die Wangenknochen überragten die eingefallenen Seiten des Gesichtes. Karin spürte, dass ihr Ende nahte. Ihre Vorwürfe, sie während der Krankheit von Simon nicht besucht haben, plagten sie nun mehr. Die Mutter sprach auch kein Wort mit ihr. Sie starrte an die Zimmerdecke, als gäbe es dort einen spannenden Film. Traurig ging Karin nach Hause.

Sie war froh, nach dem Auszug von Florian nicht allein im Haus zu sein. Liesa-Marie erwies sich nicht nur als ausdauernde Zuhörerin, sondern auch als tatkräftige Hilfe im Haushalt. Wenn Karin sich zu ihrem Kummer auch wenig äußerte, tat es ihr gut, jemanden zu haben, der die Last mit ihr trug. Sie musste nun nicht immer Florian damit belasten. Von Tag zu Tag merkte Karin mehr, dass Liesa-Marie oft bedrückt wirkte. Sie fragte: „Gefällt es dir hier nicht oder was quält dich?"

„Dit is so. Wenn Hubart – dit is meen olla Obabock - mir bei dich findet, musste ooch für den anschaff'n. Wat soll ick bloß mach'n?"

„Das haben wir gleich", erwiderte Karin und rief Heiner an. Sie schilderte ihm die Sorgen von Liesa-Marie. Er versprach, am Abend vorbeizukommen. Heiner hielt Wort. Liesa-Marie informierte ihn über den Zuhälter. Zum Schluss ihres Berichtes belehrte er sie: „Ich kümmere mich um ihn. Habt keine Angst! Da gibt es Mittel und Wege, damit er euch in Ruhe lässt."

Karin vertraute dem Freund. Auch Liesa-Marie schöpfte Mut, in ein geordnetes Leben zu gelangen. Emsig half sie im Haushalt mit, denn Karin kontrollierte beinahe täglich die Angestellten im Hotel. Durch ihr Fernstudium und diese Beaufsichtigungen eignete sie sich erstaunlich schnell das Wissen über das Führen eines Hotels an. Auf Liesa-Marie konnte sie sich verlassen. Das Haus putzte sie spiegelblank und befreite die Wege von Eis und Schnee. Im Frühjahr und im Sommer pflegte sie die Gewächse und Blumen im Garten und vernichtete überall das Unkraut. Sie kochte, wusch, bügelte und versorgte die Kleinkinder vorbildlich. Sie hatte auch nichts dagegen, als Karin ihr vorgeschlagen hatte, Hochdeutsch zu lernen. Eifrig bemühte sie sich, Karins Belehrungen zu erfüllen. Es gelang ihr immer besser.

Eines Tages holte Karin mit Florian die Mutter für einen Nachmittag zu sich. Wieder suchte sie nach den anderen Kindern und war noch immer überzeugt, dass Karin sie vor ihr versteckt hielte.

Als Liesa-Marie mit beiden Sprösslingen hinzukam, jubelte sie auf: „Da sind ja die Kleinen", und wollte sie

Liesa-Marie wegnehmen. Karin hatte sie über den Geisteszustand der Mutter eingeweiht. Sie überließ ihr Klein-Simon. Von dieser Minute an hatte die Mutter nur das Baby im Sinn. Sie wiegte es in ihren Armen, sprach mit ihm in einer für andere unverständlichen Sprache. Sie schien überglücklich zu sein, wenn es lachte. Liesa-Marie bewachte in der Nähe das Kind, das sich bei der Mutter wohlzufühlen schien. Währenddessen besprach Karin in einem Zimmer nebenan mit Heiner ihren Plan. Er stand dem misstrauisch gegenüber, aber fügte sich in Karins Entscheidung.

Während Florian die Mutter wieder ins Heim brachte, bot Karin ihrem Gast an: „Wenn du hier bei uns wohnen bleiben möchtest, bist du herzlich willkommen."

Liesa-Marie blickte sie skeptisch und fragte nach einer Weile: „Echt?"

Nachdem Karin bejaht hatte, fiel sie ihr um den Hals und bedankte sich überschwänglich. Plötzlich hielt sie inne und fragte: „Wat sacht dein Heinar dazu? Ick störe doch, wenn ihr beede ... na, du weeßt schon, wat ick meine."

„Er ist nicht mein Liebhaber, wenn du das denkst."

„Ach so. Ick dachte, der is in dir valiebt ... wie er dir manchmal anschaut. Und noch wat anderes. Ick lebe bloß auf deine Kosten. Dit gefällt mich nich. Ick will mir einen Job suchen. Was hältst du davon?"

„An was dachtest du?"

„Ick koche gern und mag Tiere und Blumen."

„Du könntest in meinem Hotel als Küchenhilfe anfangen. Vorher suchen wir für die Kinder einen Kitaplatz."
Liesa-Marie begeisterte der Vorschlag. Innerhalb von zwei Monaten wurden beide Kinder in der gleichen Kita aufgenommen. Liesa-Marie erhielt einen Arbeitsplatz als Küchenhilfe im Hotel „Seeblick". Sie brachte die Kinder morgens in die Kita, und Karin holte sie am Abend ab. Florian besuchte sie meistens am Wochenende und lobte das delikate Essen, das Liesa-Marie kochte. Karin hatte manchmal den Eindruck, dass er wieder zu ihr ziehen wolle. Es widerstrebte ihr, ihn darum zu bitten. Er war von sich aus ausgezogen und sollte selbst fragen, ob er in sein Zimmer einziehen darf.

Als sie eines Tages von einer Inspektion des Hotels nach Hause kam, berichtete ihr Liesa-Marie: „Vorhin hat de Narbnfresse hier jeklingelt. Mit dem musste ick öfta. War anjeblich een Freund von Alex. Dit war so eklich und brutal, aba ick musste."

„Was wollte der denn?"

„Weiß ick nich. Habe mir auf dem Dachboden versteckt. Dann is er abjehaun."

Liesa-Marie blickte ängstlich zum Gartentor und flüsterte auf einmal: „Da is er wieda."

Karin erkannte in dem Mann, der geklingelt hatte, Bodo, den ehemaligen Arbeitskollegen von Alexander. Sie ging zu ihm und fragte: „Was willst du hier?"

„Meen Ruckesack. Is bei Alex in dar Karre. Hab ick dem jeborgt. Is dit Ding bei dich?"

Karin durchfuhr ein freudiger Schreck. Sie wollte ihn hinhalten und forderte ihn auf: „Warte! Ich muss erst auf dem Boden nachsehen."

Rasch lief sie ins Haus und rief den Notruf der Polizei an: „Kommen Sie schnell. Ich glaube, vor meinem Zaun steht der bucklige Triebtäter."

Der Polizist versprach, gleich einen Streifenwagen loszuschicken. Karin holte vom Dachboden den vergammelten Rucksack mit dem künstlichen Buckel und schlenderte zum Tor: „Meinst du den?"

Bodo bejahte und befahl ihr: „Jib her!"

„Warum denn so eilig. Ich muss erst nachsehen, ob da nicht doch noch Sachen von Alex drin sind."

„Jib her, un ick vadufte!"

Karin band gemächlich die Schnüre auf. Bodo stieß mit den Füßen gegen den Zaun und rüttelte an der Türklinke. Er zischte ihr zu: „Dit is meene. Da haste nüscht drin zu schnüffeln."

„Warum denn nicht? Ich kann dir doch nicht einfach was von Alex geben."

„Ick kann ooch anders", drohte er ihr. In dem Moment fuhr ein Streifenwagen heran. Zwei Polizisten sprangen mit schussbereiten Pistolen aus dem Fahrzeug. Einer rief Karin zu: „Ist er das?"

Sie bejahte. Ehe Bodo begriff, was sich hinter ihm ereignete, wurde seine Arme auf den Rücken gedreht und Handschellen fesselten sie. Einer von den Polizisten offenbarte ihm: „Sie sind wegen Tötungsdelikten und Vergewaltigungen festgenommen. Abführen!"

Bodo schrie: „Dit Aas hat ma jelackmeiat. Ick bin unschuldich."

Die Polizisten bedankten sich bei Karin, ließen sich ihren Namen und Adresse geben, damit sie vor Gericht aussagen konnte, falls es notwendig sei. Sie übergab ihm den Rucksack mit dem künstlichen Buckel. Als der Streifenwagen abgefahren war, kam Liesa-Marie angerannt: „Wat war denn mit dem?"

„Das ist der Triebtäter mit dem Buckel, der schon lange sein Unwesen treibt. Der wollte jetzt seinen Rucksack holen, in dem ein künstlicher Buckel versteckt war, den er sich bei seinen Verbrechen umgeschnallt hatte. Und ich dachte, als ich das Ding beim Umzug gesehen habe, Alex wäre der Täter gewesen. Darauf müssen wir uns einen Kaffee genehmigen."

„Bist du aba cleva! Ick hätt dit nich jeschnallt", staunte Liesa-Marie und folgte Karin ins Haus.

Mit der Zeit freundeten sie sich an und verbrachten viele gemeinsame Stunden, in denen sie lachten und über manchen Kummer weinten. Heiner fühlte sich oft überflüssig, aber trotzdem besuchte er die Vier in regelmäßigen Abständen. Alexander entwickelte sich mit der Zeit zu einem prächtigen Kleinkind, das besser Hochdeutsch sprach, als seine Mutter. Klein-Simon hing an ihm, als wäre er sein leiblicher Bruder. Beide spielten zusammen und erfreuten mit ihrer Anhänglichkeit und Zuneigung zueinander die Mütter.

Bei der späteren Gerichtsverhandlung sagte Liesa-Marie als Zeugin aus. Bodo wurde zu lebenslanger Haftstrafe verurteilt.

42. Kapitel

Zu Beginn der Adventszeit hatte Karin auf den Nachttisch am Bett der Mutter eine kleine Pyramide mit elektrischen Kerzen und einen Schwippbogen aus dem Erzgebirge hingestellt. Hin und wieder überraschte sie die Mutter mit Musikkassetten, von denen Weihnachtsmelodien erklangen. Wenn bekannte Lieder gespielt wurden, hatte Karin oft den Eindruck, als lausche die Mutter den vertrauten Weisen. Häufig schlief sie jedoch ein und war weder mit Worten, noch durch Streicheln aufzuwecken. Karin hoffte, dass es am Heiligen Abend anders sein werde.

Samstags während der Adventszeit kaufte sie mit Liesa-Marie, wenn sie keinen Dienst im Hotel hatte, Geschenke für die Kinder und auch für Heiner. Sie hatte ihn zu den Festtagen eingeladen.

Er brachte am Donnerstag, einen Tag vor dem Heiligen Abend, eine Edeltanne und stellte sie mit Florian in einem Ständer im Wohnzimmer auf. Florian erkundigte sich: „Warum hast du keine Nordmanntanne gekauft? Sie soll die kräftigsten Zweige haben."

„Stimmt, aber ich finde diese Art von Edeltannen schöner. Außerdem ist sie haltbarer. Der Orangengeruch ihrer blaugrünen Nadeln gehört für mich einfach zur Weihnachtszeit. Das erinnert mich an meine Kindheit. Meine Eltern bevorzugten diese Tannenart. Stich einmal in die kleinen Harztaschen am Stamm!"

Florian suchte eine Nähnadel und stach in eine der Beulen hinein. Sofort verstärkte sich ein Wohlgeruch nach Orange.

„Das ist ja cool!", freute er sich. Mit Heiner verwandelte er die Tanne durch eine Lichterkette, diversen bunten Christbaumkugeln und mehreren Strohsternen in einen Weihnachtsbaum. Das obere Ende krönte eine silberne Baumspitze. Mit Girlanden aus farbigem Lametta veredelten sie den Baum. Das gesamte Wohnzimmer schmückten sie mit weihnachtlicher Dekoration. Besonders Liesa-Marie bewunderte den Christbaum mit leuchtenden Augen. Heiner versprach beim Abschied, morgen zur Bescherung wiederzukommen.

Am Heiligen Abend nieselte es nach dem Frühstück. Während Liesa-Marie die Kinder betreute, fuhr Heiner mit Karin und Florian zum Friedhof. Sie schmückten das Grab von Simon mit einem Weihnachtsstern. Dazu setzte Karin einen künstlichen Weihnachtsbaum mit LED-Kerzen, die mit Strom durch einen Akku versorgt wurden. Gegen Mittag verwandelte sich der Regen in Schnee.

Als Florian mit Karin um fünfzehn Uhr zum Pflegeheim fuhr, hatte sich ein regelrechter Schneesturm entwickelt. Keinen Menschen trafen sie auf der Straße. In den Fenstern funkelten weihnachtliche Figuren im Kerzenlicht. Alles wirkte festlich. Karin wünschte sich, auch so Weihnachten feiern zu können. Ihr war jedoch klar, dass dies in Zukunft nicht sein werde, denn Simon und die Mutter fehlten für immer.

Im Vorraum des Heimes empfing sie ein geschmückter Weihnachtsbaum, der vom Fußboden bis zur Decke reichte. Sie wünschten der Pförtnerin: „Frohes Fest", und glitten mit dem Fahrstuhl zur Pflegestation. Als sie die Station betraten, verflog das weihnachtliche Gefühl. Hier erinnerte nichts an Weihnachten. Nur aus dem Schwesternzimmer erscholl ein Lacher nach dem anderem, die allesamt vor den kahlen Wänden im Flur erstarben.

Karin klopfte an. Eine Schwester öffnete die Tür einen Spalt. Trotzdem erblickten Mutter und Sohn den Tisch, der mit weihnachtlichen Köstlichkeiten überquoll. Sie wünschten: „Frohe Weihnacht!", und gaben einen Stollen und eine Flasche Sekt für das Team der Station ab.

Als sie das Zimmer der Mutter betreten hatten, war Karin erschüttert, wie schnell der Verfall seit ihrem letzten Besuch vorangeschritten war. Sie lag bewegungslos im Bett auf einer Dekubitusmatratze. Rechts und links verhinderten Gitter am Bettgestell, das sie nicht herausfiel. Eine Unterhaltung gelang mit ihr überhaupt nicht. Karin war nicht sicher, ob sie überhaupt noch sprechen konnte. Sie brabbelte nur unverständliche Laute vor sich hin. Mit ihren inzwischen trüb gewordenen Augen schaute sie die Tochter zwar an, aber wen sie in ihr sah, wird für immer ein Geheimnis bleiben. Karin wünschte ihr: „Tag, Mutti, gesegnete Weihnachten", und umarmte sie, so gut es in ihrer Lage möglich war. Dabei erzählte sie ihr: „Draußen ist ein scheußlicher Schneesturm."

Die Mutter fixierte die Tochter mit bewegungsloser Mimik, bis sie ihr vorwarf: „Da erzählst du mir ja was Schönes! Willst wohl wieder mein Geld, aber jeder Mensch braucht Liebe und ich auch."

Sie drehte sich von ihr weg. Erst jetzt begriff Karin, dass sie eventuell geglaubt haben könnte, sie werde von hier abgeholt. Das Bett ihrer Mitbewohnerin war leer. Sicher verbrachte sie die Festtage bei der Tochter.

Karin fühlte sich wieder so schäbig. Die Freude, die sie der Mutter durch ihren Besuch zum Fest überbringen wollte, wich von ihr. Sie hielt ihr zwar ein weiches, grünes Samtkissen als Weihnachtsgeschenk vors Gesicht, aber die Mutter beachtete es nicht. Karin legte es ihr unter den Kopf und schenkte ihr einen Flakon mit ihrem Lieblingsparfüm. Die Mutter blickte die Geschenke an. Karin konnte keine Gefühlsregung in ihren Augen oder an ihrer Mimik wahrnehmen. Sie hielt ihr den offenen Flakon unter die Nase. Jetzt hatte sie den Eindruck, dass sie ein klein wenig von ihrem Lieblingsduft mitbekommen hatte. Außerdem zeigte Karin ihr einen Teller mit Weihnachtsmotiven, der mit Naschereien, die es für Diabetiker gab, belegt war. Auch hatte sie ihr einen kleinen, künstlichen Weihnachtsbaum mitgebracht und zündete die elektrischen Kerzen an. Florian holte den Rekorder aus dem Schrank, steckte eine Musikkassette mit bekannten Weihnachtsliedern hinein und schaltete ihn an. Bei diesen Klängen wollte Karin die Mutter mit dem Dresdner Stollen füttern, die sie gern aß. Sie kniff die Lippen zusammen. Karin begann sie zu überreden, von der Delikatesse wenigstens zu kosten. Die Mutter öffnete kurz die Augen und murmelte: „Mein Geld kriegst du nicht. Jeder Mensch braucht Liebe und ich auch."

Karin versicherte ihr. „Mutti, Flo und ich lieben dich sehr."

Ob sie davon überhaupt etwas verstand? Ihre Gedanken schienen jedenfalls weit weg zu sein. Karin tat es, wie immer, sehr weh. Sie hätte alles dafür gegeben, um sie aus diesem Zustand herauszutragen und ihr wieder ein Zuhause bei sich zu geben. Wenn sie die Mutter in ihrem Bett liegen sah, bewegungslos und einsam, hätte sie endlos weinen können. In ihrem Beisein hatte Karin sich Tränen strikt verboten. Wie hübsch hatte sie sich immer gemacht! Wie gern hatte sie Besuch gehabt, besonders den von Peter mit Mara. Sie hatten die Mutter nicht einmal besucht und ließen auch sonst nichts von sich hören. Von ihnen hatte Karin so ein Verhalten nicht erwartet. Und doch war es geschehen. Warum? Das konnte Karin nur ahnen. Sie vermutete, dass die überwiegende Zahl der Gesunden kranke Menschen mieden.

Sie schwor sich im Stillen, die Mutter niemals im Stich zu lassen. Sie war schon gestraft genug. Kein Mensch verdiente es, so dahinzuvegetieren. Karin verinnerlichte diesen Blick in ihrer aller Zukunft, wenn sie alt und krank waren. Und doch erblickte sie auf der Station nur einen Bruchteil vom Ende des Lebens. Vor dieser Zeit grauste es ihr. Deshalb konnte sie sich auch über beinahe nichts freuen. Sie sah zu Florian hin, der mit ernster Miene am Fußende des Bettes stand. Ob er Ähnliches empfand?

Als Karin sich wieder bewusst der Mutter zuwandte, schlief sie. Weder Florian noch sie beherrschte der Wunsch, die Schlafende zu wecken. Leise verstaute Florian den Rekorder mit den Musik-CDs im Schrank, und sie verließen das Zimmer. An der frischen Luft brachen Tränen wie ein Sturzbach aus Karins Augen.

Zuhause schmeckte weder ihr noch Florian der Weihnachtsbraten, obwohl Liesa-Marie und Heiner sie immer wieder zum Essen aufforderten. Vor Karins inneren Augen entstand immerzu das Bild der Mutter, die in dem weißen, vergitterten Bett dahinsiechte. Den absoluten Nullpunkt erreichte ihre Stimmung, als Florian ihr am Abend eröffnete: „Mama, ich kann nicht bleiben. Tut mir leid, aber ich habe jemanden kennengelernt … kurz gesagt, ich möchte noch ein paar Stunden mit ihr zusammen sein."

Karin hatte das schon lange erwartet, aber in dem Moment schmerzte es sie. Trotz ihrer Wehmut umarmte sie ihren Sohn: „Ich wünsche dir alles Glück der Welt. Vielleicht lerne ich sie mal kennen."

„Ja, vielleicht, Mama, aber jetzt ist es noch ein bisschen verfrüht."

Lange sah sie ihm aus dem Fenster nach und weinte dabei. Liesa-Marie stand hinter ihr, umarmte sie und besänftigte ihren Kummer: „Du bist nich alleene. Dar Macka, de Hosenmätze un ick bin bei dich."

Karin lächelte sie dankbar an und ging mit ihr zu Heiner, der inzwischen drei Gläser mit Champagner gefüllt hatte. Er reichte jeder ein gefülltes Glas. Erst stieß er mit Liesa-Marie an und wünschte: „Sag Heiner zu mir. Darf ich dich duzen und beim Vornamen nennen?"

Sie errötete und quetschte ein Ja heraus. Heiner wandte sich Karin zu: „Frohe Weihnachten, Karin!"

Hell klangen ihre Gläser, als sie zusammenstießen. Er beugte sich zu ihr hinunter, um sie zu küssen, aber Karin wich seinen Lippen aus.

„Lass es, Heiner! Ich will das nicht."

Enttäuscht wandte er sich von ihr ab und setzte sich stumm hin. Traurig blickte Karin ihn an. In die Stille hinein fragte er sie: „Magst du mich überhaupt?"

„Du bist mein liebster und einziger Freund. Aber für eine Beziehung, von der du träumst, bin ich nicht bereit. Dazu liebe ich Simon noch zu sehr. Sein Verlust und auch der Kummer um meine Mutti hemmen in mir alle anderen Gefühle."

Liesa-Marie wollte sich leise entfernen, aber Heiner rief ihr zu: „Wo willst du denn hin? Jetzt kommt gleich der Weihnachtsmann."

„Ick gloobe, ihr wollt mir jetze nich", erwiderte sie. Karin beruhigte sie: „So ist das nicht. Du gehörst mit zu uns."

Ein Lächeln huschte über das Gesicht von Liesa-Marie. Sie kehrte zurück in die Wohnstube.

Plötzlich klopfte es. Alle hielten den Atem an. Karin fragte ungläubig: „Ob das der Weihnachtsmann ist?", und öffnete. Tatsächlich stand der Weihnachtsmann mit einem Sack auf dem Rücken und einer großen Rute in der Hand in der Türöffnung und fragte: „Wohnen hier brave Kinder?"

„Aber ja, lieber Weihnachtsmann. Komm nur herein", erwiderte Karin und ließ ihn in das Wohnzimmer treten. Er kniete sich vor den Kleinen nieder, die sich im Laufställchen befanden. Alexander verzog seinen Mund, um mit Weinen zu beginnen. Klein-Simon blickte den seltsamen Mann mit dem weißen Bart, der roten Zipfelmütze und dem roten Mantel neugierig an. Karin erklärte den Kindern: „Habt keine Angst! Ihr wart immer lieb. Und du, Weihnachtsmann, steck die Rute weg!"

Der Weihnachtsmann legte die Rute hinter sich, stellte seinen Rucksack auf den Teppich und packte ihn aus.

Simon, der auf dem Bauch lag, erhielt eine Holzrassel und einen Teddy. Alexander klammerte sich an die Gitterstäbe und blickte erwartungsvoll den Fremden an. Ihm schenkte der Weihnachtsmann ein Feuerwehrauto und einen Musikwurm. Außerdem bekam jedes Kind einen Weihnachtsmann aus Schokolade und dazu allerhand Süßigkeiten auf einem bunten Teller. Bevor er Liesa-Marie ein Geschenk überreichte, musste sie ein Gedicht aufsagen. Sie kannte nur eine Zeile von „Lieba guta Weihnachtmann, ick will auch imma brav sein ...", stockte, lief im Gesicht rot an und stammelte: „Weita weeß ick nich."

Der Weihnachtsmann überraschte sie trotzdem mit einer Funkarmbanduhr und einem Halstuch in blue leo mit Fransen. Sie bedankte sich mit einem Knicks. Karin sang ein bekanntes Weihnachtslied. Der Weihnachtsmann hängte ihr eine Kette mit Kristallen, deren Oberflächen in Blau und Rosa schimmerten, um den Hals. Heiner konnte vor Lachen weder singen noch ein Gedicht aufsagen. Der Weihnachtsmann drohte ihm mit der Rute und fuhr ihn an: „Wenn das im nächsten Jahr noch einmal passiert, gibt's zehn Hiebe auf den Allerwertesten. Heute hast du Glück, weil ich bisher zufrieden bin."

Er schenkte ihm einen digitalen Bilderrahmen mit Fotos von Simon und Karin. Florians Geschenk legte er kommentarlos unter dem Christbaum. Mit einem Augenzwinkern stampfte er zur Haustür. Karin begleitete ihn. Sie drückte ihn liebevoll an sich und flüsterte ihm ins Ohr: „Hast du toll gemacht, Flo. Kommst du nachher zu uns?"

„Leider nicht, Mama. Die Eltern von meiner Freundin Manu, also Manuela, haben mich eingeladen. Und morgen fahren wir mit unserer Gruppe nach Tirol zum Skilaufen. Danach komme ich vorbei."

Er küsste Karin auf die Wange, rief den anderen zu: „Frohe Weihnachten!", und schritt davon. Karin sah ihrem Ältesten hinterher und konnte sich die Tränen nicht verkneifen. Heiner trat zu ihr: „Nicht weinen! Er ist erwachsen und lebt sein eigenes Leben, wie wir es auch getan haben. Komm zu uns in die Stube!"

Karin nickte dazu, verschloss die Haustür und folgte ihm. In der Wohnstube schenkte Liesa-Marie Karin eine Strickjacke mit blau-weißen Streifen. Heiner legte sie unbeholfen einen warmen Schal um den Hals, den sie für ihn gestrickt hatte. Seine Dankesworte gingen unter in einem ungewöhnlichen Konzert, das die Kleinen mit ihren Geschenken veranstalteten. Anfangs erfreute die Mütter das Spektakel, aber schon bald nervte sie der Lärm. Die Instrumente wurden in die Spielkiste verbannt. Das anschließende Geschrei beruhigten die Lebkuchen, die Liesa-Marie ihnen gab. Karin war einerseits traurig, weil Florian am Heiligen Abend nicht bei ihnen war, andererseits war sie ihm wegen der Überraschung als verkleideter Weihnachtmann dankbar.

Liesa-Marie zog sich mit ihrem Sohn in ihr Zimmer zurück. Heiner stellte den Fernseher an, um Karin mit einer weihnachtlichen Musiksendung abzulenken. Etliche Lieder erinnerten sie an das letzte Weihnachtsfest mit Simon. Unwillkürlich weinte sie. Heiner versuchte nun, mit ihr über die Zukunft zu sprechen: „Du hattest doch mal ein Fernstudium, Literatur glaube ich, angefangen. Bist du damit schon fertig?"

„Ja. Mit einem Roman habe ich begonnen. Aktuell muss ich mich mehr um das Hotel kümmern und für das Fernstudium lernen, damit ich nicht durch die Prüfung fliege."

„Ich denke, dein Roman wartet, bis du wieder Zeit und vor allen Dingen auch Lust zum Schreiben hast. Wie kommst du eigentlich mit Liesa-Marie aus?"

„Eigentlich ist sie ein liebenswerter Mensch, aber im kultivierten Leben ziemlich unerfahren. Ich weiß, sie kann nichts dafür. Und ich bin auch froh, dass sie jetzt im Hotel arbeitet und ich hier nicht allein wohne."

„Vielleicht könnte sie ihr dürftiges Wissen mit deiner Hilfe auf einer Abendschule verbessern."

„Das ist eine super Idee! Ich werde mit ihr reden."

Er wünschte ihr noch einen besinnlichen Abend und verabschiedete sich. Kurz darauf gesellte Liesa-Marie sich zu Karin.

„Kann ick bleib'n oda willste alleene sein?"

„Setz dich ruhig zu mir."

„Muss ick nu jeh'n, weil de den Macka heiratn tust?", fragte sie unglücklich. Karin befreite sie von dem Verdacht, indem sie ihr den Vorschlag von Heiner unterbreitete. Liesa-Marie nahm ihn erfreut an. Karin versprach ihr, sie dabei zu unterstützen. Noch lange plauderten sie über die Zukunft und besiegelte die sich anbahnende Freundschaft mit einem Glas Sekt.

Genauso bedrückt, wie am Heiligen Abend, patschte Karin am 1. Feiertag allein durch den Schnee, um die Mutter zu besuchen. Obwohl Heiner und auch Liesa-Marie ihr davon abgeraten hatten, erschien es Karin undenkbar, die Mutter zu Weihnachten allein zu lassen. Sie schlief meistens und wachte weder durch Streicheln des Gesichtes und der Arme, noch durch lautes Sprechen aus ihrem Tiefschlaf auf. Vielleicht träumte sie von glücklichen Tagen mit ihren Eltern? Vielleicht befand sie sich bereits auf den himmlischen Wiesen, von der kein Lebender eine Ahnung hatte? Karin stellte ihr einen Schokoweihnachtsmann für Diabetiker und einen Funkwecker auf den Nachttisch, bevor sie den Heimweg antrat.

Genauso erging es ihr am 2. Weihnachtsfeiertag. Die Mutter schlief zu den Geräuschen von der Pumpe für die Dekubitusmatratze, die durch die Stille rumpelten. Karin setzte sich zu ihr. Sie nahm ihre Hand und erzählte ihr leise von den Weihnachtsfesten, als sie ein Kind gewesen war. Nichts konnte die Mutter aufwecken, sodass Karin sich mit einem Kuss auf die Wange von ihr verabschiedete.

Nach Hause schlitterte Karin über Eisflächen, die sie in ihrer Traurigkeit nicht bemerkte. Hin und wieder rutschte sie aus und fing den Sturz an einem nahe gelegenen Zaun ab. Ihre Gedanken weilten bei dem vergangenen Weihnachtsfest, an dem sie mit Simon von einem gemeinsamen Leben und dem damals noch Ungeborenen geträumt und sich auf diese Zeit gefreut hatte. Schwermut überschwemmte ihre Gefühle, die auch Zuhause bei Liesa-Marie, den Kindern und Heiner anhielt. Karin bedrückte dieses erste Weihnachten, an dem die Mutter nicht bei ihr sein konnte. Noch mehr deprimierte sie das Fest ohne Simon. Mit ihm hatte sie das Glück gefunden, nach dem sie sich immer gesehnt hatte. Es wurde ihr genommen, noch ehe sie es zusammen mit ihrem Sohn genießen durfte. Nun saß Heiner in seinem Sessel. Bei Karin stellte sich keine festliche Stimmung ein, obwohl Liesa-Marie Plätzchen und Stollen gebacken hatte und die beiden Kleinen mit ihren Musikinstrumenten ein fröhliches Konzert veranstalteten. Heiner probierte, durch lustige Anekdoten aus seinem Berufsleben die Stimmung aufzuheitern, aber weder Karin noch Liesa-Marie lachten. In Karin existierte zu viel Wehmut, und Liesa-Marie verstand größtenteils die Pointen nicht. Sie deckte dabei den Tisch mit weihnachtlichen Köstlichkeiten. Trotz der Delikatessen, Weihnachtsmusik, Glockengeläut und Geschenken schwebte über allen die deprimierte Gemütslage von Karin.

Als Heiner sich am Abend beim Abschied für die Bewirtung und Gastfreundschaft bedankte, fragte er: „Darf ich Silvester auch mit euch verbringen?"

„Hast du denn nichts Besseres vor, als mit uns Glucken ins neue Jahrtausend zu feiern?", hielt Karin ihm vor.

„Hätte ich sonst angefragt, ob ihr mich bei euch haben möchtet? Kann ich nun kommen oder nicht?"

„Natürlich, wenn du gern möchtest."

„Super! Ich werde euch nach Strich und Faden verwöhnen. Tschüss."

Karin teilte Liesa-Marie den unverhofften Besuch mit. Sehr erfreut schien sie nicht zu sein.

Als Heiner am Silvesternachmittag eintraf, begrüßte sie ihn jedoch herzlich.

Er brachte gegrillte Hähnchen und gefüllte Pfannkuchen mit. Außerdem übergab er Karin mehrere Sektflaschen, die sie im Kühlschrank kaltstellte. Für die Kinder spendierte er Spielzeug zum Quietschen. Er dekorierte den Flur und die Wohnstube mit bunten Girlanden und warf über einige Hängelampen verschiedenfarbige Luftballons. Den Tisch verzierte er mit farbenprächtigen Luftschlangen und Konfetti. Das Höhenfeuerwerk und die Fackeln mit dem bengalischen Feuer versteckte er bei Karin im Schlafzimmer.

Bevor Liesa-Marie in die Küche ging, um mit Karin das Silvesteressen anzurichten, bewunderte sie, wie ein Kind, die geschmückten Räume. Das fröhliche Quicken der Kinder, mit denen Heiner schäkerte, drang bis zu ihnen. Liesa-Marie meinte: „Der kann aba jut mit de Hosenmätze. Find' ick supa! Ick gloobe, der is in dir valiebt."

„Kann ja sein", erwiderte Karin, „aber ich nicht in ihn. Für mich ist er ein guter Freund. Vielleicht hat er sich in dich verknallt."

Liesa-Marie lief rot an und äußerste verlegen: „Echt?"

„Möglich ist alles", entgegnete Karin und widmete sich dem Karpfen in der Ofenröhre. Sie stach ihn an und fand, dass er gar sei. Mit Pfannenwendern bugsierte sie ihn, der in Portionen zerlegt war, so auf ein Servicetablett, das er aussah, als sei er ein ganzer Fisch. Anschließend dekorierte sie ihn mit gegarten mehrfarbigen Gemüsesorten. Liesa-Marie hatte inzwischen das Apfelmus mit dem Meerrettich in Kompottschalen portioniert und schwenkte danach die Salzkartoffeln auf der Herdplatte. Gemeinsam trugen sie das Abendessen auf. Heiner hörte sofort mit den Spielen der Kleinen auf und setzte sie in das Laufställchen. Dafür erntete er ein klägliches Geschrei. Karin beruhigte die beiden, indem sie ihnen die Quietscheenten zuwarf, die es normalerweise nur zum Baden gab. Hinter ihr schnupperte Heiner und meinte: „Das dufte ja wie in einem Luxusrestaurant."

Er stellte die Sektgläser auf den Tisch und entwendete aus dem Kühlschrank eine von den Sektflaschen. Als er mit dem Korkenzieher den Korken mit einem Knall entfernte, blickten die Kleinen erschrocken zu dem kurz zuvor so fröhlichen Spielkameraden hoch. Klein-Simon verzog seinen Mund zum Weinen. Karin hob ihn hoch. Er grapschte ihr in die Haare, sodass sie aufschrie. Er kicherte. Sie löste seine Hände von dem Haarbüschel, um ihn wieder in den Laufstall neben Alexander zu legen. Ihn schien der Knall nicht verängstigt zu haben. Er setzte den Lärm mit einer Clownshupe fort, und Klein-Simon drosch auf seine Quietscheente ein. Unter diesem Getöse verzehrten die Erwachsenen den Karpfen. Danach ging Liesa-Marie in die Küche, um die Kompottschalen mit dem Apfelmus zu holen. Heiner reichte Karin ein Glas mit Sekt und prostete ihr zu: „Auf uns!"

„Ja, Heiner, auf eine bessere Zukunft. Ich befürchtete jedoch, so rosig wird sie nicht werden."

Er stellte sein Glas ab und nahm sie in den Arm. In dem Moment kam Liesa-Marie. Als sie die beiden so vertraut miteinander sah, stellte sie das Tablett rasch auf den Tisch und verließ das Zimmer. Sie setzte sich in der Küche auf einen Hocker. Karin hatte sie dennoch bemerkt und rief nach ihr. Zögernd nahte sie. Heiner entspannte die Situation und reichte ihr ebenfalls ein Glas mit Sekt.

„Prost, Liesa-Marie! Auf gute Jahre für dich mit deinem Sohn."

Unter Tränen nickte sie ihm zu und trank das Getränk.

Nach dem Abendessen badeten die Mütter ihre Kinder. Alexander wurde in seinen Schlafanzug gesteckt. Karin windelte Klein-Simon und zog ihm seine Schlafgarnitur an. Danach betten sie beide in das Gitterbett von Alexander, damit sich keiner einsam fühlen sollte, wenn das Feuerwerk begann.

Heiner hatte inzwischen das Geschirr abgeräumt, die Sektgläser auf den Couchtisch umgestellt und es sich in dem Sessel gemütlich gemacht. Bis kurz vor Mitternacht tranken sie Sekt und scherzten miteinander. Hin und wieder tanzten oder schunkelten sie zu Stimmungsliedern. Karin vergaß sogar für Stunden das Elend der Mutter, aber an Simon dachte sie immer. Wie schön wäre es, wenn er mit ihnen feiern könnte!

Kurz vor dem Jahreswechsel schalteten sie den Fernseher an, um auf diese Weise an der Riesenfete rund um das Brandenburger Tor teilzunehmen. Sie sahen auf der Festmeile zwischen Siegessäule und dem Roten Rathaus Besucher aus aller Welt. Scheinbar Unbekannte lagen sich in den Armen, als um Mitternacht der Tiergarten in buntes Licht getaucht wurde. Am Himmel über Berlin schossen schillernde Fontänen in die Höhe und blitzten als roten Herzen auf.

Heiner, Karin und Liesa-Marie empfingen das neue Jahrtausend auch mit einem Jubelruf. Sie wünschten sich gegenseitig ein angenehmeres Jahr, als das vergangene gewesen war. Draußen erhellten weiter Raketen den Himmel und Böllerschüsse dröhnten dazwischen. Durch das Knallen der Chinaböller wachten die Kinder auf und brüllten um die Wette. Karin eilte sofort zu ihnen. Sie nahm ihren Sohn auf den Arm und beruhigte ihn. Auch Liesa-Marie konnte sich aus ihrer Verzauberung lösen und besänftigte ihr Kind. Beide Mütter begaben sich mit ihrem Kind auf dem Arm zu Heiner, der im Garten einige Feuerwerkswerkskörper zündete. Beim Anblick der bunten Raketen, die in den Nachthimmel rasten und als aufgehende Blüten zu Boden sanken, schaute Liesa-Marie wie eine Statue auf das Feuerwerk. Karin stupste sie an: „He, lebst du noch?"

„So wat duftet hab ick noch nie jesehn", gestand sie. Heiner hatte sie ebenfalls genau beobachtet.

Nach ihrem privaten Feuerwerk begaben sie sich in das Wohnzimmer. Sie behielten die Kinder bei sich, denn draußen knallte es noch mächtig. Heiner erkundigte sich bei Liesa-Marie: „Wie verlief eigentlich dein Leben."

Sie errötete und fragte. „Soll ick dit echt sachen?"

Heiner wiederholte seine Frage, und auch Karin bat um Beantwortung. Liesa-Marie begann stockend: „Mir wollte keena un da ham'se mir in een Heim abjeschobn. De Penne, dit war nüscht un dar Obamacha von det Heim vadrosch mir, wenn ick den nich ranließ. Ick vaduftete mit vierzehn un so een Fatzke nahm mir mit un pimperte mir ooch un sachte, ick wär seene Ische. Aba dit Aas hat mir jelackmeiat un mir vakooft an andere. Imma ditselbe Heckmeck. Ick musste de Knete anschaff'n un krichte Dresche, wenn dit nich stimmte. Eenmal traf ick uff Alex. Den kotzte dit an, in son ner Bude mit mich, un er koofte een billiges Zimma in seine Stammkneipe. Aba der tat dit nur mit SM. Da hat ick imma Muffnsausn. Dit tat echt weh, aba der vabot mich, mit anderen ohne ihn rumzumachn. Als ick det Jör in mich hatte, vadrosch der mir brutal un wollte dit Kleene aus mich treten. Aba dit saß. Da koofte er mir dem Obamacha ab un brachte mir in de Cheese un ick musste dorte anschaff'n. Er wollte bessa leben un schleppte imma mehr Fatzke an, ooch de Narbnfresse. Dit war een Aas. Imma rin in mir un ooch imma Dresche un Würjen un Fesseln und mit dit Messa ritzn. Aba ick wurde imma mollijer un keena wollte mehr mit mich. Alex nahm mir nu zu seine Olle mit. Er wollte nu mit mich un sie, aba dar Spacko ... aba dit wisst ihr ja. Ick musste nu wieda in de Cheese. Un wieda krallte mir dar Fatzke un ick musste dit Jesindel in mich rin lassen bis dit Baby raus war. Un dann jing dit weita. Aba hier bei de Karin is dit echt dufte."

Sie schwieg. Erschütterte hatten Karin und Heiner ihr zugehört. Karin stand auf, umarmte Liesa-Marie und raunte ihr zu: „Lass uns Freundinnen sein!"

Glücklich stimmte Liesa-Marie zu. Heiner meinte: „Wollen wir ins Bett gehen? Ich bin todmüde. Ist schon spät."

„Du willst hierbleiben?", fragte Karin ihn verdutzt.

„Ich kann doch jetzt nicht mit dem Auto fahren", lallte er. Sie blickte ihn erstaunt an, aber er versicherte ihr: „Ich will nur schlafen. Du bist doch nicht etwa so herzlos und lässt mich bei der Kälte zu Fuß nach Hause gehen?"

„Natürlich nicht. Du kannst in Flos Bett schlafen."

Heiner küsste jede auf die Wange und ging in das Zimmer im Dachgeschoss. Liesa-Marie traute dem Frieden nicht und flüsterte Karin zu: „Is dem pimpern echt so schnuppe, wie er tut?"

„Hast du etwa Angst, dass er dich belästigt?"

Liesa-Marie schwieg dazu. Karin bot ihr an: „Schlaf neben mir im Ehebett."

Dankbar nahm Liesa-Marie den Vorschlag an. Sie betteten die Kinder in die Mitte und wollten zusammen in dem Ehebett schlafen. Immer wieder schreckten die Kleinen hoch und weinten, weil es öfter knallte.

Gegen Morgen klingelte das Telefon. Karin sprang aus dem Bett. Sie befürchtete, das Pflegeheim riefe an. Voller Angst nahm sie den Hörer ab und hörte erleichtert Florian, der ihnen ein glückliches neues Jahr wünschte. Klein-Simon schrie aus Leibeskräften. Karin entfernte ihn schnell aus dem Schlafzimmer, denn Liesa-Marie und Alexander schliefen noch.

Sie legte ihn auf die Couch in der Stube, wärmte seinen Brei und nahm ihn auf den Schoss. Er schlang ihn hinunter, als wäre er nahe am Hungertod. Unerwartet erschien Heiner. Er setzte sich gegenüber von Karin und sah eine Weile zu. Schließlich gestand er ihr: „Na, wie wär es mit uns beiden? Ich bin nicht nur in dich verliebt, sondern könnte mir vorstellen, so etwas Süßes mit dir zu erzeugen."

„Lieb von dir, mir das zu sagen. Noch bin ich mit Simon verlobt, obwohl er nicht mehr bei mir ist. Liebe stirbt nicht einfach und lässt sich auch nicht umtauschen, wie ein gebrauchtes Möbelstück."

„Verstehe", murmelte Heiner. „War ja nur Spaß, aber aus jedem Spaß kann ernst werden."

„Vielleicht ... irgendwann", entgegnete Karin und dachte an Simon.

Samstag, 06. Mai, 20 Uhr

Ich sitze noch immer am Bett von Mutti. Die plötzlich einsetzende und dennoch erwartete Schnappatmung erschreckt mich. Nach meinem spärlichen Wissen leitet sie das Ende des Lebens ein. Angespannt starre ich auf ihren Brustkorb. Nach einem tiefen Seufzer endet seine Bewegung. Mutti liegt, wie immer, in ihrem Bett. Nur ein wenig blasser, ein wenig kälter, mit geschlossenen Augen und ohne Atmung. Die Gelöstheit ihrer Gesichtszüge überzeugt mich, dass der Schlussakkord ihres Lebens vollzogen ist. Ich streichele ihre Hände und ihre Arme, küsse ihre Stirn und die Wangen. Die Kühle der Haut empfinde ich wie ein Leben ohne Liebe. Ich flüstere mit Tränen in den Augen: „Mutti, Mutti."

Ihr friedlicher Gesichtsausdruck erfüllt mich gleichzeitig mit Trauer, aber auch mit Zufriedenheit. Während ich mir diesen Anblick einprägen möchte, verhindert das auf einmal die traurige Wahrheit: *Nie wieder werde ich ihre Stimme hören; nie wieder ihre blauen Augen sehen; nie wieder ihre Wärme spüren.*

Ich lege meine Hände auf ihren Arm. Mir ist, als ströme von ihm ihre Kraft in mich, die mich stärkt, die mich ruhiger werden lässt und die meinen Schmerz mildert. Mutti ist am anderen Ufer vom ewigen Frieden aufgenommen worden. Ihre Leiden sind besiegt. Ich weine. Schon jetzt fehlt sie mir. Gern wäre ich mit ihr gegangen.

Wie soll ich mein Leben morgen, übermorgen und künftig ohne sie ertragen?

Trotz meiner Schwermut gönne ich ihr den Frieden im Reich der Unendlichkeit. Überraschend legt sich eine Hand auf meine Schulter. Als ich mich umdrehe, blicke ich in Heiners Gesicht. Florian steht neben ihm. Keinen habe ich kommen gehört.

Kurz darauf erscheint der Arzt. Er testet alle Lebensfunktionen und kondoliert uns. „Mein Beileid!", und lässt uns mit ihr allein.

Obwohl ich für ihre Erlösung gebetet habe, weine ich nun. Heiner umarmt mich, und Florian schlingt einen seiner Arme um mich. Lange verweilen wir in dieser Haltung am Fußende des Bettes. Ich brenne ihren Anblick in mein Gedächtnis, und meine Tränen versiegen. Nach einiger Zeit, deren Dauer mir entglitten ist, führen Heiner und Florian mich aus dem Sterbezimmer in die Nacht.

Auf einmal sieht Heiner zum Himmel empor und fordert mich auf: „Schau mal zum Himmel! Ein Mondregenbogen."

„Habe ich noch nie gesehen. Wie entsteht so ein farbloser Bogen?"

„Er ist ein seltenes Naturphänomen, welches vom Mondlicht ausgeht und wird auch Iris Lunaris genannt. Gleichzeitig ist er Sinnbild und Symbol für das Zusammenwirken der schöpferischen Kräfte der Natur und die Brücke zwischen der Götterwelt und den Menschen. Wenn so ein Regenbogen erscheint, ist das nach der altgriechischen Mythologie ein Zeichen, dass eine Botschaft der Götter durch die Götterbotin Iris überbracht wurde. Nimm ihn als letzten Gruß von deiner Mutti!"

„Irgendwo zwischen Himmel und Erde ruhst du nun jenseits aller Schmerzen. Irgendwann, am Ende meiner Zeit, sind wir wieder vereint", murmele ich vor mich hin.

Epilog

Den Gedenkstein für die Mutter in Sternenform aus Weißbeton umsäumen farbigen Freesien. Er trägt den Text:
Ilse Zielke
❀ 28. März 1921 ❀ 06. Mai 2000
Gute Menschen gleichen Sternen. Sie leuchten noch ewig nach ihrem Erlöschen.

Nach der Beerdigung verging ein Monat nach dem anderen. Karin erfüllte allmählich frischer Lebensmut. Sie half Liesa-Marie, die anfangs erhebliche Schwierigkeiten in der Abendschule hatte. Die Arbeit als Küchenhilfe bereitete Liesa-Marie Spaß, aber bald genügten ihr die Zuarbeiten nicht mehr. Ihr Ziel, Köchin zu werden, spornte sie zu bemerkenswerteren Leistungen an. Sie beendete die Abendschule mit dem Hauptschulabschluss und darauffolgend die Ausbildung zur Köchin im Hotel „Seeblick" ebenfalls mit Erfolg. Schon bald verliebte sie sich in den Küchenchef Tom, der sie trotz ihrer Vergangenheit einige Monate später heiratete. Nach der Hochzeit zog sie mit ihrem Sohn zu ihm. Die Freundschaft mit Karin blieb erhalten.

Florian bezog noch als Student der Humanmedizin mit seiner Freundin Manuela, die Veterinärmedizin studierte, die Wohnung im Dachgeschoss. Karin verstand sich mit Manuela blendend. Der kleine Simon liebte seine zukünftige Tante, die in ihrer Freizeit oft mit ihm spielte. Er und Alexander besuchten die gleiche Schule. Sie verband eine Freundschaft, die niemand zerstören konnte.

Nach dem Abitur studierte Simon Jura. Alexander hatte sich für das Studium der Elektrotechnik entschlossen. Florian war inzwischen Chefarzt einer chirurgischen Abteilung im Krankenhaus, und Manuela arbeitete als Tierärztin im Zoo. Beide waren verheiratet und hatten die Söhne Markus und Jonas.

Heiner hatte das Erbe von Simon bis zu seiner Volljährigkeit verwaltet und bemühte sich weiterhin vergebens, Karin für sich zu gewinnen. Er stürzte sich von einer Affäre in die andere, aber keine heiratete er. Seine unersetzbare Liebe blieb Karin, aber sie wies jeden seiner Heiratsanträge zurück und beendete ihr Fernstudium erfolgreich. Inzwischen besaß sie die Fahrerlaubnis und hatte sich einen Kleinwagen gekauft. Dadurch konnte sie das Hotel öfter und gründlicher überprüfen. Sie entließ den langjährigen Direktor des Hotels wegen Veruntreuung von Firmengeldern und übernahm selbst die Leitung. Nebenbei befasste sie sich weiterhin mit Literatur und schrieb in ihrer Freizeit an einem Roman.

Danksagung

Ich danke dem AAVAA-Verlag für die Veröffentlichung meines Romans und wünsche allen Mitarbeitern weiterhin Erfolg bei bester Gesundheit. Mein besonderer Dank gilt meinem Sohn, der von meinen Fotos das Cover zu diesem Roman gestaltet hat. Auch meinem Ehemann gehört für sein Engagement bei allen Problemen am PC und Lebenslagen mein aufrichtiger Dank.

Erklärungen und Bedeutungen von Abkürzungen

Iris Lunaris - der Mondregenbogen ist ein seltenes Naturphänomen. Es ist ein Regenbogen, der vom Mondlicht ausgeht und als Phänomen tiefe Bedeutung erlangte für die Menschen, die ihn gesehen haben. Er ist Sinnbild und Symbol für das Zusammenwirken der schöpferischen Kräfte der Natur. Der geheimnisvolle Mondregenbogen wird auch weißer Regenbogen genannt. Seine Farben sind für das menschliche Auge unsichtbar. Dabei ist Iris eine Gottheit der griechischen Mythologie. Sie ist die Personifikation des Regenbogens. In der Mythologie hat sie meist die Funktion einer Götterbotin.

Demenz - ein psychiatrisches Syndrom, das bei verschiedenen degenerativen und nichtdegenerativen Erkrankungen des Gehirns auftritt. Vor allem ist das Kurzzeitgedächtnis, ferner das Denkvermögen, die Sprache und die Motorik, bei einigen Formen auch die Persönlichkeitsstruktur betroffen. Die häufigste Form einer Demenz ist die Alzheimer-Demenz.

Parkinsonkrankheit oder **Morbus Parkinson** - eine langsam fortschreitende neurodegenerative Erkrankung. Sie zählt zu den degenerativen Erkrankungen des extrapyramidal-motorischen Systems. Beim Morbus Parkinson sterben die dopaminproduzierenden Nervenzellen im Mittelhirn ab. Die Leitsymptome sind

Muskelstarre und Muskelzittern, verlangsamte Bewegungen, die bis zur Bewegungslosigkeit führen kann und durch Haltungsinstabilität gekennzeichnet ist.

Alzheimerkrankheit - eine neurodegenerative Erkrankung, die durch zunehmende Demenz charakterisiert ist. Die Krankheit ist nach dem Arzt Alois Alzheimer benannt, der sie im Jahr 1906 erstmals beschrieb, nachdem er im Gehirn einer verstorbenen Patientin charakteristische Veränderungen festgestellt hatte.

EOS - offiziell: Erweiterte allgemeinbildende polytechnische Oberschule oder 12 klassige allgemeinbildende polytechnische Oberschule (heute Gymnasium) war die höhere Schule im Schulsystem der DDR und führte nach der zwölften Klasse mit dem Abitur zur Hochschulreife.

DDR - Deutsche Demokratische Republik verstand sich als „Sozialistischer Staat der Arbeiter und Bauern" und deutscher Friedensstaat.

BRD - wird für die Bundesrepublik Deutschland als eine nicht offizielle Abkürzung verwendet,

DSU - Deutsche Soziale Union ist eine rechtskonservative Kleinpartei in Deutschland.

ZDF - Zweite Deutsche Fernsehen ist eine der größten öffentlich-rechtlichen Sendeanstalten Europas mit Sitz in der rheinland-pfälzischen Landeshauptstadt Mainz.

S-Bahn - Abkürzung für eine Stadtschnellbahn.

FDGB - Feriendienst - war eine Einrichtung des Freien Deutschen Gewerkschaftsbundes in der DDR. Er vermittelte den Werktätigen des Landes subventionierte Urlaubsreisen im Inland.

Allianz für Deutschland - ein Bündnis aus CDU, Deutsche Soziale Union (DSU) und Demokratischer Aufbruch (DA),

HO - die größte Einzelhandelskette der DDR

Kalter Krieg - wird der Konflikt zwischen den Westmächten unter Führung der Vereinigten Staaten von Amerika und dem Ostblock unter Führung der Sowjetunion genannt.

Burn-out-Syndrom - eine emotionale Erschöpfung und dem Gefühl von Überforderung, reduzierter Leistungszufriedenheit und evtl. Depersonalisation infolge Diskrepanz zwischen Erwartung und Realität. Das Burn-out-Syndrom gilt nicht als Krankheit.

Szintigrafie der Schilddrüse - eine nuklearmedizinische Untersuchung, bei der mittels schwach radioaktiver Substanzen die Funktion des Schilddrüsengewebes dargestellt werden kann. Durch diese Methode können sogenannte kalte Knoten von heißen Knoten unterschieden werden. Kalte Knoten bilden noch wenige oder gar keine Hormone mehr. Heiße Knoten sind dagegen Areale, die aktiver als andere Bereiche der Schilddrüse sind und mehr Hormone produzieren.

LED - Leuchtdiode ist ein Licht emittierendes Halbleiter-Bauelement, dessen elektrische Eigenschaften einer Diode entsprechen. Fließt durch die Diode elektrischer Strom in Durchlassrichtung, strahlt sie Licht.

ITS - Intensivstation im Krankenhaus, auf der Patienten mit schweren bis lebensbedrohlichen Krankheiten oder Verletzungen intensivmedizinisch behandelt werden.

SM - Sado-Maso oder kurz SM bezeichnet, ist eine Sexpraktik, bei der sich die Teilnehmer verprügeln, verbrennen, auspeitschen, fesseln, zerquetschen u. a. lassen und anscheinend auch noch Spaß daran haben.

NSDAP- Nationalsozialistische Deutsche Arbeiterpartei war eine in der Weimarer Republik gegründete politische Partei, deren Programm beziehungsweise Ideologie (der Nationalsozialismus) von radikalem Antisemitismus und Nationalismus sowie der Ablehnung von Demokratie und Marxismus bestimmt war.

SS - Schutzstaffel der NSDAP wurde am 4. April 1925 als Leibwache für Adolf Hitler gegründet.

PDS - Partei des Demokratischen Sozialismus ist eine linksgerichtete politische Partei in Deutschland, die hauptsächlich in den neuen Bundesländern aktiv ist. Sie ging aus der Sozialistischen Einheitspartei Deutschlands (SED) hervor.

SED - Sozialistische Einheitspartei Deutschlands ist eine in der sowjetischen Besatzungszone Deutschlands und der Viersektorenstadt Berlin aus der Zwangsvereinigung von SPD und KPD zur SED 1946 hervorgegangene politische Partei.

ZK - Abkürzung für Zentralkomitee, gehört im Machtgefüge der kommunistischen Parteien zu den obersten Entscheidungsgremien.

Depression - eine psychische Störung. Kann durch eine Stoffwechselstörung im Gehirn hervorgerufen werden. Symptome sind negative Stimmungen und Gedanken sowie Verlust von Freude, Lustempfinden, Interesse, Antrieb, Selbstwertgefühl, Leistungsfähigkeit und Einfühlungsvermögen. Diese Symptome können auch bei gesunden Menschen vorübergehend auftreten. Bei einer

Depression sind sie jedoch länger vorhanden, schwerwiegender ausgeprägt und senken deutlich die Lebensqualität.

MRT- Kernspintomographie oder Magnetresonanz-Tomographie (MRT) ist eine der modernsten, sichersten und schonendsten Methoden, krankhafte Organveränderungen im Inneren des Körpers ohne die Verwendung von Röntgenstrahlen aufzuspüren.

RIAS - (Rundfunk im amerikanischen Sektor) war eine Rundfunkanstalt mit Sitz im West-Berliner Bezirk Schöneberg, die nach dem Zweiten Weltkrieg von der US-amerikanischen Militärverwaltung gegründet wurde

Quellennachweise:

Basiswissen Neurologie - Springer Verlag Berlin
Lexikon Medizin - Urban &Schwarzenberg
Psychiatrie - Georg Thieme Verlag Stuttgart
Grundlagen der allgemeinen Psychologie - Autor S. L. Rubinstein
Leben nach dem Tod - Dr. med. Raymond A. Moody- Rowohlt Verlag GmbH
Schlagzeilen des 20. Jahrhunderts - Naumann & Göbel Verlagsgesellschaft mbH in der VEMAG Verlags-und Medien Aktiengesellschaft Köln
Chronik Deutschland/von der Reichsgründung bis heute - Otus Verlag AG
Sprechen Sie Berlinerisch?-2006 bei Tosa im Verlag Carl Ueberreuter Ges. mbH Wien
Das dicke DDR Buch - 2002 Eulenspiegel-Das Neue Berlin Verlagsgesellschaft mbH & Co. KG
Internet

Fast alle im AAVAA Verlag erschienenen Bücher sind
in den Formaten Taschenbuch und
Taschenbuch mit extra großer Schrift
sowie als eBook erhältlich.

Bestellen Sie bequem und deutschlandweit
versandkostenfrei über unsere Website:

www.aavaa.de

Wir freuen uns auf Ihren Besuch und informieren Sie gern
über unser ständig wachsendes Sortiment.

www.aavaa-verlag.com